HARALD DIETL

TREIBGUT

HARALD DIETL

TREIBGUT

ROMAN

Ausgezeichnet mit dem
Konsalik-Romanpreis 1990

ERSCHIENEN BEI HESTIA

Printed in Austria
ISBN 3-7770-0421-9

Umschlaggestaltung: Graupner & Partner, München
Umschlagillustration: Studio Gerd Weissing, Nürnberg
Satz: MPM, Reitmehring
Druck und Bindung: Wiener Verlag, Himberg bei Wien

Für Gunke

die mich ertrug

und zugleich entbehrte

1. KAPITEL

DAS INTERNAT

»Meldung!«

Auf den wie ein Fanfarenstoß tönenden Ruf schnellten die Köpfe der Jungen aus Heften und Büchern, jegliche Unterhaltung erstarb. Obersekundaner Alfons Doberer begann hastig zu zählen. Bei jedem leeren Platz verharrte er kurz und überlegte, was mit dem Absenten los war.

»Es ist acht Uhr! Wo bleibt die Meldung?«

»Sofort, Herr Schwankert!« Doberer hatte sich prompt verzählt und mußte noch einmal von vorne anfangen.

»Wo ist der Riller?« zischte er seinem Nachbar zu.

»Der klettert in den Alpen herum.«

»Zählen Sie gefälligst *vor* Beginn des Unterrichts! *Bei mir* beginnt der Unterricht um Punkt acht Uhr mit der Meldung!«

Daß seit dem letzten Ton der Schulglocke ganze zehn Sekunden verstrichen waren, blieb für Klassenlehrer Schwankert ohne Bedeutung. Bei ihm wurde nationalsozialistisches Gedankengut nicht nur gelehrt und gelernt, sondern gleich in die Praxis umgesetzt, denn er hielt Pünktlichkeit für eine Erfindung des Nationalsozialismus — und sich selbst für einen »politischen Lehrer«. Weshalb Schwankert sich für die jeweils erste Unterrichtsstunde des Tages ein pseudomilitärisches Zeremoniell ausgedacht hatte.

»Bitte mir augenblicklichst Meldung aus!« Während Doberer nach vorne hastete, zog er sein Koppel zurecht.

»Aaaaaaachtung!« Wie ein Mann sprang die Klasse hoch. »Zur Meldung: Augeeeen rechts!«

Die Köpfe flogen herum: Aufrecht wie ein Zinnsoldat drehte Alfons Doberer auf dem linken Absatz und der rechten Sohle nach links und zog knallend den rechten Fuß nach. Gleichzeitig fixierte er ebenso kurz wie heimlich das Astloch im Boden, auf dem er stehenbleiben mußte, um exakt drei Meter Abstand zu Schwankert zu halten. Mit vier genau berechneten Schritten erreichte er den Fixpunkt: Wieder knallten die Hacken, ein Ruck ging durch den sportiven Körper, die rechte Hand flog nach oben.

»Heil Hitler! Herr Schwankert, ich melde die O zwei mit sechzehn Mann zum Unterricht angetreten!«

»Heitler!« Schwankert hob seinen Arm nur kurz und in der typischen Haltung »wie sein Führer«.

Zackig retirierte Doberers Arm mit dem Mittelfinger auf die Hosennaht.

»Wo sind die anderen?«

»Zwei sind krank, drei zur Flakhelferausbildung befohlen, einer beim Ernteeinsatz.«

»Ernteeinsatz? Ein einziger? Wo denn?«

»In der Ostmark, Herr Schwankert.«

Unendlich langsam glitt Schwankerts Blick über den Schüler: Der Scheitel der dunkelblonden, frisch gewaschenen Haare schien mit dem Lineal gezogen worden zu sein, die blauen Augen leuchteten. Wohlgefällig verharrte des Lehrers Blick auf der dicken, grün-weiß geflochtenen Schnur: »Führernatur«, dachte Schwankert und fügte hinzu: »natürlich *meine Schule*«, wobei er sich innerlich noch mehr aufrichtete. Schwankert wußte, daß er sich jede weitere Inspektion sparen konnte: Die Bügelfalten der kurzen schwarzen Hose würden so scharf sein, daß man Kunsthonig damit schneiden könnte, die weißen Strümpfe makellos sitzen, die Schuhe vor Glanz blitzen. Ein leichtes Lächeln stahl sich auf Schwankerts Züge, vergleichbar dem Besitzer eines preisgekrönten Paradepferdes. Die Verspätung von zwölf Sekunden hatte Schwankert längst vergeben; er hatte sich nur deshalb so aufgeplustert, weil diesem, seinem Lieblingsschüler, sonst nie ein Fehler unterlief. Langsam schweifte sein Blick über die goldene »Siegernadel« und das schwarze Halstuch zurück zum strahlenden Gesicht.

»Datum?«

»6. September 1943, Herr Schwankert!«

»Was ist uns für diesen Tag überliefert?«

»6. September 1914: Beginn der Schlacht an den Masurischen Seen.«

»Was war das Ergebnis dieser Schlacht?«

»Sie endete mit der Niederlage der russischen Njemen-Armee, wodurch Ostpreußen vom Feind befreit wurde.«

»Danke, Doberer. An den Platz! Setzen!«

»Setzen« bedeutete bei Klassenlehrer Heinrich Schwankert,

zuständig für Deutsch und Geschichte, allerhöchste Aufmerksamkeit für jedes seiner Worte:

»Es heißt nicht nur: Non scolae sed vitae discimus, sondern auch: Dulce et decorum est pro patria mori. — Übersetzen Sie das, Düsssaaard!«

Schwankert war nicht nur Erzieher, sondern vor allem Sadist: Unvollkommene Menschen hatten bei ihm keine Chancen.

»E ... e ... es ist sü ... süß und e ... e ... ehrenvoll, fürs Vaterla ... la ... land zu sterben.«

»Aus welchem Anlaß bekam dieses Zitat brennende Aktualität?«

»A ... a ... als Kronprinz Friedrich 1870 nach der Schla ... la ... lacht bei Wei ... ei ... eißenburg über das Schla ... la ... lachtfeld ritt, rief er dies den verwu ... wu ... wundeten und sterbenden Ba ... ba ... bayern und Preußen zu.«

Schweißperlen auf Claude Dussards Stirn zeugten nicht nur von der Anstrengung der Artikulation, sondern vielmehr von der Angst vor seinem Lehrer.

Claudes Vater, Philippe Dussard, war ein prominenter französischer Verwaltungsfachmann von hohen Graden. Beim Einmarsch der deutschen Truppen konnte seine gerade in Paris weilende Frau rechtzeitig nach England entkommen, er selbst jedoch wurde mit seinem Sohn von Rommels nach Mittelfrankreich vorpreschenden Panzerspitzen eingeholt. Von der deutschen Besatzungsmacht vor die Wahl der Deportation oder der Mitabeit in Pétains Regierung in Vichy gestellt, entschied er sich für letzteres, um in Ruhe eine Flucht vorbereiten zu können. Doch allzuschnell wurde bekannt, daß seine Frau sich in London de Gaulles Widerstandsbewegung der »Freien Franzosen« angeschlossen hatte. Um jedoch jeden Gedanken an Flucht auszumerzen und ihn zu loyaler Mitarbeit zu zwingen, schickten die Deutschen seinen Sohn Claude auf ein Internat, das sie in einem ehemaligen Priesterseminar im »befreiten Elsaß« eingerichtet hatten.

Sehr zum Verdruß von Schwankert, der sich ausschließlich zum Umgang mit Elitärem berufen fühlte. Für ihn war der ob seiner überdurchschnittlichen Größe etwas gebeugt stehende, dazu noch leicht stotternde Romane kein vollwertiger Mensch. Und daß der Internatsdirektor diesem »besiegten Franzosen«

auch noch gestattete, sich als einziger des deutschen Grußes zu enthalten sowie beim Singen der »Kampflieder der deutschen Jugend« schweigen zu dürfen, blieb ein schwärender Stachel im Fleisch Schwankerts. Sein Freund-Feind-Bewußtsein trieb ihn, jede Gelegenheit zu nutzen, um Claude Dussard, den personifizierten gallischen Erbfeind, zu demütigen. So ließ er Dussard zunächst einmal — wie aus Versehen — stehen, während er den Ersten Weltkrieg an der Westfront behandelte, wobei er möglichst keine Walstatt ausließ. Ob er über Verdun, die Schlacht an der Somme, über die Marneschlacht oder den alliierten Durchbruch durch die »Hindenburglinie« sprach — Schwankert benahm sich dabei wie ein Provinzschauspieler allerletzter Qualität: Die deutschen Truppenführer glorifizierte er mit nach oben gedrehten Augen, den Mut der deutschen Landser unterstrich er mit gen Himmel gereckten Armen, und bei dem häufig von ihm verwandten Wort »Trommelfeuer« glaubte er Wagnersche Musik zu vernehmen, weshalb er ausgiebig mit dem R rollte.

»Ich zitiere aus *meinem* Geschichtsbuch: Großes Hauptquartier, den 11. November 1914: Westlich von Langemarck brachen junge Rekruten unter dem Gesang Deutschland, Deutschland über alles gegen die erste Linie der feindlichen Stellungen vor und nahmen sie. Etwa zweitausend Mann französischer Linieninfanterie wurden gefangen und sechs Maschinengewehre erbeutet.«

Daß bei Langemarck nicht nur eine Offensive zusammenbrach, von der sich die deutsche Generalität eine rasche Kriegsentscheidung versprach, sondern auch eine politische Romantik zu Ende ging, die gleichbedeutend mit dem Wilhelminischen Zeitalter war, hatte Schwankert nie begriffen. Er beschwor dieses »Sinnbild deutscher Vaterlandsliebe« und heroisierte den sinnlosen Opfergang dieser nur oberflächlich ausgebildeten Jungen, die ein Vierteljahr zuvor noch Schulbänke gedrückt hatten, als ob sechs erbeutete Maschinengewehre — hätte man nur in diesem Sinne weitergekämpft — Deutschlands Niederlage abzuwenden vermocht hätten.

Claude Dussard stand leicht nach vorne gebeugt neben seinem Platz. Das erste Tertial des neuen Schuljahres war vor Unterrichtsbeginn mit einer Flaggenhissung vor dem Portal und anschließender Ansprache des Direktors feierlich eröffnet worden. Deshalb trugen alle Schüler heute Uniform. Um so mehr kam sich Claude als einziger Zivilist unter diesen Braunhemden vor, als stünde er am Pranger. Allmählich fühlte er sich mitschuldig an den unzähligen Toten von Somme und Marne, Metz, Verdun und speziell am Tod der deutschen Jugend bei Langemarck.

Papa hat sich nach der Kriegserklärung sofort freiwillig gemeldet, aber er war der Regierung als Verwaltungschef in Reims wichtiger denn als Offizier, sinnierte Claude. Jetzt arbeitet er »wieder für Frankreich«. Aber Mutter sagt das in ihren Aufrufen aus London auch. Vichy arbeitet mit den Deutschen zusammen, London gegen sie. Hab' ich nun ein Vater- oder ein Mutterland? Warum ist Papa nicht nach Süden gefahren, Richtung Schweiz oder Spanien, dachte Claude noch, als das Schrillen der Schulglocke seine Überlegungen und den Unterricht abbrach.

Wortlos, zackig und unaufgefordert baute sich die Klasse neben ihren Bänken auf.

»Heil Hit-ler!«

»Heitler!«

Claude sank auf seine Bank und schickte ein Stoßgebet gen Himmel: »Lieber Gott, wie lange muß ich das noch aushalten?«

*

In dem tiefen Einschnitt, den der wild schäumende Suggadin-Bach im Laufe der Jahrtausende in das Gargellental gefräst hat, liegt auf halber Höhe der Berggasthof *Valisera.* An dem Tag, an dem sein Besitzer, ein Hotelier aus Pforzheim, vor Orel von einem Volltreffer zerrissen wurde, als er — entgegen einem ausdrücklichen Führerbefehl, der jegliches Zurückweichen vor dem Feind untersagte — den Rücktransport ihm anvertrauter Verwundeter deckte, glückte es seiner ebenso charmanten wie geschäftstüchtigen Gattin, das schmucke 35-Betten-Haus vor der Beschlagnahme als Offizierscasino eines nahen Kriegsgefangenenlagers zu bewahren.

Dadurch war es selbst im vierten Kriegsjahr betuchten Zivilisten noch vergönnt, hier das Heulen der Sirenen und den Schrecken der Bombennächte zu vergessen. Daneben regenerierten sich »aktive Kämpfer der Heimatfront« wie der niedersächsische Kreisleiter Theophil Riller nebst Gattin Hermine und Sohn Kurt. Speziell Hermine Riller erholte sich von einer »mutigen, vaterländischen Tat«.

Während die gnädige Frau eine Tageswanderung auf das der Pension gegenüberliegende Reutehorn dermaßen erschöpft hatte, daß sie die warmen Spätsommertage künftig im Liegestuhl sonnenbadend oder patiencelegenderweise verbrachte, erklommen Vater und Sohn unter Führung des Sepp, eines Vorarlberger Originals, die Bergspitzen der Umgebung. Dabei trug Theophil Riller wie ein aktiver Truppenführer in seiner Klarsichttasche eine Generalstabskarte bei sich. Die häufigen Verschnaufpausen, die ihm sein Übergewicht auferlegte, nutzte er, um sich den Schweiß von der Stirn und den Speckfalten seines Genicks abzuwischen. Vor allem jedoch, um sich unter Zuhilfenahme seines Feldstechers gründlich die Gegebenheiten des Gebirges einzuprägen.

Der Sepp, ein hageres Mannsbild, das nur aus Sehnen und hautüberzogenen Knochen zu bestehen schien, marschierte die letzten hundert Meter voraus: Er wußte, auf dem Gipfel des Schwarzhorns erwartete den Wanderer eine primitive Sitzgruppe aus unbehauenen Steinen. In deren Mitte legte er seinen Rucksack ab und begann die mitgebrachte Jause auszupacken. Mit seinem leicht gebogenen Schnappmesser schnitt er mageren Speck und Brot in Scheiben, dann holte er drei Äpfel hervor und verteilte die Portionen auf drei Steine. Wobei er auf den bequemsten Stein die kleinste Ration legte, in der berechtigten Annahme, daß sich hierauf der Vater setzen würde, der »eh' z' blaad«* war.

Ein Obersekundaner verspürt nach so einem Aufstieg natürlich gewaltigen Hunger, und so stürzte sich Kurt Riller, kaum auf das einverständliche Nicken des Sepp wartend, auf die sichtlich größte Portion. Er hieb seine Zähne in das vom Holzkohlenfeuer geschwärzte Brot, schob Speck nach, biß zu und riß ein gewaltiges Stück herunter. Sein Mund war so voll, daß er zunächst nur ganz langsam kauen konnte. Doch je besser es allmählich ging, desto zufriedener ward seine Miene. Der Sepp sah dies mit freundlichem Wohlgefallen und begann seinerseits zu jausen.

* österreichisch für: zu dick

»No, was is, Herr Dokta, ham S' kein' Hunga?«

»Doch, doch! Komme sofort!«

Theophil Riller benutzte einen Baumstumpf als Unterlage, um erst mal die genaue Aufstiegsroute einzutragen und noch allerlei Zeichen in seine Karte zu malen.

Man konnte den Kreisleiter Theophil Riller nicht gerade einen Pedanten nennen. Er war schlichtweg ordentlich; was er anfing, machte er gründlich. Dabei war er ein Mann der Gegensätze: Er war klug, und diese Klugheit ließ ihn oftmals schweigen. Er war bescheiden, und dieser Charakterzug war oft sein größter Feind.

*

Des Kreisleiters Vater, Adalbert Riller, war ein gottesfürchtiger Mann gewesen. Fünf Jahre nach Beendigung seiner Lehre machte er sich als Gewürzhändler selbständig und wurde Mitglied der Zunft der »Ehrlichen Hamburger Kaufleute«. Er ging regelmäßig zur Kirche und mied Tabak und Alkohol. Sein aufrechter Glaube machte ihn im Verein mit seinem lauteren Charakter und seiner Bildung zu einem angesehenen Meister der Freimaurerloge »Absalom zu den drei Nesseln«. Als seine Frau Elvira 50000 Goldmark erbte, verwandte er diese sowohl zum Ausbau seines Geschäftes als auch zur Erziehung eines halben Dutzends Kinder.

Patriot, der er war, zeichnete Adalbert Riller 1914 alles, was er sich erarbeitet hatte, als kaiserliche Kriegsanleihe. Nicht genug, daß dieses Geld am Ende verloren war, das Zusammenwirken der Konfiskation aller deutschen Kolonien durch die Siegermächte und die schlechte wirtschaftliche Lage im Nachkriegs-Deutschland brachte den Zusammenbruch seines Gewürzhandels mit sich, so daß Adalbert Riller Konkurs anmelden mußte.

Fortan wurden seine Kinder zu noch größerer Bescheidenheit und Demut erzogen.

Besonders von ersterem hatte Theophil, der Älteste, reichlich mitbekommen. Um sich das Studium der Volkswirtschaft und seinen Lebensunterhalt zu verdienen, verdingte er sich vormittags als Bürobote, Kohlenschlepper, Gepäckträger. Am späten Abend trieb ihn nicht nur der Hunger aus seiner kärglichen, ungeheizten Bude, sondern auch eine innere Unruhe: die Suche nach einer Lösung, nicht nur für seine persönliche Situation, sondern eine allgemeine, eine große Lösung, eine, an der alle partizipieren konnten. — Doch je näher das Ende seines Studiums rückte, desto größer wurde die Zahl der Arbeitslosen in Deutschland, die 1932, dem Jahr seines vorgesehenen Examens, mit über sechs Millionen ihren Höchststand erreichen sollte. Junge Akademiker wurden dabei am wenigsten gebraucht.

Weil es inmitten einer Menschenmenge nicht so kalt war wie in seiner Bude, geriet Theophil Riller bei einem seiner abendlichen Streifzüge in eine Wahlversammlung der Nationalsozialistischen Deutschen Arbeiterpartei. Erst hörte er dem Redner widerwillig zu, alsbald wurde es ihm gleichgültig, was jener sagte, doch schließlich lauschte er immer interessierter. Überrascht stellte Riller fest: Hier wurden seine eigenen Gefühle und Sehnsüchte formuliert, die einen »ordentlichen«, autoritär geführten Staat forderten, der endlich das wirtschaftliche Elend beseitigte.

Von diesem knapp mittelgroßen Mann mit den dunklen, immer wieder in die Stirn fallenden Haaren, von diesen stechenden Augen und der heiser-rauhen, mit dem »R des Südens« rollenden, gutturalen Stimme, die durch geschauspielerte Gesten eher laienhaft unterstützt wurde, ging eine unerklärliche Faszination aus: Riller war von Hitler dermaßen angetan, daß er kurz darauf einen jener Sprechabende besuchte, die gelegentlich in kleinerem Kreise stattfanden. Dabei saß er Hitler hautnah gegenüber, und letzterer behandelte an diesem Abend nicht nur national und international zu lösende Probleme, er befaßte sich auch mit den täglichen Sorgen seiner Zuhörerschaft: Leutselig, ja echt volksverbunden, hörte er geduldig zu, erteilte er Ratschläge, erzählte er von seinen eigenen »vier miesen Wiener Jahren« und schlug auch, ansonsten Antialkoholiker, die Einladung zu einem Glas Bier nicht aus. Ohne daß er es selbst merkte, nahmen Hitlers Suggestivkraft und sein rednerisches Talent Theophil Riller gefangen.

Wäre er seinem Führer an diesem Abend anders als durch wohltuende Zurückhaltung aufgefallen, er hätte mit an Sicherheit grenzender Wahrscheinlichkeit die erste Sprosse einer gewaltigen Parteikarriere erklimmen können. Doch so wählte

Theophil Riller, seinem Charakter gemäß, die Ochsentour von unten: Er trat in die Partei ein, und da seine zuständige Ortsgruppenleitung gerade mal wieder expandierte, bot man ihm gleich eine Stellung als Schreibkraft an. Freilich schon mit der ersten Bedingung: »Aber Ihr'n Nam'n ändern Se noch 'n bißchen«, wurde ihm bedeutet »Dheo-viel, det is so undeutsch. Dheo allene reicht vollkomm'n.«

Vater Adalbert wetterte zwar vehement gegen die Methoden und Ziele dieser braunen Bewegung, wußte aber um so weniger einen Ausweg, als er selbst am »Schwarzen Montag«, als alle privaten Banken und öffentlichen Sparkassen ihre Zahlungen einstellten, den letzten Notgroschen verloren hatte und gezwungen gewesen war, seine dreieckige, diamantenbesetzte Freimaureruhr zu versetzen. Es sah zu trostlos in Deutschland aus: Zur hohen Arbeitslosigkeit kam noch eine Inflation, die morgens bereits entwertet hatte, was am Abend zuvor ausbezahlt worden war. Ergo brach Riller »erst mal« sein Studium ab und ließ sich als hauptamtlicher Parteisekretär anstellen.

Auf dem letzten Ball seiner Burschenschaft lernte er Hermine Oehmi, eine recke blonde Apothekerstochter kennen, die er nun, einer Stellung sicher, schnell heiratete, »damit sie ihm kein anderer wegschnappt«. Jetzt wünschte er sich nichts lieber als ein trautes Heim mit einer zärtlichen Frau inmitten vieler fröhlicher Kinder.

Als sein Ortsgruppenleiter im Rahmen des »Röhm-Putsches« erschossen wurde, nahm Riller erst kommissarisch dessen Arbeit auf, bald danach seinen Posten ein. Nachdem er auch in dieser Position stets sein Bestes gab, beförderte die Parteileitung den jungen Ortsgruppenleiter »Theo« Riller später nach Niedersachsen: Dort hatte man einen Kreisleiter mit Schimpf und Schande davongejagt, weil der sich mit einer schönen Jüdin eingelassen hatte, die sich ihm hingab, um ihre Familie vor dem KZ zu bewahren. Auf diesem Posten brauchte man jetzt einen »absolut verläßlichen« Mann.

*

»Kann man in dem Bergsee da unten baden?« unterbrach Kurt die kauende Idylle

»Bad'n kannt ma da schon, aber hin derf ma' da ned«, stieß

der Sepp hervor, ohne sich beim Kauen unterbrechen zu lassen.

»Der Tilisuna-See liegt schon im Sperrgebiet. Außa dem Mooshamma Loisl und seine Familie derf da jetzt niemand hin. Außa: Ma hat a Sondergenehmigung.«

»Sondergenehmigung? Was denn für eine Sondergenehmigung?«

»Na, auf den zwei Gipf'ln dahint', dem Grünen Fürkele links und dem Tilisuna-Fürkele rechts, verläuft die Grenz'n. Und da derf halt niemand hin. Es könnt' ja jemand über die Gemslücke in die neutrale Schweiz abhau'n woll'n. Und des derf ma halt ned.«

»Wer will denn hier abhauen?« insistierte Kurt.

»Na, zum Beischbiel die balkanesischen Kriegsgefangenen, die uns die Silvretta-Hochalpenstraß' bau'n dürf'n. Von denen sind schon ein paar abgehau'n. Seitdem is' alles entlang der Grenz'n Sperrgebiet.«

Theophil Riller beobachtete durch sein Fernglas einige Zeit die Gegend um den kleinen See.

»Na ja, Kurti, wenn du da gern mal baden möchtest, dann werd' ich eben versuchen, ob wir nicht diese Sondergenehmigung bekommen.«

»So, zum Abschluß der Jaus'n hat's noch an Becha Kaffee für an jed'n. Dann müass'n ma absteig'n, sonst werd's Nacht.« Damit reichte der Sepp jedem einen bunten Emaillebecher dunkelbraunen Kaffees.

»Mann, ist der aber gut«, platzte Kurt raus, »der ist ja fast so stark wie unserer zu Hause. Aber auf jeden Fall viel besser als der unten in der Pension.«

»Das ist ja echter Bohnenkaffee! Wie kommen Sie denn zu dem?« pflichtete der Vater erstaunt bei.

»Na, na«, meinte der Sepp allzu beiläufig, während er das Messer an seiner speckigen Bundhose abwischte und die Thermosflasche wieder im Rucksack verstaute, »dös is' unser' g'sunde Milli, die gibt dem Kaffee was B'sonderes.«

Der Sepp spürte nicht den Blick des Kreisleiters »Theo« Riller in seinem Rücken.

*

An der Spitze der Truppen, die am 1. März 1935 das Saargebiet »heim ins Reich« holten, marschierte die »Leibstandarte SS Adolf Hitler«. Dies faßte der in der ersten Reihe der Jubelnden stehende Egon Fetscher als persönliche Geste Hitlers an ihn, ja als »Wink des Schicksals« auf und trat, »spontan und dankbar«, der örtlichen SA bei. Um noch aktiv an der allgemeinen nationalen Erhebung teilhaben zu können, meldete er sich am Tag des deutschen Einmarsches in Österreich freiwillig zu den Fahnen, wurde jedoch wegen Hyperthyreose nur »beschränkt tauglich« geschrieben. Dies nagte in ihm und ließ die mit seiner Schilddrüsenüberfunktion verbundenen Erregungszustände noch häufiger und unangenehmer auftreten, so daß ihm schließlich eine psychiatrische Behandlung verordnet wurde. Nach deren Abschluß betrachtete er sich wieder als nützliches Mitglied der Gesellschaft, das seine Lebensaufgabe in der Erziehung der Jugend gefunden hatte. Mit der Zeit hielt er sich sogar für einen guten Lehrer und einen noch besseren Pädagogen. Gleichzeitig war er ein treuer, begeisterter Nationalsozialist. Aber dumm.

Die vom »Reichsbund für Leibesübungen« herausgegebenen »Richtlinien zur körperlichen Erziehung der männlichen Deutschen Jugend zwischen 14 und 18 Jahren« hatten 1943 die direkte Wehrhaftmachung zum Ziel. Sie schrieben unter anderem einen »variablen Stafettenlauf« vor.

Um Zeit zu sparen und »damit auch alle drankommen«, ließ Fetscher, der zwar für Sportunterricht ungeeignet, aber aufgrund des akuten Lehrermangels dafür zuständig war, jeweils acht Schüler zugleich starten: Nach hundert Metern Lauf mußte jeder einen Stab aufheben und diesen ausgestreckt nach vorne haltend, zurückhüpfen, wozu Fetscher mit einer Trillerpfeife das Tempo angab. Nach zwanzig Metern war der erste außer Takt, nach Passieren von Fetschers 50-Meter-Standplatz alle bis auf einen. Zwischen den Nachzüglern lief Fetscher hin und her, sie wie ein Sklavenaufseher ständig antreibend.

So schnell wie möglich versuchte sich rechts außen Eugen Brombacher vorwärts zu bewegen. Doch über das Tempo eines anfänglich forcierten Dauerlaufs kam er nicht hinaus, denn er litt seit frühester Kindheit an Fettsucht. Dies und sein hoher

Blutdruck befreiten ihn eigentlich von der Teilnahme am Sport. Doch Eugen, der sich nicht einen Drückeberger schelten lassen wollte, hatte auf eine generelle Befreiung verzichtet und stand deshalb gelegentlich beim Wasser- und Fußballspiel im Tor. Weil es bei Fetscher jedoch nur ein Entweder-Oder gab, mußte Eugen jetzt mitlaufen.

Da Fetscher um die Unbeweglichkeit Brombachers wußte, behielt er ihn besonders im Auge. Großmütig gewährte er nach dem Lauf eine Verschnaufpause, ehe er: »So, und jetzt in die Hocke und den Stab nach vorne haltend wieder zurück!« befahl. Nach zehn mühsamen Sprüngen mußte Eugen zum ersten Mal innehalten.

Egon Fetschers Gesicht hatte große Ähnlichkeit mit dem Bug eines auf hohe Geschwindigkeit getrimmten Schnellboots, wobei die basedowsch hervorstehenden Glubschaugen die Funktion der beiden Torpedorohre übernehmen konnten. »Watsch'n-Gesicht« war allerdings die gängigste Bezeichnung dafür; nicht nur der großen Flächen wegen, sondern weil »Watsch'n austeilen« Fetschers häufigste, weil, wie er glaubte, wirksamste pädagogische Tätigkeit war. Denn das war der Leitsatz seiner Pädagogik: »Da schlechte Leistungen einzig und allein auf Faulheit oder Nichtwollen basieren, muß dies umgehend bestraft werden.« Egal, ob es sich um nicht makellos-gerade gezogene Striche beim Zeichnen oder um einen einzigen falschen Schritt bei dem von ihm favorisierten »Hopser-Gang« handelte. Wer patzte, wurde umgehend bestraft.

Nach zwanzig gehüpften Metern dauerte Brombachers Pause schon wesentlich länger. Fetscher stand sehr nah bei seinem Schüler — was die anderen ausnutzten und sich dem Ziel unbemerkt aufrecht gehend näherten.

»Na los, Brombacher, Sie werden doch nicht schlappmachen!« Fetschers Stimme hatte den Klang falscher Leutseligkeit. »Weiter geht's! Sie können doch sonst alles, da werden Sie doch das bißchen Froschhüpfen auch noch schaffen. Die anderen haben's doch auch gekonnt. Los: Hüpf, marsch, marsch!« Seine Stimme nahm einen metallisch scharfen Klang an: »In den naturwissenschaftlichen Fächern haben Sie überall eine Zwei, in den Sprachen sogar lauter Einser — na und in Geographie haben Sie von mir auch eine Eins bekommen. Da werden

Sie doch nicht wollen, daß ich Ihnen Ihr nächstes Zeugnis mit einer Fünf im Turnen versaue!«

Doch Eugen Brombacher reagierte nicht.

Als seine Worte keine Wirkung erzielten, übermannte Fetscher der Zorn: »Na los, Sie fauler Sack! Erheben Sie sich endlich, und hüpfen Sie, Sie Waschlappen, Sie verweichlichter!« Daß Fetschers Wut echt war, konnten seine Schüler an dem vorspringenden Adamsapfel erkennen: Dieser ging mit steigender Erregung immer schneller rauf und runter, was, da der Turnlehrer mit Vorliebe »Fliegen« trug, ungewollt komisch aussah: »Gleich hebt er ab«, flüsterten sich die Schüler zu, so sie dazu Gelegenheit hatten. Und jetzt begann Fetschers Propeller wie ein Jojo auf- und abzuspringen.

Nicht Sadismus, sondern Ehrgeiz bestimmte Fetschers Denken und Handeln: Der Umgang mit diesen, für Heldenehren geradezu prädestinierten Internatsjungen hatte Fetscher innerlich aufgenordet. Das Ergebnis war ein Ehrgeiz, der darin gipfelte, seine Schüler dermaßen zu trimmen, daß keiner von ihnen im Sport eine schlechtere Note als »3« bekam (wovon er hoffte, daß dies höheren Orts auffiel). Das war natürlich nicht immer leicht, aber in den unteren Klassen doch weniger problematisch, da man hier gegebenenfalls entsprechend nachhelfen konnte. Aber dieser stinkfaule, schwitzende Sack hier verdarb seine ganze Statistik.

Dabei muß zu Fetschers Rechtfertigung gesagt werden, daß er keine Rücksicht auf die Herkunft seiner Schüler nahm. Er hegte keinerlei Antipathie gegen den Franzosen Dussard, er privilegierte weder den Sohn eines bekannten Heerführers, noch verspürte er für den vor ihm liegenden Sohn eines »Ehrenariers« eine persönliche Zu- oder Abneigung.

*

Das Weihnachtsfest 1932 verbrachten Clyde und Helen Kluckhohn bei Irene und Raphael Brombacher und deren Sohn Eugen in Altenburg in Thüringen. Mister Kluckhohn, Professor für Germanistik an der Universität von Massachusetts, hatte Helene, wie sich Irenes Schwester damals noch schrieb, drei Jahre zuvor bei seinem ersten Europabesuch kennengelernt und sie, nachdem sie seinen spontanen Heiratsantrag angenommen hatte, gleich mit in die Vereinigten Staaten genommen. Dort führten sie als ehrengeachtete Mitglieder der neuenglischen Gesellschaft inzwischen ein großes Haus und hatten sich ihre Natürlichkeit bewahrt.

Als das amerikanische Ehepaar von einem Abstecher aus Berlin wieder in die thüringische Kleinstadt zurückkehrte, stand beiden das nackte Entsetzen im Gesicht geschrieben. Es dauerte einige Tage und bedurfte mehr als einer guten Flasche Weines, ehe der Professor fähig war, ihre Erlebnisse zu formulieren:

»In den drei Wochen haben wir uns in Berlin gründlich umgesehen und dabei mehrere Fälle von infam ausgeübter Gewalt erlebt: Leute werden am hellen Tag auf der Straße niedergeschlagen, Geschäfte demoliert, Demonstrationen arten in Massenschlägereien aus. Und das Schlimmste: Die Polizei schreitet gar nicht ein! Die sieht weg, sobald die Schläger ein braunes Hemd anhaben! Die Zeitungen Berlins sind voll davon. Tagtäglich!«

»Das sind bedauerliche Übergangserscheinungen. Du wirst sehen, nach den nächsten Wahlen ist damit Schluß. Dann ist es in Berlin genauso ruhig wie hier bei uns. Hitler schafft da Ordnung.«

»Nein, Raphael, mit diesem Hitler wird alles nur noch schlimmer. Dieser brutale Terror, der geht doch von ihm selber aus. Er predigt ja persönlich und ungeniert Gewalt . . .«

Die Diskussion zog sich tagelang hin. Verwundert waren die Brombachers dabei immer wieder, daß die Verwandten aus Übersee soviel besser über das, was in Deutschland geschah, Bescheid wußten, als sie, die Deutschen selbst: Sie hörten nur die Nachrichten des nahen Reichssenders Leipzig und lasen ihr »Gäsebläddchen«, das, vom Deutschnationalen Hugenberg herausgegeben, die Anhänger der NSDAP als mehr oder weniger große Spinner und verkrachte Existenzen karikierte und ohnehin meist nur nachschrieb, was die Gazetten dieses Konzerns in der Metropole bereits veröffentlicht hatten.

Die Radioübertragung vom Fackelzug durchs Brandenburger Tor war noch nicht zu Ende, als Clyde Kluckhohn sagte: »Raphael, Irene, dieser Adolf Hitler wird unsagbares Unglück über Deutschland bringen, und ich bin überzeugt, er wird sich nicht auf Deutschland beschränken. Ich fahre morgen zu meinem

Konsul und beantrage Einreisevisen. Ich werde für auch bürgen. Laßt alles zurück und kommt mit, ehe es zu spät ist.«

»O ja, ich will nach Amerika«, rief der dreijährige Eugen erfreut. Ihn hatten die Fotografien der New Yorker Wolkenkratzer fasziniert: »Ich will mit nach Amerika!«

Doch der Halbjude Raphael Brombacher fühlte wesentlich deutscher als jüdisch: Der Weltkrieg-I-Offizier und Träger beider Eiserner Kreuze hatte die von seinem Vater übernommene kleine »Werkstätte für Lederverarbeitung« trotz Inflation von vier auf fünfzehn Mitarbeiter ausgebaut. In seiner kleinstädtischen Vorstellungskraft war Hitler ein Kaiserersatz, der den Deutschen wieder Ehre, Recht und Arbeit zu verschaffen versprach. Und so einer tat niemals Unrechtes.

»Dann gib uns wenigstens erst mal Chubby* mit. Ihr könnt ja dann alles in Ruhe verkaufen und nachkommen.«

Doch trennen wollte man sich keinesfalls. So schifften sich »die Amerikaner« am 1. April 1933, an dem Tag, an dem Julius Streicher seinen »Judenboykott« verkündete, alleine wieder ein.

Raphael, dem nach diesen Gesprächen, den eindringlichen Beschwörungen seines hochintelligenten Schwagers und der wiederholten Lektüre von »Mein Kampf« allmählich doch Bedenken gekommen waren, begann, sich abzusichern: Er drängte seine arische Ehefrau zum Eintritt in die NSV, die zuständig war »... für alle Fragen der Volkswohlfahrt und Fürsorge ...«. Er selbst wurde mit einer Musterkollektion von Stiefeln, Koppeln, Schulterriemen, Revolvertaschen und Handschuhen »in zweifacher Ausfertigung für Offiziere und Mannschaften« bei der Parteileitung seines Bezirks vorstellig und bekam schließlich, da er neben guter Qualität ausgezeichnete Verarbeitung präsentierte, den Auftrag, die »zusätzlich aufzustellenden Sturmabteilungen des Kreises Leipzig« auszustatten. Anschlußaufträge bedingten allmählich eine Expansion des Betriebs, der stets pünktlich und zur vollsten Zufriedenheit seiner Auftraggeber lieferte.

Als im Laufe des ständig zunehmenden Antisemitismus ruchbar wurde, daß hohe und höchste SA-Führer, ja Parteifunktionäre in Stiefel schlüpften und sich mit Riemen gürteten, die aus

* amerikanisch für: Dickerchen

einer »nicht ganz arischen« Werkstatt stammten, lag die Lösung dieses Problems schon höheren Orts vor:

Parallel zur Machtergreifung hatte ein offener Kampf um Posten und Positionen eingesetzt, der ahnen ließ, zu welch unentwirrbaren Intrigen »Die Neue Zeit« fähig war: »Alte Kämpfer« und »Märzveilchen« präsentierten ideologische Rechnungen oder erhoben Ansprüche auf Pfründen; Staatsbeamte versuchten krampfhaft an Einfluß zu behalten, was ihnen Funktionäre »der Bewegung« mit allen Finten und Finessen immer mehr streitig machten; Führer der nunmehr endgültig legitim gewordenen paramilitärischen Organisationen trachteten, die Macht des Militärs zu beschneiden; sich widersprechende Anordnungen neuer Maßgeblicher jagten einander ebenso, wie sich die Befehle jener Führerschicht überschlugen, die sich um jeden Preis zu profilieren suchte.

In einem solchen Konglomerat von Machtgelüsten und Kompetenzrangeleien, Lug und Trug, Kabalen und Neid hatte niemand Zeit noch Lust, sich mit dem anonymen Schicksal eines »nicht ganz arischen« Individuums aus der Provinz länger zu beschäftigen, als dies für einen raschen Federstrich notwendig war. Nach dem neuen »Arierparagraphen« vom 11. April 1933 galt als »nichtarisch, wer von nichtarischen, insbesondere jüdischen Eltern und Großeltern abstammt. Es genügt, wenn ein Elternteil oder ein Großelternteil nicht arisch ist. Dies ist insbesondere dann anzunehmen, wenn ein Elternteil oder ein Großelternteil der jüdischen Religion angehört ...« Doch die Definition war so klar nicht formuliert, sie ließ sowohl verschiedene Folgerungen zu wie ebensolche Möglichkeiten offen. Außerdem nahm sie zunächst Juden aus, die schon am 1. August 1914 Beamte oder die von 1914 bis 1918 Frontkämpfer gewesen oder deren Väter und Söhne im 1. Weltkrieg gefallen waren. Zu alldem machte noch ein grollender Satz Hermann Görings die Runde, von dem niemand annahm, daß er anders als grollend gemeint war und der zum geflügelten Wort wurde: »Wer Jude ist, bestimme ich.«

Möglich, daß es ein noch um seine Stellung ringender, ehemals kaiserlicher Beamter oder ein idealistischer brauner Emporkömmling war, der die Tapferkeitsauszeichnungen eines halbjüdischen Weltkrieg-I-Oberleutnants, die »spontane« Mitgliedschaft dessen arischer Ehefrau in der NSV sowie die Notwendigkeit immer zahlreicher benötigter Knobelbecher, Koppel und Revolvertaschen einwandfreier Qualität gegen das nicht unmißverständlich formulierte Parteidogma abwog. Möglich auch, daß ein Korrupter erkannte, daß sich ihm hier im Laufe der Zeit die Möglichkeit einer einträglichen, »zu beschützenden« Quelle darbot: Jedenfalls traf als Antwort auf die Anfrage ein mit vielen Unterschriften und ebenso vielen Stempeln diverser Amtsstellen versehenes Schreiben ein, aus dem hervorging, daß der »staatspolitisch und wirtschaftlich wichtige« Betrieb des Raphael Brombacher »von den momentan geltenden wie noch zu beschließenden Maßnahmen im Namen der Arisierung auszunehmen sei«. Zwar fiel dem zuständigen Ortsgruppenleiter, einem biederen Tierarzt, die fast vorsichtige Formulierung auf, doch da er sich durch eine neuerliche Nachfrage höheren Orts nicht blamieren wollte, andererseits auch schon den Göringschen Ausspruch kannte und in dem Zusammenhang einflußreiche Protektionisten des Raphael Brombacher in der Reichshauptstadt vermutete, versah er die Sache mit der Bezeichnung »zum Ehrenarier erklärt« und legte sie ad acta.

So hatte Raphael Brombacher ohne eigenes Zutun erreicht, daß seine Familie und sein Betrieb unangetastet blieben.

Als er erfuhr, daß der beliebte Leipziger Oberstudienrat Doktor Hans Deuber, den er aus Artikeln, Vorträgen und Rundfunksendungen kannte, zum Leiter eines neuen Internats im Elsaß berufen worden war, suchte Raphael Brombacher diesen unverzüglich auf, erklärte ihm seine Lage und bat, sich seines Sohnes anzunehmen.

Eugen Brombacher jedoch hatte der Gedanke an ein Leben in der »Neuen Welt« nicht losgelassen. Regelmäßig korrespondierte er mit seinem Onkel, dessen letzter Brief einen Tag vor der Kriegserklärung Hitlers an Amerika eintraf.

*

Kurz vor der 50-Meter-Marke lag Eugen Brombacher laut keuchend am Boden. Der ob der Überfunktion seiner Schilddrüse dünne Lehrer blieb ein Sklave seiner selbst. Er stemmte die Hände in die Hüften und beugte sich zu dem ob seiner Unterfunktion dicken Schüler runter: »Na, was ist denn los? Wollen wir hier einen Mittagsschlaf halten? Aufstehen!«

Eugen Brombacher riß sich mühsam zusammen und richtete sich langsam auf. Schwankend stand er vor Fetscher.

»Dreimal tief durchatmen!«

In Eugens Luftröhre rasselte es.

»Und nun in die Hocke!«

Hätte sich Brombacher nicht an dem mitgeführten Stab festgehalten, wäre er beim Niederlassen umgekippt.

»Und jetzt die Arme wieder nach vorne — uuuund: hüpfen!«

Schon im Ansatz einer neuerlichen Bewegung brach Eugen Brombacher zusammen. Wie aus der Erde gewachsen stand Mitschüler Karlheinz Miedel mit einer Tragbahre und zwei Mann neben Fetscher: Mit schweigender Selbstverständlichkeit rollten sie ihren Kameraden auf die Bahre und banden ihn fest.

»Miedel, was soll das? Wer hat Ihnen befohlen, eine Tragbahre zu holen?«

»Niemand. Ich habe dies aus eigenem Ermessen getan.«

Miedel war relativ groß und mit Temperament gesegnet. Auf Fetschers Bemerkung fuhr er hoch und baute sich unvorschriftsmäßig nah vor diesem auf: »Wenn ich auf Ihren Befehl gewartet hätte, könnte es zu spät sein. Als Sportlehrer müßten Sie wissen, daß bei Menschen dieses Gewichts generell die Gefahr erhöhten Blutdrucks besteht, was bei Brombacher der Fall ist. Und wenn dann so ein Mensch aufgrund einer außergewöhnlichen Belastung kollabiert, was bei Brombacher der Fall ist, ist er umgehend ärztlich zu versorgen. Erst recht, wenn ihm die heiße Herbstsonne auf den ungeschützten, überaus rot angelaufenen Kopf brennt — was bei Brombacher der Fall ist!« Karlheinz Miedel, der später Medizin studieren wollte, hatte Fetscher, eigentlich gegen seinen Willen, mehr angebrüllt als sich selbst gerechtfertigt. Ganz sachlich befahl er dagegen seinen Helfern: »Bahre auf!« und »Ab ins Krankenrevier!«

Fetscher, der sich nur langsam vom überraschenden Verhalten dieses Schülers erholte, brüllte hinterher: »Können Sie mir vielleicht erklären, wozu Sie den Löscheimer und das Feuerlöschtuch von ihrem Platz genommen haben?«

»Weil ich in der Eile nichts Passenderes fand! Das feuchte Löschtuch lege ich auf Brombachers Kopf, und während des Gehens bespritze ich ihn mit dem Löschwasser!«

Fetscher, der sich mit der schweigenden, offensichtlich ihrem

Kameraden zustimmenden Klasse konfrontiert sah, blieb nur noch zu drohen: »Wir sprechen uns nach dem Mittagessen auf Zimmer zwei!«

»Gewiß doch, Herr Studienrat.«

*

Angenehm warm schien die Septembersonne auf den nackten Wanst des Kreisleiters »Theo« Riller. Er mochte ungefähr eine Stunde geschlafen haben, als ihn ein Geräusch auffahren ließ. Verdrießlich drehte er sich um und gewahrte, daß ihn das mehrmalige Reiben eines Streichholzes geweckt haben mußte, mit dem sich der Sepp gerade eine Zigarette anzündete.

»Möchten S' auch eine?« fragte der.

Eigentlich mehr dem Unikum Sepp zuliebe nickte der Kreisleiter und zog aus der angebotenen Schachtel eine raus.

Hundert Meter entfernt sprang Kurt zum x-ten Mal vom Bootssteg in den Tilisuna-See.

Nach dem ersten Lungenzug mußte Theophil Riller gewaltig husten: »Meine Güte, ist die aber stark! Chesterfield, wo haben Sie die denn her?«

»Ach wiss'n S', da war unlängst a Kolonne Rote-Kreuz-Wag'n aus da Schweiz bei de' Kriegsg'fangene in den Lagern und hat denen was 'bracht. Na ja, da sind halt auch ein paar Zig'rett'n für mich abg'fall'n.«

Der Sepp hat mit Kriegsgefangenen gar nichts zu tun, überlegte Riller. Wie kam der an amerikanische Zigaretten? Er konnte sie nur durch außerdienstlichen, also verbotenen Verkehr mit den Gefangenen bekommen haben, oder er schmuggelte sie aus der nahen Schweiz. Letzteres schien der Bohnenkaffee neulich schon anzudeuten. Als Kreisleiter müßte er seine Beobachtungen eigentlich weitergeben. Statt dessen seufzte er: »Schade, daß wir morgen schon wieder heimfahren müssen.«

»Ja, schad' is'. Sie war'n ein angenehmer Bergkamerad.«

»Oh, danke schön.«

»Wie gut, daß wir mit dem Wetter so ein Glück g'habt hab'n! Dadurch hab'n Sie Ihr Pensum erfüllt und alle Berg' entlang der Grenz'n besteig'n können. Na ja, das hab'n andere auch g'macht. Aber keiner von denen war so gründlich wie Sie und hat sich die genaue Rout'n und so weiter gleich in seine Kart'n ein'tragn.«

Theophil Riller richtete sich auf: »Jetzt versteh' ich Sie nicht.«

»Na, dann schau'n S' mal in Ihre Kart'n rein: An Mittelberg, die Madrisa, den Borschkopf und zuletzt das Schwarzhorn hab'n S' bestieg'n. Die liegen alle parallel zur Grenz'n. Von all' diesen Bergen führt auch ein Abstieg in die Schweiz oder rüber nach Liechtenstein. So eine Systematik, die macht ein' doch stutzig — oder seh'n Sie das anders?«

»Reiner Zufall.«

»Bloß komisch, daß sich die Zufäll' seit Pearl Harbour häuf'n!«

»Ich versteh' kein einziges Wort von dem, was Sie sagen.«

Feixend und so schriftdeutsch wie möglich meinte der Sepp: »Sie täten vielleicht staunen, wenn ich Ihnen verraten würde, was für ein ›Großkopferter‹ sich am 20. Dezember '41, also: neun Tag, nachdem mir mit den Amerikanern im Krieg war'n, in der *Valisera* ang'meldet hat! An Ostern '42 ist er dann 'kommen; aus'm Zug ist er noch in seiner Uniform ausg'stieg'n. Das war ein ganz ein hohes Viech, eine Pracht von einem ›Goldfasan‹, sag' ich Ihnen. Aber kaum war der in der Pension, is' er bloß noch in seine Gniggabogga rumg'lauf'n. Und wie's dem pressiert hat! Die Berg' hab'n mir im meterhohen Schnee abgehen müssen. Und durch sein Fernglas hat er wild in der Gegend rumg'schaut — grad' so wie Sie. Ich hab' ihn g'fragt, warum er mit seinem Glas soviel in die Schweiz rüberschaut. Da hat er natürlich net g'wußt, ob er mir trau'n derf. Desweg'n hat er g'sagt: ›Er rekognosziere nur prophylaktisch, ob die Grenze gesichert sei.‹ Mei, hab' ich da g'lacht! ›Ja, hab'n uns jetzt auch noch die Liechtensteiner an Krieg erklärt?‹ hab' ich g'fragt. Das war dem vielleicht peinlich. Aber dann hab' ich zu ihm g'sagt: ›Sie, wenn Sie mich für blöd verkauf'n woll'n, dann steigen Sie ab morg'n g'fälligst allein auf de' Berg' rum!‹ Danach is' er wieder ganz friedlich 'word'n. Zum Schluß hat er g'sagt: ›Herr Sepp‹, jaja, ›*Herr Sepp*‹ hat er g'sagt, ›Sie sind ein zuverlässiger und verschwiegener Mensch. Es kann sein, daß ich Sie mal ganz überraschend brauche. Und damit ich Sie jederzeit erreichen kann, lasse ich Ihnen ein Telefon besorgen.‹ Und tatsächlich: Eine Woch'n später kommt einer von der Reichsbosd und legt mia a Telefonleitung in mein'n Hof! Jetzt hab' ich, a Bergbauer, so ein

Telefon im Haus! Das hätt's doch sonst nie 'geb'n, das müssen S' mir doch zugeb'n!«

Theophil Riller hatte längst seine Zigarette vergessen; sie brannte von alleine, verlor ihren Zusammenhalt und fiel auf seinen nackten Oberschenkel. Hastig wischte er die Asche weg.

»Am Tag nach dem Desaster von Stalingrad is' einer, wie er g'sagt hat, ›direkt von der Ostfront‹ 'kommen. Der hat so ein silbernes Eichenlaub auf seinem schwarzen Kragenspiegel trag'n. Aber auch bloß beim Aus-'m-Zug-Steig'n; dann hat er glei' Zivil an'zog'n. Und Sie sind jetzt scho' der sechste, den ich an der Grenz'n entlang führ'. Zuerst hab'n s' alle ganz unschuldig getan, hab'n was von ›Erholen‹ g'faselt und sehnsüchtig zum Silvretta- und Rätikonmassiv rüberg'starrt. Aba i' hab's alle durchschaut. Und seit die Amerikaner vor ein paar Tag' in Süditalien g'landet sind, hab'n sich schon wieder zwei zum Bergsteig'n angemeldet. ›Noch für diesen Herbst.‹ Ich weiß gar nicht, wie ich da zum Heuen komm'.«

Obwohl Theophil Riller versucht hatte, »sein« Thema herbeizuführen, machte ihn diese Offenheit sprachlos.

»Mir is' ja wurscht«, fuhr der Sepp unbeirrt fort, »warum so honorige Leut' wie Sie und die andern an unauffällig'n Grenzübergang brauch'n. Von hier geht's mit dem Rucksackl oder einem Koffer halt doch leichter rüber, als wenn ma' durch den kalt'n und strengbewacht'n Rhein schwimma muß. Wo von beide' Seit'n g'schoss'n wird. Mir is' wirklich wurscht. Bloß für blöd' derf ma' mi' net verkauf'n woll'n, weil die Parallelität der militärischen Ereignisse mit dem Kletterbedürfnis der hohen Herrschaft'n — des fallt an jed'm auf.«

Theophil Riller fühlte sich vor diesem einfachen Bergbauern wie ein Schuljunge, der beim Abschreiben erwischt wurde. Warum suchte er wirklich nach einer Möglichkeit des heimlichen Grenzwechsels? Er, der Intelligente, der Zurückhaltende, der stets Korrekte, der niemand unrecht tat? Er hatte doch ohne eigenes Zutun, ja fast wider seinen Willen in der Partei Karriere gemacht. Er war immer darauf bedacht gewesen, korrekt zu handeln und keine Übergriffe zu dulden. Korruption und Gewalttätigkeiten hatte er in seinem Kreis sofort nach seinem Amtsantritt unterbunden, und alles in allem hätte der Kreisleiter »Theo« Riller auch nach dem Ende des voraussichtlich verloren gehenden Krieges nichts zu befürchten gehabt — wäre da nicht die Sache mit den englischen Piloten gewesen.

»Und wieso nehmen Sie an, daß ich auch einen unauffälligen Grenzübergang suche?«

»Mei' Vermutung hat sich in dem Moment bestätigt, wo Sie die Sondergenehmigung 'kriegt hab'n. Die gibt der Ortsleiter nämlich bloß Leut', die wo was hoch's sind. Weil da drüb'n, hinterm See, beim Grubenpaß, da geht's halt am einfachst'n rüber.«

Der Kreisleiter mußte sich geschlagen geben: »Lieber Sepp, Ihre Offenheit ehrt mich, und ich vertraue auf Ihre absolute Verschwiegenheit. Es kann wirklich einmal passieren, daß meine Familie und ich Ihre Hilfe brauchen. Es wäre schön, wenn ich mich dann auf Sie verlassen könnte.«

»Seh'n Sie, Herr Dokta, das gefällt mir, daß Sie als einziger so ehrlich san! Da is' meine Hand. Schlag'n S' ein: Wenn S' amal in Not sind, komm'n S' zu mir. Ich helf' Ihnen und Ihrer Familie 'nüber ...«

»Haaaatschi!«

Der Bergführer und sein Kunde fuhren herum.

»'tschuldigung.«

Dicht hinter ihnen lag Kurt im Gras, der dem Kitzeln eines einzelnen Halmes hatte nachgeben müssen.

*

»Zimmer zwei« war im ganzen Internat ein Begriff: Wer die Anstalt verlassen wollte, mußte sich hier ab- und wieder zurückmelden: Unterschriften waren hier zu leisten und Post abzuholen. Gegen Vorlage des — meist kurz vorher »auf Null« frisierten — Ausgabenbüchleins teilte die Sekretärin Taschengeld zu und nahm die Anrufe besorgter Eltern entgegen, die bewegt darüber Klage führten, wenn ihre Sprößlinge »schon wieder so lange nicht geschrieben hatten«. Auf »Zimmer zwei« hatte sich aber auch einzufinden, wer vom Chef etwas wollte oder zu ihm zitiert wurde.

*

Hans Deuber wurde als zweiter Sohn eines badischen Sauerkrautfabrikanten geboren. Da nach den überlieferten Familiengesetzen der Erstgeborene den väterlichen Betrieb übernahm und Hans bereits in jungen Jahren erkannte, daß er zum Geschäftsmann keinerlei Talent besaß, jedoch über genügend Mittel verfügen konnte, studierte er erst mal die alten Sprachen der Griechen und Römer, ehe er sich, nach seiner Promotion, noch der Neuphilosophie zuwandte.

Nachdem er auch das zweite Staatsexamen mit summa cum laude abgelegt hatte, setzten die Behörden den Referendar in Thüringen ein. Daß sich der junge Akademiker dort umgehend die Sympathien seiner Schüler und deren Eltern erwarb, lag an seinen exzellenten, mit Diplomatie gepaarten Umgangsformen, vor allem aber an seinem umfassenden Wissen und außergewöhnlichen pädagogischen Fähigkeiten. Trotzdem ließen seine Beförderungen länger auf sich warten als üblich: Die Parteimitgliedschaft war bei höheren Beamten zwar erwünscht, jedoch nach Hitlers eigenem Diktum »selbst bei Beförderungen nicht obligatorisch«. Wie seine Vorgesetzten und die Ministeralen dies jedoch in der Praxis handhabten, konnte Deuber wiederholt an Kollegen beobachten, deren Personalbogen weit weniger gute Beurteilungen aufwiesen und dic trotzdem vorgezogen wurden: Sie trugen ausnahmslos das Parteiabzeichen am Revers. Deuber konnte sich ausrechnen, daß er bei diesem Beförderungstempo versauern und schließlich, wenn er Glück hatte, als Oberstudienrat in Pension gehen würde; was sowohl seinen Fähigkeiten wie seinem gesunden Ehrgeiz widersprach. Da er weiterkommen wollte, gab er sich einen Ruck und beantragte die Aufnahme in die NSDAP — und siehe da: Deubers grünes Parteibuch lag noch keine zwei Jahre in seinem Schreibtisch, da ernannte man ihn zum Studiendirektor.

Seine guten Umgangsformen waren ihm allerdings fast schon wieder im Weg, als es darum ging, Leiter des neu geschaffenen »Internats für Jungen« in Zillisheim an der Burgundischen Pforte zu werden. Doktrinär verwechselte man höheren Orts Humanismus mit Verweichlichung und sprach Doktor Deuber somit jegliches Durchsetzungsvermögen ab. Daß er letzteres sehr wohl besaß, bewies er anders als erwartet: In seinem Bestreben, die ihm Anvertrauten liberal und im Sinne von Wilhelm von Humboldts Neuhumanismus zu erziehen, ließ er seine Jungen zwar, gemäß Reichsvorschrift, mittwochs und samstags nachmittags als Pimpfe ihren Dienst tun, aber den zuständigen, im benachbarten Mühlhausen residierenden Bannführer hielt er ebenso beharrlich auf Distanz wie die zu Propaganda- und Werbezwecken abkommandierte SS-Offiziere fern. Der ganze Nationalsozialismus glich Doktor Deuber einem hartnäckigen Katarrh, von dem er hoffte, daß er alsbald abklingen würde.

Daß Deuber Leute wie Schwankert und Fetscher beschäftigen mußte, verursachte ihm ständiges Unbehagen: Er konnte sich des Gedankens nicht erwehren, daß man sie ihm als Aufpasser zur Seite gestellt hatte. Doch in einem immer totaler werdenden Krieg konnte er sich des wehruntauglichen Turnlehrers nicht mehr entledigen, und den bramarbasierenden Schwankert zur Front abkommandieren zu lassen, brachte der Humanist nicht übers Herz.

Die Tür zu »Zimmer eins« ging auf, und Doktor Deuber bat Studienrat Fetscher zusammen mit dem Obersekundaner Miedel in sein Büro. Zunächst erhielt Fetscher Gelegenheit, die Sache aus seiner Sicht vorzutragen. Dabei offenbarte dieser, »immer streng nach Vorschrift« zu handeln, und warf Miedel vor, dergleichen nicht praktiziert zu haben: »Wenn er sich schon jetzt für so einen guten Arzt in spe hält, hätte er mich ja rechtzeitig darauf aufmerksam machen können, daß der Brombacher eventuell kollabieren würde. Aber, und dahin geht mein Vorwurf: Er hätte mich *in jedem Fall vorher* um Erlaubnis *bitten* müssen, ob er die Tragbahre holen dürfe.«

»Formal korrekt«, murmelte der Chef und wandte sich an den Schüler: »Karlheinz, was haben Sie dazu zu sagen?«

»Eigentlich hätte Herrn Fetscher bekannt sein müssen, daß sich Eugen Brombacher beim anderen Turnlehrer, Herrn Meyer, höchstens leicht betätigt. So kann man sagen, daß er im Fußballtor beispielsweise mehr aus Platzverdrängungsgründen als durch Reaktionen Treffer verhindert. Manchmal vereitelt er sie allerdings auch, weil er in seiner Masse so komisch wirkt, daß sich die heranlaufenden Stürmer vor Lachen verstolpern. Bei einem Wettrennen darf Eugen jedenfalls nicht starten. Aber Herrn Fetscher geht's ja ums Prinzip: Wenn schon, denn schon. Während des Hundertmeterlaufs hätte Herr Fetscher erkennen *müssen,* daß der Eugen am Ende seiner Leistungsmöglichkeiten angelangt war und ihm deshalb das Froschhüpfen erlassen sollen. Alle sahen, daß der Eugen nicht mehr konnte. Deshalb bin ich ja auch gerannt, um die Tragbahre zu holen. Ich sehe ein, dies war ein Formfehler: Ich hätte Herrn Fetscher erst um Erlaubnis bitten müssen. Hierfür möchte ich mich in aller Form entschuldigen.« Der Schüler knallte die Hacken zusammen und neigte seinen Kopf zu einem »Diener« in Richtung Fetscher.

»Ist gut, Miedel, Sie können gehen. Das nächste Mal fragen Sie vorher«, nickte der Internatsleiter, während Fetschers Schnellbootschnauze sich zu einem hämischen Grinsen verzog.

»Hinzuzufügen erlaube ich mir allerdings noch, daß das Ganze nicht in dem Maße passiert wäre, hätte sich Herr Fetscher genau an die vorgegebene Aufgabe gehalten und mit der Ausführung nicht übertrieben.«

»Was soll das heißen?« Das Schnellboot sah plötzlich aus, als wäre es in Mennige getaucht worden. Die »Fliege« fing an zu zittern.

»Karlheinz Miedel«, fragte der Direktor nach einer Sekunde der Überraschung, »können Sie uns das erklären?«

»Herr Fetscher hat über dem ganzen Vorfall sein Buch mit den Richtlinien auf dem Sportplatz liegenlassen. Doberer fand es beim Abrücken. Da es aufgeschlagen im Gras lag, brauchte er nur zu lesen, wie die ›Übung 74‹ lautete.«

Miedel nahm plötzlich Haltung an.

»Herr Direktor, darf ich Sie hiermit in aller Form um die Erlaubnis bitten, diese Übungsanweisung laut vorlesen zu dürfen?«

Ehe der versteinerte Fetscher reagieren konnte, nickte Doktor Deuber bereits mit dem Kopf.

»›Übung 74‹: Variabler Stafettenlauf. Sofern ein asphaltierter Schulhof zur Verfügung steht, wird eine Anzahl fünfzig Zentimeter langer Stafettenstäbe in fünfzig Meter Entfernung auf den Boden gelegt. Gegenüber den Stäben bauen sich die Stafetten auf. Nach dem Start werden die ersten fünfzig Meter wettgelaufen. An der Wende nimmt jeder Läufer seinen Stab auf, dreht sich um, geht in die Hocke, hält den Stab ausgestreckt vor sich und hüpft die fünfzig Meter wieder zurück. Gewonnen hat die Partei, deren letzter Mann den Ausgangspunkt zuerst passiert hat. Soweit die Richtlinie, die ich Ihnen, Herr Direktor, hiermit übergebe.«

»Danke, Miedel, Sie können gehen.«

»Heil Hitler, Herr Direktor!«

Mit vorschriftsmäßiger Kehrtwendung verließ Karlheinz Miedel »Zimmer eins«.

»Herr Direktor«, platzte Fetscher heraus, kaum daß die Tür ins Schloß schnappte, »ich versichere Ihnen, daß ich nur nach bestem Gewissen im Sinne einer direkten Wehrertüchtigung gehandelt habe.«

»Glauben Sie, daß Brombacher jemals kriegsverwendungsfähig sein wird?«

»Aber wenn er vom Sport befreit ist, dann darf er auch nicht Fußball spielen, nur weil ihm das mehr Spaß macht . . .«

»Ich brauche wohl nicht extra zu betonen, daß ich den ganzen Vorfall für äußerst überflüssig, ja im höchsten Maße schädlich halte! Deutlich ist hier von einem asphaltierten, also glatten Boden — über den wir nicht verfügen — und einer Fünfzigmeterdistanz die Rede. Herr Kollege, Sie gestatten, daß ich Ihre Richtlinien vorläufig hierbehalte, um sie in den nächsten Tagen einmal gründlich zu lesen.«

»Aber ich brauche genaue Vorschriften, um meinen Unterricht gestalten zu können. Woran soll ich mich in der Zwischenzeit orientieren?«

»Lassen Sie Ihre Phantasie walten, Herr Kollege, aber übertreiben Sie nicht. Heil Hitler!«

»Heil Hitler!«

Anschließend sorgte Deuber dafür, daß Eugen Brombacher in ein Krankenhaus eingeliefert und dort gründlich untersucht wurde. Dann ließ er sich Fetschers Personalakte bringen, um einen entsprechenden Eintrag zu machen.

2. KAPITEL

FLUCHT-
GEDANKEN

Der Verlauf des Krieges brachte es mit sich, daß Raphael Brombachers ehemals kleine »Werkstätte für Lederverarbeitung« die Bedeutung eines »kriegsentscheidenden Betriebes« erhielt. Dazu beschlagnahmten die Behörden das angrenzende Areal einer Schrebergartenkolonie und gaben den Kleingärtnern drei Tage Zeit, ihr Gelände zu räumen. In fieberhafter Eile evakuierten die Hobbygärtner ihre Kaninchenställe, fällten überaus wütend Obstbäume und rissen Gartenhäuschen und -zäune ein, um das Holz wenigstens zum Heizen verwenden zu können. Einige legten jedoch aus Empörung über die behördlichen Maßnahmen schlicht Feuer an ihre Hütten.

Während die letzten Laubenpieper noch aufräumten, hörten sie aus der Ferne erst Hundegebell und gebrüllte Kommandos, dann ein näher kommendes, unheimliches, gleichmäßiges Schlurfen; bald darauf sahen sie in die ausdruckslosen, hohlwangigen Gesichter ausgemergelter, vor Hunger schwankender, lebender Leichname: Es waren russische Kriegsgefangene, die das Terrain einebnen sollten.

Da nur wenige Hacken und Schaufeln und keinerlei Schubkarren zur Verfügung standen, mußten die Gefangenen, von Fußtritten der SS-Wachmannschaften angetrieben, die gefrorene Erde meist mit den Händen aufreißen und in ihren zu Schürzen angehobenen Jacken, durch pausenlose Flüche und Gebrüll gehetzt, im Dauerlauf woandershin tragen. Nur weil die russischen Kapos, ohne daß die Bewacher dies merkten, die Kräftigsten zum Tragen und die Schwächsten zum Trampeln einteilten, gab es bei diesem Außenkommando keine tödlichen Zusammenbrüche. Die meisten Gefangenen steckten barfuß in groben Holzpantinen, nur wenige trugen »Schuhe« aus Stroh oder Fußlappen. Und so stampften und trampelten russische Füße die aufgeworfene deutsche Erde fast mit Begeisterung fest: denn normalerweise wäre »Untermenschen« niemals erlaubt worden, »sinnlos hin und her zu trampeln«, bloß um ihre blaugefrorenen Füße zu wärmen.

Nach einer Woche war das Gelände nicht wiederzuerkennen: Übermannshoher Stacheldraht umzäunte einen mehr als fußballfeldgroßen Platz, dessen Boden blank und eben wie eine Tenne glänzte. Primitive Abortgruben waren ausgehoben, Wasseranschlüsse gelegt und auf einfachsten Backsteinfundamenten zweierlei Baracken errichtet worden: Die größeren dienten als Lager und Werkstätten, die kleineren zur Unterkunft der Gefangenen. Wobei man die Russen im Zentrum, neu hinzugekommene Engländer jedoch entlang des Stacheldrahtzaunes in der berechtigten Annahme plazierte, daß letztere ihre sowjetischen Waffenbrüder, »um Ärger zu vermeiden«, am Flüchten hindern würden.

Doch niemand unternahm einen Fluchtversuch, denn jedermann hatte erkannt, daß man hier den Krieg am besten überstand: Die englischen Sattler und Schuster gingen so-langsam-wie-gerade-noch-möglich-ohne-Scherereien-zu-bekommen ihrer befohlenen Arbeit nach und empfingen regelmäßig über das Schweizer Rote Kreuz Post sowie Zusatzverpflegung. Die Russen wurden zwar von ihren Kapos herumkommandiert und angebrüllt, aber sie waren vor der Willkür ihrer Bewacher geschützt, die es eigentlich am schlechtesten getroffen hatten: Der Trupp des SS-Oberscharführers Fitzek mußte bei jedem Wetter ständig um das Gelände patrouillieren, während die Gefangenen in zumindest trockenen und einigermaßen temperierten Hallen lebten und arbeiteten. Das war, wie die SSler wohl wußten, ihr Preis dafür, nicht an die Ostfront abkommandiert zu werden, weshalb sie gerne ihre Runden drehten. Und da das Kreisstädtchen Altenburg in Thüringen nicht auf der Liste alliierter Bomberziele stand, waren Gefangene, Bewacher und die Bevölkerung mit dem Leben, das sie den Umständen entsprechend führten, zufrieden.

Mit der Einlieferung von Miles Rankin wurde diese Idylle jäh gestört.

*

Da seine außerplanmäßige Beförderung zum Oberstudienrat, auf die er längst Anspruch zu haben glaubte, allzu lange auf sich warten ließ, nutzte Schwankert eine kurze Abwesenheit seines Chefs, um bei der übergeordneten Schulbehörde und dem

NS-Lehrerbund wieder einmal »auf seine auf nationalsozialistischer Gesinnung beruhende pädagogische Fähigkeit« hinzuweisen. Als Doktor Deuber hierzu Stellung nehmen mußte, bescheinigte er Schwankert eine »außerordentliche Fähigkeit, seine nationalsozialistische Weltanschauung in die Praxis umzusetzen«. Doch höheren Orts legte man Schwankerts Selbstdarstellung und Doktor Deubers Ironie anders aus: Heinrich Schwankert wurde ohne Beförderung an eine Nationalpolitische Erziehungsanstalt versetzt — was unter den Schülern des Internats wie eine Bombe einschlug.

*

Dienstag, der 23. August 1943, war ein wunderschöner Sommertag: Von Mittelengland bis zur Lombardei strahlte die Sonne mit voller Kraft, und nur wenige Wolken unterbrachen das intensive Blau des Himmels.

Auch Karl Bender erfreute sich dieses friedlichen Tages: Er kommandierte umsichtig und voller Stolz erstmals eine Vorpostenpatrouille, die nun mit halber Kraft die sanfte Dünung der südwestlichen Nordsee durchfurchte. Die Halbinsel Walcheren war nur noch ein paar Dienststunden entfernt, und Bender — erst kürzlich zum Leutnant zur See befördert — freute sich schon auf den für diese Nacht von der Wehrmachtsbetreuungsstelle Vlissingen angekündigten Film *Romanze in Moll* mit Marianne Hoppe und Ferdinand Marian. »Tolles Weib, diese Hoppe«, schwärmte er vor sich hin, als ihn ein Blinken in seinem Glas, mit dem er unentwegt den Horizont absuchte, aus seinen Gedanken riß: Die sich schon neigende Sonne reflektierte von einem seinen Kurs nach Backbord ändernden Flugzeug, das Bender sogleich als britische Halifax identifizierte.

»Fliegeralarm! Alle Mann auf Gefechtsstation! Ruder hart Steuerbord! Äußerste Kraft voraus! Auf Zickzackkurs Richtung Westsüdwest gehen!«

Während die Alarmglocke schrillte und die Geschützmannschaft die »Zimmerflak« im Vorschiff besetzte, bemerkte der altgediente Oberbootmannsmaat Fritz Ferstl: »Herr Leutnant, die woll'n nix von uns. Dafür flieg'n die zu hoch. Und außerdem sind das zu viele.«

Dann entdeckte auch der junge Leutnant die nicht enden wollenden Wellen von schweren viermotorigen Bombern.

»... Wie viele es sind, ist noch nicht zu erkennen. Vermutlicher Kurs: Amsterdam ...« gab Leutnant Bender an seine Leitstelle durch.

Der freie Abend war dahin, die Patrouille erhielt Befehl, auf Position zu bleiben, ihre Beobachtungen fortzusetzen und laufend Bericht zu erstatten.

»Ik seh jarkeen'n Jagdschutz, Herr Leutnant«, konstatierte der Oberbootmannsmaat. »Und wie unbekümmert die flieg'n — als ob sie im Manöver wär'n!«

»Die an Land werden's denen schon geben!«

»Hoffen wir's, Herr Leutnant.«

Wenige Minuten später heulten in Amsterdam die Sirenen.

*

Charles Malcolm Mahoney war ein erfahrener Hase; seine ersten Luftkämpfe hatte er über Frankreich gewonnen. Während der Battle of Britain erzielte seine Jagdstaffel sechsundfünfzig Abschüsse und wurde zur erfolgreichsten Gruppe gekürt. Daß er dabei selbst viermal aus einer brennenden Spitfire aussteigen mußte, tat seiner Kaltblütigkeit keinen Abbruch. Im Gegenteil: Sie schuf ihm einen Nimbus der Unverwundbarkeit, denn er meldete sich jedesmal ohne die geringste Schramme zurück. Als 1942 immer seltener deutsche Flugzeuge über England auftauchten, erschien Mahoney dieses Ewig-in-Bereitschaft-Sein zu langweilig. Er ließ sich an eine Fliegerschule versetzen, um dort englischen und polnischen Flugschülern sein Wissen und seine Erfahrung zu vermitteln. Als das alliierte strategische Konzert immer mehr Bomber vorsah, meldete sich Mahoney nach Shawbury zur Umschulung auf die schweren Halifax-Bomber.

Eigentlich hätte er einen Ruhetag beanspruchen können, denn er war einer jener 462 Flugzeugführer, die in der Nacht zuvor über Leverkusen 1708 Tonnen Bomben abgeworfen hatten. Doch für diesen Einsatz stellte er sich freiwillig zur Verfügung. Es waren dies weder Deutschenhaß noch Ehrgeiz nach noch mehr Auszeichnungen, die ihn so handeln ließen; es war eine Frage seines Temperaments und seines Pflichtbewußtseins: Er wollte diesen Krieg so schnell wie möglich hinter sich bringen, um wieder seinen friedlichen Job als Bergwerksdirektor ausüben zu können. Doch dies ging nur, so seine Überzeugung, wenn jedermann sein Bestes gab.

Mahoney hatte England Kurs Ostsüdost verlassen und steuerte die niederländische Küste an. Wenn er nicht gewohnheitsmäßig die zahlreichen Instrumente seines Cockpits kontrollierte, suchte er immer wieder den Himmel nach deutschen Jägern ab. Doch die ließen auf sich warten. So zog Mahoney, inmitten einer unübersehbaren Armada schwerer Bomber, mit einer Geschwindigkeit von 130 Meilen pro Stunde in vier- bis sechstausend Meter Höhe gestaffelt, unbehelligt seine Bahn mit dem Koordinatenziel 52° Nord und 13° 14' Süd. Jedes der 727 Flugzeuge stieß alle drei Minuten zur Täuschung der gegnerischen Ortungssysteme ein Bündel Stanniol aus; der regelmäßige Lauf der Motoren, die Exaktheit des Aufmarschs und die Nähe der Kameraden strahlten etwas Beruhigendes aus.

Pünktlich wie geplant, befanden sich die 113 Halifax-Bomber der fünften Welle vierzehn Minuten nach Mitternacht über ihrem Abwurfgebiet. Sie hatten insgesamt sieben Minuten Zeit, »ihre Eier zu legen«.

»Fertigmachen zum Abwurf«, kommandierte Staffelkapitän Mahoney.

»Klar zum Abwurf«, erwiderte der Bombenschütze.

Nach Passieren der Markierung befahl Mahoney: »Übernehmen!« Die Luken öffneten sich, und ein Sortiment von Brand- und Sprengbomben fiel durch die Berliner Luft. Dabei hatte die Besatzung das Gefühl, als machte die Maschine ob der Befreiung von ihrer Last einen Freudensprung. Arme Leute, dachte Mahoney gerade, als die Maschine von einem Scheinwerfer erfaßt wurde; er erhöhte die Geschwindigkeit soweit dies ging und versuchte in einem wahren Sturzflug nach Backbord zu kurven, doch das blendende Licht ließ sich nicht abschütteln. In einer Spitfire könnte ich jetzt in Korkenzieherschrauben abtrudeln und so dem Licht entkommen, erinnerte er sich. Das war jedoch bei einem viermotorigen Bomber nicht möglich. Mahoney sah sich nach rettenden Wolken um, aber die hingen viel zu spärlich, zu dünn und auch viel zu hoch. Er schlug einen Zickzackkurs ein, da kam dem ersten Scheinwerfer ein zweiter zu Hilfe. Die nachts weißen Explosionswolken der Flakgranaten lagen immer näher. Mahoney spürte gerade den aufkommenden Schweiß auf seiner Oberlippe, da erhielt die Maschine einen Schlag, als hätte Thor seinen Hammer nach ihr geschleudert.

»Treffer im achterlichen Rumpf«, meldete Miles Rankin, als Mahoney auch schon merkte, daß ihm das Seitenruder nicht mehr gehorchte. Die Splitter einer vor dem Bug explodierenden Granate schlugen durch die Außenhaut, zerfetzten das Glas der Kanzel und zerstörten die Navigationsinstrumente.

»Jemand verwundet?«

»Ich habe nur ein paar Glassplitter abbekommen«, erwiderte der Flugingenieur.

»Motor vier zeigt Rauchspur«, kam die Meldung.

Mahoney sah deutlich die schwarze Rauchfahne aus dem rechten äußeren Motor quellen: »Benzinzufuhr schließen!«

»Benzinzufuhr für Motor vier ist geschlossen!«

»Motor vier hat Feuer gefangen«, lautete unmittelbar darauf die nächste Meldung.

Jetzt war der geplante Rückflug über Dänemark und danach quer über die Nordsee zu lang.

Die Home-base vernahm über Langwelle die Meldung: »... Treffer im ach... enruder beschä... vigationsinstrumente ausgef... Motor brennt... Nehmen Kurs auf Amster... Sollten wir... nicht suchen Notlandung in Holland... leicht findet uns die Résistance vor... Krauts.« Staffelkapitän Charles Malcolm Mahoney hörte die Antwort nur sehr undeutlich: »... Neuer Kurs genehmigt... Viel Glück...«

Wenn das Glück ihr Freund war, so hoffte Mahoney, kämen sie zwischen den Flakstellungen von Bremen-Süd und Hannover-Nord ungeschoren durch. Doch der stärker gewordene Wind hatte die manövrierunfähige Maschine nach Süden gedrückt. Zwar nur wenige Grad, aber die genügten einer Hannover vorgeschobenen Flakbatterie, sich in aller Ruhe auf den inzwischen in nur zweitausend Meter Höhe fliegenden Bomber einzuschießen. Mahoney versuchte durch Drosselung des rechten Motors nach Steuerbord in nordwestlicher Richtung zu entkommen, doch die fünfte Granate riß einen Teil der linken

Tragfläche mit dem äußeren Motor weg, der brennend zur Erde fiel.

»... suche ›Pfannkuchen-Land‹.« war das letzte, was man in England von Mahoney hörte.

*

Das Gebiet nördlich des Mittellandkanals zwischen Leine, Aller und Hunte ist ein ob seines Reichtums an Nieder- und Sumpfwild bei den Jüngern Nimrods sehr geschätztes Jagdgebiet. Zu Ehren eines Berliner Ministerialbeamten hatte ein Textilfabrikant aus einer nahen Kleinstadt für den Abend des 23. August zur Wildentenjagd eingeladen. Zu dem Kreis, der sich »nur aus Beziehungen, nicht aus Menschen« zusammensetzte, gehörten Herren der Stadtverwaltung, der Ortsgruppenleiter und der örtliche Bannführer. Obwohl als reine Herrenpartie gedacht, erklärte Hermine Riller kurzerhand, daß sie in Vertretung ihres verhinderten Mannes, der gerade auf Dienstreise in Berlin sei, teilnähme. Denn ihr ging es nicht um Jagdfreuden, sondern um Beziehungen.

Die Jagdhütte des Industriellen lag am Rande eines hohen, dichten Waldes aus Birken und Erlen. Die Strecke war zufriedenstellend ausgefallen, und so nutzte die Jagdgesellschaft die Zeit bis zur Entwarnung, um dies entsprechend laut und feuchtfröhlich zu feiern.

Mit dem Einsetzen der Flak ebbte die Unterhaltung ab. Kurz darauf ertönte ein ungeheuer starkes, immer näher kommendes, abgrundtiefes Brummen, als drohe die Apokalypse in Form eines überdimensionalen Monsters auf sie zuzukommen. Winselnd verkroch sich der Teckel unter die Bank.

»Hinlegen!« schrie der Bannführer und schob Hermine Riller kurzerhand unter den schweren Eichentisch.

Mahoney und seinem Flugingenieur war es noch einmal gelungen, die Maschine vor dem Absturz zu bewahren und einigermaßen wieder in ihre Gewalt zu bekommen. Doch sie mußten unverzüglich runter, zumal sich das Feuer ausbreitete und das Flugzeug auseinanderzuplatzen drohte. Im Heck explodierte bereits die Bordmunition.

Mahoney erkannte voraus eine größere Lichtung und gab noch einmal Vollgas, um über die Bäume zu kommen, deren

Spitzen ihn schon zu streifen schienen. Doch das Höhenruder der Halifax hing durch und blieb in den Bäumen hängen, die hinten festhielten, während vorne die Motoren zogen. Es gab einen gewaltigen Ruck, in dessen Auswirkung der Restrumpf mit den Motoren noch einen letzten Satz vollführte, ehe er wie eine reife Pflaume zu Boden fiel. Alles weitere geschah blitzschnell: Eine mannshohe, dichte Schonung milderte den Fall, und was von dem Flugzeug jetzt noch übriggeblieben war, schlitterte sich auflösend auf diesem Teppich etwa zweihundert Meter dahin, eine breite Spur brechend, bis die ganze Konstruktion auseinanderkrachte.

Nachdem das Brummen, Explodieren, Jaulen und Knallen mit einem letzten Donnerschlag verstummt war, stürzte die Jagdgesellschaft ins Freie. An verschiedenen Stellen brannte der Wald, in einiger Entfernung wies eine Feuersäule auf einen Absturz hin.

Der Fabrikant faßte sich als erster: »Herr Ortsgruppenleiter, dürfte ich sie ersuchen, sofort ins nächste Dorf zu fahren, um die Feuerwehr hierherzuschicken. Und natürlich die Gendarmerie. Und einen Arzt.«

»Wozu denn einen Arzt?«

»Na, es könnte doch sein, daß jemand verletzt oder verwundet ist!«

Der Pächter warf Feuerlöscher, Hacke, Schaufel und Taschenlampe in seinen Wagen und forderte mit einer Handbewegung seine Gäste auf einzusteigen. Unaufgefordert drängte sich Hermine Riller in das Auto des Bannführers, der dem vorauspreschenden Industriellen nachsetzte.

Der Graben einer Sauerwiese hatte die selbständig gewordene Flugzeugkanzel schließlich gestoppt. Benommen befreite sich Mahoney von den Sitz- und Fallschirmgurten, kroch mühsam aus den Resten seines Cockpits und sah sich um. Schließlich stapfte er durch das niedrige Wasser, kroch auf den Damm des Grabens und begann sich abzutasten. Schwein gehabt, sagte er zu sich selbst, hast außer ein paar Schrammen wieder mal nichts abbekommen. — Die Trümmer des Flugzeuges lagen weit verstreut, die Helligkeit verschiedener Brände ermöglichte eine gewisse Orientierung. Mahoney machte sich auf die Suche nach seiner Besatzung.

Bannführer Röchlin ärgerte sich. Der Ortsgruppenleiter war weg, also würde die Gefangennahme feindlicher Piloten ihm zugute kommen. Was den möglichen Ruhm jedoch schmälerte, war seine Uniform: Entweder lief er in der braunen Uniform eines Bannführers der Hitlerjugend herum oder in der grünen Uniform eines SS-Untersturmführers. Beim SS-Offizier war die Gefangennahme eines Feindes eine Selbstverständlichkeit, überlegte er. Hätte er jedoch jetzt die HJ-Uniform an, wäre dies bestimmt Schlagzeilen und darauf folgende Belobigungen wert, aber ausgerechnet heute trug er den Rock der »Elitetruppe«.

Mahoney tauchte sein Taschentuch in das knöcheltiefe Wasser und wusch dem Flugingenieur vorsichtig das Blut aus dem Gesicht. Außer einer Kopfplatzwunde und einigen Glassplittern schien der Mann nichts abbekommen zu haben. Mahoney half ihm auf die Beine.

»Wo sind wir?«

»Sicher gelandet, mein Freund. Wir haben Glück gehabt. Und außerdem ist der Krieg für uns jetzt zu Ende. Kommen Sie, John, suchen wir die anderen.«

Über die Wege holpernd, näherten sich zwei Autos der Absturzstelle.

Der Funker war nicht fähig zu gehen. Die beiden Piloten trugen ihn, über geknickte Stämme und Flugzeugtrümmer stolpernd, in die Richtung, wo die Wagen hielten. Als sie sich bis auf etwa zehn Meter genähert hatten, hörte Mahoney eine Frauenstimme rufen:

»Hände hoch!«

»We have a wounded man with us.« — Wir haben einen Verwundeten bei uns.

Mahoney und sein Flugingenieur keuchten heran. Behutsam legten sie ihren Funker vor das vordere Auto. Nachdem Mahoney einen Offizier ausgemacht hatte, wandte er sich diesem zu: *»I'm the captain of this crashed plane. Two of my crewmembers must be somewhere around here. If you permit . . .«**

»Welche Stadt haben Sie bombardiert?« unterbrach ihn die Frauenstimme herrisch.

* »Ich bin der Kapitän dieses abgestürzten Flugzeugs. Zwei meiner Leute müssen hier irgendwo sein. Wenn Sie erlauben . . .«

Was will dieses Weib, fragte sich Mahoney, es sind doch genug Männer da. Außerdem spreche ich mit dem Offizier.

»Which town did you bomb?« insistierte Hermine Riller.

Nur niemand reizen, dachte Mahoney und antwortete: »Berlin«, ehe er sich wieder an den Offizier wandte und seine Bitte, nach seinen Leuten suchen zu dürfen, eindringlich wiederholte.

Bei Hermine Riller überschlugen sich die Gedanken: Sie dachte an die unzähligen Bomber, die am Nachmittag über die Jagdgesellschaft hinweggeflogen waren; sie verstand nur »Berlin«, assoziierte dies mit ihrem Mann, den sie dort wußte und der vor ihren Augen plötzlich in einer der umliegenden Flugzeugtrümmer hellauf brannte; von diesen Fliegern ging Gefahr aus, phantasierte sie; hinzu kam noch das enthemmende Moment der vier Schnäpse, die sie im Laufe des Abends getrunken hatte, obwohl sie wußte, daß sie keinen Alkohol vertrug. Der Bannführer suchte im stillen seine spärlichen Schulenglischkenntnisse zusammen, die anzuwenden er noch nie Gelegenheit gehabt hatte.

Mahoney, dem das Schicksal seiner Mannschaft am Herzen lag, faßte das Schweigen des Offiziers als Zustimmung auf, murmelte zum Flugingenieur *»Let's go«* und wandte sich ab.

Was im folgenden geschah, ließ sich auch später nicht mehr einwandfrei rekonstruieren. Vor allem hatte niemand bemerkt, wie und wann Hermine Riller an die Schrotflinte gekommen war.

Der Bannführer setzte gerade zur Antwort an; der Flugingenieur hatte sich einen, Mahoney bereits drei Schritte entfernt, als Hermine Riller rief: »Die wollen fliehen!« Unmittelbar darauf krachte ein Schuß. Mahoney schrie auf, griff sich an seinen Rücken und wandte sich wie in Zeitlupe um. Der Flugingenieur trat einen Schritt auf die Frau zu, um ihr das rauchende Gewehr aus der Hand zu schlagen. Hermine keuchte: »Hilfe!«, Bannführer Röchlin fingerte seine Pistole aus der Tasche und schoß auf den vermeintlichen Angreifer, unmittelbar nachdem der zweite Schrotschuß Mahoney aus drei Meter Entfernung das Gesicht zerfetzte.

*

Kreisleiter Theophil Riller hatte endlich eine Telefonverbindung bekommen. Doch da für Niedersachsen noch keine Entwarnung gegeben worden war, blieben Kurt und die ältliche

Hausdame im Luftschutzkeller, wo sie das Telefonklingeln nicht hören konnten.

Die Schüsse bescherten Hermine Riller zeitgemäße Berühmtheit: Aus allen niedersächsischen Zeitungen blickte ihr Konterfei, aber auch überregionale Blätter glorifizierten »den Mut und die Unerschrockenheit der Frau eines alten Kämpfers bei der Verteidigung des Vaterlandes«. Ortsgruppenleiter und Bannführer schlugen höheren Orts vor, Hermine Riller durch einen Orden auszuzeichnen — in der stillen Hoffnung, daß für sie als Tatzeugen auch etwas vom Ruhm abfiel.

Nach seiner Rückkehr aus Berlin bestellte der Kreisleiter den Bannführer zu sich und ließ sich über die wahren Geschehnisse im Forst berichten. Danach kam sich Theophil Riller wie ein Reifen vor, aus dem man zwar die Luft rausgelassen hatte, auf den aber noch die Last eines Autos drückt. Drei Tage schloß er sich in sein Arbeitszimmer ein, aß und trank nichts und reagierte weder auf familiäre noch behördliche Kontaktbemühungen. Am vierten Tag telefonierte er wie besessen, dann hieß er seine Frau Koffer packen. Anschließend fuhr die Familie in die Ferien. Aber nicht, wie besprochen, an die Ostsee, sondern nach Vorarlberg.

*

Die Sterne glitzerten vom wolkenlosen Himmel, Miles Rankin hörte das für die Bäume der Cambrian-Berge typische Rauschen und wiegte sich in deren Rhythmus. Zu seiner Verlobung mit Doreen waren alle Bewohner seines walisischen Dorfes mit dem unaussprechlichen Namen Llanfairpwllgnwyngyllgogerychwyrndrobwllantysiliogogogoch erschienen, und obwohl es bis zur Hochzeit noch einige Zeit dauerte, trug Doreen jetzt schon ihr weißes Brautkleid. Sie sah wunderschön aus. Aber das schönste war, daß er jetzt bei den Marinefliegern in Swansea stationiert war und so jedes Wochenende heimfahren und sehen konnte, wie »sein Baby« unter Doreens Herzen wuchs.

Als Miles' narkotische Träume nachließen und er die Realität seiner Lage erfaßte, bekam er einen Anfall. Da man einen solchen erwartet hatte, war ein Pfleger zur Stelle, der ein starkes Beruhigungsmittel injizierte, während sich zwei andere bemühten, den Rasenden zu bändigen. Doch im Gegensatz zur ärztlichen

Annahme basierte Miles' Tobsuchtsanfall nicht auf dem Schock über den Verlust seines linken Unterarms — den hatte er noch gar nicht realisiert. Miles' Wut galt der durch den Abschuß geplatzten Verlobung: Er saß in deutscher Kriegsgefangenschaft fest, während seine Braut ein Kind erwartete.

Die Anfälle wiederholten sich und fielen allmählich gemäßigter aus. Wenn Miles dahindämmerte, schrie er immer wieder: »*But she's getting a baby!* — Sie bekommt doch ein Kind!« Dieser Satz wurde für Miles zum Angel- und Fixpunkt seines Denkens; er beflügelte ihn, trieb ihn an, hetzte ihn und machte ihn schäumen.

Unter Berufung auf seine Verwundung beantragte Miles Rankin, mit deutschen Kriegsgefangenen ausgetauscht zu werden, was natürlich abgelehnt wurde. Mochte er als Waliser schon das Militär nicht und erst recht nicht diesen »rein englischen« Scheißkrieg, so entwickelte er nunmehr einen unbändigen, grenzenlosen Haß auf alles Deutsche: Sie hielten ihn hier fest, obwohl seine Braut ein Kind bekam ... daß er nunmehr ein Krüppel war, hatte er ihnen allein zu verdanken ... er hatte seinen blutenden Arm bereits im Flugzeug fachgerecht abgebunden, aber diese Hunnen hatten ihn aus Unfähigkeit und Geringschätzung einfach abgeschnitten ...

Dabei tat er allen unrecht: Unter großen Schwierigkeiten hatten ihn die niedersächsischen Bauern in Tag- und Nachtarbeit aus den Tannenwipfeln geborgen. Der junge Flieger mit dem schmerzverzerrten Kindergesicht tat ihnen leid, und so setzten sie sich über einen Befehl hinweg, der besagte, daß der Gefangene auf einer Strohgarbe gebettet in ein weit entferntes Kriegsgefangenenlazarett zu transportieren sei: Die Bauern, von denen einige selbst Söhne im Feld hatten, lieferten »ihren Gefangenen« statt dessen beim nächsten Kreiskrankenhaus ab. Dort nahmen sich die deutschen Ärzte unverzüglich der zahlreichen Verletzungen und Rippenbrüche an: Der schon vom Brand befallene linke Arm mußte unterhalb des Ellenbogens amputiert werden. Erst nach fachgemäßer Versorgung gaben die Ärzte den Engländer zum Transport frei.

Miles' Genesung machte Fortschritte, doch sein sich steigernder Haß machte ihn den Gegebenheiten gegenüber blind: Fanatisch hielt er an seiner Idee fest, er bräuchte nur bis Holland oder Frankreich zu kommen, von wo ihn die Résistance selbstverständlich umgehend nach England bringen würde. Seine ersten Fluchtversuche waren zwar ehrlich gemeint, aber dilettantisch geplant. Als er die Undurchführbarkeit seines Vorhabens schließlich einsah, legte er sich eine andere Masche zu. Er provozierte seine Bewacher ständig, tanzte aus der Reihe, leistete passiven Widerstand, sparte auffällig Mundvorrat und sprach ständig über neue Fluchtvorhaben. Zwar drohte ihm jedesmal eine strengere Bestrafung, aber à la longue hoffte er, als verwundeter, zur Arbeit untauglicher, also nutzloser und »unbequemer« Gefangener doch noch ausgetauscht zu werden.

Als Miles' Maß wieder mal voll war, befahl ihn der deutsche Lagerkommandant zu sich: »Ich sehe anhand Ihrer Akte, daß es Ihnen bei uns partout nicht gefällt, Mister Rankin.«

»Absolut nicht!«

»Na, dann werden wir doch mal eine kleine Ortsveränderung vorschlagen.«

»Darum möchte ich auch dringendst bitten. Ich bin Waliser, ich fühle mich nur in den Bergen wohl. Am besten fahre ich erst mal in die Schweizer Alpen.«

»Sie sind Schuster von Beruf?«

»Wie soll ich mit einem Arm noch meinen Beruf ausüben!«

»Nun, ich hab' da eine spezielle Anforderung vorliegen. Bei der können Sie ihren linken Armstumpf in neue Schuhe stecken und mit Ihrer Rechten diese Schuhe dann auf Hochglanz polieren!«

So kam Miles Rankin in die »Werkstätte für Lederverarbeitung« nach Altenburg in Thüringen.

*

Alfons Doberer konnte es sich selbst nicht erklären, wieso seine Leistungen plötzlich eklatant absanken. Der sonst so drahtige, ja zackige Sportstyp wirkte müde und schlaff und hatte an allem die Lust verloren. »Am liebsten würde ich alles hinschmeißen«, maulte er wiederholt seinem Freund Kurt Riller vor.

»Und was willst du statt dessen tun?«

»Wenn ich das wüßte, würd' ich's machen.«

Heinrich Schwankert war nicht nur Deutsch-, Geschichts- und Klassenlehrer gewesen, sondern darüber hinaus zu Doberers Bezugsperson geworden. Der überzeugte, kinderlose Nationalsozialist und die jugendliche »Führernatur« hatten eine unbewußte, nie offen erklärte Sympathie zueinander entwickelt. Schwankert stellte sich vor, daß so wie Doberer »sein« Sohn wäre — so er einen hätte. Doberer, dessen Lernergebnisse sehr von der Sympathie zum jeweiligen Lehrer abhingen, vergalt Schwankerts stilles Wohlwollen durch korrektes Auftreten, gute Leistungen und dadurch, daß er ihn mitunter bei seinen Klassenkameraden verteidigte. Schwankert, der eine Zuneigung seinerseits nie erkennen ließ — im Gegenteil, wie um sich vor sich selbst zu schützen, stauchte er Doberer mitunter ad coram publico zusammen —, legte bei Lehrerkonferenzen gelegentlich ein gutes Wort für seinen Schüler ein. Diese Protektion brauchte Doberer dringend, denn für die naturwissenschaftlichen Fächer verfügte er über keinerlei Begabung: Der in Mathematik permanent drohenden Versetzungsgefährdung konnte er sich nur entziehen, indem er riskanterweise Arbeit für Arbeit, Aufgabe für Aufgabe, ja Zahl um Zahl von seinen Mitschülern abschrieb. Wo es in Physik und Chemie nicht um praktische Experimente ging, die er leidlich mitbekam, bereitete er sich die mannigfaltigsten Spickzettel vor oder lernte die notwendigen Formeln und ihre Ableitungen seitenweise stur auswendig, ohne sie zu verstehen und — um sie nach den Arbeiten umgehend wieder zu vergessen. Daß »seine Rechnung« spätestens unter den Argusaugen einer Abituraufsicht einmal nicht mehr aufgehen würde, war ihm längst klargeworden. In den Fleißfächern waren seine Noten befriedigend, Englisch machte ihm Spaß, nur in Deutsch und Geschichte brillierte er aus besonderem Interesse und weil ihm Schwankert und die Art seines Unterrichts lagen. Doch der war nun versetzt, und mit seinem Nachfolger konnte er überhaupt nicht: Alfons Doberer würde aus Stolz und Verklemmung nicht mal sich selbst gegenüber zugeben, daß er ausgerechnet in Schwankert — den die meisten haßten — einen Vaterersatz gesehen hatte. So schloß er sich noch enger an Kurt Riller an.

»Wenn das so weitergeht, erreiche ich nie die Abiturklasse«, resignierte er.

*

Mit aller Deutlichkeit führten die Mitgefangenen Miles Rankin vor Augen, daß eine Flucht mitten aus Deutschland ebenso gefährlich wie unmöglich sei und für die Zurückgebliebenen Konsequenzen nach sich ziehen würde: Sie fürchteten um die regelmäßige Verteilung von Post und Sonderverpflegung, die Heraufsetzung der Arbeitsnormen und generell um die Ruhe ihres Gefangenendaseins.

»But Doreen is getting a baby!«

»Na, da hat deine Braut doch ein bleibendes Andenken an dich.«

Die Älteren nahmen Miles unter ihre Fittiche, teilten Zigaretten und Sonderzuteilungen mit ihm und achteten im übrigen darauf, daß er keine Dummheiten machte. Zur Arbeit wurde der gelernte Schuster in die Versandabteilung gesteckt. Dort war er der einzige Engländer unter lauter Russen.

*

Der Frühling des Jahres 1944 brach an der Burgundischen Pforte so intensiv herein, daß Alfons Doberer und Kurt Riller bereits Ende März im unmittelbar vor dem Internat träge dahinfließenden Rhein-Rhone-Kanal schwammen. Mit den warmen Südwinden, die die Rhone heraufzogen, erfaßte auch Kurt eine unerklärliche Unlust. Ihm stank plötzlich alles, alles ging ihm auf die Nerven: Die nächtlichen Luftschutzübungen ebenso wie der neu eingeführte, lächerliche Frühsport. Auch der »Dienst« bot ihm nichts Anregendes mehr, er war zur langweiligen Routine geworden. Besonders lästig empfand Kurt dabei, daß die vierzehn- bis siebzehnjährigen »Ha-Jottler« — dies war eine »reichsdeutsche Ausnahme« — stets gemeinsam mit den jüngeren Pimpfen exerzieren, beim Ausrücken »Es klappert der Huf am Steeeege« statt »Es zittern die morschen Knochen« singen mußten und bei den pseudokriegsmäßigen Geländespielen dieselben Aufgaben wie die jüngeren Jahrgänge zugeteilt bekamen. Ebenso wie die mit zu Hause immer zänkischer ausfallende Korrespondenz nervten ihn der »unproduktive Internatsalltag«, die Mitschüler, die Lehrer, das Einerlei des Lernens wie überhaupt »die ganze, ewige Theorie des Lebens«. Deshalb hatte er Doktor Deuber den Vorschlag gemacht, die Obersekunda sollte sich freiwillig in den kommenden Osterferien — »die deshalb zu verlängern wären« — zur Ausbildung in ein Wehrertüchtigungslager melden, was der Internatsleiter jedoch ablehnte. All das brachte mit sich, daß Kurt, der sonst jeden Morgen als erster das Fenster aufriß, um nach dem Wetter zu sehen und ein fröhlich-ironisches »Guten Morgen, Welt!« zu schmettern, von Tag zu Tag mürrischer wurde. Er fummelte immer häufiger an seinem linken Ohrläppchen herum, er spürte Unruhe und Ungeduld in sich, bekam Platzangst und Schweißausbrüche und glaubte, nicht mehr genug Luft zu bekommen.

»Das ist der Frühling«, tröstete ihn Alfons Doberer.

Mit dieser Begründung konnte Kurt Riller jedoch gar nichts anfangen. Weshalb er weiter einem Gedanken nachhing, der sich bei ihm als fixe Idee eingenistet hatte.

*

Zwar fand Miles Rankin das Leben in der Kriegsgefangenschaft erträglicher als befürchtet; doch selbst, daß Doreen schrieb, sie würde bis zu seiner Entlassung getreulich auf ihn warten, minderte seinen Haß auf die Deutschen nicht im geringsten. Er kam sich wie ein Eisbär vor, der, sosehr und solange er auch mit dem Kopf hin und her schaukelte, nirgendwo einen Weg in die Freiheit erspähte. Dieser ganze Scheißkrieg dauerte ihm viel zu lange, und so beschloß er, das Seine dazu beizutragen, um ihn zu verkürzen.

Zu seiner Tätigkeit gehörte es, Ausrüstungsgegenstände anhand einer Liste in vorbereitete Kisten zu verpacken, die dann an irgendwelche deutsche Versorgungszentralen gingen.

Die Gelegenheit zur Sabotage ergab sich, als er eine Tagesproduktion verschiedenartiger Schuhe versandfertig machen mußte, die, wie er den Papieren entnehmen konnte, direkt in Frontgebiete verfrachtet wurden. An jenem Tag brachte er nach der Mittagspause schwarzgebrannten Schnaps mit, den er bereitwillig kreisen ließ, selbst jedoch, unter Hinweis auf eine Gelbsucht, nichts trank. Die eintretende mangelhafte Aufmerksamkeit seiner russischen Mitgefangenen benutzte Miles, um die Anschriften einiger Kisten auszutauschen. So gingen an diesem Tag schwere Winterstiefel an die Italienfront und die von dort angeforderten leichten Offiziersstiefel nach Lappland; der U-Boot-Stützpunkt St. Nazaire an der Atlantikküste erhielt plötzlich Fliegerstiefel, während die von dort beantragten lederbesetzten Haarfüßlinge in einer Fliegerschule in Königsberg eintrafen.

Natürlich hielt Miles sein Handeln vor seinen englischen Mitgefangenen geheim. Der gelernte Schuster war keine Spielernatur, nur ein unüberlegter Heißsporn. Mit zwei Folgen seines Tuns rechnete er: Daß ihm bei der Entdeckung eine empfindliche Strafe drohte, daß ihn diese aber in den Augen seiner geliebten Doreen, ja seines ganzen Dorfes, einmal zum Kriegshelden machen würde. Und letzteres half die Komplexe, als Krüppel heimzukehren, vielleicht etwas zu mildern. Als eine Woche später noch keine Reaktion auf seine Fehlleitungen erfolgt war, ging Miles einen Schritt weiter: Er hatte bei den englischen Kameraden seine Rote-Kreuz-Schokolade gegen Schweizer Zigaretten eingetauscht, die ihm derart »unauffällig« aus der Tasche fielen, daß sie sofort die Aufmerksamkeit der aufsichtführenden Kapos erregten. Nach einigem, gut gespieltem Zögern schenkte er sie den Bestechlichen und hatte richtig kalkuliert: Damit die russischen Kapos ihrerseits nicht dem deutschen Werkspersonal auffielen, was allein schon durch den Geruch des guten Tabaks möglich war, verzogen sich sämtliche Kapos auf die Latrine, um dort zu rauchen. Genau das hatte Miles beabsichtigt: So schnell und so unauffällig wie möglich packte er in an die Westfront abgehende Kiste nur linke, in die an die Ostfront adressierten Behälter nur rechte Stiefel ein. Dieses Spiel trieb er drei Tage hintereinander.

Unter den russischen Kapos gab es einen blonden Hünen namens Stefanow. Um nicht in einem Kriegsgefangenenlager bei schwerer Fron zu verhungern, bat er unmittelbar nach seiner Gefangennahme, in die Wlassow-Armee eintreten und gegen die Bolschewiken kämpfen zu dürfen, wobei er sich jedoch dermaßen antisowjetisch gebärdete, daß er das Mißtrauen der ihn Verhörenden erregte. Man hielt ihn für einen Agenten, der sich einschleichen wollte. Da man ihm seinen Antibolschewismus zunächst nicht zu widerlegen vermochte, er »rassisch interessant« schien und somit aus beiden Gründen hervorragend zu Propagandazwecken verwendet werden könnte, teilte man ihn deutscherseits erst mal als Kapo ein, wobei er sich, wie man ihm bedeutete, »bewähren« sollte. Aufgrund der besseren Lebensbedingungen, die Kapos genossen, hatte sich Stefanow seine Robustheit bewahrt und beim Schnaps und den Zigaretten am kräftigsten zugelangt. Er hielt das Benehmen des jungen Engländers jedoch keineswegs für christliche Nächstenliebe, weshalb er sich Miles als Freund andienerte — um ihn um so genauer im Auge behalten zu können.

*

»... Da dir, wie du schreibst — und wie deine letzten Zensuren leider bestätigen —, dein momentanes Leben so eintönig uninteressant, ja so nutzlos vorkommt, sann ich über eine sinnvolle Betätigungsmöglichkeit nach und habe dich für die Zeit deiner nächsten Ferien hier als freiwilligen Flakhelfer angemeldet. Da kannst du dann ein wahrhaft aktives Leben führen. ...«

Wütend zerknüllte Kurt Riller den Brief seiner Mutter: »Die Alte spinnt wohl total! *Sie* drückt sich vor dem Kriegshilfsdienst, und *ich* soll als Flak-Affe in einem Kinderdienst mitmachen!? Die ist wohl nicht ganz dicht ...«

*

Miles Rankins eigenartiger Schuhversand bewirkte zwar eine kürze Verzögerung bei der Ausrüstung einzelner Truppenteile, erzeugte jedoch einen Wirbel innerhalb deutscher Dienststellen, der Richtung Heimat wie eine zu Tal donnernde Lawine anschwoll. Mühelos ließ sich der Weg des ledernen Nachschubs zurückverfolgen, wobei es nicht mal mehr der Mithilfe Stefanows bedurfte, den Schuldigen zu identifizieren.

Eines Morgens ertönte die Werkssirene eine Stunde früher als üblich. Völlig neue, schwerbewaffnete Bewacher trieben die Gefangenen zum Appellplatz, wo sie nicht im gewohnten offenen Karree, sondern einander gegenüber antreten mußten; die Engländer links, die Russen rechts. Regen peitschte allen ins Gesicht. Nach einer Stunde fuhr ein Lastwagen vor. Jeweils zehn Engländer und zehn Russen wurde befohlen, ihn zu entladen: Er enthielt Sandsäcke, die an einer der offenen Seiten aufgeschichtet werden mußten. Danach hub eine andere Gruppe vor den Sandsäcken ein schmales, tiefes Loch aus, in das sie anschließend einen Pfahl rammten und den Zwischenraum mit Beton ausgossen. Dies dauerte bis Mittag, ohne daß Essen ausgegeben wurde; die feuchte Kälte des frischen Maitages kroch den nur leicht bekleideten Gefangenen durch Mark und Bein. Die nächste Gefangenengruppe entlud geheimnisvolle Kisten.

Nach einer weiteren Stunde fuhren einige SS-Offiziere vor. Ein Adjutant befahl, die an die Ostfront adressierten Kisten zu öffnen und die ausnahmslos rechten Stiefel vor den Russen aufzureihen. Danach geschah dasselbe mit den linken Stiefeln vor den Engländern, was bei den meisten ein zynisches, schadenfrohes Grinsen erzeugte. Der Hohn verging jedoch allen, als die Kapos der Versandabteilung und Miles Rankin gefesselt von einem Lkw gestoßen wurden.

Der höchste Offizier nannte alle Gefangenen Zeugen bewiesener, schwerer Sabotage, deren Verursacher die Gefesselten seien. Über die Behandlung von Saboteuren gäbe es in Kriegszeiten in keinem Land der Welt Diskussionen.

Daß Stefanow den Offizier wiederholt um Gnade flehend unterbrach und winselnd darauf hinwies, daß er es ja gewesen sei, der den Engländer als Schuldigen identifiziert hätte, brachte ihm das »Privileg« ein, als erster dranzukommen:

Er wurde gepackt, zum Pfahl geschleppt, angebunden und von einem Peloton, das ausschließlich aus der Wachmannschaft bestand und auch von SS-Oberscharführer Egon Fitzek kommandiert werden mußte, erschossen. Während Gefangene den Leichnam auf einen Lkw warfen, zerrte die SS schon den nächsten Gefesselten heran.

Bevor der ehemalige Bordschütze und gelernte Schuster Miles Rankin als letzter seinen letzten Gang antrat, wurde die Plane eines Lkws zurückgeschlagen: Mit unmißverständlichem Durchladen erstickte die Bedienungsmannschaft eines Maschinengewehrs die aufkommende Unruhe der Engländer im Keim. Trotzdem riskierten die Briten tröstende Zurufe, als die SS Miles Rankin an ihnen vorbeiführte: Sie versprachen, sich um Doreen und das Baby zu kümmern — und den Krieg am Ende doch noch zu gewinnen.

Rankins Leichnam wurde zu den anderen geworfen und abtransportiert. Ein Gefangenentrupp säuberte die Erschießungsstelle vom Blut, ein anderer schleppte die Sandsäcke wieder auf den Lkw. Der Pfahl blieb, wie der Adjutant bekanntgab, als Abschreckung vor künftiger Sabotage stehen. Nachdem die Gefangenen vierzehn Stunden im Dauerregen ausgeharrt hatten, ließ die SS sie in ihre Baracken abrücken. Während die Russen niedergeschlagen und schweigend in ihre primitiven Behausungen schlurften, rissen sich die Engländer zusammen und sangen hoch erhobenen Hauptes *»It is a long way to Tipperary«*. Daraufhin wurde allen Gefangenen für diesen Tag die Verpflegung gestrichen.

Die Wachmannschaft unter SS-Oberscharführer Fitzek marschierte nach der Exekution umgehend zur Verladung an die Ostfront.

Zur Zeit der Füsilierung fuhren mehrere Pkws vor dem Büro der »Werkstätte für Lederverarbeitung« vor. Zivilisten, die sich als Gestapobeamte auswiesen, eröffneten dem völlig verdutzten »Ehrenarier« Raphael Brombacher, daß sein Betrieb beschlagnahmt, er selbst unter Anklage schwerer Sabotage als »Volksschädling« verhaftet sei. Irene Brombacher habe die Wohnung in einer Stunde zu räumen, da hier ein Treuhänder einziehe. Dieser, ein neidischer, erfolgloser Konkurrent, hatte unter Hinweis auf seine rein arische Abstammung und langjährige Parteitreue schon mehrere Versuche unternommen, an den gedeihenden Betrieb des Halbjuden ranzukommen. Er wartete die Stundenfrist gar nicht ab, sondern erschien unmittelbar, nachdem die Gestapo das Haus verlassen hatte, mit zwei SA-Führern und ließ als erstes Raphael Brombachers Eltern »als gottverfluchtes Judenpack« abführen. Dann nahmen die SA-Leute Irene Brombacher die Hausschlüssel ab und jagten sie mit dem, was sie auf dem Leibe trug, aus ihrer Wohnung.

*

Sanft kam die Dämmerung über das Land. In der lauen Abendluft saßen Alfons Doberer und Kurt Riller am schilfüberwachsenen Ufer des Rhein-Rhone-Kanals und angelten.

»Wohin also?« unterbrach Kurt schließlich die Stille.

»Zu Skorzeny. Und du?«

»Zur Leibstandarte.«

»Bei unserer Größe kein Problem.«

»Ich hoffe.«

»Bleibt die Frage: Wann? Übermorgen ist der gemeinsame Besuch einer Ausstellung in Mülhausen geplant, ›Der gläserne

Mensch‹ oder so. Dabei haun wir ab und gehn zu 'ner Meldestelle.« Alfons Doberer sah kein Problem.

»Wenn zwei Reichsdeutsche bei einem elsässischen Wehrbezirkskommando auftauchen, gäbe das selbst dann Schwierigkeiten, wenn wir eine Einwilligungserklärung unserer Eltern vorzeigen könnten«, setzte Kurt dagegen. Wir haben aber nur unsere HJ-Ausweise, ausgestellt vom ›Bann Mülhausen‹. Die rufen natürlich sofort beim Bann an, der postwendend mit Deuber telefoniert, und damit wäre die Kacke schon am Dampfen. Nein, wir müssen rüber. Freiburg beispielsweise ist 'ne annehmbare, mittlere Großstadt. Beim dortigen WBK fragen wir gleich nach dem diensthabenden Offizier.«

»Wenn wir Mittwoch nachmittag um 13.30 Uhr hier wegfahren, sind wir kurz nach zwei in Mülhausen. Bis wir dann in Freiburg ankommen, ist es spät in der Nacht. Dann hat das Wehrbereichskommando zu. Und hier hat man längst unseren Abgang entdeckt«, wandte Alfons ein.

»Deswegen müssen wir einen besseren Zeitpunkt abwarten. Der naht am kommenden Sonntag, wenn die erste diesjährige, ach so beliebte, ganztägige Wanderung stattfindet. Aufsicht führen dabei die beiden elsässischen Lehrer Schäfer und Meyer ...«

»... Bei Maiääär, dem Arschloch, ging es ...« warf Alfons ein.

»Bei ›Zimmer zwei‹«, fuhr Kurt fort, »müssen wir jeglichen Verdacht vermeiden, daß wir den Wandertag nicht mitmachen. Ich werde am Samstag abend Werner Schaffermann bitten, an meiner Stelle beim Ausflug das Kommando zu übernehmen, da ich wieder mal mit meinem Vater unterwegs bin. Was mit dir los ist, verschweige ich. Zwischen Frühstück und dem Abmarsch machen wir uns dünne, nehmen einen späteren Zug nach Mülhausen als die anderen und lösen dort Fahrkarten nach Freiburg. Wenn Schaffermann nach der Rückkehr vom Großen Belchen abzählen läßt, hat er dieselbe Zahl. Da es dann bereits dunkel ist und die Kameraden bereits müde sein werden, denkt keiner darüber nach, wo wir eigentlich stecken. Und da es keinen Schwankert mehr gibt, der Montag früh Meldung brüllt, haben wir die Chance, daß unser Fehlen erst beim abendlichen Appell bemerkt wird. Und das auch nur, wenn Deuber den Appell persönlich abhält. Wir können also davon ausgehen, daß Deuber frühestens Montag abend bei meinem Vater anruft. Vor Dienstag früh läuft überhaupt nichts. Zu diesem Zeitpunkt haben wir bereits 'ne Uniform an.«

Die beiden Freunde holten die Haken ein, lehnten sich zurück, sahen hinauf zum wolkenlosen Abendhimmel und besprachen weitere Träume und Details ihres Plans. Irgendwo jaulte ein Hund auf.

»Ist doch Scheiße!« Abrupt richtete sich Alfons auf. »Wir kommen Sonntag nachmittag in Freiburg an. Da ist die Behörde zu. Was machen wir Sonntag abend und vor allem: Wo und wie verbringen wir die Nacht? Ohne Bettkarten und ohne Reisemarken! Aus dem Bahnhofswartesaal schleppt uns die Polizei erst mal zur Identitätsfeststellung aufs nächste Revier. Dort sitzen wir fest, bis uns entweder der Herr Kreisleiter Riller oder der Doktor Deuber fernmündlich auslösen. Dann dreht sich das ganze Karussell aufs neue. Nein danke!« Und noch ehe Kurt antworten konnte, fügte Alfons hinzu: »Wenn ich nur wüßte, daß ich mein Abitur schaffe, dann bräuchten wir uns nicht davonzustehlen ...«

»Du Kneppkopp! In Freiburg sehen wir uns nachmittags die schöne Stadt an, verzehren im Angesicht des Zähringer Löwen unsere Wandertagsverpflegung — die wir uns natürlich vorher noch besorgen müssen —, gehen in die letzte Vorstellung ins Kino, bummeln anschließend wieder zum Hauptbahnhof und lösen uns zwei Fahrkarten dritter Klasse für den Frühzug in das bei Freiburg liegende Kaff unseres verehrten Klassenkameraden Karl Müller. Damit schlagen wir zwei Fliegen mit einer Klappe: Die Fahrkarten berechtigen uns zum Aufenthalt im Wartesaal. Sollte eine Streife was von uns wissen wollen, rasselst du Karl Müllers Daten und Adresse runter, erklärst, daß du mit deinem ›evakuierten Freund aus Norddeutschland‹, nämlich mir, im Kino warst, daß wir dabei zwei Mädchen, Helga und Luise, kennengelernt und darüber den letzten Zug verpaßt hätten. Wenn du mit deinen blauen Augen dann dem Streifenführer auch noch das Telefongeld gibst, damit er sich mit einem Anruf bei der für das Dorf zuständigen Wache deine — das heißt: Karl Müllers — Personalien bestätigen lassen kann, hast du schon gewonnen. Na, und wenn der dort anruft, bestätigen die doch nur die Existenz unseres Kameraden Müller; daß der Karl zu der Zeit in Zillisheim im Internat schläft, wissen doch die auf der polizeilichen Meldestelle nicht — und der Landwirt Karl Müller hat kein Telefon, wie ich mich bereits informiert habe.«

Was Kurt druckreif vorbrachte, klang logisch: »Mensch«, staunte Alfons, »du denkst ja wirklich vorher an alles!«

»Eben.«

Erleichtert legte sich Alfons Doberer wieder auf die weiche Uferböschung zurück. Seine Bewunderung für den Freund war grenzenlos.

»Aber . . .«

»Was denn nun noch?«

»Bleibt noch ein wesentlicher Punkt: Was machen wir, wenn wir auf dem Wehrbezirkskommando nach der schriftlichen Einwilligung unserer Eltern gefragt werden?«

Es klang wieder einmal so einfach, was Kurt Riller antwortete; dabei merkte Kurt selbst gar nicht, daß er vor innerer Spannung von neuem die ganze Zeit an seinem linken Ohrläppchen herumgeknetet hatte, das inzwischen rot angelaufen war: »Da läßt du mich reden. Ich bestehe auf der Einlösung der Jahresparole ›Dies ist das Jahr der Kriegsfreiwilligen‹ und erkläre, daß die Einwilligungsbescheinigungen unserer Eltern ›nachgereicht würden‹, wie das im schönsten Amtsdeutsch heißt, was beim Sohn eines Kreisleiters ›ja reine Formsache‹ sein dürfte oder so ähnlich. Na, und bis von dem am Nordkap stationierten Staffelkapitän Günther Doberer eine Nachricht eintrifft, dürften mindestens zwei Wochen vergehen. ›Und solange wollen Sie uns doch nicht wieder zurückschicken . . .‹ Übrigens: Wie würde dein Alter reagieren?«

»Der würde mir den Hintern versohlen, daß ich bis zum Ende des Krieges nicht mehr sitzen könnte.«

Noch lange besprachen die beiden Freunde die Einzelheiten ihrer Flucht.

»Und du meinst, ich könnte, obwohl ich das Abitur nicht schaffe, trotzdem Offizier werden?«

»Bei der jetzigen Kriegslage nehmen die inzwischen jeden Mann. Das einzige, was uns Doktor Deuber nachschicken muß, sind unsere Osterzeugnisse der Obersekunda, weil die automatisch das Erreichen der mittleren Reife beinhalten. Darauf hinweisend bitten wir, nach der Grundausbildung eine Prüfung für einen Fähnrichslehrgang ablegen zu dürfen — na, und das müßte schon mit dem Teufel zugehen, wenn wir die nicht beide bestehen. Danach erwartet uns eine neuerliche Ausbildung mit anschließender Frontbewährung — und unserer Ernennung zum SS-Untersturmführer steht nichts mehr im Weg. Klar?«

Es klang wieder alles ganz einfach: »Klingt klar.«

»Mann, was hast du denn jetzt noch für Zweifel?«

»Na ja, man fängt nicht jeden Tag ein neues Leben an.«

Als sie sich schließlich zum Gehen wandten, stolperten sie in der Dämmerung über einen Körper.

»Mensch, Eugen! Du hast dich angeschlichen und heimlich gehorcht . . .«

Der Vorwurf erstarb Kurt Riller auf den Lippen, als er sah, in welchem Zustand sich Eugen Brombacher befand: Er zitterte am ganzen Körper und konnte nur mit Mühe sprechen.

»Ich habe euch gesucht.«

»Was ist denn passiert?«

»Ich will mit euch mit. Bitte nehmt mich mit.«

»Was ist denn los? Hat dich der Fetscher wieder kujoniert? Nun red doch endlich!«

Stockend und von mehreren Weinkrämpfen geschüttelt, erzählte Brombacher vom Anruf seiner Mutter, die ihm, hastig und völlig entnervt, die Geschehnisse aus Altenburg berichtet hatte.

Kurt faßte sich als erster: »Irgend etwas muß mit dir geschehen, Eugen, das ist klar. Fragt sich nur, was.«

*

»Das beste für dich wäre wirklich Amerika«, resümierte Kurt Riller, als sich die drei Jungen am nächsten Tag wieder trafen.

»Und wie will Eugen dahin kommen?« wandte Alfons ein.

»Über die Schweiz. Von da aus telegraphier' ich meinem Onkel nach Massachusetts. Ich bin sicher, daß er auch jetzt noch für mich bürgt und mir das nötige Geld an die amerikanische Botschaft in Bern schickt. Mit einem amerikanischen Paß reise ich dann nach Madrid oder Lissabon, und von da aus ist es kein so großes Problem mehr, mit einem neutralen Schiff in die Staaten zu kommen.«

»Und wie gedenkst du in die Schweiz zu gelangen?« Die Skepsis in Kurts Frage war unüberhörbar.

»Na, er kauft sich eine Fahrkarte erster Klasse nach Basel«, pflichtete Alfons seinem Freund bei. »Aber bitte nur einfach, Herr Bahnhofssekretär. Ich komme nämlich nicht mehr zurück!«

»Danke für euren Spott. Ich weiß, ich muß hier irgendwie nachts über die Grenze.«

»Wenn ich dir jetzt vier Schwierigkeiten aufzähle, Eugen«, begann Kurt nach einer Pause, »dann nicht um dich zu entmutigen, sondern um dir zu helfen, eine Lösung für dich zu finden. Erstens: So wie du möchten noch viele andere, Zivilisten wie Kriegsgefangene, in die sichere neutrale Schweiz gelangen. Deshalb sind die Grenzen deutscherseits abgeriegelt, wobei scharf geschossen wird. Zweitens: Die von den Deutschen und ihren Verbündeten eingekreiste Schweiz hat sich, aus Furcht, besetzt zu werden, richtiggehend eingeigelt und ihre Grenzen mit Minenfeldern, Stacheldrahtverhauen, Panzersperren, Gräben und Bunkern befestigt.

Dich unsportlichen Typ schnappen schon die Deutschen. Aber nehmen wir mal an, es gelänge dir wirklich, in die Schweiz zu kommen. Dazu muß ich dir sagen — und dies weiß ich aus Gesprächen mit Leuten, die mitunter zu uns nach Hause kommen —, daß die Schweiz, die von Flüchtlingen so stark überlaufen ist, daß sie ernsthafte Schwierigkeiten mit der Ernährung und Unterbringung hat, seit einiger Zeit alle, deren Leben nicht direkt gefährdet ist, wieder zurückschickt, sie ausliefert. Und das wünsche ich dir nicht!

Aber nehmen wir optimistischerweise auch noch an, es würde dir auf wundersame Weise gelingen, nach Amerika zu kommen: Da wir uns mit den USA im Krieg befinden, würdest du nach deiner Ankunft erst mal interniert werden. Aber dieses vierte Problem wäre das geringste, denn an Kaugummi und Coca-Cola ist noch keiner gestorben.«

Hinter dem Internat plätschert die Ill vorbei. Große Steine führen zu der kleinen Insel, auf der sich die drei Freunde zurückgezogen hatten, um ungestört und unbelauscht beraten zu können. Dabei behielten sie die gegenüberliegenden Ufer ständig im Auge.

»Die Kardinalfrage bleibt: Kannst du dich auf deinen Onkel wirklich verlassen? Ich meine, er muß deinen mitunter sehr langen Aufenthalt in der Schweiz bezahlen und eventuell für dich bürgen!«

»Er wird alles nur Mögliche unternehmen.«

»Dann solltest du es versuchen.«

Das Geschnatter einer vorbeifliegenden Wildente ließ die drei Freunde zusammenfahren.

»Wieviel Geld haben wir zusammen?«

»Ich habe eine Reserve von zweihundert Reichsmark«, sagte Eugen Brombacher.

»Na, das reicht, um Problem eins und zwei zu lösen.«

Am nächsten Tag übergab Kurt Riller seinem Freund Eugen Brombacher einen Brief.

*

»... Der Nichtarier Eugen Brombacher, Sohn des jüdischen Volksschädlings und Saboteurs Raphael Brombacher, ist sofort den örtlichen Behörden zu übergeben ...«

Das Papier mit dem schwarzen Hakenkreuz wurde immer schwerer in Doktor Deubers Hand; langsam ließ er sie sinken und sah seinen frühen Besuch an.

»Was wird mit dem Jungen geschehen?«

»Das, Parteigenosse Deuber, kann ich Ihnen nicht sagen. Ich habe nur den Auftrag, das Subjekt zu überstellen.«

Doktor Deuber drückte auf einen Knopf. Die Sekretärin kam herein.

»Führen Sie die beiden Herren bitte ins kleine Konversationszimmer, und lassen Sie ihnen Kaffee und etwas zu essen servieren. Der erste Schüler, den Sie unterwegs treffen, soll mir Eugen Brombacher herschicken.«

»Jawohl, Herr Direktor.«

»Bitte, meine Herren, folgen Sie meiner Mitarbeiterin.«

»Aber lassen Sie es nicht zu lange dauern, Parteigenosse Deuber. Das Auto wartet unten.«

Deuber hob den Telefonhörer der Hausleitung hoch und wählte die Nummer der Wirtschafterin: »Fräulein Zölch, da kommen zwei Herren aus Mülhausen. Lassen Sie denen was Gutes vorsetzen.« Der Internatsdirektor kalkulierte richtig, daß er diese Gestapobeamten am besten durch einen lebensmittelmarkenfreien Imbiß aufhalten könnte. Denn für Deuber galt es zunächst einmal, Zeit zu gewinnen. Er stürzte ins Vorzimmer und befahl der zweiten Sekretärin: »Verbinden Sie mich sofort mit der Gauleitung und dem Regierungspräsidenten. Ist egal, wen Sie als ersten an der Leitung haben.«

Während Doktor Deuber auf die Ferngespräche wartete und sich überlegte, wie er zumindest einen Aufschub für seinen Schüler erreichen könnte, platzte die erste Sekretärin herein: »Herr Direktor, Eugen Brombacher ist nicht da!«

»Was heißt das: Er ist nicht da? Jetzt sitzen doch alle im Speisesaal beim Frühstück.«

»An seinem Tisch sagte man mir ...« Die Sekretärin war noch ganz außer Atem. »... Brombacher sei seit letztem Mittwoch in der Krankenabteilung ...«

Doktor Deuber griff zum Haustelefon.

»... Da war ich auch schon. Aber Fräulein Berger sagte, Brombacher hätte sich Samstag bereits wieder besser gefühlt und deshalb am gestrigen Ausflug teilgenommen.«

»Und jetzt ist er nicht da?«

»Nein.«

Der Internatsleiter mußte sich setzen.

»Bitten Sie sofort Fräulein Berger und die Herren Meyer und Schäfer zu mir. Aber ...« Seine Stimme senkte sich geheimnisvoll. »... so unauffällig wie möglich.«

Von den Erwachsenen war nichts zu erfahren. Doktor Deuber befahl der Sekretärin, so schnell wie möglich Kurt Riller zu holen.

»Herr Direktor«, wandte Studienassessor Meyer ein, »beim Ausflug hat nicht Riller, sondern Schaffermann kommandiert.«

»Wieso Schaffermann?«

»Ja, das weiß ich nicht, Herr Direktor.«

»Dann lassen Sie beide kommen, aber schnell!«

Schaffermann berichtete von der Bitte Kurt Rillers, beim Ab- und Rückmarsch, beim Sammeln vor den Bahnhöfen etc. für ihn zu kommandieren, da er übers Wochenende zu seinem Vater beurlaubt sei. Seitdem habe er Kurt Riller nicht mehr gesehen.

Doktor Deuber unterdrückte die Frage, wer Riller beurlaubt

habe, und entließ die Lehrer; er war über das Verhalten seines höchsten HJ-Führers völlig konsterniert.

»Hat Eugen Brombacher an dem Ausflug teilgenommen?«

»Nein, Herr Direktor!«

»Sind Sie sicher?«

»Jawohl, Herr Direktor. Der Brombacher wäre mir bestimmt aufgefallen«, antwortete Werner Schaffermann mit fester Stimme.

»Danke, Sie können gehen.«

»Heil Hitler, Herr Direktor!«

»Heil Hitler!«

Warum man seinen Schüler verhaften wollte, konnte sich Doktor Deuber nicht vorstellen. Selbst wenn man dem Vater, so überlegte er, aus welchen Gründen auch immer den ohnehin brüchigen Status eines »Ehrenariers« entzogen hatte — was wollte man von dem religionslos aufgewachsenen, minderjährigen Sohn, der nur noch zu einem Viertel jüdisches Blut in den Adern hatte? Gleichviel: Eugen Brombacher mußte von seiner drohenden Verhaftung erfahren und sich Kurt Riller anvertraut haben. Und dieser Pfiffikus fuhr erst mal mit seinem Freund nach Niedersachsen. Klug gedacht: Der Kreisleiter Theophil Riller konnte zweifelsohne mehr für den gefährdeten Jungen tun als er, der Direktor eines Internats. Zwar ärgerte sich Deuber über Rillers formalen Ungehorsam, zollte ihm jedoch insgeheim Achtung für seine spontane Hilfsbereitschaft und Umsicht. Trotz allem, er mußte sich vergewissern und in Niedersachsen anrufen.

Die Sensation war perfekt, als sich herausstellte, daß neben Brombacher und Riller auch Alfons Doberer spurlos verschwunden war. Gleichzeitig berichtete die Sekretärin, daß sich Claude Dussard von einem genehmigten Kurzurlaub nach Vichy noch nicht zurückgemeldet hatte.

Brombacher und Riller, der Zusammenhang war Deuber klar. Wo aber war Doberer? Und warum war der junge Franzose nicht wiedergekommen? Bestand da ein Zusammenhang? Doktor Deuber blieb nichts anderes übrig, als bei der Polizei Vermißtenanzeige zu erstatten.

*

Theophil und Hermine Riller übertrafen einander mit immer größeren Vorwürfen. Zwar standen sie, was das Verschwinden ihres Sohnes aus dem Internat betraf, beide vor einem Rätsel, doch schien dessen mögliche Lösung jeweils beim anderen Ehepartner zu liegen.

Daß Kurt beileibe nicht vor schlechten Zensuren davongelaufen, sondern daß diese vielmehr Vorboten beginnenden Überdrusses an dem vom fürsorglichen Vater vorgezeichneten Ausbildungsweg gewesen waren; daß Kurt sich in einer Zeit, die doch ganze Kerle verlangte, ihn aber nur mit Theorie vollstopfte, nicht ausgelastet fühlte, daß er seine ganze Situation, sein bisheriges Leben satt, schlechthin als »Kacke« empfunden hatte und ausgestiegen war, um irgendwo irgendwie ein neues, anderes Leben anzufangen, würde Theophil Riller nie verstehen. Daß sich sein Sohn vor dem bißchen Flakhelferei drücken wollte, erschien ebenfalls unwahrscheinlich. Ergo wußte Theophil Riller keine Antwort auf seine eigenen Fragen.

Und hätte jemand Hermine Riller mit der Tatsache konfrontiert, daß sie an ihres Sohnes Verdrossenheit und Mißmut maßgeblichen, mit ihrer strengen Erziehung und egoistischen Liebe, ihrer Prinzipienreiterei, Intoleranz und ewigen Rechthaberei sogar ursächlichen Anteil hatte — ja, daß er in erster Linie ihr und ihrem Einfluß entfliehen wollte —, sie würde diese Ansicht weit und entrüstet zurückgewiesen und den Interpreten wahrscheinlich geohrfeigt haben; denn bei ihr hatten stets die anderen schuld.

Folglich stritten Theophil und Hermine Riller weiter über alle möglichen und unmöglichen Aspekte. Einig waren sie sich nur darin, daß Kurt wahrscheinlich in die Schweiz wollte: »Er schrieb neulich, daß über das Internat ein brennendes englisches Flugzeug geflogen sei, dessen Besatzung offensichtlich die nahe Schweiz ansteuerte. Das hat die beiden Mitschüler wahrscheinlich motiviert, und unter ihrem schlechten Einfluß hat Kurt sich ihnen angeschlossen . . .« erklärte Hermine Riller mit Bestimmtheit.

»Was die in der Schweiz wollen, weiß ich nicht. Aber wenn Kurt versuchen sollte, heimlich über die Schweizer Grenze zu gehen, dann nicht im Elsaß, sondern in Vorarlberg. Da, wo wir gewandert sind.«

»Wenn du so sicher bist, dann fahr sofort los und hol ihn zurück!«

*

Obwohl es schon Mai war, hatte es tags zuvor noch einmal geschneit. Der schmale Weg bestand nur aus niedergetretenem, festem Schnee und führte steil bergan. Eugen Brombacher keuchte: Mit seinen glatten, dünnen Halbschuhen rutschte er bei jedem Schritt wieder ein Stück zurück, er glitt ständig aus und blieb immer öfter und länger liegen, um sich auszuruhen. Längst waren seine Schuhe durchnäßt; die Schatten der Nachmittagssonne wurden immer länger. Da der Schnee nur wenige Orientierungspunkte frei gelassen hatte, verglich Brombacher seine Route oftmals mit Kurt Rillers Skizze.

Endlich hatte er den Hof erreicht. Doch ehe er klopfte, ruhte sich der Flüchtling auf der durch ein Vordach vom Schnee geschützten Holzbank aus und streichelte den großen Bastard, der schwanzwedelnd auf ihn zukam. Eugen mußte eingeschlafen sein, denn plötzlich schreckte ihn eine Stimme hoch.

»No, junger Mann, wo woll'n Sie denn hin?«

Eugen schaute in ein freundliches, von Wind und Wetter gegerbtes Gesicht.

»Sind Sie Frau Forbach?«

»Ja, die bin ich. Was woll'n S' denn von mir?«

»Ich möchte zu Herrn Sepp Forbach. Ich habe einen Brief für ihn.«

»Ja, mein Mann is' heut' mit einem Gast in die Berg' 'gangen. Der kommt erst am Abend.«

»Kann ich auf ihn warten?«

»Ja, natürlich. Aber kommen S' doch rein und trocknen S' Ihre Schuh'. Die san ja ganz naß.«

*

Theophil Riller und der Sepp hatten den Grat geschafft: Vor ihnen lag die Senke mit dem noch zugefrorenen Tilisuna-See.

»Wie alt sind diese Spuren?« Schwer schnaufend deutete der Kreisleiter auf die zum Bootshaus führenden Fußabdrücke.

»Die sind keinen Tag alt.«

»Woher wissen Sie das so genau?«

»Gestern früh hat's noch amal g'schneit. Aber ab Mittag hat's g'fror'n. Also sind die drei Bub'n am Spätnachmittag oder in der Dämmerung hier rauf'kommen.«

»Wieso drei?«

»Den Berg rauf san sie hintereinander 'gangen. Einer suchte den Weg, die andern gingen in seinen Stapf'n. Weil: Bergschuh' hab'n s' keine an. Da vorn, wo's leichter zu gehn is', sehn S' ganz deutlich, daß sie nebeneinander 'gangen san. Und soweit ich das erkennen kann, war'n das drei.«

»Es fehlen aber vier Schüler.«

»Na, vielleicht ist einer als Nachhut hinterher'gangen und dabei in die Fußstapfen eines Vorgängers 'treten.« Was der Sepp vorbrachte, klang überzeugend. »Was woll'n die Bub'n denn in der Schweiz?«

»Mein lieber Sepp, wenn ich das wüßte, wäre mir leichter ums Herz. Wie würden Sie über die Grenze gehen?«

»Also ich nehme an, daß die Bub'n den Tag heut in der Hütt'n ausruh'n und heut nacht beim Vollmond 'nübermach'n.«

»Na, dann können wir sie ja noch erwischen.« Theophil Riller setzte sich wieder in Bewegung.

Weder der Sepp noch der Kreisleiter sahen die von der nahen Grenze zur Hinterseite der Badehütte führende Skispur. Sie näherten sich dem einfachen Blockhaus so leise wie möglich von vorne. Der Sepp riß die aufgebrochene Tür mit einem Ruck auf, beide traten schnell hinein — und starrten in die Mündung von vier Gewehrläufen.

»Hände hoch!«

Ihre Verblüffung war zu groß, als daß sie sofort reagieren konnten.

»Hände hoch! Wer sind Sie?«

Als sich Theophil Rillers Augen an die Dunkelheit gewöhnt hatten, erkannte er eine deutsche Skipatrouille und im Hintergrund drei gefesselte, offenbar jugoslawische Kriegsgefangene. Von seinem Sohn und dessen Mitschülern war nichts zu sehen.

*

In der Stube des einfachen Bergbauernhofs war's richtiggehend gemütlich. Eugen Brombacher drückte seinen Rücken an die Kacheln des großen Ofens, der eine wohlige Wärme ausstrahlte. Der Bastard hatte seinen Kopf auf Eugens Knie gelegt und konnte vom Streicheln gar nicht genug bekommen.

Maria Forbach las im matten, weichen Licht der schmiedeeisernen Hängelampe Peter Roseggers »Als ich mir die Welt am Himmel ausmalte« vor, und als gehörte es zu der Erzählung, rasselte im nahen Stall mitunter eine Kuhkette.

Als die Standuhr Mitternacht schlug, sah sie kurz auf.

»Und Sie machen sich gar keine Sorgen, daß Ihr Mann immer noch nicht zurück ist?«

»Auf meinen Sepp kann ich mich verlassen. Der wird mit seinem Gast in irgendeiner Berghütt'n oder Alm übernachten. Das hat er schon öfters g'macht.«

»Wissen Sie denn, wo er hingegangen ist?«

»Nein. Als ich heimkam, lag da nur ein Zettel, daß ein Gast von unterwegs schon ein paarmal angerufen hätt' und er gleich los müsse. Freilich, jetzt is' grad a ungünstige Zeit: Zum Skilaufen is' schon a bisserl spät, und zum Bergsteig'n liegt noch zuviel Schnee. Aber heutzutag' kann sich mancher Gast eben nicht mehr nach dem Wetter richt'n ...«

Der Hund wurde plötzlich unruhig, sprang zur Tür und schlug an. Kurze Zeit später klopfte es an der Tür.

»Maria?«

»Ja, Moment.«

»Ich bin's, der Matthias. Mach auf!«

Maria Forbach schloß die Tür auf. Im Türrahmen klopfte sich ein Mann den Schnee von den Stiefeln.

»Grüß' di', Maria.«

»Grüß' dich, Matthias. Was führt dich so spät daher?«

»Dein' Sepp hab'n s' verhaftet.«

Der Mann trat ein. Als Maria den Gemeindesekretär mit ihrem jugendlichen Gast bekannt machen wollte, war dieser wie vom Erdboden verschluckt.

3. KAPITEL

DIE LETZTE CHANCE

Maria Forbach war mit dem Gemeindesekretär unverzüglich zum Gendarmerieposten gegangen, um nach ihrem Mann zu sehen, der bereits verhört wurde. Darüber hatte sie ihren jugendlichen Besucher völlig vergessen.

Um niemand zu gefährden, verbarg sich Eugen Brombacher auch vor der Bäuerin zwei Tage und zwei Nächte im Heuschober. In ihrer Abwesenheit schlich er manchmal — vom großen Bastard ungehindert — in den Hühnerstall, um ein rohes Ei auszuschlürfen, oder durch den Kuhstall in die Küche, um sich eine dünne Scheibe Brot abzuschneiden.

Gleichzeitig suchte Eugen krampfhaft einen Ausweg aus seiner Situation: Hier im Stadel konnte er nicht ewig bleiben. Allein über die Grenze zu gehen, hatte ihm Kurt Riller als so schwierig geschildert, daß er dies im Zustand seiner momentanen Mutlosigkeit nicht wagte. Wann der Bergführer zurückkam, blieb ebenso ungewiß, wie es zweifelhaft war, ob er nach seiner Inhaftierung noch riskieren würde, einen mittellosen Halbwüchsigen über die Grenze zu führen. Irgend etwas mußte Eugen unternehmen. Aber was war das richtige?

Bei seinen angestrengten Überlegungen erinnerte Eugen sich an ein Gespräch mit seinem Freund Kurt. Dessen Grundgedanke lautete ungefähr so: Flucht ist, wenn sie gelingt, die beste Sache; sie ist aber sehr risikoreich. Untertauchen ist nur möglich, wenn du jemand weißt, auf den du dich verlassen kannst. Hast du niemand, bleibt dir nur eins: Wenn eine Sparte des »Vereins« hinter dir her ist, mußt du versuchen, dich bei einer anderen Sparte desselben »Vereins« unentbehrlich zu machen. Dann hast du bis zu einem gewissen Grad die Chance, daß die zweite Sparte die Hand über dich hält.

Kurt weiß immer eine Lösung, dachte Eugen. Aber mein Vater hat auch versucht, seine Fabrik und sich unentbehrlich zu machen. Was war mit ihm geschehen, wo war die Mutter jetzt? Lebten die Großeltern noch? Wie komme ich nach Amerika? Wie lange dauert dieser Krieg noch? Ich kann doch nicht bis zu seinem Ende hier im Heu liegen und von gestohlenen rohen Eiern leben? So und ähnlich schwirrte es ihm im Kopf herum, während er seine Verzweiflung ins Heu weinte.

In der dritten Nacht schlich Eugen aus dem Schober und schlitterte in der Dunkelheit mehr, als daß er ging, den Berg wieder runter. Er marschierte, immer darauf bedacht, niemandem zu begegnen, fünf Kilometer das Gargellental abwärts bis Gargenuel, von wo ihn morgens der erste Postbus nach Schruns brachte. Von nun an benutzte Eugen, um Kontrollen möglichst aus dem Weg zu gehen, nur noch Personenzüge. Wobei er sich auf jedem Bahnhof vorsichtig umsah, ob sein Name auf einem der ausgehängten Fahndungsplakate stand.

Zwei Tage später endete einer dieser Bummelzüge in Augsburg. Der Strom der aus dem Bahnhof quellenden Schichtarbeiter schwemmte Brombacher ins Stadtzentrum, wo er in der Grünanlage des Königsplatzes ermattet auf eine Parkbank sank. Der Hunger verursachte ihm bereits rasende Kopfschmerzen; er fror jämmerlich; die nun schon Tage anhaltenden Entbehrungen hatten sein Gesicht gezeichnet, ihn schwindelte; seine Knie drohten ihren Dienst zu versagen; die Ungewißheit über sein weiteres Schicksal hatte ihn mürbe gemacht.

Zum soundsovielten Mal überdachte Eugen Brombacher seine Lage. Entweder ging er zum Bahnhof zurück und ließ sich von einem Zug überrollen, oder er riskierte in dieser Stadt endlich den Weg zum Wehrbezirkskommando. Aber hatte er überhaupt noch die Kraft, sich von dieser Parkbank zu erheben, egal, in welcher Richtung? Er konnte keinen klaren Gedanken fassen.

Er mußte eingeschlafen sein. Die Sonne weckte ihn, ihm wurde wärmer und etwas wohler. Eine Schar Spatzen umschwirrte ihn und forderte lauthals ein paar Brosamen.

»Euch geht's wie mir, ich habe auch nichts.« Eugen lächelte und erhob sich. Er stieg die Treppe zum öffentlichen Pissoir hinunter, kämmte seine Haare, wusch sich in dem mageren Strahl die Hände und das Gesicht und trank von dem kalten Wasser, bis sein Magen voll war. Der Scherben über dem winzigen Waschbecken glänzte nur noch matt: »Ist ganz gut, daß ich mir nicht so genau ins Gesicht sehen kann. Aber ich fühle mich besser«, sprach er zu seinem Spiegelbild, »und werde heute alles auf eine Karte setzen.«

Der Königsplatz lag verlassen da. Als ein Offizier nahte, ging Eugen auf ihn zu, hob die Hand und grüßte: »Heil Hitler.«

Der Offizier wandte freundlich den Kopf und grüßte zurück, ohne seinen Arm zu heben.

»Verzeihen Sie bitte, Herr Major. Können Sie mir sagen, wo hier das Wehrbezirkskommando ist?«

»Das ist in der Morellstraße 30.«

»Und wie komme ich dahin? Ich bin nämlich nicht aus Augsburg.«

»Na, da warten Sie am besten mit mir auf die nächste Straßenbahn. Ich hab' dieselbe Richtung.«

»Vielen Dank, Herr Major.«

»Haben Sie Ihren Einberufungsbefehl bekommen?«

»Nein, Herr Major. Ich möchte mich freiwillig melden.« Und da Eugen sah, daß der Major Feldgrau trug, setzte er fast entschuldigend hinzu: »Zur Luftwaffe.«

»So, so. Zur Luftwaffe.«

»Ja, ich bin nämlich in der Flieger-HJ und kann schon gut funken. Deshalb möchte ich gerne zur Luftwaffe.«

»Na, funken können Sie woanders auch.«

»Möglich. Ich würde aber doch gerne in der Luftwaffe dienen.«

»Wie heißen Sie?«

»Eugen Brombacher, Herr Major.«

Der Offizier fand an der bescheidenen Art dieses Jungen Gefallen — und so verbrachten sie die Viertelstunde, bis die richtige Straßenbahn kam, unbefangen miteinander plaudernd.

»Steigen Sie ein!«

»Vielen Dank, Herr Major. Aber ich muß erst noch was erledigen.«

Eugen grüßte, der Offizier nickte und stieg in die Bahn.

Eugen suchte einen Zeitungsstand, um sich eine Legende zu schaffen, denn das war einer von Kurts Ratschlägen gewesen: Suche dir aus der Lokalpresse einen möglichst prominenten Verstorbenen raus, über dessen Beerdigung berichtet wird; die flichst du in deine Unterhaltung ein. Da man den Sachverhalt bereits aus der Zeitung kennt, wird man dir glauben. Und: Je prominenter der Verstorbene ist, um so weniger wird ein kleiner bis mittlerer Beamter es wagen, die Hinterbliebenen telefonisch nach deinem Verwandtschaftsgrad zu befragen.

Nach einem Kilometer Fahrt verließ Eugen Brombacher die Bahn und wandte sich linker Hand in die Morellstraße. Er betrat das rot-graue Backsteingebäude und klopfte an die Tür mit der Bezeichnung »Sachgebiet II C: Jüngere Jahrgänge, Wehrpflichtige, Freiwillige, Musterung, Aushebung«.

»Herein!«

Eugen trat ein, baute sich neben der Tür auf und grüßte: »Heil Hitler.«

Hinter einem breiten Tisch sah ein älterer Soldat auf: »Bitte schön.«

Eugen ging auf den Oberfeldwebel zu, blieb drei Meter vor ihm stehen, atmete einmal durch und begann: »Ich möchte mich freiwillig melden. Zur Luftwaffe.«

»Sind Sie Herr Brombacher?«

Eugen fühlte, wie ihm das Blut aus dem Kopf wich, er wähnte sich einer Ohnmacht nahe: »Wie bitte?«

»Ob Sie Herr Brombacher sind?«

Es ist aus. Jetzt haben sie mich doch geschnappt. Da seine Knie plötzlich weich wurden, glitt er unaufgefordert auf den neben ihm stehenden Stuhl.

»Ja, mein Name ist Eugen Brombacher«, antwortete er schwach.

»Sie werden schon erwartet.«

Also doch, schoß es Eugen durch den Kopf, während er »Wie bitte?« hauchte.

»Folgen Sie mir!« Der Oberfeldwebel erhob sich, ging zur Tür, öffnete sie und sah sich um. »Na, was ist? Sie wollten sich doch freiwillig melden. Oder fehlt Ihnen inzwischen der Mut zum Helden?«

»Nein, nein.«

Langsam stand Eugen Brombacher auf und folgte dem Soldat über den Flur. *Jetzt wird man mich also verhaften,* dachte er, als der Oberfeldwebel auch schon an eine Tür klopfte und sie, ohne ein Herein abzuwarten, öffnete.

Eugen vermutete, daß sich nun ein Polizist auf ihn stürzen und ihn in Handschellen abführen würde. Und tatsächlich: Im Gegenlicht vor dem Fenster erhob sich eine mächtige Gestalt — der Major vom Königsplatz.

»Willkommen im Wehrbezirkskommando, Herr Brombacher! Nun kommen Sie schon rein!«

Eugen stand da, wie zur Salzsäule erstarrt.

»Oberfeldwebel Brehme, schieben sie den jungen Mann herein, ehe er sich's wieder anders überlegt. Dann können Sie gehen.«

»Jawohl, Herr Major.«

Steifen Schrittes wie ein Roboter bewegte sich Eugen Brombacher auf den Offizier vor.

Der streckte ihm seine Linke entgegen: »Mein Name ist Süllge, ich bin der Leiter dieses Ladens. Und da es ausgesprochen selten, um nicht zu sagen einmalig ist, daß ich mal einen Freiwilligen werbe, wollte ich Sie auch persönlich empfangen.«

Eugen begriff nur die Hälfte. Sprachlos starrte er sein Gegenüber an. Eugen sah, daß der rechte Arm des Offiziers steif herabhing: Aus dem Uniformärmel schaute eine braune Prothese. Sein Blick schweifte von den vielen Kriegsauszeichnungen auf der Brust zu dem am Hals baumelnden Ritterkreuz.

Der Offizier lächelte Eugen freundlich und offenherzig an.

Während er sich umständlich auf den angebotenen Stuhl setzte, arbeitete Eugens Gehirn fieberhaft: Ich werde also *nicht* verhaftet, denn ... dies ist der Kommandeur der Annahmestelle ... werde ich nun gesucht, oder komme ich zu den Fliegern ... ist dies eine Falle ... oder klappt am Ende doch noch alles? Eugen sah sich schon in Amerika und bekam Gewissensbisse: Er brachte es nicht übers Herz, diesen sympathischen Offizier anzulügen und ihm eine Legende aufzutischen.

»Nun erzählen Sie mal ...«

Eugen schreckte aus seinen Gedanken hoch: »Wie bitte?«

»Ja, nun erzählen Sie mal, was Sie bewogen hat, sich freiwillig zur Luftwaffe zu melden. Das interessiert mich.«

Ihn kann ich nicht anlügen; Eugen litt schon wieder. Aber ich kann ihm auch nicht die Wahrheit erzählen; dann muß er nach seinen Vorschriften handeln und mich abführen lassen ... Ich muß ihn im ungewissen lassen ... muß ihn anlügen ...

»Oder haben Sie Ihre Bewerbung schon schriftlich niedergelegt?«

»Nein, das habe ich noch nicht.«

»Na, dann schießen Sie mal los!«

Dem nun zögernd beginnenden Gespräch kamen günstige Umstände zustatten: Eugen Brombacher gebärdete sich nicht wie jene Fanatiker — andere meldeten sich im fünften Kriegsjahr sowieso nicht mehr freiwillig —, die in ihren HJ-Uniformen erschienen, die Hacken zusammenknallten und die »WBK-Silberlinge« anherrschten, dafür zu sorgen, daß sie schleunigst an die Front zu ihrer Lieblingsgattung kämen. Dieser bescheidene junge Mann hier »bat« darum, eingezogen zu werden, weil er »gerne bei der Luftwaffe dienen« würde. Das war außergewöhnlich, denn Görings Luftwaffe hatte den Tiefpunkt ihrer Popularität erreicht.

Der Chef des WBK blieb weiterhin freundlich: »Ja, wenn Sie sich freiwillig zu den Fahnen melden, brauche ich aber mehr Papiere als nur Ihren HJ-Ausweis.«

»Meine Geburtsurkunde, Lebensmittelkarte und was es sonst noch gibt, liegt alles in Zillisheim im Elsaß. Die muß man von dort anfordern. Dort bin ich hauptamtlich gemeldet.«

»Wieso im Elsaß?«

»Weil ich da bis vor kurzem ins Internat ging.«

»Darf ich aus Ihren Worten schließen, daß Sie nunmehr nicht mehr aufs Internat gehen?«

»Ja. Ich meine: nein. Ich halt's einfach nicht mehr aus. Nichts als Theorie.«

»Ja, und warum sind Sie dann nicht auf ein elsässisches WBK gegangen? Beispielsweise in Straßburg? Das wäre doch viel näher gewesen?«

»Ich bin doch Reichsdeutscher. Wenn ich mich im Reichsland Elsaß melde, erfordert das doch einen unnötigen Papierkrieg. Den wollte ich vermeiden«, erklärte Brombacher nicht sehr überzeugend.

Nach einer längeren Pause stellte der Major die lang befürchtete, erwartete Frage: »Und warum kommen Sie da ausgerechnet hierher?«

Das war's: Eugen kam um die Legende nicht herum. Es fiel ihm unsagbar schwer, dem Offizier in die Augen zu sehen, weil er sich dabei abgrundtief schlecht vorkam: »Ich bekam im Internat die Nachricht, daß mein Onkel, der ehemalige Rektor Otto Niebeling, gestorben sei. Bei dem bin ich hier zeitweise zur Schule gegangen.« Eugen nannte den Namen der Schule. »Den mochte ich als kleiner Junge sehr. Deshalb bin ich hergefahren, um ihm die letzte Ehre zu erweisen.«

»Was, beim alten Niebeling, genannt Notabene, sind Sie auch in die Schule gegangen?«

»Ja. Aber wieso: auch?«

»Na, wenn der alte Notabene nicht gewesen wäre«, sagte der Major laut, »hätte ich die Aufnahmeprüfung fürs Gymnasium nie geschafft!«

»Auf der langen Fahrt hierher reifte mein Vorhaben zum Entschluß: Ich melde mich gleich hier und kehre erst gar nicht mehr ins Internat zurück.« Eugen hatte sich gefangen. Er merkte, daß seine Geschichte zumindest nicht von vornherein unglaubwürdig klang. »Ich möchte so schnell wie möglich eingezogen werden. Zur Luftwaffe. Ich hab nämlich bei der Flieger-HJ eine Ausbildung als Funker gemacht und war der Beste meines Jahrgangs.«

Der Offizier sah den Jungen nachdenklich an: Ihm war nicht klar, warum es dieser junge Mann, der ihm durchaus gefiel, so eilig hatte. Nach einem neuerlichen Blick in den HJ-Ausweis sagte er: »Sie sind noch keine achtzehn Jahre alt. Haben Sie eine Einverständniserklärung Ihres Vaters dabei?«

Eugen spürte, wie ihm die Schweißperlen auf die Stirn traten: »Nein, die habe ich heute nicht dabei.«

»Na, die müssen Sie mir bringen. Waren Ihr Vater oder Ihre Mutter bei der Beerdigung dabei? Sind die noch hier?«

»Nein.«

»Die Einwilligungserklärung brauchen wir unbedingt. Wie ist denn die Adresse?«

»Mein Vater«, Eugen mußte sich ungeheuer zusammennehmen, damit seine Stimme so ruhig wie möglich wirkte, »mein Vater hat im Moment ... eine schlechte Adresse ... — Sehen Sie, ich hab' mir gedacht, wo ich doch in vier Monaten mein siebzehntes Lebensjahr vollenden werde ... da habe ich gedacht, da bräuchte ich dann doch keine Einwilligungserklärung mehr ... Wenn das doch bloß reine Formsache ist ...«

»Liegt Ihr Abstammungsnachweis bei den Papieren in dem elsässischen Internat?«

So unauffällig wie möglich hielt Eugen seine zitternden Knie fest und blickte dem Major mit äußerster Konzentration ins Gesicht: »Natürlich ... gewiß ... ich glaube schon.« Und nachdem er sich etwas gefaßt hatte, fügte er hinzu: »Sehn Sie, ich bin gesund und kräftig ... und ich möchte bitte zur Luftwaffe. Denn ich kann bereits funken.«

»Funken können Sie woanders auch, das sagte ich Ihnen schon.«

»Ja, aber ...«

Unendlich lange sah der Offizier mit den weichen Gesichtszügen sein Gegenüber an: Mag sein, daß er das Flackern des Gehetzten in Eugens Augen bemerkte und ahnte, daß vor ihm ein junger Mensch saß, der vor irgend etwas davonlief — der eventuell den Schutz einer Institution suchte. Während er den Blick nicht von Eugen wandte, fingerte der Major umständlich eine Zigarette aus einer auf dem Tisch liegenden Schachtel, bot Eugen mit einem Kopfnicken auch eine an — was jener natürlich ablehnte — und überlegte mehrere Möglichkeiten:

Wies er einen Freiwilligen aus nichtigen Gründen ab, war er selber dran. War der junge Mann in dem Internat ordnungsgemäß gemeldet und lagen dort seine Papiere, so wurden diese angefordert, und die Sache ging ihren Gang. Waren die Papiere nicht in Ordnung, hatte er nichts damit zu tun. Schrieb der Musterungsstab den Bewerber »untauglich«, was 1944 äußerst selten vorkam, hatte der junge Mann Pech. Wurde nach ihm gefahndet — nun, derartige Schreiben landeten bei der Polizei und gingen ihn nichts an. Deshalb formulierte der Wehrbezirksamtschef seine nächste Frage bewußt so: »Haben Sie was ausgefressen?«

»Wie bitte?«

»Ob Sie was ausgefressen, was angestellt haben?«

»Nein.«

»Sagen Sie die Wahrheit! Wir kriegen das sehr schnell raus!«

»Nein, ich habe nichts ausgefressen. Ganz bestimmt nicht.« Erleichtert und im vollsten Brustton der Überzeugung, konnte Eugen diese Frage beantworten, wobei sein Gesicht wieder Farbe bekam. Außerdem merkte Eugen, daß er zum ersten Mal lächelte.

»Nun, gut. Wie heißt dieses Internat?«

»Internat für Jungen in Zillisheim bei Mülhausen im Elsaß.«

»Wissen Sie die Telefonnummer?«

»Ja.«

»Wie heißt der Leiter des Internats?«

»Doktor mult. Hans Deuber.«

»Wie bitte?«

»Naja, eigentlich heißt er Doktor, Doktor Hans Deuber. Im Internat sagten wir immer: Er hat 'nen ›deutschen‹ Doktor und 'nen ›griechischen‹.«

»Gut. Schreiben Sie diese Angaben hier auf den Zettel, und warten Sie draußen.«

Unruhig ging Eugen Brombacher in dem Gang auf und ab, wobei er sich vorsichtshalber in der Nähe des Ausgangs aufhielt.

Doch wohin sollte er, wenn das hier jetzt schiefging, eigentlich flüchten? Er hatte das Wort Sippenhaft zwar noch nie gehört, glaubte aber, daß er an dem, was seinem Vater vorgeworfen wurde, mitschuldig war. Wenn es denn nicht anders sein sollte, so konnte er jetzt auch nichts mehr daran ändern und würde eben das Schicksal seines Vaters, was immer es auch war, teilen. Hätte er gewußt, daß die Gestapo nach ihm fahndete, hätte er sich höchstwahrscheinlich längst unter einen Zug geworfen. Statt dessen setzte er sich jetzt auf die harte Bank vor der Amtsstube.

Während Eugen Brombacher um sein Lehen bibberte, kam ihm ein günstiger Umstand zustatten: Der Kommandeur des Wehrbezirkskommandos Doktor phil. Werner Süllge und der Internatsleiter Doktor mult. Hans Deuber entdeckten, daß sie beide zusammen eine Zeitlang in München bei demselben Professor studiert hatten, daß sie Bundesbrüder, ja Freunde gewesen waren, sich aber durch den Lauf der Zeit aus den Augen verloren hatten. Daher bekam das Telefonat alsbald privaten Charakter. Beide empfanden Sympathie für den Jungen, wobei Doktor Deuber sich mit verschleierten Andeutungen begnügen und das Gespräch sehr behutsam führen mußte, da sie vor unerwünschten Mithörern nicht sicher waren. Das ging natürlich zu Lasten der Zeit, die Eugen im ungewissen saß.

Plötzlich wurde die Tür zum Flur aufgerissen.

»Kommen Sie mal ans Telefon.«

»Wer? Ich?« Eugen begriff überhaupt nichts.

»Ja, natürlich Sie. Herr Doktor Deuber möchte Sie sprechen.«

Mit weichen Knien folgte Eugen dem Major, ergriff den Hörer und meldete sich mit einem Tremolo in der Stimme: »Hier ist Eugen Brombacher.«

»Guten Tag, lieber Eugen. Hier spricht Doktor Deuber. Wie geht es Ihnen?«

»Ach danke, ich hoffe gut. Entschuldigen Sie bitte ...«

Doch der Internatsleiter unterbrach: »Sie sind jetzt auf einem Wehrbezirkskommando, um sich freiwillig zu melden. Stimmt das?«

»Jawohl, Herr Doktor Deuber.«

»Sind Sie alleine? Ich meine«, Doktor Deuber macht eine winzige Pause und fuhr fort, ehe sein Schüler antworten konnte: *»Sind Sie alleine* — zu diesem Entschluß gekommen?«

Eugen hatte verstanden: »Jawohl, Herr Direktor. *Ich bin alleine* — auf diese Idee gekommen ...«

»Sie stehen nicht unter dem Druck einer Behörde oder von Privatpersonen?«

»Nein, ich bin allein auf die Idee gekommen. Ich habe hier gestern meinen Onkel zu Grabe getragen ...«

»Ihren Onkel?«

»Ja, einen Onkel *mütterlicherseits.* Den ehemaligen Schulrektor Otto Niebeling. Während der langen Reise hierher hab' ich dann den Entschluß gefaßt. Ich möchte zur Luftwaffe.«

»Ich verstehe.«

»Und entschuldigen Sie bitte, Herr Direktor, daß ich ohne ...«

»Ist schon gut, Eugen.« Doktor Deuber sprach jetzt wieder sehr akzentuiert: *»Es-ist-das-Beste-was-Sie-machen-können!* Glauben Sie mir.«

»Herr Doktor Deuber, würden Sie bitte an das hiesige Wehrbezirkskommando mein Zeugnis und die anderen Papiere nachschicken. Die braucht man hier noch.«

»Selbstverständlich, wird sofort erledigt. Und, Eugen, passen Sie auf: *Sollte* — in der Eile — *irgendein Papier fehlen*, so schreiben Sie in die entsprechende Rubrik ›wird nachgereicht‹. Haben Sie verstanden?«

»Jawohl, Herr Doktor Deuber. Vielen Dank!«

»Und wenn Sie können, melden Sie sich mal.«

»Ja, vielen Dank, Herr Doktor Deuber. Heil Hitler!«

»Ich wünsche Ihnen alles Gute, Eugen. Und jetzt geben Sie mir bitte noch einmal Herrn Doktor Süllge!«

»Jawohl! Moment bitte.«

Eugen Brombacher übergab den Hörer und wartete, inzwischen zuversichtlicher, wieder auf dem Gang.

Im Anschluß an das Telefonat ließ sich der Internatsleiter Brombachers Papiere bringen. Eigenhändig legte er sie in ein großes Kuvert, verklebte und adressierte es. Einzig das Blatt, aus dem hervorging, daß Eugen Brombacher nur der Sohn eines »Ehrenariers« war, hielt er zurück. Um so größer und ungelöster blieben für Deuber die Rätsel um Kurt Riller, Alfons Doberer und Claude Dussard.

Der Wehrbezirkskommandochef Doktor Werner Süllge nahm sich, nachdem ein privater Eilbrief seines ehemaligen Kommilitonen Deuber die Lage des Schülers geschildert hatte, Eugen Brombachers an und brachte ihn erst mal in der der Luftwaffe unterstehenden Messerschmitt-Flugzeughalle im südlichen Vorort Hammerschmiede unter. Als einige Zeit später eine Gruppe Wehrpflichtiger untersucht wurde, ordnete der Major an, daß man Eugen Brombacher gleich mituntersuche, obwohl dessen Papiere noch nicht vollständig waren.

Die Ärztekommission erkannte natürlich sofort, daß dieser Freiwillige nur geringe physische Belastungen vertrug. Doch da inzwischen die Amerikaner in der Normandie gelandet waren und man nun erst recht jeden Willigen brauchte, stufte man Eugen Brombacher »g. v. Heimat« ein und wies ihn, da er tatsächlich über ausgezeichnete Fähigkeiten zum Funker verfügte, seinem Wunsch entsprechend schließlich der Luftwaffe zu.

Daß sich Eugen so beharrlich diese Waffengattung ausgesucht hatte, beruhte auf einer Illusion seinerseits: Er hoffte, als Funker einem Langstreckenbomber oder -beobachter zugeteilt und abgeschossen zu werden. Geriet er dann in angloamerikanische Gefangenschaft, sollte es, so nahm er naiverweise an, ein leichtes sein, mit seinem Onkel Clyde Kluckhohn in Massachusetts in Verbindung treten zu können. Dieses Vorhaben scheiterte allein schon an der Kriegslage des Jahres 1944, die andere Prioritäten als den Einsatz deutscher Langstreckenflugzeuge setzte. So war Eugen bei der Nachrichtenzentrale der Luftwaffen-Ersatzreserve I gelandet, wo man diesen unsoldatischen Freiwilligen alsbald ob seiner Präzision und seines Eifers schätzte. Er war überall einsetzbar, saß nicht nur an seiner Funktaste, sondern bediente auch, wenn Not am Mann war, die Fernschreiber.

Obwohl er sich genauso benahm, wie Doktor Deuber ihm in seinem ersten Brief riet, nämlich »... still und unauffällig, damit er nicht das Interesse ›anderer Dienststellen‹ errege...«, wurde Eugen die Angst nicht los, eines Tages aus dem Fernschreiber seine eigene Personenbeschreibung »zum Zwecke der Fahndung« herauszuziehen. Als ihm statt dessen »die Aufforderung zur Freiwilligenmeldung englischsprechender Wehrmachtsangehöriger für ein Sonderkommando unter dem Befehl des SS-Obersturmbannführers Otto Skorzeny« in die Hände fiel, folgerte er richtig, daß dies einen Einsatz unmittelbar vor oder gar hinter den angloamerikanischen Linien verhieß. Eugen Brombacher meldete sich sofort bei der entsprechenden Stelle und wurde weniger seiner Schulenglischkenntnisse als vielmehr seiner, vom SS-Standpunkt aus unsoldatisch-amerikanisch-dekadenten Haltung wegen angenommen und zur Ausbildung an amerikanischen Heeresfunkgeräten in ein Sonderlager gebracht. Eines Abends, als er im Kreise seiner Kameraden lustlos in einem der ausgelegten SS-Leithefte blätterte, legte sich eine Hand auf seine Schulter. Während er zu Tode erschrocken herumfuhr, rief eine bekannte Stimme: »Mensch, Eugen!« Dann starrte Eugen Brombacher in das grinsende Gesicht von Alfons Doberer. »Ich denk', ich seh' nicht richtig! Menschenskind, Eugen! Was machst du denn bei unserem Verein?«

»Sondereinsatz.«

»Was, du auch! Das gibt's doch gar nicht!«

Dann lagen sich beide in den Armen. Alfons, der merkte, daß es in Eugens Brust zu zucken begann, bugsierte seinen Freund rasch in eine ruhigere dunklere Ecke der Kantine. Kaum saßen sie sich dort gegenüber, legte Eugen seinen Kopf gegen Alfons' Schulter, und ein Beben und Zucken erfaßte ihn, als eruptierten viel zu lange unterdrückte Urgewalten. Alfons hielt den Freund an sich gepreßt, streichelte und klopfte ihm abwechselnd Kopf und Rücken; er sprach ihm so tröstend zu, wie ein Achtzehnjähriger dies zu tun vermag.

Als sich Eugen nach einiger Zeit wieder beruhigt hatte, organisierte Alfons einen Cognac: »Hier, trink den mal.«

»Ich trink' doch nie was.«

»Na, dann versuch's, der tut dir gut.«

Und der Cognac tat Eugen gut; er atmete ein paarmal kräftig

durch, trocknete sich die Tränen ab und sah seinen Freund an: »Danke.«

»Mensch, Eugen, ich freu' mich ja so, dich wiederzusehen!«

»Was dein Erscheinen für mich bedeutet, Alfons, kann ich dir gar nicht schildern. Darum erst mal: Hat bei euch alles so geklappt, wie Kurt vorausgesehen hatte?«

»Mensch, hör mir bloß mit Kurts Organisationstalent auf.«

Der verbitterte Tonfall machte Eugen stutzig.

»Wegen Kurt saß ich im Knast.«

»Was, im Gefängnis? Wieso denn das? Erzähl doch mal der Reihe nach.«

»Also, wir kamen planmäßig nach Freiburg, verbrachten den Nachmittag in der Stadt und den Abend im Kino. Dann zogen wir zum Hauptbahnhof und lösten zwei Fahrkarten nach irgendeinem Kaff. Aus unserem ersten Schlummer weckte uns eine Wehrmachtsstreife. Na ja, vor der versuchten wir unsere einstudierte Nummer abzuziehen, von wegen ›mit Mädchen im Kino gewesen‹ und so. Der Streifenführer, ein älterer Feldwebel, war zwar mißtrauisch, aber er schien uns schließlich zu glauben. Da fällt Kurts HJ-Ausweis aus der Tasche, und von dem Moment an war's aus! ›Ach‹, meinte der Feldwebel, ›Sie sind in Mülhausen stationiert und fahren extra nach Freiburg ins Kino. Und jetzt wollen Sie einen Ausflug an den Kaiserstuhl machen. Wollen Sie mir etwa erzählen, daß Sie morgen keine Schule haben, und so weiter.‹ Na, die nahmen uns erst mal mit zur Wache, wo wir die Nacht in zwei Einzelzellen verbrachten. Um die Mittagszeit wurden wir vom Wachleiter verhört, der uns unsere Personalien x-mal aufschreiben ließ, aber nicht mal glaubte, daß wir ordnungsgemäß geboren wurden. Kurt gab dann mit seinem Kreisleiter-Vater an und verlangte wiederholt, seinen Alten doch im Büro anzurufen. Als der Wachchef, ein irrsinnig sturer Bock, dies am Spätnachmittag endlich tat, hieß es, ›der Herr Kreisleiter sei gerade auf einer Dienstreise unterwegs‹. Auf die Idee, in Zillisheim anzurufen, kam der Wachfritze zum Glück nicht. Dagegen meinte er maliziös: ›Bis der Herr Kreisleiter wieder zurück ist, sind Sie unsere Gäste, meine Herren. Wir schrubbten dann tagelang mit Nagelbürsten die Wache. Nach 'ner guten Woche verkündete uns der Wachheini schließlich: ›Der Herr Kreisleiter ist beim Versuch, illegal die Schweizer

Grenze zu überschreiten, verhaftet worden.‹ Na, da war die Kacke erst recht am Dampfen!«

Alfons Doberer nahm im Gedenken an diesen Tag einen tiefen Schluck aus seiner Bierflasche, was Eugen bemüßigte, den Freund zu drängen: »Ich verstehe immer: verhaftet? Was wollte denn der alte Riller in der Schweiz? Wollte der auch flüchten? Weshalb denn? Ich versteh' das alles nicht.«

»Na, soviel wir schließlich kapiert haben, muß Doktor Deuber Kurts Alten bereits am Montag vormittag angerufen haben. Und der Herr Kreisleiter machte sich wohl unverzüglich auf die Socken, da er vermutete, wir wollten dort über die Schweizer Grenze, wo er in den letzten Sommerferien mit seinem Sohn rumgeklettert war und wo Kurt dich hingeschickt hatte. Bei dem Versuch, *uns* vor der Flucht zu bewahren, wurde *er* dann geschnappt. Aber frag mich nicht, wie lange die Gestapo gebraucht hat, bis sie die Zusammenhänge endlich kapierte! Jedenfalls haben wir, Kurt und ich, den alten Riller aus dem Knast befreit. Jetzt *mußte* der natürlich Kurt die Erlaubnis zum Eintritt in die SS geben.«

»Und was war mit dir? Mit deiner Erlaubnis, mein' ich?«

»Statt der väterlichen Einverständniserklärung erhielt ich die Mitteilung, daß der Staffelkapitän Günther Doberer vom Feindflug nicht zurückgekehrt sei ... nachträglich befördert und mit dem Eichenlaub ausgezeichnet ...«

»Oh ... Alfons, das tut mir leid.«

»Danke, Eugen. Ist aber nicht mehr zu ändern.«

»Was geschah weiter mit euch?«

»Zuerst wollten sie uns in die Division Hitlerjugend stecken, aber dagegen protestierten wir, weil irgend jemand erzählt hatte, daß die noch nicht Achtzehnjährigen dort statt Zigaretten Süßigkeiten zugeteilt bekämen. Wir waren ja schließlich nicht vor Deubers Grießbrei getürmt, um nun Bonbons zu lutschen. Deshalb haben wir furchtbar geschimpft und uns auf die Bestimmungen zum ›Jahr der Kriegsfreiwilligen‹ berufen, nach denen man sich die Waffengattung aussuchen dürfe und so weiter. Na ja, schließlich gaben die nach. So schaffte Kurt seine Leibstandarte, und ich bin schließlich bei Skorzeny gelandet.«

»Ich auch.«

»Von dir dachten wir, du seist längst auf der anderen Seite.«

»Wie kommst du darauf?«

»Na, im Verlauf der Verhöre bekamen wir spitz, daß Claude Dussard an jenem Wochenende seinen Vater in Vichy besuchen durfte, aber ebenfalls nicht mehr ins Internat zurückkehrte. Nachforschungen ergaben, daß auch Claudes Vater spurlos verschwunden war. Wir schlossen daraus, daß der mit seinem Filius entweder in die Schweiz, wahrscheinlicher jedoch über Spanien nach England abgehauen sei, wo ja schon Frau Dussard tätig ist. Kurt und ich dachten: Na, der Eugen, der hat's faustdick hinter den Ohren: Dem ist der Umweg über die Schweiz zu beschwerlich. Deshalb macht er sich an Claude Dussard ran und haut mit dem direkt nach England ab.«

»Schade, daß ich nicht auf diese Idee gekommen bin!« Eugen erzählte seinem Freund, wie es ihm ergangen war, und schloß: »Alfons, es wäre besser, wenn du mich nicht kennen würdest, gar nichts von mir wüßtest.«

»Da kannst du beruhigt sein!« Alfons Doberer lachte wieder sein jungenhaftes Lachen. »Bei diesem Haufen bist du sicher. Aus der SS holt dich heutzutage keine Gestapo mehr ab, bloß weil du'n Webfehler in deinem Stammbaum hast. Im Gegenteil: Jetzt haben sogar schon echte Kriminelle die Ehre, im Rock der deutschen Elite zu kämpfen. Entschuldige bitte den Vergleich, aber er sollte dich nur beruhigen.«

*

Nach kurzer Zeit konnte Eugen Brombacher ebenso feindliche Funksprüche abhören wie dem Gegner falsche und der eigenen Führung richtige Meldungen durchgeben. Selbst die Entschlüsselung der geläufigsten feindlichen Codes bereitete ihm keine Schwierigkeiten. Eugen war ein perfekter Heeresfunker geworden, der um so amerikanischer wirkte, als ihm das zackige Benehmen der SS-Männer fehlte, das man diesen mit unnötiger Härte und besonderer Ausdauer extra eingedrillt hatte. Der Umgang mit Kaugummi und amerikanischen Zigarettenpackungen gehörte für Eugen, obwohl er Nichtraucher blieb, als wichtige Nebensächlichkeit zum Alltäglichen.

Er war unter den letzten, die den fränkischen Truppenübungsplatz am 8. Dezember 1944 in Richtung Köln-Wahn verließen. Um der Entdeckung durch feindliche Flieger zu entgehen, marschierte die Panzerbrigade 150 nur nachts in ihre Bereitstellungsräume, wo sie in den ausgedehnten Wäldern südöstlich von Bankenheim das erste Biwak im Freien bezog. Das Nächtigen in Zelten war zu dieser Jahreszeit kein Vergnügen: Es war feucht, kalt, der Boden naß. In der Nacht vom 15. auf den 16. Dezember schoben sich die deutschen Angriffsspitzen im Schutze dichten Bodennebels bis kurz hinter die eigene Front vor. Die Stunden bis zur X-Zeit waren die längsten: Die allen Soldaten bekannte Spannung vor jedem Angriff hatte die ganze Front vom General bis zum letzten Landser erfaßt. Auch Eugen Brombacher — er bekam Dünnschiß.

*

Ganze dreißig amerikanische Jeeps standen dem von Skorzeny befehligten »Unternehmen Greif« zur Verfügung, außerdem mangelte es sowohl an Originalwaffen wie an -uniformen. Eugen Brombacher hatte erreicht, im dritten Fahrzeug zu sitzen, das die Überraschung durch die »Ardennen« genannte Offensive und die Verwirrung der Amerikaner nutzend, die Fronten durchbrochen hatte und nun Richtung Nordwesten fuhr. Eugens einzige Tarnung war ein amerikanischer Mantel. Hinten neben ihm saß mit den kleinen Balken eines US-Oberleutnants ein Panzergrenadier, der ein amerikanisches Gewehr in Händen hielt. Fahrer mit dem Auftrag, bei sich bietender Gelegenheit die Konversation mit Amerikanern zu führen, war ein perfekt englischsprechender Matrose der deutschen Handelsmarine, den die Streifen eines amerikanischen Corporals zierten. Das Kommando führte jedoch ein auf dem Beifahrersitz hockender Pionierunterführer aus Skorzenys Jagdverbänden, der sich eine der wenigen vorhandenen amerikanischen Pistolen organisiert hatte.

Ihr Auftrag war nur vage umrissen worden: Sie sollten als vorgeschobenes Auge der Front Aufklärungsarbeit leisten; durch das Umstecken von Straßenschildern und Hinweistafeln amerikanischer Dienststellen gegnerische Kolonnen fehlleiten; mittels falscher Berichte über die Anfangserfolge der deutschen Offensive Unsicherheit und durch das Erteilen falscher Befehle Verwirrung beim Gegner stiften. Außerdem sollten sie nach Möglichkeit feindliche Telefonleitungen zerstören und Munitionslager in die Luft sprengen. Sie hatten freie Hand, was ihr

Aufgabengebiet, die Art und Weise ihres Handelns, die Dauer ihres Einsatzes und den Zeitpunkt ihrer Rückkehr betraf. Sie waren auf sich allein gestellt und auf ihre Phantasie angewiesen.

Sie fuhren schon den halben Tag unbehelligt hinter den amerikanischen Linien herum. Eugen hatte längst jegliche Orientierung verloren, als sie auf dem Marktplatz eines Dorfes auf eine sich zur Abfahrt sammelnde Lkw-Kolonne stießen: In dem Rathaus schienen die Amerikaner eine Befehlsstelle eingerichtet zu haben, wie die Zahl der davor abgestellten Autos und die eiligst installierten, zu armdicken Bündeln verschnürten Telefonleitungen schließen ließen. Es ging ziemlich chaotisch zu: Junge Leutnants schrien Befehle, und ältere Feldwebel scheuchten die vornehmlich schwarzen Fahrer über den Platz.

»Dranhängen« befahl der SS-Unterführer, als sich ein Lkw-Konvoi in Marsch setzte. Nach acht Kilometern näherten sie sich einer Kreuzung, an der neben einem bescheidenen Wirtshaus ein Pfahl mit verschiedenen amerikanischen Bezeichnungen stand.

»Zurückfallen lassen und auf den Hof fahren«, befahl der Unterscharführer. »Hinter der Scheune an dem Hang gibst du deine erste Meldung durch, Brombacher! Ihr beide verdreht die Schilder neben dem Haus!«

Der Jeep fuhr in den Hof des offenbar verlassenen Anwesens. Es war dies eines jener eher armseligen Gehöfte, deren Bewohner in harter Zusammenarbeit von Gast- und Landwirtschaft ihr karges Auskommen bestreiten müssen.

»Darf ich zuerst austreten, Herr Unterscharführer?« fragte Eugen.

»Was, schon wieder?« kam die barsche Antwort.

»Es ist dies mein erster Einsatz, Herr Unterscharführer. Ich hab' immer noch Durchfall.«

»Ich müßte auch mal«, pflichteten der ehemalige Seemann und der Panzergrenadier bei.

»Na schön. Aber Beeilung, wenn ich bitten darf!«

Während sich die beiden Kameraden an die Hauswand stellten, rannte Eugen, dessen Peristaltik immer noch sehr aktiv war, ja ihm während der Fahrt Krämpfe verursacht hatte, auf die neben dem Misthaufen stehende Latrine zu.

Eugen wollte gerade seine Hosen runterlassen, als er Motorengeräusch und gleich darauf die Warnung des Unterscharführers hörte: »Amerikaner! Los, wieder rein in den Jeep.« Kaum hatten der als Oberleutnant verkleidete Panzergrenadier hinten und die beiden anderen vorne wieder Platz genommen, als ein amerikanischer *Command Car* neben dem Jeep der Deutschen hielt. Während sein Fahrer an den Misthaufen pinkelte, führte der amerikanische Oberst mit dem als Corporal verkleideten deutschen Seemann eine halblaute Unterhaltung. Die Täuschung schien zu gelingen.

Irgend etwas machte jedoch den Fahrer, einen altgedienten Master Sergeant, mißtrauisch. Der Kennzeichnung nach müßte dieser Jeep eigentlich einer Einheit gehören, die wesentlich weiter südlich kämpft, überlegte er und schlenderte auf die Beifahrerseite des Jeeps zu. Da er nun zwischen Jeep und Eugen, kaum drei Meter von letzterem entfernt stand, konnte dieser durch einen Spalt in der alten Holztür alles genau verfolgen.

Dem Sergeant fiel auf, daß der gemeine GI vorne saß und eine Pistole trug, während der First Lieutenant hinten saß und ein Gewehr in Händen hielt.

»Hi!«

»Hallo, sergeant«, antwortete der Unterscharführer so unbefangen wie möglich.

»Where do you come from?« — Wo kommen Sie her?

»From the Bahamas, Sergeant.« — Von den Bahamas, Sergeant.

»Oh, nice islands. And better wheather than it is here.« — Ah, schöne Inseln. Und besseres Wetter als hier.

»That's true.« — Das ist wahr.

»And you, Sir«, wandte sich der Sergeant an den hinten sitzenden Offizier: *»Where did you get your railroad-tracks*?«* — Und Sie, wo haben Sie Ihre Balken bekommen?

Da der Panzergrenadier nahezu kein Englisch sprach, sprang der Matrose ein: *»Oh, the officer got them in Fort Worth.«* — Oh, der Offizier hat sie in Fort Worth erhalten.

»Oh, in Fort Worth«, meinte der Sergeant und dehnte die folgenden Worte so, daß sie das Gegenteil ausdrückten: *»That's good.«*

* Amerikanisch für die den Eisenbahnschwellen ähnelnden Rangabzeichen eines Oberleutnants und Hauptmanns

Da besonders die jungen Fort-Worth-Offiziere als hochnäsig galten, riskierte der altgediente Sergeant eine Unverschämtheit: *»By the way: Have you ever been in Texas?«* — Übrigens, waren Sie je in Texas?

Dabei sah er den »Offizier« so direkt an, daß dieser nunmehr selbst antworten mußte: *»No, Sergeant. Never.«*

»Hands up!« brüllte der Sergeant und hielt plötzlich seine Pistole in der Hand. *»Hands up! All three of you!«* — Hände hoch! Alle drei!

»What's the matter, Sergeant?« rief der Offizier aus dem *Command Car.* — Was ist los, Sergeant?

*»Colonel, this First-lieutenant is telling me, that he got his tracks in Fort Worth, * without ever having been in Texas!«* — Colonel, dieser Oberleutnant erzählt mir, daß er seine Balken in Fort Worth bekommen hat, aber noch nie in Texas war.

Die beiden Wachen aus dem Fond des *Command Cars* sprangen heraus und brachten ihre MPs in Anschlag. Dann befahl der Sergeant den drei Deutschen auszusteigen, entwaffnete und fesselte sie.

So leise wie möglich stopfte Eugen seinen amerikanischen Militärmantel durch das Loch und ließ ihn langsam in die Jauchegrube gleiten. Dabei wagte er kaum zu atmen. Die drei Kombattanten wurden auf die Rückbank des *Command Cars* gestoßen, eine Wache kniete sich rücklings auf den Beifahrersitz, um sie mit der Maschinenpistole in Schach zu halten. Der Sergeant setzte sich hinter das Steuer, der Jeep mit dem Oberst und der zweiten Wache fuhr hinter dem *Command Car.* Das war das letzte, was Eugen Brombacher von seinen Kameraden sah.

Kaum war das Motorengebrumm verstummt, schlich er aus der Latrine, rannte zur Scheune, in der er so hoch wie möglich kletterte, um Ausschau zu halten.

Wieder saß Eugen Brombacher in einem Heuschober und überlegte, was zu tun sei: Er hatte keine Waffe und steckte in einer kompletten deutschen Uniform. Würde der Ami-Mantel in der Jauche nicht in allernächster Zeit entdeckt, könnte ihm niemand nachweisen, daß er je ein fremdes Uniformteil getragen hatte. Das war der ideale Casus, um gefangen zu werden. Trotz-

* Fort Worth liegt im Bundesstaat Texas

dem mußte er schleunigst von hier verschwinden: Erstens war es möglich, daß die Amerikaner noch einmal zurückkehrten, um die Umgebung abzusuchen. Zweitens könnte einer der drei gefangenen Deutschen unter dem seelischen Druck eines drohenden Kriegsgerichtsverfahrens einen Hinweis auf ihn geben. Außerdem erschien es Eugen riskant, sich hier allein auf weiter Flur gefangennehmen zu lassen. Ich muß in dieses Dorf zurück, das eine Kommandantur hat, resümierte er.

Und wie ein halbes Jahr zuvor hastete Eugen wieder nächtens über eine Landstraße, ängstlich darauf bedacht, niemandem zu begegnen. Die rasch hereinbrechende Dunkelheit war ihm insofern behilflich, als sie sowohl Geräusche wie Lichtschein schneller übermittelte, so daß sich Eugen beim Nahen eines Fahrzeuges rechtzeitig in den Straßengraben werfen und notdürftig mit Schnee bedecken konnte. Doch war dies zu seinem Glück nur zweimal vonnöten.

Die Wachen am Dorfrand hatten neben der Straße ein Feuer aus Trockenspiritus angezündet, um ihre klammen Hände aufzuwärmen. Eugen umschlich sie in sicherem Abstand und näherte sich im Mondschatten eines größeren Bauernhofs dem Marktplatz. Vor ihm lag das Rathaus. Eugen wunderte sich insgeheim über die Sorglosigkeit der Amerikaner: Die Fenster waren nur provisorisch abgedunkelt, vor der Tür schoben nur zwei Mann Wache, die dazu noch zusammen um das ganze Haus patrouillierten, so daß der Haupteingang minutenlang ohne Schutz war.

Mit raschen Schritten überquerte Eugen den an dieser Stelle schmalen Marktplatz, riß die Haustür auf und trat in den Hausflur. Aus einer Tür zur Linken ertönte Musik und der Versuch einiger Männerstimmen mitzusingen. Das muß die berühmte amerikanische Jazzmusik sein, dachte Eugen, während sich seine Augen allmählich an die Helligkeit gewöhnten. Eugen drückte auf die Klinke der Tür und betrat das Zimmer, in dem Glenn Millers Band zum ersten Refrain von *In the Mood* ansetzte.

»Hello, boys. Here I am.«

Es war der 16. Dezember 1944, 21.17 Uhr. Für Eugen Brombacher war der Krieg zu Ende.

4. KAPITEL

WOHIN?

Doris Bäuerle war ein echtes Naturkind badischen Schlags: grundehrlich, praktisch, bescheiden, liberal und von entwaffnender Offenheit. Von Politik verstand sie nichts.

Um so mehr schien Stammführer Klaus Fuhrmann davon zu verstehen, den sie zum ersten Mal sah, als er anläßlich eines Aufmarsches zu Hitlers Geburtstag der Jugend Pforzheims eine packende Ansprache hielt. Ohne jegliches Pathos schilderte er die Aufgaben, die der deutschen Jugend harrten, um dem ganzen deutschen Volk eine bessere Zukunft zu sichern. Dabei spürte jeder der Angetretenen, daß hier kein fanatischer, ehrgeiziger Karrierist und Dummschwätzer sprach. Das offene Wesen, die Natürlichkeit der Sprache und die saubere Ausstrahlung dieses HJ-Führers sprangen auf die meisten über: Hier präsentierte sich glaubhaft ein Vorbild, dem die Jugend vertraute und dem sie auch zu folgen bereit war. Doris Bäuerle begegnete Klaus Fuhrmann noch zweimal; die Persönlichkeit dieses gleichaltrigen Jungen tat es ihr an: Sie begann für ihn zu schwärmen.

Nachdem bekanntgeworden war, daß sich Klaus Fuhrmann freiwillig zum Afrikakorps gemeldet hatte, bat Doris seine Mutter um die Feldpostnummer, da sie ihm schreiben wollte.

Die sich daraufhin entwickelnde Korrespondenz hatte weder Markiges, Militärisches noch Politisches an sich. Zwei junge Menschen kamen einander näher: Doris erzählte von ihrer Ausbildung zur Krankenschwester und den Sorgen der Menschen in der Heimat. Klaus Fuhrmann berichtete in lebendigen Bildern über die Länder, in denen er kämpfte, beschrieb die Offenherzigkeit der nordafrikanischen Eingeborenen und begeisterte sich für deren einfache Lebensweise. Diese Briefe wurden Teil ihrer selbst: Klaus Fuhrmann gefielen die natürliche Aufrichtigkeit und ihr Humor, Doris Bäuerle bewunderte seine Intelligenz und Objektivität — und packte, sooft es ging, liebevoll ein Päckchen.

Nachdem Doris als die Jüngere volljährig geworden war, ließen sich beide »ferntrauen«.

Vier Wochen später war Doris Fuhrmann, geborene Bäuerle, Kriegerwitwe.

*

Der Befehl für den hastig zusammengestellten Zug lautete, die kleine, aber »wichtige Brücke über die Kinzig zu halten, bis Entsatz einträfe«. Doch wie man Panzer aufhalten kann, ohne über panzerbrechende Waffen zu verfügen, hatte man nicht gesagt: Der ohnehin nicht voll kampffähige Haufen verfügte weder über eine Panzerabwehrkanone noch über Minen.

In Friedenszeiten hatte der Reichsarbeitsdienst in diesem tiefen Tal eine Straße in die steilen Abhänge gesprengt. Jetzt robbte der Zugführer, SS-Unterscharführer Kurt Riller, unter dem Deckungsfeuer seiner Untergebenen mit der einzigen Panzerfaust im Straßengraben nach vorne, um in eine günstige Zielposition zu kommen. Er ließ den ersten feindlichen Panzer bis auf dreißig Meter an sich heranrollen, dann schoß er ihm genau im Scheitelpunkt der scharfen Kurve derart ins Fahrgestell, daß sich der Panzer auf der Stelle kurz drehte und nun mit seiner ganzen Breitseite die Straße versperrte.

»Wenn Nachschub und Verstärkung heute noch kommen, können wir hier 'ne Weile halten«, stellte ein alter Oberschütze anerkennend fest, als Riller wieder bei seinen Leuten eintraf. »Wenn nicht, schießen die uns morgen früh in den Arsch, Unterscharführer.«

Kurt Riller überlegte: Die zugesagte Verstärkung müßte die umliegenden Höhen besetzen, um eine Einkreisung zu verhindern, andernfalls könnte sie der Gegner von da oben in der Tat wie Hasen abknallen. Sein Zug setzte sich aus Versprengten aller Waffengattungen, älteren Volkssturmmännern und grünen Pimpfen zusammen, die man irgendwo aufgegriffen und ihm unterstellt hatte. Allesamt verfügten sie nur über leichte Infanteriewaffen.

Trotzdem: Das jede Feindbewegung blockierende Panzerwrack da vorn schien den Befehl, die Brücke zu halten, zu ermöglichen. Doch spätestens morgen mittag wären sie eingeschlossen, und an planmäßigen Entsatz glaubte im Frühjahr 1945 selbst Kurt Riller nicht mehr.

Es war dies sein erstes selbständiges Kommando. Es könnte mit seiner ersten Auszeichnung enden. Oder mit dem Tod. Das war nicht weiter tragisch ... ein Toter mehr in diesem Krieg? Was hatte er schon zu verlieren?! Er hatte sich ja freiwillig gemeldet, weil ihm das Leben zu langweilig und zu nutzlos schien. Aber die ihm unterstellten Männer? Kurt Riller fühlte Verantwortung und machte es sich nicht leicht: Wie lange könnte man so halten? Drei Tage: So lange reichten weder Munition noch Verpflegung. Ist diese Brücke, ist dieses ganze malerische Kinzigtal strategisch so wichtig? Kaum: Der Gegner bräuchte sich bloß eine Wanderkarte des Schwarzwaldvereins zu besorgen und über die Höhenwege vorzurücken. Rechtfertigte das den Tod der ihm Anvertrauten? ... Verlangte man von ihm, »Stalingrad« zu spielen? ... Drei Tage! Man hatte ihm ein Freikorps unterstellen wollen, doch er hatte es abgelehnt, Zivilisten in Trainingsanzügen zu befehlen. Wenn diese Leute »kriegsverwendungsfähig« waren, wieso waren die dann nicht in der regulären Wehrmacht, oder wenn sie Fanatiker waren, nicht bei der SS? Drei Tage: Halten die unsere Niederlage auf? ... Befehl ist Befehl! ... Außerdem: Wohin sollten sie sich eigentlich zurückziehen? Ich bin zum Schießen hierherbefohlen und nicht, um zu grübeln. — Während Riller intensiv über die weiteren Schritte nachdachte, knetete er unbewußt wieder sein linkes Ohrläppchen.

Um der drohenden Umklammerung zu entgehen, gab Kurt Riller um Mitternacht den Befehl zum Absetzen: »Jeder nimmt neben seiner Waffe soviel Munition mit, wie er tragen kann. Verpflegung für einen Tag. Alles andere bleibt da und wird so verteilt, als lägen wir noch hier. Wir marschieren Richtung Nordosten, Richtung Freudenstadt. Und vor allem: leise! Keiner spricht von jetzt an noch ein Wort!« Da die meisten seiner Leute nur ungenügend ausgebildet, sich ungeschickt benahmen, geschah, was Riller befürchtet hatte: Ihre Absetzbewegung wurde entdeckt, und anstatt sich geordnet zu den eigenen Linien zurückzuziehen — die es ohnehin gar nicht mehr zusammenhängend gab —, mußte sich der Zug ständig des nachrückenden, zahlenmäßig überlegenen Gegners erwehren.

»Schneid haben sie schon, diese Schwarzen«, schmunzelte Riller anderntags anerkennend, während er, ohne den Blick von den angreifenden Marokkanern zu nehmen, ein neues Magazin in sein Sturmgewehr schob.

Als sie am Abend des 17. April schießend, springend, Deckung suchend und schließlich nur noch laufend, Freudenstadt erreichten, brannte dessen Zentrum an allen Ecken und Enden: Lichterloh standen die rotgelben Riesenfackeln gegen den schwarzen Nachthimmel. Und zum ersten Mal kam Kurt Riller dieser Krieg grausam vor: Eigene Kräfte waren nicht zu entdecken, dagegen eine aufgeschreckte Zivilbevölkerung, die zu retten versuchte, was noch zu retten war. Und farbige Soldaten, die sich ungehindert griffen, was ihnen brauchbar erschien. Besonders auf Frauen hatten sie es abgesehen, deren Schreie das Prasseln des Feuers, das Knallen gelegentlicher Schüsse und das betrunkene Grölen der marodierenden Soldateska wie Fanfaren übertönte.

Zehn Meter von ihrer Mauernische entfernt hielt ein Jeep. Der Offizier sprang heraus und rief seinen Leuten ein paar Befehle zu, doch die Betrunkenen reagierten überhaupt nicht.

»Unterscharführer«, flüsterte ein Ha-Jottler, dessen junges Gesicht der flackernde Schein der Flammen verzerrte. »Das ist ein Major, den nehmen wir gefangen!«

»Du kriegst gleich einen Tritt in den Arsch!« zischte der alte Oberschnapser. »Halt die Klappe!«

»Mein Gott, Unterscharführer, wir können doch nicht einfach nur so rumstehen. Wir müssen was tun!«

»Du hast völlig recht, Baby. Also: Fertigmachen zum Sturmangriff!« flüsterte Kurt Riller. »Wieviel Mann sind wir noch?«

»Fünf.«

»Wieviel Munition haben wir noch?«

»Ich hab' keinen einzigen Schuß mehr. — Ich auch nicht. — Ich auch nicht. — Ich hab' auch keinen mehr«, kam die Antwort.

»Was schlägst du also vor, Baby?«

»Ich weiß es nicht, Uscha.«

»Aber ich: Erstens Klappe halten! Zweitens: Quartier suchen! Ich hab's satt, ewig im Freien zu nächtigen. Das Eckhaus da unten scheint mir geeignet. Im Abstand von zehn Metern folgen!« befahl Kurt Riller und setzte sich in Bewegung.

Von dem Fachwerkhaus stand nicht mehr viel mehr als die

Fassade, alles andere hatten Granaten zerstört. Aber im Hof gab es einen Schuppen, der zur Aufnahme von landwirtschaftlichem Gerät diente.

»Ihr zwei brecht einen Notausgang durch die Rückwand! Und ihr macht das Ganze ein bißchen wohnlich! Da hinten liegen Säcke und oben Heu. Für heute ist dies unser Grandhotel. Morgen früh geh' ich auf Spähtrupp. Bei Tag sieht alles halb so wild aus.«

Sie rauchten gemeinsam die letzte Zigarette, dann teilte Riller Wachen ein: »Jeder Mann zwei Stunden, ich übernehm' die letzte.«

Damit er ihn wärme, nahm Riller einen sichtlich nur bei Gartenarbeit benutzten, oftmals geflickten Regenmantel vom Haken, zog ihn an, kletterte die kleine Leiter nach oben und zwängte sich zwischen das schräge Dach und das Heu. Er wußte, daß er sich auf die vier Mann da unten nicht verlassen konnte. Aber er hoffte, daß der gemeinsame Wille zum Überleben sie wenigstens davon abhielt, Dummheiten zu machen, die zu ihrer Entdeckung führten. Doch auch das war ihm jetzt egal: Er hatte seit Tagen kein Auge mehr zugetan, die Müdigkeit schmerzte ihn physisch; er merkte, daß er nicht mehr klar denken konnte, und wollte nur noch schlafen.

Wie lange er geschlafen hatte, wußte er nicht, als ihn durchdringendes Schreien weckte. Durch die Ritzen der Holzwand konnte Kurt beobachten, wie drei französische Soldaten ein Mädchen über den Hof zum Geräteschuppen zerrten. Der Schein irgendwelcher Flammen ließ das helle Haar mit den langen Zöpfen feuerrot erscheinen und entstellte die dunklen Gesichter der Soldaten zu schauerlichen Fratzen. Das Mädchen, es mochte etwa siebzehn oder achtzehn sein, schrie aus Leibeskräften und wehrte sich verzweifelt, hatte aber gegen die drei Betrunkenen, denen noch ein vierter, eine Flasche schwenkend, torkelnd folgte, keine Chance.

»Achtung«, wollte Kurt gerade nach unten zischen, als er auch schon den letzten seiner Leute durch den Notausgang verschwinden sah. Der SS-Unterscharführer Kurt Riller war allein gelassen. Seine Gedanken überschlugen sich: Er wußte, daß er alleine gegen die vier nichts ausrichten konnte ... Die Schreie des Mädchens stachen ihm ins Herz ... Wenn diese Marokkaner ihn erwischten, würden sie ihn wahrscheinlich einfach über den Haufen schießen ... »Deutsche Frauen und Kinder sind vor der Willkür der feindlichen Bestien unter allen Umständen und unter Einsatz des eigenen Lebens unbedingt zu schützen.« — Ich muß hier weg ... Kurt war nicht fähig, einen Gedanken zu Ende zu führen.

»A-bärr E-rri-kka«, radebrechte der vierte Mann, der an der Tür stehengeblieben war, lallend. »Äs ist ärlaubt. De Castries sagt: ›Drei Näch-tä Schna-aps und fick-fick ...‹«*

Die zwei Marokkaner hatten das Mädchen inzwischen auf die Säcke geworfen, die seinen Leuten zuvor als Schlafstätten dienten, und hielten es fest. Ihr »Neeeeiiiin« gellte Kurt durch Mark und Bein, als sie ihr den Rock hoch- und die Unterhosen runterzerrten.

Seine Müdigkeit und die Schnelligkeit der Ereignisse verhinderten, daß Kurt zu einem vernünftigen Schluß kam — da sprang er dem Farbigen, der in das Mädchen eindringen wollte, mit den Stiefeln ins Kreuz.

Noch im Abrollen griff Kurt nach einer Gartenhacke und schwang sie dem Nächststehenden mit solcher Wucht über das Nasenbein, daß dieses und der Stiel zugleich brachen. Völlig verdutzt griff sich der Marokkaner an die Nase, ehe er, langsam und ohne einen Laut von sich zu geben, zusammensank. Inzwischen hatte Kurt einen Spaten gefaßt und holte gegen den überraschten Dritten blitzschnell zu einem Hieb aus: Der Spaten zischte durch die Luft und zerschnitt mit der Kante die Halsschlagader, daß sich ein Schwall von Blut über den Schwarzen und das am Boden wimmernde Mädchen ergoß. Im gleichen Moment verspürte Riller einen dumpfen Schlag gegen seinen linken Oberarm. Er fuhr herum: Der vierte Soldat stand mit runtergelassener Hose in der Tür des Schuppens und fingerte an seiner MP herum.

Sei es, daß sich ein Schuß von allein gelöst hatte, der Mann zu betrunken war, um die Waffe weiter bedienen zu können oder diese Ladehemmung hatte — die Zeit genügte Kurt: Mit

* Französischerseits unwidersprochen, soll der das 3. Regiment marokkanischer Spahis befehligende Major Christian-Marie Ferdinand de la Croix de Castries seinen Einheiten für die Eroberung Freudenstadts drei Tage und Nächte *carte blanche* versprochen haben.

zwei Sätzen war er bei dem Schwarzen und trat ihm mit seinem Knobelbecher und solcher Kraft in seine unteren Regionen, daß der Mann mit einem unmenschlichen Brüllen wie vom Blitz getroffene zusammensackte. Im Fallen jedoch, schon völlig außer Kontrolle, hieb der Schwarze reflexartig seine halbleere Flasche, die er immer noch in der Hand hielt, Riller über den Schädel, wo sie splitternd zerbrach, und letzterer in einem Gemisch von Blut und Schnaps zu Boden ging.

Benommen rappelte sich Kurt wieder auf, griff das am Boden kauernde Mädchen und zerrte es durch den hinteren Ausgang ins Freie. Flammen erhellten notdürftig das Gelände, durch das er mit der Weinenden an der Hand vorwärts stolperte, bis sie sich beide außer Sichtweite des Schuppens erschöpft und schwer atmend an einem Zaun niederließen, wo Kurt das Mädchen anherrschte: »Hör auf zu weinen! Jetzt passiert dir ja nichts mehr!«

Während das Mädchen bei dem Versuch, seine Tränen abzuwischen, das Blut des Schwarzen noch mehr in seinem Gesicht verschmierte, lauschte Kurt angestrengt in die Nacht. Doch niemand schien in ihrer Nähe zu sein.

»Wo wohnst du?«

»Beim Marktplatz. Aber unser Haus brennt ... Und da hat ... hat ... die Mami gesagt ... ich soll zur ... Tante Anneliese laufen ... die ... wo da drüben ... wohnt.« Das unter einem Schock stehende Mädchen wies irgendwohin. »Der Onkel Gerhard ist mein ... mein ... mein Patenonkel.«

»Wo wohnt der denn?«

»Da drüben ... es ist nicht weit.«

»Na, dann komm!«

Er nahm das Mädchen an der Hand, und jede dunkle Stelle ausnutzend, erreichten sie nach kurzer Zeit eine abseits stehende Villa.

»Tante! Onkel Gerhard! ... Ich bin's, die Mathilde! Macht schnell auf!« Sie hämmerte wie wild an die Haustür.

Die Frau in mittleren Jahren bekam einen gehörigen Schreck: Das blutverschmierte Mädchen stürzte, kaum daß sich die Tür geöffnet hatte, auf sie zu; gegen den brennenden Horizont erblickte sie den Schattenriß eines Fremden.

»Tante Anneliese ... oh ...«

»Wer ist das?«

»Der Herr Soldat hat mir geholfen . . .« Die Stimme des Mädchens ging in unverständliches Schluchzen über.

»Die Marokkaner haben versucht . . . Ihre Nichte hat einen Schock.«

»Bitte kommen Sie rein.«

Kurt Riller trat in den beleuchteten Flur.

»Um Gottes willen!« Die Frau sah ihn entsetzt an. »Sind Sie schwer verwundet?«

»Nein, nein! Das sind alles nur kleine Schrammen!«

»Dort ist die Toilette, da können Sie sich waschen.« Die Frau wies auf eine Tür und brachte ihre Nichte nach oben.

Kurt blickte in den Spiegel: Er sah wirklich zum Fürchten aus. Jetzt erst bemerkte er die Wunde am Kopf. Vorsichtig wusch er sein Gesicht und entfernte die gröbsten Glassplitter aus seinem blutverschmierten, strähnigen Haar.

»Sie machen den ganzen Boden naß.« Plötzlich stand ein Mann in der Tür.

»Wie bitte?« Kurt glaubte, nicht richtig gehört zu haben.

»Sie machen den ganzen Boden schmutzig.« Der Mann wies auf das Wasser auf den Kacheln.

»Soll Ihnen nie was Schlimmeres passieren.«

»Wer sind Sie überhaupt?«

»Ich hab' mir erlaubt, mein Herr, mit einigen Mohren um Ihr Patenkind zu pokern.« Kurt Riller fixierte den Mann. »Und wenn ich mir so anhöre, was Sie dazu sagen, weiß ich gar nicht, ob ich glücklich darüber sein soll, sie gewonnen zu haben.«

»Sie sind Soldat?«

»Wie kommen Sie denn zu dieser scharfsinnigen Frage?«

»Na, Ihr komischer Mantel . . .«

»Ach so, nein, ich bin ein armer Pilger auf dem Wege nach Rom. Ich kam zufällig des Wegs, als vier Ungläubige Ihr Patenkind zum Islam bekehren wollten.« Kurt sah auf die Wunde an seinem linken Oberarm. »Und jetzt bringen Sie mir bitte was zum Verbinden, ich hab' 'ne Ladung abbekommen.«

Der Mann verschwand nach oben und kehrte nach geraumer Zeit mit Watte, Jod und Verbandzeug wieder zurück.

»Entschuldigen Sie bitte, meine Frau hat's mir grad erzählt. Sie haben meine Nichte gerettet. Ich danke Ihnen.«

»Nicht der Rede wert.«

»Möchten Sie einen Schnaps?«

»Einen riesengroßen sogar.«

Kurt schlitzte den Ärmel auf und verband notdürftig seine Wunde.

Der Wohnungsinhaber brachte einen Obstler und zwei Gläser.

»Prost. Und nochmals vielen Dank!«

»Bitte schön.«

Riller merkte, wie der Alkohol durch seine Adern floß. Das zweite Glas wirkte wie ein Zaubertrank: Er spürte seine Verletzungen nicht mehr. Die beiden Männer gingen in das spießig eingerichtete Wohnzimmer.

»Wo ist es passiert?«

»In einem Geräteschuppen. Aber Sie können beruhigt sein: Es ist *nicht* passiert. Die Kleine hat nur einen Schock abbekommen.«

»Kann ich was für Sie tun?«

»Ja, lassen Sie mich hier auf der Couch schlafen. Morgen früh hau ich dann ab.«

»Bei welcher Einheit sind Sie?«

»Waffen-SS.«

»Wie bitte?« Das Glas des Mannes begann zu zittern.

»Eigentlich gehör' ich zur Leibstandarte.«

»Dann war es ja Ihre besondere Pflicht, dem Kind beizustehen!«

Kurt Riller glaubte, schon wieder nicht richtig zu hören: »Ja, so kann man es natürlich auch sehen.«

»Ich würde Ihnen ja gerne helfen, mein Herr . . .«

»Danke, wenn Sie mich nur hier auf diesem Sofa schlafen lassen. Und vielleicht haben Sie ein Stück Brot übrig?«

Das Glas fiel dem Zitternden aus der Hand: »Das tut mir leid, das geht nicht.«

»Was geht nicht? Haben Sie die Couch schon anderweitig vermietet?«

»Nein, aber wenn man Sie hier findet! In Ihrer Uniform! Nachts machen die Franzosen Razzia.«

»Da können Sie ganz beruhigt sein. Wenn die Schwarzen nachts kommen, dann wollen die nichts von mir. Nur von Ihrer Frau.« Der Schnaps tat seine Wirkung: Riller wurde gereizt.

»Außerdem, was soll das?! Für die winzige Jungfernhaut Ihrer Nichte riskier' ich 'ne Riesenbeule — von meinem Arm will ich gar nicht reden, is' ja nur der linke. Und dann darf ich nicht mal mein müdes Haupt auf Ihre Couch legen!« Kurt brüllte plötzlich. »Na, Sie sind mir ja ein christlicher Pate!«

»Sie müssen meinen Mann verstehen«, sagte ganz ruhig die Frau, deren Kommen keiner bemerkt hatte. »Mein Mann hat Angst. Er ist selber sehr gefährdet. Er war hier Blockwart.«

»Dann ist er jetzt wahrscheinlich schon überzeugter Sozialist, was?!«

»Nein, das ist er nicht. Er hat nur Angst«, sagte die Frau. »Hier, darf ich Ihnen dies Brot mit auf den Weg geben?«

»Danke. Von Ihnen nehm' ich nichts«, Kurt ging zur Tür, wandte sich aber noch einmal um, »... außer dem Schnaps«, und griff sich die fast volle Pulle.

In der offenen Haustür blieb Kurt Riller noch einmal stehen und brüllte, so laut er konnte: »Heil Hit-ler, Herr Block-leiter!«

Dann hatte ihn die brennende Nacht verschluckt.

*

Wieder schreckte ihn ein Geräusch hoch. Diesmal brauchte Kurt Riller einige Zeit, bis er sich zurechtfand: Offensichtlich hatte er die Nacht auf einer Bank verbracht, die normalerweise Spaziergängern zu beschaulichem Verweilen und wohlgefälligem Betrachten der Natur diente. Zu seinen Füßen lag eine geleerte Schnapsflasche. Sie half ihm, sich allmählich der vergangenen Geschehnisse zu erinnern, wobei er gleichzeitig dessen gewahr wurde, daß ihn nicht nur seine Kopfplatzwunde schmerzte, sondern daß er von der ungewohnten Menge Alkohol im leeren Magen auch einen ausgewachsenen Kater hatte.

Gerade wollte er sich recken, da spürte Kurt etwas Kaltes in seinem Genick.

»Wünsche wohl geruht zu haben. Und nun nehmen wir mal ganz schnell die Hände hoch! Und stehen ganz langsam auf!«

Jemand tastete ihn von hinten ab.

»Ganz langsam umdrehen!«

Kurt sah in die Gesichter dreier SS-Leute, die unmißverständlich ihre Waffen auf ihn gerichtet hatten.

»Wer bist'n du?«

Kurt nannte seinen Namen, seine Einheit, in groben Zügen seinen letzten Auftrag, was ihm in der letzten Zeit widerfahren war, und übergab sein Soldbuch.

»Und jetzt wolltest du ein bißchen türmen, was? Dich verdünnisieren?«

»Dann würd ich wohl kaum in voller Montur mit 'ner Knarre rumlaufen.«

Das klang logisch, er durfte die Arme wieder runternehmen.

»Habt Ihr'n Sani dabei?«

»Wieso?«

»Ich hab' 'ne Beule am Kopf und'n Durchschuß im Arm.«

Die drei nahmen Riller mit in den Wald, wo auf einer Lichtung einige Fahrzeuge standen. Während ihn ein Sanitäter versorgte, verschlang er ein paar Brote und berichtete dem kommandoführenden SS-Untersturmführer seine Erlebnisse.

Kurt Riller blieb bei diesem Haufen, der weitgehend selbständig operierte und dessen Anführer es immer wieder gelang, sie — notfalls durch sanfte Gewalt — mit Munition, Brennstoff und Verpflegung zu versorgen. Es gefiel Kurt bei diesen Landsknechten, und so hatte er schnell verwunden, daß man ihn eines im Suff angezettelten Raufhandels wegen von »seiner Leibstandarte« versetzt hatte.

Tage später führte er einen Spähtrupp: An einem Waldrand ließ er halten und kletterte auf einen Jagdhochsitz, um ein auf halber Höhe voraus liegendes Dorf besser beobachten zu können. Kaum hatte er sein Fernglas angesetzt, sah er am Dorfrand Mündungsfeuer aufblitzen. Unmittelbar darauf flog Kurt Riller durch die Luft.

»So undramatisch kann Sterben sein«, war das letzte, was er dachte.

*

Die Verbände, die im südlichen Teil des Reichs die deutschen Truppen bis über den Arlbergpaß zurückdrängten, bestanden zum großen Teil aus französischen Kolonialtruppen.

Die zweite Welle setzte sich jedoch aus Befreiern zusammen, die den Krieg unbeschadet überstanden hatten und sich nun gebärdeten, als wäre der Sieg allein ihnen zu verdanken. Sie betrachteten, was heil und wertvoll war, als persönliche Kriegsbeute und requirierten, was ihnen in die Finger kam: Mit Vorliebe Villen, ja ganze Siedlungen, deren Bewohner sie oft nur mit dem Notwendigsten versehen, auf die Straße setzten. Überflüssig zu erwähnen, daß die Sieger dabei die romantischen und unzerstört gebliebenen Kurorte des Schwarzwaldes bevorzugten. Zu den Gebäuden, die es binnen kurzem zu räumen galt, gehörte auch ein zum Lazarett umfunktioniertes ehemaliges Luxushotel im Enztal.

Die als Ersatz zugewiesenen Räumlichkeiten erwiesen sich jedoch als derart ungeeignet, daß sich der für die Verwundeten Verantwortliche, ein Oberstabsarzt, im Zivilberuf Universitätsprofessor für Chirurgie, schlichtweg weigerte, der Umquartierung zuzustimmen. Um so weniger, als die neuen Machthaber nur zwei offene Lastwagen zu einem Pendeltransport der Einrichtung und der Schwerverwundeten zur Verfügung zu stellen gedachten.

Zur vorgesehenen Stunde versammelten sich die gesamte Ärzteschaft, die Pfleger und Schwestern zum Protest auf der Vortreppe. Dem das Kommando führenden Offizier erläuterte der Chefarzt die Unmöglichkeit der geplanten Evakuierung und überreichte ihm ein Schreiben mit der Bitte um Weiterleitung an den Militärgouverneur Jean de Lattre de Tassigny. Der französische Leutnant hingegen vermutete vorsätzlichen Widerstand gegen höhere Befehle und zwang den Mediziner mit gezückter Pistole kurzerhand, in den Jeep einzusteigen.

»Er soll uns alle abholen lassen, Herr Chefarzt!« riefen einige Hilfskräfte ihrem scheidenden Chef aus Solidarität zu.

»Kommt gar nicht in Frage! Ihr rührt euch nicht von der Seite der Verwundeten!« rief jener zurück.

Nach zähen Verhandlungen gelang es dem verhafteten Mediziner aufgrund seines unbeugsamen Willens endlich insofern ein geeignetes Quartier für seine Verwundeten zu bekommen, als er erreichte, daß ein zwar zu kleines, aber fachgerecht eingerichtetes Krankenhaus von kranken Zivilisten geräumt wurde. Dies erschien der Bevölkerung gegenüber hart, ja ungerecht, aber er war für die best- und schnellstmögliche Genesung verwundeter Soldaten verantwortlich — die ihre Verletzungen ja zum Teil beim Versuch des Schutzes ebendieser Bevölkerung erhalten hatten. Außerdem: Wo geschah in dieser Zeit kein schreiendes Unrecht?

Dem Oberstabsarzt Professor Doktor Alfred Sägemann wurde von den Besatzungsbehörden noch gestattet, die fachgerechte Umquartierung und Einrichtung des neuen Lazaretts zu organisieren, dann deportierte man ihn nach Frankreich, wo er deutsche Kriegsgefangene ärztlich versorgen sollte.

Nicht nur die zivilen Kranken, auch der ehemalige SS-Unterscharführer Kurt Riller verfluchte diesen Zwangsumzug. Hatte er in dem Hilfslazarett die wohltuende Intimität eines kleinen ehemaligen Hotelzimmers genossen, so litt er nun darunter, daß zwanzig Mann an seinen Verdauungsproblemen ebenso teilnehmen mußten wie er an ihren. Außerdem genierte es Riller, daß ihn — aufgrund einer mit dem Umzug zusammenhängenden Personaländerung — kein Sanitätssoldat mehr, sondern eine Krankenschwester mit leuchtendblauen Augen versorgte. Denn auf Hilfe war Kurt angewiesen, da er sich nur minimal bewegen konnte:

Multipler Schrapnellverletzungen wegen hatten die Ärzte seinen ganzen Oberkörper und den linken Arm dick einbandagiert. Und da er beim freien Fall durch die Luft auf Felsboden gelandet war, lag sein linkes Bein auf einer Braunschen Schiene im Streckverband, wobei ein Gewicht nicht nur an seinem Bein, sondern auch an seinen Nerven zog. Nicht genug damit, hatte er sich beim Aufprall sowohl Schien- wie Wadenbein gebrochen, weswegen das rechte Bein vom Oberschenkel an eingegipst war. Nur mühsam konnte er mit einem langen, dünnen Holzspan zwischen Gips und Haut fahren, um sich des Juckreizes zu erwehren. So war Kurt Riller ob seiner permanenten Schmerzen, der ungewohnten Bewegungsunfähigkeit, des Juckreizes, vor allem ob der Zweifel, ob er je wieder gesund werden würde, ungeduldig, nervös, gereizt, ja ausgesprochen zornig — was seinen Heilungsprozeß nicht gerade beschleunigte.

Der Sommer des Jahre 1945 wurde ungewöhnlich schön, und das trug mit dazu bei, daß sich Kurts Verhältnis zu Schwester Doris allmählich entkrampfte. Trotz der angesichts ihres Arbeitspensums nur kurzen Gespräche fanden sie im Laufe der Zeit Gefallen aneinander. Eines Tages flüsterte sie ihm, während sie seine Verbände wechselte, ins Ohr: »Ich hab' dein Soldbuch requiriert.«

»Warum das denn?«

»Weil die Franzosen dich suchen.«

»Was? Warum sollten die *mich* suchen?«

»Die suchen Leute, die bei der SS waren.«

»Na und? Das waren doch tausend andere auch. Was woll'n die denn ausgerechnet von mir?«

»Na, die suchen doch jetzt alle möglichen Leute. Die haben letzte Woche sogar die Christel Cranz verhaftet. Bloß weil die vom Hitler fürs Skifahr'n mal 'ne Auszeichnung bekam. Da suchen die natürlich erst recht Leute, die in der Leibstandarte waren. Jedenfalls steht's so in dem Schreiben, das heute gekommen ist.«

»Und warum?«

»Weiß ich auch nicht. Steht was von Kriegsverbrechen drin.«

Obwohl Riller von solchen Gerüchten schon gehört hatte, konnte er sich keinen Reim darauf machen. Trotzdem beschlossen beide, seine Blutgruppenbezeichnung unter der linken Achselhöhle vorsichtshalber unkenntlich zu machen: »Übermorgen, wenn sie dir den Verband abgenommen haben, ist die beste Gelegenheit dazu.«

An jenem Abend »vergaß« Schwester Doris, ihrem Lieblingspatienten ein Schlafmittel zu geben. Statt dessen schob sie um Mitternacht sein Bett auf den Gang und durch eine Magazinkammer, der sich noch ein kleiner Nebenraum anschloß. Hier hatte sie bereits alle notwendigen Vorbereitungen getroffen.

Sie zwängte Kurts linken Arm derart unter seinen Kopf, daß die Unterseite nach oben liegend, ein Dreieck bildete, und reinigte mit Alkohol die Stelle um das kleine blaue B. Anschließend schob sie ihm eine Mullbinde in den Mund: »Da beiß drauf, wenn's weh tut.« Mit sicherer Hand injizierte sie eine Dosis Morphin. Danach entzündete sie einen kleinen Bunsenbrenner, zog zur Hitzeisolation einen Lederhandschuh an, faßte mit einer Pinzette ein Reichsmarkstück und hielt es über die bläuliche Flamme, bis es glühte. »Achtung«, flüsterte sie und drückte vorsichtig, doch kräftig die Münze auf die Tätowierung. An Kurts stämmigem Hals traten die Adern hervor, ein Stöhnen drang durch die die Mullbinde zusammenpressenden Zähne, der Geruch von verbranntem Fleisch stieg Doris in die Nase. Behutsam löste sie das Geldstück von seinem Arm, streute Sulfonamidpulver auf die Brandstelle, schnitt ein viereckiges Stück Gaze zurecht, legte es auf die Wunde und verklebte es kreuzweise.

»Bei deinen vielen Narben wird später kein Mensch auf die Idee kommen, daß dieser Punkt speziell angefertigt wurde, hörst du?«

Doch Kurt antwortete nicht. Das Morphin tat seine Wirkung: Er lag in Morpheus' Armen.

Als Schwester Doris, geborene Bäuerle, verwitwete Fuhrmann, eine Woche später wiederum Nachtdienst hatte, schob sie Kurts Bett abermals lautlos aus dem Krankensaal in das kleine Kabinett hinter der Magazinkammer. Auf seinen fragenden Blick flüsterte sie: »Ich muß nach deiner Wunde sehen«, und zog das Pflaster ab.

»Na?«

»Sieht aus, als ob dich da noch ein extra Splitter gekratzt hat.«

»Ich danke Ihnen, Frau Medizinalrat.« Kurt griff nach ihrer Hand. »Warum tust du das alles für mich? Du hast doch genug Arbeit.«

»Du bist eben ein netter Junge.«

»Und du ein herrliches Weib ...«

»... und ich hatte noch niemals Gelegenheit auszudrücken, daß ich dir eigentlich sehr sympathisch bin.« — Sie beugte sich herunter und küßte ihn zärtlich. Ungestüm, doch täppisch wie Parzifal zog Kurt sie zu sich, preßte sie auf seinen Oberkörper. Durch Schürze und Schwesterntracht hindurch spürte er ihre großen, festen Brüste. Ihre Zungen fanden zueinander. Liebevoll, doch wild glitten seine Hände über ihren Rücken, während er behaglich grunzte.

Plötzlich hielt er inne, faßte Doris bei den Armen, schob sie von sich weg und sah sie an: »Du bist lieb, aber warum gibst du dich mit mir, einem Krüppel, ab?«

»Krüppel?«

»Na, dann mit einem narbenübersäten Invaliden, der sich jetzt nicht rühren und womöglich nie mehr richtig laufen kann.«

»Ich hör' immer Invalide! Du wirst der intakteste und kräftigste Patient sein, der hier je entlassen wurde.« Weiteren Widerspruch nicht abwartend, löste sie sich von Kurt, sah ihn bedeutungsvoll an und meinte lachend: »Du weißt ja gar nicht, *wie* gesund du jetzt schon bist.«

Mit raschen Schritten ging sie zur Tür, schloß diese ab, zündete den Bunsenbrenner an und löschte das elektrische Licht. Kurt Riller glaubte seinen Augen nicht zu trauen: Schwester Doris setzte ihre Haube ab, knüpfte rasch die Kreuzbänder ihrer Schürze auf, löste den Knoten auf dem Rücken, fingerte behend an den Knöpfen ihrer Tracht, zog diese, als sie offen war, über ihren Kopf, streifte Unterhose, Strümpfe und Schuhe in einem zugleich ab, griff hinter sich, hatte plötzlich ihren Büstenhalter in der Hand und ließ ihn zu Boden fallen.

Da stand sie in dem gelbblauen Licht des Bunsenbrenners vor ihm, wie Riller noch nie eine Frau gesehen hatte: nackt, blond und wunderschön. Er starrte sie wortlos an.

»Gefall' ich dir?«

Doch statt zu antworten, konnte Kurt nur schlucken. Seine linke Hand fuhr an sein linkes Ohrläppchen und begann, es wie wild zu massieren.

Doris kam auf ihn zu. Kurt hielt den Atem an. Doris griff nach seinen Händen und führte sie an ihre Brüste. Sie beugte sich nieder und küßte ihn.

Doris war ein Naturereignis: Zwischen dem behindernden Gips seiner Beine suchte ihre Rechte die empfänglichen Stellen, streichelte sie auf das zärtlichste, liebkoste seine erstarkende Männlichkeit. Schließlich kletterte sie auf das Bett, hockte sich vorsichtig auf ihn und genoß es, wie er immer tiefer in sie eindrang.

Als er am nächsten Morgen aufwachte, glaubte er zunächst, auch diese Nacht geträumt zu haben.

*

Immer öfter ließ sich Schwester Doris zum Nachtdienst einteilen. Mochten die anderen inzwischen auch munkeln und tuscheln, dies war die beste Gelegenheit, ungestört mit Kurt zusammenzusein. Stets liebten sie sich erst mal nach Herzenslust und Kräften, doch nachdem sich die ungestüme Gier der ersten Begegnungen gelegt hatte, entdeckte Kurt interessante Details an seiner Partnerin: Wenn sie ihre Haube abnahm, wurden ihre von drei harten Krankenschwesterjahren geprägten Gesichtszüge allmählich weicher, ihre blauen Augen blitzten mitunter schalkhaft auf, ihr voller Mund mit den geschwungenen Lippen wirkte ungeheuer sinnlich; sie hatte, wie Kurt anerkennend bemerkte, eine makellose Figur, schöne, runde Hüften und herrlich lange Beine.

»Wofür trägst du eigentlich einen BH? Wenn du den abnimmst, verändert sich dein Busen doch um keinen Millimeter.«

»Frecher Kerl!« antwortete Doris, wobei sie sich schnell umdrehte, damit er ihre hochschießende Röte nicht bemerke.

Bald schmiedeten sie gemeinsame Zukunftspläne.

»Ich muß hier weg! Ich will mal was anderes machen, als nur tote Augen zudrücken, zu Krüppeln geschossenen armen Teufeln durch Witzchen und Flachsereien kaschieren, wie elend sie dran sind, wenn sie hier rauskommen und ohne Uniform und Orden leben müssen. Ich will mit anderem hantieren als ewig nur mit extrahierten Splittern, amputierten Gliedmaßen, Eiter, Blut und Scheiße. Wie schön wäre die Arbeit in einer Säuglingsabteilung! Vielleicht kann ich mich sogar mal zur Hebamme ausbilden lassen, um Menschen zum *Leben* zu verhelfen. Krankenschwester ist ein schöner Beruf. Aber ich möchte nicht nur Samariterin, ich möchte auch Frau dabei sein. Und dazu brauch' ich *einen* Mann für mich allein. Fürs Bett und als Vater meiner Kinder ...« Doris redete sich lang Aufgestautes vom Herzen. »... und dieser *eine Mann* sollst *du* sein«, fügte sie hinzu. Und nach einer bedeutungsvollen Pause: »Wenn du persönlich nicht allzuviel dagegen hast.«

»Im Prinzip habe ich absolut nicht nur nichts dagegen, es macht mich sogar unsagbar glücklich. Ich fürchte allerdings, daß ich eine wichtige Voraussetzung dazu nicht erfülle ...«

»Nun hör bloß damit auf!« unterbrach ihn Doris.

»*Das* mein' ich nicht. Daß *das Eine* glücklicherweise heil geblieben ist, hast du mir bewiesen«, lächelte Kurt. »Ich meine ganz was anderes. Ich bin zwar neunzehn Jahre alt und somit geschlechtsreif, aber ich kann nichts. Verstehst du: Ich könnte deine, unsere Kinder gar nicht ernähren, denn ich habe bisher nichts anderes gelernt, als die Hacken zusammenzuknallen, zackig zu grüßen und möglichst treffsicher zu schießen. Ja, und ich kann einen Panzerspähwagen fahren. Aber die Zeit, in der dies Tugenden waren, ist vorbei, damit ist heutzutage kein Brot mehr zu verdienen. Ich hab' ja nicht mal ein Abitur in der Hand, ich muß erst mal was *lernen*, um später dein von dir Auserwählter werden zu können und nicht dein dir von Gott Zugemuteter zu bleiben.«

»Dafür, daß du immerhin die mittlere Reife hast, bist du ganz schön begriffsstutzig! Also, ich stell' mir das etwa so vor: Wenn du entlassen wirst, ziehst du erst mal zu mir. Ich wohn' zwar nur bescheiden zur Untermiete, aber weder Wirtin noch Behörden können etwas dagegen einwenden, daß ich in mein Bett noch meinen zukünftigen Mann aufnehme. Und du schulterst künftig statt einer Knarre ein Ränzel und gehst wieder zur Schule, um dein Abitur nachzuholen. Danach studierst du, was du willst. Übrigens: Was willst du eigentlich studieren?«

»Ja, was will ich eigentlich?« Ihn verblüffte die naheliegende Frage. »Siehst du, Doris, erst gab man mir keine Gelegenheit, darüber nachzudenken, und jetzt habe ich noch keine Zeit gefunden, Gedanken an meine Zukunft zu verschwenden, weil ich die Vergangenheit noch nicht bewältigt habe. Im Moment weiß ich wirklich noch nicht, was ich eigentlich mal machen will.«

»Kommt Zeit, kommt Rat. Während du für Klausuren büffelst, mach' ich Überstunden, dann kommen wir sogar prima hin. Du mußt dich nur mit dem Gedanken vertraut machen, daß du ein verheirateter Student bist . . .«

». . . Und du doch eine Samariterin.«

»Du mußt mir ja nicht gleich ein Kind machen, dann geht alles bestens. Und wenn du dein Examen geschafft und einen schönen Beruf hast, dann mach' ich 'ne Schulung als Hebamme. Dann liegt ein ganzes gemeinsames Leben vor uns. Also, ich find' das herrlich!«

»Was an diesen Zeiten so herrlich sein soll, weiß ich nicht . . .« Kurt Riller, der früher so optimistische Planer und Draufgänger, hatte eine Wandlung durchgemacht: Er war zum skeptischen, pessimistischen Cunctator* geworden, für den sich alles viel zu schwierig, zu komplikationsgeladen gestaltete. Und doch fühlte er sich unendlich glücklich. Statt etwas zu sagen, zog er Doris zu sich ran, legte seinen Kopf auf ihre Schulter —

* Cunctator: Zögerer, Zauderer

und fing plötzlich zu schluchzen an. Es war eben auch eine Menge Mutter in ihr, und das tat dem verlaufenen Jungen gut; praktisch veranlagt und durch ihre Tätigkeit unsentimental geworden, streichelte sie ihn eine Weile schweigend, ehe sie liebevoll lächelte: »Na, was ist denn? Haben sie dir im Krieg deinen ganzen Lebensmut zerschossen? Oder haben ihn dir die Ärzte zusammen mit den Splittern rausgeholt?«

Kurts Wunden heilten zufriedenstellend, ein heller, reichlich sprießender Flaum auf der Brust versprach später die meisten Narben zu verdecken. Der Gips wurde abgenommen, und Kurt lernte langsam wieder gehen, liebevoll unterstützt von Schwester Doris. Nachdem beider Verlöbnis offiziell bekannt wurde, gewannen sie neben der Sympathie auch die Unterstützung ihrer Mitmenschen: Papiere wurden derart ausgeschrieben, daß die Einlieferung in ein Kriegsgefangenenlager nach der Entlassung aus dem Lazarett angesichts der schweren Verwundungen und der darob notwendigen Rekonvaleszenz ärztlicherseits nicht vertretbar wurde ...

Am Vorabend der Entlassung kam Doris noch einmal an sein Bett: »Als Soldaten tragt ihr doch immer eine Erkennungsmarke um den Hals?«

»Ja, schon, aber jetzt bin ich ja kein Soldat mehr.«

»Wie schön, dann kannst du ja jetzt statt der Hundemarke was anderes baumeln lassen. Mach mal die Augen zu!«

Er tat wie geheißen und spürte, wie Doris etwas über seinen Kopf zog.

»Nun kannst du deine Augen wieder aufmachen.«

»Was ist das?« Kurt griff an seinen Hals. »Eine Münze? Ein Markstück.«

»*Das* Markstück, mein Lieber. Es soll dich dazu animieren, von jetzt an nicht an die Vergangenheit zu denken, sondern in die Zukunft zu blicken. In unsere gemeinsame, mein' ich.«

Zur Feier seiner Entlassung und beider Aufgebot gaben Kurt und Doris am Samstag darauf eine kleine *Party*, wie der Name für Geselligkeiten jetzt lautete. Den mageren Zeiten entsprechend, trug jeder der Eingeladenen dazu bei: Selbstgebrauter Johannisbeerwein, eine Kerze, ein paar Kekse, eine Schachtel Zigaretten und etwas Tee kamen zusammen. Trotz dieser bescheidenen Zutaten war die Stimmung der kleinen Runde von unbeschwerter Fröhlichkeit, zumal Rudi Schuricke aus dem kleinen Volksempfänger den Schlager der Saison, die *Caprifischer*, schmetterte. Das erste Paar hatte sich zum Tanzen gefunden. Plötzlich ertönten vom Parterre des Hauses das dunkle Timbre eines Mannes und die schrille Stimme der Vermieterin: »Ha, gehe Se' ruhig nauf, da sitzen schon ein paar beieinander!« Jemand kam sehr langsam die bei jedem Schritt knarrende Holzstiege herauf. Alle sahen Doris fragend an, die nur mit den Schultern zuckte. Als es klopfte, öffnete der am nächsten sitzende Assistenzarzt: Im Türrahmen stand ein abgezehrter Mann in schäbiger, häufig geflickter Afrika-Uniform, der sich an zwei Holzkrücken hielt. An seinem Koppel baumelte ein Pappkarton. Der Stoff des rechten Hosenbeins war weit nach oben eingeschlagen: Das Bein fehlte. Die kleine Runde verstummte und sah den Fremdling an. »... vergiß mich nie ...« schnulzte Rudi Schuricke gerade, als Doris zwei Schritte auf den Mann zuging — und mit einem leisen Schrei ohnmächtig zu Boden sank.

*

Die Grenze zwischen der amerikanischen und der französischen Besatzungszone verlief südlich von Pforzheim zwischen dem Vorort Weißenstein und dem Dorf Unterreichenbach, welche durch eine unbeschädigte Reichsstraße 1. Ordnung entlang der gemütlich dahinplätschernden Nagold verbunden waren. An beiden Enden saßen neben den Schlagbäumen Posten, die nur durchließen, wer einen mehrmals abgestempelten Passierschein vorwies. Da sich der Verkehr jedoch auf wenige Fahrzeuge täglich beschränkte, konzentrierten sich die Grenzwächter ganz auf die »Fräuleins«, jene Spezies deutscher Mädchen, die sich — dem Fraternisierungsverbot zum Trotz — den Siegern geradezu aufdrängte. Weshalb letztere begreiflicherweise keine Neigung verspürten, ihre Aufmerksamkeit auch noch Nebenwegen zuzuwenden.

Ein solcher zog sich parallel zur Bahnlinie auf der anderen, der linken Flußseite durch das Nagoldtal und mündete, unweit der Posten, unauffällig inmitten der beiden Orte. Dieses Niemandsland zwischen Weißenstein und Unterreichenbach erstreckte sich über acht Kilometer.

Etwa die Hälfte davon hatte Kurt Riller zurückgelegt, nachdem er still und leise das Zimmer und damit Doris Bäuerle verlassen hatte, als er Motorengeräusch hörte und eine Staubwolke auf sich zukommen sah. Rasch schlug er sich zur Linken in die Büsche eines kleinen Hains, der einen Teil des Bahndamms bewuchs. Der herannahende, offene, mit zwei Soldaten und zwei *Fräuleins* besetzte Jeep fuhr jedoch nicht an Riller vorbei, sondern hielt genau unterhalb seines Verstecks. Lachend und schäkernd stiegen alle aus: Die Soldaten warfen den Mädchen Decken zu, ergriffen Tüten und Flaschen und stapften durch das hohe Gras zum nahen Fluß. Dort ließ sich das Quartett nieder und hielt unter fortwährendem Gelächter und Gekicher ein ausgedehntes Picknick.

Kurt robbte auf den Bahndamm, um seinen Weg auf der anderen Seite fortzusetzen, doch erwies sich dies als unmöglich, da ein sumpfiger Froschteich bis direkt an den steilen Hang heranreichte. Kurt mußte also, wollte er in dem freien, weithin übersehbaren Tal keine Entdeckung riskieren, in seinem Versteck ausharren, bis es Nacht wurde oder die vier umkehren würden. — Doch die hatten vorerst anderes im Sinn.

Kurt Riller blieb nichts anderes übrig, als sich wieder zwischen die schützenden Büsche zurückzuziehen und über die Ereignisse der letzten Stunden nachzudenken:

Daß Klaus Fuhrmann überraschend in der Wohnung »seiner Verlobten« auftauchte, hatte ihm einen gewaltigen Stich versetzt. Er war weder zu einem Wort der Begrüßung noch zu irgendeiner Reaktion fähig gewesen. Obwohl zwischen ihm und Doris alles legal zugegangen war, spürte Kurt sofort, daß dieser Heimkehrer ältere, ja amtlich verbriefte Rechte geltend machen und Doris als rechtmäßige Ehefrau beanspruchen würde. Während sich der ehemalige Afrikakämpfer durch das Erzählen seiner Erlebnisse, seiner Verwundung und Gefangenschaft bei der französischen Fremdenlegion seelisch befreite, zermarterte sich Kurt das Gehirn, wie die Sache wohl weitergehen würde: Müßte er jetzt sang- und klanglos auf alles verzichten? Er wollte nach diesem Krieg überhaupt erst mal anfangen zu leben — war das nun alles vorbei? Und wie würde sich Doris verhalten? Läge die Entscheidung nicht bei ihr? Für wen würde sie sich entscheiden? Für ihn oder für ihren kriegsbeschädigten Ehemann? Der hatte zweifelsohne am meisten von allen mitgemacht. — Kurt wagte nicht, sich vorzustellen, wie sein eigenes Leben ohne rechtes Bein verlaufen könnte. Mußte er da nicht freiwillig verzichten? Natürlich konnte der amputierte Heimkehrer Hilfe erwarten, erst recht von seiner ihm ferngetrauten Ehefrau; war er, Kurt Riller, nun ein Ehebrecher? — Doris mußte entscheiden. Aber durfte er ihr diese Entscheidung zumuten? Durfte er dieses grundehrliche, aufrichtige Mädchen solchen Gewissensqualen überantworten? Wenn er sie liebte, und das tat er aus vollem Herzen, mußte er ihr dies nicht ersparen? Ergo lag die Initiative bei ihm: *Er* müßte eigentlich aufstehen und sagen, daß ihm das alles leid täte, aber der Krieg, jeder Krieg brächte nun mal großes Unrecht über die Menschen, und deshalb wäre der Platz in Doris' Bett nicht mehr frei ... man würde für ihn sorgen und so weiter. Aber könnte er dann an Doris' Seite noch glücklich werden? Würde nicht der Schatten des Krüppels ständig über ihnen schweben? Wie Leuchtspurgeschosse waren die Gedanken durch Kurts Kopf gerast. Aber sie hatten keinen Treffer, keine Lösung angezeigt: Sie waren mit zuviel »wenn« und »aber«, »würde«, »hätte« und »wäre« gespickt. — Nein, dies alles durfte er seiner Doris, so wahr er sie liebte, nicht zumuten. Und damit lag die Entscheidung bei ihm ...

Die Amerikaner sprangen, wie Gott sie geschaffen hatte, lachend in die Nagold. Die beiden Mädchen zögerten erst, ehe sie, ununterbrochen nach allen Seiten schauend, ebenfalls nackt, den Männern folgten.

Kurt Riller sann weiter, wobei er unbemerkt und vehement sein linkes Ohrläppchen knetete: Wohin sollte er also? Nach Hause? Wo, beziehungsweise: *Was* war denn sein Zuhause? Bei einer Mutter, zu der er nie eine echte Beziehung bekommen, unter deren ehrgeiziger Erziehung er nur gelitten hatte? Die sich ja niemals irrte, bei der immer nur andere schuld hatten! Die seine persönliche Entwicklung stets behinderte, bei der er immer nur »ihr Bübchen« blieb?! Kurt erinnerte sich noch deutlich seines ersten Fronturlaubs: Er war so stolz auf seine silbernen Unteroffizierslitzen gewesen, und sie hatte ihn mit: »Zieh dir gefälligst erst die Schuhe aus! Deine Knobelbecher ruinieren die ganzen Teppiche!« empfangen. Er wollte sich damals mit einem Mädchen treffen, doch seine Mutter hatte schnell eine Kaffeetafel »prominenter Damen« arrangiert, vor denen mußte er erst mal Kriegserlebnisse zum besten geben — in Zivilschuhen! Da das Mädchen inzwischen natürlich weg war, hatte er voll Wut auf seinen weiteren Urlaub verzichtet und sich vorzeitig wieder bei seiner Einheit zurückgemeldet. Hier war er wenigstens vor seiner Mutter sicher!

Nun, dies stand als einziges für Kurt Riller fest: In dieses Zuhause wollte er unter keinen Umständen zurück.

Wohin also?

Erst mal nach Norden, in die amerikanische Besatzungszone, aus der man bessere Möglichkeiten vernahm. In eine Großstadt, Stuttgart zum Beispiel, wo man sich Papiere beschaffen (seine hatte er in der Aufregung bei Doris liegengelassen), sich über Wasser halten könnte. Doch: *Wovon* wollte er sich Papiere kaufen? *Wie* sie sich besorgen? Er konnte nichts, vor allem besaß er nichts außer seiner Arbeitskraft, und die war in einer Zeit, in der eine Zigarette fünf Reichsmark kostete, nicht viel wert; Papiere bekam man dadurch jedenfalls nicht.

Wohin also?

Das Quartett gab sich auf der Wiese inzwischen einem intensiven Liebesspiel hin. Kurt erinnerte sich an die Ereignisse in Freudenstadt, als die Marokkaner sich dieses Mädchen, Mathilde hieß sie wohl, griffen. Doch diesmal schien ein Eingreifen seinerseits ausgesprochen unerwünscht zu sein, wie er aus dem wohligen Kreischen der Mädchen schließen konnte. Den Soldaten nahm er das nicht übel: Die nahmen in aller Welt, was sich ihnen — wie hier — anbot. Schlimm war nur der Preis, der vorher bezahlt werden mußte. Bei Klaus Fuhrmann war's das rechte Bein gewesen.

Es waren Soldaten, die sich da vor seinen Augen verlustierten. So was hatte er bei der SS nicht erlebt. Er verstand nicht, daß man diese Truppe nun wegen Kriegsverbrechen anklagen wollte. Sie hatten doch nur auf Befehl gekämpft. Gewiß, diese Amerikaner an der Kreuzung von Malmedy schienen, soweit er das damals beobachten konnte, schon entwaffnet gewesen zu sein. Trotzdem schoß sein Kommandant in ihre Reihen. Solche Dinge geschahen nun mal im Eifer eines Gefechtes, in einem Krieg, der ohnehin unmenschlich war.

Aber was hatte *er* damit zu schaffen? Er war doch nur der Fahrer jenes Panzerspähwagens gewesen, aus dem geschossen wurde. Würde man ihn jetzt auch verhaften, verhören und verurteilen? Zum Tode oder, was Kurt als noch schlimmer empfand, zu lebenslänglichem Eingesperrtsein? Dazu verspürte der ehemalige SS-Unterscharführer Kurt Riller am allerwenigsten Lust.

Vorsichtig pirschte er sich an den Jeep, in dessen Zündschloß der Schlüssel steckte. Kurt warf einen letzten Blick auf die Amerikaner, die sich ganz ihren *Fräuleins* widmeten. Riller schwang sich auf den Fahrersitz, startete den Jeep und gab Gas. Den hinter ihm herschreienden nackten Siegern winkte er kurz zu, ehe er um den nächsten Bergvorsprung verschwand. Bis die sich angezogen haben und beim nächsten Posten Alarm schlagen können, überlegte Kurt, bin ich schon mitten in der französischen Zone.

Er vermied die leicht überwachbaren Hauptstraßen, umfuhr größere Ortschaften und kurvte auf dem Schwarzwald-Höhenweg Richtung Süden. Vor der streng kontrollierten Rheinbrücke wartete er in einer Nebenstraße, bis mehrere französische Militärautos an ihm vorbeifuhren. An diese Kolonne hängte er sich als letzter, grüßte den Brückenposten lässig und fuhr ungehindert in Straßburg ein. Hier wiesen ihn mehrsprachige Schilder »Zur Fremdenlegion« in die Hafengegend. Der Schlagbaum einer Kaserne öffnete sich: Kurt Riller fuhr durch, parkte den Jeep neben dem Wachhäuschen, ging hinein, baute sich vor dem Wachhabenden so zackig, wie er das einst gelernt hatte, auf, salutierte und sagte:

»*Monsieur le capitaine*, ich möchte in die Legion eintreten. Mein Fahrzeug hab' ich als Morgengabe gleich mitgebracht«, und legte dem verdutzten Feldwebel den Autoschlüssel auf den Tisch.

*

Am nächsten Morgen erfuhr Doris Fuhrmann bei einer Routineuntersuchung, daß sie bereits im zweiten Monat schwanger war.

5. KAPITEL

JAGDFIEBER

Auch nach den schwersten Kämpfen verhieß Kriegsgefangenschaft noch nie das Paradies. Trotzdem schätzten sich im Sommer 1945 über siebeneinhalb Millionen deutsche Entwaffnete zunächst glücklich, in die Hände der Westmächte gefallen zu sein.

Als handle es sich um Rinderkoppeln, umzäunten die Amerikaner einfach große Gebiete in den Niederungen des Rheins und pferchten Männer, Greise, Kinder zusammen. Diese Kriegsgefangenen-»Lager« bestanden aus nackter, kahler, von Stacheldraht umgebener Erde. Aus sonst nichts. Mit drei bis fünf Quadratmeter Bewegungsmöglichkeit pro Insasse.

»Die nächste Gruppe besetzt den Streifen daneben!« Der Lagerkapo bequemte sich nur zu einem Kopfnicken in die ungefähre Richtung.

Ratlos blieb Alfons Doberer stehen: »Was, hier soll'n wir bis zur Entlassung steh'n bleiben?«

»Ja, mein Sohn, auf diesem deutschen Acker ist erst mal Endstation«, antwortete Fite Weber, ein älterer Exlandser, mit dem sich Alfons Doberer in der letzten Zeit angefreundet hatte. »Vorher haben wir für Führers Endsieg gekämpft, jetzt kämpfen wir für uns selbst: ums nackte Überleben. Verstehst du? Es geht jetzt nur noch darum, *das hier* zu überstehen. Hier einigermaßen lebensfähig rauszukommen. *Egal wie.* Und dazu graben wir uns erst mal ein Loch. Genau wie die anderen.«

»Womit denn?«

»Mit dem Deckel meines Kochgeschirrs, mit deinem Koppelschloß, mit unseren Händen.« Damit klappte der ältere Prisoner of War den Deckel von seinem Kochgeschirr, prüfte mit emporgehaltenem, befeuchtetem Zeigefinger die Windrichtung, kniete sich nieder und fing an, den Boden aufzukratzen. Alfons Doberer zog seinen Mantel aus und traf ebenfalls Anstalten zum Buddeln.

»Stell oder knie dich dabei mit einem Fuß auf deinen Mantel.«

»Wozu denn?«

»Frag nicht. Tu's und sei froh, daß du ihn noch hast.« Der Besitz einer Zeltplane, einer Decke, ja eines Mantels war überlebensnotwendig und mußte oftmals rücksichtslos verteidigt werden: Hunderttausende kampierten Tag und Nacht, bei Sonne und Regen auf der blanken Erde, mit dem, was sie auf dem Leib trugen. Und das waren oft genug nur noch Uniformfetzen. Oder ein dünner Krankenhausdrillich, wie bei dem ehemaligen Hotelempfangschef Fite Weber.

»Da hinten am Stacheldraht steh'n Bäume. Reiß doch mal 'n paar Äste ab, damit wir eine Unterlage haben«, sagte Fite, nachdem die Kuhle etwa einen halben Meter tief war.

Nach fast zwei Stunden erschien Alfons mit ein paar Ästen unter dem Arm: »Entweder sind grüne Pappelzweige so verdammt zäh, oder ich hab' keine Kraft mehr.«

Sie legten die Zweige auf den Boden, zwängten sich nebeneinander in das Loch, breiteten Alfons' Mantel über sich und blickten in den Himmel. Doch sie kamen im Angesicht der funkelnden Sterne weder zu philosophischen Betrachtungen noch zum Nachdenken über ihr weiteres Schicksal: Hunger und die anstrengende Buddelei ließen sie alsbald ermattet einschlafen. »Wenigstens haben wir 'nen warmen Sommer«, stellte Alfons gerade noch fest.

Tagelang gab es nur Kekse, Kekse, Kekse, Kekse; vier Zeltplanen voll pro tausend Mann. Und oftmals erhaschten Alfons und sein älterer Freund dabei nur eine Handvoll Krümel. Der Kampf um den Becher Trinkwasser verlief ähnlich anstrengend: Wer kurz vor dem Ziel vor Schwäche oder Hunger umkippte und keinen Kameraden fand, der ihn mitschleifte, mußte sich als dreißigtausendster wieder am Ende der Schlange anstellen.

Das Wetter schlug um: Die Nächte wurden länger und kühler, es regnete tagelang, der Boden verwandelte sich in schlammigen, zähen, aufgeweichten Brei. Die Nässe zog in die Knochen, die Glieder wurden klamm und steif. Als Doberer und sein älterer Freund eines Tages vom stundenlangen Schlangestehen nach der kümmerlichen Verpflegung zu ihrem Loch zurückkamen, waren ihre Zweige, die sie vor der gröbsten Bodenfeuchtigkeit bewahrten, weg: Am Nebenloch schürten Mitgefangene ein kleines Feuerchen unter einem Kochgeschirr.

»Wart ihr das?«

»Was?«

»Habt ihr unsere Äste geklaut?«

»Quatsch! Stand dein Name drauf?«

»Natürlich sind das unsere Pappelzweige, die ich auf einheitliche Länge gebrochen hab'!«

»Halt die Klappe, Kleiner! Nimm dir'n Gummi und zieh dich! Wir müssen uns jetzt um unser Dinner kümmern.« Sie brauten einen dunklen Sud aus Gräsern, Baumrinde und ledernen Schnürsenkeln.

»Ihr habt unser Holz geklaut!«

»Wenn du jetzt nicht abhaust, brenn' ich dir 'n Monogramm in die Fresse!«

Alfons Doberer, ob dieses schamlosen Diebstahls wütend, vom permanenten Hunger zornig, aber zum Glück noch nicht so geschwächt wie sein älterer Freund, hielt einen Augenblick die Luft an: *Das hier überstehen. Egal wie.*

Dieses Motto galt natürlich auch für andere. Aber nicht auf der Basis von Kameradendiebstahl. *Nicht auf ihrer beider Kosten!* Als der erste sich einen Kochgeschirrdeckel voll vom Sud schöpfte, schlug ihm Alfons das Geschirr mit der heißen Brühe in die Visage. Noch bevor der also Bestrafte sich ins Gesicht faßte und tierisch zu schreien anfing, knallte Alfons dem ihm am nächsten Hockenden seinen Knobelbecher ans Kinn, daß er umfiel. Dem dritten trat er ins Kreuz und drückte seinen Kopf in den nassen, schlammigen Boden, daß ihm die Luft wegblieb; Alfons Doberer hatte nichts von seiner Nahkampfausbildung verlernt. In den Nebenlöchern war man durch das Geschrei aufmerksam geworden und sah herüber. Blitzschnell griff sich Alfons mit der Rechten einen brennenden Ast, drückte mit seinem linken Stiefel den Kopf des anderen wieder in den weichen Boden und sah sich um: »Die haben unser Holz geklaut!« rief er. Doch niemand bedrohte ihn. Hier war sich jeder selbst der Nächste; hier überlegte vielmehr jeder, ob er aus dem Schaden anderer nicht eigenen Nutzen ziehen könnte.

»Laß man, Alfons, das Zeug bekommt meiner Leber bestimmt nicht«, beruhigte Fite Weber seinen jüngeren Freund.

Alfons Doberer ließ den Mann los. »Dann bleib wenigstens

hier am Feuer sitzen und wärm dich, Fite. Und du«, wandte er sich an einen der drei, »du gibst mir jetzt 'nen Schlag ab!«

Es schmeckte furchtbar, lenkte jedoch wenigstens für kurze Zeit von dem ständigen Hungergefühl ab. Ein plötzlich einsetzender Regen löschte das Feuer und trieb Alfons und Fite wieder in ihr Erdloch, wo sie »Pyramide bauten«: Sie setzten sich dicht gedrängt einander gegenüber, legten ihre Köpfe auf des Partners Schulter und darüber den zugeknöpften Mantel. So lief wenigstens das Gröbste an ihnen runter, doch bald darauf saßen sie bis zu den Hüftknochen im naßkalten Schlamm.

Am nächsten Morgen entschied Alfons: »So kann das nicht weitergeh'n. Du bleibst heute hier, ich versuch' mal, irgendwas zu organisieren.«

»Wie willst du denn hier was organisieren?«

»Das weiß ich jetzt auch noch nicht. Aber laß mich mal 'n Bummel machen und 'n bißchen gucken.«

In den nächsten beiden Tagen erschien Alfons nur, um seinem Freund das für ihn erstandene Essen oder Trinkwasser zu bringen. Am Nachmittag des dritten Tages hielt er einen der dicken, steifen, leicht eingewachsten amerikanischen Pappkartons in seiner Hand: »In den Boden reißt du vorsichtig ein Loch, und wenn's regnet, steckst du da deinen Kopf durch. Die Pappe ist wasserdichter als 'n Schirm.«

Zwei Tage später kündigte sein Grinsen schon von weitem an, daß Alfons etwas Besonderes in petto hatte: »Mein lieber Fite, dein Überleben ist für die nächsten Tage gesichert. Und vielleicht kommste auch ein bißchen zu Kräften.« Damit zog Alfons eine Büchse ham and eggs und zwei Weißbrotscheiben aus der Manteltasche. »Hier bitte. Verstreich's dir mit dem Löffel.«

»Wo haste denn das her?«

»Erst essen, dann fragen.« Alfons half beim Bestreichen der beiden Brote. »Ich hab' eben was organisiert. Morgen gibt's zum Eingewöhnen noch mal dasselbe und danach zwei Tage Corned beef.«

»Junge, kann ich das ruhigen Gewissens annehmen? Wo haste das her?«

»Iß erst mal, ich werd's dir erzählen: Irgendeine Schaluppe hat meinen im Eismeer treibenden Vater tot aufgefischt und ihm, bevor man die sterblichen Reste endgültig Neptun übergab, die Auszeichnungen und seine Uhr abgenommen. Das Zeug wurde mir schließlich an meine Einheit nachgeschickt. Und da du gesagt hast: ›Es geht jetzt nur noch darum, hier zu überleben, egal wie‹, dachte ich mir, Sentimentalität hin oder her: Mein Vater braucht seine Uhr jetzt nicht mehr. Aber er wäre bestimmt damit einverstanden, daß ich jemand damit am Leben erhalte. Deshalb hab' ich das Erbstück heute nachmittag gegen zwei Büchsen ham and eggs und zwei Büchsen Corned beef eingetauscht. Hätt' ich ahnen können, daß sein Ritterkreuz noch 'ne extra Büchse einbringen würde, hätte ich es nicht irgendeinem deutschen Steppke verschenkt.«

»Ja, aber wie hast denn die Uhr bis hierher durchgebracht? Wir sind doch schon so oft gefilzt worden. Und dann war da doch im Lazarett dieser dicke Ami ...«

»Nun iß mal langsam, Fite, das bekommt dir besser. Also: Der dicke Sergeant suchte nach hellen Hautstreifen am Handgelenk. Ich hatte aber die Uhr, damit ja nichts mit ihr passiert, schon früher in die Uniformjacke gesteckt. Und später klemmte ich sie, immer wenn eine Filzung drohte, zwischen meine Arschbacken. Die letzten Tage hab' ich mich drüben am Zaun rumgedrückt. Da läuft vielleicht ein Tauschhandel ab, sag' ich dir! Orden und Eheringe werden bei den Amis zu Zigaretten, Uhren zu Fressalien, goldene Zigarettenetuis zu bequemen Posten und Papieren. Das spielt sich folgendermaßen ab: Du machst mit 'nem Ami was aus, beispielsweise: Deine Uhr gegen soundso viel Fressen. Der Ami, in der stärkeren Position, wirft dir die erste Hälfte über den Zaun, dann du deine Uhr, und dann kriegst du die andere Hälfte — oder auch nicht. Na, ich hab' jedenfalls erst mal rekognosziert, welcher Ami ist ehrlich und welcher nicht. Da war ein Neger, der hat ein Zigarettenetui, anstatt es zu behalten, mit Zigaretten vollgefüllt, wieder zurückgeworfen! An den hab' ich mich gestern rangemacht: *Charly, my friend is dying ..*.* — na, ich hab' eben wahnsinnig übertrieben, und deswegen hat er mir auch vier Büchsen für heute versprochen.«

In die Eier mischten sich die salzigen Tränen der Rührung: »Mensch, Junge ...«

* »Charly, mein Freund liegt im Sterben ...«

»Is' ja gut, Fite. Iß man schön langsam auf. Morgen muß ich mich mal bei der Lagerverwaltung umsehen. Ich hab' da so 'ne Idee.«

Auf den Rheinwiesenlagern gab es eine besondere Spezies Mensch: deutsche Funktionäre. Die lebten in hermetisch gesicherten Drahtkäfigen im Zentrum der Lager. Ihre Uniformen waren nicht zerrissen, sondern gepflegt, ihre Gesichter nicht vom Hungerwasser aufgetrieben. Jeder erkannte sie von weitem an ihrem festen Schritt. Mit den unterschlagenen Lebensmitteln der Gefangenen handelten sie den Betrogenen auch noch deren letzte Wertsachen ab, wobei sie wesentlich niedrigere Maßstäbe als die amerikanischen Bewacher setzten: Ein goldener Ring für eine Handvoll Kekse, pro Füllfederhalter drei Kartoffeln, hundert Mark für eine Scheibe Brot, einen amerikanischen Entlassungsschein für eine goldene Uhr. Diese Funktionäre hielten sich eine Garde von brutalen Schlägern.

»Fite, bei meinem Neger habe ich eben eine ganze Schachtel Zigaretten erstanden, und eine einzelne ›Aktive‹ hab' ich auch noch. Damit geh'n wir jetzt zum deutschen Lagerführer. Dem Prätorianer gibst du die einzelne Zigarette, damit er dir, wenn schon nicht 'n Platz im Lazarett, so doch wenigstens 'nen leichten Posten in der Küche oder als Lebensmittelverteiler gibt. Dann biste im Trockenen und hast besseres Fressen. Und wenn du Glück hast, wirste auch eher entlassen.«

»Laß man, mein Sohn, das hat keinen Zweck, ich schaff' das doch nicht mehr. Sieh zu, daß du durchkommst. *Du* hast das ganze Leben noch vor dir.«

»Nun red nicht, Fite! Komm, ich stütz' dich.«

Den Protest seines älteren Freundes nicht beachtend, hob Alfons ihn aus ihrem Loch, legte den Arm um seinen Rücken und schleppte ihn so zum »Käfig«. Zwei Stunden brauchten sie für den einen Kilometer: Allzuoft mußten sich beide zum Verschnaufen niederlassen.

Als die beiden endlich am Drahttor angelangt waren, begehrte dort eine dichte Traube neu eingelieferter Amputierter zur ambulanten Behandlung Einlaß. Alfons glaubte seinen Augen nicht zu trauen: Da hüpften Einbeinige ohne Krücken ein paar Schritte, fielen hin, rappelten sich mühsam wieder aus dem zähen Dreck, hüpften weiter ein, zwei Meter, fielen wieder hin.

Beidbeinig Amputierte krochen wie Lurche durch den Schlamm — es war eine erbarmungswürdige Szene, die ihm ans Herz ging. Empörend jedoch war das Verhalten der deutschen Lagerwache! Schon von weitem hörte man ihr stereotypes Gebrüll: »Was willst du? Hau ab! Wohin willst du? Das Lazarett ist überfüllt! Neue Zelte werden erst nächsten Monat aufgestellt!« Gleichzeitig wurden die Amputierten umgeworfen und mit Fußtritten traktiert, wobei einige wie endgültig liegenblieben. Besonders laut und brutal tat sich dabei ein hünenhafter Kapo mit rosigen Wangen auf seinem runden Schädel hervor.

Alfons wartete mit seinem Freund im Hintergrund, bis sich die Szene beruhigt und geleert hatte. Er schärfte ihm nochmals ein: »Die einzelne Zigarette gibst du dem Kapo. Zeig ihm aber nicht die ganze Schachtel, sonst bist du sie los und hast nichts mehr für den Lagerführer.«

Dann näherten sie sich dem Tor.

»Was wollt ihr? Wohin wollt ihr? Willst du auch ins Lazarett? Haut ab!« Jeder brüllte, so laut er konnte.

»Mein Kumpel muß zum Lagerführer. Muß ihm eine Meldung machen.«

»Einen Scheißdreck muß er! 'ne Meldung kann er auch mir machen.«

»Nein, die Meldung ist wichtig, die darf er nur dem Lagerführer machen.«

»Meinst du?! Was willst du eigentlich?«

»Ich will gar nichts. Ich hab' ihn nur gestützt, weil er in dem Schlamm nicht mehr alleine laufen kann. Er muß wirklich dringend mit dem Lagerführer sprechen.« Alfons sprudelte die Worte hervor.

»Was hier sein muß und was nicht, bestimme ich!«

Gerade wollte Alfons die Zigarette ins Spiel bringen, da warf ihn ein Faustschlag vor die Brust um: Und da sich sein älterer Freund an ihn geklammert hatte, lagen nun beide im Schlamm; die einzelne Zigarette fiel aus der Hand des älteren in den Dreck. Jemand trat darauf. Während einige Wachen auf ihn eintraten, konnte Alfons unter den zum Schutz seines Kopfes hochgerissenen Armen beobachten, wie der rundschädelige Kapo auf seinen älteren Freund mit einem amerikanischen Schlagstock eindrosch, obwohl sich der am Boden Liegende gar nicht rührte.

Plötzlich spürte Alfons' Hand etwas Hartes in dem knöcheltiefen Schlamm: Es fühlte sich wie ein Schraubenzieher oder ein größerer Nagel an.

Als die Schergen endlich von ihm abließen, rappelte sich Alfons, das Metallstück in seiner Hand verbergend, auf.

Der lange Kapo schlug immer noch auf den leblos am Boden Liegenden ein. Alfons riß seine letzte Kraft zusammen und stürzte sich voller Wut, Ohnmacht und Verzweiflung auf den Sadisten. Der ahnte mehr, als daß er den ihn anspringenden Schatten wahrnahm, die Gefahr und konnte im letzten Moment sein Gesicht zur Seite drehen, um dem drohenden Boxhieb auszuweichen. Fest hielt Alfons' Faust das Stück Metall, das zwischen seinen Fingern rausragte: Seine Hand rutschte am Backenknochen des Kapos ab, schrammte an dessen Wange entlang und bohrte sich — es war ein alter verrosteter Eggenzahn —, während beide zu einem Knäuel verschlungen zu Boden stürzten, durch das gegnerische Ohr.

Amerikaner amüsierte eine Schlägerei zwischen ihren ehemaligen Feinden immer, und sie sparten normalerweise nicht mit Anfeuerungsrufen, ja, sie wetteten sogar auf den Sieger. Da sich jedoch ein Jeep und ein Command Car mit Generalsständer näherten, trennten sie umgehend die Streitenden, wobei sie die deutschen Wachen kräftig mit ihren Stöcken pufften.

Der General stieg in dem Moment aus dem Auto, als sich der Kapo, sein linkes Ohr festhaltend, aufrichtete. Mehr schlecht als recht versuchte er, nachdem er den silbernen Stern auf der Schulterklappe erkannt hatte, Haltung anzunehmen.

Endlich gelang es auch Alfons Doberer aufzustehen. Unter Schluchzen, Schmerzen und Tränen der Verzweiflung stieß er ungefragt hervor: »*... He beat my ill friend ... He beat him so hard ... that he killed him ...*«*, und wies auf den leblos am Boden liegenden Freund.

Der General befahl zunächst die ärztliche Versorgung des älteren Gefangenen. Danach ordnete er eine Untersuchung des Vorfalls an, bei der freilich — obwohl die amerikanischen Truppenärzte einen hoffnungslosen Schädelbruch konstatierten —,

* »Er hat meinen kranken Freund geschlagen, hat ihn so schwer geschlagen ... daß er ihn umgebracht hat ...«

nicht mehr herauskam, als daß die deutsche Lagerführung zu mäßigerer Gangart angehalten wurde. Immerhin forcierte die amerikanische Lagerleitung jetzt etwas die Aufstellung von Zelten für die Amputierten, die Schwerstverwundeten und Kranken.

Nach dem Tod seines Freundes kam es Alfons vor, als habe man ihm den ohnehin schlüpfrigen Boden vollends unter den Füßen weggezogen. Zu seinen Blutergüssen, den Schmerzen der Schläge, der Tritte und zu der verletzten Hand kam eine seelische Leere, die ihm jedes Gefühl für Zeit und Raum nahm. Wie schlaftrunken torkelte er durch das riesige Areal, er fand seine Kuhle nicht mehr, stellte sich nicht mehr zum Verpflegungfassen an, saugte mehr in Trance als bewußt den wenigen Honig zweier roter Kleeblumen aus, die auf mirakulöse Weise überdauert hatten. Er ließ sich fallen, wo er gerade stand, nächtigte in Schlamm und Nässe, so daß sein zerrissener Mantel vor Dreck von seinem Körper abstand. Abgestumpft, war ihm alles egal geworden; er verspürte weder Hunger noch Durst, er nahm weder die Kälte der Nächte noch die Wärme der Spätsommertage wahr: Alfons Doberer besaß keinerlei Lebensmut mehr und wartete eigentlich nur darauf, daß ihm irgend jemand das Lebenslicht ausblies.

Bei einer seiner somnambulen Wanderungen hörte er plötzlich seinen Namen rufen. Erst nach dem dritten Anruf verhielt er seinen schleppenden Schritt, um sich langsam umzusehen, konnte aber niemand entdecken. Gerade wollte er sich wieder in Bewegung setzen, als er seinen Namen von oben hörte: *»Hey, Äl-fons!«* Vom Wachturm winkte »sein Neger« herab. *»Hello, Charly«*, erwiderte Alfons matt und ließ sich fallen.

»What's the matter with you, boy?« — Was ist mit dir los, Junge?

Doch Alfons reagierte nicht. Plötzlich sah er etwas Gelbes zwischen seinen Beinen liegen. Langsam blickte Alfons zum Wachturm hoch.

»Take it, boy!« — Nimm es, Junge!

Mit Mühe bekam Alfons Doberer das feste Papier auf: Es war ein mit Nüssen und süßer Creme gefüllter Schokoladenriegel. Das Kauen bereitete ihm einige Schwierigkeiten, da seine Zähne seit Wochen nichts Festes mehr zu beißen hatten. Unendlich lange knabberte er an dieser unbekannten Köstlichkeit, von der er spürte, wie sie ihm allmählich guttat. Schließlich erhob sich Alfons umständlich, ging näher zum Turm, bemühte sich um einen Anflug von Lächeln und sagte: *»Thank you very much, Charly«.*

»What's the matter with you?« — Was ist mit dir los?

»My friend died some days ago.« — Mein Freund starb vor einigen Tagen.

»Cool out.« — Reg dich wieder ab!

»But he was like my father . . .« — Aber er war mir wie ein Vater . . .

»Life is going on. Look forward, boy.« — Das Leben geht weiter. Schau nach vorn, Junge.

Alfons entdeckte plötzlich die Sonne am Himmel, er spürte, wie sie ihn wärmte, und dabei wurde ihm langsam bewußt, daß er überhaupt noch lebte. Die selbstlose Geste des Bewachers, das kurze Gespräch mit ihm weckten im Verein mit den Sonnenstrahlen seine Lebensgeister. Und er machte sich für die kommende Nacht auf die Suche nach einer schützenden Kuhle, was nicht allzu schwer war, da nachts, der gegenseitigen Wärme wegen, lieber vier Mann unbequem in einem Dreimannloch lagen, als daß jemand ein »freies Einzelzimmer« bezog.

Eine Woche nach dem Vorfall zog es ihn wieder an das Tor des Drahtkäfigs. Schon aus einiger Entfernung sah Alfons die weiße Binde um den Kopf jenes Kapos, der Fite Weber traktiert hatte. Er strotzte vor Gesundheit und Kraft und betrieb nicht nur selbst unverhohlen einen rigorosen, schwunghaften Tauschhandel mit unterschlagenen Lebensmitteln, sondern ließ sich auch von Untergebenen »für seine Genehmigung« schmieren. Zunächst beobachtete Alfons dieses Treiben aus sicherer Distanz; später näherte er sich mit naivem Ausdruck einem Mitgefangenen und fragte so harmlos wie möglich: »Wer ist denn der Lange?«

»Das is'n ganz 'n Übler: 'n Kapo. 'n Schieber un' Leuteschinder. Soll schon mehrere totgeschlagen hab'n.«

»Was hat der denn am Kopf?«

»Man sagt, daß ihm neulich einer mit'm Messer zu Leibe rückte. Er konnt' ihn grad' noch abwehren, da ging der Stich ins Ohr. Daraufhin kam er ins Lazarett. Nu' läßt er nach dem suchen, der ihm das Ohr verunstaltet hat.«

»War das denn nicht einer von seinen Leuten?«

»Von den'n geht doch keiner auf ihn los. Den'n geht's doch selbst gut. Hab'n zu fress'n un' werd'n nich' naß. Da hackt doch keine Krähe 'ner ander'n ins Ohr. Nee, das war einer von den Zigtaus'nd hier.«

»Meinste, der kriegt den da?« Alfons wies auf das unübersehbare Rund des »Lagers«.

»Der Kapo hat demjenig'n 'ne Stange Amizigarett'n versproch'n, der ihm den Messerstecher bringt.«

Diese Unterhaltung mit einem unbekannten Mitgefangenen wurde für Alfons Doberer zum Schlüsselerlebnis: Es machte ihn vom unscheinbaren, dahinvegetierenden, willenlosen, alles erduldenden Paulus zum Saulus. Und deutlich spürte Alfons Doberer, wie etwas von ihm Besitz ergriff: Haß. Er belebte ihn wie ein Aufputschmittel: Seine Aufgabe war es, den völlig überflüssigen, sinnlosen, niemand nützenden Tod seines Freundes Fite Weber zu rächen. Jetzt bekam sein Dasein wieder einen Sinn: Rache. Und der Haß würde ihn von nun an am Leben erhalten, ihn beflügeln: Diese Ratte sollte keine Ruhe mehr finden!

»'ne ganze Stange Amis — 'n stolzer Kopfpreis. Heutzutag' schlag'n se dich schon für viel weniger tot«, ließ sich der Unbekannte wieder vernehmen.

»Wie heißt eigentlich dieser Kapo?«

»Max oder Maximilian Steinmetz. Soll schon früher 'n scharfer Hund gewesen sein.«

Von Stund an begann Alfons Doberer systematisch zu überleben: So oft wie möglich stellte er sich nach der ganz allmählich besser werdenden Verpflegung an und begann mit den Liebesgaben »seines Negers« einen bescheidenen Handel, der nur ein Ziel hatte: wieder zu Kräften zu kommen. Gleichzeitig kundschaftete er unauffällig den Wohnort seines Peinigers aus, ging möglichen Denunzianten weit aus dem Weg und sann im übrigen nach Gelegenheit zur Rache. Doch die ließ auf sich warten.

*

Nach fünfzehn Wochen glaubten die Amerikaner endlich selbst nicht mehr daran, daß auch nur ein einziger dieser gefangenen Jammergestalten dem gerüchteumflorten Werwolf angehören könnte — über den die Sieger zwar nichts Konkretes wußten, den sie aber aus ebendieser Unkenntnis immer noch fürchteten —, und begannen mit der Räumung. Entlassen, so verlautete alsbald, sollten zunächst die Ältesten und die Schwerkranken werden.

Unter den ersten, die einen der offenen amerikanischen Sattelschlepper bestiegen, um in ihre Heimatorte befördert zu werden, befand sich der Lagerkapo Maximilian Steinmetz: Er war weder alt noch krank, sondern strotzte vor Gesundheit und Lebensfreude. Tausende ärmlicher, abgezehrter, ausgemergelter, krank zurückbleibender Gespenster säumten die kilometerlange Strecke bis zum Lagertor; irgendwo in der ersten Reihe dieses traurigen Spaliers stand Alfons Doberer. Er kochte vor Empörung, doch sein Verstand hieß ihn ruhig Blut zu bewahren. Als sich die Kolonne in Bewegung setzte, erklangen Rufe mit der Bitte um Übermittlung von Grüßen, nach Benachrichtigung von Angehörigen; Zettel mit Adressen wurden während der langsamen Fahrt nach oben gereicht, und wer von den Entlassenen ein Herz hatte, warf seine letzte Zigarette oder was immer die Unglücklichen brauchen konnten, den Zurückbleibenden zu.

»Steinmetz!«

Der Angerufene wandte in dem Moment den Kopf, als ein faustgroßer Stein genau die Stelle mit dem großen Pflaster am Ohr traf. Er schrie auf.

»Das ist der erste Gruß von Fite Webers Geist! Du hast ihn umgebracht, und du wirst keine Ruhe mehr finden, bis ich dich erwischt habe! Dann wirst du dafür büßen!« Alfons Doberer hastete neben dem Lkw her. »Ich werde dich finden und mit dir Schwein abrechnen, verlaß dich drauf!«

»Verpiß dich, du Arsch . . .!«

»Wenn du dir keinen Vollbart stehen läßt, wird dich jeden Morgen beim Rasieren dein lädiertes Ohr an mich erinnern: Ich werde Fite Webers Tod rächen . . . Und du wirst dich in deinem Leben nie mehr sicher fühlen!«

»Dich soll der Blitz beim Scheißen treffen!«

»Das wäre viel zuwenig für dich! Ich werde dich finden, und — ich schwöre es hiermit — Auge in Auge werde ich mit dir abrechnen! . . . Wenn du willst, beim Scheißen . . .«

Alfons Doberer mußte sich mit einem Satz vor einem Begleit-Jeep in Sicherheit bringen.

»Denk an Fite Weber . . .!«

*

Ab Herbst 1945 fanden auf den Rheinwiesen systematische, jedoch oberflächliche Untersuchungen durch Militärärzte statt, von denen die Hälfte französische Uniformen trugen.

Obgleich zum Skelett abgemagert, wurde Alfons Doberer als allgemein arbeitsfähig deklariert. Er mußte das Musterungszelt zur Linken verlassen und direkt dahinter einen schwerbewachten Lkw besteigen, von dem er erst wieder runterdurfte, nachdem sich die Tore einer französischen Kohlenzeche hinter ihm geschlossen hatten.

Obwohl es durch den primitiven Schuppen zog, kam Alfons die erste Nacht, in der er weder kalt blitzende Sterne noch dahinjagende Regenwolken sah, vor, als schliefe er in jenem Grandhotel, in dem der Portier Fite Weber gerade dienstfrei hätte.

»*Monsieur collègue*«, erklärte der verantwortliche deutsche Arzt seinem vorgesetzten französischen Kollegen anderntags, »der neu angekommene Transport muß sich erst ausgiebig waschen. Würden Sie bitte veranlassen, daß genügend heißes Wasser, Seife, Waschlappen und Handtücher zur Verfügung gestellt werden. Erst danach können diese Männer genauer untersucht werden.«

Der Franzose, im Zivilleben schlecht bestallter Amtsarzt einer Kleinstadt, lief puterrot an: »Ich habe Ihre unverschämten Forderungen satt! Wenn Sie sich weigern, diese Nazis zu untersuchen, dann fahren die eben gleich, ohne Ihre Untersuchungen und auch ohne Essen, vor Ort! Und Sie lasse ich mit Arrest bestrafen wegen Meuterei und mangelnder Ehrerbietung! Ich habe Ihnen schon hundertmal gesagt, daß Sie mich mit *mon capitaine* anzureden haben!«

»Natürlich haben Sie die Möglichkeit, die Gefangenen ohne Verpflegung und ohne Untersuchung in die Grube fahren zu lassen — Sie haben ja die Macht dazu. Aber Sie erwiesen Ihrem Staat einen schlechten Dienst: Diese Zeche würde nämlich niemals die anhand ihres Personalstandes festgelegten Tagesnormen fördern können. Das wiederum würde die übergeordnete Behörde veranlassen, eine Kommission herzuschicken, um die Gründe zu erforschen. Diesen Herrschaften müßte ich dann erklären, daß Sie die Ihnen überantworteten Gefangenen kaltblütig umbringen. Oder was glauben Sie, was mit Männern geschieht, die sich seit einem halben Jahr nicht mehr waschen konnten, denen die Socken an den Füßen und die Wäsche an ihren von Schwären, Schorf, Eiter und Krätze überzogenen Körpern faulen?«

»Die kommen aus amerikanischer Gefangenschaft! Daran sind die Verbündeten schuld . . .«

». . . Wenn Sie sich weigern, dem neuen Transport Waschgelegenheit und -mittel zur Verfügung stellen zu lassen, gestatten Sie mir, daß ich mich zurückziehe, um einen Bericht an das Ministerium in Paris abzufassen, indem ich diese Mißstände aufzeige. Gemäß Haager Konvention können Sie mir das Schreiben nicht verbieten . . .«

». . . Haager Konvention!« höhnte der kurzatmige französische Arzt. »Hat sich die SS bei Oradour an die Haager Konvention gehalten . . .«

»Danach fahre ich mit den Neuangekommen persönlich vor Ort.«

»Sie sind unverschämt!«

»Außerdem brauchen alle neue Arbeitskleidung. Geben Sie also bitte auch entsprechende Anweisung an die Kleiderkammer. Denn: Ich garantiere Ihnen, daß mein Schreiben in Paris ankommen wird — *Monsieur collègue.*«

Zivilcourage war selten in jener Nachkriegszeit, aber sie lohnte sich oft: Nach weiteren stundenlangen Debatten zwischen dem französischen Arzt, der Lager- und der Zechenleitung wurden Alfons Doberer und seine Mitgefangenen in die Waschräume geführt, wo sie sich gegenseitig vorsichtig ihre geschundenen Körper einseiften. Ihre zerfetzte, faulige Wäsche wurde sofort verbrannt. Dann begann eine gründliche Untersuchung.

»Sie haben ja eine gebrochene Rippe.«

»So? Hab' ich noch gar nicht bemerkt, Herr Oberstabsarzt.«

»Mein Name ist Sägemann. Wie ist das passiert?«

»Ich hatte Differenzen mit einem Kapo. Einem deutschen.«

Daß der Universitätsprofessor Dr. med. Alfred Sägemann gerade zur Ankunft des Transports von Alfons Doberer in jener lothringischen Zeche weilte, war reiner Zufall: Sein Betreuungsbereich der zum Holzfällen, Minensuchen, zu Landwirtschafts- und Straßenbauarbeiten sowie zur Kohleförderung eingesetzten deutschen Kriegsgefangenen war geographisch und zahlenmäßig viel zu groß. Außerdem blieb er unzureichend ausgestattet: Viel mehr als Aspirin konnte er seinen Patienten nicht bieten.

Außer einem unbeugsamen Willen: Zu den bis 1938 in Berlin tagenden Chirurgenkongressen reisten Kapazitäten aus der ganzen Welt an. Den Zeitläufen entsprechend, waren einige von ihnen inzwischen beim Roten Kreuz und anderen internationalen, auch politischen Organisationen tätig. Diese außerdeutschen Kollegen bombardierte Sägemann regelmäßig mit seinen Berichten über die unhaltbaren Zustände in den französischen Kriegsgefangenenlagern und bat sie, seine Schriftstücke an die kompetenten Funktionäre und einflußreichen Politiker weiterzuleiten.

Versuche, diesen deutschen Professor zu schikanieren, ihn zu behindern oder wenigstens ins Leere laufen zu lassen, schlugen zum Erstaunen aller ins Gegenteil um. Und da längst bekanntgeworden war, welchen Widerstand er sogar dem französischen Militärgouverneur in Deutschland geleistet hatte, war jeder Lagerleiter froh, wenn er diesen »widerlichen boche« ohne wesentliche Beschwerden so schnell und so lang wie möglich wieder los wurde.

Bis zur Ausheilung seiner Fraktur teilte man Alfons Doberer zu leichterer Arbeit ein. Doch anschließend führte er — wie alle von den Amerikanern übergebenen Prisoners of War — ein Helotendasein: Zu seinem Team gehörten noch ein jüngerer und zwei ältere Mitgefangene. Ihre Tagesnorm wurde nicht nach der Menge des herausgeschlagenen Gesteins, sondern nur nach der geförderten Kohle gemessen; auf die Ergiebigkeit eines Flözes wurde keine Rücksicht genommen.

Unsagbar schwer wogen die großen Hämmer in ihren Händen; nicht weniger anstrengend war es, die sortierten Gesteinsbrocken in die großen Loren zu wuchten und diese zum Förderkorb zu schieben — und das bei Rationen, die normalerweise einen bettlägerigen Mann gerade noch am Leben erhielten —, ständig angetrieben von einem kahlen Aufseher, der besonders selten von der Seite des Jüngsten wich.

»Merkste was?« zischte ein Kamerad Alfons zu. »Die Glatze steht auf Kläuschen.«

»Ist mir noch nicht aufgefallen«

»Na, du bist vielleicht naiv: Die Glatze ist stockschwul, und Kläuschens Knabenkörper hat's ihr angetan. — Sonst wärst du dran!«

»Waaas?«

»Klar. Aber bis jetzt hat er sich erst mal für ihn entschieden.«

Wenige Tage später nahm das Unheil seinen Lauf: Noch nicht einmal für Hitlers letztes Aufgebot, den Volkssturm, alt genug, rettete Klaus Heinemann aus den Kämpfen ums Ruhrgebiet mit knapper Not sein Leben. Er besaß nur, was er auf dem Leibe trug: die zerrissene Kluft seiner HJ-Uniform. Tagelang zwischen den Trümmern umherirrend, lief er den Amerikanern in die Hände, die ihn später den Franzosen überstellten. Die Arbeit unter Tage setzte dem Halbwüchsigen zu, sie schwächte ihn derart, daß selbst der französische Obersanitäter den Fünfzehnjährigen drei Tage ins Lazarett einwies. Nur für drei Tage, dann ließ Klaus Heinemann den großen Vorschlaghammer wieder mehr aufs Gestein fallen, als daß er es systematisch zerkleinerte.

»Mach schneller, du faules Nazischwein. Du hast lange genug Zeit gehabt, dich auszuruh'n«, schimpfte der Glatzkopf und wich dem Jungen nicht von der Seite. »Mach schneller, oder ich tret' dir in deine kleinen Eier!« Mit seinem Stock stieß er dem Geschwächten immer wieder in die Hüften.

Endlich, nach Ewigkeiten der Qual, ertönte das Signal: Feierabend für die ganze Schicht. Doch der Franzose vertrat dem Jungen den Weg: »Das gilt nicht für dich. Du hast drei Tage nicht gearbeitet. Du machst entweder eine Doppelschicht — oder du räumst mein Zimmer auf!«

Es war unzulässig, einen Gefangenen durch Verletzung oder Krankheit versäumte Arbeit nachholen zu lassen; doch dagegen zu protestieren blieb sinnlos. Klaus Heinemann wußte, daß er ohne Rast und ohne zu essen weitere acht Stunden vor Ort nicht überleben würde — und entschied sich dafür, die Bude des Glatzkopfes zu reinigen.

Weit nach Mitternacht stolperte der ehemalige Pimpf in die

Baracke und fing, kaum daß er seinen dünnen Strohsack erreichte, hemmungslos zu schluchzen an. So behutsam, wie dies rauhen Landsern nach jahrelangem Krieg und anschließender, abstumpfender Gefangenschaft möglich war, versuchten sie den Jungen zu beruhigen. Doch erst kurz vor dem Wecken vermochten sie sich ein zusammenhängendes Bild zu machen: Danach hatte der Glatzkopf dem Knaben befohlen, zunächst mit seinem eigenen Taschentuch den spröden, rissigen Fußboden seiner Unterkunft naß zu wischen und anschließend wieder trockenzureiben, während er selbst genüßlich und ausgiebig sein Abendessen nebst einer ganzen Flasche Rouge verzehrte. Anschließend befahl er dem Ahnungslosen, sich nackt auszuziehen und gründlich zu duschen, wobei er zusah. Danach zwang er ihn unter Drohungen und Schlägen zu homosexuellen Handlungen und vergewaltigte den Jungen zum Schluß brutal.

Klugerweise ließ sich der Aufseher in den nächsten Tagen nur sporadisch und aus sicherer Entfernung bei Doberers Gruppe sehen, doch jedem war klar, daß er den Jungen bei nächster sich bietender Gelegenheit aufs neue zu mißbrauchen gedachte.

Französische Bergwerksingenieure ließen sich vor Ort höchst selten sehen; genaue Pläne oder Anweisungen über den Abbau gab es ebensowenig, wie auf die Sicherheit der Deutschen Wert gelegt wurde: Diese hatten gefälligst Kohle zu fördern; wie sie das machten, blieb ihnen überlassen. So war es ganz natürlich, daß Doberers Gruppe einen scharfen Knick im rechten Winkel vollführte. »... da das Flöz in dieser Richtung ergiebiger zu werden scheint ...«, wie sie den Aufsehern und der sie ablösenden Schicht erklärten. Jedenfalls waren sie alsbald den Blicken der im geraden, breiten Stollen stehenden Aufseher entzogen.

Alfons Doberer brachte eine Spiegelscherbe an, die sie vor Überraschungen bewahren sollte; ansonsten gingen sie wie gewohnt ihrer anstrengenden Fron nach, darauf bedacht, nicht durch zu geringe Leistungen aufzufallen.

Vier Wochen nach dem nächtlichen Vorfall geschah, was Doberer und seine Kameraden vermutet hatten: Neugierig und geil auf eine neue Untat, schlich sich der Glatzkopf an sie heran. Als er um die Biegung kam, sah er in einiger Entfernung die Gruppe schuften. Obwohl kein Grund vorlag, stemmte der Aufseher seine Arme in die Hüften und fing zu brüllen an: »Macht schneller, ihr verdammten Nazischweine! Ihr seid hier nicht zum Faulenzen, sondern um zu arbeiten!«

Drohend näherte er sich einige Schritte Klaus Heinemann, um ihn, wie gewohnt, mit seinem Stock zu triezen. Dabei trat er auf ein wie absichtslos im Weg liegendes Brett. Dies gab an einer Seite nach: Ein daran befestigter, geschwärzter, im trüben Licht der Grube unsichtbarer starker Faden zog in dem Stützgebälk einen Bolzen aus einem Astloch — worauf sich mehrere darüber angebrachte Bretter lösten und zusammen mit handsortiertem kleinem Gestein im Gewicht von etwa einem Zentner runterfielen.

Schon durch das überraschende Wippen des Bodenbrettes aus dem Gleichgewicht gebracht, riß das niederprasselnde Geröll den französischen Aufseher vollends zu Boden. Noch ehe er schreien konnte, waren Doberer und die beiden älteren Kumpel bei ihm: Alfons drückte die Spitze seines Pickels auf den Hals des Glatzkopfes.

»Hör zu, du schwule Jule: Wenn du noch einmal einen von uns schikanierst, drück' ich dir bei nächster Gelegenheit diesen Pickel in die Kehle! Kann sogar sein, daß es dabei Nacht ist und du in deinem Bettchen schläfst! Hast du mich verstanden!?« Um seinen Worten Nachdruck zu verleihen, drückte Alfons kurz mit seinem Knie auf den Stiel des Pickels, daß der darunter Liegende röchelte. — »Hast du mich verstanden?«

Doch erst nachdem Alfons das dritte Mal gedrückt hatte, keuchte der Franzose ein mattes: »*Oui*«.

»Das heißt: *Oui, Monsieur!* Wird's bald!« Alfons drückte wieder auf den Pickel.

»Oui, Monsieur.«

»Wie müssen wir immer sagen? *Oui, Monsieur, j'ai compris!«** Alfons drückte immer öfter.

»Oui, Monsieur ... j'ai compris.«

»Und wenn du widerliche Schwuchtel noch ein einziges Mal unseren Benjamin anfaßt, dann ficken wir dich warmen Drecksack mit dieser rissigen Schaufel«, fuhr der zweite Kamerad fort und stieß gleichzeitig das Ende eines Schaufelstiels so wuchtig gegen den Arsch des Aufsehers, daß dieser vor Schmerz auf-

* »Ich habe verstanden.«

stöhnte. »Hörst du: Wir ficken dich so lange, bis dir der Stiel oben zum Hals wieder rauskommt. Dann hängst du wie ein Ochs' am Spieß, und wir machen unter dir ein Feuerchen, daß dir ganz heiß ums Loch wird! Hast du das verstanden?« Wieder und wieder rammte er den Stiel gegen den Aufseher. »Hast du das genau verstanden?«

»Ja«, keuchte der Franzose.

»Wie müssen wir immer sagen?«

»Oui, Monsieur ... j'ai compris.«

»Und merk dir noch was gut, du stinkender Hinterlader.« Der dritte Kamerad drehte den Kopf des Aufsehers so, daß er nach oben sehen mußte. »Wenn wir aus deiner Fresse noch ein einziges Mal das Wort Nazi vernehmen, dann besteht die nächste Ladung, die auf dich niedergeht — und sie wird ganz zufällig auf dich herabprasseln —, nicht mehr aus handverlesenen, kleinen Steinchen.« Damit ließ er den feinen Kohlenstaub in den vor Schmerz weit geöffneten Rachen des Aufsehers rieseln. »Die nächste Ladung bricht dir's Kreuz. Und dann verfrachten wir dich lebend zwischen 'ner Ladung Kohle auf 'ne Lore. Und noch ehe deine gallischen Mitmenschen überhaupt merken, daß du ihnen fehlst, hast du in einem Hochofen längst die einheimische Stahlproduktion angeheizt, hast du das verstanden?«

Doch der französische Aufseher war zu keiner Antwort mehr fähig.

Ein solches »Ausrutschen auf einer Bananenschale« kommt in jedem Kriegsgefangenenlager der Welt reinem Selbstmord gleich: Keine Gewahrsamsmacht kann es sich leisten, daß ihr die Disziplin — schon gar nicht durch Selbstjustiz — entgleitet. So sie nicht durch Erschießen ein abschreckendes Exempel statuiert, führen die zu erwartenden Strafen von Dunkelhaft und Essensentzug langsam, jedoch sicher zum Tod des oder der Missetäter.

Nur weil der Älteste ein erfahrener Pionieroberfeldwebel gewesen war, hatten sie die Falle so sorgfältig und unauffällig vorbereiten können: Sie verwandten nur kleine und kleinste Steine, deren Masse den Aufseher zwar niederwerfen, aber nicht verletzen sollte.

Nach einem letzten Stoß in den Hintern des Franzosen wandten sich die drei Kameraden ab: Schnell verschwand das feine

Geröll in der Lore, der Pionier brachte fachgerecht die Verschalung wieder an, das Astloch wurde zugestopft, und noch ehe der Aufseher den letzten Kohlenstaub ausgehustet und -gespuckt hatte, waren sämtliche Spuren beseitigt. Ohne sich noch einmal umzusehen, schlich der Glatzkopf davon — wie einer, der unter großen Hämorrhoidenschmerzen leidet. Äußerlich wies der Franzose keine Verletzung auf — der kommende Bluterguß am Hals konnte alle möglichen Ursachen haben, und daß ein Aufseher die Grube schwarzen Gesichts verließ, war auch an der Tagesordnung. Trotzdem mußten sie auf eine Meldung gefaßt sein: So beruhten ihre Hoffnungen, nicht belangt zu werden, einzig darauf, daß der homosexuelle Aufseher den Spott des ganzen Lagers fürchtete, wenn er den entzündeten Arsch seinem Sanitäter mit der Erklärung hinstreckte, er sei vergewaltigt worden. In den nächsten Tagen benahm sich das Quartett so unauffällig und fleißig wie möglich — und sah seinen Quälgeist nie wieder: Dieser hatte sich zunächst krank gemeldet und bat anschließend, »weil er das Elend der Gefangenen nicht mehr ertragen konnte«, um Versetzung.

»War eben nicht nur 'ne schwule, sondern auch noch 'ne feige Sau«, stellte Alfons schließlich fest.

Die von Professor Alfred Sägemann motivierten internationalen Organisationen bewirkten in zahlreichen Demarchen bei den Amerikanern die Erkenntnis, daß die Kinder an der Unbarmherzigkeit der Verhältnisse zugrunde gehen würden: Sie zogen aus den französischen Lagern die Jugendlichen unter 18 Jahren, wie Klaus Heinemann, heraus und brachten sie endlich nach Hause.

*

»Hey boys, you are going the wrong direction!« — Hallo Jungs, ihr fahrt in die falsche Richtung.

Klar und deutlich wehte der Satz, von nachfolgendem fröhlichem Grölen, Schreien, Pfeifen und Winken begleitet, herüber.

»This is the way home!« — Da geht's nach Hause. — Alle Engländer deuteten in ihre Fahrtrichtung, nach Nordwesten. Die Männer in den bunten Röcken setzten ihre Dudelsäcke wieder an und bliesen die schottische Nationalhymne. Langsam entschwand das über die Toppen geflaggte Schiff am Horizont.

»Die hab'n 's gut«, meinte einer der an der Reling Lehnenden.

Kurt Riller zog ein letztes Mal an seiner Zigarette, schnippte sie in weitem Bogen ins Meer und wartete, bis die Kippe von den Wellen überspült wurde, ehe er, ohne aufzusehen, sich zu der Frage bequemte: »Wieso?«

»Mensch, die kommen nach Hause und legen sich zu ihren Weibern in die Betten . . .«

»Vielleicht liegen da inzwischen schon andere drin . . .« entfuhr es Kurt, und er dachte an den Afrikaheimkehrer Klaus Fuhrmann.

Riller wandte sich zu einem Rundgang über Deck. Dabei bekräftigte sich, was ihm schon einmal aufgefallen war: Beim Herannahen des britischen Truppentransporters hatten sich alle französischen Offiziere und älteren Feldwebel ins Schiffsinnere zurückgezogen.

»Na, ist doch klar«, bestätigte ihm ein Legionär: »Die genieren sich.«

»Wieso?«

»Na, ist doch klar: Dic mcistcn von ihnen waren in deutscher Gefangenschaft. Oder sie haben unsere Besatzung in ihrer Heimat erlebt. Nun ist der Krieg aus, und sie haben kein ›Gemüsebeet‹ am Hemd. Das wollen sie sich erst in Indochina verdienen. Und deshalb genieren sie sich vor den Siegern von Burma, Singapur und Malaya.«

Es war eine merkwürdige gemischte Truppe, die die stickigen, überbelegten Kajüten mied und die Nächte so lang wie möglich in der immer wärmer und feuchter werdenden Nachtluft an Deck verbrachte: Eine neugeschaffene französische Kolonialarmee von Infanterie-, Artillerie- und Versorgungseinheiten; marokkanische, tunesische und algerische Truppen, verächtlich »Ziegenböcke« genannt, und solche aus französischen Überseebesitzungen, die als »Senegalesen« bezeichnet wurden, auch wenn sie aus Obervolta oder sonstwoher stammten. Und Fremdenlegionäre.

Am Ende eines Krieges gibt es immer Arbeitslose: Leute, deren Intelligenz nur dazu ausreicht auszuführen, was man ihnen befiehlt, oder solche, die den Halt innerhalb einer Gruppe brauchen; andere, die spüren, daß sie als auf sich selbst gestelltes Individuum in einer friedlichen Zivilisation scheitern werden.

Und es gibt natürlich Flüchtlinge: Menschen, die aus verschiedenen Gründen eine Rückkehr zu geordneten Verhältnissen fürchten müssen. Deshalb setzten sich die ersten Einheiten der Fremdenlegion aus Söldnern zusammen, die aus allen europäischen Ländern kamen: Slawen, die als Hiwis den deutschen Truppen gedient, Balten, Ukrainer und Balkanesen, die in SS-Formationen aktiv gegen die Sowjets gekämpft, Russen, die sich zur Wlassow-Armee gemeldet, oder Westeuropäer, die mit der deutschen Besatzungsmacht kollaboriert hatten. Hinzu kamen ehemals aktive Nazis und italienische Faschisten. Jeder Legionär war bestrebt, eine Legende aufzubauen, mit der er vor den anderen — und vor sich selbst — bestehen konnte: Kein Wunder, daß es bei den Deutschen, die den Hauptteil der Legionäre stellten, von ehemaligen U-Boot-Offizieren und Ritterkreuzträgern wimmelte. Kameraden oder gar Freunde hatte Kurt Riller unter denen, die jetzt mit ihm durch die Straße von Malakka fuhren, noch nicht gewonnen.

»Wo kommst du eigentlich her?«, fragte ein Legionär, mit dem Kurt seine nächtlichen Runden drehte; Kurt haßte dessen neugieriges, sich anbiederndes Wesen. »Ich bin von der Penne abgehau'n«, gab er kurz angebunden zur Antwort. Was ja auch irgendwo stimmte.

Aus einem der nahen Rettungsboote drangen Geflüster und Gekicher.

»Was ist denn da los?«

»Schon wieder diese AFAT-Stuten.* Die treiben's hier immer um Mitternacht. Aber du brauchst dir keine Hoffnung zu machen: Die geben sich nur den Offizieren hin. Vinçon aus meinem Zug schwört, daß er einer von denen — so 'ner satten Rothaarigen — schon mal in einem Wehrmachtsbordell in Lyon begegnet ist.«

Am nächtlichen Horizont tauchte das regelmäßige Blinken eines Leuchtturms auf.

»Alle Mannschaftsgrade sofort unter Deck! Alle Mannschaftsgrade sofort unter Deck!« dröhnten die Bordlautsprecher.

Mit Pistolen bewaffnete Offiziere und Feldwebel besetzten die Niedergänge.

* weibliches militärisches Hilfspersonal

»Warum das denn? ... Hier haut doch keiner mehr ab!« maulten die Legionäre, während sie sich in die stehende Hitze des Schiffsinneren begaben.

»Hier wimmelt es von kleinen Inseln«, schnarrte ein alter Sergent, um hämisch hinzuzufügen: »... und eure ›U-Boot-Fahrer‹ wissen das ...!«

*

Nach genau einjähriger Sklavenarbeit unter Tage hatte Alfons, wie er errechnete, anteilsmäßig bereits einen mehrere Meter breiten, kilometerlangen Stollen durch das lothringische Mittelgebirge getrieben.

Die einzige, freilich alles andere als angenehme Abwechslung seines mit permanentem Hunger verbundenen Alltags boten Kommissionen, die immer häufiger auftraten: Sie suchten nach Kriegsverbrechern.

Von den fünf Männern hinter dem Tisch trugen nur zwei Uniform; einer der Zivilisten sprach perfekt deutsch: »Sie heißen?«

»Doberer, Alfons.«

»Ihr Heimatort?«

»Duisburg.«

»Sie sind ein SS-Verbrecher!« Alle anderen nickten.

»Ich habe keine Verbrechen begangen. Ich habe lediglich als Soldat Befehle ausgeführt.«

»Die SS wurde in Nürnberg als verbrecherische Organisation verurteilt. Und Sie gehören zu den Schlächtern von Oradour!«

»Das Wort Oradour habe ich hier zum ersten Mal gehört.«

»Das behaupten Sie!«

»Ja! Außerdem: Das mit Oradour muß im Sommer '44 passiert sein. Da war ich noch zur Ausbildung beim Ersatzbataillon in Bayern — wie Sie ja aus meinem Soldbuch entnehmen können. Und dann war das, wie ich hörte, auch eine ganz andere Division!«

Der Zivilist blätterte umständlich in Doberers Soldbuch: »Ihr Anführer Skorzeny steht in Dachau wegen seiner Verbrechen vor Gericht und wird erschossen. Jedem aus seinem Kommando drohen zehn bis fünfzehn Jahre Zwangsarbeit.«

Damit entließ man Alfons zunächst; doch die Vernehmungen zogen sich hin: Mal wollte man von ihm ein Geständnis begangener Verbrechen, mal animierte man ihn zur Denunziation Dritter; abwechselnd drohte man mit lebenslänglicher Zwangsarbeit oder Erschießen.

»Das Urteil gegen Ihren Anführer Skorzeny wird in den nächsten Tagen verkündet«, eröffnete derselbe Zivilist Alfons Doberer im Sommer '47, wobei die Kommission den Eindruck vermittelte, als habe sie es eilig. »Ihm und seinen Offizieren ist der Galgen, den Angehörigen seiner Einheit langjährige Zwangsarbeit sicher.« Der Zivilist machte eine wohlberechnete Pause. »Was Sie betrifft: Ihr Fall wird heute abgeschlossen. Das bedeutet, Sie werden der Sûreté übergeben!« Der Zivilist klappte die vor ihm liegende Akte demonstrativ zu, die Kommission erhob sich.

»Was ist das: Sûreté?«

»Nun, das ist unsere Geheimpolizei. Sie kennen das als Gestapo oder Sicherheitsdienst, und Sie können sich darauf verlassen, unsere Leute gehen nicht weniger zimperlich als Ihre vor! Die nehmen Sie in die Mangel, die machen mit einem SS-Führer nicht viel Federlesens. Danach werden Sie als Mitglied einer verbrecherischen Organisation vor Gericht gestellt und zur Zwangsarbeit verurteilt. Wenn Sie da je wieder rauskommen, sind Sie ein alter, gebrochener Mann. *Wenn* Sie da *überhaupt je wieder rauskommen!*«

Der internationale Militärgerichtshof in Nürnberg wollte die Waffen-SS lediglich als Organisation identifizieren und verurteilen. Dies ermächtigte niemanden, auch kein anderes Gericht, einen Mann nur wegen seiner reinen Mitgliedschaft zu bestrafen. Aber das war dem kriegsgefangenen ehemaligen SS-Rottenführer Alfons Doberer natürlich unbekannt. Nicht jedoch der Kommission, die absichtlich den gegenteiligen Eindruck erwecken wollte.

»Ich glaube, es gibt selbst für Sie noch eine Chance«, hub der Vernehmer nach geraumer Zeit in unnatürlich freundlichem Ton an. »Die französische Regierung räumt Ihnen die Möglichkeit ein, in einer ehrengeachteten Elitetruppe Ihre Untaten bei der verbrecherischen SS aktiv zu sühnen: Sie erlaubt Ihnen, sich zur Légion Etrangère zu melden. In dieser heldenhaften Truppe dienen Sie fünf Jahre. Dann bekommen Sie neue Papiere und können unter neuem Namen unbehindert und in Ehren entlassen nach Deutschland zurückkehren. Ihre verbrecherische Vergangenheit ist dann ein für allemal getilgt.«

Wieder legte der Mann eine längere Pause ein.

»Nun, was halten Sie von dem großzügigen Angebot meiner Regierung?« fragte er schließlich.

Obwohl sich in Alfons' Gehirn die Gedanken überschlugen, machte er ein äußerlich unbeteiligtes Gesicht.

»Möchten Sie sich setzen?«

Alfons tat, wie ihm geheißen; die Kiste war hart und niedrig.

»Möchten Sie eine Zigarette?«

»Nein danke, ich rauche nicht.«

»Sie sind der erste Gefangene, der eine Zigarette ablehnt.«

»Das ehrt mich leider nicht.«

Die Kommissionsmitglieder näherten sich: »Nun, was ist mit unserem Angebot?« Der Ton klang bereits wieder herrisch.

»Wenn ich Sie recht verstehe, werde ich in jedem Fall dafür bestraft, daß ich in einer deutschen Elitetruppe diente?«

»... Für die Verbrechen, die diese sogenannte Elite in ganz Europa begangen hat!« unterbrach der Vernehmer.

»... Die aber hinfällig werden, wenn ich nunmehr in diese französische Elitetruppe eintrete?«

»Ja. Wir geben Ihnen die Möglichkeit dazu: *gna-den-wei-se!* Für fünf Jahre.«

»Danach bekomme ich einen neuen Paß mit neuem Namen und werde nicht mehr vor Gericht gestellt?«

»So ist es.« Einige Kommissionsmitglieder drehten die Augen nach oben, als ob sie einen geistig Schwerfälligen vor sich hätten.

»Wer garantiert mir das?«

»Wie bitte?«

»Ich meine: Wer *ga-ran-tiert* mir, daß ich hinterher nicht doch vor irgendein Gericht gestellt werde? *Wer?*«

»*Ich* — im Namen meiner Regierung. *Meine Regierung* — durch mich. Es geschieht so, wie ich Ihnen gesagt habe!« Der Vernehmer war wütend.

»Nun«, begann Alfons Doberer überaus sanft, »dann herrscht bei den französischen Behörden zum einen Uneinigkeit über die Einlösung gegebener Versprechen, zum anderen hat man zumindest in meinem Fall einen taktischen Fehler begangen: Vor vier Wochen kam ein Neuzugang in meine Baracke.

Der Mann ist im Zivilleben Schneider und verbrachte den Krieg hinter einer Schreibmaschine. Er wurde von den Amerikanern schon am 6. Juni '44 geschnappt und bald darauf den französischen Behörden übergeben. Obwohl es völkerrechtlich verboten ist, unqualifizierte Kriegsgefangene zum Minenräumen einzusetzen, wurde er dazu gezwungen. Nachdem viele seiner Kameraden, die ebenfalls nichts davon verstanden, in die Luft geflogen waren, weigerte sich der Rest, weiterhin Minen zu räumen: Sie wollten lieber erschossen werden, als zu explodieren. Darauf versprach ihnen die französische Gewahrsamsmacht bessere Verpflegung, täglich einen Becher Rotwein und sofortige Entlassung bei Kriegsende. Nun, der Vormarsch war nicht mehr aufzuhalten, ein alliierter Sieg zeichnete sich ab — mein Kumpel vertraute dem Versprechen des französischen *colonel* und räumte wieder Minen. Aber statt des versprochenen Rotweins bekam er von den Wachen täglich einen Tritt in den Arsch, von besserer Verpflegung ganz zu schweigen. Am 9. Mai dieses Jahres, also genau zwei Jahre nach Kriegsende, trat der kümmerliche Rest der Gruppe — es war ohnehin nur noch eine Handvoll —, in den Hungerstreik, um die versprochene Entlassung zu erreichen. Jetzt hat man sie hierhergebracht: zum Kohlefördern.«

Alfons Doberer stand auf.

»Urteilen Sie selbst, was von französischen Versprechungen zu halten ist. Für mich bedeutet das jedenfalls, daß Ihr angebotener neuer Paß nicht mal das Papier wert ist, auf dem er *eventuell* doch gedruckt werden würde.«

Nachdem Alfons Doberer wieder im Freien war, ging er ein paar unsicher schwankende Schritte, ließ sich an einer Wand nieder und weinte bitterlich. Was sollte bloß mit ihm werden? War diese Légion Etrangère nicht ein rettender Strohhalm, den er nicht zurückweisen durfte?!? War das klug gewesen, den Franzosen so stolz gegenüberzustehen, ihnen so offen zu zeigen, daß man kein Wort glaubte? Wieso waren auf einmal alle Deutschen Schufte, alle SS-Leute Todeskandidaten? Er, Alfons Doberer, hatte doch nur an das geglaubt, was Leute wie Schwankert oder seine Ausbilder ihm als recht und richtig beibrachten: Er hatte danach gehandelt und sich immer anständig benommen. Und nun sollte plötzlich alles falsch sein: Nun drohte ihm entweder langjährige Zwangsarbeit oder die Zucht einer neuen Armee, bloß weil er sich freiwillig zu einer SS-Einheit gemeldet hatte, die als Draufgängertrupp galt und populär war? Das allein konnte doch kein Verbrechen sein, das Zwangsarbeit rechtfertigte!? Außerdem: War seine jetzige Tätigkeit was anderes als ein Sklavendasein? Hätte er sich deshalb doch besser für diese Fremdenlegion verpflichten sollen? Ihm müßte ein Gericht erst einmal nachweisen, beweisen, daß er persönlich etwas getan, an etwas teilgenommen hatte, das gegen die Haager Konvention verstieß. Als sie in ihrem amerikanischen Jeep hinter den feindlichen Linien operierten, blieb seine Gruppe ein unbewaffneter Beobachtertrupp. Das war zwar nicht geplant gewesen, lag aber ganz einfach daran, daß nicht genügend amerikanische Ausrüstung zur Verfügung stand. Dadurch blieben sie auch absolut erfolglos: Sie veränderten lediglich ein paar Schilder, was den Gegner sicher nicht lang irritiert hatte. Schließlich waren sie froh gewesen, mit dem letzten Tropfen Benzin und mit heiler Haut am selben Abend die eigenen Linien wieder erreicht zu haben. Ohne Waffen und ohne Benzin kann man doch gar kein Kriegsverbrechen begehen. Hätte er doch unterschreiben sollen? Sie konnten ihn doch nicht ewig hier malochen lassen ... Aber ich lass' mich auch nicht sehenden Auges bescheißen ...!

»Ich hab' engagiert«, eröffnete ihm drei Tage später der ehemalige Pionieroberfeldwebel Egon Stretz.

»Was hast du?«

»Ich hab' mich für die Fremdenlegion verpflichtet.«

»Warum denn du? Du warst doch nicht mal bei der SS?«

»Mir ist einfach alles recht, was mich aus diesem trostlosen Hungerdasein rausbringt. Und was so 'n alter Spieß von echtem Schrot und Korn ist, der wird auch in 'ner anderen Armee nicht vor die Hunde gehen. Morgen geht's ab nach Marseille und von da aus nach Algerien! Soll ich fragen, ob du nicht auch mitkommen kannst?«

»Das ist sehr lieb von dir, aber ich will nicht. Wenn ich hier rauskomm', hab' ich erst mal was anderes vor!«

»Na, dann mach's gut, Kumpel!«

»Du auch.«

»Wir sehn uns wieder!«

»Wir sehn uns bestimmt mal wieder!«

Und abermals kam sich Alfons Doberer leer und ausgelaugt vor. Keinen von denen, die ihm im Laufe seines Lebens irgendwie, wenn auch manchmal nur kurz, nahestanden, gab's mehr: Studienrat Schwankert, den bescheidenen Hotelportier Fite Weber, den Benjamin Klaus Heinemann und jetzt den stoischen Exoberfeldwebel Egon Stretz. Wenn doch wenigstens Fite Weber noch lebte... Über der Erinnerung an den väterlichen Freund Fite gewann Alfons Doberer neue Kraft. *Überleben ist alles!* Er mußte überleben, um diesem Schwein von Kapo, wie hieß er noch gleich: Max oder Maximilian Steinmetz, den sinnlosen Tod Fite Webers heimzuzahlen! »Vergiß niemals die wichtigen Gesichter und Namen«, hatte ihm sein jetzt im Eismeer ruhender Vater einmal eingeprägt. »Nicht die guten und nicht die schlechten — wenn sie wichtig sind!« Und so wie er niemals das gütige Gesicht des totgeschlagenen Fite Weber vergessen würde, konnte nichts die rundschädelige Fratze mit den rosigen Backen des Kapos Maximilian Steinmetz aus seinem Gesicht löschen.

*

Dreieinhalb Jahre nach Kriegsende stieg Alfons Doberer endlich aus einem langen Sonderzug und betrat als freier Mensch wieder deutschen Boden. Verwirrt sah er sich um: Es herrschte entsetzliches Gedränge, die Menschen hatten Absperrungen einfach beiseite geräumt, durchbrochen oder waren drüber gestiegen. Rufe erklangen von allen Seiten: »Karl!«... »Gerda?«... »Papa!«... »Hier!« Zivilisten und Heimkehrer fielen sich in die Arme, lösten sich gar nicht mehr voneinander; ein Bild wurde ihm vorgehalten: »Kennen Sie den Sanitätsobergefreiten Fritz Szerny?«; unverständliche Lautsprecherdurchsagen dröhnten, Kinder weinten, eine Welle drängte nach rechts, die andere nach links, fester hielt Alfons seinen Brotbeutel im Arm. Blitzlichter flammten vereinzelt auf. »Diejenigen Heimkehrer, die über keinen Unterkunftsnachweis verfügen, bitten wir in die Sammelstelle am Ende des Bahnsteigs zu kommen!« Galt das ihm? Niemand beachtete ihn, keiner holte ihn ab. Anstatt sich zu freuen, zu lachen, heulten alle Menschen, hingen sie wie Kletten aneinander; all das ging Alfons Doberer nichts an und bewegte ihn doch tief. Und es verwirrte den Dreiundzwanzigjährigen derart, daß er die Trittbretter des Waggons wieder erklomm, sich auf die Holzbank setzte und die Tür hinter sich zuzog.

Da saß er nun. Wieder in Deutschland. In der Heimat. In Duisburg. Zu Hause. Alfons sah auf: Weit konnte er über die ehemalige Industriestadt, fast durch sie durchsehen. Die Königstraße müßte man von hier aus doch erkennen können. Aber er gewahrte nur Trümmer, provisorische Bretterbuden, nur vereinzelt schon ein unverputztes, wiederaufgebautes Haus.

»Woll'n Se nich' aussteig'n?« Eine Stimme riß Alfons aus seinen Gedanken.

»Wie bitte?«

»Ob Se nich' aussteig'n woll'n! Oda woll'n Se wieda zurückfahr'n?«

»Nein, nein, das will ich bestimmt nicht.« Es hatte nicht an Pressionen gefehlt, ihn als Kontraktarbeiter in Frankreich zu verpflichten. »Nein, zurück will ich ganz bestimmt nicht mehr.«

»Na, dann müss'n Se jetzt raus. Mir rangier'n gleich.«

Langsam erhob sich Alfons Doberer, er hatte Mühe, den fremden sächsischen Dialekt zu verstehen.

»Der Empfang war wohl nich' so, wie Se's sich vorjestellt hatt'n, wa?«

»Oh, eigentlich habe ich mich gar nichts Bestimmtes vorgestellt.«

»War kena da?«

Alfons schüttelte stumm seinen Kopf.

»Ja, so is' das: Mit Jesang un' Musike hab'n se uns seinazeit zum Bahnhof begleitet, un' nu' müss'n ma uns direkt hemeschleich'n. Mia jeht's jenauso: Ich hab' in Thiering'n alles valor'n, und nu' will mich hia och kena hab'n.«

Der Bahnsteig hatte sich etwas geleert, der alte Bahnbeamte winkte eine Rotkreuzschwester heran. »Helf'n Se doch dem jung'n Mann mal 'n bißchen, mir rangier'n gleich.«

»Hat Sie niemand erwartet?«

»Nein.«

»Na, dann kommen Sie mal mit mir.« Der Ton der Frau klang warm und freundlich. Sie sorgte in der provisorischen Unterkunft dafür, daß Alfons Doberer eine Decke bekam. Denn es war ein kalter Tag, dieser 10. Dezember 1948.

Anderntags begann der Marsch durch die Behörden: Meist begegnete man ihm überaus freundlich und hilfsbereit. Mitleidig empfand es Alfons. Man gab ihm druckfrisches, unbekanntes Überbrückungsgeld in die Hand, reichte ihn weiter: Meldestelle, Ernährungsamt, Arbeitsamt, Wohnungsamt — überall mußte man sich anstellen, für jede Behörde ging ein ganzer Tag drauf, die Ämter lagen weit verstreut, nur selten gab es einen Spezialschalter mit der Überschrift »Heimkehrer«. Und die notleidende Menge drückte, schubste und drängelte sich rücksichtslos vor. Zum Schluß landete er bei irgendeinem »Lastenausgleich«.

»Was haben Sie vor?« fragte ein Beamter.

»Wie bitte?«

»Na ja, ich frage, was Sie jetzt machen wollen? Welchen Beruf gedenken Sie jetzt auszuüben?«

»Weiß ich noch nicht?«

»Wie bitte?« Der Mann hinter dem Schalter glaubte, nicht richtig gehört zu haben.

»Ich weiß es noch nicht. Ich bin nach dem Einjährigen zum Kommiß, ich habe noch gar keinen Beruf gelernt. Ich muß mir erst mal darüber klarwerden, was ich anfangen, was ich lernen will. Muß mich erst mal zurechtfinden.«

»Na ja, da wird's Zeit.«

»Wieso?«

»Na ja, Sie hatten doch in der Gefangenschaft genug Zeit, sich zu überlegen, was Sie mal werden, was Sie mal machen, was Sie mal arbeiten wollen!« Der Mann hatte gut reden, er war von den Engländern erfolgreich *um*erzogen und deshalb früh entlassen worden.

»Ich hab' im französischen Bergbau geschuftet, da dachte ich immer nur: Wo krieg' ich was zu fressen her.«

»Na ja, hier müssen Sie auch arbeiten, um sich Ihren Lebensunterhalt zu verdienen.«

»Ich werd's mir überlegen.«

»Na ja, aber ein bißchen rasch, wenn ich bitten darf. Wir können Sie nicht ewig unterstützen. Haben Sie verlorengegangene Vermögenswerte anzumelden?«

»Wieso?«

»Na ja, sind Sie zum Beispiel einer jener Flüchtlinge, denen halb Ostpreußen gehört hat?«

»Nein. Mein Vater war hier angestellter Optikermeister.«

»Und die Wohnung?«

»War gemietet.«

»Na ja, dann gibt's nichts. Kommen Sie übermorgen wieder. Wenn Sie dann immer noch nicht wissen, was Sie lernen, studieren oder arbeiten wollen, machen Sie erst mal Ihre ›zehn Wochen‹.«

»Was ist denn das?«

»Na, ja, da werden Sie zur Trümmerbeseitigung eingeteilt: Da kriegen Sie 'ne Schaufel oder Hacke in die Hand gedrückt und dürfen Trümmerschutt wegschaufeln. Ist Pflicht für jeden Heimkehrer, der von uns 'ne Zuzugsgenehmigung haben will. Dient dem Wiederaufbau unserer Stadt.«

»Danke, ich hab' in den letzten drei Jahren schon den französischen Staat aufgebaut.«

»... Na ja, dann sind Sie ja schon in der Übung.«

Die Nachtluft tat Alfons gut. Viele Geschäfte strahlten in bescheidenem Weihnachtsschmuck, junge Pärchen standen händchenhaltend davor, schmiegten sich aneinander, äußerten bescheidene Wünsche. Der Geruch von Bratwurst zog durch die verschneiten Straßen, Weihnachtslieder aus den Lautsprechern der Stände wechselten mit dem Schlager der Saison, dem *Hafen von Adano* ab. Die Armstümpfe eines Invaliden streckten Alfons eine luftwaffenblaue Mütze entgegen, in der Pfennige und Groschen lagen; er kramte ein Markstück hervor und legte es dazu. Ein Auto mit ausländischem Nummernschild bespritzte seinen vom Roten Kreuz erhaltenen Mantel mit Schneematsch; ein Mann sprach ihn an, dessen Sprache er nicht verstand. Alfons' Fortbewegung hatte etwas Automatisches, fast Somnambules; dabei entfernte er sich immer weiter von seiner Notunterkunft. Die Straßenbeleuchtung schien nur sehr dürftig, zweimal rutschte Alfons aus. Vor dem einfachen Stand einer Blumenfrau verharrte er zufällig.

»Junger Mann, wie wär's mit einem kleinen Tannenzweig?« Die Frau hielt ihm ein aus mehreren Zweigen bestehendes Gesteck mit einer kleinen roten Kerze entgegen. »Ich geb's Ihnen für fünfzig Pfennig.«

Mechanisch griff Alfons in seine Taschen, zählte vier Groschen und zwei Fünfpfennigstücke in die klamme Hand der Blumenfrau, nahm das Tannengrün entgegen und trottete weiter.

Wie Zuckerguß überzog gefrorener Schnee die Ruinen der Königstraße. Langsam rankte sich Alfons' Blick an einem übriggebliebenen, nackten Kamin bis zum dritten Stock nach oben. Ein paar Kacheln deuteten die Küche an: Mutter hätte jetzt sicher Kartoffelpuffer gebacken, wobei Vater Wert auf reichlich Apfelmus legte. Mutter ist eine schöne Frau. *War* mal sehr schön. Und lieb.

Alfons fröstelte. Er schleuderte sein Tannengesteck dorthin, wo der Trümmerberg am höchsten aufragte, verharrte noch fünf Sekunden und machte sich dann rasch davon.

*

Langsam und stetig nahm sein Entlassungsgeld ab. Trotzdem winkte Alfons Doberer der Kellnerin: »Bringen Sie mir bitte noch einen Most und dem Herrn hier bitte ein Viertel Wein auf meine Rechnung. Was kostet das?«

»'s Viertele koscht' vierzich Pfenning, d'r Moschd a Zehnerle.« Das Schwäbisch des jungen Mädchens klang herzerfrischend.

»Dank' schee«, sagte der Briefträger.

Alfons nickte: »Und dann?«

»Der Acker hat garnet ihm g'hört. Trotzdem hat er sei' Pischdol' zoge' und sei' ganz' Magazin uf die Russe' leerg'schosse'.«

»Wegen ein paar Rüben?«

»Wegen zwei Futterrübe', die noch net amol von sei'm eigene' Acker ware'. Und alles vor dene ganze' Kirchgänger!«

»Wirklich?«

»Da ware' Fraue' und Kinder dabei.«

»Wie haben die denn reagiert?«

»Wie die Kinder g'sehe habe', wie die zwai Russe' z'samme'g'sackt sind und wie dann das Blut aus denen rausg'flosse' isch und wie die dann g'schriee habe', habe' die Kinder natürlich alle g'weint. Aber die Fraue', deren Männer und Söhne selbst im Feld ware', habe' ihn an Mörder g'scholte'. Es war a Mordsdurcheinander: ›Was solle' die armen Kerle denn sonschd esse', wenn ma' ihne' nix gäbe därf!‹ ... ›wenn die scho' unreife Futterrübe' fresse', dann muß 's ihne' doch wirklich dreckich gehe ...‹ und solche Sache' habe' alle g'rufe. Er hat was von ›Volksschädling‹ und ›Diebstahl von Volkseigentum‹ 'brüllt und so. Er war ja im Dorf überhaupt net beliebt.«

»Nein?«

»Ganz g'wiß net! Der war scho' als Kind ein ›Biwäckler‹ und unheimlich grob und roh. Da gab's kein' Heuschreck, kein' Maikäfer oder Schmetterling, dem er nicht die Beine und Flügel rausg'risse', kein' Rege'wurm, den er nicht auseinanderg'schnipfelt hat.«

»Ist ja entsetzlich.«

»Aber in der Schul' hat der natürlich nix 'taugt! Nach der sechsde Klass' isch er ab'gange; hat dann Bauschlosser oder so was g'lernt, aber ich weiß net, ob der überhaupt a G'sellegprüfung g'schafft hat. Blötzlich isch er bloß noch in d'r SA-Uniform rumg'rennt.«

Die Kellnerin brachte die neuen Getränke.

»Danke. Aufs Wohl!«

»Zum Wohlsein, Herr Greber.«

Der Briefträger tat einen langen Zug, wischte sich behaglich die Lippen ab, griff nach einer Laugenbrezel, die in einem Körbchen auf dem Tisch stand, brach sie entzwei und hielt seinem Gegenüber eine Hälfte hin: »Esse' Sie was zu Ihrem Moschd, sonst kriege' Sie ein Durchmarsch!«

»Danke«, erwiderte Alfons und langte zu.

Der Wein löste die Zunge des biederen Schwaben und ließ seinen Dialekt breiter und damit für Alfons noch schwerer verständlich werden.

»Weil sie ihm beim Partisane'-Einsatz d'r kleine' Finger von d'r linke' Hand wegg'schosse habe', hat er Genesungsurlaub 'kriegt — und dabei isch des vor d'r Kirch' bassiert. Jedenfalls: In der Nacht bevor er wieder nach Rußland g'fahre isch, hat ma' ihm an Stein ins Fenster g'worfe', der in a Papier g'wickelt war, auf dem stand: ›Verrecken sollst Du!‹ Aber er isch net verreckt.«

»Nein?«

»Der war einer von de' erschte, die die Ami entlasse' habe'. Aber kaum isch der über die Dorfstraß' stolziert, sind zwei' von dene Fraue', die damals grad' aus d'r Kirch' kame', in d'Stadt g'fahre und habe' d'Ami alles erzählt, wie der die zwai Russe' erschosse' hat. Wie dann am nächste' Tag die Ami und d'Polizei kame', war er nicht daheim. Er muß aber von weitem die Autos vor seiner Tür g'sehe habe' und isch sofort abg'haut. Am gleiche' Abend, 's war kurz vor Feierabend, hat er von Offenburg aus bei mir in der Bosd ang'rufe' und g'sagt, ich soll über die Straß' laufe' und sei' Frau ans Telefon hole' und die soll Geld mitbringe', daß sie 's Gespräch' zahle' kann. — Na ja, ich hab's halt g'macht, und dann hat er a halbe Stund' lang mit ihr telefoniert; ich hab' extra noch länger dableibe' müsse'. Seitdem hat ihn kei' Mensch mehr bei uns g'sehe'.«

»Haben Sie gehört, was seine Frau gesagt hat?«

»Sie hat g'weint, und ich hab' a paar laute Wortfetzen g'hört, aber die falle' unter mein Amtsgeheimnis.« Gewichtig tat der Postler einen kräftigen Schluck.

»Und er ist nie wieder aufgetaucht?«

»Bis heut' nicht.«

Alfons nahm auch einen Schluck. »Haben Sie eine Ahnung, wo der Steinmetz jetzt ist?«

»Ha, der isch zu de' Franzose'.«

»Wie bitte?«

»Ja, der Kerle isch zu de' Franzose: Die habe' a Armee aus lauter Fremde', die Frem-den-le-gion. Zu der isch er.«

»Woher wissen sie das so genau?«

»Weil ich der Briefträger von Kirchdorf bin. Und weil ich ebe' alle Leut' kenn' und auch die Bosd, die ich bring'. Und außerdem bin ich nicht nur gern a Bosdler, ich sammel' auch Briefmarke'. Und deshalb weiß ich, daß der Steinmetz erschd aus Marseille, dann aus Algerie' und zuletzt aus Indochina g'schriebe hat. ›Fédération Indochinoise‹ steht auf dene Marke' drauf. Also isch der in Indochina. Da soll doch scheinbar immer noch 'kämpft werde', hört ma' manchmal im Radio.«

Alfons war sprachlos: Fremdenlegion! Das hätte er schon früher haben können ...

»Sind Sie sicher«, fiel er hastig ein, »daß der Maximilian Steinmetz *jetzt noch* in Indochina ist?«

»Ich nehm's scho' an, denn der letzte Brief kam vor drei Tag', und ich hab' die Frau Steinmetz, sie ist eine nette Frau und tut mir leid, gleich g'fragt, ob ich später wieder die Briefmarke habe' könnt'.«

Der Beamte schwelgte in seinem Erzählertalent und wollte gerade dazu ansetzen, sämtliche im Dorf bekannten Schandtaten aus Max Steinmetz' Leben in der epischen Breite seines schwäbischen Dialekts auszubreiten, als die Bedienung die weitere Konversation unterbrach: »Meine Herre', derf ich bitte abkassiere', mir machet jetzt Feierabend.«

»Könnte ich bei Ihnen übernachten, und was kostet das?«

»Ha, des geht scho'! Aber hättet Sie's doch blos früher g'sagt, dann hätte' mir 's Zimmerle a bissle a'heize' könne'.«

»Ach, das macht nichts. Was kostet es denn?«

»Zwei Mark fünfzig für die Nacht, und morge' früh gibt's a' no' e' Frühstück.« Die adrette Bedienung addierte flugs auf ihrem Zettel und präsentierte den beiden Herren die Rechnungen.

Alfons Doberer hielt den Mantel des Postbeamten bereit. »Ich mein' immer«, sagte letzterer, indem er in die Ärmel schlüpfte, »zwische' Ihne' und dem Steinmetz isch noch a Rechnung offe'. Stimmt's?«

»Also, Herr Greber, besser könnte man das gar nicht ausdrücken.«

*

Vier Monate später stand Alfons Doberer wieder stramm; Totenstille herrschte am frühen Morgen über dem *Quartier Viénot:* Der Oberst schritt die Front seines Regiments ab und verlas anschließend, einem Hohenpriester gleich, den offiziellen Bericht der Schlacht von Camarone, der den 30. April auch heute noch zum größten Feiertag der Légion Etrangère macht. Und wie erzene Statuen stand der Wall aus Offizieren, Sergenten und Mannschaften im Karree und hörte unbewegten Gesichts an, was zur Historie geworden war.

Die Geschichte der dreiundsechzig Legionäre, die tagelang dreitausend Mexikanern Widerstand geleistet hatten, strotzt doch von Dilettantismus, dachte Alfons Doberer: Der *capitaine*, ein pedantischer Schreibstubentyp, dem eine Granate aus eigenem Verschulden eine Hand abgerissen hatte, ließ seinerzeit ohne Flankenerkundung vorgehen; anschließend befahl er Rückzug auf eine freistehende Hazienda, auf der es für die Verteidiger zwar kein Wasser, jedoch Kakteenhecken gab, die den Angreifern genügend Deckungsmöglichkeiten boten! Aber Kratzen am Mythos, Zweifel oder gar Kritik, das hatte Alfons sehr schnell gemerkt, waren in der Legion unerwünscht ... eher machte man einen Offizier ohne strategisches Konzept zum Heiligen, weil er vom Legionärspanier *marche ou crève* vor allem letzteren Teil befolgte.

Das Signal eines Clairons riß Alfons aus seinen Gedanken: Kommandos erschallten, Trommeln, Hörner, Trompeten und Querpfeifen setzten ein und spielten mit voller Kraft *Tiens, voilí du boudin*, den Parademarsch der Fremdenlegion, der auch »Blutwurstwalzer« genannt wird.

Mit drei Kameraden saß Alfons Doberer später im Café de Paris, trank Rotwein und aß Oliven oder gesalzene Erdnüsse. Legionäre zweiter Klasse können es sich nicht leisten, wählerisch zu sein: Der Wein war billig, die Oliven und Nüsse gab es gratis dazu. Nach einer Stunde wurden sie unruhig: »Laßt uns 'nen Stellungswechsel vornehmen.« — »Ist aber noch 'n bißchen früh.« — »Na, dann gehn wir erst mal ins Kino.«

Sie brachen auf und schlenderten in der lauen, klaren Luft des hereinbrechenden Abends durch Straßen, die die stolze Bezeichnung Boulevard trugen. Bunte Lichter in den Läden warben um Kundschaft: Maisgelb aus den afrikanischen; rosa, grün und blau aus den europäischen. Neben einigen Kameraden begegneten ihnen Senegalesen, schlampig gekleidete Piednoirs* und Araber in ihren weiß- oder braungestreiften Kashibias, von denen manche — so sie reich waren — weiße, plissierte Hemden mit gelben Seidenschals und rote Filzfese trugen. Den Kameraden galt ein kurzer Gruß, ein hingeworfenes Scherzwort, durch »Syphilisten«** sahen Legionäre prinzipiell hindurch.

Das Kinoplakat verhieß jene klassische, in Nordwestafrika spielende Liebesgeschichte europäischer Flüchtlinge, bei der sich der Held opfert, damit der von den Nazis aufgestöberte Ehemann seiner einstigen Geliebten ins sichere Exil folgen kann: Ingrid Bergmann und Humphrey Bogart in *Casablanca*.

* Algerien-Franzosen
** Legionärsjargon für Zivilisten

»Na, hier sind wir doch richtig«, stellten sie fest und betraten den halbdunklen Vorraum. Ein kleines Schiebefenster in der Wand öffnete sich, und wortlos streckte ihnen eine alte, verdorrte Frauenhand vier Karten entgegen. Selbst dieses ausgemergelte algerische Mütterchen kannte sich aus: Wer keinerlei Orden oder Rangabzeichen aufwies, frequentierte gern die billigsten Plätze. Ein einheimischer Polizist mit Braut schritt stolz an den Legionären die knarrende Stiege hinauf zum etwas teureren Balkon. Das Quartett zwängte sich durch die lärmende Menge in den Saal, dessen Boden Erdnußreste und Bonbonpapiere bedeckten.

Es war ein illusionsloser Schuppen, aber wie in jedem Kino der Welt rührte diese Liebesgeschichte reich und arm zu Tränen, ließ sie alles Elend und materielle Nöte vergessen; hier wurde der schwedische Filmstar für neunzig Minuten zur fiktiven Braut der Legionäre.

Als die vier später wieder in die Nacht hinaustraten, verzuckerte gleißendes Licht die Tristesse und den Schmutz der Straßen. Ihr nächstes Ziel war klar, und nur allzugern nahmen die drei Dienstälteren Alfons unter ihre Fittiche, »um ihrem Benjamin zu zeigen, wo's langgeht«.

Die Gassen wurden immer enger und dunkler, mit dem fremdartigen Singsang der Frauen wetteiferten Zikaden, es roch nach schwerem, süßem Parfüm und stank nach kaltem Hammelfett, dazwischen wehten Streifen von Minze. Alfons schien, als folgte er den Kameraden durch ein Labyrinth: Seine Augen erforschten die Gesichter verhüllter und unverhüllter Gestalten, er spähte in winzige Cafés und schmale Hauseingänge. Als sie ins *Quartier d'amour* kamen, merkte Alfons, daß sein Herz klopfte und er trotz der Wärme zitterte: Es war ja auch dies das erste Mal. Er bewunderte die Gelassenheit, mit der seine Kameraden mit Frauen sprachen, die sich bei ihrem Kommen aus dem nur matt beleuchteten Inneren der schmalen Häuser lösten: Dabei lachten sie unbefangen, rauchten und verhandelten mit katzbuckelnden »Patrons« und verschrumpelten Kuppelmüttern, als wollten sie nur ein Päckchen Zigaretten erstehen. Klebt denen denn nicht vor Aufregung die Zunge am Gaumen? fragte sich Alfons. Trotz der abendlichen Hitze fing er immer stärker an zu zittern.

Irgendwann traf sein Blick die glühenden Augen einer tiefschwarzen Afrikanerin. Ihr grellbuntes Tuch konnte das Volumen ihres Busens kaum bändigen; was sie um die Hüften geschlungen hatte, offenbarte mehr, als daß es bedeckte. In dem Moment, in dem die etwa Zwanzigjährige lächelte und zwei Reihen weißer Perlen durch die Düsternis des Hauses blitzten, war es um Alfons geschehen: »Die ist doch genau das, was mir der Arzt verordnet hat!« Alfons ging auf das Mädchen zu, ein Kamerad hielt ihn fest: »Ist ja gut. Jetzt wird mit der Puffmutter erst mal über den Preis verhandelt.«

»Ist doch egal, was die kostet. Ich will sie haben.«

»Bist du verrückt? Ich versteh' ja, daß du scharf bist, aber deswegen kannst du Neuling doch hier nicht die Preise verderben!« Damit wandte sich der ältere Kamerad ab und einer Frau mit verhutzeltem Gesicht zu.

Daß die Freudenmädchen von Sidi-bel-Abbès zu den miesesten des Mittelmeerraums zählen, die *Quartiere* die Bezeichnung nicht verdienen — woher sollte der ehemalige HJ-Gefolgschaftsführer, zum SS-Rottenführer avancierte nachmalige Kriegsgefangene und nun als Legionär 2. Klasse auf einem neuen Kontinent ein neues Leben beginnende Alfons Doberer dies wissen? Dies hier war seine erste Frau, und deshalb zitterte er wie Espenlaub!

Ihre mit langer Berufserfahrung gepaarte Menschenkenntnis half ihm über die ersten Schwierigkeiten rasch hinweg; sie wußte seine nervöse Ungeduld zu steuern, sein jugendliches Ungestüm auch zu ihrer Freude zu nutzen, und da sie bei diesem Lehrling zunehmend Spaß fand, überbrückte sie die notwendigen Ruhepausen ebenso zärtlich wie fachkundig: Diese »Senegalesin aus Obervolta« gurrte und schnurrte, ihre schlanken Hände massierten und kneteten pausenlos an den entscheidenden Stellen; ihre behenden Finger spendierten ungeheure Zärtlichkeit, ihre nimmermüde Zunge küßte und leckte überall gleichzeitig. Und Alfons, der längst nicht mehr zitterte, hackte und orgelte nahezu ununterbrochen, er nahm meist zwei Öffnungen gleichzeitig »in Angriff«; er drehte und bestieg und fickte seine stöhnende und spitze Schreie ausstoßende Gespielin wahrlich stundenlang, bis seine Lenden endgültig versiegten und er ermattet von ihr heruntergglitt.

Irgendwann, kurz vor Morgengrauen, wachte Alfons auf. In seiner Rechten hielt er eine ihre großen, festen Brüste, und da seine Kleider auf der anderen Seite lagen, bestieg er die Schwarze »auf dem Weg dahin« noch einmal. Dann schlüpfte er in seine Uniform und hastete auf die Gasse. Doch da war kein Mensch zu sehen, den er fragen konnte. Instinktiv hielt er sich hügelabwärts und gelangte nach einiger Zeit auf einen etwas größeren Platz. Hier kam ihm das Glück in Gestalt eines *caporals* zu Hilfe, der ebenfalls dem *Quartier Viénot* zustrebte und dem sich Alfons kurzerhand anschloß.

Ausgang gab es für die Blauen, wie man die Neulinge nannte, nicht eben häufig, davon abgesehen, daß ihr Sold mehr einem Taschengeld glich. So hielt sich Alfons Doberer an seinen dienstfreien Abenden zumeist an einem Glas Rouge in der Kantine fest. Dabei lernte er einen älteren Obergefreiten kennen, der es sogar schon einmal zum Oberfeldwebel gebracht hatte, aber wegen zahlreicher Händel und Saufereien immer wieder degradiert worden war. Der Ältere fingerte nach einer Schachtel Zigaretten und zog dabei eine Ansichtskarte aus der Tasche, die nur einen Kamelkopf zeigte.

»Versteh' den Kumpel nicht«, brummte der *caporal.*

»Wieso nicht?«

»Hockt jetzt in Colomb Béchar.« Der *caporal* klopfte auf die Postkarte.

»Was hat er denn abzusitzen?«

»Nichts. Der gehört dort zur Wachmannschaft ... Trostloses Nest. Der wahre Arsch der Welt! ... Weißt du, was es dort gibt?«

»Nein.«

»Steine! Nur Steine, Steine, Steine. Von Kieselgröße bis zu einem halben Meter Durchmesser ... Weißt du, was es da nicht gibt?«

»Nein.«

»Keinerlei Abwechslung, kein Amüsement! Die Handvoll Weiber dort sind so alt und ausgetrocknet, da feierst du lieber permanente Josephsnacht! ... Versteh' das nicht: Im Lazarett und auf dem Schiff machte der Max Steinmetz so'n lebendigen Eindruck. Und jetzt: Colomb Béchar! Der reinste Friedhof. Nur viel heißer!«

Alfons war, als habe ihn der Schlag getroffen; er glaubte, nicht richtig gehört zu haben: »Wie hieß der Kumpel?«

»Steinmetz. Max Steinmetz. Die Viets verpaßten ihm in Tonkin 'ne Art Heimatschuß. Ich hab' ihn im Lazarett kennengelernt. Dann fuhren wir auf dem Schiff hierher.« Der *caporal* machte eine noch längere Pause, in die er alle Verachtung, zu der er fähig war, hineinlegte. »Da unten kannst du doch nur Strafgefangene schinden ... Sonst nichts.«

Mühsam beherrschte sich Alfons und fragte so harmlos wie möglich: »Und der hieß Steinmetz? Max Steinmetz?«

»Ja! Kam aus Deutschland. Kennst du ihn?«

»Könnte sein. Trägt er einen kleinen Schnurrbart? ... Und: Hat er einen kugelrunden Kopf?«

»Ja!«

»Wissen Sie auch, *caporal-chef*, ob der am linken Ohr eine Narbe hat?«

»Hat er, 'n richtiger Zacken ist dem rausgerissen.«

»Und an der linken Hand, hat der da noch alle Finger, oder fehlt ihm der kleinste?«

»Möglich ... Weiß ich nicht. Ist Unteroffizier und meldet sich freiwillig nach Colomb Béchar ...« Damit erhob sich der Obergefreite und steuerte das Pissoir an.

In einer Truppe, deren Männer aus so vielen Nationen und unterschiedlichen Kulturkreisen kommen, ist es mitunter schwer, einheitliche Disziplin aufrechtzuhalten. So verschärften sich Strafen, wenn Ausgehverbote nicht mehr fruchteten, nahezu automatisch. Da gab es in jeder Garnison zunächst das *prison:* eine kleine, gelbummauerte heimliche Festung hinter dem großen Kompaniegebäude. Fast jeder Legionär absolvierte hier die üblichen zehn Tage für im Suff begangene Unbotmäßigkeiten. Kompanien, die über kein *prison* verfügten oder sich im Biwak aufhielten, praktizierten *tole ondulée:* Der Delinquent mußte mit bloßen Händen eine flache Grube ausheben und sich hineinlegen. Ein Wellblech, mit dem er anschließend »zugedeckt« wurde, entwickelte derartige Hitze, daß darauf nicht selten Eier gebraten wurden. Sahen sich die Vorgesetzten zu einer drakonischeren Strafe veranlaßt, hatte der Mann ein tiefes Loch auszuheben, in das er bis zum Hals reinpaßte. Stand er mit angewinkelten Armen darin, füllten die *caporals* das Loch wieder zu und stampften die Erde fest: Wie in einer Presse verbrachte der Verurteilte bis zu sechsunddreißig Stunden mühsam nach Luft ringend darin. Nachts gefror der Schweiß zu Eis. Ging der Mann bei dieser Tortur drauf — was gelegentlich vorkam —, begrub man ihn anschließend mit allen militärischen Ehren.

Man mußte also schon öfter im *prison* oder *begraben* gewesen sein und eine gehörige Straftat begangen haben — wozu Desertation gehörte —, um in die Wüstenei Colomb Béchar geschickt zu werden. Über dessen Eingangstor stand nicht *Legio Patria Nostra*, sondern *Wie Löwen kommt ihr rein, bald werdet ihr wie Lämmlein sein.* Womit sich diese *Compagnie Discipline* von selbst als Bagno klassifizierte.

*

Als in Sidi-bel-Abbès die Meldung eintraf, daß aus gesundheitlichen Gründen drei Legionäre der Wachmannschaft von Colomb Béchar ausgewechselt werden müßten, erreichte Alfons Doberer, dorthin versetzt zu werden. Seinen Vorgesetzten blieb dieser Wunsch unerklärlich, da ein so guter Soldat wie Doberer es nicht nötig hatte, sich für solch einen phantasielosen, primitiven Drückebergerposten zu melden; doch nach den Gründen fragte keiner.

Als dienstjüngster *légionnaire de 2me classe* wurde Alfons Doberer dazu abkommandiert, unter einem primitiven Palmblätterdach in der durch die Steine reflektierten Hitze stehend, die Gefangenen im Steinbruch zu überwachen. Seine diesbezügliche Dienstanweisung lautete so einfach wie drastisch: Erstens, die Distanz zwischen Strafgefangenem und Bewacher hat unter allen Umständen mindestens zehn Schritt zu betragen. Zweitens, bei Fluchtversuch oder tätlichem Angriff ist sofort gezielt zu schießen.

Der Tag der Gefangenen begann mit »Frühsport«: Eine Stunde Dauerlauf mit umgeschnalltem Tornister, in dem 25 Kilo Backsteine lagen. Jede Bewegung geschah im Laufschritt, selbst der Gang zur Latrine. Das Schlimmste dabei war jedoch, daß man den Sträflingen vorher die Schnürsenkel abgenommen hatte, so daß sie in ständiger Gefahr schwebten, ihre Stiefel zu verlieren — was Strafen wie Eingraben im heißen Sand nach sich zog. Von kurzen Pausen unterbrochen, mußten die Verurteilten sechsmal wöchentlich zwölf Stunden im Steinbruch schuften. Der siebte Tag war durch »einfache Arbeiten« ausgefüllt: Mit bloßen Händen mußten Löcher gebuddelt werden. War eines groß genug, scharrte es der die Aufsicht führende Unteroffizier wieder zu, während der Häftling bereits das nächste Loch aushub. Dabei brachen die Nägel ab, gerieten die Hände zu blutenden Klumpen, denen Blutvergiftung drohte. Wer auch nur einen Augenblick innehielt — bekam Dunkelzelle.

Warum peinigt man die Verurteilten dermaßen? fragte sich Alfons Doberer insgeheim. Gewiß, Disziplin war dringend vonnöten, also auch Strafen für deren Übertretung. Aber war es notwendig, die Gestrauchelten menschenunwürdig zu quälen? Warum wurden sie pausenlos getreten und mit Ochsenziemern geschlagen? Daß sie im Steinbruch oder in der Ziegelei bei karger Kost wesentlich höhere Normen als Zivilarbeiter zu erfüllen hatten, war schon Strafe genug; warum noch die Schikanen mit dem schweren Tornister oder das Löchergraben? Das war doch unproduktiv! Was bezweckten einhundert Liegestützen auf einer Metallplatte, die so heiß war, daß man sogar Fleisch darauf braten konnte? War es nicht rationeller, die nötigen Disziplinarstrafen innerhalb des Bataillons in Sidi-bel-Abbès abzugelten und wiederholt straffällig gewordene, permanent aufsässige oder desertierende Legionäre einfach rauszuschmeißen? Alfons Doberer empfand tiefe Scham darüber, sich freiwillig zu dieser Einheit gemeldet zu haben; und das Ganze, weil er hinter Maximilian Steinmetz herjagte ... Unversehens traf er auf den Gesuchten: »Ich war mal 'ne deutsche Wunderwaffe!« sagte der Mann und lachte.

»Wie bitte?«

»Ja, ja! Die allerletzte!«

»Wo denn?«

»Am Tag von Camarone hielten wir in der Nähe unseres Divisionsgefechtsstandes, der in einem Waggon des U-Bahnhofs Stadtmitte untergebracht war, gegen den Iwan einen Häuserkomplex in der Puttkamerstraße. Kennst du dich in Berlin aus?«

»Nein, ich war noch nie dort.«

»Na, von da aus hätten wir zur Reichskanzlei rüberpinkeln können — wenn uns die Russen gelassen hätten. Es war der letzte noch nicht besetzte Quadratkilometer Berlins. Der Befehl, zur Verteidigung der Reichshauptstadt nach Berlin zu eilen, erreichte, wie wir später erfuhren, viele Einheiten, doch nur die ›Charlemagne‹ — oder das, was von ihr noch übrig war — schlug sich durch. Wir hatten keinerlei schwere oder panzerbrechende Waffen, ja nicht mal Granatwerfer. Uns blieb also nichts anderes übrig, als zu warten, bis der Iwan im Schutze seiner Panzer nah genug rankam, vorzuspringen und ihn im Nahkampf fertigzumachen. Na, ja, und am Eingang zur berühmten Wilhelmstraße hat mich dann so ein Iwan am Oberschenkel erwischt. Ich wurde zurückgeschleppt und wachte im Sanitätsraum der Reichskanzlei auf. Das war der Tag, an dem sich Hitler, für den ich ja kämpfte, dort mit einer Pistole in den Mund geschossen hatte. Man verband mich notdürftig, dann trugen mich zwei Hitlerjungen auf einem Fensterladen, den sie als Tragbahre benutzten, durch verschiedene Tunnels in den Keller eines Luxushotels, das, soweit ich mich erinnere, Adlon hieß. Aber dieses Notlazarett war für eine Operation gar nicht ausgerüstet. Dafür gab es dort Schnaps! Schnaps, den man mir in solchen Mengen gab, daß ich gar keine Schmerzen mehr spürte.«

Die Erinnerung an das Geschehen veranlaßte den schnurrbärtigen Erzähler mit dem runden Schädel, kräftig zu lachen, sein Glas zu erheben und nach einem fröhlichen *à votre santé* auf einen Zug auszutrinken. Alfons Doberer tat ihm Bescheid.

»Ja, und dann kam kurz darauf so ein Iwan in das Luxushotel. Dem sagte ich, ich sei ein zwangsverpflichteter französischer Zivilarbeiter, der beim Versuch, den Sowjets eine wichtige Beobachtung mitteilen zu wollen, verwundet wurde und so weiter. Aber der Iwan brüllte in gutem Deutsch sofort zurück: ›Französische Zivilisten! Ja, die kennen wir! Die haben noch mehr von unseren Panzern vernichtet als die Deutschen!‹ Ich befürchtete schon das Schlimmste, aber die Russen operierten mich erst mal in ihrem Feldlazarett, ehe ich in ein Auffanglager kam, aus dem ich ›als französischer Staatsbürger‹ den Amerikanern übergeben wurde.«

Unaufgefordert brachte das schmuddelige Arabermädchen zwei neue Gläser mit Rotwein. Die beiden Soldaten nahmen jeder einen tiefen Schluck.

»Und was machten die Amis?«

»Uncle Sam übergab mich an de Gaulle, der mich prompt zu

zehn Jahren Festung verurteilen ließ. Nach dem ersten Jahr durfte ich mich freiwillig nach Indochina melden und wurde dem ›Bataillon d'Infanterie légère d'Outre-Mer‹ zugeteilt. In diesem ›überseeischen leichten Infanteriebataillon‹ traf ich zwar auf einige Charlemagner, aber leider auch auf viele Mitglieder ehemaliger Kollaborateurparteien übelsten Charakters. Hat mir da gar nicht gefallen. Bei diesem Sauhaufen bestahl einer den anderen. Als ich dann in einem Bumscafé in Haiphong einen Leutnant der Legion kennenlernte, türmte ich bei meinem Haufen und unterschrieb bei der Legion.« Der Unteroffizier schüttelte sich vor Lachen. »Na, ja, kurz darauf haben mir die Viets im Delta des Roten Flusses in den Arsch geschossen ...«

»Wirklich?«

»Diese Saubagage! Kann noch froh sein, daß sie mir dabei nicht auch noch den Sack leergeschossen haben!« Der Unteroffizier fand diesen Witz so komisch, daß er ein Gebrüll ausstieß, daß die Wände dieser primitiven Hütte gefährlich wackeln ließ.

»Und wie kamen Sie auf den Namen Steinmetz?«

»Den hab' ich mir als nom de guerre aus Dankbarkeit für einen deutschen Ritterkreuzträger zugelegt, der mich in Kurland dem Iwan wieder abnahm und selber dabei draufging.«

»Sind Sie in Indochina einem Max Steinmetz begegnet?«

»Non.«

Das war Alfons' Begegnung mit »Maximilian Steinmetz«, einem fröhlichen Abenteurer, der sich nicht genierte, stets ein kleines Kissen mit sich rumzutragen, weil ihm die Viets den halben Arsch weggeschossen hatten. So amüsant der Schreibstubenunteroffizier — der sich für Colomb Béchar gemeldet hatte, um gewissen Nachforschungen zu entgehen — auch zu erzählen vermochte, für Alfons Doberer war dieser Abend eine grenzenlose Enttäuschung: Um »seinen« Steinmetz zu finden, hatte er schon einmal viel Zeit verloren ... Er kam sich vor wie der Abbé Faria im *Graf von Monte Christo:* Der hatte, um auszubrechen, in seiner Dunkelzelle im Château d'If jahrelang in der falschen Richtung gegraben ... In dieser Nacht besoff sich Alfons Doberer fürchterlich.

Am nächsten Morgen betrieb er seine Rückversetzung nach Sidi-bel-Abbès. Doch der vorgeschriebene Dienstweg, der peinlich genau eingehalten werden mußte, sah ein schriftliches Gesuch beim zuständigen Zugführer vor, das dieser dem Chef von Colomb Béchar, einem *capitaine*, weiterreichte. Dieser legte dem Schreiben eine kurze Beurteilung des Antragstellers bei, ehe er es auf dem üblichen Weg dem Kommandeur von Sidibel-Abbès schickte. Zwar wurde die freiwillige Versetzung zu einer anderen Einheit selten verweigert, aber es dauerte doch einige Zeit, bis alles geregelt und der Tag der Abreise festgelegt war.

*

Kurt Riller hatte sich zu einem der neugeschaffenen *combat teams* gemeldet und bekam eine Spezialausbildung verpaßt: Nahkampfspezialisten brachten ihm bei, wie man nach dreißig Kilometer Gewaltmarsch einen Gegner mit einem einzigen Messerstich ausschaltet; übergelaufene Viet-Minh-Partisanen trainierten mit ihm, sich auch im dichtesten Dschungel absolut lautlos fortzubewegen; Einheimische paukten ihm die vietnamesische Sprache ein und machten ihn mit den Sitten und Gebräuchen des Landes vertraut, damit er sich unter der Bevölkerung »wie ein Fisch im Wasser« bewegen konnte. Diese mobilen Kommandos setzten sich aus Brutalos zusammen, die erst mal zustachen oder schossen, ehe sie die Feind-Freund-Frage stellten. Denn ein Menschenleben, erst recht »ein braunes«, galt diesen Kriegsknechten nichts.

Nach einem Abschlußmanöver vor höheren Offizieren ernannte man Kurt Riller zum Obergefreiten. Anschließend wurde seine Einheit, die sich zur Romantisierung ihrer blutigen Aufgaben von Victor Hugo den Titel *Legion der Verdammten* angeeignet hatte, zur Jagd auf Guerillas und zur Zerstörung ihrer Basen eingesetzt. In dieser Truppe machte Kurt Riller eine Wandlung durch. Ausschlaggebend dafür wurde die Begegnung mit einem kleinen Jungen:

Nguyen Van Tien vom Stamm der *Black Thai*, die etwas oberhalb des Feldlagers Reis pflanzten, erschien zunächst nur gelegentlich, um Obst gegen Salz und Tabak zu tauschen. Da die Legionäre das Dorf und seine freundlichen Bewohner, die auf seiten der Franzosen zu stehen schienen, von ihren Patrouillen her kannten, war das erste Eis des Mißtrauens bald geschmolzen, und der Kleine, er mochte knapp zehn Jahre alt sein, durfte schließlich ganze Tage bleiben und den Soldaten beim Sport, Exerzieren und Waffenreinigen zusehen. Wann immer es sich einrichten ließ, stieg Kurt Riller in seiner Freizeit bergan. Nicht nur, weil er Schum, den scharfen Zuckerrohrschnaps, mochte, den er vom Dorfältesten jedesmal unweigerlich vorgesetzt bekam, sondern weil Nguyen eine ältere, hübsche Schwester hatte, auf die Kurt mächtig scharf war. Den ständig fröhlich lächelnden Nguyen schloß Riller allmählich in sein Herz, lehrte ihn Französisch und beschloß, sobald er zum Unteroffizier befördert werden sollte, seine Versetzung nach Hanoi zu beantragen: Während er dort einem ruhigeren Dienst nachging, könnte das Mädchen als *mère cassecroute** arbeiten und der Bruder auf eine Schule gehen. Doch ehe es zum ersten Liebesgenuß kam, wurde ein Einsatz befohlen, zu dem man den Jungen, der schon so etwas wie ein Maskottchen geworden war, auch aus dem Grund mitnahm, um ihn gegebenenfalls als unauffälligen Kundschafter einzusetzen. »Nur um der Schwester Bescheid zu sagen«, verschwand Nguyen kurz, kehrte aber pünktlich zur Abfahrt zurück.

Während die Legionäre aufmerksam den nahen Dschungel beobachteten, saß der Kleine lachend und französische Zigaretten rauchend zu ihren Füßen. Der Konvoi fuhr gerade langsam über eine Brücke, als der Zugführer »Volle Deckung!« schrie, selbst jedoch aufsprang und den Knaben im hohen Bogen in den Fluß warf. Noch bevor einer der Soldaten reagieren konnten, hörten sie die Piepsstimme ihres Glücksbringers krähen: *»Ho Tschi Minh muon nam!«***, ehe ihn die Handgranate, die er in seiner Hosentasche heimlich gezündet hatte, in der Luft zerriß.

»Weil dir dauernd der Schwanz steht, ist dein Verstand permanent im Arsch!« brüllte der Feldwebel Riller an. »Daß du dicke Eier hast, ist deine Sache! Aber daß der Kleine von zu Hause kam und seine Hose so schwer war, daß sie dauernd rutschte, machte mich mißtrauisch. Orangen konnten das kaum gewesen sein . . .!«

* einheimische Marketenderin
** »Es lebe Ho Tschi Minh!«

Dieses Schlüsselerlebnis mit einem »unschuldigen« Kind machte Kurt Riller zum haßerfüllten Killer: Wer konnte in diesem Land wirklich noch als »unschuldiger Zivilist« gelten? Sie erlebten es nahezu täglich: Alte Weiber schossen mit vergifteten Pfeilen auf sie, kaum daß ihnen die Legionäre den Rücken gekehrt hatten; »friedlich auf ihren Feldern arbeitende Bauern« zogen plötzlich Gewehre aus ihren Reisbüscheln; Obstwagen explodierten, wenn ein Militärauto daran vorbeifuhr. Sie hatten vierzehnjährige Mädchen erwischt, die leere Viet-Minh-Magazine auffüllten; und so manche Dreimannpatrouille wand sich, nachdem sie eine würzige *pho*, diese schmackhafte einheimische Suppe, verzehrt hatte, anschließend im Todeskampf; durch Narkotika betäubte Legionäre fand man mit durchschnittenen Kehlen in Hinterhofbars; zu einer Geburt gerufene Krankenschwestern wurden erst vergewaltigt, ehe man sie zu Tode massakrierte, unter ihren Leichen waren Granaten deponiert, die bei der geringsten Berührung explodierten ...

Der Obergefreite Kurt Riller knallte die Vietnamesen fortan in kaltem Haß ab, als wären es Ratten.

*

Als Alfons Doberer am Nachmittag aus der schummrigen Bar trat, wirkte die gleißende Hitze wie ein Keulenschlag: Er verharrte einen Augenblick, bis sich sein Körper an die Temperatur und seine Augen an die Helligkeit gewöhnt hatten. Gleichzeitig überlegte er, wohin er jetzt eigentlich gehen sollte; er schwankte zwischen Kino und Konditorei. Während er noch nachsann, öffnete sich quietschend die Tür des gegenüberliegenden *Grand Magasin:* Heraus kam eine an ihrer Leine zerrende englische Bulldogge, die ob der Hitze sofort zu hecheln anfing. Das dazugehörende Frauchen mußte hochgewachsen sein, denn Alfons konnte zunächst nicht viel mehr als zwei makellose schlanke Beine erkennen; alles andere wurde von zwei großen Einkaufstüten verdeckt.

Das Unglück nahte in Gestalt eines silbergrauen Nubiers: Er schoß um die Ecke des Magasin, verfolgt von zwei laut kläffenden einheimischen Straßenkötern. Zu aller Schreck prallte der Kater auf die Bulldogge, die zunächst aufschrie und dann zuzuschnappen versuchte. Im Nu war der erste Köter, ein terriergroßer Bastard, heran, es entstand eine allgemeine Balgerei, bei der jeder jeden biß, der Kater um sich kratzte, der Getroffene aufheulte, die anderen bellten. Schließlich konnte sich der Nubier freimachen und flüchten, alle drei Hunde hetzten hinterdrein, wobei die englische Bulldogge so plötzlich und vehement an der Leine zerrte, daß ihr Frauchen darüber fast ins Stolpern geriet, eine Tüte zu Boden fiel, aufplatzte und der ganze Inhalt auf dem staubigen Trottoir verstreut wurde. Dies alles geschah so schnell, daß die Hundebesitzerin nur ein entsetztes »Oh, non!« hervorbringen konnte und in ihrer Überraschung nicht wußte, sollte sie zuerst ihre Einkäufe einsammeln oder ihrer Bulldogge nachlaufen. Letztere war jedoch schon zwanzig Meter weit weg, worauf Madame nichts anderes übrigblieb, als ein verzweifeltes »Sir Archibald« hinterherzurufen.

Alfons Doberer, der, nachdem die Tüte am Boden lag, erkannt hatte, daß es sich um eine Europäerin handelte, wußte gar nicht, wie ihm geschah: Plötzlich spurtete er hinter der ganzen Meute her und bekam, nachdem es ihm endlich gelungen war, auf die Leine zu treten, die Bulldogge zu fassen. Hätte einer seiner Kameraden gesehen, wie Alfons mit einem Hund an der Leine durch die Straßen ging, hätte er umgehend und für alle Zeiten einen Spitznamen wie *le chinoi* bekommen, weil man davon ausging, daß Chinesen Hunde einfangen, um sie zu verspeisen. Aber daran dachte Alfons nicht, als er mit dem sich närrisch gebärdenden Tier vor dem Magasin eintraf, wo inzwischen eine Verkäuferin die Lebensmittel in eine neue Tüte einsammelte.

»O Sir Archibald, was bist du doch für ein unartiger Kerl.«

»Wie bitte?« Alfons verstand nicht recht.

»Er ist sonst so lieb und brav. Aber wenn er eine Katze sieht, dreht er durch.«

Alfons übergab den Hund seiner Besitzerin. Die Verkäuferin hatte inzwischen wieder alles aufgelesen und wollte die Tüte loswerden; Alfons nahm sie ihr ab.

»Madame, die ist doch viel zu schwer für Sie! Gestatten Sie, daß ich Ihnen helfe.« Und ohne etwaigem Widerspruch — der gar nicht beabsichtigt war — eine Chance zu geben, nahm er ihr auch noch die andere Tüte ab. »Wo wohnen Sie? Ich meine: Haben Sie ein Auto?«

»Ja, um die Ecke.«

»Sie erlauben ...«

»Das ist sehr liebenswürdig, Monsieur.«

Die Dame schloß die Tür auf, Alfons verstaute die beiden Tüten auf dem Rücksitz eines großen Citroën.

»Haben Sie von Ihrer Garage weit zu gehen?«

»Ein paar Stufen hoch.«

»Wenn Sie erlauben, helfe ich Ihnen gern.«

Sie fuhren los und waren bald in jenem Viertel angelangt, in dem reiche einheimische Kaufleute oder gutsituierte Franzosen in prachtvollen maurischen Villen wohnten.

Jetzt erst hatte Alfons Gelegenheit, die Frau genauer anzusehen: Sie war eine ausgesprochene Schönheit, und über dieser Feststellung spürte Alfons, wie sein Gesicht puterrot anlief. Schnell wandte er seinen Kopf zur Seite. In dem Moment, in dem Alfons Doberer merkte, daß er aus unerklärlichen Gründen zitterte, sagte die Fahrerin: »So, da wären wir.«

Kurz darauf stellte Alfons die beiden Tüten auf dem schweren Küchentisch ab, salutierte und sagte: *»Au revoir, Madame.«*

»Vielen Dank, Monsieur. Darf ich Ihnen ein Glas Wein anbieten?«

»Das ist sehr liebenswürdig, Madame, aber ich möchte Sie nicht länger aufhalten.«

»Sie halten mich keinesfalls auf. Im Gegenteil: Es wäre mir ein Vergnügen. Also legen Sie bitte Ihr Kepi ab, und bringen Sie die Flasche mit rein.«

Die Dame des Hauses ging voran, Alfons folgte in den Salon, nahm dort einen silbernen Korkenzieher, öffnete die Flasche, goß erst sich selbst etwas ein, kostete, befand den Wein für gut, füllte beide Gläser und reichte eines weiter: *»A votre santé, Madame.«*

»A votre santé, Monsieur. Bitte setzen Sie sich doch.«

»Merci beaucoup, Madame.«

Sie wies auf einen breiten, bequemen Sessel und nahm Alfons gegenüber auf dem Sofa Platz. Es war angenehm kühl in dieser Villa, und so entspann sich bald eine angeregte, harmlose Unterhaltung. Dabei hatte Alfons Doberer zum ersten Mal Gelegenheit, seine Gastgeberin offen zu betrachten: Sie war fast so groß wie er selber, die schönen, schlanken Beine endeten in wohlgeformten, runden Hüften, die dazugehörende Taille war wespenartig eng, als sei sie geschnürt. Ihr Oberkörper wirkte sportiv breit, wobei das bauschige, glockenartige Baumwollkleid sowohl verbarg wie versprach. Was Alfons faszinierte, war das ebenmäßige Gesicht unter den zu einem Knoten aufgesteckten pechschwarzen Haaren. Der wunderschön geformte Mund konnte nicht anders als sinnlich bezeichnet werden; wenn sein Gegenüber lächelte, erschien eine so makellos weiße Zahnreihe, daß Alfons fast ihre Echtheit bezweifelte. Die Backenknochen traten, ziemlich hoch, deutlich in Erscheinung. Was aber Alfons an dieser *Femme mondaine* nicht losließ, waren die dunklen, wie tiefe Seen in schwarzem Lavagestein leuchtenden Augen.

Als die Flasche zu Ende ging, stand Alfons auf, nahm Haltung an und sagte: »Madame, ich danke Ihnen für einen zauberhaften Nachmittag. Aber jetzt, glaube ich, wird es Zeit, daß ich gehe.«

»Ich habe Ihnen zu danken, Monsieur! Sie waren ein angenehmer Gesellschafter. Aber sind Sie sicher, daß Sie wirklich gehen wollen? Müssen Sie in Ihre Kaserne zurück?«

»Nein, Madame. Eigentlich nicht.«

»Dann würde ich mich sehr freuen, wenn Sie mir beim Abendessen Gesellschaft leisten. Ich bin überzeugt, es wird Ihnen besser als in der Kaserne schmecken.«

»Davon bin ich auch überzeugt.«

»Dann bitte ich darum. Machen Sie es sich bequem, legen Sie Ihr Kepi wieder ab, und da ich sehe, daß Sie mit dem Französischen doch noch kleine Schwierigkeiten haben, schlage ich vor, in Ihrer Sprache zu reden — wenn Sie wollen.«

»Natürlich ... gerne. Gestatten Sie mir bitte, diese Gelegenheit zum Anlaß zu nehmen, mich endlich vorstellen zu dürfen: Ich bin der Legionär zweiter Klasse Alfons Doberer, Madame.«

»Sagen Sie Suzanne zu mir.«

Da das Personal frei hatte, stellten sie beide in der Küche ihr Dinner zusammen; während Alfons den Wein entkorkte, deckte Suzanne den Tisch und zündete zwei Kerzen an; dann bat sie mit einem heiteren *Bon appetit*, Platz zu nehmen.

Alfons genoß die Atmosphäre: Hatte er je mit richtigem Silberbesteck von echtem Porzellan gegessen? Natürlich, zu Hause. Aber da gab es kein so angenehm dunkles Licht aus geschmackvollen Wandleuchtern. Und damals sang auch kein Maurice Chevalier *C'est ci bon!* so wie jetzt. Geschickt verstand Suzanne immer neue Fragen an Alfons zu stellen, so daß dieser, ohne es gewahr zu werden, die Unterhaltung fast allein bestritt, wobei der Wein sein übriges tat. Wenn nur dieses Zittern nicht wär'! dachte Alfons und bemühte sich krampfhaft, den Anfall zu unterdrücken.

Suzanne, die beides, das Zittern und Alfons' Bemühungen des Überspielens bemerkte, lächelte: »Welchen Champagner trinken Sie lieber: Taittinger oder Pommery?«

»Darf ich ehrlich sein?«

»Natürlich. Immer.«

»Ich habe noch nie in meinem Leben französischen Champagner getrunken.«

»Nun, dann überlassen Sie die Wahl ruhig mir. Und da es etwas kühl geworden ist, schlage ich vor, Sie zünden bitte das Kaminfeuer an.«

Was nun folgte, war der paradiesische Teil des Abends: Durch die offene Terrassentür schimmerten die Sterne vom schwarzen Nachthimmel herein; die beiden lagerten auf orientalischen Kissen und sahen ins flackernde Feuer, dessen mildes Licht Suzannes Antlitz noch mehr schmeichelte. Alfons plauderte aus seinem Leben, und da dies schon ereignisreich verlaufen war, hatten sie bald jeder eine Flasche Schampus intus. Wohlerzogen und im Umgang mit Frauen unerfahren, genoß Alfons die ganze Atmosphäre der Verzauberung so sehr, daß Suzanne schließlich die Initiative ergriff: Als wieder mal ein Scheit knisterte und knallend auseinanderstob, meinte sie: »Ich glaube, jetzt hab' ich was ins Auge bekommen.« Ganz Kavalier, richtete sich Alfons auf und neigte sich zu ihr: »In welches denn?« — »Ich glaub', in das da.« Als Alfons sich weiter runterbeugte, um ihr in die Pupille zu blicken, nahm sie zärtlich seinen Kopf in ihre Hände und küßte ihn.

Sie hatten beide nicht eine Minute geschlafen, als Alfons ihr, frisch geduscht und korrekt angezogen, vor dem Morgengrauen den letzten Kuß gab: »Du bist eine Göttin! Nicht nur im Bett. Wann darf ich wieder die Gegenwart mit dir teilen?«

»Wann hast du wieder Ausgang?«

»Erst in zwei Wochen.«

»Dann ruf mich an, ich hol' dich an der derselben Stelle ab.«

Sorgfältig faltete und verstaute Alfons den Zettel mit ihrer Telefonnummer in seinem Kepi, dann rannte er, da die Kaserne ziemlich weit weg lag, im Dauerlauf zurück.

Leerlauf gab es bei der Legion nicht: Jeder Tag war ausgefüllt mit Appellen, Exerzieren und Übungen; Befehle erschallten vom Wecken bis zum Feierabend und hielten die Truppe in Trab. Trotzdem schien es Alfons, als bliebe die Zeit dauernd stehen. Es fiel ihm schwer, sich zu konzentrieren, da er ständig an seine Geliebte, die schöne Suzanne, denken mußte: Er verzehrte sich in Sehnsucht, aufs neue in ihrem herrlichen Körper wohnen und ihr wieder eine ganze Nacht lang Ehre und Freude machen zu können. Merkwürdig, sinnierte er zwischendurch, ich sehne mich nach einer Frau, die ich eigentlich gar nicht kenne. Und je mehr er in Gedanken an seine erotische Gespielin schmachtete, um so mehr glaubte er, sie ehrlichen Herzens zu lieben. Dabei merkte Alfons Doberer gar nicht, daß der Ausbilder ihn gerade anschiß: »... Beim nächsten Mal gibt's Ausgangsverbot! Der Küchen-*caporal* freut sich über jeden zusätzlichen Kartoffelschäler!« Alles, nur das nicht, dachte Alfons und widmete sich mit vorgetäuschtem Eifer der einwandfreien Ausführung ergangener Befehle.

Zwei Wochen später wahrte Alfons gerade noch die Anstandsfrist bis nach dem wiederum exquisiten Dinner, dann hielt es ihn nicht länger: »Was macht ein Geschöpf wie du allein in Sidi-bel-Abbès?«

»Oh, das ist schnell erzählt. Würdest du, während ich den Champagner hole, bitte das Kaminfeuer anzünden?«

Alfons tat, wie ihm geheißen, öffnete die Flasche, goß ein und erhob sein Glas: *»Santé, Suzanne!«*

»Santé, Alfons.«

Wieder lagerten sie auf den orientalischen Kissen.

»Ich bin hier, weil sich mein Mann freiwillig strafversetzen ließ.«

»Also das mußt du mir bitte näher erklären.«

»Als die Deutschen 1940 in Frankreich einfielen, saß mein Mann als Präfekt in Nancy. Ich besuchte gerade meine Schwägerin in Paris, die ein Baby erwartete, und konnte mit dem letzten Schiff nach England entkommen, während Philippe mit seinem Sohn von den deutschen Panzern eingeholt wurde. Da Philippe ein hochqualifizierter Verwaltungsfachmann war, stellten ihn die Nazis vor die Wahl der Deportation nach Deutschland oder der Mitarbeit in Pétains Regierung in Vichy. Natürlich entschied sich Philippe für letzteres. Nachdem — leider allzuschnell — bekannt wurde, daß ich in London in de Gaulles Komitee ›Freies Frankreich‹ mitarbeitete, steckten die Nazis meinen Stiefsohn Claude in ein deutsches Internat im Elsaß, was eine Flucht natürlich sehr komplizierte. Trotzdem gelang es beiden, im Frühjahr 1944 über Lissabon nach England zu entkommen. Als wir nach der Befreiung zurückkamen, hofften wir, tatkräftig beim Aufbau eines neuen Frankreich mitarbeiten zu können. Statt dessen mußte Philippe dauernd in Prozessen auftreten.«

Suzanne trank ihr Glas auf einen Zug aus, was Alfons, dabei neu einschenkend, zu der Frage nutzte: »Ist er denn Rechtsanwalt?«

»Er ist Verwaltungsjurist. Diejenigen, die man nach dem Krieg der Kollaboration mit den Deutschen anklagte, beriefen sich nun darauf, aus demselben Zwang wie Pétain, Laval, ja wie Philippe gehandelt zu haben. Das ging sogar so weit, daß man Philippe der aktiven Zusammenarbeit mit der Besatzungsmacht beschuldigte. Dabei liegt das Problem viel tiefer.«

»Würdest du mir das bitte erklären?«

»Paris wurde von der britischen Regierung im Sommer 1939 unter Druck gesetzt, sich der ›Garantie der Freiheit Polens gegenüber Deutschland‹ anzuschließen, obwohl Frankreich absolut nicht kriegsbereit war. Nach der Kriegserklärung wollte unsere militärische Führung den Krieg genau da anfangen, wo er 1918 aufgehört hatte. Mit denselben Geschützen und denselben Generälen, die dieselben Ideen wie vor zwanzig Jahren hatten! Diese hielten die Maginotlinie für uneinnehmbar und die Ardennen für ein für deutsche Panzer unüberwindbares Hindernis. Dabei hatten ausländische Militärwissenschaftler schon 1928 darauf hingewiesen: ›Das Loch der Ardennen ist der kürzeste Weg nach Paris.‹ Aber derartige Lektüre hatten unsere Befehlshaber ja nicht nötig. Hinzu kam, daß das Oberkommando die Berichte des Geheimdienstes ignorierte, der den deutschen Angriffsbeginn zwischen dem 8. und 10. Mai voraussagte: Als die Deutschen am 10. Mai losschlugen, befanden sich zwölf Prozent der Offiziere und Mannschaften des Heeres auf Urlaub! Kein Wunder, daß die Deutschen so schnell vorrücken und die Maginotlinie von hinten aufrollen konnten. Mein Schwager Eugène diente damals im Generalstab von Weygand. Als letzterer den Rückzug aus der Festungslinie befehlen wollte, blieb ihm als einzige Übermittlungsmöglichkeit ein Telefon, das neben einem WC installiert war. Und das war täglich zwischen 12 und 14 Uhr außer Betrieb, weil die Postbeamtin auf ihrer Mittagspause beharrte.«

»Das gibt's doch nicht!«

»Und ob! So begann nach den ersten Kollaborationsprozessen 1947 das große Untersuchen, wer, wann, weshalb, woran schuld an der Niederlage hatte . . .«

»Wozu das alles? Ihr habt den Krieg doch schließlich gewonnen!«

»Schon lange vor Kriegsbeginn steckte unsere Republik durch jahrelange Krisen in permanenter Gefahr: Es gab einen riesigen Finanzskandal, blutige Unruhen, wachsender Links- und Rechtsradikalismus bedrohten unsere Demokratie; auf die rote Volksregierung des Leon Blum folgte die bürgerliche Daladiers, und so war es schließlich kein Wunder, daß nicht wenige Franzosen einen Mann wie Hitler herbeisehnten, ›der dem ganzen ewig schwatzenden, nutzlosen Parlamentarismus ein Ende macht‹. Andere erkannten die Gefahr von Hitlers ungezügeltem Gigantismus, lehnten aber ›mourir pour Danzig‹ ab. Mit der Kapitulation vom Juni 1940, dem Waterloo einer ganzen Gesellschaft, endete auch die III. Republik, und danach gab es gleich mehrere Frankreich: das besetzte mit Paris als Sitz der Deutschen, das nicht besetzte mit der neuen Hauptstadt Vichy, das ›Freie Frankreich‹ in London und den überseeischen Gebieten, und daneben gab es Kriegsgefangene und Zwangsverschleppte in deutschen KZs — während zur gleichen Zeit französische Freiwillige in SS-Uniformen für die Nazis kämpften. Die Risse gingen quer durch die Familien. So schrieb mir mal mein Stiefsohn aus dem Internat nach London: ›. . . Vater arbeitet in Vichy mit den Deutschen zusammen. Du in London gegen sie. Beides tut Ihr es ›für Frankreich‹. Hab' ich jetzt eigentlich ein Vater- oder ein Mutterland . . .?«

Alfons fiel es wie Schuppen von den Augen: Er hatte mit der jungen Stiefmutter seines ehemaligen Klassenkameraden Claude Dussard geschlafen. Er hörte nur noch halb zu, als sie fortfuhr:

»Schließlich hat sich Philippe geweigert, an dieser fortdauernden Hexenjagd teilzunehmen, und seine Versetzung hierher, in die algerische Provinz, beantragt, bis die Chose ein für allemal begraben ist.«

»Wo ist dein Mann jetzt? Warum läßt er dich so lang allein?«

Suzanne seufzte tief, ehe sie antwortete: »Er muß als Zeuge in einem Wiederaufnahmeprozeß zur Verfügung stehen.«

Suzanne trank ihr Glas aus und hielt es Alfons hin: »Schenk' mir noch mal ein, und dann laß uns endlich von was anderem sprechen.« Damit ließ sie sich vor dem prasselnden Kaminfeuer auf dem Zebrafell nieder, streckte sich und starrte an die Decke des Salons.

Alfons wurde wieder von seinem unerklärlichen Zittern überrascht, doch inzwischen verstand er die Signale einer Frau. Er knipste die Lichter aus, stellte die neu gefüllten Gläser in erreichbare Nähe, ließ sich neben Suzanne nieder, fuhr mit der Linken durch ihr dichtes pechschwarzes Haar und eröffnete mit zärtlichen Küssen auf ihre geschlossenen Lider das Liebesspiel. Sie trug ein dunkles, bequemes, kaftanähnliches Baumwollkleid. Alfons' Rechte streichelte liebevoll Suzannes Ohr, glitt an Hals und Kinn entlang und begann den ersten der insgesamt 78 Stoffknöpfe aufzunesteln. Dies erforderte ebensolches Geschick wie Geduld, was sich jedoch lohnte, denn unter ihrem Sackkleid war Suzanne nackt. Alfons hatte eine Schwäche für große, kräftige Frauen, und er bewunderte, aufs neue begeistert, wie fest doch, angesichts ihres beachtlichen Volumens, die Brüste seiner Geliebten waren, die er nun sanft streichelte, massierte, drückte, knetete und küßte, bis sich die großen dunklen Brustwarzen steil und frech aufrichteten. Alfons griff nach einem Glas, goß etwas auf Suzannes Bauch und schlürfte den Champagner anschließend aus der Kuhle ihres Nabels. Er fuhr mit seinen Zärtlichkeiten fort, bis sein Membrum virile so groß und hart war, daß Suzanne leicht aufschrie, als er in sie eindrang. Dann liebte er seine sich windende, stöhnende, ihn mit Armen und Beinen festhaltende, bisweilen laut schreiende Geliebte heftig, temperamentvoll und ausdauernd, bis seine Lenden dreimal geniest hatten und er von ihr herabsank.

Ein paarmal sog die englische Bulldogge hörbar die Luft ein, ehe sie nach kurzem Knurren zu bellen anfing.

»Sir Archibald, was ist denn? Mir passiert doch nichts Böses!«

Doch der Hund ließ sich durch die angenehme Stimme seiner Herrin nicht beruhigen.

»Das wird eine Katze sein, die ums Haus schleicht. Laß sie doch!«

Als der Hund von der Couch runtersprang, sein Gekläff immer wütender wurde und er aufgeregt herumzurennen begann, erhob sich Alfons, um nach dem Störenfried zu sehen. Kaum hatte er den Lichtschalter neben der offenen Terrassentür betätigt, als ihn eine Stimme herumfahren ließ.

»Was ist denn hier los?«

Vor Alfons und bereits zwei Schritte im Salon stand ein großer Mann, in einem hellen Anzug neuester italienischer Machart.

»Was wollen Sie denn hier?«

Statt einer Antwort knallte der Unbekannte dem Nackten die Faust aufs rechte Auge. Darauf nicht gefaßt und von seinem Liebesakt noch benommen, strauchelte Alfons zwei Schritte zurück. Doch mit ein paar knappen Griffen knallte der jugendliche Legionär den älteren Zivilisten auf den kühlen Marmorboden, nicht ohne ihm noch die Faust an die Schläfe zu donnern, daß jenen eine wohltuende Ohnmacht erfaßte. Währenddessen vernahm Alfons aus dem Hintergrund einen erschreckten Aufschrei, der sich wie »Eh-Ehne« anhörte.

»Was machen wir mit dem? Zieh dich an, dann rufen wir die Gendarmerie.«

Doch Suzanne war zu keiner Antwort fähig: Sie hatte sich aufgerichtet und starrte wie hypnotisiert auf den Eindringling.

»Was ist denn mit dir los? Kennst du den?«

»Das ist ... das ist ...«

»Wer ist das denn? Ist das dein Mann?«

»Das ist Gégène ...«

»Wer ist das?«

»Mein Schwager Eugène Dussard, genannt Gégène.«

»Was macht denn der hier? Und wieso kommt er durch die Hintertür? Warum klingelt er nicht?«

Weil das für Suzanne zu viele Fragen auf einmal waren, handelte Alfons: »Stell die Gläser in die Küche! Laufe nach oben, schließ dich in dein Schlafzimmer ein und stelle dich schlafend. Wenn er dich nicht gesehen hat, kannst du versuchen, ihm einzureden, ein Einbrecher habe ihn niedergeschlagen ...«

»Ein nackter ...!«

»Mach schnell, ehe er wieder zu sich kommt! Deponier' ein paar Schlaftabletten und ein Glas Wasser auf deinem Nachttisch, dann ist es glaubhafter, daß du den Krach nicht gehört hast! Ich werde abstreiten, dich zu kennen. Nun geh schon!«

Währenddessen hatte sich Alfons blitzartig angezogen, im Hinausgehen schloß er seine Knöpfe; doch als er durch das Gartentor trat, fuhr ihm der Schreck in die Glieder: Neben dem Trottoir parkte eine schwere Limousine mit französischem Generalsstander am Kotflügel. Alfons riß sich zusammen, zog mit gespielter Sorgfalt das Gartentor hinter sich zu, strich, wie gewohnheitsmäßig, seine Uniformjacke glatt und wandte sich, um den Fahrer, der mit der Zigarette im Mund im Halbschlaf hinter dem Steuer vor sich hin döste, nicht durch seinen Gruß aufzuwecken und möglicherweise zu Fragen zu animieren, in die entgegengesetzte Richtung.

Da dieser freie Sonntag bis zum montäglichen Wecken andauerte, waren die von den Legionären bevorzugten Kneipen voll besetzt. Im zweiten Schuppen fand Alfons seinen Zugführer, einen Bretonen mit vom Alkohol leuchtend-roter Nase, der ihn leutselig einlud, an seinem Tisch Platz zu nehmen. Alfons bedankte sich. Dann bestellte er einen Mammut-Cognac.

Ein einfacher Legionär, der nicht den normalen Rouge, sondern einen über seine Verhältnisse gehenden Cognac bestellt, fällt auf: »Was ist los, Kamerad? Hat dir einer in die Suppe gepinkelt? Hast du Liebeskummer?«

»Der kommt vielleicht noch dazu ...« Alfons rieb sein brennendes Auge.

Da man ihn drängte, erzählte er — in der Hoffnung auf einen guten Rat — die Geschehnisse der letzten Stunde.

»Daß du die Schwägerin eines Generals beglückst, wiegt allein schon schwer. Aber warum mußtest du den gleich niederschlagen?«

»Ich hab' doch nicht gewußt, wer das war! Er trug ja Zivil und stand plötzlich im Zimmer. Ich hab' doch gedacht, das ist 'n Einbrecher.«

»Im italienischen Maßanzug ...«

»Was weiß ich! Das ging alles so wahnsinnig schnell! Was wird nun geschehen, *mon adjudant?*«

»Ich nehme an, deine Gespielin weiß, wie du heißt?«

»Ich hab' mich ihr anfangs natürlich vorgestellt, aber sie nannte mich nur *mon petit géant* ...«

Dies war Alfons gegen seinen Willen rausgerutscht, und so war dröhnendes Gelächter die spontane Reaktion auf diesen unfreiwilligen Witz: »Der kleine Gigant!« — »Früher waren die Deutschen als hunnische Barbaren verschrien, aber jetzt gelten sie als vielbegehrte Giganten!« — »Unser Kleiner hat einen gigantischen ...« So scholl es brüllend, sich überschlagend durch die Kneipe. Daß Alfons deshalb auch noch das Blut in den Kopf schoß, erhöhte noch das Pläsier seiner Kameraden.

»Ich wollte damit doch nur sagen ...« Alfons drang nur schwach durch den Höllenlärm: »Ich will damit sagen, daß ich nicht glaube, daß sie meinen Namen preisgibt.«

»Wenn sie das tut«, setzte sich der Unterführer allmählich durch, »bist du ab morgen ein toter Mann — und zwar ganz langsam und höchst legal: Kriegsgericht, Colomb Béchar, aus.«

Bei diesen Worten des Feldwebels trat eine Stille ein, daß man sogar hörte, wie die träge rotierenden Ventilatorenflügel die rauchschwangere Luft durchschnitten. Und Alfons wurde schreckensbleich, denn er wußte nur zu gut, welch qualvollen Tod das Bagno bedeutete.

»Aber ich sehe eine einzige Chance für dich ...«

Wann zum ersten Mal der Ruf *A moi la Légion!* ausgestoßen wurde, läßt sich historisch nicht genau belegen. Zweifelsohne geriet dieser Hilferuf im Laufe der Zeit zu einer magischen Formel: Ein feiger Schuft und lebenslang geächtet blieb, wer bei diesem Ruf nicht umgehend alles stehen-, liegen- oder fallen ließ, um einem Bedrängten zu Hilfe zu eilen; während des Gefechts ebenso wie bei einer simplen Wirtshausrauferei. Erst recht galt es natürlich, einem Kameraden beizustehen, dem tödliches Ungemach von außerhalb drohte. Denn »schmutzige Wäsche«, so besagte eine goldene Regel, wurde stets innerhalb der Legion gewaschen.

»In zwei Reihen einander gegenüber Aufstellung nehmen!« befahl der Zugführer. Die Männer gehorchten umgehend. »Und nun haut jeder seinem Gegenüber eine volle Ladung aufs rechte Auge. Die von mir aus links stehende Reihe fängt an!«

Die Legionäre taten wie geheißen, danach revanchierte sich die andere Reihe — was natürlich alles mit großem Hallo vonstatten ging.

»Hört zu, Männer«, begann der Feldwebel am Ende eindringlich. »Es geht um nicht weniger als den Kopf unseres Kameraden Doberer! Madame«, wandte er sich an die ältliche Bedienung, »könnten Sie mir wohl eine Schere leihen?« Während jene in der Küche verschwand, wandte sich der Zugführer wieder an seine Untergebenen: »Doberer, wenn die Chose rauskommt, bin ich meine Streifen los. Trotzdem helfe ich dir, weil du ein Kamerad bist. Aber drei Dinge wirst du bei dieser Aktion schon opfern müssen.«

»Zu Befehl, *mon adjudant!* Alles, was Sie sagen!«

»Nun, als erstes brauche ich ein paar Haare.« Alfons' früher dunkelblonder Schopf war in der nordafrikanischen Sonne kräftig gebleicht. Der Feldwebel nahm die einfache Küchenschere entgegen und befahl: »Setz dich hierher!« Dann säbelte er mehr, als daß er mit dem stumpfen Werkzeug schnitt, an einem Bündel Haare, was Alfons die Tränen in die Augen trieb. »Verteilt dies unter euch. Wir sind hier zwanzig Mann. Je drei von euch ziehen jetzt systematisch in die anderen Kneipen und berichten den Kameraden, daß es ›den Vergnügungsapparat des Giganten‹ zu retten gilt. Jeweils zwei Blonde nehmen einen von euch ›Schwarzen‹ mit: Und wenn ihr unterwegs welche ›von eurem Stamm‹ trefft, dann heißt sie, sich ebenfalls ›aufzunorden‹, daß sie ebenso strahlend blond wie Kamerad Doberer aussehen. Das zweite, was unser Doberer für die Aktion opfern muß, wird wohl nachträglich sein nächster Monatssold sein, um das künstliche Blau der Augen mittels Rouge wieder zu entfernen.«

»Selbstverständlich, *mon adjudant!*« Der Legionär zweiter Klasse spürte ob soviel Kameradschaft Rührung in sich aufsteigen. »Und was muß ich als drittes opfern?«

»Wenn dieses Manöver gut verlaufen ist, kastriert dich der Feldscher, und dann kommen deine Familienjuwelen ins Regimentsmuseum, auf daß die ›Blauen‹ in ehrfürchtigem Staunen neben Danjous Mahagonihand auch noch ›die Eier des Giganten‹ bewundern können . . .!«

Bei dem explosionsartig einsetzenden Gedröhne des Gelächters spürte Alfons deutlich, wie seine Rührung wieder sank.

»Und nun verschwindet!«

Militärisch schnell leerte sich die billige Kneipe. »Vielen Dank, *mon adjudant*, daß Sie das alles für mich tun!«

»Ach«, knurrte der, »glaub nicht, daß ich das wegen deiner treuen Augen tue. Ich will bloß nicht wegen so 'ner Bagatelle einen guten Soldaten verlieren.«

Kurz danach begann in der Garnisonsstadt Sidi-bel-Abbès die Nacht, von der ältere Eingeborene heute noch erzählen: Erst schlugen die Legionäre sich gegenseitig — jedoch in aller Ruhe und Konzentration — aufs Auge, dann tranken und lachten sie noch mehr und lauter als sonst. Während die blonde Mehrheit immer wieder »den kleinen Legionär mit dem gigantischen Liebesknochen«, »der es diesem Generalarsch gezeigt hatte«, hochleben ließ, kratzten die meist aus dem Schlaf gerissenen Barbiere auch noch das letzte, ansonsten nur zum Aufblondieren kolonialer Damen verwandte Wasserstoffsuperoxyd zusammen. Mancher der romanischen Legionäre fand an dieser Veränderung solchen Spaß, daß er sich auch gleich sein tiefer gelegenes Roßhaar bleichen ließ und anschließend wieder zu jener Chaiselongueakrobatin zurückkehrte, deren Lustschuppen er Stunden zuvor verlassen hatte, um sie nunmehr als nordischer Ase zu beglücken.

*

Obwohl der Regimentskommandeur stets fünf Minuten vor Arbeitsbeginn sein Büro betrat, wartete bereits ein ihm unbekannter General vor seinem Schreibtisch. Dieser kam, ohne auch nur die Ehrenbezeigung abzuwarten, umgehend zur Sache.

»*Colonel*, ich bin Brigadegeneral Eugène Dussard. Ich wurde heute nacht von einem Ihrer Leute niedergeschlagen!«

Das Erstaunen des Kommandeurs war echt: »Wie bitte, *mon général?*«

»Ich bin seit einer Woche zum Stab des Oberkommandierenden in Algier versetzt«, hub der Besucher ungeheuer wichtig und bedeutungsvoll an. »Da mein Bruder der hiesige Präfekt ist, wollte ich den gestrigen Abend zu einem Besuch nutzen. Als mir auf mein Klingeln nicht geöffnet wurde, ging ich durch den Garten. Durch die offene Terrassentür hörte ich undefinierbare Geräusche aus dem dunklen Salon. Ich trat hinein und hatte gerade das Licht angemacht, da wurde ich von einem Ihrer Leute niedergeschlagen! Ich habe bei der Wache vier Gendarmen postiert, um den Delinquenten festnehmen zu lassen.«

»Wie heißt der Mann?«

»Das weiß ich nicht.«

»Welchen Rang hat er?«

»Das weiß ich auch nicht.«

Ein General, der nicht auf den ersten Blick Rangabzeichen erkennt, macht natürlich jeden Obristen stutzig: »Sie konnten nicht erkennen, ob es ein Gemeiner oder Offizier war?«

»Ich werde den Mann zu identifizieren wissen: Er war groß und blond.«

»Trug der Mann denn Zivil, als er Sie niederschlug?«

»Nein, er war nackt.«

»Wie bitte, *mon général?*«

»Er war nackt! Er hatte nichts an! Verstehen Sie mich nicht?«

»Ich verstehe Sie absolut, *mon général.* Aaaber«, die kommende Pause drückte schon die ganze Skepsis dieses Truppenführers aus, »*pardon, mon général*, woher wissen Sie dann, daß der Mann überhaupt Soldat und noch dazu aus meinem Regiment war?«

Der General lief puterrot an und erhob seine Stimme: »Was soll das bedeuten, *colonel!?* Wollen Sie mich einem Verhör unterziehen? Glauben Sie mir nicht, was ich sage: Ich wurde *nie-der-ge-schla-gen!* Mein vor dem Haus wartender Fahrer hat, kurz nachdem ich ins Haus gegangen war, einen Mann aus dem Gartentor kommen sehen, der Legionärsuniform trug.«

»Kann ich diesen Fahrer kurz befragen, vielleicht kann er mir eine nähere Beschreibung geben?«

»Nein! Mein Fahrer hat den Mann nur kurz im Rückspiegel und nur von hinten rasch weggehen sehen. Aber er kann eine Legionärsuniform von jeder anderen unterscheiden. Außerdem vermag ich den Mann zu identifizieren. Er hat ein blaues Auge. Denn ich habe mich natürlich zur Wehr gesetzt und dem Mann mit meiner Faust eins aufs Auge gegeben. Aufs rechte — das weiß ich genau. Und das muß inzwischen blau sein!«

»*Mon général*, gestatten Sie mir die Frage: Wo war Ihr Schwager, der Präfekt, als das passierte? Ich meine«, setzte der Oberst noch schnell hinzu, »wir könnten ihn vor dem Kriegsgericht als Zeugen gut gebrauchen.«

»Mein Schwager ist im Moment in Lyon. Meine Schwägerin hatte — ohne daß ich dies natürlich wußte — gestern abend ein paar Schlaftabletten zu sich genommen und die Hausglocke abgestellt, um nicht gestört zu werden.«

An die Theorie mit dem Einbrecher glaubte der General selbst nicht, zumal er in der Küche die Reste eines ausgiebigen Mahls entdeckt hatte. An dem wenn auch nur kurzen Zucken der Augenbrauen seines Gegenübers erkannte der General, daß er sich nunmehr selbst eine Falle gestellt hatte.

Und der Oberst kombinierte: Offensichtlich wußten *zwei* Immergeils, daß die wartende Venus sowohl *heiß und allein* war. Wobei der General insofern den kürzeren zog, als er auf einen »schon« oder »noch« Nackten traf.

»Trotz allem kann ich mir nicht vorstellen, daß einer meiner Männer einen General einfach niederschlägt, *mon général*.«

»Nun, ich war in Zivil, *colonel*. Was an dem Fall jedoch nichts ändert.«

Jaja, sinnierte der Oberst, wer seine Medaillen auf die Brust zu kleben vergißt, kann sich seiner Würde nie ganz sicher sein ... und fragte laut: »Was möchten Sie, daß ich jetzt tue, *mon général?*«

»Sie lassen selbstverständlich sofort Ihr gesamtes Regiment antreten!« Der Ton des Generals, von dem der Oberst keinerlei Weisungen oder Befehle — allenfalls: Wünsche — entgegenzunehmen hatte, wurde ungehaltener und fordernder. »Dann schreiten Sie mit mir die Front ab. Ich werde den Mann identifizieren, und die Gendarmen werden ihn dem Kriegsgericht überstellen!«

»Nun, *mon général*, der größte Teil ist bereits ausgerückt: Schießplatz, Geländeübung, Straßenbau. Wir können diese Identifikation erst beim Abendappell vornehmen. Darf ich

Sie bitten, sich solange als unser Gast zu betrachten, *mon général.*«

»Auf diese Ehre weiß ich zu verzichten, *colonel.* Ich werde mich zum Abendappell einfinden.«

Noch eine Stunde nach dem offiziellen Feierabend harrte das Regiment, stramm ausgerichtet, bewegungslos in feldmarschmäßiger Ausrüstung: sämtliche Mannschaften, Unteroffiziere und Offiziere. Endlich konnte der Oberst den General an der Wache begrüßen. Schweigend gingen sie bis zur Mitte dieses lebenden Rechtecks, gefolgt von vier Gendarmen mit umgehängter Maschinenpistole.

»Alle Mann: Kepis ab! Erste Reihe einen Schritt vortreten!« befahl der Oberst.

Exakt wie Roboter führten die Legionäre die Befehle aus. Dann schritten die beiden Offiziere die Front ab. Als sie sich dem Block in der Mitte näherten, stutzte der Regimentskommandeur, während der General zur Salzsäule erstarrte: Nahezu die ganze Kompanie war hellblond und jeder Mann hatte rechts ein tiefblaues Auge; manches Gesicht zierten sogar zwei »Veilchen«; selbst ein halbes Dutzend Afrikaner trug hellblondes Kraushaar!

»*Colonel!* Was soll das?«

»Was meinen Sie, *mon général?*«

»Diese Maskerade! Lassen Sie sie sofort entfernen!«

»Sanitäter!«

Drei Mann mit Rote-Kreuz-Emblemen bauten sich vor den Offizieren auf.

»Holen Sie Fett und Mull oder Watte, und entfernen Sie die Schminke!«

Im Nu waren die Sanitäter wieder zurück und begannen, an den blauen Augen der Kameraden rumzuwischen, aus nächster Nähe mißtrauisch vom General beobachtet. Doch außer, daß die Augen der Malträtierten zu tränen begannen, erreichten sie nichts.

»Da ist keine Schminke dran, *mon colonel*«, meldeten die Sanis ein ums andere Mal. »Das ist ein echter Bluterguß.«

»*Lieutenant,* was soll das heißen?«

»Soviel ich gehört habe, *mon colonel,* soll gestern nacht in bel-Abbès eine Massenschlägerei stattgefunden haben.«

Da endlich merkte der Schreibstubengeneral, daß ihn ein ganzes Regiment zum Narren hielt. Nicht ohne dem Regimentskommandeur zu drohen: »Das wird Konsequenzen für Sie haben«, drehte er sich um und marschierte in Richtung Wache, wo sein Wagen hielt. Der Oberst eskortierte den General mit so großem Abstand, daß er zu spät kam, um ihm höflichkeitshalber den Schlag auf- und zuzumachen.

Wieder ins Zentrum seiner Männer zurückgekehrt, glaubte das ganze Regiment zu träumen: Der sonst so ernste Kommandeur lächelte zum ersten Mal, wobei er sich leicht gegen die erblondete Kompanie vorbeugte. »Ich danke Ihnen, Kameraden!« Dann salutierte er kurz und ließ wegtreten.

Sooft Alfons Doberer, »der kleine Gigant«, danach auch die Nummer wählte, unter dem Anschluß Dussard meldete sich niemand mehr.

Eugène Dussard, genannt Gégène, holte das Hohnlachen der Legion bald in Algier ein: Selbst die einfachen Soldaten seines Stabes rieben sich intensiv das rechte Auge, sobald sie seiner ansichtig wurden.

*

Der Zufall wollte es, daß Kurt Riller und sein Kompaniechef nebeneinander einem Dorf entgegenrobbten, das die Viet Minh besetzt hielt. Auf Bambuspfählen waren die Köpfe des Dorfältesten und all derjeniger aufgespießt, die mit den Franzosen zusammengearbeitet hatten.

»Diese verdammten Barbaren! Wir kämpfen für Freiheit und Kultur!«

»Natürlich, *mon capitaine*. Aber ich hab' da so eine Idee, für die sich sicher auch das Deuxième Bureau interessieren wird ...«

Wieder in ihre Garnison zurückgekehrt, ließ der Kompaniechef Kurt Riller in seine Schreibstube holen: »*Caporal-chef* Riller, ich beabsichtige, Sie zum Unteroffizier befördern zu lassen.«

»Danke, *mon capitaine.*«

»Und nun rühren Sie, und tragen Sie mir und diesen Herren vom Geheimdienst vor, was Sie für eine Idee haben. Und gnade Ihnen Gott, Sie verzapfen Mist!«

»Nun, *mon capitaine*, Messieurs, ich habe mir Gedanken gemacht, wieso wir bei den Eingeborenen keinen Blumentopf gewinnen. Das hat meines Erachtens drei Gründe: Erstens: Sind wir den Viets dicht auf den Fersen, bringen sie sämtliche Bewohner der Dörfer, durch die sie flüchten, einfach um, damit nicht auch das kleinste Kind in die eingeschlagene Fluchtrichtung zeigen kann. Gegen diese Brutalität sind wir machtlos. Zweitens: In jenen Dörfern, die in von uns beherrschten Gebieten liegen, treten — im Auftrag unserer Regierung — Steuereintreiber auf, die größtenteils schon unter den Japanern tätig waren; sie sind korrupt und gebärden sich wie Büttel. Doch dies ist ein Problem, das die Verwaltung angeht. Warum *wir* von den Einheimischen keine Unterstützung bekommen, liegt daran, daß die Viets einen psychologischen Krieg führen, den sie von den Russen gelernt haben . . .«

Die Zivilisten im Hintergrund warfen sich geringschätzige Blicke zu, doch Kurt Riller, der dies wohl bemerkt hatte, fuhr unbeirrt fort.

»Lassen Sie mich zunächst die kommunistischen Funktionäre klassifizieren. Diejenigen von ihnen, die in Moskau ausgebildet wurden, sind die besten: Sie treten in den Dörfern äußerst bescheiden auf, unterhalten sich mit der Bevölkerung über ihre Probleme und Sorgen und indoktrinieren dabei behutsam und äußerst unauffällig. Wenn sie können, schenken sie den Leuten etwas Salz, Tabak, Reis oder — wie wir in letzter Zeit ja besonders häufig festgestellt haben — ein einfaches Transistorradio, mit dem man nur eine einzige Station empfangen kann: Radio Freies Viet Nam. Die in China ausgebildeten *can bo* sind schlicht brutal; sie stellen die Bevölkerung vor die Wahl: aktive Mitarbeit oder Luftröhrenschnitt, und zwar quer. Kommissaren, die französisch sprechen, trauen die ersten beiden Gruppen nicht, sie benutzen sie lediglich als Aushängeschild für die Intelligenzija und werden sie zu gegebener Zeit eliminieren. Die vierte Gruppe sind schmarotzende, lokale Mitläufer.«

»Worauf wollen Sie hinaus, Riller?«

»Gelingt es uns einmal, einen Dorfältesten oder Bürgermeister zur Mitarbeit zu gewinnen, kommen die Viets irgendwann und verschleppen den ›Verräter‹, wenn sie ihn nicht gleich vor aller Augen hinrichten — was die Bevölkerung wiederum einschüchtert. Denn, *mon capitaine*, *wir* servieren ihnen niemals einen ›Verräter‹ und ›verlieren dadurch laufend an Gesicht‹, weil wir für sie ohne wirkliche Macht sind. Statt dessen hören sie weiterhin in Radio Freies Viet Nam die Stimme von Bao Van Dinh . . .«

»Wer ist das?« unterbrach der *capitaine.*

»Bao Van Dinh, *mon capitaine*, war jener Polizeioffizier, der — vor Ihrer Abkommandierung — an die Begleitmannschaft eines Gefangenentransports nur Platzpatronen ausgeben ließ und so die Befreiung von nahezu hundert *can bo* ermöglichte. Seitdem ruft er seine Landsleute zu ähnlichen Handlungen auf. Es wäre also gerade für die Vietnamesen psychologisch wichtig, würden wir ihnen diesen Verräter präsentieren, auf den übrigens 75 000 Piaster Belohnung ausgesetzt sind.«

»Sie wollen sich wohl als Kopfgeldjäger betätigen? Schlagen Sie sich das aus dem Kopf, Riller. Selbst wenn Sie den Mann gefangennehmen, als Soldat bekommen Sie keine Prämie. Die ist nur für Zivilisten gedacht.«

»*Mon capitaine*, ich kämpfe für Freiheit und Kultur, und in diesem speziellen Fall geht es mir ›um das Gesicht Frankreichs‹.«

»Und wie groß soll die Truppe sein, die den Rundfunk von Schanghai erstürmt?« Der Spott des Geheimdienstmannes war unüberhörbar.

»*Mon capitaine*«, erwiderte Kurt Riller ganz ruhig und ohne auf den »Syphilisten« einzugehen, »ich bräuchte nur vier Mann, weil sich Bao Van Dinh in Chingsi aufhält.« Damit schritt Kurt Riller zu einer Landkarte und deutete auf einen Punkt nicht weit jenseits der chinesischen Grenze.

»Woher wollen Sie denn das wissen?« ließ sich der andere Zivilist vernehmen.

»Eigentlich, Monsieur, müßten Sie es ja wissen, wo der steckt.« Dann explizierte Kurt Riller zum Erstaunen seines Hauptmanns einen Plan, der nicht nur theoretisch, sondern auch im Detail durchführbar zu sein schien.

Eine Woche später wurde Kurt Riller wieder zu seinem Chef befohlen: »*Sergent* Riller, Ihr Vorschlag fand allgemeines Interesse. Um ihn durchzuführen, müßten Sie Ihre Entlassung beantragen; wir müßten Sie nach Europa oder zumindest nach Sidi-bel-Abbès zurücktransportieren, von dort müßten Sie als Zivilist hier wieder einreisen, und so weiter. Das ist natürlich zu aufwendig und kostet vor allem zuviel Zeit. Um der Militärbürokratie jedoch Genüge zu tun, verbringen Sie offiziell drei Wochen Urlaub in Vung Tau, danach werden Sie mir von dort krank gemeldet.

Realiter jedoch werden Sie dem Deuxième Bureau überstellt. Für Ihre Operation erhalten Sie zwar carte blanche, aber von Ihrem Vorhaben wissen wir offiziell nichts. Wir können Ihnen also auch niemals Hilfe schicken, und Sie bekommen, so Sie gefangen werden, von uns eine offizielle Anklage wegen Desertation als Dreingabe! Haben Sie Erfolg, so haben Sie Bao Van Dinh nicht in China, sondern hier, ich meine in Französisch-Indochina bei der Agitation geschnappt. Haben Sie das verstanden?«

»Zu Befehl, *mon capitaine!*«

»Wenn Sie in vier Wochen nicht zurück sind, werden Sie mir das erklären müssen!«

»Zu Befehl, *mon capitaine!*«

»Was Sie vorhaben, ist Wahnsinn, aber ich wünsche Ihnen viel Glück!«

»Danke, *mon capitaine!*«

»Schon aus dem Grund«, setzte der Offizier etwas weicher hinzu, »weil ich nicht gern einen guten Soldaten verlier'.« Zu den Geheimagenten gewandt, brummte er noch: »Ihr Mann, Messieurs«, ehe er sein Büro verließ.

*

Dem französischen Geheimdienst standen eine Menge ziviler Zuträger, Spitzel, Spione, Kuriere, Handlanger und Saboteure zur Verfügung, die jeweils nach Art, Gefährlichkeit und Qualität der geleisteten Dienste entlohnt wurden. Daneben gab es noch eine beachtliche Zahl von Leuten, denen die Liquidierung eines — oder mehrerer — Menschen keineswegs eine Frage der Moral, sondern lediglich die eines entsprechend dotierten »Kontraktes« bedeutete, und Riller war bei der Auswahl seiner Begleiter nach dem Motto »Je skrupelloser, je besser« vorgegangen: Der Rothaarige, ein an und für sich lustiger, jedoch jähzorniger Elsässer, hatte einst beim Streit um Schwarzmarktware schneller als sein Partner zugestochen. Da die Legion offiziell keine Franzosen aufnahm, hatte er sich als Schweizer ausgegeben und sich als Nom de guerre »Axel Schweiz« zugelegt. Nicht ahnend, daß dies als Lapsus linguae sofort zum Spitznamen werden würde: Jeder nannte ihn nur Axelschweiß, worüber sich der Rothaarige selbst jedesmal köstlich amüsierte. Um so verschlossener war der zweite Mann, ein stets mürrisch dreinblickender Korse, der aus dem Marseiller Milieu stammte, wo er während des Zweiten Weltkriegs der Gestapo als Verhörspezialist diente, ehe er seine ersten Kontrakte ausführte. Er fluchte nahezu ununterbrochen über alles und jedes: Jeder einzelne Moskito, jedes im Weg hängende Blatt, jeder einzelne Schritt durch den stickigen, feuchten, schweißtreibenden Dschungel animierte ihn zu wahren Suaden an grauenvollen Flüchen, deren ständige Varianten seine Kameraden zunächst amüsierten, ihnen im Laufe der Zeit jedoch Schauer des Entsetzens über den Rücken jagten — was bei diesen abgebrühten Charakteren etwas heißen wollte. Gab es wirklich einmal keinen äußerlichen Anlaß, so verfluchte er auf noch schauerlichere Art sein Schicksal, das ausgerechnet ihn in die Klauen dieses ehrgeizigen, wahnsinnigen Boche getrieben hatte, der sie — »nur, um einen Orden mehr zu bekommen« — durch dieses unzivilisierte Gelände hetzte, wobei es noch nicht einmal eine Garantie auf unbeschädigte Rückkehr gab.

Am Ende seiner regulären Dienstzeit war Napoleon, wie der Korse sich nennen ließ, wieder nach Indochina zurückgekehrt, um — offiziell in den Dienst des Deuxième Bureau zu treten —, sich jedoch insgeheim um so ungestörter auf dem Terrain des illegalen Marktes bewegen zu können. Napoleon hatte wirklich alle Anstrengungen unternommen, um diesem Himmelfahrtskommando zu entgehen, mußte jedoch, um seinen offiziellen Status und die Geschäfte seines Paceri* nicht zu gefährden, auf des letzteren Geheiß schließlich doch mitgehen. Die beiden anderen waren Rhadès, eine den Meos verwandte Rasse, die als die besten eingeborenen Soldaten galten. Sie, auch nicht eben zart besaitet, hatte Kurt Riller auserkoren, um sie gegebenenfalls als Kundschafter einzusetzen.

Obwohl die »Blauen« bei ihrem Eintritt *Honneur et Fidélité* schworen, gab es bei der Légion Etrangère permanent das Problem der Desertion: In Afrika meist aufgrund falscher Vorstellungen, in Indochina aus einer Mischung von Frustration über

* oberster korsischer Gebietsboß

einen sinnlosen Krieg und den Verlockungen der Viet Minh: Den Ostdeutschen und Europäern versprach sie die straflose Rückkehr in ihre Heimat; anderen, sie in jedes Land ihrer Wahl zu bringen, in dem Paris keinen Einfluß besaß; außerdem zahlte die Viet Minh bares Geld für operative Angaben oder für mitgebrachtes Kriegsmaterial. Und sie hielt Wort: Die Repatriierten schickten Postkarten an ihre ehemaligen Kameraden, und die Viet Minh gab monatelang mittels Lautsprecher vor den Stellungen oder durch Flugblätter in den Städten bekannt, daß sie zwei Holländern, die mit einem Lastwagen voll neuester Waffen — Made in USA — die Seiten wechselten, zehntausend US-Dollar ausbezahlt hatte.

So ein Deserteur saß jetzt vor Rillers Gruppe mit dem nackten Hintern auf einem Flaschenhals. Sie hatten ihn am Dorfrand von Chiuchouchieh gefangen, als er Melonen erntete. Der Mann wußte, daß er sterben würde, und schwieg.

»Dich bring ich zum Reden, verlaß dich drauf«, sagte Kurt Riller beiläufig und drückte überraschend und kräftig auf die Schulter seines Opfers, daß dieses aufschrie. »Wenn dein Arschloch erst mal groß genug ist, pumpen wir dich von oben und unten voll Wasser, daß du aussiehst wie ›Buddhas Jüngster‹. Und danach trampeln wir das Wasser wieder aus dir raus. Und dabei wirst du reden, reden, reden wie eine Plaudertasche beim Kaffeekränzchen. Und wenn dir innerlich alles geplatzt ist, legen wir dich wieder zwischen den Melonen ab. Äußerlich wird man keinerlei Verletzungen an dir entdecken und daher annehmen, dich hat der Hitzschlag getroffen.«

Die vier verstanden ihr Handwerk, und so erfuhr Kurt Riller mehr, als er sich erhofft hatte: In Chiuchouchieh lag etwa ein Dutzend kranker oder verwundeter Deserteure, die für sie uninteressant blieben. Aber etwa fünfzig Kilometer nördlich lebte — ob des kühleren Bergklimas — in dem etwas größeren Ort Tayüants'un die Militär- und Politkaste von Chingsi. Unter ihnen Bao Van Dinh.

Die Kräfte und das Durchhaltevermögen ihres Gefangenen schwanden zusehends. Doch sooft Riller den Deserteur auch bedrohte, quälte oder mit einem schnellen Tod lockte, die Frage nach dem Aufenthalt von Ho Tschi Long blieb unbeantwortet:

»Ich weiß doch gar nicht, wer das ist«, stieß der Exlegionär immer wieder hervor.

»Willst du mir erzählen, du hättest noch nie die Stimme von Ernst Brodmann, jenem deutschen Schweinehund, gehört, der zum Dank für seinen Verrat von Ho Tschi Minh adoptiert wurde ...?«

Kurt Riller war keinesfalls der Idealist, für den ihn sein Kompaniechef hielt. In dieser Kopfprämienjagd sah er die einzige Chance, seine enormen Spielschulden bezahlen zu können, und er trug »das Abkommen«, das er mit seinen Begleitern getroffen hatte, inzwischen mit Isolierband auf den Leib geklebt: Als Führer der Patrouille hatte er es so eingeteilt, daß er mit jedem einzelnen einmal auf Erkundung war. In einer ausweglosen Situation blickte der andere dann in die »zufällig« auf ihn gerichtete Mündung von Rillers Maschinenpistole. Und Riller meinte jedesmal so harmlos wie möglich:

»Es ist nur eine kleine Formalität, Kamerad. Sieh mal, ich allein hab' mir dieses lukrative Unternehmen ausgedacht, ich habe alles geplant, ich führe es durch, und ich allein bringe euch wieder sicher nach Hause. Da ist es doch nicht mehr als recht und billig, wenn du auch einverstanden bist, daß die Prämie hinterher nicht durch euch vier, sondern uns fünf geteilt wird, damit ich auch etwas abbekomme.«

Mit der Linken hielt Riller seinem Gegenüber dann Kugelschreiber und Papier mit einer von ihm verfaßten Erklärung entgegen, die jeder unterzeichnen mußte, wollte er keine Kugel riskieren. Die beiden Rhadès willigten wortlos und schulterzuckend ein: Sie fühlten sich stets von ihren weißen Herren betrogen. Axelschweiß meinte nach einer Sekunde des Zögerns: »Warum eigentlich nicht. Du sollst auch leben.« Napoleon jedoch warf Riller einen solchen Schwall neuer Flüche an den Kopf, daß letzterer unwillkürlich einen Schritt zurückwich. Dabei hob er seine Waffe auf die Magengegend des Korsen.

»Keine falsche Bewegung, oder du bist ›im Kampf mit dem Feind gefallen‹! Unterschreib', du hast genau eine Sekunde Zeit!«

Blitzschnell schätzte der Korse seine Situation ein: Sie befanden sich bereits auf chinesischem Territorium. Selbst wenn er ohne Hilfe dieses dschungelerfahrenen Unteroffiziers hier heil rauskäme, würde er im jetzigen Stadium des Unternehmens keinen einzigen Piaster Prämie erhalten. Außerdem könnte er sicher sein, die Gunst seines Paceri zu verlieren. Nein, er mußte sich diesem Boche erst mal beugen, alles andere würde sich später ergeben.

»Hier, du räudige Nachgeburt eines hirnlosen Kretins, hast du meine Unterschrift. Aber du kastrierter Dschungelaffe kannst sicher sein, daß ich mir beizeiten meinen Anteil von dir zurückholen werde. Und noch einiges mehr! *Nicht sicher* kannst du jedoch künftig deines Lebens sein!«

Damit schmiß er Papier und Kugelschreiber auf den Boden — und Riller wußte, daß er, nach Hanoi zurückgekehrt, sein Leben verspielt hatte.

Drei Tage später lauerte das Team in der Nähe von Bao Van Dinhs Haus. Riller schärfte seinen Leuten noch einmal ein: »Wenn der Chauffeur Van Dinh bis vor seine Haustür begleitet, müssen wir das Unternehmen abbrechen und auf eine günstigere Gelegenheit warten. Aus dem Haus können wir ihn auch nicht holen, da er sich zwei *congais** hält. Mitnehmen können wir die nicht, und wenn wir sie umbringen, kommen wir aus China nicht mehr raus. Dann heißt es eben: auf die nächste Gelegenheit warten.«

Das plötzliche Einsetzen der Regenzeit begünstigte schließlich ihr Vorhaben. Der tonkinesische *chrachin* erfrischt die Atmosphäre nicht: vom Himmel nieselt eine laue, klebrige, faulig riechende Flüssigkeit, die alles durchtränkt. Nachts legt sich für zwölf Stunden ein dichter milchigweißer Nebel wie ein Tuch auf das Land, die Kälte läßt auch die Einheimischen frösteln, weshalb sie sich in ihre Behausungen zurückziehen, um sich mit scharfem Zuckerrohrschnaps aufzuwärmen.

Deutlich trug die Nacht die Verschiedenartigkeit der beiden Stimmen zu ihnen rüber: Die »singende« des chinesischen Chauffeurs blieb angesichts des Regens diesmal im Jeep; die lallende des betrunkenen Vietnamesen näherte sich den Legionären. Während Kurt Riller neben einem Bambusgestrüpp gegen den Jeep sicherte, schwankte Bao Van Dinh, um sich zu entleeren, ausgerechnet auf jene Palme zu, hinter der Axelschweiß

* annamitische Frauen

lauerte. Kaum hatte er den dumpfen Schlag einer Faust gegen einen Schädel vernommen, sprang Napoleon mit einem Knebel herbei, der Vietnamese pißte seine Hosen voll; der Rest war Routine: Im Morgengrauen verhielten sie am Westufer des nahen Sees.

»Napoleon, da du ein bißchen kleiner als Axelschweiß und ich bist, wirst du mit dem größeren Rhadè den Viet zu unserem Lagerplatz bei Chiuchouchieh tragen. Zwei Meilen vor dem Lager hältst du und schickst den Rhadè los: Auf dem Stein, auf dem ich saß, hab' ich einen Bleistiftstummel ›liegenlassen‹. Wenn der weg ist — und jeder Chinese oder Viet ist über eine solche Kostbarkeit glücklich! —, sucht ihr erst die ganze Gegend ab. Dort wartet ihr auf uns. Wir bleiben hier und sichern zwei Tage. Sollte man unseren Propagandisten suchen, legen wir eine falsche Fährte; in dem Fall schlägt sich der andere Rhadè zu euch durch und bringt euch zu unserem nächsten Treff bei Tra Linh. Wenn du von heute an in einer Woche nichts mehr von uns gehört hast, schlagt ihr euch alleine Richtung Südwesten durch, bis ihr auf den ersten französischen Vorposten trefft!«

»Du siebengeschissener Granatenarsch willst, daß wir den Viet über zweihundert Kilometer durch vom Feind besetztes Gebiet schleppen und dabei noch aufpassen, daß uns keiner entdeckt!? Friß doch deine Eier, damit du ein bißchen was in deinen Schädel reinkriegst . . .«

»Das sag' ich doch nur für den Fall der Fälle. Wenn wir in einer Woche nicht bei euch sind, schlägst du Van Dinh den Kopf ab und marschierst los. Dann gehören die fünfundsiebzigtausend Piaster dir allein. Es heißt ja ›tot oder lebendig!‹«

»Dein Erzeuger hätte besser einen Männerarsch bestie . . .«

»Los jetzt!«

Napoleon bedeutete dem Rhadè, die Bambusstange aufzunehmen, dann verschwanden sie auf dem schmalen Trampelpfad gen Süden. Sie hatten die landesübliche Art des Krankentransports gewählt: In zur Hängematte präparierten Decken lag der Patient, ohne daß man ihn sah. Des Regens wegen zogen die beiden Träger ihre Strohhüte tief ins Gesicht, daß der hintere etwas größer war, fiel dadurch kaum auf.

»Warum willst du eigentlich noch zwei Tage hierbleiben?«

richtete Axelschweiß das Wort an Riller. »Jeder Tag, den wir früher aus diesem Scheißregen ins Trockene kommen, ist ein Geschenk.«

»Ich will hier nicht ausruhen, sondern im Gegenteil: nochmal auf Jagd gehen.«

»Noch mal? Bist du verrückt?«

»Ich hab' durch meinen Operngucker nämlich Lau Djan-schang entdeckt. Und den hätt' ich bei der Gelegenheit gern!«

»Wer ist denn das?«

»Wie kann ein einzelner Mensch so unwissend sein! Aber ich werde es dir in meiner maßlosen Güte erklären: Die Grausamkeiten Asiens sind zehntausend Jahre alt, doch die chinesischen gelten unter den Asiaten als die schlimmsten — und das will was heißen. Und dieser Lau Djan-schang ist der Übelsten einer: Als die siegreiche rote Volksarmee 1949 in Nanning — das ist gar nicht sooo weit von hier weg — einmarschierte, verhaftete dieser Lau fünfhundert Kuomintang-Anhänger. Der sehr ehrenwerte Herr Lau befand, daß ›diese Verräter und Ausbeuter‹ keine Kugeln wert seien: Er ließ sie fesseln, mit den Hälsen auf Eisenbahnschienen legen und einen Güterzug ein paarmal darüber hin- und herfahren. Weil dieser liebenswürdige Herr Lau sich auch in Tonkin als materialsparender Exekutor betätigte, stehen auf seinen Kopf sogar *einhunderttausend* Piaster. Na, und die hätt' ich auch gerne — wo wir doch schon mal hier sind!«

Vier Tage später befand sich Lau Djan-schang in ihrer Gewalt.

Drei Wochen nach Beginn ihres Unternehmens rasteten sie oberhalb des kleinen Ho-Ba-Be-Sees in einer jener Höhlen, an denen das nord-tonkinesische Mittelgebirge so reich ist. Blutige Kratzspuren und eitrige Moskitostiche bedeckten ihre nackten Körper; die wochenalten, zottigen Bärte gaben den hohlwangigen Gesichtern etwas Dämonisches. Trotzdem konnte man ihre Stimmung »gehoben« nennen:

175 000 Piaster würden sie durch fünf teilen: Blieben mit 35 000 Piaster pro Nase mehr als genug, um sich eine ganze Weile wie Krösus zu fühlen. Und während sie im Adamskostüm bei »Poker mit Joker« auf das Trocknen ihrer im See gewaschenen Kleidung warteten, zogen langentbehrte Wohlgerüche durch das Felslabyrinth: Einer der Rhadès hatte eine Ziege gespeert,

die nun über kleinem Feuer briet. »Endlich mal 'nen anderen Geruch als ewig diese gelbe Scheiße!« Axelschweiß nickte mit dem Kopf in Richtung der beiden Chinesen.

Ihre Gefangenen waren übel dran: Zwar brauchten sie keinen Schritt durch den Dschungel zu laufen und wurden somit auch nicht durch Dornen und scharfkantige Blätter zerkratzt. Aber seit sie an die Bambusstangen gefesselt wurden, hatten sie ihre Lage noch kein einziges Mal verändern können. Hielt die Gruppe, ließen sie die Träger einfach fallen; ihre Fesseln blieben ungelockert, die Knebel wurden nur entfernt, um ihnen hastig etwas Eßbares und Wasser einzugeben. Jetzt lagen sie wie Abfall in ihrem eigenen Kot und Urin, deren Gestank noch mehr Moskitos anzog, denen sie wehrlos ausgeliefert waren.

»Heute nacht zieh'n wir die beiden einfach 'n paarmal durchs Wasser. Vielleicht hilft das.«

»Kennste den? Zwei russische Fallensteller streifen wochenlang durch die Schneewüste Sibiriens. Plötzlich fängt Pjotr an zu quatschen: ›Istvan, was machst du, wenn du nach Hause kommst, als erstes?‹ Zwei Tage später antwortet Istvan: ›Als erstes leg' ich mich auf Swetlana.‹ Zwei Tage später fragt Pjotr wieder: ›Istvan, was machst du als nächstes?‹ Drei Tage später antwortet Istvan: ›Bleib ich auf Swetlana.‹ Zwei Tage später fragt Pjotr wieder: ›Istvan, was machst du dann?‹ Diesmal dauert es sehr lange, ehe die Antwort kommt: ›Dann schnall' ich die Skier ab.‹« Der rote Axelschweiß konnte über seinen eigenen Witz nicht laut genug lachen.

»Gibt 'n russisches Sprichwort«, trug der Korse zur Unterhaltung bei. »Heißt: ›Nur 'ne dicke Frau wärmt das Bett gut.‹«

»Jetzt würde mir sogar eine vom Service Social reichen: Ich sag' dir, wenn die wieder im Stützpunkt Kino vorführ'n, um so 'ne schicke Modepuppe bemüh ich mich gar nicht erst, die lass' ich den Offizieren. Ich mach' mich an die Vorführerin ran, die im Wagen bleibt. Und die nehm' ich dann von hinten, während sie die nächste Rolle einlegt . . .«

»Geht doch nichts über 'ne *congai:* Das ist, als ob du einen kleinen Vogel neben dir hast. Die umschwirren dich, singen und zwitschern auf deinem Kopfkissen, ihre Haut ist wie Samt, sie streicheln mit den zartesten Fingern und verwöhnen dich, bringen Bier, Schnaps und das Pfeifchen . . .«

»Ach, diese *little brown fucking machines** gehen mir allmählich auf den Wecker wie dieses ganze Land«, unterbrach Kurt Riller. »Von einem Vorspiel haben die noch nie was gehört, und die meisten sind so klein gebaut, daß du ihnen bei jedem Stoß den Kehlkopf hochschiebst. Dazu stöhnen die dann immer *vaste! vaste!*... manche haben auch noch schwarz lackierte Zähne...«

»Ach, das wär' mir jetzt egal... wenn sie nur...«

»Ich brauch' jetzt Fleisch... weißes Fleisch... viel weißes Fleisch...«

Ihre sowjetischen Maschinenpistolen griffbereit, saßen die vier Nackten um eine Steinplatte, die ihnen als Spieltisch diente. Den größten und gefährlichsten Teil ihres Unternehmens hatten sie hinter sich. Eine unmittelbare Gefahr bestand im Moment nicht, ergo ließen sie ihren Gefühlen und Phantasien nach dem Motto: Finde dein Heil in der Lust des Fleisches, freien Lauf und erörterten das »Thema eins« ausgiebig und in allen Variationen. Dies lenkte den geilen Riller dermaßen ab, daß er bald einen Teil seiner Kopfprämie — vorausgesetzt, er konnte sie von seinen Kameraden überhaupt eintreiben — an den Korsen verloren hatte.

Jetzt hielt Riller einen Straight-Flush in Pique in der Hand: König, Dame, Bube, Zehn und die Neun. Axelschweiß war eben ausgestiegen.

»Die zweitausend und noch dreitausend.« Der Rhadè legte zehn Steinchen in die Spielmitte.

»Die dreitausend — und viertausend.« Napoleon nahm vierzehn kleine Steine von seinem Haufen und legte sie in die Mitte.

Wieder und wieder warf Kurt Riller einen Blick in seine Karten: Sein Straight-Flush war doch lupenrein! Die anderen hielten sicher nur irgendwelche Straßen oder versuchten zu bluffen. Der Steinhaufen in der Mitte wuchs zusehends.

»Na, was ist los? Spielen oder aussteigen, aber beides ein bißchen schneller, ich hab' Hunger!«

»Die viertausend — und viertausend.« Der Schweiß rann beißend in Rillers Augen.

»Die vier- und fünftausend«, sagte der Rhadè und legte die erforderlichen Steine auf den Haufen.

* vulgärer Ausdruck für südostasiatische Freudenmädchen

»Die füüüüünf- und sechstausend!« Genüßlich und betont langsam ließ Napoleon die kleinen Steine aus seiner Hand gleiten.

»Die sechstausend und weitere sechstausend.« Lange würde Riller nicht mehr mithalten können.

Der Rhadè stieg aus.

»Die sechstausend«, Napoleon machte eine nachdenkliche Kunstpause, »und zehntausend!«

Das war mehr, als Kurt Riller zur Verfügung hatte.

»Das geschieht dir recht, du verdammter Boche! Nun bist du draußen und bringst von dieser idiotischen Reise nur ein paar tausend Piaster mit! Nicht mehr, als du an einem einzigen Wochenende im Bordell ausgibst. Und dafür diese ganze verdammte Schinderei! Dein Erzeuger hätte sich wirklich rechtzeitig kastrieren lassen sollen!« Es gehörte zur Taktik des Korsen, seine Partner zu reizen und somit zu Unvorsichtigkeiten zu verleiten.

»Halt die Klappe!« Mein Pique ist doch astrein, überlegte Riller ein ums andere Mal. Der wird doch höchstens 'n Karo- oder Herz-Flush haben. Und damit will er mich rausdrücken.

Es war ungeheuer still in der Höhle. Aller Augen pendelten zwischen dem Steinhaufen und den Gesichtern der beiden Spieler hin und her.

Kurt Riller massierte sein linkes Ohrläppchen und zermarterte sein Gehirn: *Was kann der haben?* Poker? Glaub' ich nicht; ist ein Fall von eins-zu-was-weiß-ich-wieviel. Was ist höher als mein Pique-Flush? Natürlich, ein Kreuz-Flush mit oder ohne As. Aber das kann der nicht haben, da er, Kurt Riller, vorhin beim Kauf neuer Karten selbst den Kreuz-König abgelegt hatte. Natürlich konnte der König bei der nächsten Verkaufsrunde wieder nach oben gemischt und an den Korsen ausgegeben worden sein. War theoretisch natürlich möglich. Blieb aber trotzdem unwahrscheinlich, daß der Korse ausgerechnet Kreuz-König bekommen hatte. War zuviel Theorie. Riller wußte, daß der Korse immer einen Block mit sich führte; er würde auch am Ende den Spielstand notieren und von allen schriftlich bestätigen lassen.

»Gib mir 'n Papier!«

»Soll ich den Text schreiben?«

»Nein! Ich kann bereits schreiben. Schon lange!«

Der Korse holte aus seinen Schuhen einen aus wasser- und

schweißabweisenden Pergamentblättern zusammengehefteten kleinen Block.

»Du brauchst 'ne runde Summe!« Der Spott im Tonfall des Korsen war unüberhörbar. Seinen Kopfprämienanteil würde sich Napoleon ohne Zweifel wiederholen, und je mehr sich dieser Boche ihm gegenüber verschuldete, um so mehr hatte er ihn in der Hand.

Kurt Riller langte nach der neben ihm liegenden Maschinenpistole, legte sie quer über seinen Oberschenkel und benutzte das Magazin als feste Unterlage, auf der er schreiben konnte.

Die Ziege mußte dringend gewendet werden, aber keiner kümmerte sich darum.

». . . 2000 Piaster. Kurt Riller.« Dann gab er den Block an den Rhadè weiter, der als Zeuge vor Axelschweiß unterschrieb.

Kurt Riller merkte, wie ihm das Herz im Halse schlug. Unbeherrscht schlug er nach den Moskitos. Der Schweiß biß in seinen Augen. Während die anderen signierten, fummelte er nervös eine Zigarette aus einem bereitliegenden Päckchen und mußte das Feuerzeug drei-, viermal betätigen.

»Zweitausend Piaster!« hub der Korse an, während er sorgfältig seinen Block in seinem Schuh verstaute. »Das sind ja mehr als zwei Monatssolde eines Unteroffiziers! Wenn du nach Hause kommst, bist du ein armes Schwein: Dir bleibt nur noch der kostenlose Kantinenfraß und das tägliche Viertel Rouge. Fast drei Monate lang kannst du nicht zu den ›Lotosblüten‹ gehen, mußt versuchen, durch zusätzliche Feiertagsgeschichten dein Salär aufzubessern, während alle anderen freihaben . . .!«

»Hör auf mit deinem Geschrei!«

»Aber da ich ein sozial denkender Mensch bin, mach' ich dir ein Angebot: Wenn du mir täglich die Schuhe putzt, meine Wäsche wäschst und meine Hemden tadellos bügelst, zahle ich dir monatlich fünfzig Piaster. Damit kannst du wenigstens einmal im Monat auf 'ner billigen Nutte reiten!«

»Ich scheiß' auf dein Mitleid!« Riller suchte vier Steine in der Höhle und schob sie zusammen mit seinen restlichen in die Spielmitte. »Hier sind die zehn, und jetzt will ich se-hen!«

Sorgfältig legte Napoleon zwei Asse auf den Tisch: »Reicht das?«

»Dein Vater muß wirklich Mehlpampe im Sack gehabt haben! Mit einem Paar wage ich gar nicht erst zu setzen!«

»Dann mußt du stinkender Teutone mir erst mal mehr zeigen.«

Kurt breitete seinen Royal-Flush aus: »Falls du mieser Kinderschänder farbenblind sein solltest, darf ich dir sagen, daß das Herz, das gegenüber der spitzen Seite einen wie ein Affenschwanz aussehenden Keil hat, schwarz ist und mit Pique bezeichnet wird ...«

Napoleon legte das dritte As auf den Stein.

»Du bist doch noch nicht mal auf eine Baumschule gegangen! Ich wußte doch die ganze Zeit, daß bluffst: drei lausige Asse! Na und jetzt haste noch zwei fickrige Buben oder zwei ausgeleierte Damen und damit ein lumpiges Full-House gegen einen lupenreinen Straight-Flush in Pique!« Und zu Axelschweiß gewandt, fügte er herrisch hinzu: »Erklär' doch diesem Yeti mal die Kartenskala ...«

Napoleon präsentierte das vierte As.

»Kennst du rachitische Mißgeburt die Regeln denn überhaupt nicht? Der Straight-Flush ist die höchste erreichbare Kombination.« Rillers Stimme wieherte fast vor lauter Erregung. »Sie schlägt jegliche andere Kombination ...«

»Nicht beim ›Poker mit Joker‹! Da gilt der Joker als fünftes As.« Zu aller Erstaunen legte der Korse den Joker zu den vier Assen. »Und wir spielen nicht Schwarzer Peter, sondern ›Poker mit Joker‹! Und *darüber* geht wirklich nichts, *überhaupt nichts mehr!*«

In Asien gilt ein einzelnes Menschenleben nicht eben viel. Bei den in Indochina kriegführenden Parteien erst recht nicht, sie töteten täglich. Und was hieß schon Kamerad!? Wer weiß schon, auf welcher Seite man demnächst stehen würde ... »Verrat ist eine Frage des Datums!«: Kurt Riller, der sein Feuerzeug absichtlich so oft hatte klicken lassen, um unbemerkt seine MP zu entsichern, riß seine Kalaschnikow hoch und erschoß mit einer einzigen Garbe seine drei Pokerpartner.

Noch ehe der am Ausgang dieser Partie unbeteiligte Axelschweiß mit großen Augen zusammengesunken war, hockte Kurt Riller bereits am Höhleneingang und spähte nach draußen. Jetzt galt es, den wachehaltenden Rhadè abzufangen. Da zwar alle nackt gespielt, jedoch ihre Cordschuhe anbehalten hatten, konnte Riller sofort ins Freie gehen. Dort schlug er umgehend einen Haken und pirschte sich zu dem vermuteten Standpunkt heran, doch der Rhadè war nicht zu entdecken. Nackt, wie Riller war, kam er nicht weit; er mußte zurück und dem Eingeborenen eine glaubhafte Story servieren. Er streifte noch eine halbe Stunde ziellos durch den Dschungel, wobei er sich nicht so unauffällig benahm, wie er es gelernt hatte: Mal bewegte er einen hohen Bambussprößling, mal scheuchte er einen Vogel auf.

Als er die Höhle wieder betrat, spürte er förmlich, wie ihn aus dem Dunkel zwei Augen beobachteten. Absichtlich legte er seine MP ab und tat, als leiste er seinen Kameraden Erste Hilfe. Plötzlich stand der Rhadè hinter ihm.

»Was los?«

Kurt fuhr herum: »Wie gut, daß du da bist! Ich dachte schon, die hätten dich auch abgemurkst!«

»Wer?« Die Frage kam heiser, das Gesicht des Rhadè war zu Stein erstarrt.

»Viets. Wir haben gepokert. Ich war aus der Runde ausgestiegen und nach hinten gegangen. Ich wollte in aller Ruhe scheißen. Und zwar hinten, damit der Geruch nicht nach vorne zieht . . .«

»Wo? Zeigen!«

»Na, ich *wollte gerade*«, antwortete Riller schnell. »Da hörte ich MP-Feuer. Ich warf mich hin und robbte nach vorne. Als ich um diese Biegung kam, sah ich nur noch einen Schatten verschwinden.«

Der Rhadè reagierte nicht.

»Können auch zwei gewesen sein. Dann bin ich nach vorne gelaufen und den Viets hinterher.«

Der Rhadè, überlegte Kurt, mußte durch einen der hinteren Höhleneingänge gekommen sein; er hielt noch immer seine Waffe auf ihn gerichtet.

»Unten hab' ich sie gesehen und geschossen . . .«

»Wo? Zeigen!«

Weder lagen irgendwo ausgestoßene Patronenhülsen, noch war seine Waffe heiß genug.

»Bist du verrückt? Wenn wir jetzt zu zweit aus der Höhle kommen, knallen die uns ab wie die Hasen.«

6. KAPITEL

OÙ EST LA CAISSE

Weihnachten wird in der Légion Etrangère nach alter Tradition gefeiert: Jeder Soldat bekommt vom Chef seiner Einheit ein Geschenkpaket. Dies enthielt 1953 in Dien Bien Phu pro Mann sechs Hemden, einen Fotoapparat, vier Bücher und echte Havannazigarren.

Um zehn Uhr abends erstrahlte neben dem Hauptgefechtsstand plötzlich ein Weihnachtsbaum; vor dem Rundzelt der Kapelle stand unter einem Baldachin aus bunter Fallschirmseide ein Altar, im leichten Wind flackerten Kerzen. In der ersten Reihe beteten die Offiziere: Neben dem kahlköpfigen Stützpunktkommandanten Oberst de Castries auch der Oberbefehlshaber für Französisch-Indochina, General Navarre. Doch die Augen vieler Legionäre blickten unverhohlen zur Seite: Dort standen die ebenso mutige wie hübsche Reporterin Brigitte Friang, deren rotverschmierte Zigarettenstummel bereits als Erotik-Fetische gesammelt wurden, und die französische Krankenschwester Geneviève de Gallard-Tarraubes.

»In dem Drillich steckt 'ne Bardot«, flüsterte Alfons Doberer und stieß seinen Nachbar, den *caporal* Gerald Gäusle, kurz an, wobei er mit dem Kopf auf Paule Pougarde, de Castries' achtundzwanzigjährige Sekretärin deutete, die mit ihren Haselnußaugen und grell geschminktem Mund etwas abseits stand.

»Was ist los?«

»In der steckt 'ne Brigitte Bardot. Zumindest was ihren Dior-Duft-Verbrauch betrifft.«

»Stille Nacht, heilige Nacht« erklang; Offiziere, Chargen, französische Fallschirmjäger in Leopardenuniform und Legionäre aller Couleur näherten sich der Kommunionbank; vom anschließenden »O Tannenbaum« kannten auch farbige Legionäre den Text. Nach der Messe fand der Weihnachtsschmaus statt. Der Situation entsprechend teilten sich vier Offiziere eine Flasche Champagner, während die Legionäre wesentlich einfacher tafelten: Aus einem halben Liter Gefriermasse ließen sich unter Hinzufügung gefilterten Wassers aus dem die Talmulde teilenden Flüßchen Nam Youm zwei Liter Wein herstellen. Wobei keine Rede davon sein konnte, daß man solches Dreckszeug unter zivilisierten Umständen je angerührt hätte.

Nach den Feierlichkeiten brach unter der Besatzung wieder die große Langeweile aus: Sämtliche Minen waren gelegt und geschärft, jede vorhandene Stacheldrahtrolle ausgerollt, Gräben und Unterstände ausgehoben. Nach Meinung einiger Offiziere brauchten weder Betonbunker gebaut noch die Artillerie eingegraben zu werden, da ein ernsthafter schwerer Beschuß seitens der Viet Minh nicht zu erwarten war. Patrouillengänge wurden zur Routine, wiederholtes Wäschewaschen und Baden im Nam Youm zur reinen Beschäftigungstherapie. Die Zeiten, in denen General Jean de Lattre de Tassigny befohlen hätte, möglichst viele, selbständig operierende, den Gegner in seinem Hinterland immer wieder beunruhigende *combat teams* auszuschicken, war mit dessen Tod vorbei; in größerem Stil »nomadisieren« konnte die Truppe mangels Fahrzeugen, Mulis und aufgrund von Versorgungsproblemen auch nicht.

Errichtete die Legion einen neuen, festen Stützpunkt, so wurde als erstes die Küche installiert, danach das »Foyer«, in dem die Soldaten Alkohol, Zigaretten und andere Utensilien des täglichen Bedarfs kaufen konnten und unmittelbar darauf, zum Neidwesen anderer Truppenteile, das Bordell. Legionäre galten als tapfer und furchtlos, sie kämpften — und starben —, ohne Fragen zu stellen. Aber sie verlangten in ihren Garnisonen, ihren Stützpunkten oder in der Etappe auch jeglichen Komfort einer großen Organisation. Und zwar augenblicklich, denn man wußte ja nie, was der nächste Tag bringen mochte.

Zwei Oberfeldwebel ließen sich beim zuständigen Offizier melden: »*Mon capitaine*«, eröffnete Charles Ribaupierre, der dienstältere, nachdem ihnen Zigaretten angeboten worden waren, das Gespräch. »Die Leute werden unruhig. Sie haben keine Aufgabe, nichts, was sie fordert oder interessiert. Dieses tatenlose Warten auf den feindlichen Angriff zerrt an ihren Nerven.«

»Und dabei kommen sie sich immer mehr als touristische Attraktion vor«, fügte der zweite ungefragt hinzu.

»Wie bitte?«

»*Mon capitaine*, die Männer salutieren vor amerikanischen

Offizieren, sprechen in hingehaltene Mikrofone, sie plaudern mit internationalen Schriftstellern . . .«

»Wer soll denn das sein?«

»*Mon capitaine*, am 5. Januar signierte ein britischer Autor namens Graham Greene ein Taschenbuch, das einer meiner Männer gerade las . . .«

»Was wollen Ihre Leute? Auch schreiben?«

»Non, *mon capitaine*. Sie lassen fragen, ob man nicht endlich ein Bordel Mobil de Campagne einfliegen lassen könnte.«

». . . damit sie sich ein bißchen austoben können«, fügte der zweite schnell hinzu.

»Ein B.M.C. Das ist doch hier viel zu gefährlich!«

»Nun, *mon capitaine*, in dem Fall haben die Leute nicht ganz unrecht, wenn sie meinen, daß es dann auch für die Damen des Stabes, Madame Bourgeade, Madame de Gallard-Tarraubes oder die immer wieder aus- und einfliegende Madame Friang zu gefährlich sein müßte . . .«

». . . Ouled-Naïl-Mädchen haben noch nie Furcht gezeigt.« Der zweite Adjudant-Chef wirkte wie ein Echo.

Der Streit für und wider Militärbordelle ist so alt wie Militär und Gewerbe selbst. Französischerseits überwiegt die Meinung, ein B.M.C. biete den Vorteil, das sexuelle Verhalten der Soldaten unter Kontrolle zu haben und dadurch gleichzeitig die Zahl der Fahnenflüchtigen, die Vergewaltigungen einheimischer Frauen und die Geschlechtskrankheiten zu vermindern, da sowohl die Mädchen als auch die Soldaten ständig auf ihren Gesundheitszustand untersucht werden. Gegner dieser fahrbaren Bordelle fanden sich vor allem unter den Transportbegleiterinnen, Fahrerinnen, Krankenschwestern, Sekretärinnen, den Fallschirmwärterinnen der Luftlandeeinheiten und anderen weiblichen Angestellten von Militär und Verwaltung, denen die B.M.C.-Mädchen oft genug »unfaire Konkurrenz« waren.

Da Langeweile und Müßiggang einer Truppe gefährliche Auswirkungen haben können, begann man im Stab des Stützpunktes der Operationsabteilung Nordwest, die abgekürzt beziehungsreich GONO lautete, über das Ersuchen der Truppe zu diskutieren:

». . . Im Februar 1885 hatten sich 48 Mädchen des Bordells von Hanoi freiwillig durch die feindlichen Linien zu ihren Legionären ins belagerte Tuyen Quang durchgeschlagen. Und sie bewährten sich dort nicht nur in ihrer Profession, sondern besserten den Legionären die Uniformen aus und versorgten die Verwundeten ...«

»... Das ist siebzig Jahre her! Damals kämpfte man gegen chinesische Schwarzflaggen und nicht gegen fanatische Viets ...!«

»Aber vor sechs Jahren wurden bei der Belagerung von Nam Dinh sogar drei europäische Nutten mit eingeschlossen. Und laut Bericht wirkte sich ihr Verbleiben sehr positiv auf die Truppe aus ...«

Natürlich kam keine der 73 in Indochina offiziell registrierten französischen Prostituierten für diesen »frontnahen« Einsatz in Frage: Diese Gunstgewerblerinnen gaben sich, hauptsächlich in Saigon, ohnehin nur reichen Geschäftsleuten, höheren Offizieren, Piloten der Fluggesellschaften und anderen Männern mit Börse und Beziehungen hin. Außerdem arbeiteten die meisten »nebenbei« für den Geheimdienst.

Da es die Mehrheit der Söldner ohnehin exotisch liebte, ließ man schließlich aus Hanoi eine B.M.C.-Besatzung jener glutäugigen, samthäutigen Ouled-Naïl-Mädchen einfliegen, die in Nordalgerien seit Jahrhunderten traditionsgemäß so lange der Prostitution nachgehen, bis sie genügend Geld für ihre Aussteuer zusammenhaben. Und da der nordvietnamesische General Giap zur gleichen Zeit den Stützpunkt Lai Chau bestürmte, evakuierte man die dortigen Ouled-Naïl-Mädchen kurzerhand auch nach Dien Bien Phu. In aller Eile errichteten die Legionäre Liebesquartiere, die sie mit dem wenigen, das ihnen zur Verfügung stand, so komfortabel wie möglich ausstaffierten. Doch der Ankunftstag sollte für alle eine herbe Enttäuschung werden: Die Soldaten hatten nämlich kein Geld!

Natürlich war die pünktliche Auszahlung des Soldes — außer bei Kampfhandlungen, Vorstößen oder im Biwak — eine ebenso unabdingbare Kondition wie Küche, Foyer und Bordell. Erst recht bei einer Söldnertruppe, und sie wurde auch in den ersten »Gründungswochen« von Dien Bien Phu gehandhabt. Doch dieser Sold war längst versoffen und gegen neue Extras ausgeflogen worden; die Legionäre ließen im Foyer anschreiben.

»Verstehst du, Chef«, flötete die schöne Araberin, die sich

den Künstlernamen Yasmin zugelegt hatte, während sie ununterbrochen den Nacken von Charles Ribaupierre streichelte, »diese große Festung ist ein Geschenk des Himmels. Wir machen euch alle glücklich — und ihr macht uns glücklich. Und wenn wir von hier wieder weggehen, haben viele von uns genug beisammen, um sich zu Hause einen guten Mann zu suchen, für den sie dann ihr Leben lang arbeiten und viele Kinder kriegen wollen. Aber ihr müßt natürlich bezahlen...« Ihr Wortschwall war ebenso flink wie ihre Finger.

»In so einem Stützpunkt braucht man normalerweise kein Geld. Wir sind schon wochen-, manche sogar schon monatelang hier. Wo sollen wir da Geld herhaben...!«

Yasmin kraulte den Oberfeldwebel weiter, ließ ihn aber keinen Fußbreit in ihre Behausung. So zog sich die Diskussion hin.

Unfälschbare Zinkjetons herzustellen, wie sie im Militärbordell von Sidi-bel-Abbès verwandt und abgerechnet wurden, war nicht möglich. Am nächsten Etappenzahltag mit Schuldscheinen hinter den dann noch lebenden Soldaten herzulaufen, lehnten wiederum die Ouled-Naïl-Mädchen ab.

Schließlich sah sich der Kommandeur, um die Moral seiner beschäftigungslosen Truppe nicht zu gefährden, gezwungen, ein entsprechendes Gesuch um »Ausbezahlung der bisher anstehenden Löhnung für die Besatzung von Dien Bien Phu in gültiger Währung« an das vorgesetzte Hauptquartier zu unterschreiben. Dort, nach wie vor vom Sieg überzeugt, schloß man die Möglichkeit, daß das Geld in Feindeshand fiel, aus. Doch bis es zum ersten Zahltag kam, verging noch viel bürokratische Zeit.

*

Kurt Riller fluchte laut vor sich hin. Wütend knallte er *Le Monde* in eine Ecke. Den einheimischen Whisky erst in ein Glas zu schütten schien ihm zu zeitraubend: Er setzte die Flasche an und leerte sie fast zur Hälfte. Dann kickte er gegen die Zeitung, daß diese aufflog und sich über einen Teil des Raumes verbreitete. Robert Guillain, der Sonderberichterstatter, hatte seine Artikelserie über Dien Bien Phu mit den Worten abgeschlossen: »Ich könnte beschwören, daß die Lage, so wie sie der Oberkommandierende darstellt, nichts mit der Wirklichkeit gemein hat. Entweder hat er einen furchtbaren Fehler begangen oder alle getäuscht . . .« Gleichviel, überlegte Riller, in Dien Bien Phu tat sich was: Dort winkten Auszeichnungen, Beförderung und Geld. Und er, Kurt Riller, war nicht dabei! Er führte das Leben eines Aussätzigen! In letzter Zeit erinnerte sich der Tobende immer öfter daran, wie er drei kapitale Fehler gemacht hatte:

Geräuschlos bewegten sich Kurt Riller und der Rhadè durch den Dschungel. Sie wußten, daß ihr Leben von Kleinigkeiten abhing. Also schwiegen sie und verständigten sich durch ihren Selbsterhaltungsinstinkt und Zeichen. Plötzlich verharrte der vorangehende Rhadè. In dem Moment, in dem sie den Geruch menschlichen Kots wahrnahmen, hörten sie ein Rascheln: Durch das Dschungeldickicht trat ein Vietnamese, der seine Hosen hochzog. Der ihm näher stehende Rhadè vollführte einen Sprung, griff dem Erstaunten an die Kehle und zog ihn schon im Fallen von dem Trampelpfad ins Dickicht. Kurt Riller sicherte noch einen Augenblick, dann folgte er lautlos. Nach einer halben Meile hatte ein zusammengebrochener Urwaldriese eine kleine Lichtung geschlagen. Dort legte der Rhadè den Gefangenen rücklings auf den Stamm und setzte ein Messer an seine Kehle, während Riller ihn durchsuchte. Außer einer in Bambusblätter gewickelten Reisration führte der Vietnamese nur ein Schreiben mit sich, das weder der Rhadè noch Riller lesen konnten. Er solle es vorlesen, bedeutete Riller, doch der Gefangene schüttelte den Kopf. Riller suchte einen trockenen Bambusstock, verkürzte diesen mit seinem Messer auf einen halben Meter und spleißte ein Ende auf. Damit schlug er dem Gefangenen brutal ins Gesicht. Die scharfen Kanten des trockenen Holzes zogen sofort blutige, äußerst schmerzhafte Striemen auf der Backe des Geschlagenen. Der Vietnamese war weder militärisch noch ideologisch ausgebildet, sondern ein für diesen Botengang als Tram-Kuli zwangsrekrutierter Dorfvorsteher, dessen Widerstand nach dem zweiten Schlag gebrochen war. Zitternd übersetzte er den Brief: Es war der Befehl an einen Genossen Lim, seine gehfähigen Gefangenen nach San Moc zu bringen und die anderen zu liquidieren, da sich eine imperialistische Einheit in seiner Gegend befände.

»Wo ist dieses Lager?«

Der Vietnamese deutete eine Richtung an.

»Wie weit ist es bis dahin?«

Es konnte nicht sehr weit sein.

»Wie groß ist dieses Lager?«

Der Tram-Kuli zuckte trotz weiterer Prügel mit den Schultern.

Kurt Riller überlegte: Ein Gefangenenlager hatte je nach Lage und Größe entsprechende Rundumsicherungen, die sie in weitem Bogen umgehen müßten. Folglich galt es, zunächst die genaue Lage dieses Camps zu erkunden. Am zuverlässigsten war er sich natürlich selber, doch wären ihm dabei die beiden Totenköpfe an seinem Gürtel hinderlich. In der Obhut des Rhadè mochte er seine Trophäen nicht lassen, da er diesem ohne weiteres zutraute, sich damit aus dem Staub zu machen, um die Prämien allein zu kassieren.

»Der Viet kann uns noch von Nutzen sein, also lassen wir ihn erst mal leben. Dieses Camp müssen wir umgehen. Weil wir jedoch nicht wissen, nach welcher Seite, müssen wir seine genaue Lage erkunden. Da du weniger auffällst und dich notfalls verständigen kannst, übernimmst du diesen Part, während ich den Pim* hier bewache. Bist du in vierundzwanzig Stunden nicht zurück, versuch' ich's alleine.«

Wenn sie ihn schnappen, frohlockte Kurt Riller, während der Rhadè im Dschungel verschwand, brauche ich mit niemand mehr zu teilen.

Die Vogelrufe des Tages verstummten allmählich, und die Musik der subtropischen Nacht setzte ein: das feine Sirren der Moskitoschwärme, das tiefe Bollern der Ochsenfrösche, dazwischen die Schreie der Trompetenhühner, und manchmal stieß ein streunender Tiger sein kurzes heiseres Gebrüll aus. Was jedoch wie Kreissägen lärmte, war das enervierende Schrillen Tausender Zikaden. Kurt Riller saß an den umgestürzten Urwaldriesen gelehnt: Er hatte sein Moskitonetz über den Kopf gezogen, verbarg die nackten Hände in den Achselhöhlen und versuchte, mit seinen Augen die dräuend blaugrüne Dunkelheit zu durchdringen. Er fuhr herum, als er den Atem des Rhadè in seinem Nacken verspürte.

* Legionärsausdruck für vietnamesische Gefangene

»Du denken immer an verlorene Kartenspiel und passen nicht auf!«

»Was hast du gesehen?«

»Kein Lager. Nur Felsenloch, vor dem zwei Viets sitzen. Oberhalb kleine Laubhütte. Platz für sechs Mann.«

»Wieviel Gefangene sind da?«

»Nicht sehen. Vermutlich in Fels. Nicht viele, wenn nur sechs Viets.«

»Wie weit ist alles entfernt?«

»Drei, höchstens vier Meilen.«

Sie kontrollierten die Fesseln ihres Gefangenen und brachen auf. Nach zwei Meilen machte der Rhadè ein Zeichen, daß man nun abbiegen müsse, doch Kurt Riller zeigte geradeaus, auf seine Augen und wieder geradeaus.

»Was willst du?«

Kurt Riller deutete wieder geradeaus und ging voran. — Etwa eine Stunde nach Mitternacht erreichten sie die primitive Laubhütte: Zum Zwecke der Kühlung bestand sie nur aus einer einzigen, aus Bananenblättern geflochtenen Wand und einem dichten Dach gegen den Regen. Die davor glimmende Glut gab genug Licht: Deutlich konnten sie die an der Wand lehnenden Kalaschnikows und die auf ihren Bastmatten schnarchenden drei Viets erkennen. Ohne daß auch nur ein Stöhnen fiel, trafen ihre Messer die Herzen der Schläfer. Dann legten sich Riller und der Rhadè auf die Lauer. Etwa zwei Stunden später hörten sie, wie sich jemand näherte. »He, Genosse Van, du wolltest mich doch ablö ...« Da traf ihn ein Messer ebenfalls genau ins Herz; kurz darauf war auch der Posten vor der Höhle tot. Wieder verharrten die beiden Legionäre minutenlang bewegungslos; sie spähten nach dem sechsten Mann, den der Rhadè gesehen hatte. Doch nur die Kakophonie des Dschungels tobte.

Vorsichtig und lautlos wie eine Schlange schlich Kurt Riller in das Innere der Höhle. Von irgendwoher aus der Finsternis vernahm er leises Stöhnen. Nach zehn Metern ertastete er den Rand eines Lochs, aus dem neben Schlafgeräuschen bestialischer Gestank heraufdrang. Wieder lauschte Kurt Riller mit weit geöffnetem Mund.

»Hallo. Qui est là?« — Wer ist da? — flüsterte er zweimal in die dunkle Tiefe.

»*Qui êtes-vous?*« — Wer sind Sie? — Die Höhle machte die Stimme viel lauter.

»*Taisez-vous. Ici la Légion Etrangère.*« — Seid leise. Hier ist die Fremdenlegion.

»*Les allemands?*« -- Die Deutschen?

»Oui. Aber seid ruhig. Wir sind nur zu zweit. Wie viele Bewacher habt ihr?«

»Fünf. Der sechste kommt morgens.«

»Fünf haben wir erledigt. Wieviel seid ihr?«

»Ich bin Oberleutnant Jean Faber. Mit mir sind hier sieben Mann.«

»Wie können Sie hochkommen?«

»Irgendwo da oben muß eine gekerbte Bambusstange liegen.«

Kurt Riller fand schließlich die einheimische Leiter und ließ sie vorsichtig runter. Es dauerte sehr lange, bis alle Franzosen heraufgeklettert und am Höhleneingang versammelt waren.

»*Mon lieutenant,* ich bin *sergent* Kurt Riller. Zur Zeit auf besonderer Mission.«

»Ich danke Ihnen für die Rettung, *sergent.*«

»*Mon lieutenant,* noch sind wir — im wahrsten Sinne des Wortes — nicht überm Berg. Wo ist der sechste Mann?«

»Der ›Genosse Lim‹ wohnt in einem Dorf, das ganz in der Nähe sein muß. Wenn er kurz nach Sonnenaufgang erschien, mußten wir schon angetreten sein. Manchmal ließ er auf sich warten. Das tat uns doppelt gut: Erstens brauchten wir solange nicht zu schuften, zweitens hatte ›Genosse Lim‹ dann immer gute Laune. Wahrscheinlich hat ihn dann seine congai in der Nacht besonders gut bedient.«

»Daß er in einem Dorf leben darf, zeichnet ihn als Privilegierten aus.«

»Er ist ein hundertfünfzigprozentiger *can bo* der vierten Klasse, der Grausamkeit gegenüber Weißen mit Linientreue gleichsetzt.«

»*Mon lieutenant*, ruhen Sie sich aus. Der Rhadè und ich werden wachen. Mit dem Morgengrauen wecken wir Sie, und dann nehmen Sie Aufstellung wie immer. So fangen wir den Teufel am besten.«

Der sorglos auf einem klapprigen Fahrrad ankommende

Funktionär war im Nu gefesselt und geknebelt. Mit verstopften Ohren lag er abseits.

Während der Rhadè über offenem Feuer etwas zu essen bereitete, lagerten die befreiten Franzosen bei der Laubhütte. Sollte man den Zustand von Gefangenen der Viet Minh beschreiben, bediente man sich mittlerweile des geflügelten Wortes »wie Christus am Kreuz«. Und in der Tat, so sahen die vor Kurt Riller liegenden Jammergestalten aus: durch Hunger, Ruhr und Fron abgemagerte Skelette, die sich nur in Zeitlupe zu bewegen vermochten. In den abgezehrten Gesichtern mit den zottigen, verfilzten Bärten lagen die Augen als dunkle Punkte in tiefen Höhlen; die ledrigen Häute waren übersät von eitrigen Wunden, Fäulnisbakterien des Dschungels, Blutegeln und Hitzeausschlägen.

»Wie lange sind Sie schon in den Händen der Viets, *mon lieutenant?*«

»Welches Datum haben wir heute?«

»Es muß Mitte November sein, *mon lieutenant.* Genau weiß ich's auch nicht.«

»Dann sind wir seit etwa acht Monaten gefangen. Die ersten Wochen mußten wir kreuz und quer marschieren. Kamen wir durch Dörfer, befahlen die Bewacher der Bevölkerung, uns mit Hühner- und Schweinemist zu bewerfen. Seitdem schlagen wir Pfade durch den Urwald, ohne die Baumkronen zu verändern, und legen Unterwasserbrücken an.«

»Unter-Wasser-Brücken, *mon lieutenant?*«

»Ja, Brücken, die etwa fußbreit unter dem Wasserspiegel liegen und dadurch von unseren Fliegern nicht entdeckt werden können.«

Der Rhadè brachte jedem auf einem Bananenblatt etwas Reis, feingeschnittenes Gemüse und ein gebratenes Stück Fleisch.

»Wo hat er denn das her?«

»Das sind die Rationen Ihrer ehemaligen Bewacher, *mon lieutenant.*«

»Ich habe nicht bemerkt, daß die je Fleisch hatten ...«

»*Mon lieutenant,* sagen Sie bitte Ihren Leuten, daß sie nur ganz kleine Bissen nehmen und ganz langsam essen sollen.«

Es dauerte lange, bis die völlig Erschöpften ihre Mahlzeit beendet hatten. Danach fielen die meisten in tiefen Schlaf.

»Sehen Sie sich das an, *sergent*«, begann der Offizier langsam zu sprechen. »Das ist der Rest eines ganzen Zugs*: sieben Mann! Was Malaria und Ruhr nicht hinwegrafften, besorgte die Viet Minh: keinerlei Medikamente, Hungerrationen, aber schwere körperliche Arbeit bei diesem mörderischen Klima. Außerdem täglich zwei Stunden *hoc tap:* Umerziehung, politische Indoktrination, Aufforderung zur Selbstkritik, zur Bespitzelung und zur Denunziation der Kameraden. Der erste wurde nach einem halben Jahr wahnsinnig, der ›Genosse Lim‹ schaffte noch zwei weitere. Nachdem er kam, wurde es erst richtig schlimm.«

»*Mon lieutenant*, wir haben einen Boten mit einer Meldung abgefangen, aus der hervorgeht, daß sich eine französische Abteilung in dieser Gegend aufhält. Ich schlage vor: Wir verteilen die Kalaschnikows der Bewacher an Ihre kräftigsten Leute. Der Rhadè bleibt hier, paßt auf und versorgt Sie. Ich werde versuchen, diese Abteilung zu finden und hierherzubringen. Dann wird man Tragbahren bauen und Ihre Leute abtransportieren können.«

»*Sergent*, wie wollen Sie eine kleine französische Einheit in diesem Dschungel finden?«

»*Mon lieutenant*, unser gefangener Tram-Kuli kennt sich aus und wird mich einige Zeit führen müssen. Außerdem habe ich eine Karte japanischen Ursprungs: Sie ist viel präziser, als unsere es sind. Auf ihr sind jeder noch so kleine Nebenweg, jede Wasserstelle, jede Furt, selbst einzelne Gehöfte verzeichnet. Außerdem, *mon lieutenant*, hier können wir nicht so lange ausharren, bis Ihre Leute marschfähig sind. Wir liegen hier mitten im Viet-Minh-Gebiet. Es gilt jetzt alles auf eine Karte zu setzen. Vertrauen Sie mir, *mon lieutenant.*«

»Mir bleibt gar nichts anderes übrig, *sergent.*«

»Ich danke Ihnen, *mon lieutenant.*«

»Brauchen Sie für Ihr Vorhaben den ›Genossen Lim‹?«

»Nein, *mon lieutenant.*«

»Dann soll der Rhadè ihn zu dem Loch führen. Und Sie bringen diese Zeitungen da mit. Wer will, folge mir!«

Vor dem Loch angekommen, zerrte der Offizier dem Vietnamesen das Moos aus den Ohren.

»Genosse Lim, nun heißt es abzurechnen: Daß die meisten

* Ein Zug besteht aus 29 Mann plus dem Zugführer.

meiner Männer die brutale Knechtschaft nicht aushielten und krepierten, *c'est la guerre*. Aber daß du uns in einem finsteren Loch hausen ließest, wo wir uns vor Schwäche der über unsere Körper huschenden und uns bei lebendigem Leib anfressenden Ratten kaum erwehren konnten, nehme ich dir übel. Weil du uns jedoch täglich gezwungen hast, erst mal unsere eigene Scheiße zu fressen, bevor wir eine Handvoll Reis bekamen — worüber zwei Männer wahnsinnig wurden —, dafür wirst du sterben. Auf humane Art.«

Persönlich zerriß der Offizier die Zeitungen in kleine Fetzen, stopfte sie dem Viet in den Mund, schraubte eine der Petroleumfunzeln auf, goß Spiritus nach und zwang den Gefangenen zum Schlucken: Der französische Offizier ruhte nicht eher, bis er kein Papier und kein Petroleum mehr hatte.

»Da unten liegen die langsam vermodernden Leichen meiner Männer. Du bist also nicht allein in deinem Elend. Du wirst in dieser Finsternis bei wachem Verstand jämmerlich krepieren. Und die von dir extra eingesetzten Ratten werden sich über frisches Fleisch freuen.« Damit stieß er den Viet-Minh-Kommissar in das Loch.

»*Sergent*, Sie zerhacken jetzt vor meinen Augen diesen gekerbten Bambusstamm!«

In Rekordzeit hatte Kurt Riller den Befehl ausgeführt.

»Jetzt ist mir leichter.« Der Oberleutnant atmete auf und kehrte mit seinen Männern zurück zur Hütte.

Wieder wartete der Rhadè mit Reis, Gemüse und gebratenem Fleisch auf. Alle Franzosen stürzten sich gierig auf die langentbehrte feste Nahrung, obwohl sie Schwierigkeiten mit dem Kauen hatten.

»Was ist das für Fleisch?«, fragte der Offizier.

»Schmeckt es Ihnen, *mon lieutenant?*«

»Sehr gut, *sergent.*«

»Dann essen Sie nur schön langsam, *mon lieutenant.* Das bekommt Ihnen besser.«

»Verdammt noch mal, *sergent!* Ich will jetzt wissen, was das für Fleisch ist! Ob Hund oder Affe ist mir egal, ich will nur wissen, *was* ich esse!«

»Wenn Sie fertig gegessen haben und mir dann ausdrücklich befehlen, es Ihnen zu sagen, bitte.«

»Ich befehle es Ihnen jetzt, *sergent!*«

Doch Kurt Riller wartete, bis alle mit dem Essen fertig waren. »Darf ich Sie auf die Seite bitten, *mon lieutenant.*«

Verwundert folgte der Offizier der Bitte des Unteroffiziers.

»Sie müssen das nicht als Zeichen von Barbarei, sondern als uralte Kulthandlung sehen. Die Rhadès sind wirklich die besten eingeborenen Soldaten, die es in Indochina gibt. Sie sind äußerst gewandt und tapfer. Sie glauben, in der Leber sitzt die Kraft. Deshalb ist es für sie die natürlichste Sache der Welt, die Körper ihrer getöteten Feinde zu öffnen, deren Leber herauszuschneiden und am Spieß über Holzkohlenfeuer zu braten. Der Rhadè ist überzeugt, die Leber Ihrer Bewacher wird auch Ihren Leuten wieder zu Kräften verhelfen . . .«

Kurt Riller hatte Glück: Der Tram-Kuli führte ihn in einen Ort, in dem drei chinesische Lkw standen. Für den ehemaligen Panzerspähwagenfahrer der Waffen-SS war es natürlich ein leichtes, aus den zwei Fahrzeugen nächtens die Vergaser auszubauen, alle greifbaren Ersatzkanister auf dem dritten aufzuladen und ihn mittels Draht zu starten.

Er raste zu den Befreiten zurück, hieß alle, sich flach auf den Boden zu legen, postierte den Rhadè als Begleitschutz auf den Beifahrersitz und preschte anhand seiner japanischen Karte kreuz und quer, die Hauptverbindungswege meidend, durch das von der Viet Minh beherrschte Gebiet. Straßensperren umkurvte oder durchbrach er, die nachgesandten Schüsse mißachtend, bis er einen französischen Außenposten erreichte. Einer der befreiten Franzosen hatte die Parforcefahrt nicht überstanden; der Rhadè war bei einem Schußwechsel zu Tode gekommen.

Vom Postenkommandanten ließ sich Kurt Riller die Identität der inzwischen von Maden und Würmern wimmelnden, in Verwesung übergehenden Totenköpfe bestätigen, ehe er diese in hohem Bogen über den Palisadenzaun schleuderte.

Der Heeresbericht erwähnte Riller lobend, die Propagandaabteilung wertete den Tod der beiden Kommunisten entsprechend aus. Die Militärbürokratie nahm ihren Lauf: Das Deuxième Bureau gab den »entliehenen« Legionär an den Divisionsstab zurück, der ihn wieder seiner Kompanie überstellte. — Dort angelangt, wurde Riller einige Tage später zu seinem Bataillonskommandeur befohlen:

»Die Operation« wird die Beförderung zum *sergent-chef* und die Befreiung der Franzosen die »Légion d'honneur«* bringen, frohlockte Kurt Riller und betrat mit stolzgeschwellter Brust die Kommandantur.

Überrascht war Riller, als er neben seinem Bataillons- und Kompaniechef, den Leutnants seiner Kompanie auch noch jenen Oberleutnant Jean Faber entdeckte, der gar nicht der Legion angehörte. Stramm absolvierte Riller seine Ehrenbezeigung.

»Wieso«, begann der Kommandeur, »sind Sie als einziger zurückgekommen?«

»*Mon commandant,* wir befanden uns bereits auf dem Rückmarsch, als wir in einer Höhle, in der wir rasteten, von einer Viet-Minh-Streife überrascht wurden.«

»Wie konnte man Sie überraschen?«

»*Mon commandant,* es herrschte crachin. Wir trockneten unsere Kleidung. Möglich, daß die Viets diese Höhle kannten und sie ebenfalls benutzen wollten.«

»Haben Sie nicht rekognosziert?«

»Doch, *mon commandant.* Und eine Wache aufgestellt.«

»Schildern Sie diesen Überfall.«

Kurt Riller gab eine Version zum besten, die er sich inzwischen zurechtgelegt hatte.

»Dem Oberleutnant Faber ist die Chose aber anders zu Ohren gekommen.«

Der Rhadè, schoß es Riller durch den Kopf. Er hatte einen Fehler gemacht: Als er den chinesischen Lkw organisierte, hätte er den Rhadè nicht bei den Franzosen lassen dürfen, sondern mitnehmen und umlegen müssen.

Der Major fuhr fort: »Hier liegen elf leere Patronenhülsen aus Ihrer MP, die der Rhadè bei jenem Stein aufgelesen hat, der Ihnen als Spieltisch diente. Sie behaupten jedoch, Sie waren im Hintergrund der Höhle ausgetreten. Wie also kamen die Patronenhülsen dahin?«

»Als ich die Schüsse hörte, bin ich gleich nach vorne gerobbt, und da ich zwei Schatten aus der Höhle verschwinden sah, hab ich meine MP hochgerissen und gefeuert, *mon commandant.*«

* Auszeichnung, die ganz selten an Unteroffiziere verliehen wird.

»In dem Protokoll, das Oberleutnant Faber nach der Aussage des Rhadèsoldaten angefertigt hat, ist nur von einer Salve die Rede. Wie erklären Sie dies?«

»Da sich die Viets am Höhleneingang befanden und *hinein*schossen, wird der Rhadè draußen nur diese Schüsse gehört haben. Denn meine waren sicher sehr gedämpft zu hören.«

»Der Rhadè behauptet aber, ganz deutlich Ihre MP erkannt zu haben. Als einzige.«

Kurt Schlager blieb die Antwort schuldig und beschäftigte sich mit seinem zweiten Fehler: Er hätte mindestens aus einer MP seiner Mitspieler nachträglich noch schießen müssen.

»Wie war der Stand des Kartenspiels zum Zeitpunkt des Überfalls?«

»Ich hatte gerade einen ›Poker mit Joker‹ gewonnen. Während die Kameraden die Quote ausrechneten, ging ich austreten.«

Zu seinem Glück waren bei der Mordtat die Steinplatte um- und alle Karten durcheinandergefallen.

»Ich habe hier den Notizblock des Legionärs Napoleon, der enorme Spielschulden Ihrerseits verzeichnet: zweitausend Piaster, das sind fast drei Monatssolde! Sie waren praktisch pleite, und zwar für lange Zeit!«

Sein Fehler Nummer drei: An den Block im Schuh des Korsen hatte er in der Eile natürlich auch nicht gedacht!

»*Mon commandant,* was da notiert steht, waren lediglich die *Einsätze.* Egal, welche Variation man spielt, über einen Joker mit vier Assen geht nichts mehr. Das ist das absolut höchste Blatt, das man bekommen kann. Deshalb habe ich ja auch alles gewagt und die Spielsumme hochgetrieben. Ich hatte ja *gewonnen! — Mon commandant,* wenn ich mir erlauben darf, Sie darauf aufmerksam zu machen: Im Pott lagen ja nicht nur meine Anteile, sondern ebensoviel vom Korsen plus die Summen, die die anderen Spieler reinlegten, ehe sie ausstiegen. Ich war also nicht pleite, *mon commandant*, sondern das Gegenteil! Und weil dieses Spiel so gut für mich gelaufen war, sagte ich: ›So, und darauf gehe ich jetzt einen scheißen!‹ Pardon, ich meine: austreten.«

Der Bataillonskommandeur beantragte eine kriegsgerichtliche Untersuchung der Angelegenheit: Experten sollten klären, ob die Kartenspieler aus einer vietnamesischen oder aus Rillers

Kalaschnikow getötet wurden — doch die in Frage kommende Höhle lag weit im Feindesland. Eine Untersuchungskommission dorthin zu schicken und zu schützen, sie zu versorgen etc. bedurfte eines riesigen, in gar keinem Verhältnis zum Ergebnis stehenden militärischen Aufwands, und auf Rückeroberung jenes Gebiets bestand nicht die geringste Aussicht. Das nach der Schilderung des eingeborenen Rhadèsoldaten verfaßte Gedächtnisprotokoll des Oberleutnants Jean Faber reichte für eine Anklageerhebung allein nicht aus, da dem Beklagten das Gegenteil seiner Darstellung so nicht zu beweisen wäre. Hinzu kam, daß die Behörde sich in einer Zwickmühle befand: Die Militärjustiz erklärte sich »formell eigentlich« für unzuständig, da sich der *sergent* Riller offiziell auf Urlaub, jedenfalls nicht im Dienst der Legion befunden hatte. Und der Ziviljustiz blieben Aktionen des Deuxième Bureau grundsätzlich entzogen.

»Hiermit bitte ich aus freien Stücken, die zu erwartenden Kopfgeldprämien nicht durch vier, sondern durch fünf gleiche Teile auszuzahlen.

Sollte ich bei diesem Unternehmen fallen, vermache ich dem Führer dieser Operation, *sergent* Kurt Riller, meinen Anteil in kameradschaftlicher Dankbarkeit.«

Neben den Unterschriften von Axelschweiß und Napoleon gab es noch asiatische Zeichen, die aussahen, als seien zwei Tauben mit schmutzigen Krallen über das Papier gelaufen.

Als Kurt Riller dieses Schreiben dem Deuxième Bureau präsentierte, um seinen Judaslohn zu empfangen, wiesen ihm die Experten anhand der Druckstellen nach, daß er »seinen Kameraden« den Zettel dermaßen gefaltet hingehalten hatte, daß sie den zweiten Abschnitt nicht gelesen (und in der Aufregung und Bedrängnis auch nicht auseinandergefaltet) hatten, bevor sie unterzeichneten. Aber selbst ein intensives und scharfes Verhör erbrachte keinerlei Anhaltspunkte: Riller waren weder Mord noch Betrugsabsichten nachzuweisen — und die Moral blieb in einem Krieg außen vor. Folglich schrieb die Banque d'Indochine Kurt Riller die beiden Kopfgeldprämien von 75 000 und 100 000 Piaster gut, was 1953 ein Vermögen von 35 700 Mark darstellte.

Kurz darauf kam es zum Eklat: Eine heilige Legionärsregel will, daß der Offizier, der die angetretene Front um Freiwillige ersucht, dadurch unterbrochen wird, daß alle Angetretenen geschlossen einen Schritt vortreten, noch ehe der Offizier Zeit und Auftrag erläutern kann. Nach dem Abendappell erklärte der Kompaniechef der Truppe: »*Sergent* Riller wird morgen eine dreitägige Erkundung durchführen. Hierzu braucht er sechs Freiwillige!«

An diesem Abend geschah, was bis heute in der Legion einmalig blieb: Das gesamte Bataillon verharrte in strammer Haltung stur geradeaus blickend, als hätte keiner etwas verstanden. Mit dem Unteroffizier Kurt Riller wollte keiner mehr auf Patrouille gehen: Er war vor versammelter Front als Kameradenmörder gebrandmarkt.

Anderntags stellte man ihn vor die Wahl seiner Abkommandierung zur Wachmannschaft des Gefängnisses auf der Insel Poulo Condore oder zu einem Bautrupp. Voll unterdrückter Wut akzeptierte Riller letzteres.

Gerade hatte er sich im Schatten einer Palme niedergelassen, um von da aus seine Untergebenen anzutreiben, als er hinter sich eine Stimme hörte: »Glauben Sie, die Straße nach Taguerrount oder die zweihundert Kilometer zwischen Tizi N'tchika und Quarzazate oder der Tunnel des Foum Zabel oder die vielen anderen tausend Straßenkilometer, Brunnen und Befestigungen, die die Legion in Nordafrika angelegt hat, wären jemals fertig geworden, wenn sich schon die einfachen *sergents* unter schattige Bäume zurückgezogen hätten?«

Riller war aufgesprungen und machte eine Ehrenbezeigung. Gegen die Sonne blinzelnd erkannte er: Da stand ein blutjunger Fähnrich, der ihn gleich am ersten Tag und noch dazu lauthals vor dem ganzen Zug anschiß! Na, dem wollte er's zeigen. Und anstatt wie üblich einen Offiziersanwärter mit »Herr Leutnant« anzusprechen (was dem Mann schmeichelt und den Legionär nichts kostet), erwiderte Riller:

»*Monsieur l'aspirant*, ich bin hier der Ranghöchste und beaufsichtige den Bauzug!«

»Die Aufsicht übernehm' ich! Sie arbeiten umgehend mit! Von einem Unteroffizier erwarte ich, daß er mit gutem Beispiel tatkräftig vorangeht. Kräftig genug sind Sie ja, *sergent Ril-lèr!*«

Ganz deutlich hörte Kurt Riller, was wie ein Lapsus linguae

klingen sollte: Die Wandlung von Riller zu Killer. Da merkte Kurt Riller, daß man ihn aus der Legion rausekeln wollte, und reichte seine Entlassung ein.

Sein Versuch, sich in Hanoi als »wohlhabender Privatier« zu geben, schlug schon am ersten Abend fehl. Er ließ sich durch das Verwaltungsviertel mit seinen schmucken ockergelben Palästen zum *Hotel Métropole* chauffieren. Dessen Besitzer, Louis Blouet, setzte seinen Ehrgeiz darein, einem nicht weniger gut geführten Haus vorzustehen wie sein Bruder, der in Paris das weltberühmte *Hotel George V* leitete. Und so trafen sich in seinem *dernier salon où l'on cause* Hanois Crème de la crème und jene Korrespondenten, die der Banalität des örtlichen Presseclubs überdrüssig waren, zu großen Bällen und *concerts symphoniques pendant le dîner.* Riller hoffte, hier seinen »China-Ausflug« einer Illustrierten oder Radiostation oder sich selbst generell als »gut informierten, fachmännischen Analytiker der Lage« verkaufen zu können. Doch jeder Besucher machte »zufällig« einen Bogen um seinen Platz. Als der Chefkellner auch nach einer halben Stunde nicht auf seine wiederholten Rufe reagierte, verließ Kurt Riller wütend das Hotel.

Grimmig ließ er sich durch die Straßen der vietnamesischen Metropole treiben, doch er hatte weder einen Blick für die kleinen Pagoden noch für die vielen schönen Mädchen in ihren hochgeschlitzten Gewändern. Im *Paramount* spielte eine schmalzige Kapelle zum »chinesischen Tango« auf: Riller erwarb an der Kasse eine Handvoll Plastikjetons und musterte die in ihrer schönen Landestracht gekleideten, im trüben Neonlicht wie Hühner auf der Stange wirkenden Taxigirls.

Seine Wahl bewegte sich steif wie eine Latte und war offensichtlich bemüht, Distanz zu ihrem »Mieter« zu halten. Nach dem dritten Tanz versuchte Kurt, ihre schon fast unhöfliche Reserviertheit zu brechen, griff ihr unter den bis zur Hüfte geschlitzten Ao Dai und preßte sie an sich. Mit einem kurzen, heftigen Kniestoß befreite sich das Mädchen aus seiner Umklammerung und ließ den Verdutzten stehen. Der indochina-erfahrene Riller hätte wissen müssen, daß Taxigirls keinesfalls mit gewöhnlichen Huren gleichgestellt werden wollen. Sie schliefen allenfalls mit jenen Gästen, für die sie persönliche Sympathie empfanden, und das auch nur, wenn diese zuvor mindestens drei Abende lang intensiv um sie geworben hatten; andernfalls verloren sie ihr Gesicht.

Der Gipfel von Kurts Demütigungen war, daß man ihm in derselben Nacht im besten Amorpalast Hanois, dem »Haus der fünfhundert Mädchen«, eine Geschlechtskranke untergejubelt hatte.

Nun tobte er volltrunken durch seine Behausung, malträtierte mit Fußtritten die Zeitung sowie sein Mobiliar und haderte mit Gott und dessen Welt: Denn der Mann, der Spielschulden wegen kaltblütig drei Kameraden niedergestreckt hatte, fühlte sich zu Unrecht aus der Gesellschaft ausgestoßen und wie ein aussätziger Waisenknabe behandelt, mit dem keiner mehr spielen will. Riller linkes Ohrläppchen war von der dem Zornausbruch vorausgegangenen Kneterei knallrot und dick angeschwollen.

*

Dem obersten Intendanturchef war nicht wohl bei dem Gedanken, bares Geld in den Kessel von Dien Bien Phu zu schicken. Weil er jedoch bei Widerspruch um seine Karriere fürchtete, wagte er nicht, seine Bedenken vorzutragen: Ging die Sache schief, konnte er sich jederzeit hinter dem Plazet des Oberkommandos verschanzen. Schwul, magenkrank, Pessimist, Sadist und auf jeden Männerarsch eifersüchtig zugleich, dachte sich der Herr Intendanturchef noch eine besondere Schikane aus: »Wenn die Bubis bei den Negerweibern ›fremdgehen‹ wollen, brauchen sie kleines Geld.« Weshalb er, sich auf das einzusparende Volumen berufend, befahl, nur Einhundert-Piaster-Scheine — also die größten — in die wasser- und feuerfeste Aluminiumkiste zu packen.

Natürlich ließen sich nicht alle Soldaten die volle Löhnung auszahlen: Viele sparten einen Teil bis zu ihrer Entlassung an, aber die Beträge mußten erst mal de jure zur Verfügung stehen. Die Aufstellung lautete:

Offiziere	850 x 4000 Piaster	= 3 400 000
U-Offiziere	2000 x 2500 Piaster	= 5 000 000
Mannschaften	10 650 x 600 Piaster	= 6 390 000
Löhnung für einen Monat		14 790 000
mal vier (Dez. ’53, Jan., Feb., März 1954)		59 160 000
plus Reserven für Diverses ergibt:		59 200 000

1954 waren das über neun Millionen Deutsche Mark.

In der Abenddämmerung des 12. März brachte ein Transportflugzeug die langersehnte Löhnung.

In derselben Nacht zerstörte ein Viet-Minh-Stoßtrupp die Landebahn, in der Morgendämmerung des folgenden Tages begann unter mörderischem Artilleriefeuer die erwartete vietnamesische Offensive, die eine Reparatur der Landebahn unmöglich machte. Von nun an mußte Dien Bien Phu vollständig aus der Luft versorgt werden.

Da beide Seiten eine Entscheidung des Krieges erreichen wollten, entbrannte der Kampf zu einer Hölle; und da eine Hölle gefräßig ist und in ganz Indochina alsbald kein Fallschirmspringer mehr zur Verfügung stand, erließ die Heeresleitung einen Aufruf an alle Franzosen, die bereit waren, zur Unterstützung ihrer Kameraden über dem Tal abzuspringen. Es meldeten sich 1530 Mann, und sie sprangen ohne jedes Training! Dazu war erstens keine Zeit mehr, zweitens rieten Militärpsychologen davon ab: Die meisten Freiwilligen hätten nach dem ersten Trainingssprung ihre Tollkühnheit bereut und aufgegeben.

Unter denen, die das Glück hatten, ohne Knöchelbruch innerhalb der eigenen Drahtverhaue zu landen, befand sich der reaktivierte Unteroffizier Kurt Riller.

*

Es kam nicht mal mehr zur Verteilung des Soldes an die einzelnen Zahlmeister, die Viets setzten andere Prioritäten.

»Und wo«, fragte der inzwischen zum General beförderte Kommandant den eingeflogenen Ministerialbeamten vom Secrétariat d'État de la Guerre ungeduldig, *»où est la caisse?«**

»Mon général, die unauffällige Aluminiumkiste steht in einem Wellblechunterstand auf dem Hubschrauberlandeplatz.«

Irgend jemand lachte höhnisch auf: Hubschrauber standen keine zur Verfügung. Weder zur Evakuierung der Verwundeten oder der Ouled-Naïl-Mädchen — die sich längst (kostenlos) als aufopferungswillige Hilfsschwestern im Lazarett betätigten — noch zum Ausfliegen der Divisionskasse: »Ich brauche hier jedes treffsichere Auge, jeden Arm, der noch eine Handgranate

* »Wo ist die Kasse?«

werfen kann!« tobte de Castries. »Da soll ich jetzt 'n gepanzertes Fahrzeug und womöglich eine ganze Kompanie abziehen, nur um ihr schäbiges Geld wieder in Sicherheit zu bringen!? Ich hab' wahrhaftig andere Sorgen!«

»Aber das Geld darf unter keinen Umständen dem Feind in die Hände fallen!« begehrte der Oberzahlmeister auf.

»Dann vernichten Sie es!«

»Dazu muß ich die Nummer jeder Banknote notieren und nach Hanoi durchgeben.«

»Mein Sprechgerät benutzen Sie nicht!«

»... Es lebe die Bürokratie«, pflichtete jemand dem Kommandeur bei.

»... Dazu brauche ich etwa eine Woche.«

»Soviel Zeit bleibt hier keinem mehr.«

Zwei Nächte später glitt ein Trupp von sechs Mann unter dem Kommando des »wegen Tapferkeit vor dem Feind« zum Unterfeldwebel beförderten Gerald Gäusle lautlos mit geschwärzten Gesichtern in den Nam Youm. Trotz der schwirrenden Leuchtkugeln konnte kein Viet-Minh-Soldat an den träge dahinfließenden Grasinseln, Palmwedeln und Bambusästen etwas Verdächtiges entdecken.

Als das erste Morgengrauen über die Berge leuchtete, ließ Gäusle halten: »Wir stecken hier mitten im dichtesten Viet-Minh-Aufmarschgebiet. Bei Tag kommen wir nicht durch. Ich ziehe mich mit dem Floß unter jene ins Wasser hängenden Sträucher zurück. Verteilt euch sichernd im Umkreis und bleibt den ganzen Tag unter Wasser!«

Jeder suchte einen geeigneten Platz am Ufer, nahm sich ein Schilfrohr oder seine Pistole auseinander, um durch den Lauf zu atmen, und beschwerte seinen Körper mit Steinen.

Ihr befohlenes Ziel, der Posten Sop Nao, existierte nicht mehr: Das Fehlen von Grabhügeln und die sorgfältig geschleiften Befestigungen ließen den Schluß zu, daß sich die Besatzung planmäßig abgesetzt hatte. Doch wohin? Ostwärts, um Dien Bien Phu beizustehen, oder weiter westlich ins laotische Landesinnere? Gerald Gäusle ließ sichern und rasten und legte sich in den Schatten einer Palme, um über die weiteren Schritte nachzudenken:

Er hatte sich gewundert, daß seine Beförderung im Stab der

»Festung« stattgefunden hatte, doch sehr schnell war er dahintergekommen, daß dies einem besonderen Zweck diente: »Sie nehmen sich vier Mann und schlagen sich nach Westen zum Stützpunkt Sop Nao durch. Dem dortigen Kommandanten übergeben Sie diesen Brief und diese Kiste!«

»... Verzeihung, *commandant*«, hatte de Castries den Major unterbrochen. »Wenn er sich seine Leute selbst aussuchen darf, wählt er natürlich die besten. Die brauchen wir aber hier. Der *sergent-chef* nimmt für seinen Auftrag Freiwillige. Leute, die hier wegkommen wollen, tun's für diesen Auftrag auch.«

»Zu Befehl, *mon général:* vier Freiwillige!« Und zu Gäusle gewandt: »Ihr fünfter Mann ist Ihr Vertreter. Ist zwar ein wilder Bursche, aber für so eine Operation der richtige Mann: *sergent* Kurt Riller!«

Gerald Gäusle erinnerte sich, daß ihm damals durch den Kopf schoß: Den will sogar ein im Dreck liegender Bataillonskommandeur nicht mehr in seinen Reihen behalten ... Und Gerald Gäusle musterte seine Gruppe: Den *sergent* Riller hat man mir »anbefohlen«, auf ihn galt es ebenso zu achten wie auf die Viet Minh. Die anderen drei haben sich sicherlich nur gemeldet, um die chinesische Weisheit, von allen neun Verteidigungsarten ist Fortlaufen die vernünftigste, zu praktizieren: Da gab es einen Deutschen mit einem durchschossenen Ohr an seinem kugelrunden Kopf, der Hartmann hieß und den er überhaupt nicht kannte. Der Spaghetti genannte Italiener hatte im Nachkriegseuropa Penicillin verschoben und die Legion dem Strafantritt vorgezogen: Er würde bestimmt als erster desertieren. Blieben außer dem Russen Leonid aus seiner Kompanie noch Alfons Doberer, der gerade Wache hielt. Sobald sich die Gelegenheit ergibt, dachte Gerald Gäusle, muß ich Alfons fragen, warum er sich zu dieser Operation gemeldet hat. Geralds Blick begegnete dem des neben ihm lagernden Russen, der ihn schon eine ganze Weile zu beobachten schien.

»Sähen Se sich Ihre Männer gut an, *chef!* Ich gäh' mit Ihnen, so weit Sie befählen. Egal wie weit. Hauptsache ist: weg von kommunistischer Gefangenschaft. Bin ich schon mal gelaufen, so schnell und weit wie ging.«

»Warst du bei der ›Operation Thérèse‹ dabei?«

»Nein, nein! Gehöre ich leider zu dem Teil von Aserbeidschan, die nach Erste Weltkrieg wurde ›befreit‹ von Heimatland aller Werktätigen. War ich aber noch nix geboren, Babuschka nur immer hat erzählt. Wenn ich war junger Mann, wir wurden wieder befreit: Wie großdeutsches Wehrmacht ist marschiert Richtung Kaukasus, ich hab' bekommen deutsche Ausbildung und Uniform. War ich bald ›Spezialist fier Kommissare‹: Hab' ich herausgekriegt alles von ihnen — bevor ich hab' Kehle durchgeschnitten. Im Mai '44 ich hab' gemeldet zu ›Erste Nationale Russische Division‹...«

»... Ah, zu General Wlassow?« unterbrach Gäusle.

»Nix Wlassow! General Boris Graf Smylowsky-Holmston. Feines Mann! Sollten wir Partisanen killen, war aber schon zu spät. Sind nur noch gelaufen, von Breslau bis Memmingen. Von da sind wir gerannt vor Amis und —« Der Russe machte eine künstliche Pause und lachte verschmitzt.

»Na, vor wem denn?« bohrte Gerald Gäusle erwartungsgemäß.

»Vor französischer Kolonialtruppe unter Kommando von Major de Castries! Hahaha! Ist Witz, was? Sind gerannt von Vorarlberg und dort über Grenze in Liechtenstein einmarschiert.«

»Ausgerechnet Liechtenstein?«

»Feines Land! Einziges Land von ganz Europa, was hat *nicht* ausgeliefert Russen an Bolschewiki! Einziges! Nach zwei Jahre jeder durfte auswandern, wohin wer wollte — oder bleiben.«

»Und warum bist du in die Legion gegangen?«

»Was ich hab' gelernt? Nur antikommunistischer Kampf. Mach' ich auch, wo Sie wollen, *chef.* Marschier' ich hin, wo Sie befählen, *chef.* Nur nicht in Gefangenschaft. Dann liebär tot.«

Kurt Riller unterbrach ihren Dialog: »Versteh' das nicht. Erst rufen Sie nach Freiwilligen, dann schicken sie dich mit 'ner Blechkiste durch den Dschungel.«

»*Sergent* Riller, Ihr Kopf ist jener Körperteil, der Ihnen am häufigsten im Weg steht. Aber ich kann Sie beruhigen: Sie wurden nicht ausgesucht, um etwas zu verstehen, sondern um einen Befehl auszuführen. Haben Sie das wenigstens verstanden?« Der Ton des Unterfeldwebels ließ keinen Widerspruch zu.

»Zu Befehl, *chef!*«

»Was Sie glauben, *chef,* mecht' da drinne sein?« ließ sich der schmächtige Russe mit der Boxernase wieder vernehmen und fügte gleich hinzu: »Ich mein', muß sein sehr wichtig, daß man uns schickt spazierengähen ...«

»Leonid, bei dir trifft auch zu: Verstand und Schönheit sind selten beisammen.«

»Zu Befähl, *chef*. Aber jetzt, wo man nicht mehr kämpft, sondern marschiert und Last trägt, man fragt sich natirlich: Was trägt man da ...«

Gerald Gäusle überlegte: Nun, da sie durch den dichtesten Viet-Minh-Gürtel geschlüpft waren, wurde es schwierig, diese Männer zusammenzuhalten; die Befehle eines Unterfeldwebels reichten dazu allein nicht aus. Er mußte sie motivieren, anstacheln.

»Ich bin mir sicher«, begann Gäusle langsam, »daß wir in der Tat etwas Wichtiges befördern: persönliches Eigentum von General de Castries; geheime Schriften, Aufzeichnungen, Kriegstagebücher. *Das Tagebuch von Dien Bien Phu!* Und wir wurden dazu auserkoren, die Ehre des Kommandanten der Festung Dien Bien Phu zu retten. Männer, dies ist uns Ehre und Ansporn zugleich!«

Laos, das »Land der Millionen Elefanten«, bedeckt größtenteils dichter Wald; im Nordosten erhebt sich ein ausgedehntes Gebirgsmassiv, durch das sich die kleine Truppe durchschlagen mußte, was bei der hohen Luftfeuchtigkeit und einer Temperatur zwischen 35 und 40 Grad Celsius nicht ohne Fluchen abging. Die Frage: »Möcht' bloß wissen, was wir da so Wichtiges schleppen?« wurde hundertmal am Tag gestellt.

»Die besten Straßen des Urwalds sind seine Flüsse«, erklärte Unterfeldwebel Gäusle, nachdem sie auf einer Bergnase angekommen waren. »Wer ihnen folgt, kann sich nie verirren; an den Flüssen liegen menschliche Ansiedlungen. Wir müssen auf den Nam Ou stoßen. Der mündet in den Mekong und bringt uns nach Luang Prabang. Da mich meine Karte hier jedoch im Stich läßt und ich nicht weiß, in welches Tal wir absteigen müssen, heißt es jetzt: Rekognoszieren! *Sergent* Riller und Spaghetti halten hier Wache. Ich übernehme das südliche Tal, Leonid das mittlere und ihr zwei das nördliche. Einigt euch, wer dort den rechten und wer den linken Abzweiger erkundet. In vierundzwanzig Stunden treffen wir uns wieder hier. Und noch was: Vorsichtig zu sein ist für einen Soldaten keine Schande. Wenn ihr euch einem Dorf nähert, beobachtet zunächst die Bewohner: Sind nur die Erwachsenen gut und die Kinder schlecht genährt, umgeht es, wahrscheinlich gibt es dort die kommunistische duch-kich. Sind die Kinder gut gekleidet und genährt — das ist der Einfluß französischer Erziehung —, könnt ihr es betreten. Fragt diese Leute nicht nur nach dem Nam Ou, sondern auch, was es im ›Radio Bambus‹ Neues gibt. Wollen die Dorfältesten nicht mit euch reden, könnt ihr sicher sein, daß die Viet Minh so nahe sind, daß sie euch beobachten.«

*

Als die Gruppe dem Nam Youm entstieg, hatte Alfons Doberer seinen ehemaligen Schulkameraden sofort erkannt, und war froh gewesen, daß für eine Begrüßung keine Zeit war. Als Kurt Riller seinerseits den ehemaligen Freund in Sop Nao erkannte und mit offenen Armen und einem »Meeensch, Alfons, altes Haus...« auf ihn zukam, zischte Alfons ihn an: »Halt den Mund! Keinen Namen! Ich erklär's dir später!« Damit zog er seinen Helm tiefer ins Gesicht und wandte sich ab.

Jetzt folgte Alfons Doberer in zehn Meter Abstand einem Legionär, dessen linkes Ohr ein fingernagelgroßes Loch aufwies. Als sein Vordermann andeutete, daß er den rechten Einschnitt übernehmen würde, wandte sich Alfons nach links.

Seine ursprüngliche Absicht, den ehemaligen Kapo Max Steinmetz zu jagen, um den Tod seines väterlichen Freundes aus den Zeiten der amerikanischen Kriegsgefangenschaft zu rächen, verfolgte Alfons schon lange nicht mehr. Die Legion hatte ihn aufgenommen, nahm ihn voll in Anspruch, wurde ihm zum neuen »Vaterhaufen« und gab ihm neuen Lebensinhalt — man vergaß schnell bei der Legion. Doch plötzlich lachte im Schützengraben von Dien Bien Phu ein aus Zagreb stammender Unteroffizier: »Unter den neu Eingeflogenen haben sie mir einen zugeteilt, der sich beim Kartenspiel immer die brennende Zigarette in ein Loch im Ohr steckt...«

Dieser Satz hatte Alfons elektrisiert. »Wie heißt denn der Neue?« fragte er so unauffällig wie möglich.

»Hartmann. Stammt von deinem Breitengrad.«

Hartmann, nicht Steinmetz, das besagte in einer Truppe, in der sich jeder einen nom de guerre zulegen konnte, gar nichts, überlegte Alfons und führte beim Essenfassen eine Begegnung herbei. Dabei sah Doberer ganz deutlich: An der linken Hand, die das Glas zum Mund führte, fehlte der kleine Finger! Alfons hörte plötzlich den Briefträger Greber in seinem breiten Schwäbisch so klar, als säße der neben ihm: »Weil sie ihm beim Partisane'-Einsatz d'r kleine Finger von d'r linken Hand wegg'schosse habe', hat er Genesungsurlaub 'kriegt ...« Als sich Hartmann nach dem Essen eine Zigarette anzündete und den Glimmstengel aus Gag in das Loch im Ohr steckte, setzte Alfons Doberer alles auf eine Karte: »Wie bist du denn zu diesem originellen Zigarettenhalter gekommen?«

»Do hat mir so a' vietnamesischer Biwäckler in Dong Khé en Durchschuß verpaßt.«

Alfons Doberer glaubte, seinen Sinnen nicht mehr trauen zu dürfen: Bi-wäck-ler, das war ein Tunichtgut. Diesen Begriff gab's nur im Schwäbischen, und Hartmann hatte ihn genauso ausgesprochen wie der Briefträger Greber! Dies war derselbe Dialekt. Aus demselben Dorf! — Für Alfons gab es keinen Zweifel mehr: »Der Mann mit dem Loch im Ohr« war niemand anderes als Max Steinmetz. Und daß das Schicksal ihm diesen Mann ausgerechnet in denselben Schützengraben schickte, nahm Alfons Doberer als Omen! Trotz heftiger Viet-Minh-Angriffe ließ er Hartmann nie mehr aus den Augen: Denn dieser Steinmetz sollte sich nicht noch einmal in einem Gefangenenlager zum Kapo aufschwingen!

Doch ehe sich Doberer über seine weiteren Schritte klargeworden war, hatte sich Hartmann zu der »Operation Sop Nao« freiwillig gemeldet. Weshalb Alfons Doberer ihm jetzt auf halber Höhe folgte.

»Der Mann mit dem Loch im Ohr« näherte sich ohne jegliche Vorsichtsmaßnahme einer Gruppe von Pfahlbauten, in deren Zentrum eine junge Frau in einem Mörser Getreide zerstampfte. Durch sein Fernglas konnte Alfons deutlich beobachten, daß Steinmetz kurz mit der Frau sprach, sie dann am Handgelenk packte und die sich heftig Wehrende in die nächste Hütte zerrte.

Er hatte einen militärischen Auftrag zu erfüllen, der keine Zeit für private Abrechnungen ließ; trotzdem begann Alfons Doberer, unnötige Geräusche meidend und nach allen Seiten sichernd, mit dem Abstieg.

Was er mit dem plötzlich aufgetauchten Steinmetz machen würde, darüber war er sich noch nicht klar. Er würde zu ihm treten und ihn ansprechen: »Steinmetz!«

Da Hartmann überrascht wäre, würde er bestimmt reagieren: »Was ist?« Nein, Steinmetz würde natürlich im Dialekt jenes Kirchdorfer Briefträgers sprechen: »Was isch?«

»Dich soll der Blitz beim Scheißen treffen...«

Das wird Steinmetz natürlich nicht verstehen und deshalb fragen: »Was isch los?«

»Der Blitz soll dich beim Scheißen treffen! Sagt dir das nichts?«

»Was soll der Quatsch?« wird er daraufhin sicher fragen.

»Nun, ich bin der Geist von Fite Weber...«

Den Namen hat Steinmetz sicher vergessen. Aber vielleicht schießt ihm auch das Blut in den Kopf, oder er wird blaß. In jedem Fall wird er fragen: »Und wer soll das sein?«

»Wenn dir der Name Fite Weber nichts sagt, dann erinner dich gefälligst an den Herbst '45. An die Rheinwiesen: So weit das Auge blickte, war das flache Land mit kranken, hungernden, frierenden Elendsgestalten bedeckt. Und mittendrin ein feister Kapo, der sich bestechen läßt und diejenigen, die nichts zu schmieren haben, zusammenschlägt ... der die ohnehin Halbtoten vollends totschlägt.«

Von dem Moment an mußte er die Maschinenpistole vor Steinmetz' Bauch halten.

»Erzähl mir noch mal, wo du das Loch im Ohr her hast!«

»... Da hat mir a Viet in Dong Khé ein' Durchschuß verpaßt...« wird er antworten.

»Ich will dir sagen, woher das Loch ist: *Ich persönlich* habe dir — kurz bevor dieser amerikanische General erschien — einen alten Eggenzahn ins Ohr gerammt. Weil du meinen kranken Freund Fite Weber totgeschlagen hast! Und als du später auf dem Lastwagen abtransportiert wurdest, hab' ich dir nachgerufen, daß dich dein lädiertes Ohr beim Rasieren täglich an mich erinnern würde... und daß ich dich eines Tages finden würde, um Fite Webers Tod zu rächen... Und jetzt habe ich dich gefunden! Trotz deines Vollbartes...«

Alfons Doberer unterbrach seinen fiktiven Dialog, weil er sah, wie die junge Frau aus ihrer Hütte stürzte. Sie war nackt, und die überraschend helle Haut ihres Körpers kontrastierte zu ihrem bräunlichen Gesicht und den schwarzen Haaren. Die Frau rannte zu dem Mörser, wollte den Stößel packen, um sich damit zu wehren, als der hinterherjagende Steinmetz sie über den umfallenden Mörser warf und sie von hinten nahm.

Gerade hatte sich Alfons von einer Schrecksekunde erholt und wollte sich auf seinen »Kameraden« stürzen, als er entdeckte, daß letzterer zwar keine Hosen anhatte, der Frau jedoch seine Pistole an den Kopf hielt — um vor überraschend auftretenden Dorfbewohnern eine Geisel zu haben. Rasch verzog sich Alfons in ein Gesträuch und überlegte: Im Moment konnte er, ohne die Frau zu gefährden, nichts unternehmen; denn daß Steinmetz, alias Hartmann, ein Menschenleben nichts bedeutete, hatte er, Alfons, ja schon einmal erlebt.

Als Steinmetz endlich von seinem Opfer abließ, richtete sich die Frau mühsam auf, wankte zur Veranda ihrer Hütte und tat einen tiefen Zug aus einer Kalebasse. Ungestüm riß Steinmetz ihr den Kürbisbehälter aus der Hand, roch daran und kostete vorsichtig. Das Ergebnis schien ihm zu behagen, denn er setzte sich in der Hüttenöffnung bequem zurecht, bedeutete der Frau unter fortwährender Bedrohung durch die Pistole, ihm was zu essen zu machen, und leerte die Kalebasse allmählich.

Die Patrouille befand sich im Gebiet der Yao. Diese waren zwischen 1910 und 1950 aus Zentralchina eingewandert und lebten einzeln oder in kleinen Kompongs. Sie betrieben Brandrodungsfeldbau, wobei Opium ihre Haupteinnahmequelle blieb. Während sich die Männer noch chinesisch kleideten, trugen die Frauen über bunten Baumwollröckchen schwarze silberdurchwirkte Blousons, die vorne ein breiter roter Wollbesatz zierte. Am meisten fielen jedoch die voluminösen, mit Silberkettchen bestickten Turbane ins Auge, die sie meist nur zum Schlafen ablegten. Daß die oben beschriebene junge Yaofrau ihren durch zwei aufrechte »Hasenohren« geschmückten Turban außer Haus abgesetzt hatte, mochte Steinmetz — sofern er überhaupt etwas über die Mentalität der Eingeborenen wußte — zu falschen Schlüssen geführt, die Tatsache, daß die Yao keine Unterwäsche kennen, sein Vorgehen noch erleichtert haben.

Begriffe wie Raub oder Gewalt existieren im Wortschatz der Yao nicht. Auch diese Frau war in traditioneller Freizügigkeit aufgewachsen: Mit vierzehn ward sie defloriert, wobei es weder als Schande galt, die Liebhaber öfter zu wechseln, noch uneheliche Kinder aufzuziehen. Eines Tages jedoch war ein Vermittler bei ihren Eltern erschienen, und nachdem ein Priester die Harmonie von Stunde, Tag und Jahr der Geburten festgestellt hatte, begannen die Verhandlungen »über den Ausgleich für den Aufwand der Erziehung des Mädchens und den Verlust ihrer Arbeitskraft im elterlichen Haushalt«. Ihr erstes Kind gebar sie vor der Hochzeit, das zweite vor einem Jahr. Nun war ihr Mann in die nächstgrößere Stadt gegangen, um die beiden Mädchen zu verkaufen, damit die Brautgeldnachforderungen ihrer Eltern endgültig beglichen werden konnten. Ein in Laos durchaus üblicher Vorgang.

Laute der Lust von sich zu geben gilt asiatischen Frauen gemeinhin als unschicklich: Der Geschlechtsverkehr geht mit Rücksicht auf die meist im selben Haus schlafenden — und nur selten durch eine dünne Bespannung oder Stellwand getrennten — Familienmitglieder schnell und lautlos vonstatten. Wenngleich die junge, überaus hübsche Yaofrau das Wort Vergewaltigung nicht kannte, kam sie sich doch entehrt und von allen guten Geistern verlassen vor: Ein farang* hatte sie bedroht, geschlagen, verhext; hatte sie wie einen Maulesel behandelt, ja wie eine Ziege besprungen. Dadurch hatte nicht nur sie selbst, sondern auch ihr Mann das Gesicht verloren! Und jetzt lag dieser weiße Teufel auch noch halb nackt auf der Schwelle ihres Hauses und versperrte den zurückkehrenden guten Geistern den Eingang!

Die laotische Küche zeichnet sich durch einen Überfluß an aromatischen Kräutern aus: Bestimmte Lianenarten und Blätter wildwachsender Sträucher finden ebenso Verwendung wie Salat, Seerosenstengel, Pfefferminz, Fenchel und Blätter von Margeriten oder Wassermimosen. Die Frau bedeutete ihrem Peiniger, daß sie hinausgehen und neben einigen Gewürzen Bambusschößlinge für ihn holen wolle. Wobei sie auf die Wirkung des selbstgebrannten Getreideschnapses hoffte: Der Weiße hielt zwar seine Pistole in ihre Richtung, verfolgte jedoch nicht genau, was sie in der Umgebung ihres Hauses alles pflückte.

* weißer Fremder

Den scharf gewürzten, klebrigen Reis verschlang Steinmetz schließlich gierig mit seiner Rechten, während die Pistole in der Linken andauernd auf die vor ihm kauernde Frau gerichtet blieb. Doch diese schien ganz ruhig zu sein und auf irgend etwas zu warten. Manchmal hob sie ihren Kopf und sah nach dem Sonnenstand.

Die Strapazen des vorausgegangenen Marsches durch den Dschungel, die starken Gewürze, vor allem der hastig getrunkene starke Schnaps und die aufkommende Tageshitze forderten ihren Tribut: Alsbald sank Steinmetz' Kopf auf die Seite, und aus seinem halboffenen Mund kamen Schnarchgeräusche.

Sicherheitshalber wollte Alfons noch zehn Minuten warten, da entdeckte er durch sein Fernglas auf dem gegenüberliegenden Berghang sich allmählich vergrößernde Punkte: Die Männer — und einige Frauen — des kleinen Pfahldorfes kehrten zurück. Kaum konnte die Yaofrau sie sehen, stürzte sie ihnen entgegen, um gestenreich das Geschehene zu berichten. Zwei Männer zogen ihre Buschmesser und stürzten mit wutverzerrten Gesichtern auf den Schlafenden zu, doch gestikulierend und laut kreischend gelang es der Frau, die beiden davon abzuhalten, sich auf den farang zu stürzen. Dabei deutete sie immer wieder auf den schnarchenden Legionär und den auf dem erkalteten Feuer stehenden Topf; diesen holte sie schließlich, um ein paarmal mit den Fingern etwas rauszuholen, das sie den Dorfbewohnern zeigte.

Die Yaofrau hatte ihren Peiniger keinesfalls vergiftet, sondern unbemerkt Bambushaare in sein Essen gemischt. Diese feinen Härchen haben ganz biestige Widerhaken: Sie widerstehen der Magensäure und reißen die Magen- und Darmwände auf. Wem so ein Essen verabreicht wurde, der schiß sich quasi zu Tode. Und je länger die Qualen dauerten, desto schneller gewann die Frau wieder an Gesicht.

Die Geschändete hatte ihre Dorfgemeinschaft davon überzeugt, daß die Wiedererlangung ihres Gesichts nicht nur den Geistern überlassen bleiben sollte, sondern daß auch sie aktiv etwas dafür tun wollte — was ihr mit den Bambushaaren zum Teil schon gelungen war. Nun verschwand sie mit einer alten Konservenbüchse.

Ohne den Schläfer zu berühren, entwanden ihm die Dorfbewohner die Pistole; die im Inneren der Hütte verstreuten Stiefel, Hosen und Waffen trugen sie ins Freie, und während der Jüngste mit der Bewachung des Übeltäters beauftragt wurde, taten die Männer allerlei Seltsames: Zwei vom Hausbau übriggebliebene Bambusstangen spitzten sie zu und rammten sie in einem nahen Bambushain metertief in den trockenen Boden. Ein anderer fertigte aus dünnerem Bambus und Lianen einen primitiven Hocker ohne Sitzfläche, dessen hohe, zugespitzte Beine ebenfalls — vor den dickeren Stangen — in den Boden getrieben wurden. Stangen und Hocker wurden verbunden und so fest miteinander verzurrt, daß sie, selbst unter größter Kraftanstrengung aller, nicht mehr zu bewegen waren: Das Ganze schien dem alles genau beobachtenden Alfons Doberer wie ein Thron ohne Sitz und ohne Baldachin.

In dem Augenblick, in dem die Schnarchtöne des Legionärs in Schmerzenslaute übergingen, trat der Mann der Gemarterten vor den Halbnackten und rammte ihm seine eigene Pistole in den vor Schmerz halb geöffneten Rachen. Daraufhin rissen die anderen Männer Steinmetz das Hemd vom Leib, ehe sie ihn zu jenem Thron pufften und schoben. Dort banden sie seine Hände hinter den großen Stangen zusammen und seine Fußknöchel an den Stuhlpflöcken fest.

Die Lebensbedingungen der Yao sind hart, nichts werfen sie weg, alles findet bei ihnen eine Verwendung. Selbst Nabelschnüre hängen sie zum Trocknen auf. Die Frau kehrte zurück, setzte vorsichtig ihre Blechbüchse ab, lief zur Veranda ihrer Hütte, holte die Nabelschnur ihres jüngsten Kindes und band damit Steinmetz' Hals an den hinteren Stangen fest.

Der indochinaerfahrene Alfons Doberer konnte sich aus dem Beobachteten leicht einen Reim machen: Steinmetz, der Vergewaltiger, personifizierte für die junge Yaofrau die bösen Geister. Damit diese nicht noch einmal über sie kommen, bindet sie den farang eigenhändig, wenn auch mehr symbolisch fest.

Jetzt verteilte die Frau den Inhalt ihrer Blechbüchse über den ganzen Körper des Nackten: Sofort begannen die herausfallenden wespengroßen roten Ameisen Fleischfetzen aus der Haut des Schwitzenden zu reißen sowie durch alle natürlichen Öffnungen in den Körper einzudringen.

Es gibt etwa vierhundert Arten von Bambus auf der Welt; gemein ist allen, daß sie schon mit jener Stärke aus dem Boden sprießen, die sie später als endgültige Dicke haben werden (im Gegensatz zu Bäumen). An der Luft angelangt, schieben sie sich wie ein Teleskop immer weiter nach oben. Manche, darunter die viereckigen, brauchen zwanzig Jahre, bis sie »voll erwachsen« sind. Die Spezies Phyllostachys glauca jedoch schießt in zwölf Stunden etwa fünfunddreißig Zentimeter hoch. Über dieser Art saß Maximilian Steinmetz: Die Yao hatten einige Schößlinge derart gebündelt und plaziert, daß sie unweigerlich in den After des von ihnen zum Tod Verurteilten eindringen und diesen langsam, aber sicher bei lebendigem Leib pfählen mußten. Nachdem sie sich von der Wirksamkeit ihres Vorhabens noch einmal überzeugt hatten, schlachteten die älteren Yao ein Schwein, um ihre Geister wieder milde zu stimmen.

Die jüngeren trugen die Waffen des Todeskandidaten und was ihnen sonst noch nützlich schien, beiseite; vor seinem Thron verbrannten sie seine Uniform, ja selbst seine Stiefel. Und damit der Verbrecher genau verfolgen konnte, wie seine Zeit ablief, zog einer eine goldene Taschenuhr, die sie bei den Sachen gefunden hatten, sorgsam auf und legte sie dicht vor Steinmetz auf den Boden. Der Laote konnte den Text auf dem Sprungdeckel nicht lesen:

Kriegsweihnachten 1939

in Liebe

von Anni für Robert

Großzügig hatte der Kapo Steinmetz auf den Rheinwiesen zwei Scheiben Brot für diesen über den ganzen Krieg geretteten Liebesbeweis eingetauscht.

Der Bambushain mit dem Thron befand sich knapp hundert Meter von Doberers Versteck entfernt: Deutlich konnte Alfons die Schmerzensschreie hören. Das war das Ende seiner Jagd nach dem Kapo Maximilian Steinmetz. Der Tod durch Bambushaare, rote Ameisen und die schnell wachsenden Sprößlinge würde qualvoll sein und stunden-, ja tagelang dauern ... Aber er war endgültig. Fite Weber hatte auch tagelang gelitten ... Gerechtigkeit ließ eben manchmal auf sich warten, aber der

Dschungel fraß sie schließlich alle. Und doch war Alfons erleichtert, daß er nicht selbst hatte Hand an den ehemaligen Kapo legen müssen. Er sah auf die Uhr: Es wurde Zeit, sich zur Patrouille zurückzuziehen ...

Als Alfons Doberer Stunden später den Posten erreichte, den der Unterfeldwebel zur Sicherung aufgestellt hatte, keuchte er: »Gibt was Neues?«

»Einen ganzen Arsch voll! Geh nur zu den anderen!« Alfons schleppte sich die letzten hundert Meter durch die Hitze den Berg hinauf.

»Von wo aus haben Sie es gesehen?« hörte er Gerald Gäusle fragen.

»Ich stand genau da drüben bei den Palmen«, antwortete Kurt Riller.

»Warum standen Sie dort drüben?«

»Es war Spaghettis Idee: Anstatt beide hier rumzusitzen, sollte immer einer 'ne Stunde lang Runden drehen und das Gelände beobachten. Als ich mir bei der Palme eine Zigarette anzündete, sah ich, wie Spaghetti mit seinem Messer gerade den zweiten Riegel aufbrach. Ich rief: ›Was machst du da?‹ Er antwortete: ›Ich will jetzt endlich wissen, was ich die ganze Zeit durch den Dschungel schlepp'!‹ Ich befahl ihm, sofort zurückzutreten, aber er schlug den Deckel auf. Währenddessen kam ich herangelaufen. Als Spaghetti sah, daß Geld drin war, rief er im Umdrehen: ›Davon bekommt ihr nichts‹, und griff nach seiner EmPi — aber ich war schneller.«

»Wann passierte das Ganze?«

»Gestern. Etwa zwei Stunden, nachdem alle ausgeschwärmt waren, *chef.*«

Der Boden ringsum und verschiedene Geldscheine wiesen zahlreiche Blutspritzer auf. Den zwischen Messer, entsicherter Maschinenpistole und Koffer wie drapiert daliegenden Leichnam bedeckten Myriaden von Insekten. Schweigend betrachtete Gerald Gäusle die Szene, ehe er sagte: »Obwohl ich Ihnen das Gegenteil nicht beweisen kann, glaube ich Ihnen kein Wort, *sergent* Riller!«

»Aber *chef* ... ich versichere Ihnen ...«

»Geschenkt! Begraben Sie ihn, anschließend rücken wir ab!«

»Zu Befehl, *chef.*«

»*Caporal* Doberer, wo ist *caporal* Hartmann?«

»Wir hatten uns getrennt. Er übernahm den rechten Einschnitt. Ich dachte, er wäre längst hier, *chef.*«

»Sahen Sie sich auch gezwungen, ihn zu erschießen?«

»Nein, *chef*«, entgegnete Doberer und sah seinem Vorgesetzten dabei in die Augen.

»Erlauben Sie bittä, *chef.*«

»Ja, Leonid.«

»Was machen wir jetzt?«

»Wieso?«

»Na, jetzt, wo wir wissen, daß wir nicht bringen in Sicherheit geheime Tagebücher, sondern pures Geld?«

»Die Tatsache, daß wir wissen, was in dem Behälter ist, ändert nichts an unserem Befehl: Wir übergeben die Kiste dem nächsten französischen Postenkommandanten. Was dachtest du denn?«

»Dachte ich: Das wär' aber schade ...«

Nicht nur den Russen beschäftigen von Stund an die Millionen: Kurt Riller bekam feuchte Hände, er träumte sogar davon und schreckte gelegentlich mit einem lauten *Où est la caisse?* hoch. Sie transportierten die schwere Kiste, wie man einen Verletzten befördert, und wenn Riller am hinteren Ende der Bambusstange ging, strich er mitunter liebevoll darüber. Diesmal war der Zwischenfall wirklich so abgelaufen, wie er erzählt hatte — und Kurt Riller war dem Italiener für seine Neugier direkt dankbar! Nicht auszudenken, wenn sie erst bei der Übergabe entdeckt hätten, welchen Schatz sie da im Schweiße ihres Angesichts durch den Dschungel geschleppt hatten. Jetzt konnte man sich in Ruhe mit der Sache befassen und auf eine günstige Gelegenheit hoffen ... oder eine solche herbeiführen ... Als erstes müßte er sich dieses sturen österreichischen Unterfeldwebels entledigen. Aber allein schon des Gewichts der Kiste wegen brauchte er einen Komplizen ...

»Sag mal«, flüsterte Riller während einer Rastpause Doberer zu, »was hast du neulich gemeint: Ich solle keinen Namen nennen?«

»Ich weiß nicht, wovon du sprichst.«

»Na. Du hast doch gesagt ...«

»Ach, leck mich doch am Arsch«, entgegnete Alfons Doberer und wandte sich von seinem ehemals besten Freund ab.

Da Kurt Riller nur an das Geld dachte, merkte er gar nicht, daß die anderen stets verhinderten, daß er jemals als letzter ging.

Endlich, nach Tagen mühsamen Kletterns durch einen gebirgigen Dschungel, durch den sie ihren Weg erst mit Messern schlagen mußten, von scharfkantigen Gräsern zerkratzt, von Insekten zerstochen, von Blutegeln angefallen, sich schließlich nur noch von den Früchten des Dschungels ernährend, erreichten sie das Ufer des Nam Ou. Noch ehe der Unterfeldwebel das Kommando gegeben hatte, ließen sie ihre Last und sich selbst fallen.

Nach einem gründlichen Bad gingen sie daran, ein stabiles Bambusfloß zu zimmern, was sich aber als überaus schwierig erwies, da sie weder über Äxte, Nägel oder Stricke, sondern lediglich über ihre Kampfmesser als Werkzeug verfügten. So verwandten sie allein zwei Tage darauf, kräftige Lianen zu flechten.

Plötzlich stieß die Wache dreimal das seltsam hohe Pfeifen der Büffelkröte aus. Blitzschnell verscharrten sie die Kiste in dem vorsorglich ausgehobenen Loch und verbargen sich selbst im hohen Ufergras.

Eine größere Pathet-Lao-Kolonne tränkte ihre Mulis und ließ sich für die Nacht in unmittelbarer Nähe nieder.

Gegen Morgen spürte Gerald Gäusle, daß der neben ihm liegende Leonid seine Hand ergriff und wie in einem Krampf preßte. Gäusle wandte den Kopf; die Nacht war nicht eben hell, aber er sah genug: Der Russe zitterte am ganzen Körper, und um nicht zu schreien, biß er in seinen angewinkelten Unterarm. Als Gäusle lautlos näher glitt, hörte er ein kurzes, sich entfernendes Rascheln. Weißer Schaum trat aus dem Mund des Russen. Gäusle drehte ihn auf den Rücken: Sein Hemd wies zwei winzige blutende Löcher auf. Wenn ihn eine Kobra gebissen hat, ist er verloren, überlegte Gäusle. Trotzdem zog er sein Buschmesser, machte auf der Bauchdecke einen Kreuzschnitt, versuchte, mit seinen Händen die harte, durchtrainierte und schwer faßbare Haut zusammenzupressen, und saugte daran, so stark und zugleich leise dies ging.

Als er zum dritten Mal das angesaugte Blut ausspuckte, sah Gäusle, wie Leonid den Kopf von seinem Unterarm nahm. *Où ... est la caisse ...?* hauchte der Russe, dann sank sein Kopf zur Seite: Ungeachtet der fürchterlichen Schmerzen war der kleine, allzeit lustige Aserbeidschaner mit der Boxernase, der von den Sowjets schon so weit davongelaufen war, lieber lautlos gestorben, als daß er seine Kameraden durch Schmerzenslaute an die asiatischen Kommunisten verraten hätte.

»Was bleibt vom Heldentum? Ein morscher Hügel, auf dem das Unkraut rot wie Feuer steht«, zitierte der Unterfeldwebel den chinesischen Philosophen Kongfutse, während er die Erkennungsmarke des Verstorbenen auseinanderbrach und eine Hälfte in den frischen Grabhügel steckte.

»Daß eines klar ist«, befahl Gerald Gäusle, während sie ihr Floß bestiegen. »Der Inhalt der Kiste bleibt geheim! Ich habe keine Lust, mich auch noch Banditen zu erwehren, die es auf den Zaster abgesehen haben!«

Letzteres leuchtete vor allem Kurt Riller ein.

*

Luang Prabang, die ehemals königliche und religiöse Hauptstadt des Landes, liegt inmitten dichter Wälder im hügelumsäumten Stromland des Mekong, und schon von weitem erkennt der Pilger das Wahrzeichen der Stadt, den Phusiberg mit der goldglänzenden Chumsi-Pagode. Die Einwohner feierten gerade Visakha Buja:* In abendlichen, von zartem Glockengeläut begleiteten Lichterprozessionen umkreisten die Gläubigen ihre vats** und legten Blumen und Devotionalien ab.

Unterdessen errichteten Pyrotechniker allerorts Bambusgestelle, an denen sie Abschußvorrichtungen für Raketen anbrachten, denn dem Visakha Buja folgt unmittelbar Boung Bang Fai, dessen Höhepunkt der Abschuß Tausender kunstvoller Raketen ist: Sie sollen die nahe Regenzeit herbeibeschwören und gleichzeitig »die Wolken befruchten«.

Ein geflügeltes Wort charakterisiert die drei hinterindischen Völker: »Die Vietnamesen pflanzen Reis und warten darauf, daß er wächst. Die Kambodschaner setzen sich hin und sehen zu, wie ihr Reis wächst. Die Laoten legen sich hin und horchen, wie er wächst.« Diesem Dolcefarniente erlagen auch die in Laos lebenden Europäer: Die meisten empfanden ihre Stationierung

* religiöses Wasser- bzw. Regenfest
** typisch südostasiatische Tempel

keineswegs als Strafversetzung, sondern trachteten vielmehr danach, hier in wahrer Beschaulichkeit ihre Pensionierung zu erreichen. Wobei sich die Männer meist auf das Wort eines berühmten Autors der Jahrhundertwende beriefen, der schrieb: »Das asiatische Klima scheint der Gesundheit und Gebärfähigkeit der meisten Europäerinnen äußerst abträglich zu sein.«

Grund genug, die amtlich Anvermählten in Europa zu lassen und sich ob ihrer Zärtlichkeit gerühmte Laotinnen zuzulegen.

Der Zustand der französischen Kommandantur verschlug den Legionären den Atem: Am Mast hing müde eine zerrissene, verdreckte Trikolore. Fensterscheiben waren zerbrochen, alles starrte vor Dreck. Der Wachhabende, ein schwabbelig-fetter, offensichtlich betrunkener Feldwebel, schenkte der zackigen Meldung des Unterfeldwebels Gerald Gäusle keine Beachtung, sondern betrachtete weiter gelangweilt die schlüpfrigen Zeichnungen der Soldatenzeitung *Caravelle*. Daß er, Gäusle, Befehl habe, dem Kommandeur persönlich einen Brief zu übergeben, bewirkte nur ein müdes Achselzucken, die Frage nach der Telefonnummer ein Kopfschütteln: Die Leitung war defekt. Deutlich drangen aus einem Nebenzimmer Gekichere und Gejohle. Ohne den Ranghöheren um Erlaubnis zu fragen, drang Gäusle in das Zimmer ein:

Auf nebeneinanderstehenden Feldbetten amüsierten sich drei halbnackte Europäer mit zwei nackten Asiatinnen. Gerald Gäusle packte den Erstbesten und warf ihn gegen den Büroschrank.

»Wer bist du?«

»Hey, was soll das? Bist du verrückt, hier den wilden Mann zu spielen?« erklang es im Chor.

»Wer bist du?«

»Das geht dich einen Scheißdreck ...«

Krachend knallte der von Gäusles Faust getroffene Schädel gegen das Holz. Im Türrahmen erschien Alfons Doberer.

»Ihr zieht euch jetzt an und führt uns zum Quartier des Kommandanten!«

»Wie kommen wir dazu?! Wer seid ihr? Was wollt ihr Dschungelaffen überhaupt?«

Da klatschten auch schon die Fäuste von Riller und Doberer

in die Gesichter der anderen. Kreischend stoben die Mädchen, ihre Kleider zusammenraffend, nach draußen.

»Los, los! Anziehen! Aber ein bißchen Tempo!«

»Wir sind hier doch die Wache! Wir können doch hier nicht einfach weg!«

Es waren Wehrpflichtige der regulären französischen Kolonialarmee, und ihre Uniformen waren in einem unbeschreiblichen Zustand der Nachlässigkeit.

»Du bildest die *tête*«, befahl Gäusle kurzerhand. »*Sergent* Riller, Sie gehen hinter ihm. Wenn er Dummheiten macht, schießen Sie ihm ins Bein!«

»Zu Befehl, *chef:* Schlüsselbein, Jochbein, Nasenbein!«

»Ihr zwei tragt diese Kiste! *Caporal* Doberer, Sie gehen rechts, ich werde links davon gehen. Und nun: Ab zum Quartier des Kommandanten!«

Widerstand blieb zwecklos; der Feldwebel war inzwischen eingeschlafen; der Trupp setzte sich in Bewegung.

Kein Namensschild wies darauf hin, daß in dem einstöckigen Haus der Chef der französischen Garnison wohnte. Ein niedriger Gartenzaun begrenzte ein verwildertes Geviert mit einigen Palmen und blühenden Teesträuchern. Immerhin zierte dieses Haus eine rundumlaufende Bambusveranda, aus deren Schatten sich ein älterer, in die ausrangierte Uniform der königlichen Garde gekleideter Diener löste, als die Soldaten das Gattertor durchschritten.

»Wohin möchten Sie, Messieurs?«

»Ich bin *sergent-chef* Gäusle, komme direkt aus Dien Bien Phu und habe *commandant* Meunier persönlich einen Brief zu übergeben.«

»Das geht jetzt nicht, Monsieur, der Patron meditiert gerade. Wollen Sie nicht in der Kommandantur warten?« Das Französisch dieses Dieners klang akzentfrei. »Oder den Brief mir übergeben?«

»Nein.« Gäusle ließ die Geldkiste unter die Palmen tragen und schickte die örtliche Begleitung zurück. »Wir werden hier auf den *commandant* warten.«

»Wie belieben, Monsieur. Es kann allerdings einige Zeit dauern: Der Patron meditiert nicht allein.«

Dieser Major war einer jener Kolonialoffiziere, die es vorzogen, lieber in einer asiatischen Kleinstadt der Erste als in einer französischen Garnisonsstadt ein Irgendjemand zu sein. Nach dem Motto: »Sind Sie verheiratet? — Im Moment lebe ich in Laos«, hielt er sich gleich drei laotische Gespielinnen.

Da der französische Stadtkommandant von Luang Prabang nicht willens war, seine einheimischen Konkubinen mit nach Frankreich zu nehmen, begann deren von Verwandten angestachelter Kampf um die übliche Entschädigung: Jedes der Mädchen wollte ein eigenes Häuschen und eine monatliche Rente haben — was über die finanziellen Möglichkeiten eines Majors ging. Da sie dies natürlich nicht einsahen, praktizierten die Mädchen, was vor ihnen schon Generationen asiatischer Konkubinen taten: Sie beauftragten Medizinmänner, aus den Wurzeln spezieller einheimischer Pflanzen Alkaloide zu gewinnen. Diese mischten sie in zunächst kleinen Dosen, jedoch regelmäßig, in den Alkohol ihrer Herren. Die letzte tödliche Dosis schütteten sie in jene Flasche, die die Kolonialherren mit an Bord nehmen würden: Sie starben dann später auf See, angeblich am Tropenfieber, jedoch an systematischer Strychninvergiftung.

Major Meunier fühlte sich seit Tagen nicht wohl, und so dauerte der Mittagsschlaf, den er wie gewöhnlich mit allen drei Geliebten in seinem riesigen kreisrunden Bett unter dem Moskitonetz abhielt, ziemlich lange.

Kurt Riller war dies gleichgültig: Ihn beschäftigte ausschließlich, wie er an das Geld käme. Nur einen Teil zu nehmen war ihm zuwenig, er war kein kleiner Dieb. Wenn, dann mußte sich die Sache lohnen, und dies hier, die Divisionskasse von Dien Bien Phu mit schätzungsweise sechzig Millionen Piaster, lohnte sich. Aber Luang Prabang war der falsche Platz: Hier konnte man Piaster weder investieren noch ausgeben. Und seiner Spezialität nachgehen, nämlich ein Fahrzeug klauen und sich damit durchschlagen, ging auch nicht: Im Nu wäre das ganze Land alarmiert und würde Jagd auf ihn machen. Nein, das beste war, andere brachten *la caisse* erst mal »für ihn« von hier weg, wobei er sich immer in ihrer Nähe halten würde. Und Kurt Riller, von seinen Kameraden insgeheim »der Killer« genannt, spann einen futuristischen Gedanken ...

Wie die Zinnsoldaten standen die drei Legionäre, als der Major auf die Veranda trat. Der große sportliche Typ trug die blaue

Feldmütze mit dem goldenen Anker der Kolonialtruppen. Auf seiner linken Hemdenbrust prangten oberhalb der Tasche drei vielfarbige Ordensspangen: das Croix de guerre mit vier Palmen, Spangen für die Teilnahme an allen Kolonialkriegen, die Frankreich seit der Befriedung von Marokko im Jahr 1929 geführt hatte, des italienischen Feldzugs von 1913 und des Vormarsches zum Rhein im Jahre 1945. Irgendein in seiner Personalakte festgehaltener »Schönheitsfehler« mußte verhindert haben, daß er längst Oberst war. Eine gewisse Melancholie seiner Züge zeigte an, daß ihn dies, die Intrigen seiner Kameraden, das höllische Klima der Tropen, der Alkohol, die Frauen, die regelmäßigen Alkaloiddosen oder alles zusammen hatten resignieren lassen.

Vorschriftsmäßig baute sich Gerald Gäusle einen Meter vor der untersten Treppenstufe auf: »*Mon commandant*, auf Befehl von *général* de Castries habe ich Ihnen diesen Brief zu übergeben.« Sein Arm mit dem Kuvert schnellte roboterartig vor.

»Geben Sie her!«

Gäusle stieg die wenigen Stufen hinauf, übergab seinen Brief und verharrte am Fuß der Stufen wieder wie eine Statue.

Der Major orderte bei seinem Diener einen Mammutwhisky, klemmte sich ein Monokel ins Auge und ließ sich auf einen Stuhl nieder, um den Brief zu lesen.

Aus dem Schreiben ging nicht hervor, daß es sich um Bargeld handelte; die Rede war nur von »Wertsachen«. *Caisse* bedeutet im Französischen nicht nur Kasse, sondern auch Kasten oder Kiste, weshalb die lautlose Frage des Offiziers, »was er mit dem Zeug solle«, berechtigt war: Der Major nahm an, daß es sich um Kriegstagebücher, Aufzeichnungen oder persönliche Habseligkeiten handle. Und dieses nutzlose Zeug wollte er so schnell wie möglich loswerden.

»Où est la caisse?«

»*Ici, mon commandant.*« Gäusle wies auf den von seinen Männern flankierten Behälter.

»*Sergent-chef*, gehen Sie zurück in mein Büro. Der Hauptfeldwebel soll Ihnen entsprechende Marschpapiere nach Vientiane ausstellen. Dort soll man sehen, wozu das Zeug nütze ist!«

»*Mon commandant* —«, Gerald Gäusle, der dem Tod oder

zumindest einer qualvollen Gefangenschaft in einem strapaziösen Fußmarsch durch dichten Dschungel entkommen war, ließ sich nicht so einfach abspeisen. Er nahm den Mut eines »Frontschweins« gegenüber einem »Etappenhengst« zusammen: »Ihr Hauptfeldwebel ist, mit Verlaub, stockbesoffen. Erlauben Sie, daß ich einen meiner Männer schicke, um die entsprechenden Papiere zu holen, damit Sie sie gleich hier unterzeichnen können? Ich könnte dann morgen früh die erste Militärmaschine nehmen und meinen Befehl in Vientiane ordnungsgemäß ausführen.« Gäusle verharrte steinernen Gesichts.

Der Offizier — dunkel erinnerte er sich, daß er als aktiver Truppenführer Untergebene mit Initiative und Courage eigentlich geschätzt hatte — wollte von seiner Veranda aus mit seinem Harem das beginnende Raketenfest genießen: »Militärmaschine? Sie sind vielleicht ein Optimist, *sergent-chef!* Ob und wann überhaupt eine Maschine hierherkommen wird, weiß niemand. Aber irgendwo im Bureau gibt es Scheine, mit denen man Plätze in den Zivilmaschinen beschlagnahmen kann. Lassen Sie alles, was nötig ist, holen. Aber Tempo, ich habe noch zu tun!«

»Zu Befehl, *mon commandant.*« Gerald Gäusle drehte sich um und ging zu Kurt Riller: »*Sergent*, Sie haben gehört, was der *commandant* gesagt hat. Öffnen Sie die Schränke, und suchen Sie alle notwendigen Papiere zusammen. Aber Tempo!«

»Zu Befehl, *chef!*« Kurt Riller übergab seine MP an Doberer und fiel in Dauerlauf.

»Rühren«, befahl der Major vom Balkon. »Möchten Sie beide Tee haben?«

Du könntest uns ruhig einen Whisky geben, dachte Gäusle und sagte: »Zu Befehl, *mon commandant.* Sehr gerne!«

In dem Moment begannen die ersten Raketen gen Himmel zu steigen.

*

Nach der Niederlage von Dien Bien Phu war auf der Genfer Friedenskonferenz vereinbart worden, daß sich die Franzosen in Viet Nam südlich des 17. Breitengrads zurückzuziehen und ihre Kolonien Laos und Kambodscha in die Unabhängigkeit zu entlassen hatten. Doch ein geordneter Rückzug ist wesentlich schwieriger zu organisieren als jeder noch so schnelle Vormarsch:

In ganz Indochina verstreut stationierte sowie »nomadisierende« Streitkräfte mußten zurückgelenkt, untergebracht, versorgt, ihre Heimverschiffung veranlaßt werden; Stäbe wurden aufgelöst oder neu gegliedert, Offiziere versetzt, Truppen umgruppiert, Bestandsaufnahmen waren zu erstellen, Papiere zu sortieren: zu verpacken oder zu vernichten. Verwaltungsstellen stritten sich um Kompetenzen, Dienststellenleiter fürchteten um ihre Pfründe; einheimische Hilfskräfte mußten entlassen und entschädigt werden; der Hausrat der französischen Familien war zu erfassen, dessen Volumen zu berechnen; Abschiedsbesuche mußten absolviert, Krankenhäuser und Schulen sowie Lazarette evakuiert werden. Es begann das Gerangel jener, die unbedingt nach Algerien und Frankreich wollten mit jenen, denen es das asiatische Savoir-vivre angetan hatte; es galt, den bevorstehenden Gefangenenaustausch zu planen und eine schützende Hand über die zu erwartende vietnamesische Völkerwanderung zu halten; Konsulatsbeamte sahen sich von einer unübersehbaren Menge Mitläufer und Nutznießer bedrängt; Abfindungen mußten ausgehandelt werden ... und ... und ... In diese Szenen von Planung und Chaos platzte die Nachricht, daß die Divisionskasse von Dien Bien Phu in Vientiane eingetroffen war.

»Wieso das denn?«

»Drei Legionäre haben sich damit durchgeschlagen.«

»Deserteure?«

»Im Gegenteil!«

»Was soll'n wir damit?«

»Weiß ich auch nicht, *mon général*.«

»Dann schicken Sie sie wieder zurück!«

»Verzeihung, *mon général* ...«

»Ach so, ja. Wer ist dafür zuständig: Hanoi oder Saigon?«

»Ich werde es feststellen lassen, *mon général*.«

Die Dienststellen von Saigon wußten natürlich von nichts, wollten die Angelegenheit allenfalls im Rahmen der Hanoier Equipierung geregelt sehen. Dort hatte die Chefbesetzung der Intendantur — auch diese bereits in Auflösung — inzwischen gewechselt und war teilweise schon abgezogen worden. »Da am

Ende eines Krieges jeder Gefreite ein General ist«, hielt es niemand für möglich, daß man jemals bares Geld in die verloren gegangene Festung geschickt hatte. Im übrigen fehlte auch gar keines: weder in Saigon noch in Hanoi! Jede Ausgabe war penibel genau rechts- und ordnungsgemäß verbucht worden — eben auch jene Summe, um die es eigentlich ging: Offiziere vom Stab GONO konnten, da in Gefangenschaft, nicht befragt werden. Sosehr militärische wie zivile Stellen normalerweise auf ihre Kompetenzen pochen, sie mitunter leidenschaftlich und zäh verteidigen: Hier erklärte sich niemand für zuständig; keiner sah sich in der allgemeinen Aufbruchstimmung imstande, auch noch »für eine fremde Kiste« verantwortlich zu sein. So wäre aller Voraussicht nach die Angelegenheit allmählich zu Tode verwaltet und *la caisse* selbst beim Abzug der französischen Garnison aus Vientiane wahrscheinlich vergessen worden, wenn nicht . . .

Zwischen zwei und fünf Uhr nachmittags ist Vientiane ausgestorben wie ein in der Sahara aufgegebener Friedhof. Alfons Doberer ruhte im Schatten einer weit ausladenden Palme am Swimmingpool »des besten Hotels am Platze«: Das Lane Xang bedurfte ebenso dringend eines neuen Verputzes wie seine sanitäre Ausstattung einer Modernisierung, und das Schwimmbassin war auch nur für jene anziehend, die sich weder vor Cholera noch Typhus fürchteten. Aber man bekam hier herrlich frische, gut gekühlte Lychee-Drinks.

»*Kop tai*«, sagte Alfons zu dem Barmann, nachdem er ihm endlich noch einen Lychee-Wodka gebracht hatte. Er nahm einen tiefen Schluck und fühlte sich herrlich. Ein Wertherbrief, den er »für Schwankert« mal gelernt hatte, kam ihm in den Sinn: »Eine wunderbare Heiterkeit hat meine ganze Seele eingenommen. Gleich dem linden Frühlingsmorgen . . .« Mein Gott, Schwankert: Was der wohl machte? Und Doktor Deuber? Das waren seine einzigen Bekannten aus seiner Jugendzeit. Außer Kurt Riller natürlich. Aber der hatte sich seltsam verändert; soll ja in eine üble Geschichte verwickelt gewesen sein . . . Und dann war da noch . . . wie hieß der noch gleich? Brom-ba-cher. Ja. Eugen Brombacher! Das war der dritte, der damals abgehauen war. Ob der beim »Unternehmen Greif« draufgegangen war? Oder vor eines dieser Kriegsverbrechergerichte gestellt wurde . . .?

Als Alfons Doberer wieder aufwachte, schickte sich die Sonne an unterzugehen. Er duschte ausgiebig, gab dem Boy ein Trinkgeld, durchquerte die Halle, blickte kurz auf den großen Stadtplan von Paris mit dem ältesten Trinkspruch der Welt: *L'alcool tue lentement, mais qu'importe, nous ne sommes pas pressés.* * Dann betrat er die Lane-Xang-Allee, diese »Champs-Élysées von Vientiane«, auf der nur spärlicher Verkehr floß. Alfons hatte Mühe, eine jener dreirädrigen *samlors* zu entdecken. Er vereinbarte einen Preis von einhundert Kip, was nach offiziellem Kurs ein halber US-Dollar war: Der hagere Mann trat mit seinem ganzen Gewicht in die Pedale und brachte Alfons zum Quai Fa Ngum.

Im Purple Porpoise aß er ein Bœuf Stroganoff und trank dazu einen schweren importierten Burgunder. Dabei kam er mit dem Besitzer, einem ehemaligen US-Air-Force-Piloten, den es nach dem Koreakrieg hierherverschlagen hatte, ins Gespräch: »Mann, hau doch in den Sack! Hier kannst du mit wenig Arbeit ein Vermögen machen!«

»Und wie geht das?« fragte Alfons Doberer.

»Du mußt nur etwas mutig und sehr verschwiegen sein. Dann geht das ganz einfach.«

»Und was muß ich tun?«

»Nun, sagen wir mal: Du vermittelst gewissen Leute gewisse Dinge.«

»Wo liegt das Risiko?«

»Das Risiko liegt einzig darin, daß du dich weder von der einen noch von der anderen Seite erwischen lassen darfst.«

»Wie hältst du das aus: tagsüber fliegen und nachts die Kneipe?«

»Ich rauche abends acht Opiumpfeifchen, meine Hände sind ruhig. Du rauchst nicht — deine Hände zittern irgendwann.«

Ein Spruch auf dem Pissoir hatte Alfons fasziniert: *If you are not interested in group-sex, why not play Bridge instead. Please contact phone number 2681.* *

Und Alfons hatte sich die Nummer aufgeschrieben.

*

* Alkohol tötet langsam. Aber was soll's, wir haben's nicht eilig.

** Wenn Sie kein Interesse an Gruppensex haben, spielen Sie doch einfach Bridge statt dessen. Rufen Sie bitte an 2681.

Gerald Gäusle trieb in den kühlen Abendstunden erst mal intensiv Sport, ehe er zu nächtlichen Kneipenrunden aufbrach; dabei verhielt er sich äußerst diszipliniert. Er liebte es, in einem der zahlreichen Restaurants auf dem Quai Fa Ngum zu sitzen und über den Mekong auf das palmenbesetzte thailändische Ufer zu schauen oder den breiten Strom zu betrachten: Nur Einbäume, treibende Grasinseln, Baumstämme, Schwärme von weißen Fischreihern unterbrachen neben dem Fährboot die Idylle der untergehenden Sonne.

Dieser Blick war der einzige Luxus, den Vientiane zu bieten hatte.

»Guten Abend, Monsieur. Möchten Sie ein hübsches Mädchen haben heute nacht?« Der kleine Junge berührte ihn vorsichtig, fast scheu am Arm und sah zu ihm auf.

»Danke nein. Heute nicht.«

»Möchten Sie gut essen, Monsieur? Ich weiß einige sehr gute Küchen im ›Dorf der Toten‹!«

»Wo?«

»Das Viertel heißt so, weil es auf einem ehemaligen Kolonialfriedhof errichtet wurde. Aber die Leute dort sind ganz lebendig, keine Angst. Ich besorge eine *samlor*, und Sie schenken mir hinterher, was Sie für angemessen halten.«

Gäusle gefiel der aufgeweckte, bescheidene Knirps, und er nickte mit dem Kopf.

Die vielen Löcher in den ungeteerten Straßen bewirkten, daß sie beide tüchtig durchgeschüttelt wurden. Auf dem Marktplatz im »Dorf der Toten« angekommen, sah sich Gerald um: Weit und breit war er der einzige Weiße. Das hätte ihn nicht weiter gestört, er wollte ja unbedingt die einheimische Küche kennenlernen; die Nationalgerichte *lap sin* aus gehacktem rohen Fleisch oder *lap la* aus Fisch zu sich nehmen. Aber der Anblick gehäuteter Schlangen, getrockneter Frösche, in Fischmarinade schwimmender Büffelhäute; Ameiseneier inmitten von geschmorten Affenköpfen und die Plazentas von Kühen widerten ihn derart an, daß er ein Taxi heranwinkte, um sich wieder ans Mekongufer zurückbringen zu lassen.

Sein Abend endete in The White Rose, wo man nicht nur die schönsten Mädchen des Landes, sondern auch jene Spezies von Mensch traf, deren desperates Leben sie zu allen möglichen Geschäften zwang.

Gäusle bestellte sich einen Lao-Lao nach dem anderen und wehrte sämtliche Annäherungsversuche der koketten Mädchen ab.

»Warum kommen Sie hierher, wenn Sie nicht die Gesellschaft einer schönen Frau wollen?« fragte der Barkeeper, indem er einen weiteren Reis-Whisky servierte.

»Ich kam als Transportbegleiter nach Vientiane.« Gäusle lallte bereits etwas.

»Als was?«

»Vergess'n Sie's . . .«

Als er in den dunstigen Stunden des frühen Morgens auf die Uferpromenade trat, winkte er einen der zahlreichen, in zimtfarbene, sariartige Roben gekleideten Bettelmönche heran, warf zu dessen Erstaunen fünfhundert Kip in das vor dem Bauch gehaltene Gefäß und schwankte in sein Quartier.

*

Sich als »hochdekorierter Kriegsheld, der gerade der Hölle von Dien Bien Phu entronnen« war, ausgebend, verschaffte sich Kurt Riller Zugang zu jenem Club, der in allen Kolonialstädten der Dritten Welt wohlbetuchten Weißen, Diplomaten, höheren Offizieren oder gleichrangigen Verwaltungsangestellten vorbehalten blieb. Nicht um zu schwimmen oder Tennis zu spielen, kam er, sondern weil Riller »der *little brown fucking machines* überdrüssig, endlich mal wieder was großes Weißes unter sich spüren wollte«. Anfangs ließ er, wie nebenbei, ein paar Bemerkungen fallen, die das Interesse einiger Damen erregten. Als er anfing, sich mit seinen Kriegstaten, »geheimen Kommandosachen« und anderen Bravourstücken aufzuspielen, hatte er bald einen größeren Kreis vornehmer Damen um sich versammelt, die die Erörterung des bevorstehenden Umzugs nur allzu gerne unterbrachen, um einem »Helden« zuzuhören. Einmal in Fahrt, beging Riller den Fehler, zu schnell zu viele jener Alkoholika in sich reinzuschütten, die ob ihrer mit der Sonnenhitze verbundenen Wirkung sun-downer genannt werden. Als Suzanne Dussard, die etwas später zu diesem *cercle* gestoßen war, fragte: »Monsieur, was glauben Sie, wird passieren, wenn die Viet Minh auch hierher kommen?« antwortete Kurt Riller: »Keine Angst, Madame. Die Viets sind zwischen den Beinen so klein wie Knaben gebaut. Die tun Ihnen bestimmt nicht weh.« Weil er dabei auch noch ihren Schenkel tätschelte, ließ man ihn rauswerfen.

Von Stund an wurde das Vien Latry sein Stammlokal; eine eigenartige Mischung aus chinesischem Restaurant, Kabarett, Bordell und Wäscherei: Während man sich mit den Mädchen vergnügte, wurde die Wäsche frisch gewaschen und tadellos gebügelt. Unter den dort massiert auftretenden korsischen Drogenhändlern war er ein gern gesehener Gast, denn welches Kartenspiel Riller auch vorschlug, stets ließen ihn die Korsen — unter Zugabe von reichlich Alkohol — erst mal gewinnen, ehe sie ihn schließlich regelmäßig ausnahmen.

*

Noch bevor er aufs Gymnasium ging, hatten Doberers Eltern ihrem Sohn die Grundregeln von Bridge beigebracht. Zwar fehlte ihm Spielpraxis, aber die drei Damen waren von seinem sich von Spiel zu Spiel steigernden Können so entzückt, daß er nun schon den dritten Tag hintereinander in diese Prachtvilla im ruhigen That-Luang-Viertel zum Mitspielen gebeten wurde.

Die Runde begann um fünf Uhr mit köstlichem Tee und spielte, bis die Herren der Schöpfung aus ihrem Office kamen, um nach einem gemeinsamen sun-downer ihre Gattinnen heimzufahren: Der Hausherr arbeitete in der britischen Botschaft, die beiden anderen Gentlemen — ein Amerikaner und ein Australier — nannten sich schlicht »Manager«. Da es nichts Schlimmeres als unter der Hitze leidende, sich in einem tristen Tropen-Provinznest langweilende Ehefrauen gibt, hatte der Australier kurzerhand jenen Hilferuf an die Wand des Pissoirs gekritzelt. Er erbot sich, Alfons Doberer nach Hause zu bringen.

»Oh, vielen Dank, Sir! Aber ich möchte noch nicht in die Kaserne zurück, sondern erst an den Quai Fa Ngum.«

»Na, dann fahren wir Sie eben da vorbei. Nicht wahr, Sweety?«

»Oh, natürlich, Darling.«

Im air-conditioned gekühlten Buick fragte der Australier beiläufig: »Monsieur, haben Sie vor, ewig in der französischen Armee zu bleiben?«

»Merkwürdig, Sir: In den letzten Tagen frage ich mich das auch.«

»Na, dann kommen Sie doch übermorgen abend zu uns zum Dinner. Hier ist meine Karte mit den beiden Telefonnummern. Ich glaube, ich kann ihnen ein nicht uninteressantes Angebot machen.«

»Oh, natürlich, Darling.«

Im Purple Porpoise fiel Alfons die Karte wieder ein. Er fingerte sie aus seiner Hemdentasche und las im Schein der schummerigen Beleuchtung: Jerry John Frazier, General-Manager, Koala-Airline, Sidney/Vientiane.

*

»... Das glaub' ich nicht ...!« entfuhr es Gerald Gäusle.

»Hör zu, Kamerad: Wir sind zwar beide in Zivil und saufen einen zusammen, aber ich bin immerhin *adjudant-chef!* Mir untersteht die Waffenkammer, und über alles, was da rein- und rausgeht, weiß ich genau Bescheid. Verstehst du?«

»Verzeihung, *mon adjudant-chef.* Ich wollte sagen: ... das kann ich einfach nicht glauben.« Was der Oberfeldwebel da erzählte, wollte Gerald Gäusle partout nicht in den Kopf. »Où est la caisse?«

»Was weiß ich? In Saigon? Oder sonstwo ...!«

»Wann war das, *mon adjudant-chef?*«

»Am Samstag nachmittag. Also genau vor vier Tagen. Verstehst du?«

»Ja, aber der hatte doch gar nicht das Kommando! Das hatte doch ich übertragen bekommen ...«

»Was weiß ich? Am Freitag bekam ich einen Anruf aus dem Hauptquartier, aus Saigon: Am Apparat war ein Major Meunier, der mir erklärte, daß er einen Unteroffizier aus Vientiane in Marsch gesetzt hätte, um eine Kiste mit geheimen Aufzeichnungen, Skizzen und Tagebüchern nach Saigon zu bringen, da diese zur militärwissenschaftlichen Analyse sofort nach Paris geschickt werden müßten. Nach vielen Quer- und Fehlverbindungen, so fuhr der Major fort, habe er endlich erfahren, daß die Kiste in meiner Waffenkammer stünde. ›Zu Befehl, *mon commandant*, die steht hier rum‹, hab' ich geschrien, denn die Verbindung war ziemlich schlecht. Der Mann würde sich als *sergent* Kurt Riller ausweisen ... Dann war die Leitung unterbrochen. Verstehst du?«

»Ja ... aber das Telefonat war doch gezinkt! Das war Riller doch selbst!« unterbrach Gäusle seinen Zechkumpanen.

»Was weiß ich? Jedenfalls waren die Papiere, die der Mann am nächsten Tag vorlegte, echt! Du kannst sie dir ja morgen früh ansehen. Was ist überhaupt in dieser Scheißkiste?«

»Nichts ... nichts Besonderes. Es ist nur ... ich hatte das Kommando in der Sache ...«

In jener Nacht starrte Gerald Gäusle lange in die träge dahinziehenden braunen Fluten des Mekong.

»Hier ist die Kopie.« Der Waffenmeister zog das Papier anderntags aus seiner Kladde. »Unterschrieben mit *commandant* Meunier. Und hier hat der *sergent* quittiert. Verstehst du?«

»Ja, aber hier, *mon adjudant-chef:* Hier ist der Stempel! Er lautet Militärkommandantur Luang Prabang! Nicht Saigon! Das ist der Beweis, daß die ganze Chose gefälscht ist!«

Daß der Stempel nicht aus Saigon stammte, hatte der in Ehren ergraute Waffenmeister schlicht übersehen: »Was weiß ich? Er war so in Eile! Sagte, er müsse unbedingt noch die letzte Maschine nach Saigon erreichen ... Und wegen des Telefonats am Vortag ... da hab' ich den Stempel glatt übersehen! Verstehst du?«

»Ja, aber die Kiste war doch viel zu schwer, die konnte der allein doch gar nicht tragen!«

»Er hatte zwei Mann dabei und einen Jeep. Was ist bloß los mit dieser Dreckskiste?! Ist doch egal, wer dieses Ding nach Saigon schleppt! Verstehst du?«

»Ja, eigentlich haben Sie recht, *mon adjudant-chef* ...«

Gerald Gäusle wankte ins Freie. Er kombinierte: Der »Killer« mußte auf der Wache in Luang Prabang — von dem besoffenen Wachhabenden unbemerkt — viel mehr Papiere an sich genommen haben als notwendig. Die hatte er alle von dem durch die Mammut-Whiskys, die ihn umschnurrenden Laotinnen und das vielfarbige Feuerwerk abgelenkten Major blanko unterschreiben lassen. Er selbst hatte dies auch nicht bemerkt, da er sich zu diesem Zeitpunkt vorschriftsmäßig am Fuß der Veranda aufgebaut und auch ab und zu heimlich nach dem Feuerwerk gesehen hatte. Gelegenheit genug für den »Killer«, einige signierte Papiere in seiner Uniform verschwinden zu lassen. Damit ausgestattet, konnte er den Coup mit dem falschen Telefonat unternehmen.

Gäusle ließ sich sofort zum Flugplatz fahren.

»Monsieur, könnten Sie mir bitte sagen, ob am Samstag abend ein großer blonder Unteroffizier mit der Maschine nach Saigon geflogen ist? Sein Name war Kurt Riller.«

»Moment, Monsieur, ich sehe die Liste mal durch.« Der Angestellte der Airlaos hatte Mühe, die Unterlagen zu finden. »Hier steht: Riller. Die Maschine war voll besetzt. Es gab sogar eine Warteliste.«

Gerald Gäusle erfaßte ein Gedanke: »Sind Sie sicher, daß der *sergent* auch wirklich mit dieser Maschine abgeflogen ist?«

»Das kann ich Ihnen nicht sagen, da müssen Sie heute abend noch mal herkommen. Dann ist die andere Crew da, die Samstag abend Dienst hatte.«

Gerald Gäusle blieb nichts anderes übrig, als bis zur Ablösung zu warten. Er setzte sich im ersten Stock auf die Terrasse des bescheidenen Restaurants, ließ sich ein Bier bringen, seinen Blick über den kleinen Flugplatz und den nahen Dschungel schweifen und überlegte: Was macht der »Killer« in Saigon? Zahlt er das Geld bei einer französischen Bank ein, so stellt man ihm angesichts der Höhe der Summe Fragen nach der Herkunft. Will er sich mit der Regimentskasse nach Europa einschiffen? In diesem Fall genügte ein Tip an die korsische Mafia in Vientiane, und der »Killer« war in Marseille ein toter Mann, noch ehe er sein erstes Bier auf der Canebiére bestellt hatte.

»Monsieur, auf der Passagierliste von Samstag abend steht ein *sergent* Kurt Riller. Können Sie mir sagen, ob der auch wirklich nach Saigon abgeflogen ist?«

»Ja, Monsieur, der ist geflogen.«

Die Antwort kam wie aus der Pistole geschossen — und das machte Gerald Gäusle stutzig. Er ließ einen 500-Kip-Schein in die Tasche des Laoten gleiten: »Sind Sie ganz sicher?«

»Natürlich, Monsieur. Der *sergent* war so ein kräftiger Großer. Er führte eine schwere Aluminiumkiste mit sich. Ich weiß es ganz genau: Er hat die Maschine nach Saigon genommen.« Nach einer genau berechneten Pause fügte er hinzu: »Warum, Monsieur?«

Das Warum signalisierte, daß der Flughafenbedienstete bei weiterer Zuwendung eventuell noch zu einer anderen Auskunft bereit wäre, aber Gäusle realisierte dies nicht, sagte *merci* und setzte sich an die nahe Café-Bar, um nachzudenken.

Gerald Gäusle tat gerade seinen ersten Zug an einer Zigarette, als sich ihm ein Sikh zugesellte, der eine Tüte Erdnüsse bestellte. Als der Barkeeper sich zum Regal wandte, zischte der Inder Gäusle zu: »Sahib, erwarten Sie mich in zehn Minuten auf der Toilette!« Dann zahlte er und verschwand wieder.

In dem WC, dessen Spülung nicht funktionierte, stank es bestialisch. Gäusle stieß die drei Kabinentüren auf: Schwärme von Insekten erhoben sich. Anschließend schraubte Gäusle den äußeren Griff an der Eingangstür ab, lehnte die Tür an und wartete.

Nachdem der Sikh eingetreten war, schloß Gäusle die Tür von innen ab: Nun waren sie vor Überraschungen sicher. Gerald blickte sein Gegenüber an: Der Mann war etwa fünfundzwanzig Jahre alt, hatte ein offenes Gesicht, in dem die weißen Zähne gegenüber dem noch nicht sehr dichten Bart dominierten. Der helle Turban paßte gut zu dem dunklen Blau seiner Uniformjacke, an der eine silberne Litze prangte. Die Hose schien nicht mehr neuesten Datums zu sein.

»Nun, Monsieur?«

»Sahib, wir Sikhs sind überall eine Minderheit. Nicht nur in Indien, hier erst recht. Und wenn man uns unterdrücken und betrügen kann, dann tut man das.« Der Mann sprach stoßweise und hastig, er schien nicht viel Zeit zu haben, was bei Asiaten ungewöhnlich war. »Mein Boß hat Ihnen nicht die Wahrheit gesagt.«

»Welche Wahrheit, Monsieur?«

Gäusle hatte auf dem schwarzen Markt getauscht und konnte es sich leisten, dem Inder zwei 500-Kip-Scheine zuzustecken. Dessen Augen fingen an zu leuchten. Er verbeugte sich und sagte: »Danke, Sahib! Sie sind sehr großzügig und zeigen dadurch, daß Sie nicht auf indische Minderheiten herabsehen.«

»Natürlich nicht, warum sollte ich das? Aber nun erzählen Sie mir bitte von dem *sergent*. Ich schließe aus Ihrem Verhalten, daß der *sergent* doch nicht nach Saigon geflogen ist?«

»Nein, Sahib. Die Maschine war ausgebucht, und der *sergent* ist sehr spät gekommen. Mit seinem Beschlagnahmungsschein hätte er natürlich noch einen Platz bekommen, aber seine große Kiste nicht. Wir haben nur diese kleinen Maschinen, müssen Sie wissen, da passen höchstens ...«

»Ich weiß«, unterbrach Gerald Gäusle den Asiaten. »Ihr habt nur deutsche oder japanische Beuteflugzeuge! Ich bin mit so einer von Luang Prabang hierhergeflogen: Sie hatte nicht mal Sitze. Und durch alle möglichen Ritzen kam Nebel rein. Ich weiß also Bescheid. Weiter!«

»Es war so eine zweimotorige deutsche. Sie hatte Sitze, aber nur für zwölf Personen. Daneben geht nur sehr wenig Gepäck rein. Die Kiste des *sergent* mußte draußen bleiben. Mein Boß machte den Vorschlag, sie mit der nächsten oder übernächsten Maschine nachzuschicken, aber darauf ließ sich der Herr Unteroffizier nicht ein. Er überließ seinen Platz einem Gummiplantagenbesitzer, der unbedingt zu seiner Freundin nach Saigon wollte ...«

»Was geschah weiter? Der *sergent* ist also nicht mitgeflogen?«

»Nein, Sahib. Mein Chef hat ihn dann, als der Flugplatz schloß, in seinem Auto mitgenommen.«

»Wissen Sie, wohin sie gefahren sind?«

»Nein, ich muß immer mit dem Fahrrad fahren. Aber ich hörte das Wort Sayfa.«

»Sayfa?«

»Ja, Sahib. Das ist eine ganz billige Absteige ohne Air-condition in der Rue Khoum Boulon Nummer 69.«

»Warum hat Ihr Boß mir erzählt, der *sergent* sei doch nach Saigon geflogen?«

»Nun, die beiden haben lange miteinander geflüstert. Soviel ich davon verstanden habe, hat der *sergent* gesagt, daß ein *caporal* und ein *sergent-chef* bald nach ihm fragen werden. Er hat Sie, Sahib, genau beschrieben. Und damit mein Boß Ihnen eine falsche Auskunft gibt, hat er ihm tausend Kip zugesteckt. Sahib, die Laoten sind Meister der Intrige: Mir hat mein Boß nichts abgegeben. Deshalb rede ich jetzt mit Ihnen, Sahib. Ich bin ehrlich, Sahib. Und ich habe auch Familie ...«

Gäusle mußte schmunzeln. Er fischte noch einmal zwei Fünfhunderter aus der Tasche und gab sie dem Sikh.

»Oh, Sahib, der Herr, der über uns alle wacht, möge Seine

Hand über Sie halten. Ich danke Ihnen! Soll ich Sie dafür heute abend begleiten?«

»Das ist sehr freundlich von Ihnen, Monsieur. Sie fallen zwar nicht so auf wie ich. Aber wenn ein Europäer und ein Sikh zusammen durch die Straßen gehen und Fragen stellen, sind die Laoten besonders mißtrauisch. Wir sind dann zwei Minderheiten...«

Aus dem völlig unter Opium stehenden Besitzer des Sayfa konnte Gäusle nur soviel herausbekommen, als daß der Unteroffizier vier Nächte im voraus bezahlt hatte, seine schwere Kiste in ein Zimmer bringen ließ, kurz darauf eine *samlor* angeheuert hatte, um zum Evening-market zu fahren. Am nächsten Morgen sei der Herr Soldat schon ausgezogen gewesen.

Da der »Killer« damit rechnen mußte, daß man ihm irgendwann auf die Schliche kommen würde, ergriff er die Gelegenheit und legte mit der Abendmaschine nach Saigon eine falsche Fährte — kombinierte Gerald Gäusle. Der »Killer« war also noch in Vientiane. Oder war er mit einer anderen Air-Line nach Hanoi geflogen? Das war ohnehin viel näher. Andererseits konnte der Sikh natürlich die raffinierte Variante einer falschen Fährte sein. Aber der Mann hatte ehrlich ausgesehen. Was wollte der »Killer« auf dem Evening-market? Gerald Gäusle winkte schließlich eine *samlor* heran und ließ sich zum »Dorf der Toten« bringen.

Auf hinterindischen Märkten stehen meist die gleichen Berufsstände beisammen: Da gibt es das Viertel der Garküchen, die Gasse der Kesselflicker, der Fahrradreparateure, der Elektriker; die Friseure bilden ebenso eine geschlossene Einheit wie die Schuster oder die Schneider. Gerald Gäusle ging durch die belebten, vom anpreisenden Geschrei und kratzenden Schallplatten erfüllten, engen Korridore und sah sich aufmerksam um.

Plötzlich stand ein kleiner Mann vor ihm, verbeugte sich höflich und sagte in leidlichem Französisch: »Monsieur, bitte kommen Sie zu mir. Ich nähe Ihnen auch ein schönes, passendes Gewand.«

»Monsieur, was heißt bitte schön: auch?« fragte Gerald Gäusle wie elektrisiert.

»Oh, Monsieur, ich steige auf einen Stuhl, dann bin ich größer als Sie. Dann kann ich Ihnen sogar die Kopfgröße messen ...« Der Laote fand diesen Gag überaus komisch und kicherte in sich hinein. »... Wie dem Inglesi!«

»Sie haben einen Inglesi bedient? Wann war das?«

»Am Samstag nacht, Monsieur. Und alles hat ihm sehr gut gepaßt: eine Hose und drei bequeme Hemden. Sie werden sehen, Monsieur, auch Sie werden zufrieden ...«

»Wirklich ein Inglesi? Wie sah der aus?«

Der Schneider beschrieb eindeutig Kurt Riller: »Ich habe dem Gentleman Maß genommen. Dann hat er sich da drüben hingesetzt, gegessen und viel getrunken. Und als alles nach ein paar Stunden fertig war, hat er mir sogar seine Uniform geschenkt.«

»Kann ich diese Uniform bitte einmal sehen?«

»Bitte, Monsieur, wenn Sie möchten. Wollen Sie diese Uniform etwa kaufen?«

Es war Kurt Rillers Uniform.

»Aber Monsieur, diese Uniform ist doch französisch! Wieso sagen Sie, es war ein Engländer?«

»Nun, der Gentleman sprach ganz schlecht französisch. Er war überfallen worden, und ein mitleidiger *sergent* hat ihm wohl mit seiner Uniform ausgeholfen. Möchten Sie jetzt auch ein neues *vêtement?*«

Engländer, ging es Gerald Gäusle durch den Kopf, der »Killer« ist vorsichtig bis ins letzte.

»Wie hat der Inglesi denn bezahlt? Hatte der soviel Kip bei sich, Monsieur?« Es war immer von Vorteil, mit Einheimischen besonders höflich zu verkehren.

»Nein, Monsieur, er hatte vorher da drüben bei meinem Schwager gewechselt.«

Der Geldwechsler besaß ein dickes Bündel nagelneuer vietnamesischer Hundert-Piaster-Scheine. Mit des Schneiders Übersetzungshilfe stellte Gäusle fest, daß der »Killer« nur wenige Kip, jedoch für mindestens zehntausend Piaster thailändische Bath eingetauscht hatte.

In dem Moment erklang von weit her das Tuten der abgehenden Fähre.

So war's gelaufen, resümierte Gäusle: Der »Killer« hatte sich hier mit Zivilklamotten und Geld eingedeckt und war nach Thailand gegangen! Wahrscheinlich mit dieser Fähre.

Thailand! Dorthin reichte der französische Arm nicht: Die stolzen Thai würden einem französischen Auslieferungsersuchen schwerlich stattgeben.

»Où est la caisse?« fragte Gerald Gäusle laut und schob die Antwort in seinem österreichischen Dialekt gleich hinterher: »Die Käß is' weg!«

Dann besoff er sich ganz fürchterlich.

7. KAPITEL

NEUES LEBEN

Nicht nur im französischen Mutterland, fast in der ganzen westlichen Welt beherrschte eine Frage alle Diskussionen: »Wie konnte es dazu kommen? ... Wie konnte eine moderne, stolze Armee von Halbwüchsigen geschlagen werden, die aufgeschnittene Autoreifen statt Militärstiefel trugen ...!?« Auch im vornehmen Club von Vientiane schwirrten Thesen und Antithesen durch die Luft. Nahmen, wie hier, an solchen Diskussionen Amerikaner teil, adressierte man an sie direkte Vorwürfe:

»Wir Franzosen sind in Südostasien schließlich der Vorposten Europas! ... Fällt ein Land in Asien, fällt ganz Asien — und damit Amerika!« Irgend jemand hatte mal was von einer »Dominotheorie« gehört. »Warum hat Washington uns nicht geholfen?«

»Gentlemen, wir haben — ich möchte es so ausdrücken: alles was in der US-Armee Rang und Namen hat, nach Dien Bien Phu eingeflogen. Unsere Leute gaben gern und oft unerbetenen, Rat, der auf ihren Erfahrungen aus dem Koreakrieg basierte. Sogar Generalleutnant John O'Daniel inspizierte ...«

»Und was hat er erreicht?«

»Nun, Monsieur, sein Eindruck, das möchte ich hier nicht verhehlen — und ich weiß das, weil ich an dem entsprechenden Vortrag teilnahm —, sein Eindruck war sehr zwiespältig.« Der junge amerikanische Militärattaché hatte Mühe, sich, ohne die Regeln der Höflichkeit zu verletzen, stimmlich durchzusetzen: »Iron Mike, wie unser General genannt wird, war zunächst einmal darüber verwundert, daß der für Dien Bien Phu direkt verantwortliche General, also Cogny, ›die ganze Festung am liebsten sofort evakuiert und aufgelöst hätte‹, während der Oberkommandierende, Viersternegeneral Navarre, an Dien Bien Phu aus gesamtstrategischen Gründen festhielt, obwohl letzterer genau wissen mußte, daß er zur Versorgung eines so großen Stützpunktes so weit vom französischen Zentrum entfernt weder über genügend Kräfte noch Material — und es mangelte dort an Treibstoff, Munition und Verbandszeug —, ja nicht einmal über genügend Transportkapazität verfügte, um den benötigten Nachschub dorthin zu bringen.« Der junge Major sprach geschraubt, als stünde er vor der Kriegsakademie. Obwohl seine Zuhörer unruhig reagierten, fuhr er unbeirrt fort: »Um Ihnen zwei kleine, aber wichtige Details zu schildern: Iron Mike machte Cogny darauf aufmerksam, daß die Munitionsbevorratung der Artillerie für maximal sechs Tage seines Erachtens zu knapp bemessen sei — und wir wissen inzwischen, daß sie bereits nach zwei Tagen verschossen war. Und zu Iron Mikes Erstaunen standen die französischen Steilfeuergeschütze einfach auf dem Boden! Verstehen Sie, Gentlemen, sie waren weder eingegraben noch getarnt, noch boten in den ersten Tagen Sandsäcke für die Bedienung auch nur den geringsten Splitterschutz . . .!«

». . . Das ist eben französischer Hochmut!« rief jemand dazwischen.

»Hätte auch nur ein einziger französischer General die Strecke Hanoi—Dien Bien Phu im Auto zurückgelegt, anstatt bequem zu fliegen: Die Entscheidung, sich im Talkessel von Dien Bien Phu der Viet Minh zur großen Schlacht zu stellen, wäre sicher nie gefallen . . .!« Ein Schweizer Konzernvertreter, der zu Hause den Rang eines Hauptmanns der Reserve innehatte, pflichtete dem jungen Attaché bei.

Als die ersten Clubmitglieder zum abendlichen Dinner aufbrachen, erhob ein hochgewachsener Mann mit schwarzen Haaren, ebensolchen Brauen und gewaltigem Schnauzer sich und seine Stimme:

»Ich stelle fest, daß die französischen Generäle die Stärke, die Fähigkeiten und den Willen zum Sieg ihres Gegners gewaltig *unter*schätzt haben!« Aufkommende Proteste wischte der Hochgewachsene mit einer Handbewegung beiseite und fügte nach einer kleinen Zäsur maliziös lächelnd hinzu: »Und ihren eigenen Genius sowie ihren eigenen Kampfwert haben sie ebenso gewaltig *über*schätzt. Das ist französische Tradition: Aus denselben Gründen konnte ihnen ja schon Julius Cäsar bei Alesia ein gallisches Dien Bien Phu zufügen! Bon soir, Messieurs.«

Der amerikanische Militärattaché versagte sich als einziger der wenigen Nichtfranzosen brüllendes Gelächter. Jerry John Frazier klatschte vor Vergnügen auf seine Schenkel und stand auf, nachdem er sich etwas beruhigt hatte: »Kommen Sie, Älfons, meine Frau wartet.«

Lautlos glitt der reich verchromte Straßenkreuzer durch die abendliche Stadt, seine Air-condition lief auf vollen Touren.

»Wer war denn das zum Schluß?« fragte Alfons Doberer.

»Ja, der hat zwar einen französischen Paß, betont aber immer, daß er Korse sei. Ist einer von den vielen Seh-Händlern hier.«

»See-Händler, hier mitten im Land?«

»Seh — mit h! Er handelt mit allem, was man *sehen* kann. Und wohl auch mit Dingen, die man besser weder ansieht noch anfaßt; mit denen man allenfalls handeln läßt!«

Nach dem Abendessen zogen sich Alfons Doberer und der australische Geschäftsmann mit einem großen Whisky auf die Terrasse zurück.

»Sehen Sie die Situation auch so schwarz, Sir?«

»Sie müssen die Franzosen verstehen, Älfons: Die haben zwei große Kriege nur mit Hilfe der Angelsachsen gewonnen, und dies real zu erkennen, fällt ihnen schon schwer genug. Was sie jedoch überhaupt nicht begreifen, ist die Tatsache, daß die Zeiten von überseeischen Besitzungen, von ›dem Mutterland dienenden Kolonien‹ vorbei sind: Man hat ganze Völker als Soldaten rekrutiert, sie ausgebildet und auf die Achsenmächte losgelassen. Dabei lernten diese ›Primitiven‹ mehr, als nur zu schießen: sie fingen an zu denken. Und am Ende des Krieges sagten dieselben Offiziere: ›... Gebt eure Gewehre wieder her! ... Jetzt geht wieder schön zurück in euren Kral ... zurück in den Busch! Jetzt seid ihr wieder friedliche Kaffern und harmlose Dschungelaffen ...!‹ Welches Volk mit Selbstachtung sollte sich dies wohl gefallen lassen?!«

Alfons zuckte nur mit den Schultern und nippte an seinem Whisky.

»Die einzigen, die die Zeichen der Zeit erkannt haben, sind die Engländer: Burma, Indien, das ging alles ohne Blutvergießen; sie haben dort sogar eine funktionierende einheimische Verwaltung aufgebaut. Welche Größe hat England dadurch bewiesen! Aber die Grande Nation?!«

»Wie wird die Situation hier aussehen?«

»Für uns gibt's jetzt viel zu tun: Die Franzosen ziehen aus

Tonkin und Nordannam ab; Laos und Kambodscha — diese auf dem Reißbrett der Kolonialmächte entstandenen ›Staaten‹ — werden unabhängig. Was immer dies bewirken mag, es bedeutet, daß der Westen seinen Einfluß zu erhalten trachten muß . . .«

»Wen meinen Sie mit der Westen, Sir? England?«

»Nein. Die USA.«

»Sie glauben, daß die Amerikaner die Region übernehmen werden?«

»Die Amis werden alles dransetzen, um nicht noch einmal, wie im Dezember '41, aus dem pazifischen Raum überrascht zu werden. Ganz egal, von wem. Und wenn Frankreich sich jetzt zurückzieht — nicht nur politisch, sondern sehr schnell auch finanziell —, wird Amerika einspringen müssen. Na, und Dollars sind doch das beste Mittel, einen Boden antikommunistisch zu düngen!« Jerry John Frazier fand diese Formulierung so gelungen, daß er in seinem Stuhl zufrieden ein paarmal hin und her schaukelte. »Hier entsteht erst mal ein Vakuum, und dies gilt es auszufüllen — bevor die anderen kommen! Cheers, mein Freund!«

»Cheers, Sir! Aber genau habe ich das Ganze noch nicht verstanden, verzeihen Sie, Sir.«

»Haben Sie schon mal die Bezeichnung G.C.M.A. gehört?«

»Nein, Sir.«

»Nun, 1951 begannen die Franzosen — viel zu spät, nur mit halbem Herzen und daher auch mit viel zu geringen Mitteln, aber immerhin: endlich — Kommandoeinheiten aus einheimischen Kräften aufzustellen. Diese etwa 15 000 Mann starken Guerillaverbände, die pro Monat dreihundert Tonnen Nachschub benötigten, operierten unter Leitung von *colonel* Roger Trinquier im feindlichen Hinterland in Einheiten von maximal vierhundert Einheimischen unter der Führung von jeweils zwei oder drei älteren *sergents* oder jungen Offizieren.« Jerry John Frazier tat einen tiefen Schluck.

»Davon habe ich noch nie gehört, Sir.«

»Nun, man wird bei einer Freiwilligentruppe wie der Legion kaum nach Freiwilligen für eine andere Freiwilligentruppe gefragt haben. Alles in allem konnten sich die Erfolge der G.C.M.A. sehen lassen: In Nordostlaos und in Tonkin, dicht an der chinesischen Grenze eingesetzt, zerstörten sie Brücken und Depots, sie unterbrachen Nachschubwege oder griffen kleinere Posten an und banden so gegnerische Kräfte. Viele dieser französischen Spezialisten haben die Sitten und Gebräuche sowie die Dialekte der ihnen anbefohlenen Dörfler erlernt, sich assimiliert, oder sie mußten, aus Loyalitätsgründen, die Tochter eines Häuptlings heiraten.

Das französische Oberkommando weiß inzwischen, daß der Befehl, sich hinter den 17. Breitengrad zurückzuziehen, ehe der Bambusvorhang endgültig runtergeht, gar nicht alle Kommandoeinheiten erreichen kann. Darüber hinaus bekundeten bereits einige Einheitsführer, daß sie mit ihren Leuten aus antikommunistischer Überzeugung, aus Patriotismus — oder was immer sie dafür halten — weitermachen wollen. Außerdem gibt es noch starke Reste der ehemaligen Kuomintangarmee, die sich vor Maos Volksbefreiungsarmee von Yünan nach Burma zurückgezogen haben.

All diese weit verstreuten antikommunistischen Bollwerke gilt es weiterhin zu versorgen. Da hierbei kein Staat offiziell in Erscheinung treten darf, bleibt dieser Job den freien Unternehmern überlassen: Wir bringen Fracht zu einem bestimmten Zeitpunkt an einen vereinbarten Ort — *was, von wem* und *für wen* interessiert uns weder vorher noch hinterher. Diskretion ist das halbe Geschäft. Das ist alles. Haben Sie das verstanden, mein Freund?«

»Ja, Sir. Wie gehen die Transporte vonstatten?«

»Mit Flugzeugen, die robust und wendig genug sind, um auf den vielen kleinen Pisten, die noch aus japanischer Besatzungszeit stammen, landen und auch wieder starten zu können. Die meisten können das übrigens auch auf einfachen, glatten Grasnarben.«

»Sir, Sie machten neulich eine Andeutung, daß Sie mich brauchen könnten. Was hätte ich dabei zu tun? Ich muß Ihnen allerdings vorweg sagen: Ich habe bei zwei Armeen einiges gelernt; ein noch so kleines Flugzeug zu fliegen war nicht darunter.«

Jerry John Frazier konnte über diesen Satz gewaltig lachen. »Was haben Sie eigentlich vor, Älfons?«

»Nun, Sir, meine persönliche Situation sieht folgendermaßen aus: Bei meinem Eintritt in die Legion habe ich einen Fünfjahreskontrakt unterschrieben, der Anfang dieses Jahres ablief. Ihn zu verlängern, beziehungsweise in den Sack zu hauen, bin ich aufgrund der Ereignisse in Dien Bien Phu nicht gekommen. Wenn ich bleibe, werde ich wohl bald ein paar Tressen mehr bekommen, eventuell sogar die Chance, Offizier zu werden. Keine berauschende, aber immerhin eine sichere und gute Aussicht für jemand, der nichts anderes gelernt hat. Nehme ich meinen Abschied, werde ich in allen Ehren entlassen, erhalte Geld und einen Zivilpaß. Beides: so weit, so gut. Erhebt sich die Frage: Was mache ich im letzteren Fall?«

Jerry John Frazier gefiel die sachlich-knappe Darlegung: »Wo würden Sie sich denn gerne niederlassen? Hier oder in Europa? Ihr Deutschen denkt doch ständig an zu Hause, habt permanent Sehnsucht nach deutschem Brot und deutschem Bier ...« Er schüttelte sich wieder vor Lachen.

»Ich kenne das Kriegseuropa, Nordafrika und Indochina, Sir. Jeder der drei Kontinente hat seinen Reiz. Es käme also auf die Art der Beschäftigung an.«

»Ich brauche keinen Piloten«, Jerry John Fraziers Stimme bekam plötzlich einen geschäftsmäßigen Ton, »sondern einen Organisator, der dafür sorgt, daß erstens die richtige Fracht in der richtigen Maschine richtig verstaut und festgezurrt wird; daß zweitens die Maschinen sofort nach ihrer Rückkehr, und nicht — wie hier üblich — erst kurz vor dem neuen Starttermin gewartet, aufgetankt und so weiter werden; jemand, der drittens eine zuverlässige Wache organisiert, die effektiv verhindert, daß die Maschinen nächtens wieder leergepumpt oder zum Zwecke der Ersatzteilbeschaffung von der Konkurrenz ausgeschlachtet werden; ich brauche einen, der viertens die Piloten, auch wenn sie noch so besoffen sind, notfalls mit der Pistole ins Cockpit treibt, der dafür sorgt, daß für uns immer genügend Sprit vorhanden ist ... und ... und ... und! Kurz: ein Mann, der organisieren und sich durchsetzen kann. Kapiert?!«

»Wieso glauben Sie, daß ausgerechnet ich Ihr Mann bin, Sir?«

»Ein Deutscher, der die Légion Etrangère mit Anstand und Auszeichnung überstanden hat, ist mir Garantie genug. Daß Sie außerdem zu einem Trupp gehörten, der sich von Dien Bien Phu bis Vientiane durchgeschlagen hat, gibt mir sogar — wie man hier sagt — ›Gesicht‹.«

»Ist bei diesem Job auch was zu verdienen?«

»Ich zahle Ihnen monatlich fünfhundert US-Dollar bar auf die Hand. Was Sie noch dazu verdienen, interessiert mich so lange nicht, als es nicht zu meinem Schaden ist.«

»Sie machen mich neugierig, Sir: Was soll das denn sein?«

»Da kommen Sie schnell genug dahinter, wenn Sie den Piloten auf die Finger sehn!«

Es muß hier von »Dienstleistungs«-Unternehmen aller Art wimmeln, kam Alfons in den Sinn: Erst der die Purple-Porpoise-Bar betreibende amerikanische Exkoreaflieger, dann der Korse im Club und schließlich der Präsident der Koala Air Line. Alfons mußte schmunzeln: »Und worin liegt das Risiko, Sir?«

»Darin, daß Sie manche Nacht auf dem Flugfeld verbringen müssen, um Ladung und Maschinen nicht aus den Augen zu lassen. Aber das dürfte ja für einen gedienten Legionär kein Problem sein. Oder fürchten Sie sich nachts vor Geistern?« Jerry John Frazier bebte wieder vor Lachen. »Überlegen Sie sich die Sache, und klären Sie die Angelegenheit Ihrer Entlassung! Dann geben Sie mir in drei Tagen Bescheid. Einverstanden?«

»Einverstanden, Sir.«

»In jedem Fall gilt: Mund halten! Ich würde mich freuen, wenn Sie akzeptieren. Dann genügt unser Handschlag! Einverstanden?«

»Einverstanden, Sir!«

»Ob Sie akzeptieren oder nicht: Meine Frau würde ungern den neuen Bridgepartner verlieren.«

»Verstanden, Sir. Bis Freitag!«

»Gute Nacht, mein Freund.«

»Gute Nacht, Sir.«

Alfons Doberer war schon an der Gartentür angelangt, als Jerry John Frazier ihm nachrief: »Ach, sagen Sie, junger Freund, was war eigentlich in dieser Kiste, die Sie aus Dien Bien Phu herschleppten?«

»Keine Ahnung, Sir!«

*

1954 fühlte sich jeder Europäer, den es nach Vientiane verschlug, in ein kleines, verschlafenes, verkommenes französisches Kolonialstädtchen der Jahrhundertwende versetzt: Nur wenige Straßen waren geteert, von vielen Häusern blätterte Putz ab, die Gärten wilderten vor sich hin. Dennoch strahlte diese »lächerlichste Hauptstadt der Welt« mit ihren sechs Verkehrsampeln und einem einzigen, nie funktionierenden Hotelfahrstuhl einen merkwürdigen, fast faszinierenden Charme aus. Wozu nicht wenig seine freundlichen, stets lächelnden Bewohner beitrugen.

Zwar blieben auch die Straßen des vornehmen That-Luang-Viertels nur schwach beleuchtet, aber gerade dadurch bekam dieser Bezirk, seinem offensichtlichen Reichtum zum Trotz, einen beinahe märchenhaften Charakter. Weshalb Alfons Doberer, ungeachtet der nächtlichen Schwüle, beschloß, ein Stück zu Fuß zu gehen. Zunächst amüsierte er sich über einzelne Laoten: *»Tu veux ma jolie sœur?«* — *»Or?«* — *»Fumer d'opium?«* — *»Diamantbrillant?«* — *»Petit garçon?«* — Und immer wieder *»Belle fille?«* Höflich, aber bestimmt wies Alfons alle Offerten ab. Als die Traube der Anbieter lästig wurde, entschwand er mit einer herbeigewunkenen *samlor*.

Der Rikschamann erreichte die Clubauffahrt in dem Moment, in dem der Manager höchstpersönlich einen Autoschlag aufhielt und unter vielen Verbeugungen ein Ehepaar in einen amerikanischen Straßenkreuzer einsteigen ließ: Der hochgewachsene schlanke Mann mochte Mitte Fünfzig, seine Begleiterin, soviel ließ sich im trüben Straßenlicht gerade noch erkennen, mußte eine wesentlich jüngere Schönheit sein. Die Kotflügel der schwarzen Luxuslimousine zierten Stander, die Alfons nicht zu identifizieren vermochte. Er wartete, bis der Wagen um die nächste Ecke und der Manager wieder im Clubhaus verschwunden waren, ehe er dem einheimischen Türsteher ein paar Kip in die Hand drückte und fragte:

»Wer war denn das?«

»Der neue Militärgouverneur, Monsieur. Kennen Sie Seine Exzellenz nicht, Monsieur?«

»Nein, den kenn' ich noch nicht.« Aber die Frau hab' ich irgendwo schon mal gesehen, ging es Alfons den ganzen Abend durch den Kopf.

Dank Jerry John Frazier hatte Alfons Zutritt zu diesem exclusiven Club, und so kam er am nächsten Tag wieder: Er suchte sich einen Platz, von wo aus er die ganze Anlage gut überblicken konnte.

Um fünf Uhr erfaßte Alfons eine unerklärliche Unruhe: Das Blut schoß ihm in den Kopf, und er fing an zu zittern, als habe er Fieber. Zehn Minuten später betrat die Schönheit vom gestrigen Abend den Rasen in einem engsitzenden, schwarzen Badeanzug. Alfons verspürte einen elektrischen Schlag: Es gab keinen Zweifel: *Sie* war es, und Alfons erinnerte sich urplötzlich aller Details. Diese schönen, schlanken Beine endeten immer noch in wohlgerundeten Hüften; die wespenartige Taille wirkte auch im Badedreß wie geschnürt; man sah dem Körper an, daß er Maß oder Diät zu halten gewohnt war. Sie wies den einheimischen Diener an, ihre Sachen auf einen im Schatten stehenden Liegestuhl zu legen, zog eine Bademütze über die pechschwarzen, zum Knoten aufgesteckten Haare und stellte sich unter die Dusche. Alfons' Körper bebte, als beutle ihn Schüttelfrost: Er, der furchtlose, kaltblütige Dschungelkämpfer zitterte vor der Begegnung mit einer alten Liebe stärker als ein Pennäler vor der ersten Tanzstunde!

Alfons wollte ihr im Wasser begegnen, doch gerade als er sich von der Dusche abwandte, stieg sie aus dem Bassin. Das über ihre hohen Backenknochen rinnende Wasser machte ihr Gesicht noch faszinierender und ließ ihre lavadunklen Augen funkeln.

»Suzanne.« Alfons hauchte fast.

»Mon petit géant . . .!« Ihr Erstaunen drückte echte Freude aus, ihre makellos weißen Zähne strahlten.

Wie zu Salzsäulen erstarrt, standen sich beide gegenüber.

Alfons faßte sich als erster: »Ich freue mich wahnsinnig, dich wiederzusehen, Suzanne.«

»Ich . . . ich bin sehr überrascht, dich hier zu treffen . . .« dann setzte sie wesentlich leiser hinzu: *»Mon petit géant* . . . welche Freude!«

Immer noch standen sie sich unbeweglich gegenüber.

»Das rote Handtuch da drüben, das ist mein Stuhl. Warte dort, ich muß mir was Trockenes anziehen.«

Kurz darauf saßen sie nebeneinander und wie auf feurigen Kohlen: Ihre Hände durften sich nicht berühren, ihre Blicke nicht allzu oft kreuzen, ihre Mienen mußten gleichgültig bleiben. Erzählen konnten beide nichts Wesentliches, Suzanne wurde dauernd begrüßt, Alfons mußte ein ums andere Mal aufspringen, *enchanté* sagen, neue Stühle herantragen lassen, Drinks bestellen. Nach zwei Stunden langweiligster Konversation zwinkerte ihm Suzanne zu, und sie schwammen beide ein paar Längen.

»Kann ich dich irgendwann mal alleine sehen?« fragte Alfons durch die Zähne. »Ich muß dich so viel fragen.«

»Heute holt mich der Chauffeur ab. Aber morgen kann ich's einrichten. Nimm dir ein Taxi und fahre die Straße nach Vat Tai, als wolltest du zum Flugplatz. An der Caltex-Tankstelle Zu den drei Elefanten läßt du links abbiegen, als wolltest du zur Anlegestelle am Mekong. Laß dich nach genau zwei Kilometern absetzen und warte dort auf mich. Sei um zwei Uhr da: In der großen Hitze werden wir niemandem begegnen.«

Als Alfons zur vereinbarten Zeit einen schwarzen Packard nahen sah, blickte er sich noch einmal um: In dem leicht hügeligen Land konnte er weit und breit niemand ausmachen. Eine Staubfahne hinter sich herziehend, bremste der Wagen, die Tür schwang auf.

»Hallo, *mon petit géant.*«

»Hallo, Suzanne.«

Das Auto fuhr an.

»Du bist wunderschön ...«

»Merci, mon petit ...«

Deutlich spürten beide ihre Verlegenheit.

Weit vor der Anlegestelle bog Suzanne in einen Feldweg nach Westen ein, der sich nach geraumer Zeit im Gelände verlor. Sie hielt auf eine Palmgruppe zu, die am Ufer des Mekong stehen mußte.

»Warst du hier schon mal, Suzanne?«

»Nein, noch nie.«

»Dann halte bei dem Gebüsch da vorne und laß mich das Gelände erst mal sondieren.«

In den Tropen führen vor allem europäische Fahrer Ersatzbenzin, Wasser, Öl, Abschleppseil und Feldspaten mit. Alfons nahm den Spaten, um unter der Palmengruppe ein größeres Geviert auf Schlangen und anderes niederes Getier abzuklopfen, dann ebnete er damit eine Fläche für zwei Decken, Suzanne legte Teller und Besteck darauf, verteilte Sandwiches, holte aus einer Kühltasche Obst und ... »Sieh mal her!« ... eine eisgekühlte Flasche Champagner.

»Suzanne, weißt du, daß ich nie wieder Champagner getrunken habe! Mir fehlte der richtige Partner dazu.«

»Na, dann mach sie auf!«

Nach dem ersten Glas fing Alfons Doberer an zu zittern: ganz zart und fein, wie eine Espe. Er bekam einen hochroten Kopf und bemühte sich um ein Lächeln. Doch nach wenigen Sekunden schlugen seine Zähne unüberhörbar aufeinander, bebte sein ganzer Körper, ohne daß er etwas dagegen machen oder dies überspielen konnte.

»Was ist denn mit dir los, *mon petit géant?* Hast du Malaria?«

»Nein, ich bin gesund. Es ist zu dumm: Nun bin ich weiß Gott erwachsen, aber jedesmal, wenn ich mit einer Frau ... ich meine: wenn ich einer schönen Frau gegenübersitze ... bevor mir das Blut woanders hinschießt, schießt's mir in den Kopf, und ich fange an zu zittern ...«

»Mein armer *géant* ...«

»Es ist schrecklich: Je älter ich werde, desto mehr zittere ich. Manchmal zittere ich sogar, bevor ich eine Frau überhaupt gesehen habe.«

»Waaas?«

»Ja, gestern zum Beispiel: Ich war im Club, und bevor ich ahnen konnte, daß du erscheinen wirst, zitterte ich wie vom Schüttelfrost gebeutelt.«

»Du bist eben auch ein sensibler *géant* ...«

Dagegen half nur eines: »Hast du noch eine Flasche mitgebracht?«

»Nein, warum?«

»Dann muß ich dich jetzt ausziehen.«

»Bitte gerne. Aber warum: jetzt?«

»Damit ich wenigstens einen Teil aus dem schönsten Naturkelch schlürfen kann, den es gibt.«

»Aber bitte schön, Monsieur.«

Vorsichtig goß Alfons von dem kostbaren Naß zwischen Suzannes große, feste Brüste und in die Kuhle ihres Nabels: »Das hab' ich mit Naturkelch gemeint!«

Er ließ sich Zeit und schlürfte genüßlich, auf großen Umwegen, jeden Tropfen von ihrem makellosen Körper.

»Darf ich auch mal, Monsieur?«

»Aber bitte schön, Madame.«

Suzanne spritzte den Rest ihres Glases auf Alfons' durchtrainierten Bauch. Dann beugte sie sich über ihn. Doch mit dem Champagner hielt sich Suzanne nicht lange auf, ganz zärtlich begann sie ihn zu küssen.

Zwei Vulkane prallten aufeinander.

Nachdem sie eine Weile glücklich ermattet nebeneinander gelegen hatten, lächelte Suzanne: »Siehst du, *mon petit géant*, jetzt erst haben wir die Ruhe, uns zu erzählen ...«

»Ja, da hast du recht. Wer fängt an?«

»Komm, laß uns losen!«

Alfons zog den kürzeren Halm und berichtete ausführlich von den Ereignissen jenes Morgens in Sidi bel Abbès und im Telegrammstil, was ihn nach Vientiane verschlagen hatte.

»Dann gehörte der also zu dir ...?«

»Wer?« Alfons verstand im Moment gar nichts.

»Vor ein paar Tagen prahlte im Club so ein Großer, brutal aussehender Typ von geheimen Kommandounternehmen und allen möglichen Heldentaten. Schließlich war er betrunken und hat sich so schlecht benommen, daß man ihn rauswerfen lassen mußte. Kennst du ihn gut?«

»Ja, den kannte ich mal sehr gut. Aber der soll uns jetzt nicht die Zeit stehlen, *ma chère*. Erzähl von dir! Wie ist es dir ergangen? Ich habe ›danach‹ ständig versucht, dich anzurufen, aber niemand hob ab. Was geschah alles mit dir?«

»Nichts Erfreuliches.« Suzanne seufzte tief.

»Wenn du willst, erzähl es mir, wenn es dich aber bedrückt — vielleicht ein andermal.«

»Nun, einen Tag, nachdem Gégène aufgetaucht war, erhielt ich ein Telegramm, das mich nach Frankreich zurückrief ...« Die Erinnerung belastete Suzanne Dussard sichtlich, trotzdem fuhr sie nach einer Atempause fort: »Ich hab dir doch erzählt, daß Philippe dauernd in Prozessen, die sich mit Kollaborateuren befaßten, auftreten mußte.«

»Ja.«

»Nach dem letzten Tag im zweiten Hardy-Prozeß gab Philippe eine Pressekonferenz, in der er unwiderlegbare Dokumente, ausführlichen Schriftverkehr und Dossiers vorlegte. Auf diese Akten deutend, sagte er: ›Meine Damen und Herren Journalisten, bitte bedienen Sie sich: Aus diesen Unterlagen geht hervor, daß die größten Denunzianten, Kollaborateure und Geschäftemacher längst wieder in ihren Ämtern sitzen und hohe Posten bekleiden. Und nun wollen wir mal sehen, ob die Regierung auch gegen diese Leute gerichtlich vorgehen wird.‹ Danach beschuldigten ihn ausgerechnet diese Kreise, sich erst für de Gaulle entschieden zu haben, als die Sache der Deutschen bereits verloren war. Es begann eine Kampagne, ein regelrechtes Kesseltreiben gegen Philippe. Das hat er nicht mehr ertragen — und sich erschossen.«

Zum ersten Mal nahmen beide die Geräusche der Natur wahr.

»Wie wurdest du die Frau des neuen Militärgouverneurs, und wieso heißt du immer noch Dussard?« fing Alfons nach einer Weile behutsam an zu fragen. »Kann man nach französischem Gesetz seinen ersten Ehenamen behalten?«

»Nein. Ich habe Eugène geheiratet. Gégène hat . . .«

»Gégène . . .« unterbrach Alfons Doberer, »ist das der, den ich damals . . .?«

»Ja, mein . . . damaliger . . . Schwager, der uns seinerzeit überrascht hat.« Suzanne konnte über die Situation lächeln. »Nach dem Tod von Philippe nahm sich Gégène meiner zunächst rührend an. Bald darauf umwarb, später bedrängte er mich. Er schilderte mir seine Karriere in den leuchtendsten Farben, verhieß mir an seiner Seite eine einmalige Zukunft, hohe Stellung in der Gesellschaft und dergleichen.« Suzanne Dussards schöne Physiognomie bekam harte Züge.

»Und jetzt?«

»Kaum hatte er mein Jawort, interessierte er sich nicht mehr für mich. Ich diene ihm schon seit Jahren als reine Repräsentations-, ach was: als schiere Galionsfigur! Ihm reicht's, wenn die Leute auf Partys Komplimente über seine schöne Frau machen, an Nationalfeiertags-Einladungen die perfekte Organisatorin an seiner Seite bewundern . . . verstehst du: Er weiß seit Jahren nicht mehr, wie ich nackt aussehe!«

»Nein. Das verstehe ich wirklich nicht!« Ganz behutsam küßte Alfons die Tränen von ihren Wangen.

»Hoffentlich erkennt der neue Gouverneur nicht mal im Club den Mann, der ihn einst niederschlug?!«

»Wieso: der neue Gouverneur? Was meinst du damit dauernd?«

»Vorgestern abend kam ich gerade im Club an, als ihr wegfuhrt. Ich fragte einen Türsteher, wer war das?, da sagte der: der neue Militärgouverneur. Der Wagen führte rechts einen Stander. Ich konnte in dem schlechten Licht jedoch nicht erkennen, was für einen. Außerdem hast du mich sofort abgelenkt.«

»Vielen Dank, aber warum sollte Frankreich, das ja seinen Rückzug aus Laos betreibt, einen neuen Militärgouverneur ernennen? Das wäre doch paradox. Gégène hatte mir die ganze Zeit versichert, daß er nach Paris versetzt werden und im Generalstab höchste Karriere machen würde. Man hat ihn auch versetzt: Von der Wüste in den Dschungel — das ist auch 'ne Karriere! Laut Genfer Abkommen übernehmen zweihundert Franzosen die weitere Ausbildung der laotischen Armee. ›Deren zweckmäßigen Einsatz‹ zu koordinieren ist seine ganze Aufgabe. Glaubst du, daß man für zweihundert Soldaten einen General braucht . . .?!«

»Warum hat man ihn dann hierhergeschickt, Suzanne?«

Ein neuer Gefühlsausbruch bereitete sich vor: »So wie er uns überrascht hat, erwischte man ihn mit algerischen Knaben!« Der Sturzbach ihrer Tränen ließ sich nicht mehr zurückhalten. »Erst heirate ich einen ältlichen Witwer . . . einen Ehrgeizling, der seine Nächte damit verbringt, Akten zu studieren und seiner Karriere hinterherzurennen, dann gerate ich an dessen immer schwuler werdenden Bruder . . .!« Suzanne zitterte in Alfons' Armen. »Und hier hat er sich gleich drei dieser laotischen Epheben zugelegt! . . . Was mit mir ist, interessiert ihn überhaupt nicht! . . . ›Ich soll auf meine Figur achten‹ . . . an seiner Seite ästhetisch schön sein . . . und Grande Dame spielen . . .«

An diesem Nachmittag beschloß Alfons Doberer, seine Entlassung aus der Légion Etrangère zu betreiben und in Jerry John Fraziers Dienste zu treten.

*

Irgendein Geräusch weckte Gerald Gäusle, aber der alte Dschungelkämpfer hatte sich sofort in der Gewalt: Er öffnete die Lider nur zu einem schmalen Spalt, den Mund dagegen etwas mehr, da man im Dunkeln mit offenem Mund besser hört.

Gleichzeitig tastete er lautlos nach der Pistole unter seinem Kopfkissen und einer Stablampe, die stets griffbereit neben seinem Bett stand. Schließlich lauschte er einige Sekunden bewegungslos: Von der Stirnwand seiner bescheidenen Unterkunft vernahm er ein merkwürdiges Tuckern, dann ein Gackern, dem von anderer Stelle wiederum ein Tuckern antwortete. Einmal sehen ist besser als hundertmal hören, dachte Gäusle, knipste die Lampe an und richtete sich auf. Dann mußte er hellauf lachen: Aufgeschreckt durch den Lichtstrahl, huschten etwa ein Dutzend dunkelgraue und grüne Gekkos an den Wänden und der Decke entlang. Stießen sie ihre eigenartigen Geräusche aus, vibrierte ihr Kehlkopf in höchster Erregung, und die Augen drohten aus den Köpfen zu treten. Gäusle kannte diese in jeder tropischen Region beheimateten Tiere seit Jahren, aber selbst der erfahrenste Dschungelkämpfer reagiert auf die Geräusche der Nacht erst mal mit aller Vorsicht.

Die Hitze und die hohe Luftfeuchtigkeit trieben Gerald Gäusle den Schweiß aus den Poren. Er mixte sich aus den neben seinem Bett stehenden Flaschen einen Whisky-Soda. »Sein brauner Freund« war ihm tropisches Allheilmittel gegen Ermüdung, gegen Hitze, gegen am Gemüt zehrende Reminiszenzen, gegen Sentimentalität und Heimweh, praktisch gegen alles und alle. Außerdem ist »der braune Freund« ein herrlicher Animator fürs Denken, philosophierte Gerald Gäusle und tat einen tiefen Zug.

So, wie alle Ströme Thailands zum Meer fließen, so fließt alles Geld nach Bangkok. — Gäusle rekapitulierte zum soundsovielten Male: Fest stand erstens, Kurt Riller und die Divisionskasse waren aus Vientiane verschwunden. Zweitens: Rangun, Pnom Penh und Hanoi, die Hauptstädte der Nachbarländer, blieben ungeeignet, um dort über fünfzig Millionen vietnamesische Piaster umzutauschen oder zu investieren. Drittens: Am besten war dies in Saigon möglich. Dort allerdings konnte nur bei der französischen Staatsbank gewechselt werden, und die stellte zunächst einmal peinlich-genaue Fragen nach den Personalien sowie der Herkunft einer so großen Summe. Würde man dagegen einen chinesischen Geldwechsler in Cholon aufsuchen, bedeutete dies neben einem enormen Kursverlust bestimmt noch einen fünfzigprozentigen »Risikozuschlag«. Blieb, viertens, einzig und allein: Bangkok. Bisher hatte er zwar noch keine Spur von ihm entdeckt, aber sein Instinkt sagte Gerald Gäusle, daß Kurt Riller in derselben Stadt weilte.

*

KRUNGTHEP MAHANAKORN AMORNRATTANAKOSIN MAHINTARA MAHADIROK POPNOPARAT RATCHATHANI UDOMMAHASTAN AMORNPIMAN AWATHANSATHIT ... oder abgekürzt »Krung Thep«, wie die Hauptstadt des Königreichs Thailand offiziell hieß, war Mitte der fünfziger Jahre weit davon entfernt, ein touristisches Mekka zu werden. Wer von den anderthalb Millionen Einwohnern es sich leisten konnte, tat's dem jungen König gleich und floh während der Sommermonate vor der Hitze, der hohen Luftfeuchtigkeit und den Myriaden von Moskitos, die in den träge dahinfließenden, gleichzeitig als Trinkwasser und Abfallgruben benutzten, unzähligen Klongs ideale Brutstätten vorfanden, in die Berge oder ans Meer.

Die nur ein paar tausend zählenden weißen Ausländer wohnten in ventilatorgekühlten Zimmern der wenigen akzeptablen Hotels oder in luftigen, verandaumgebenen Häusern inmitten schattiger Palmengärten. Es waren dies meist Diplomaten, Mitarbeiter des nach Bangkok verlegten SEATO-Hauptquartiers* oder Firmenrepräsentanten.

Mit einer genauen Zeichnung war Kurt Riller bei den zahlreichen, ihr Handwerk meist auf den Trottoirs ausübenden Silberschmieden erschienen, hatte ihnen eine Weile bei ihrer Kunst zugesehen und sich dann im Hocksitz vor dem Geschicktesten niedergelassen. Der Thailänder feilte auf der Außenseite eines Rings an Hakenkreuz und Runen herum, dann mühte er sich mit Rillers ehemaliger SS-Nummer und dem Namenszug Heinrich Himmler auf der Innenseite ab. In seiner Unterkunft behandelte Riller den Ring mit Lauge, Sand und Nagelfeile, bis er wie »lange Jahre in Ehren getragen« aussah.

Längst war Kurt Riller Stammgast im Edelweiß geworden, wohin die Firmenvertreter bisweilen ihre thailändischen Kunden

* 1954 schlossen die USA, Großbritannien, Frankreich, Australien, Neuseeland, Pakistan, die Philippinen und Thailand einen Sicherheitspakt: South East Asia Treaty Organisation.

führten, um sie mit deutscher Küche bekannt zu machen — was jene stoisch und höflich lächelnd, manche sogar würgend, aber trotzdem lächelnd über sich ergehen ließen. Nach einiger Zeit hatte Riller Glück: Einer jener »ewiggestrigen« Generalvertreter erschien, seiner einheimischen Mätresse, der Hitze und Moskitos überdrüssig, um hier, im vertrauten Sprachkreis, bei Heineken-Bier, Rippchen mit Sauerkraut und von dröhnenden deutschen Märschen beschallt, sein Heimweh zu vergessen: Ihm tischte Kurt Riller eine Legende auf, der zufolge er »... als junger Offizier an dem Vergeltungsangriff auf Oradour teilgenommen habe... von den Franzosen ›als Kriegsverbrecher‹ zum Tode verurteilt wurde... aber dank eines jungen Bewachers fliehen konnte... der ihn — wahrlich: für dreißig Silberlinge — direkt zur Légion Etrangère gebracht hatte...«

»Sie sind als Söldner in die Armee eines Landes eingetreten, das sie vorher bekämpft hatten ... das sie ins Gefängnis warf und verurteilte?«

»Nun, ich hatte keine andere Wahl. Wie so viele andere, die ich bei der Legion traf...«

»Was haben Sie dann gemacht?«

»Nach der Ausbildung in Sidi-bel-Abbès kam ich nach Indochina. Ich wurde als Rechnungsführer dem Stab des Militärgouverneurs von Kambodscha in Pnom Penh zugeteilt. Von da haute ich ab nach Thailand.«

»Warum?« Die Skepsis des Generalvertreters war deutlich herauszuhören. »Sie hätten nach Ihrer offiziellen Entlassung doch einen Paß bekommen und unbehelligt nach Europa zurückkehren können. Das ist von der Fremdenlegion doch bekannt, daß sie so mit ihren Angehörigen verfährt.«

»Was soll ich in Europa? Außerdem, das Wesentliche war: Ich wollte nicht noch einmal einer geschlagenen Armee angehören.«

»Was haben Sie vor?«

»Nun, zunächst einmal brauche ich einen Paß. Davon abgesehen, möchte ich mich gern hier niederlassen: Ich habe den größten Teil meines Soldes gespart, und einiges dazu — das würde ich gern in Thailand investieren.«

Für umgerechnet fünfhundert US-Dollar versprach Heinrich Massmann nach längerem Hin und Her, einen Paß zu besorgen.

Als Kurt Riller dem Vertreter einige Tage später in seiner Villa gegenübersaß, rückte er mit Details heraus: »Er wolle ›mit einer bedeutenden Summe‹ einsteigen, zunächst als ›stiller Teilhaber‹ bescheiden im Hintergrund wirken, um die Grundzüge des Managements zu lernen ... um später mal seine, Herrn Massmanns, Nachfolge anzutreten ...« Über soviel Unverfrorenheit war der Ewiggestrige sprachlos, der natürlich inzwischen recherchiert hatte: Der Oradour-Prozeß fand 1953 in Bordeaux statt. Folglich konnte in der verbleibenden Zeit ein einfacher Legionär kaum in Algerien ausgebildet und dann als »Rechnungsführer« im Stab eines Gouverneurs eingesetzt worden sein. Und erst recht konnte so ein Mann nichts erspart haben, das der Rede wert war. Als Riller beiläufig erklärte, daß die von ihm einzubringende Summe von über fünfzig Millionen vietnamesischer Piaster — zum offiziellen Kurs sogar mehr als zweieinhalb Millionen US-Dollar — eine solche Karriere rechtfertigte, hatte er seinen Bogen überspannt: Der Generalrepräsentant folgerte, daß er es entweder mit einem Verrückten zu tun habe beziehungsweise daß diese Summe kaum legaler Herkunft sein konnte. Er komplimentierte Riller mit der Bemerkung, seinen Vorschlag höheren Orts vortragen zu wollen, hinaus und ließ sich nie mehr sprechen.

Die Situation war paradox: Kurt Riller saß auf einer Kiste voll Geld und konnte diesen Reichtum nicht verwerten, denn nach dem Indochina-Debakel interessierte sich in Asien niemand mehr für vietnamesische Piaster. Jetzt galten nur amerikanische Dollar, allenfalls noch britische Pfund; beide waren nur über die Bank of Thailand zu bekommen: In mehrfacher Ausfertigung mußten verschiedene Anträge viele staatliche Instanzen durchlaufen und von den unterschiedlichsten Behörden genehmigt werden. Doch an den Kardinalfragen: »Auf welchem Wege ist die ausländische Währung nach Thailand gelangt?« und »Bei welcher Zoll- oder Finanzbehörde ist die Einfuhr deklariert worden?« wäre die Transaktion mit Sicherheit gescheitert, eine Beschlagnahme das Ende gewesen. Deshalb sann Kurt Riller angestrengt, sein linkes Ohrläppchen traktierend, über weitere Mittel und Wege nach, wie er seine Divisionskasse »waschen« und in brauchbare Währung umtauschen konnte.

*

Alfons Doberers Job gestaltete sich interessanter und vor allem lebhafter, als er vermuten konnte. Zunächst rekrutierte er aus in Vientiane Hängengebliebenen eine Wachmannschaft: Keiner der sechs Männer war unter 1,80 Meter groß, alle zierten entweder eingedrückte Nasen, »Blumenkohlohren« oder andere Narben; daß jeder in irgendeiner Armee »gedient« hatte, verstand sich von selbst. Mit diesem Trupp ebnete Doberer auf dem weiten, großenteils verwahrlosten Gelände des Flugfeldes von Vientiane ein Geviert ein, umzäunte es mit Stacheldraht, spickte das Vorfeld mit Bambusfallen, Stolperdrähten, akustischen Warnsignalen und versteckten Scheinwerfern. Dann ließ er Gruben für Ersatzteillager, Treibstoff- und Frachtdepots und einen kriegsmäßig ausgerüsteten Befehlsstand ausheben und sorgfältig tarnen.

Gegen ein entsprechend dickes Bündel Dollarscheine besorgte Alfons Doberer von einem Waffenmeister der abrückenden französischen Garnison die notwendige Bewaffnung: modernste, fabrikneue Schnellfeuerwaffen, die die US-Regierung dem französischen Indochina-Expeditionskorps zur Verfügung gestellt hatte. Nachdem Doberer seine Truppe eine Woche lang intensiv ausgebildet und gedrillt hatte, ließen »Älfons' Engel« auch privat keinen Fremden näher als fünf Schritt an sich ran. Mehrsprachige Warnschilder verkündeten, daß beim unbefugten Betreten der Koala Air-Line Area unverzüglich scharf geschossen würde.

Erwartete Jerry John Frazier mit der unregelmäßig verkehrenden Air Laos Frachtgut, fuhren Alfons und seine Männer bis an die Ladeluke der antiquierten DC 3, übernahmen die nur mit einer Zahl gekennzeichneten Kisten und verstauten sie in ihrem Depot, bis der Zeitpunkt der Ablieferung kam. Dank Doberers Organisation erreichte stets die richtige Sendung pünktlich ihren richtigen Bestimmungsort, standen die Maschinen immer startklar, stellten unvorhergesehene Aufträge kein Problem dar. Jerry John Fraziers kleine Air-Line florierte innerhalb kürzester Zeit dermaßen, daß zwei zusätzliche Maschinen angeschafft werden mußten. Der Australier trug seine Zufriedenheit offen zur Schau, denn er betrieb »ein sauberes Geschäft«: Neben gelegentlicher Personenbeförderung hatte er sich auf die Versorgung zurückgebliebener G.C.M.A.-Kämpfer spezialisiert. Daß auch dies ein riskantes Unternehmen war, bewiesen die Einschußlöcher, mit denen Fraziers Maschinen nicht selten zurückkehrten.

*

Das Innere des langgezogenen Halbkreises, den der von Norden nach Süden fließende Chao Phraya durch Bangkok zieht, gilt als das religiöse, geistige und politische Zentrum des Landes: Um den Ende des 18. Jahrhunderts gebauten königlichen Chitralada-Palast liegen einige der berühmtesten Tempel wie der Vat Phu, die buddhistische Akademie, die wichtigsten Ministerien sowie die von italienischen Architekten errichtete Thronhalle König Chulalongkorns, die seit 1932 als Parlamentsgebäude dient; außerdem das Nationalmuseum und die Nationalbibliothek.

In diesem weiträumigen Stadtkern, dessen alte Mauer stellenweise noch erhalten ist, wohnen jene königlichen Prinzen, die meist wichtige zivile oder militärische Positionen innehaben, sowie einflußreiche Politiker und hohe Militärs. Im ungefähren Schnittpunkt all jener Instanzen liegt das Royal Hotel, an dessen Swimmingpool und Bambusbar sich Männer trafen, die Einfluß hatten oder solche, die vorgaben, welchen zu haben, sowie Leute, die sich Protektion erhofften. Unter ihnen saß häufig Vithum Rattangassan.

Als junger Offizier war Vithum Rattangassan aktiv an jenem nahezu unblutigen Staatsstreich beteiligt gewesen, der Siam* am 24. Juni 1932 die konstitutionelle Monarchie bescherte. Einige Jahre später nahm der inzwischen Beförderte an einer Europareise teil, die die Delegation auch nach Berlin führte, wo die Reichsregierung sie durch besondere Ehrerbietung und sonst nie angewandte Höflichkeit auszeichnete. Die operettenhaften Phantasieuniformen und die Bonhomie des Reichsmarschalls hatten es dem jungen Siamesen besonders angetan, denn seitdem trug er ein Foto mit der Widmung »Meinem Freund Vithum in herzlicher Verbundenheit, Hermann Göring« bei sich, um es jedem seiner Offizierskollegen und besonders seinen Vorgesetzten immer wieder unaufgefordert zu zei-

* von Europäern gewählter, bis 1939 akzeptierter Name

gen. Am thailändischen Nationaltag, dem 4. Dezember 1944, zum Brigadegeneral befördert, bot er, obwohl ihn niemand dazu autorisiert hatte, »... im Fall eines unglücklichen Ausgangs des heldenhaften Kampfes ... seinem deutschen Freund ... im Namen der thailändischen Generalität ... Asyl ...« an. 1954 ins Ministerium versetzt, war Vithum Rattangassan inzwischen der Korruptesten einer und hatte längst in jeder Intrige seine Finger drin.

Als der große, breitschultrige, blonde Kurt Riller auf die Bar des Royal Hotel zusteuerte, spürte er die Aufmerksamkeit aller in seinem Rücken und hörte deutlich, wie die Unterhaltung einige Phon leiser wurde. Als alter Dschungelkämpfer setzte sich Riller mit dem Rücken zur Wand auf einen Hocker, von dem aus er den ganzen Raum überblicken konnte. Mit dem bescheidensten Lächeln, das er zustande bringen konnte, bestellte er beim Barkeeper ein Bier, zündete sich eine Zigarette an und ließ seinen Augen und Ohren freien Lauf. Am Ende seines zweiten Biers zahlte Riller, legte ein viel zu hohes Trinkgeld auf den Tresen, sagte: *»koptchai«* und erhob sich. Der erstaunte Ober suchte seine spärlichen Englischkenntnisse zusammen und stammelte »Are you American?«, worauf Riller cool erwiderte: *»Ma chai pom pen khon German«.** Dann ging er aufrechten Gangs unter den erstaunten Blicken der Thais hinaus.

Diese bescheidene, »unauffällige« Nummer zog Kurt Riller mehrere Male ab.

Einen Monat nach seinem ersten Besuch stand zufällig ein kleiner, gedrungener Thai, den er verschiedentlich schon im Royal Hotel gesehen hatte, neben »seinem« Barhocker. Der Thai, dessen blütenweißes, über die Hose hängendes Hemd keinerlei Schweißflecken aufwies, mußte aus einem Büro mit Air-condition kommen. Die gab es in Bangkok zu jener Zeit höchstens bei sehr reichen Kaufleuten oder in den obersten Etagen der Ministerien, denn selbst der königliche Palast beschränkte sich noch auf die bewährten, in die Literatur eingegangenen Ventilatoren.

»Der Barkeeper sagte mir, Sie seien Deutscher?« eröffnete der Thai die zufällige Begegnung auf englisch.

* Nein, ich bin Deutscher.

»Ja, Sir, ich stamme aus Deutschland.«

»Ich kenne Deutschland sehr gut. Aus der Zeit vor dem Krieg«, fuhr der Thai fort und holte die abgegriffene Fotografie aus seiner Brieftasche. »Meinem Freund Vithum in herzlicher Verbundenheit, Hermann Göring«, konnte Kurt Riller mit Mühe entziffern, denn die Tinte war teilweise schon sehr verblichen.

Ehrfürchtig, als habe er eine Hostie in Händen, legte Riller das Photo auf den Tresen zurück, zog seinen Ring vom Finger und hielt diesen mit der Innenseite dem Thai entgegen. »Hei-nri-ch Hi-mm-ler« entzifferte der Thailänder mühsam. Der Name sagte ihm zunächst nichts, aber als er die Runen und das Hakenkreuz auf der Außenseite betrachtete, erinnerte er sich schnell älterer Zeitungsberichte, denen zufolge dieser »Hi-mm-ler« einer der größten deutschen Kriegsverbrecher gewesen war, jedoch im Nürnberger Prozeß nicht verurteilt werden konnte, weil er sich vorher selbst verabschiedet hatte. Hätte Göring dies nicht im letzten Augenblick auch getan, hätte Vithum Rattangassan bei seinen Generalskollegen sehr an Gesicht verloren. So beschloß Rattangassan, sich gleich morgen früh aus dem Archiv des Verteidigungsministeriums Informationsmaterial über diesen »Hi-mm-ler« und seine Leute kommen zu lassen. Jetzt legte er diese Reliquie ebenso andächtig auf den Tresen, rutschte von seinem Hocker und verbeugte sich gegen den Deutschen — was dieser umgehend mit einem noch tieferen »Diener« erwiderte. Dann bestellten sie zwei große Mekong-Whiskys und begossen ihr »zufälliges« Zusammentreffen.

*

Wie das NEUE DEUTSCHLAND, das offizielle Organ der SED in Ost-Berlin bekanntgibt, wurde die Volkskammerabgeordnete Hermine Oehmi anläßlich des letzten Parteitages zur »Ersten Beauftragten für Frauenfragen in der Partei« ernannt und gleichzeitig mit dem Vaterländischen Verdienstorden ausgezeichnet. Wie in ihrem Lebenslauf hervorgehoben wird, »hat sich die Genossin Oehmi große Verdienste um die Parteiarbeit in ihrem Altenburger Bezirk erworben. Hermine Oehmi, die das Kriegsende in Thüringen erlebte, hat frühzeitig ihre demokratische Gesinnung bewiesen, als sie sich von ihrem Mann, dem ehemaligen Nazikreisleiter Theophil Riller trennte, nachdem sie Zeuge wurde, wie dieser notgelandete russische Flieger, die sich bereits ergeben hatten, erschoß. Die Genossin sorgte auch dafür, daß dieser Nazi seiner gerechten Strafe, dem Tod durch den Galgen, nicht entging. Nach ihrer Scheidung nahm Hermine Riller wieder ihren Mädchennamen Oehmi an.«

*

Laos ist eine der Kuriositäten dieser Welt wie Monaco, Liechtenstein oder Andorra: Monaco finanziert sich durch eine Spielbank, Macao und Hongkong durch ihren Handel: Die Regierung des einzigen Binnenlandes Südostasiens ist gezwungen, ihre staatlichen (und privaten) Taschen durch den Schmuggel all jener Artikel zu füllen, dessen Besitz seine Nachbarländer für illegal erklären: Gold, Waffen, Opium.

Die nordwest-laotischen Berge zählen zu den schönsten der Welt. Während der Regenzeit in dicke Wolken gehüllt, erinnern sie sehr an chinesische Tuschzeichnungen: Das Gebirge besteht aus Kalkstein; Wind und Monsun haben in Jahrtausenden unglaubliche Landschaften aus diesem porösen Gestein geschnitzt. Reihe um Reihe ziehen sich scharfgezackte Kämme durch das Land, deren schroffe Spitzen Drachenköpfen oder sich aufbäumenden Pferden gleichen.

Doch diese schöne, für den Mohnanbau so überaus geeignete Landschaft stellt für Handelskarawanen große Hindernisse dar, weshalb sich die Franzosen darauf beschränkten, die Ernte der Meos im leichter zugänglichen Gebiet der »Ebene der Tonkrüge« abzunehmen. Mit dem Rückzug der Franzosen preschten Korsen in dieses Vakuum; außerdem erweiterten sie ihr Ankaufsgebiet über ganz Nordlaos, wobei sie sich örtlicher chinesischer Kaufleute bedienten:

Jedes Frühjahr beluden ambulante Händler ihre Mulis mit Salz, Nähmaterial, Eisen und anderen Gebrauchsgegenständen und ritten in die Berge, um sie bei den Bauern gegen Rohopium einzutauschen. Am Ende jeder Erntesaison flogen Piloten in korsischem Auftrag nach Sam Neua, Phong Saly, Moung Sing, Nam Tha, Sayaboury und Ban Houei Sai, übernahmen von den Aufkäufern das Opium und brachten es nach Phong Savan oder Vientiane, wo es gelagert wurde, bis entsprechende Order aus Saigon kam.

Offiziell, um seine Geheimpolizei zu finanzieren, öffnete Ngo Dinh Nhu die von seinem Bruder, dem vietnamesischen Präsidenten, geschlossenen Opiumhöhlen wieder, nicht ohne sich an der Air Laos Commerciale zu beteiligen, die Bonavena »Rocky« Francisco, einem korsischen Newcomer gehörte. Von seinem Hauptquartier auf Vientianes Flugplatz Wattay ließ Francisco jeden nur möglichen Ort in Laos von seinen zweimotorigen Beechcrafts anfliegen und Opium zu Übergabepunkten in Südvietnam, Kambodscha und im Golf von Siam bringen. Francisco wurde bald zum südostasiatischen Transportbeherrscher, indem er kleine Konkurrenten aus dem Weg räumen ließ:

Als René Enjabal, ein ehemaliger französischer Luftwaffenoffizier, seine Maschine mit 293 Kilo laotischem Opium auf einer verwahrlosten Piste nahe Ban Me Thout im zentralen Bergland Südvietnams aufsetzte, wartete bereits Ngo Dinh Nhus Polizei: Sie verhaftete Enjabal zusammen mit seinen Helfershelfern und beschlagnahmte sowohl das Opium wie Enjabals einziges Flugzeug. Francisco »ließ seine Beziehungen spielen, um dem armen Exoffizier das Gefängnis zu erleichtern«: Nach relativ kurzer Haft verzichteten die Vietnamesen auf eine Bestrafung, freilich ohne die Maschine zurückzugeben. Enjabal hatte keine Wahl: Nach einigen Monaten flog er für den Architekten seines Sturzes für fünfzehn Dollar pro Flugstunde, während dieser pro Rauschgifttransport zwanzigtausend US-Dollar einnahm.

Ähnlich verfuhr Bonavena »Rocky« Francisco mit dem besten Buschpiloten, Gérard Labenski: Als Labenski mit zweihundert Kilo Rohopium fünfundzwanzig Meilen nördlich von Saigon, bei Xuan Loc, landete, war das Flugfeld von Ngo Dinh Nhus Spezialeinheit längst umzingelt. Flugzeug samt Ladung wurden beschlagnahmt, Labenski und sein sieben Mann starkes Syndikat zu Gefängnisstrafen verurteilt.

Da die Zahl der zu versorgenden G.C.M.A.-Basen ständig abnahm, konnte sich jeder Insider ausrechnen, welche Art Fracht Jerry John Fraziers Air-Line alsbald transportieren müßte, wollte sie weiterhin an dem lukrativen Luftgeschäft partizipieren. Unter Franciscos verbleibenden Konkurrenten stand die Koala Air-Line deshalb an oberster Stelle.

*

Dem SEATO-Hauptquartier in Bangkok, dessen Ausstattung die USA übernommen hatten, gehörten nicht nur geniale Strategen an, sondern auch Waffen- und Proviantmeister, Wachmannschaften, Baukompanien und einheimische Hilfskräfte. Während die jüngeren Stabsoffiziere meist nur generelle Befehle erteilten, um genügend Zeit für die Strategie ihrer eigenen Karriere zu haben, blieb es Feldwebeln überlassen, sich um Details zu kümmern: Ihnen unterstanden Reparaturwerkstätten, Wäschereien, Proviantlager, Küchen, Restaurants und Nightclubs; sie orderten Ersatzmaterial, Tischwäsche, Geschirr, Besteck und Kühlschränke, Radios, Grammophone, Auslegeware; sie engagierten die Musicbands und entschieden, welche Whisky- oder Erdnußmarke angekauft wurde. Und alles, was sie beantragten, wurde ohne Gegenkontrolle herantransportiert. Indem sie anschließend den Überschuß als »Ausschuß« deklassiert verschoben, nahmen sie ein Mehrfaches ihres offiziellen Soldes ein:

Master-Sergeant William O. Mockridge war für ein Kasino verantwortlich, in dem die Generalität der dem SEATO-Pakt angeschlossenen Nationen verkehrte. Überstieg schon der normale Sold eines altgedienten US-Sergeants den eines pakistanischen Generals, so konnte Mockridge über das Einkommen des SEATO-Oberkommandierenden, immerhin eines US-Viersternegenerals, auch nur müde lächeln.

Mit Mockridge saß Kurt Riller an der Bar des Eagle Hotel: »Einen bescheideneren Wunsch haben Sie wohl nicht?! Wie soll ich denn die Notwendigkeit einer kugelsicheren Weste begründen?« polterte der amerikanische Feldwebel los.

»Na, die brauchen Sie zum Schutz Ihres Oberbefehlshabers!«

»Mein Chief hat erstens keine Angst, und zweitens bewegt er sich doch nur unter seinesgleichen. Also das glaubt kein Mensch in Washington, daß ein amerikanischer General hier plötzlich in schußfester Weste rumläuft! Wozu brauchen Sie die denn? Ist jemand hinter Ihnen her?«

»Nein. Ich bin Leibwächter einer hochgestellten Persönlichkeit, die sich bedroht fühlt.«

»Na, dann besorge ich Ihnen 'n Browning oder, wenn's 'ne Nummer größer sein soll, 'ne EmPi.«

»Hab' ich. Mein Herr will 'ne schußsichere Weste. Von bester Qualität.«

»Und warum tritt diese hochgestellte Persönlichkeit nicht an den Handelsattaché meiner Botschaft heran? Wenn er wirklich so wichtig und hochgestellt ist, kriegt er die sogar noch mit den besten Empfehlungen des Botschafters der USA geschenkt.«

»In diesem Land bleibt nichts geheim. Sehr schnell würden die Feinde meines Herrn erfahren, daß mein Herr Angst hat, und ihm erst recht zusetzen.« Kurt Riller tat so, als sähe er sich vorsichtig um.

»Was ist dein Herr bereit, auszugeben?«

»Geld spielt keine Rolle. Nur die Qualität.«

»Eintausend US-Dollar!«

Die Summe verschlug Kurt Riller den Atem, aber er mußte akzeptieren: »Einverstanden, aber ich bezahle in vietnamesischen Piastern.«

»Ich will *Geld* und kein buntes Scheißhauspapier. *Cash,* verstehst du?!«

»O.k., ich werde in Dollar bezahlen.«

Auf dem schwarzen Markt mußte Kurt Riller das Fünffache eintauschen, aber diese Investition schien es ihm wert zu sein.

*

Doua Ven, die jüngere und hübschere der beiden Frazier-Bediensteten, stammte aus Laos' nördlichster Provinz Phong Saly. Sie gehörte den Lao Pung Dam, den »Schwarzbauch-Lao« an, die auch »Lao mit den dunklen Unterkörpern« genannt werden, da deren Männer sich Bauch und Schenkel tätowieren. Diese Stämme siedeln in den schwer zugänglichen Bergtälern beiderseits der laotisch-vietnamesischen Grenze.

Eines Abends näherte sich einer der beiden Bodyguards dem auf der Terrasse Patience spielenden australischen Ehepaar: »Entschuldigen Sie, Sir, an der Gartentür steht ein Laote, der sich nicht abweisen läßt. Er deutet immer wieder auf das Haus. Was er will, weiß ich nicht. Er stößt immer wieder Laute aus, die wie *du-a-ven* klingen.— Können Sie sich vorstellen, was der will?«

»Oh, Doua Ven heißt eines der beiden Mädchen. Vermutlich hat sie einen Lover, der uns um Erlaubnis bitten will, sie zu heiraten!« wandte sich Martha Frazier an ihren Mann.

»Meinst du wirklich, Sweety?«

»Etwas anderes kann ich mir nicht erklären, Darling.«

»Durchsuchen Sie den Mann nach Waffen«, befahl Jerry John Frazier seiner Wache, »dann führen Sie ihn hier zum Fuß der Treppe. Aber lassen Sie ihn keinen Augenblick aus den Augen. Ihr Partner soll inzwischen besonders wachsam sein!«

»Allright, Sir!«

»Klingle bitte nach den Mädchen, Sweety.«

»O yes, Darling.«

Von der Gartentür her hörte Jerry John Frazier, wie der Leibwächter laut und unmißverständlich seine Maschinenpistole durchlud.

Der Laote trug einfache Shorts, darüber ein grobes blaues Baumwollhemd, primitive Sandalen und ein kariertes Kopftuch als Sonnenschutz, wie dies vor allem die ländliche Bevölkerung verwendet. Vor Jerry John Frazier, der sich in seinem Rattansessel aufgerichtet hatte und den Laoten über seine Halbbrille hinweg aufmerksam musterte, machte der Eingeborene eine tiefe Verbeugung, in der er verharrte, bis der Australier ihn auf französisch ansprach.

Doch der Laote verstand nichts, deutete auf die Villa, verbeugte sich wiederum, diesmal in kurzen Abständen und stieß Laute hervor, die durchaus Doua Ven bedeuten konnten.

Als die beiden Mädchen erschienen, glitt erst ein großes Erstaunen, dann ein Aufleuchten über die Züge der jüngeren. Doch bei einem noch so freudigen Wiedersehen sich in die Arme zu fallen ist der Asiaten Sache nicht, zumal nicht vor Fremden, und erst recht zeigen sie vor Weißen keine Gefühle. Weshalb sich Doua Ven darauf beschränkte, zu lächeln und sich mehrere Male gegen den Fremden zu verbeugen, was dieser ebenso höflich erwiderte.

»Doua Ven, was ist los? Kennst du diesen Mann?«

»O ja, Madame. Dies ist mein älterer Bruder Khamsay.«

Der Eingeborene stieß einige Laute hervor.

»Mein Bruder bittet vielmals um Vergebung, daß er die kostbare Ruhe meines höchst ehrenwerten Herrn zu stören wagt, aber er muß mir eine äußerst wichtige Mitteilung machen . . .« radebrechte das Mädchen in ihrem Kauderwelsch-Französisch, wobei sie nach neuerlichen Grunzlauten des Mannes hinzufügte: ». . . es betrifft meine Familie, Madame.«

»Nun, dann führe ihn ums Haus herum in die Küche und gib ihm erst mal was zu essen und zu trinken. Er sieht etwas mitgenommen aus. Nicht wahr, Darling?«

»O yes, Sweety«, antwortete Jerry John Frazier erwartungsgemäß, und an seine Wachen gewandt: »Behalten Sie den hinteren Teil des Gartens im Auge!« Dann widmete er sich wieder der unterbrochenen Patience: »Du bist dran, Sweety!«

»O yes, Darling.«

Als das Hausmädchen nach einer Stunde in Begleitung ihres Bruders — und des Überwachers — wieder vor die Veranda trat, hatte sie ein winziges Bündel in der Hand.

»Was ist los, Doua Ven?«

»Oh, Madame, mein geliebter und hochgeehrter Herr Vater ist ganz plötzlich gestorben, und mein ehrenwerter Bruder holt mich nun nach Hause, damit ich meine Pflicht erfülle und meinen Vater durch Totenwache und Teilnahme am *sukhuan** ehre. Darf ich Sie bitten, viel geehrte Madame, mir ein paar Tage freizugeben, damit ich meinem Vater eine gehorsame Tochter sein kann . . .«

Das Mädchen spricht etwas hastig, schoß es Martha Frazier durch den Kopf, aber das wird wohl an Trauer, Aufregung und Reisefieber zugleich liegen. Weshalb sie sich bemühte, gütig zu wirken: »Arme Doua Ven, es tut mir so leid für dich.«

»Danke, Madame. Ich komme auch in ein paar Tagen wieder . . .«

»Was meinst du, Darling?«

»Wenn sie gehen will, dann laß sie gehen, Sweety.«

»Aber ich komme in ein paar Tagen bestimmt wieder«, sprach Doua Ven dazwischen, als ob sie das Englisch der Eheleute verstanden hätte.

»Wieso hat dein Bruder vom Tod eures Vaters erfahren und du nicht?« Irgend etwas gefiel Jerry John Frazier an dem Laoten nicht, ohne daß er zu sagen vermocht hätte, was es konkret war.

»Oh, mein ehrenwerter Bruder war bei meinem Vater, als er starb. Von Phong Saly nach Luang Prabang brachte ihn ein Einbaum, von Luang Prabang bis Vientiane fuhr er mit einem rich-

* Wörtlich bedeutet dies »die Seele herbeirufen und willkommen heißen«.

tigen Motorboot. Bitte, Madame, geben Sie mir Gelegenheit, gehorsam zu meiner Familie zu sein . . .«

Martha Frazier, von ihrem Mann nur Sweety genannt, entließ ihre Angestellte mit bedauerndem Achselzucken und zahlreichen Wünschen für eine gute Reise.

Bis hierhin war Bonavena »Rocky« Franciscos Plan aufgegangen: Über Mittelsmänner hatte er erfahren, daß die beiden Hausmädchen ihre freie Zeit niemals außerhalb des Frazierschen Anwesens verbrachten. Lediglich die Jüngere begleitete ihre Herrin immer zum Markt, um den Einkaufskorb zu tragen. Dabei zischte in einem günstigen Augenblick ein Eingeborener Doua Ven zu, daß sie demnächst »Besuch zu erwarten« habe, und befahl ihr — gegen Belohnung —, diesen als »ihren Bruder« auszugeben, »der in einer wichtigen Familienangelegenheit« käme; zu weiteren Erklärungen war keine Zeit mehr gewesen.

Jerry John Frazier war zwar ein harter Geschäftsmann, ansonsten jedoch, wie viele Männer seines Schlags, ein sanfter, naiver Gemütsmensch, der aus Überzeugung erklärte: »Bei mir haben's alle gut«, und der den wenigsten Menschen Schlechtes zutraute. Hätte er seinem Instinkt nachgegeben und vor allem: etwas mehr über die laotischen Sitten und Gebräuche gewußt, wären ihm natürlich ein paar Ungereimtheiten aufgefallen. Gewiß, die Laoten galten als geschickte Binnenschiffer und Fischer, und so konnte es durchaus sein, in wenigen Tagen die größte Verkehrsader des Landes, den Mekong, nutzend, von Phong Saly nach Vientiane zu gelangen. Hätte der Australier jedoch gewußt, daß, noch so großen Einbalsamierungskünsten zum Trotz, eine Totenfeier nur sieben Tage dauern konnte, so wäre ihm die Unwahrheit des Geschilderten bewußt geworden: Für die Rückkehr nach Phong Saly brauchte ein Eingeborener, ob nun flußaufwärts oder über Land, in jedem Fall wesentlich länger. Frazier wußte zwar, von welchem Stamm sein Hausmädchen kam, aber die fehlenden Tätowierungen an den Schenkeln »ihres Bruders« hatten ihn ebensowenig stutzig gemacht wie die Frage, woher dieser die Adresse haben konnte: Weder hatte Doua Ven jemals einen Brief bekommen noch einen geschrieben und auch niemals Geld nach Hause geschickt, das seinen Empfänger in den nördlichen Bergen ohnehin nie erreicht hätte. Laotische Mädchen, die — aus welchen

Gründen auch immer — aus der dörflichen Gemeinschaft in eine ferne, »unerreichbare« Stadt zogen, blieben gesellschaftlich ausgestoßen. Wegen einer Schwester/Tochter unterzog sich kein noch so liebevoller Verwandter der Mühe einer Reise ins praktisch Ungewisse, erst recht nicht, damit »die verlorene Tochter« dem toten Vater den letzten Gehorsam erweisen konnte. Beiden, Martha wie Jerry John, die schon mehrere Jahre in Asien lebten, hätte vor allem auffallen müssen, daß eine Eingeborene, die eine Heimreise antrat, bei ihrer Familie nicht mit leeren Händen ankommen durfte: Sie hätte nicht nur all ihre Habe mitgenommen, sondern auch noch ausstehenden Lohn — und einiges mehr — erbeten, um mit Geschenken reich beladen zurückzukehren und in der Dorfgemeinschaft wieder »Gesicht zu bekommen«. Und auf gar keinen Fall hätte ein einfaches Mädchen Wert darauf gelegt, wieder in dieselbe Stellung zurückzukehren, auch nicht zum großzügigsten Haushalt Asiens.

Ganz besonders hätte Jerry John Frazier die Tatsache zu denken geben müssen, daß die Provinz Phong Saly ja bereits seit Mitte 1954 fest in kommunistischer Hand war; hatte er doch gerade hier besonders große Schwierigkeiten, die darin operierenden G.C.M.A.-Kommandos zu versorgen.

Als Doua Ven drei Tage, bevor die Fraziers eine große Party gaben, wiederkam, war Martha Frazier richtiggehend glücklich: In ihrer Abwesenheit hatte sie nicht nur gemerkt, wie sehr ihr die Kleine im Haushalt gefehlt hatte, sondern auch, daß sie ihr ans Herz gewachsen war.

Martha und Jerry John organisierten jede Veranstaltung derart, daß sie sich eine halbe Stunde vorher festlich angezogen in ihrem großen Wohnzimmer trafen, um in aller Ruhe mit Champagner auf einen gelingenden Abend anzustoßen. Jerry Johns weißer Smoking ließ seine schlanke Figur noch elastischer erscheinen, während Martha ein dunkelblaues Seidenkleid gewählt hatte, das zu ihren silbernen Haaren einen wunderschönen Kontrast bot.

Gerade als der erste Wagen vorfuhr, meinte Jerry John: »Sweety, je länger ich dich ansehe, desto mehr bin ich der Überzeugung, du solltest zu diesem Kleid nicht deinen Smaragdschmuck, sondern die dunklen Amethyste tragen. Ich denke dabei an die großen Steine der Ohrringe, die die Schönheit deiner

Frisur noch mehr unterstreichen würden. Na, und das Collier wäre die Krönung deines schönen Ausschnitts, Sweety!«

»O Darling, das sagst du jetzt, wo die ersten Gäste kommen . . .«

»Ich werde sie erst mal im Garten aufhalten. Solange hast du Zeit, deine Pretiosen auszutauschen.« Mit diesen Worten nestelte Jerry John den Safeschlüssel von seinem vergoldeten Stahlkettchen.

Während Jerry John »den neuen Militärgouverneur« und seine charmante Gattin im Garten begrüßte, eilte Martha ins eheliche Schlafgemach, holte die wertvollen Amethyste aus dem Safe und tauschte sie gegen die nicht minder kostbaren Smaragde aus. Zwar schloß sie ordnungsgemäß wieder ab, doch über einem letzten Blick in den Spiegel vergaß sie, den Schlüssel abzuziehen, und Jerry John vergaß über der Begrüßung der jetzt zahlreich erscheinenden Gäste dessen Rückgabe.

Die europäische (Un-)Sitte, wonach zur Bedienung von zwanzig und mehr Gästen ein einziger Kellner abgestellt wird, kennt man in Asien nicht: Dort stehen viel mehr Bedienstete zur Verfügung, beziehungsweise abwartend im Hintergrund. So fiel es in dem fröhlichen Trubel keinem der fünfzig zufriedenen Gäste auf, daß Doua Ven plötzlich ins Schlafzimmer der Fraziers huschte. Ebensowenig, daß einer der zahlreichen Aushilfskellner, die das Lane Xang Hotel geschickt hatte, sich kurz darauf längere Zeit in jener Kammer aufhielt, die den beiden — im Moment vielbeschäftigten — Hausmädchen als Unterkunft diente.

Von nun an benutzte Bonavena »Rocky« Francisco wieder seine Verbindungen: In der sicheren Annahme, daß die Geheimpolizei seines »Partners« von Viet-Minh-Agenten durchsetzt war, »vergaß« er im Saigoner Büro von Ngo Dinh Nhu die abgeschriebenen Aufzeichnungen aus Jerry John Fraziers Panzerschränkchen: Sie enthielten neben dem Funkcode eine Aufstellung über die Lage der immer noch agierenden G.C.M.A.-Kommandos, sowie genaue geographische Kennzeichnungen der Versorgungspunkte durch die Koala Air-Line. Francisco Bonavena konnte sicher sein, daß die berüchtigte 412. Nachrichtenabteilung der Viet-Minh-Streitkräfte sich hierfür interessierte.

*

Die Sache hörte sich komplizierter an, als sie in Wirklichkeit war, weshalb Kurt Riller die Blätter seiner Aufstellung noch einmal sorgfältig durchging.

Punkt eins: Fest stand mit Sicherheit, daß die thailändische Armee dringend Waffen brauchte, um die kommunistische Guerilla erfolgreich zu bekämpfen, die vor allem im Süden des Landes operierte und sich immer wieder auf malaysisches Gebiet zurückziehen konnte. Nun wären offizielle Ersuchen kein Problem gewesen, denn sowohl die UdSSR wie England saßen auf gewaltigen Überschüssen aus dem Zweiten Weltkrieg, und die Magazine der USA barsten von wesentlich moderneren Entwicklungen aus dem Koreakrieg. Moskau, London und Washington wollten diese Bestände liebend gerne loswerden und hätten damit auch Erfolg haben können — wären ihre Militärattachés in Bangkok etwas weitblickender und ihre Botschafter etwas weniger kurzsichtig gewesen. Um wenigstens erst mal »den großen Zeh« in die Region setzen zu können, offerierte Moskau seine Waffen kostenlos — doch dieses Manöver war den Thais zu plump: Bietet man einem Asiaten etwas an, ohne Gleichwertiges von ihm zu fordern, mißtraut er sowohl dem Geschenk wie vor allem dem Spender. Washington wollte seiner Waffenlieferung noch ein Entwicklungsprogramm hinzufügen, das auch dringend nötig war, aber der vorsichtige Premier Luang Pibuhl Songgram fürchtete auch hierbei politische Einflußnahme und zögerte. Übrig blieb London, das reines »Big business« ohne Politik betreiben wollte. Aber hierzu fehlte der Regierung das nötige Geld.

Nach wochenlangen Palavern hatte sich der thailändische Regierungschef mit seinem, wie er glaubte, überaus schlauen Plan durchgesetzt, Washington um einen Kredit zu bitten, um damit die unpolitischen Waffen aus London kaufen zu können.

Punkt zwei: Als Käufer trat zwar die thailändische Regierung auf, aber die Wunschliste erstellte eine Kommission von Offizieren, als deren Vorsitzender Dreisternegeneral Saway fungierte. Vithum Rattangassan war Mitglied dieser Kommission und wurde von internationalen Waffenhändlern und Konzernen hofiert und geschmiert; doch den einträglichsten Posten hatte natürlich Saway inne, der diese Pfründe nur räumen wollte, wenn er zum Generalstabschef befördert wurde. Hierzu bedurfte es jedoch eines »königlichen Wunsches«.

Punkt drei: Vithum Rattangassan, diese unersättliche Ratte, steuerte den Posten Saways an, den er jedoch nur erreichen konnte, wenn der oberste Beschaffer »fortgelobt« wurde. Um höheren Orts auf Saway aufmerksam zu machen, brauchte Rattangassan (für Saway) »ein wahrhaft königliches Geschenk«. Daß dies teuer zu sein hatte, verstand sich von selbst.

Soweit hatte Kurt Riller die mit Wunschdenken verwobenen thailändischen Fakten analysiert. Er schlug nach einem Moskito, nahm einen großen Zug aus seiner Bierflasche, drehte sich auf seiner Matratze auf die andere Seite und befaßte sich mit dem nächsten Punkt, mit dem er den weiteren Fortgang, so wie er ihn sich vorstellte, festgehalten hatte.

Punkt vier: Waffen im Überfluß — und darauf war außer ihm noch keiner gekommen — hatten jetzt die Nordvietnamesen. Zwar war vorauszusehen, daß sie dieselben im Kampf gegen ihr südliches Brudervolk einsetzen würden, doch erst mal benötigte die junge Volksdemokratie Geld, und zwar westliche Devisen. Er, Kurt Riller, würde also zur nordvietnamesischen Botschaft in Vientiane fahren, die thailändische Wunschliste präsentieren, einen Preis vereinbaren, der wesentlich unter dem britischen lag, und die Hälfte gleich anbezahlen — mit seinen vietnamesischen Piastern! Dann würde er in Nordvietnam herumfahren, die Waffen einsammeln — er wußte ja um die Örtlichkeiten — und am Tag der Verladung in Haiphong die zweite Hälfte bezahlen. Den Thais müßte er dabei als reiner Mäzen erscheinen, da er ihnen die beachtliche Summe vorgestreckt hatte. Um dem Ganzen einen seriösen Anstrich zu geben, würde er »eine faire Kommission« erbitten und sich diese zusammen mit der verauslagten Summe in US-Dollars ausbezahlen lassen; von jenem Darlehen, das die USA dem thailändischen Königreich, das im Ersten Weltkrieg ganz, im Zweiten ganze vier Stunden auf alliierter Seite gestanden hatte, sicher nicht verweigern würden. So war allen gedient: Die Thais erhielten die benötigten Waffen wesentlich schneller und vor allem billiger; die Viets Devisen, die sie ohne Schwierigkeiten bei der französischen Staatsbank einlösen oder gutschreiben konnten — und er, Kurt Riller, könnte als Dollarmillionär endlich dieses verfluchte Südostasien verlassen, in Hongkong Geschäfte betreiben oder sich in der Karibik zur Ruhe setzen.

Daß sein Plan zu viele »müßte«, »würde«, »könnte«, zu viele Zufälle und Konjunktive enthielt, schreckte Riller nicht; im Gegenteil, es beflügelte ihn, »taktisch klug« vorzugehen.

1955 war Prostitution in Asien keineswegs so verbreitet wie heute: Das Gewerbe wurde nach einheimischem Brauch ausgeübt und florierte nur in den großen Hafenstädten, aber auch dort weder selbstverständlich noch öffentlich. Trotzdem glaubte Kurt Riller von einem großen Hammer getroffen zu werden, als sein thailändischer Freund Vithum Rattangassan ihn eines Tages in der Bar des Royal Hotel aufforderte: »Besorgen Sie mir eine Frau!«

»Wie bitte, General?«

»Ich will ein Spielzeug haben, und Sie sollen es mir besorgen.«

»Aber General, in Ihrer Position dürfte das doch kein Problem sein.« Riller wies auf ein paar kichernde Mädchen, die einige Tische entfernt saßen.

»Ich will keine Hühner ficken! Ich will eine Berlinerin haben!«

Kurt Riller mußte erst einmal einen großen Schluck Mekong-Whisky nehmen. »Ich verstehe Sie nicht, General.«

»Klein bin ich selber. Ich will eine große weiße Frau haben! Mit weißem Fleisch, auf dem ich zwischen Buddhas Glocken und dem Dreieck der Seligkeit herumturnen kann!«

»Und so eine Frau hatten Sie in Berlin?«

»Eine?!? Jeden Tag drei!«

»Wie kamen Sie, gleichsam unter Hitlers Augen, zu diesen Frauen?«

»Nun, unsere Gastgeber waren sehr aufmerksam: Tagsüber mußten wir die offiziellen Programme absolvieren, aber abends hat man uns unterhalten!« Rattangassan legte eine bedeutungsvolle Pause ein. »Nach dem Abendessen fuhr man uns ins Hotel. Ich glaube, es hieß Adlon. Dort verabschiedeten sich unsere Begleiter mit Hackenzusammenschlagen und Heil Hitler von uns. Nach einer halben Stunde verließen wir das Hotel Adlon durch einen Seitenausgang, stiegen in schwarze Autos, die schon für uns bereitstanden. Dann fuhren wir durchs Brandenburger Tor in ein Etablissement, das, ich werde es nie vergessen, Salon Kitty hieß — wo uns dieselben Begleiter bereits als Gastgeber erwarteten. Und dort gab es noch mehr zu trinken, und vor allem deutsche Frauen: groß und blond ... und ... und ...« Die Erinnerung trieb dem General Schweißperlen auf die Oberlippe. »Sie hatten Figuren wie die Frau Reichsmarschall! Kannten Sie die Frau Reichsmarschall?«

»Nur von Fotos. Ich bin ihr leider nie persönlich begegnet.«

»Ich will eine Frau wie die Frau Reichsmarschall haben ... So schön ... und so groß ... mit genau derselben Figur ... und so blond ... Verschaffen Sie mir eine Frau Reichsmarschall, und wir machen die besten Geschäfte miteinander!«

Es lag klar auf der Hand: Eine weiße Frau war sein »Gastgeschenk«, wollte Riller in Thailand geschäftlich Fuß fassen.

»Ich weiß gar nicht, ob momentan überhaupt deutsche Frauen in Bangkok leben.«

»Ob Deutsche, Europäerin, Amerikanerin oder Australierin ist egal. Sie muß nur so groß sein, so blond ... Denn wenn mich meine Kollegen mit einer großen blonden Weißen sehen, bekomme ich bei ihnen noch mehr Gesicht.«

»Sie wollen mit einer Weißen in der Öffentlichkeit auftreten? Das wird doch sofort Ihrer Frau und Ihrem Schwiegersohn hinterbracht?!«

Vithum Rattangassan schüttelte sich vor Lachen: »Was wissen Sie denn über Thailand?«

»Nichts«, mußte sich Riller in seiner bescheidenen Behausung eingestehen, während er die Möglichkeiten durchging: Es gab Firmenvertretungen, Botschaften, und eventuell gab es im SEATO-Hauptquartier ein paar unbefriedigte Soldatinnen. Das Kardinalproblem blieb Rattangassans Qualitätsanspruch: »wie die Frau Reichsmarschall«. Riller erinnerte sich einiger Abbildungen in Illustrierten: Emmy Göring war groß gewesen, voluminös, mächtig, fast ein Denkmal ihrer selbst. Er durfte Rattangassan also weder eine in den Tropen Gealterte anbieten noch eine Unerotische, Zurückgebliebene; weder einen Blaustrumpf noch »ein spätes Mädchen«. Als ob es für Europäerinnen/Amerikanerinnen/Australierinnen nichts Schöneres gäbe, als mit dem kleinen Rattangassan »zu spielen«. Kurt Riller machte sich auf die Suche und sammelte Erfahrungen: Die wenigen Soldatinnen, die das SEATO-Hauptquartier beschäftigte, waren ausnahmslos verheiratet, sonst hätten sie nicht hierher versetzt werden dürfen. Die »in Frage kommenden« Damen bei den »weißen« Botschaften hatten aus Spionage- und Sicherheitsgründen ein so anerzogenes Mißtrauen jedem Menschen gegenüber, der neu ihren Weg kreuzte, daß sie generell ausschieden. Es blieb Kurt Riller also nichts anderes übrig, als die verschiedenen Firmenvertretungen abzuklappern und nach passablen Einzelgängerinnen Ausschau zu halten.

In Europa hätten diese Damen zweifellos in abendlichen Spaziergängen Ausgleich für ihres Tages Tätigkeit finden können. In Bangkok gibt es solche Möglichkeiten nicht: Die auch abends erbarmungslose, feuchte Hitze würgt schon den Gedanken an körperliche Bewegung ab. Und die Ehegattinnen der erfolgreichen Firmenrepräsentanten der verschiedenen »Kolonien« verbrachten ihre Tage zwischen Canasta unter dem Ventilator, Schwimmen im Sportclub und unzähligen Cocktailparties. Parties zu besuchen oder zu arrangieren, blieben die Hauptbeschäftigungen jener vornehmen Damen, wobei sie aus Freude, wenigstens diese Betätigungsmöglichkeit zu haben, übersahen, daß jede immer wieder jede traf, der Gesprächsstoff sich ebensoschnell wie die Garderoben wiederholten. In diesem Einerlei hätte Kurt Riller mit seiner drastischen Erzählkunst wie ein reinigendes Gewitter gewirkt, doch es war zum Verzweifeln; er kam in diese Kreise nicht rein: der Firmenrepräsentant Heinrich Massmann hatte vorgewarnt.

Eines Abends traf Kurt Riller Dawn Wellington. Sie war groß, blond, und ihr modisches Sommerkleid umhüllte äußerst geschmackvoll ihre Figur. Sie saß allein im Garten des Oriental Hotel unter einer Palme vor der Somerset-Maugham-Suite, trank gelegentlich an ihrem Whisky-Soda und las in einem Fremdenführer über Thailand.

Höflich fragte Kurt Riller, ob er an ihrem Tisch Platz nehmen dürfte, da unter den anderen, leeren Tischen keine die Insekten vertreibenden Glühstäbchen brannten. Sie gestattete mit einem bezaubernden Smiling.

Auf ihr Buch weisend, eröffnete Riller die Konversation: »Sind Sie neu hier in Bangkok, Miss ...«

»Ich bin gerade angekommen.«

»Wohnen Sie hier im Oriental Hotel?«

»Ja.«

»Es ist ein schönes Hotel.«

»O ja.«

»Man sagt, dies sei das schönste Hotel der Welt.«

»Kennen Sie das Repulse in Hongkong?«

»Nein, Miss...«

»Das E. & O. auf Penang?«

»Nein, Miss.«

»Das Raffles in Singapur oder das Strand in Rangoon?«

»Nein, Miss.« Kurt Riller schrumpfte innerlich zusammen.

»Nun, all diese Hotels wurden während der britischen Kolonialzeit im selben Stil wie das Oriental erbaut. Aber ich wage nicht zu beurteilen, welches die schönste Atmosphäre hat.«

Kurt Riller schwieg.

»Der Blick von hier aus ist zweifelsohne unübertroffen: Drüben, diese Tempel...«

»Das ist der Vat Arun, Miss«, beeilte sich Kurt einzufügen. »Der ›Tempel der Morgendämmerung‹. Seine gesamte Außenfläche ist von zerschlagenem holländischem Porzellan bedeckt.«

»... und dann dieser rege Schiffsverkehr direkt vor meinem Tisch: Das ist einmalig.«

»In den von Ihnen genannten Hotels bin ich leider noch nicht abgestiegen, aber ich merke, Sie sind an den Kunstschätzen dieses Landes interessiert. Und was die in Bangkok betrifft, kenne ich mich aus. Es wäre mir eine große Freude, sie Ihnen zeigen zu dürfen.«

»Heute ist es schon zu spät, aber hätten Sie morgen Zeit dazu?«

»Für eine so schöne Frau, wie Sie es sind, werde ich alle Anstrengungen unternehmen, die Zeit dafür aufzubringen.«

Dawn Wellington nahm dieses Kompliment ohne die geringste Reaktion zur Kenntnis: »Dann holen Sie mich doch bitte morgen früh um acht Uhr hier ab. Vor der großen Mittagshitze könnten wir dann schon wieder zurück sein.«

Dawn Wellington machte eine Pause, in der sie ihr Gegenüber ansah, doch der reagierte nicht. »Übrigens: Ich bin Dawn Wellington.«

»Kurt Riller...«

»Haben Sie eine Karte?«

»Ich ... ziehe gerade um ... und der chinesische Drucker hatte nicht genug lateinische Buchstaben ... Ich gebe sie Ihnen demnächst ...«

*

Monatelang hatte Nguyen Tac viel Mühe und Fleiß darauf verbracht, *quoc ngu* zu lernen, wie die Vietnamesen das lateinische Alphabet nennen. Von dem halben Dutzend Schülern erwies sich Nguyen als der gelehrigste, und weil er auch sonst ein aufgeweckter Junge war, bestimmte ihn die Dorfjugend schließlich zu ihrem Sprecher. Da er sich außerdem als der fähigste Späher bewährt hatte, ernannte *sous-lieutenant* Jacques Brellier, »der französische Häuptling«, Nguyen Tac vor versammelter Dorfgemeinschaft schließlich zum *caporal-chef* und heftete ihm die Insignien seiner Stellung an den Ärmel eines neuen Uniformhemdes, »das der ›Ober-Häuptling aus Saigon‹«, wie Brellier betonte, »extra seinetwegen hatte abwerfen lassen«. Dies gab Nguyen Tac natürlich »viel Gesicht«, und er postierte sich in den folgenden Tagen stets so, daß die Mehrzahl der Dörfler seine Ärmelstreifen im Blickfeld hatte. Bald genügte ihm »die Mehrheit« nicht mehr, weshalb er sich aus Büffellederresten zwei Achselklappen anfertigte, auf denen er seine Streifen anbrachte, damit seine Insignien künftig jederzeit und von allen wahrgenommen werden mußten. Nguyens ferneres Sinnen und Trachten ging dahin, seine Stellung zu festigen und »noch mehr Gesicht« zu bekommen, um später an der Seite von zwei oder drei Frauen Häuptling seines Dorfes zu werden.

Nguyen Tac war ein Nhang, dessen etwa zwölftausend Stammesangehörige in der nordvietnamesischen Provinz Viet Bac, nahe der chinesischen Grenze, leben. Diese Kleinbauern siedeln in Gemeinschaften von zehn bis zwölf Gehöften und bauen auf den geschickt in die Hänge getriebenen Terrassen des parallel zum roten Fluß verlaufenden Nui-Con-Voi-Gebirges Reis, Mais, Zuckerrohr, Indigo und Baumwolle an.

Vor längerer Zeit geriet eine Jagdgruppe der Nhang bei der Verfolgung eines waidwund gespeerten Tigers auf Yaogebiet. Die Yao waren nicht nur zahlenmäßig überlegen, sie verfügten auch über selbstgefertigte Armbrüste und einige Feuerwaffen, mit denen sie die ihnen zugetriebene Großkatze erlegten. Während die älteren Nhang mit den gleichaltrigen Yao um Fell und Fleisch der Beute verhandelten, brach unter den jüngeren ein Streit aus, der damit endete, daß Nguyen Tac fliehen mußte. Dem südwärts fließenden Lo folgend, kam Nguyen in die kleine Stadt Bac Quang, in der zufällig eine Patrouille der Legion Etrangère rastete. Die Legionäre fanden Gefallen an dem Jungen; sie gaben dem Ausgehungerten erst mal zu essen, dann durfte er mitfahren.

Da diese Einheit jedoch als »Feuerwehr« überall dort eingesetzt wurde, wo Not am Mann war, wurde Nguyen Tac als »Hilfswilliger« einem »Afrikabataillon« zugewiesen. Diese Einheiten, »Bat d'AF« genannt, setzten sich aus jungen Franzosen zusammen, die bereits mehrere Straftaten begangen hatten, bevor sie das Militärdienstalter erreichten. Da das französische Expeditionskorps inzwischen jeden Kampffähigen brauchte, forderte das Oberkommando auch »Bat d'AF«s an, obwohl die militärische Ehrenliste dieser Soldaten gleich Null, ihre Strafregister dagegen überproportional lang waren. Man konnte sie nur zu Wachdiensten und in Versorgungseinheiten gebrauchen, wobei sie jedoch von ihren Vorgesetzten oftmals mit gezogener Waffe daran gehindert werden mußten, das ihnen anvertraute Militärgut zu verschieben.

Diese jungen Franzosen waren angehende Verbrecher und — sofern in klarer Überzahl — Raufbolde. Ein knappes Dutzend dieser »Helden« drang eines Nachts betrunken in das Quartier ein, das Nguyen Tac mit drei anderen Eingeborenen teilte. Zunächst ließen die Rowdys die Hilfskräfte unter beleidigendem Gegröle »strafexerzieren«, dann schissen sie auf deren Pritschen, um sich anschließend von den Wehrlosen »zärtlich und gründlich zugleich« ihre Hinterpartien säubern zu lassen. Aufkommende Scham oder Ekel »bestraften« sie mit Schlägen und Fußtritten; Nguyen Tac mußte dem Anführer schließlich noch die Stiefel sauberlecken.

Daß diese Exzesse anderntags vor der angetretenen Kompanie schwer bestraft wurden, besagte diesen vier einfachen Menschen nichts.

Nachdem Nguyen in sein Dorf zurückgekehrt war, blieb der unwürdige Vorfall wie ein schwärender Fremdkörper in seiner

Seele haften; er beschäftigte ihn — mitunter gegen seinen Willen — ständig. So war es einer nordvietnamesischen Patrouille eines Tages ein leichtes, den in Gedanken versunkenen Späher zu überrumpeln. Möglich, daß es Nguyen unter normalen Umständen gelungen wäre, sich herauszureden, aber ausgerechnet an diesem Tag trug er zum ersten Mal wieder sein Hemd mit den Achselklappen. Obwohl diese offensichtlich nicht aus einer französischen Uniformfabrik stammten, erregten sie das Mißtrauen der Viet Minh, die Nguyen kurzerhand in ihr Quartier nach Lao Chai mitnahmen.

Der Funkspruch mit der Aufforderung zur Beendigung seiner Tätigkeit und Rückkehr hinter die französischen Linien brachte Unterleutnant Jacques Brellier in seelische Konflikte: Er liebte Land und Leute sehr, er beherrschte ihre Sprache inzwischen perfekt, ja, er war selbst schon zum Nhang geworden und konnte sich ein Leben in betriebsamen Garnisonsstädten mit der täglichen Konfrontation mit Vorgesetzten nicht mehr vorstellen. Am schwerwiegendsten jedoch wog die Gewißheit um die grenzenlose Enttäuschung und den nicht wiedergutzumachenden Vertrauensverlust nicht nur für Frankreich, sondern für den weißen Mann schlechthin, den ein Rückzug bei »seinem Stamm« auslösen würde. Es ging Brellier keineswegs ausschließlich um antikommunistischen Guerillakampf; um jedoch weiterhin versorgt zu werden, mußte er diesbezügliche Erfolge aufweisen, weshalb — den geschlossenen Waffenstillstandsbedingungen zum Trotz — in seinem Gebiet alles beim alten blieb.

Hauptmann Tran Van Duc von der 412. nordvietnamesischen Nachrichtenabteilung war Spezialist »im Umdrehen« von mit G.C.M.A.-Gruppen zusammenarbeitenden Eingeborenen, und er erkannte sehr schnell, was für ein wertvoller Paradiesvogel Nguyen Tac war; auch, daß man diesem jungen Nhang nicht einfach den Befehl zur Auslieferung »seines« Franzosen erteilen konnte — er würde sich eher umbringen. Ihn zu foltern würde ebenfalls das Gegenteil dessen bewirken, was Tran Van Duc sich als Langziel gesteckt hatte.

Der Viet-Minh-Offizier war ein ausgezeichneter Psychologe: Nguyen Tacs wunde Stelle blieb ihm nicht lange verborgen, weshalb Tran Van Duc immer wieder auf jenen Vorfall in der Hanoier Versorgungseinheit zu sprechen kam. Da es dem vietnamesischen Offizier jedoch nicht auf den mit der Auslieferung des Franzosen verbundenen kurzen Erfolg, sondern darauf ankam, einen absolut zuverlässigen Mann zu gewinnen, der seinen ganzen Stamm zu loyalem Wohlverhalten bewog, schulte er Nguyen Tac zum Überzeugungstäter.

Seinen Bemühungen kamen jedoch zwei Zufälle zu Hilfe, die rascheres Handeln geboten: Zum ersten erhielt er Kopien der aus Jerry John Fraziers Safe entwendeten Aufstellungen über die durch die Koala Air-Line zu versorgenden G.C.M.A.-Gruppen samt Koordinatensystem und Funkschlüssel, zum anderen entwickelte einer dieser Posten — der im Gebiet der Nhang liegen mußte — einen regen Funkverkehr, der nunmehr anhand des mitgelieferten Codes entschlüsselt werden konnte:

Zehn Tage nach einer ausgedehnten Patrouille fühlte sich Jacques Brellier hundeelend, in der Nacht paarten sich heftige Wadenschmerzen mit hohem Fieber. Obwohl der Leutnant seinen Aspirinvorrat schließlich händeweise schröpfte, ließ das Fieber nicht nach. Als auch noch seine Nieren schmerzten und er immer gelber wurde, schleppte er sich an sein Funkgerät, drückte einen kleinen Bakelithebel nach unten und begann mit seinem Erkennungsruf:

»›Weihnachtsmann‹ ruft ›Ente‹! ›Weihnachtsmann‹ ruft ›Ente‹. Bitte kommen!«

Der Leutnant ließ den Sprechhebel, den er durch Druck auf den Mikrofonhandgriff betätigt hatte, los und harrte der Antwort — die nicht kam. Vor seinen Augen begannen die Gegenstände zu verschwimmen. Unter Überwindung großer Schmerzen wiederholte er alle fünf Minuten sein Erkennungssignal »›Weihnachtsmann‹ ruft ›Ente‹ — ›Weihnachtsmann‹ ruft ›Ente‹! Bitte kommen!«

Endlich vernahm er schwach den Gegenruf; »Hier ›Ente‹, hören Sie mich, ›Weihnachtsmann‹? Hier ›Ente‹! Hören Sie mich, ›Weihnachtsmann‹? Bitte kommen!«

Brellier betätigte wieder den kleinen Hebel: »Hier ›Weihnachtsmann‹. Ich bin krank, ich glaube, es ist etwas Ernstes; ich habe hohes Fieber und starke Schmerzen, mir tut alles weh. Könnt ihr mich mit einem Arzt verbinden? Bitte kommen!«

»Hier ›Ente‹. Arzt wird geholt Gehen Sie Mitternacht auf Empfang! Ende.«

Während seine junge Ehefrau die feuchten Umschläge auf Kopf und Waden immer wieder erneuerte, stöhnte Brellier vor Schmerzen. Um Mitternacht vernahm er: »›Ente‹ ruft ›Weihnachtsmann‹! ›Ente‹ ruft ›Weihnachtsmann‹! Bitte kommen!«

Inzwischen kostete es Jacques Brellier große Mühe, mit seinen zitternden Händen den kleinen Hebel runterzudrücken: »Hier ›Weihnachtsmann‹. Ich höre. Bitte kommen!«

»Hier ›Ente‹. Es spricht Sanitätsobergefreiter Filourt. Der Arzt wird von einem Empfang geholt, ein Jeep ist unterwegs. Schildern Sie mir inzwischen Ihre Symptome. Bitte kommen!«

Mehrmals mußte Brellier repetieren, nicht nur weil der Sprechkontakt so schlecht war, sondern weil ihn das Fieber wiederholt schüttelte.

». . . Müssen Sie kotzen? . . .«

». . . Waaas? . . .«

». . . Ob Sie kotzen müssen? . . .«

». . . Nein . . .«

». . . Haben Sie die Scheißerei? . . .«

». . . Nein . . .«

». . . Sieht Ihre Schnauze wie ein Käse aus? . . .«

». . . Waaas? . . .«

». . . Sieht Ihre Physiognomie wie ein Roquefort aus? . . .«

». . . Nein! . . .«

». . . Dann haben Sie zumindest keine Cholera! Erneuern Sie die Wadenwickel jede Viertelstunde! Gehen Sie in einer Stunde wieder auf Empfang, dann wird der Arzt hiersein! Ende!«

Um ein Uhr dreißig weckte der Stabsarzt den diensthabenden Offizier: »*Mon capitaine*, ich habe da einen Mann von der G.C.M.A. in der Provinz Viet Bac, der sofort ins Lazarett ausgeflogen werden muß.«

»Ist das wirklich so dringend, Doktor? Kann man dem nicht erst mal Medikamente abwerfen?«

»Die braucht der Mann innerhalb von acht Stunden. Trotzdem muß er umgehend in stationäre Behandlung gebracht werden.«

»Was hat der Mann?«

»Es ist ein Fall von schwerem *Icterus infectiosus* . . .«

»Was ist das?« unterbrach der Hauptmann mißmutig.

»Der Mann hat vor zehn Tagen eine Aktion durchgeführt, bei der er ein Gewässer durchqueren mußte, das höchstwahrscheinlich von Ratten verseucht war, denn diese sind die häufigsten Überträger der Spirochäte *Leptospira icterohaemorrhagiate.*«

»Doktor, können Sie mir das ein bißchen einfacher erklären?«

»Die gefährlichste der Leptospirosen ist nach ihrem Entdecker Dr. Adolf Weil benannt. Diese Weilsche Krankheit ist, laienhaft ausgedrückt, eine höchst gefährliche Mischung von Typhus, Paratyphus und schwerer Gelbsucht, oder einfacher gesagt: die gefährliche Addition all dieser Krankheiten mit einer durchschnittlichen Sterblichkeitsrate von dreißig Prozent. Auf jeden Fall muß der Mann sofort ins nächste Krankenhaus oder Lazarett.«

»Den Einsatzbefehl für eine Evakuierung in Nordtonkin muß der Chef geben. Wenn es so dringlich ist, begleiten Sie mich bitte zu ihm. Er wird sich freuen ... um diese Zeit ...«

Jerry John Frazier freute sich über den Auftrag: Alfons Doberer raste mit einem Jeep zur Sanitätsabteilung der in Vientiane verbliebenen französischen Kräfte, packte die dort ausgehändigte Medizin in einen stabilen Behälter, holte auf dem Rückweg den Chefpiloten der Koala Air-Line aus dem Bett und erklärte den Auftrag: »Hör zu, Ikarus! Du überfliegst, wie schon gehabt, Punkt 312 und wirfst dieses Päckchen aus dem Fenster. Anschließend siehst du dich in der Nähe nach einem geeigneten Landeplatz um, denn du sollst dort zwei Tage später einen Anhalter mitnehmen.«

»Ich soll so weit hinten im Viet-Minh-Gebiet *landen?* — Das ist doch nicht dein Ernst?«

»Sehe ich so aus, als ob ich um vier Uhr morgens scherze? Oder glaubst du, du bist nur als Paketzusteller engagiert?«

»Da krieg' ich aber eine Gefahrenzulage von fünfhundert Bucks!«*

»Was hast du eigentlich in Korea gemacht, Pete? Nur aus den Wolken gespuckt? Aber ich werde mit dem Chef darüber reden. Und jetzt wirf deine Mühle an. Und keine falschen Tricks: Du wirst den Mann da rausholen!«

* amerikanisch für Dollar

Bei normalen Abwürfen wurde das Ziel unter Ausnutzung der Bodengegebenheiten ziemlich direkt angeflogen. Nach dem Abwurf behielt der Pilot den Kurs noch einige Zeit bei, ehe er in einer großen Schleife und unregelmäßigem Zickzackkurs den heimatlichen Horst ansteuerte. Dieses Verfahren erschwerte der Viet Minh die Ortung des Abwurfs.

»Inzwischen kennen die unsere Masche«, erklärte Alfons Doberer bei der Einsatzbesprechung am darauffolgenden Tag. »Außerdem werden die Viets immer schlauer: Nach den letzten Beschädigungen, die wir an der ›Wildgans‹ hatten, drängt sich der Eindruck auf, daß die Viets inzwischen über unsere gängigsten Routen Bescheid wissen, dort Ketten von Beobachtern postiert haben, denn ›Wildgans‹ wurde beim Anflug auf den Zielpunkt förmlich erwartet.«

»Kann Zufall gewesen sein.«

»Kann ...« Alfons Doberer ließ das Wort in der Luft hängen.

»Kann aber auch sein«, ließ sich Jerry John Frazier, der Boß, vernehmen, »daß die Viets unserem Freund, der sie ja sehr beschäftigt, auf der Fährte waren und deshalb längs der Anflugroute lauerten.«

»Könnte so und daher auch Zufall gewesen sein.« Pete Peabody, der baumlange Pilot mit Koreaerfahrung, schob seinen Kaugummi in die andere Backe.

»Könnte, ja«, setzte Alfons nachdenklich hinzu. »Aber Zufälle machen mich immer besonders mißtrauisch. Und deshalb schlage ich vor, diesmal anders zu verfahren: Wir starten unser Unternehmen nicht im direkten Anflug, sondern schlagen unseren Haken vorher! Das bedeutet: Wir deponieren den für diesen Flug benötigten Treibstoff nicht im Osten, in Sam Neua, sondern im äußersten Norden, in Phong Saly. Von dort nimmt ›Condor‹ Kurs auf den 6024 Fuß hohen Phu Tu Lu Cang, was zunächst einmal den Anschein erweckt, als ziele unsere Aktion nach China. Diesen Berg umfliegt ›Condor‹ westlich und nördlich, um anschließend östlichen Kurs auf den 10308 Fuß hohen Fan Si Pan zu nehmen, den er südlich passiert. Zwar liegt ›Condor‹ dann schon auf seinem generellen Kurs, aber da dieser ziemlich parallel zur chinesischen Grenze führt, läßt sich der Eindruck vermitteln, unser Ziel liege an oder gar jenseits der chinesischen Grenze. Nach dem Fan Si Pan hält sich ›Condor‹

leicht südöstlich, bis er den Roten Fluß südlich Bao Ha überquert. Unmittelbar danach korrigiert ›Condor‹ direkt auf Ostkurs, bis er den langgestreckten Höhenzug des Nui-Con-Voi-Gebirges erreicht hat. Über den Gipfeln biegt er im rechten Winkel nach Norden in direktem Anflug auf den bei Punkt 312 liegenden Landeplatz, den er ja kennt, ab. Selbst wenn die Viets ihre Beobachtungskette verdichtet haben, läßt sich aus diesem ›Wechselkurs‹ kein Zielgebiet herauskristallisieren. Vor allem nicht, da Pete seinen Kurs so ausrechnen muß, daß er mit den letzten Sonnenstrahlen den geographisch schwierigsten Punkt, die Nui-Con-Voi-Berge überquert. In der dann rasch einsetzenden Dämmerung verliert jeder Beobachter eine Maschine aus den Augen. Wenn Sie also, Sir«, beendete Alfons Doberer seinen Vorschlag an Jerry John Frazier gewandt, »mit dieser grundsätzlichen Idee einverstanden sind, muß ich anhand des ausgerechneten Flugplans wissen, wieviel Treibstoff in Phong Saly bereitzustehen hat.«

»Was sagen Sie zu diesem Plan, Mister Peabody«, wandte sich Jerry John Frazier an seinen baumlangen Piloten. »Halten Sie ihn für durchführbar?«

»Der Plan ist zweifelsohne gut durchdacht, Sir. Das Problem liegt meines Dafürhaltens woanders: Es ist ein Unterschied, ob ich während eines Niedrig- und Langsamfluges die Bodenluke vom Cockpit aus aufziehe und das Cargo abwerfe oder ob ich einen menschlichen Körper, dazu noch einen Weißen, auf einer höchstwahrscheinlich primitiven, jedoch mindestens zwei Meter langen Trage einladen soll. Dazu liegt die Maschine achtern zu niedrig auf, ist der Lukenwinkel in bezug zur Erde und der Innendecke der Maschine für so ein Manöver zu ungünstig. Da müßten erst ein paar Mann das Heck hochheben, andere müßten beim Einladen helfen, ich müßte die Trage innen in Empfang nehmen und festzurren ...«

»... Dabei kann die mitkommende Ehefrau helfen«, warf Jerry John Frazier ein.

»Wie bitte, Sir?«

»Nach der neuesten Order kommt die eingeborene Ehefrau dieses Franzosen mit.«

»Dann, Sir, ist ›Condor‹ sowieso zu klein! Dann müssen wir die Aktion mit ›Seeadler‹ durchführen.«

»Der wiederum für die rund fünfhundert Flugmeilen zuviel Sprit braucht«, wandte Alfons ein.

»Nun, Gentlemen, das ist doch kein Problem: ›Seeadler‹ führt eben Sprit mit. Die Fässer werden ausgeladen, und während einige von den Eingeborenen den Kranken einladen, können andere den Sprit in die Tanks pumpen ...«

»Nein, Sir«, unterbrachen Alfons und Peter unisono ihren Chef. »Das ist unmöglich! Das erfordert einen zu großen Aufwand an Menschen, also an Mitwissern und Zeit, da die Eingeborenen für diese Tätigkeit ja nicht trainiert sind. in der Zwischenzeit ...«

Jerry John Frazier verlor die Geduld: »O.k., Gentlemen, Vorschlag meinerseits: ›Seeadler‹ führt als das geeignetere Flugzeug den Transport durch. Zuvor fliegen Sie jedoch, Mister Peabody, da Sie den Landeplatz kennen, mit ›Condor‹ voraus. An Bord haben Sie zwei Mann und soviel Sprit, wie Sie für die Aktion brauchen. Sie landen zehn Minuten vor ›Seeadler‹ und bringen Positionslampen in Stellung, die zwei Mann bereiten alles zur Transferierung des Brennstoffs per Handpumpe vor. Während die Tanks gefüllt werden, kommt der Kranke an Bord. Wieviel Zeit würden Sie für das Anbordnehmen des Kranken bei gleichzeitigem Tankfüllen veranschlagen, Älfons?«

»Maximal zehn Minuten, Sir!«

»Dann trainieren Sie die ganze Aktion so lange auf unserem Flugfeld, bis sie nur fünf Minuten dauert! Noch eine Frage, Gentlemen?«

»Zwei, Sir.«

»Bitte, Mister Peabody.«

»Beim Einladen der Trage muß mir eine Person helfen, und der einheimischen Ehefrau traue ich nicht viel zu ...«

»Allright, dann übernimmt Älfons diesen Job: Er gibt ihnen auch das Kommando zum Abflug, wenn der Kranke, dessen Weib, die zwei Mann und er selbst an Bord sind! Aber *fünf Minuten*, Älfons, keine Sekunde länger, klar?!«

»Klar, Sir!«

»Was noch, Mister Peabody?«

»Wer soll ›Condor‹ fliegen, Sir?«

»Charly Dobbs.«

»Ist gut, Sir.«

»Darf ich . . .« Alfons Doberer war selbst überrascht, wie ungewöhnlich zart er seinen letzten Einwand vorbringen konnte. »Darf ich mir erlauben zu bemerken, Sir, daß Charly Dobbs nervlich etwas angekratzt ist . . . er erscheint mir momentan etwas ängstlich oder besser gesagt: übervorsichtig zu sein. Weshalb ich bezweifle, ob er sich eine nächtliche Landung auf Terrain zutraut, das er zuvor nie gesehen hat.«

»Ich traue ihm eine nächtliche Landung unter diesen Umständen durchaus zu.« Alle Beteiligten zeigten sich sichtlich überrascht, daß Frazier genauso zart antworten konnte, doch das dabei zutage tretende, sarkastische Lächeln verhieß nichts Gutes. »Er wird butterweich landen, da Sie, Älfons, hinter ihm sitzen und ihm eine entsicherte Pistole ins Genick drücken werden . . .« Ehe Jerry John Frazier die Tür hinter sich zuknallte, brüllte er noch: »Hab' ich vielleicht 'n Kindergarten engagiert?«

*

Was nützten alle angewandte Vorsicht, Finten, Flugkursänderungen und »Für-den-Fall«-vorgesehene Reaktionen — Hauptmann Tran Van Duc hielt ein entscheidendes Papier in der Hand:

> ente an weihnachtsmann sie werden zusammen mit ihrer frau morgen nach sonnenuntergang abgeholt halten sie sich mit hereinbrechender daemmerung nahe punkt dreihundertzwoelf bereit viel glueck ende

Der Nachrichtenoffizier bot Nguyen Tac eine Zigarette an: »Nun ist der Zeitpunkt gekommen, wo du deine patriotische Gesinnung unter Beweis stellen kannst. Mit deiner Hilfe wollen wir einen kapitalistischen Imperialisten, der deinen Stamm unterdrücken soll, gefangennehmen. Er wird morgen abend bei deinem Dorf abgesetzt. Wir wollen aber nicht nur diesen Volksfeind fangen, sondern gleichzeitig das Flugzeug in unsere Hände bekommen.« Mit Recht konnte der vietnamesische »Spezialist« davon ausgehen, daß Nguyen Tac für einen offenen Verrat an seinem französischen Häuptling noch nicht reif war, weshalb er ihm die wahren Details wohlweislich verschwieg. »Natürlich wissen wir, wo Punkt 312 liegt. Es könnte aber sein, daß wir zu spät kommen, um das Flugzeug noch zu erbeuten. Darum sollst du uns dahin führen, wo es nach deiner Meinung nach flach genug ist, daß dort ein kleines Flugzeug landen kann. Das ist eine große, sehr verantwortungsvolle Aufgabe.«

*

Nach ihrem selbstgewählten Motto *Erst die totale physische Erschöpfung schafft die Ruhe für Gedanken*, lagen Suzanne Dussard und Alfons Doberer zur selben Zeit unter einem Moskitonetz.

»Also, das muß in nächster Zukunft anders werden.«

»Was denn, *mon petit géant?*«

»Vieles. Am besten alles!«

»Willst du mich loswerden, *chéri?*«

»Im Gegenteil, Suzanne. Aber ich will mich erstens nicht lebenslänglich mit dir in einem Hotel treffen, das zwar als erstes Haus am Platze gilt, dabei jedoch ungeheuer schäbig ist und tausend Augen und Ohren hat. Zweitens wird mir das Makabre an Jerry John Fraziers Satz ›Der Kommunismus läßt sich durchaus aufhalten, wenn das dafür aufgewandte Geld in die richtigen Hände kommt‹, immer bewußter. Das heißt doch: in die Taschen von Leuten wie ihm. Ich verdiene nicht schlecht, zugegeben. Aber er macht bei jedem Einsatz ein Vermögen! Dabei wird der Job täglich gefährlicher: Die Beschädigungen an den Maschinen ... und die Piloten riskieren jedesmal Kopf und Kragen. Die meisten rauchen regelmäßig Opium, um ihre Nerven zu beruhigen. Jedenfalls werde ich nach dem morgigen Einsatz um meine Entlassung bitten. Mit meinem gesparten Geld kann ich mir auch in Europa ein vernünftiges Leben aufbauen ... Erst recht, wenn du mich als meine zukünftige Frau begleitest!«

»Natürlich tu' ich das! Die Zukunft an deiner Seite stell' ich mir herrlich vor. Trotzdem will ich jetzt deine Gegenwart genießen!« Damit zog sie Alfons wieder an sich.

*

Taktisch klug hatte Hauptmann Tran Van Duc seine Kräfte verteilt: Während die eine Hälfte die flache, kleine Ebene bei Punkt 312 umzingelte, sicherte die andere, um eventuelle Befreiungsversuche seitens der Nhang zu verhindern, gegen deren

Dorf. Seit Stunden spähte der Offizier durch sein sowjetisches Fernglas, doch in der kleinen Siedlung blieb alles ruhig, ging alles seinen normalen, gemächlichen Gang. Die Dämmerung begann gerade hereinzubrechen, als sich etwas aus dem Schatten der Hügel löste: Zwei Männer brachten eine Trage.

»Was ist da los?« Der Hauptmann gab dem neben ihm liegenden Nguyen Tac sein Fernglas. »Was haben die vor?«

»Wahrscheinlich gehen sie zu einem Fest in ein Nachbardorf. Vielleicht zu einer Hochzeit.«

»Und was liegt auf der Trage?«

»Unter den Bananenblättern werden Maniok, Reis und Früchte liegen. Soll ich hingehen und fragen, wo die hinwollen, Genosse Hauptmann?«

»Unter keinen Umständen!«

Nguyen starrte weiter angestrengt durch die immer dunkler werdende Dämmerung. Plötzlich stieß er den Offizier an und flüsterte: »Genosse Hauptmann, die Träger kommen direkt auf uns zu!«

»Dacht' ich mir's doch«, murmelte Tran Van Duc und fügte hinzu: »Ganz ruhig bleiben.«

Wieder stieß Nguyen seinen Offizier an, wobei er stumm in Richtung des Dorfes wies.

Schemenhaft erkannte der Hauptmann eine junge Frau und einen älteren, würdevollen Mann: »Das Empfangskommitee«, flüsterte er in Nguyens Ohr. Gleichzeitig vernahmen beide fernes Gebrumm. Als sie aufblickten, konnten sie in den letzten Sonnenstrahlen zwei sich nähernde silberne Punkte ausmachen.

Die bei der Einsatzbesprechung vereinbarte zeitliche Abstimmung klappte nicht: Charly Dobbs zeigte wirklich Nerven und war froh, als er kurz vor dem Kamm der Nui-Con-Voi-Berge backbord voraus »Condor« mit Pete Peabody entdeckte. Kurzerhand »hängte er sich dran« und war somit, um beim Landen nicht zu kollidieren, gezwungen, über dem Ziel noch eine Schleife zu drehen.

Ganz dicht preßte Hauptmann Tran Van Duc den Mund an sein Sprechgerät: »Achtung! Wahrscheinlich wird die zweite Maschine auch landen! Erst auf mein Zeichen angreifen! — Verstanden?«

»Verstanden, Genosse Hauptmann«, signalisierten seine Unterführer.

Gerade als sich Alfons Doberer bückte, um die mit großen Bananenblättern bedeckte Tragbahre ins Flugzeug zu bugsieren, erhielt er einen Schlag auf den Hinterkopf, daß ihm die Sinne schwanden und er über den fiebernden Franzosen Jacques Brellier fiel.

*

Bei der Suche nach seinem ehemaligen Untergebenen ging Gerald Gäusle von falschen Schlußfolgerungen aus: Er glaubte, daß ein Mann wie Kurt Riller, der jahrelang in verschwitzter Uniform im feucht-heißen, stickigen, moskitoverseuchten Dschungel gelebt, sich monatelang nur von »Affenfleisch« genannten Fleischkonserven ernährt, nur selten ein richtiges Bett und nur äußerst sporadisch Gelegenheit zu einem ausgiebigen Bad gehabt hatte, nunmehr ein Leben im Luxus führen würde. Deshalb besuchte Gäusle regelmäßig die wenigen Luxushotels und trieb sich dort zu den Cocktail- und Happy-hour-Zeiten, die Gäste aufmerksam musternd, herum. Tagsüber durchstreifte er systematisch die Viertel, in denen Europäer oder Amerikaner wohnten, befragte Briefträger und Hausbedienstete, Taxifahrer und Straßenfeger. Zwar erfolglos, aber er kombinierte nicht ganz unlogisch weiter: Ein französisches Schiff oder eine Fluggesellschaft, die in der französischen Kolonie Dschibuti zwischenlandete (und das mußten sie alle), konnte Riller nicht benutzen. Und selbst wenn er sich in der Bundesrepublik Deutschland außerhalb der französischen Zone niedergelassen hatte, konnte er nicht sicher sein, ungeschoren zu bleiben. Nein, folgerte Gerald Gäusle wiederholt, Riller weilte noch in Bangkok, wo er ein sicheres, unbehelligtes Leben führen konnte.

Kurt Riller hingegen war nach seiner Ankunft in Bangkok untergetaucht und lebte »wie ein Fisch im Wasser«, denn er war auf der Hut. Er fürchtete französische Häscher: Irgendwann, so kombinierte Riller, ist irgend jemand beim französischen Rechnungsstab auf die fehlenden 59 Millionen Piaster gestoßen. Sicher hatte der Unterfeldwebel — wie hieß er noch gleich: Gänsle oder Gäusle — bei der Übergabe den französischen Kommandanten in Vientiane auf den Inhalt der Kiste hingewiesen. Und dieser war verpflichtet, die Chose weiterzuleiten, beziehungsweise den Verlust zu melden. Nach Saigon. Dort trat erst mal die Militärverwaltung auf den Plan. Und was würde die veranstalten? Zunächst Name und Standort jenes Magazin-Sergenten feststellen, um ihn anschließend zu vernehmen oder, falls der inzwischen in Afrika oder Europa gelandet sein sollte, »vernehmen zu lassen«. Danach würde man ihn, Riller, im französischen Einflußgebiet zur Fahndung ausschreiben. Über diesen Maßnahmen allein könnte schon ein Jahr verstreichen. *Wenn* sie erführen, daß er in Bangkok sei, würden sie sicher seine Auslieferung beantragen — hierbei war ein umständlicher Papierkrieg vonnöten, der ihn eigentlich gar nicht zu kümmern brauchte.

Viel mehr fürchtete Riller ein Carte-blanche-Unternehmen der Legion — oder der Korsen. Unter den Erschossenen jener Spielhölle oberhalb des Ho-Ba-Be-Sees in Nord-Tonkin war ja »Napoleon«, ein Korse, gewesen, und es hatte nicht an Drohungen seitens der korsischen Mafia in Hanoi gefehlt: Einmal wurde eine Handgranate in sein Zimmer geworfen, als er zum Glück gerade im »Haus der fünfhundert Lotusblüten« weilte. Er fürchtete eigentlich nur korsische Gangs. Die allerdings sehr. Deshalb mußten die neunundfünfzig Mille schleunigst investiert oder noch besser: gewaschen werden. Dabei mußte er klug, taktisch geschickt und asiatisch langsam zugleich vorgehen.

Kurt Rillers Tarnung war perfekt. Fast perfekt: Sprachbegabt wie er war, hatte er während seiner Ausbildungszeit in Sidi-bel-Abbès etwas Arabisch, in Indochina sehr gut Vietnamesisch gelernt. Jetzt wohnte er bei einer thailändischen Familie zur Untermiete und lernte überaus fleißig die Sprache des Landes. Orte, wo Europäer oder Amerikaner verkehrten, mied er tunlichst. Riller trug meistens Thaikleidung: einfache Sandalen, dunkelblaue Hosen, darüber ein ebenso dunkles Hemd, den tief ins Gesicht gezogenen einheimischen Strohhut, und er hatte sich das leichte Trippeln der Asiaten angewöhnt. Besuchte er Stätten wie das Royal Hotel, betrat er vorher ein nahes chinesisches Lokal durch den Vordereingang, zog sich auf der Toilette um und deponierte sein Bündel auf dem hohen Wasserkasten, ehe er das Lokal durch den Hinterausgang wieder verließ.

Natürlich trug Riller bei der Begegnung mit Dawn Wellington elegante europäische Tropenkleidung. Auch, als er sie anderntags durch Bangkok führte.

Und dabei entdeckte ihn Gerald Gäusle. Dieser war ganz sicher, daß er Riller in weiblicher Begleitung in eine Luxuslimousine einsteigen sah, die ein majestätisches O zierte. Nun hatte Gerald Gäusle eine Spur, auf der er weitersuchen konnte.

*

Die Wit Thayn Road in Bangkok ist eine etwas ruhigere Verbindungsstraße zwischen den beiden Verkehrsadern Sukhumvit Road und Rama IV Road. An ihr liegen die Vertretungen mehrerer westlicher Länder; die Residenz des US-Botschafters etwas zurückgesetzt in einem kleinen, sorgfältig gepflegten Park. Peinlich genau prüfte ein Militärpolizist die Identität der ankommenden Person, ehe er die Erlaubnis zum Öffnen des reich verzierten schmiedeeisernen Tores gab. In dem Moment, in dem der chromblitzende Straßenkreuzer vor dem Gebäude vorfuhr, bewegte sich die Gardine an einem der breiten Frontfenster des kleinen Palais.

»Ich habe sie auch noch nicht kennengelernt«, sagte von seinem Schreibtisch aus der Botschafter zu seinem Besucher. »Sie kam vor einer Woche hier an — als ich noch meine Gallensteine auskurierte. Durch die Sekretärin ließ sie gestern sagen, daß sie mir eine dringende Mitteilung machen müßte, die so wichtig und vertraulich sei, daß sie unbedingt auch der CIA-Resident hören müßte. Also lassen wir uns überraschen.«

»Hoffentlich erweist sie sich nicht als Greenhorn, das sich zu wichtig nimmt, Exzellenz«, brummelte der Besucher und wandte sich der aus dem Auto aussteigenden Person zu: Sie war knapp sechs Fuß groß, blond, wobei ein lockeres Seidenkleid ihre Figur wohltuend zur Geltung brachte.

Als Dawn Wellington das Arbeitszimmer des Botschafters betrat, erhoben sich die beiden Herren.

»Doctor Wellington, ich bin Dean Burk. Das ist CIA-Chief Ralph Cox. Dawn Wellington, unser neuer Kulturattaché.«

»*How do you do?*«

»*Nice to see you!*«

»Haben Sie sich schon in Bangkok eingelebt?«

»Es geht. Meine Wohnung wird noch renoviert, solange wohne ich im Oriental Hotel.«

»Lebt es sich da angenehm?«

»Nun, sie renommieren immer mit den vielen Schriftstellern, die bei ihnen abgestiegen sind. Daß Somerset Maugham des schlechten Essens wegen wieder auszog, verschweigen sie natürlich.«

»Meine Herrschaften, da drüben stehen Kaffee, Tee, Eiswürfel, Whisky und Soda. Bedienen Sie sich bitte, und nehmen Sie Platz.«

Dawn mixte einen Whisky-Soda und steckte sich eine Zigarette an; der Botschafter reichte ihr Feuer.

»Missis Wellington, meine Sekretärin sagte, Sie hätten mir etwas Dringendes und Wichtiges mitzuteilen, von dem Sie wollten, daß es auch der Commissioner erfahre. Darf ich Sie bitten, uns die Sache vorzutragen.«

»Well, fangen wir am besten mit der unwichtigsten Figur an, einem gewissen Kurt Riller: Ich lernte ihn am Abend meiner Ankunft im Oriental Hotel kennen. Er war ziemlich aufdringlich und tat furchtbar wichtig: gleichviel akzeptierte ich sein Angebot, mir anderntags verschiedene Tempel zu zeigen. Es blieb nicht bei den Tempeln: Ich traf ihn noch zweimal, er zeigte mir Märkte, führte mich in vorzügliche einheimische Restaurants, wir besuchten Museen und Theatervorstellungen; kurz, er erwies sich als orts- und sachkundiger Führer. Sein Benehmen wurde von Mal zu Mal besser und lockerer, dabei trat er mir nie zu nahe. Ich fing an, ihn sympathisch zu finden.«

»Sie sind frisch geschieden?« warf der Botschafter ein.

Dawn Wellington tat einen tiefen Zug an ihrer Zigarette, sah den Botschafter an und prononcierte: »Ich bin überzeugt, Exzellenz, daß dies nicht das geringste mit meinem Bericht zu tun hat.«

»Nein, nein, durchaus nicht.« Die Hast seiner Entschuldigung minderte ihren Wert. »Bitte, fahren Sie fort, Missis Wellington. Was ist dieser Riller für ein Mensch? Wo kommt er her?«

»Über sich selbst sprach er wenig und gab sich als Geschäftsmann aus. Er scheint Deutscher zu sein, denn er gebrauchte ein Wort, das es nur im Deutschen gibt. Er spricht leidlich gut Thai, wenigstens fängt er bei den Taxifahrern und in den Restaurants sofort zu handeln an. Er fand es ganz überraschend, daß ich mich so sehr für thailändische Kultur interessiere . . .«

»Verzeihen Sie, Madam«, warf der Commissioner ein, »haben Sie ihm denn nicht gesagt, daß Sie der neue Kulturattaché sind? Ich meine: Dann hätte er doch kaum überrascht sein können.«

»Da er von sich nichts preisgab, sah ich keinen Grund, ihm meine Vita aufzudrängen. Weil ich gerne Whisky trinke und mich in den Sorten auch auskenne, hält er mich für die Vertreterin einer Whisky-Firma.«

Dies erschien den Herren wenig überzeugend, so daß sie nicht in das von Dawn erwartete pflichtschuldige Lachen ausbrachen.

»Drei Tage nach unserem Kennenlernen lud er mich zu einer Abendgesellschaft ein, an der nur die Elite Bangkoks teilnähme. Ich sagte zu. Als ich mit Riller das Lokal betrat, staunte ich nicht schlecht: Es schien wirklich die Elite versammelt zu sein, allerdings die militärische. Es glitzerte und blinkte nur so von Orden und Sternen. Gastgeber war ein Zweisternegeneral namens Vithum Rattangassan, der die Geburt seines Enkels feierte. Alle fünfzehn Generäle wurden mir vorgestellt, dann plazierte man mich zwischen dem Gastgeber und Riller. Es gab fünfzehn vorzügliche Gänge, einer besser und schärfer als der andere. Wozu natürlich viel getrunken werden mußte, und zwar einheimischer Whisky namens Mekong.«

Die beiden Herren nickten zustimmend.

»Zunächst wurde aus Höflichkeit die gesamte Unterhaltung in Englisch geführt, später nur noch die in meiner näheren Umgebung. Das scharfe Essen, die Hitze und der Alkohol taten alsbald ihre Wirkung: Die Offiziere legten ihre Jacken ab, die Umgangsformen wurden legerer.

Als ich mich gerade angeregt mit meinem Gegenüber, einem General Saway, über thailändische Malerei unterhielt, sprachen Riller und Rattangassan hinter meinem Rücken miteinander. Riller sagte: ›Nun, General, ist das nicht ein wunderschönes Spielzeug?‹ Rattangassan antwortete: ›O ja, ja, sehr schön!‹ — ›Sie ist zwar nicht die Frau Reichsmarschall, dafür aber doch wesentlich jünger, knackiger, frischer.‹ — ›O ja, ja.‹ Rattangassan grunzte vor Vergnügen, ›Sie ist genauso schön und blond und so groß wie Frau Reichsmarschall!‹ — ›Zwischen ihren Glocken und dem Dreieck der Seligkeit können Sie wunderschön spielen, General!‹ — ›O ja, jaa, jaaa!‹ Da merkte ich, daß die beiden über mich sprachen.«

»... Das haben die beiden hinter Ihrem Rücken gesagt? So laut und deutlich, daß Sie zuhören mußten?« Der Commissioner griff nervös nach einer Zigarette.

»*Hören* ja, aber nicht verstehen.«

»Wie bitte?«

»Sie sprachen natürlich nicht in Englisch miteinander, sondern Thai.«

»Und das haben Sie verstanden?«

»Was ist daran so absonderlich?«

»Wollen Sie damit sagen, Sie sprechen Thai?«

»Sie etwa nicht, Commissioner?«

»Natürlich nicht.«

»Sie sind der Chef der Nachrichtenbeschaffung in Thailand, Commissioner. Und da sprechen Sie natürlich nicht Thai? Wie recherchieren Sie denn, wenn Sie nicht mal verstehen, was die Leute um Sie herum sprechen?«

»Also, meine Methoden, mein Job stehen hier nicht zur Debatte, Miss . . .«

»*Mistress* Wellington, Commissioner«, unterbrach Dawn und wandte sich an den Botschafter. »Entschuldigen Sie bitte mein Erstaunen, Exzellenz. Ich hätte es nicht für möglich gehalten, daß leitende Posten bei Auslandsvertretungen seitens unserer Regierung mit Leuten besetzt werden, die außer ihrem heimatlichen Slang keine Fremdsprachen sprechen. Und das beim Chef der Nachrichtenbeschaffung?!« Dawn Wellington wandte dem transpirierenden Commissioner ihr Gesicht zu. »Wie erhalten Sie denn Ihre Nachrichten? Wie werten Sie sie aus? Wie überprüfen Sie, ob das, was man Ihnen zuträgt, auch den Tatsachen entspricht, nicht ›präpariert‹ ist? Ich wäre Ihnen auch sehr verbunden, Commissioner, würden Sie mir in drei Sätzen Ihre Methode erklären, nur damit ich weiß«, fügte Dawn in wesentlich milderem Ton hinzu, »ob ich etwas falsch gemacht habe.«

»Nun, *Mistress* Wellington, ich verfüge über einen qualifizierten Mitarbeiterstab, der die eingehenden Informationen vorab überprüft, nachrecherchiert, sowohl was die Meldung wie auch die — wir nennen sie nicht Zuträger, sondern Informanten oder Quellen — anbelangt. Das Wesentliche filtere *ich* dann heraus. In zwei Sätzen gesagt.«

»Aber *übersetzen*, was Ihnen ein einheimischer Informant mitteilt, tut wiederum ein Thailänder — oder haben Sie jemand in Ihrem Team, der Thai spricht?«

»*Mistress* Wellington, ich vergeude des amerikanischen

Steuerzahlers Geld, wenn ich Ihnen lang und breit meine Tätigkeit erkläre! Ich bin dazu nicht verpflichtet. Im Gegenteil! Außerdem habe ich Wichtigeres zu tun!«

»Würden Sie mir, ehe ich mit meiner Schilderung fortfahre, nur diese eine Frage noch beantworten, Commissioner. Bitte.«

Gegen das Lächeln von Dawn und die unterstützende Handbewegung des Botschafters war Widerstand zwecklos.

»Ja, Mrs. Wellington, *übersetzt* werden die eingehenden Informationen ausschließlich von thailändischen Mitarbeitern, die wir zuvor eingehendst, ausgiebigst und gründlichst gecheckt, überprüft und getestet haben.«

»Das heißt: Wenn die Dolmetscher im Dienst der Gegenseite stünden — wer auch immer dies sein mag —, wäre es dieser ein leichtes, Ihnen präparierte Informationen zuzuspielen...«

Hochroten Kopfes sprang der Commissioner auf: »Wie wollen Sie so genau um den Inhalt dieses zwischen einem Deutschen und einem Thailänder geführten Gesprächs wissen? Wie Sie selber sagten, wurde viel getrunken. Da mußten Sie doch mithalten. Wie waren Sie da überhaupt noch fähig, ein Gespräch aufzunehmen?!?«

»Commissioner, ich bin eine ›geborene Whisky‹. Meinem Vater gehört eine seit Generationen florierende Whiskydestillerie in Kentucky, deren Name hier nichts zur Sache tut. Insofern mag stimmen, was er spaßeshalber immer zu sagen pflegt: ›Ich hätte schon mit der Muttermilch mein tägliches Quantum bekommen‹, jedenfalls gab es bisher noch keinen Mann, der mich unter den Tisch getrunken hat. Obwohl, und das dürfen Sie mir glauben, Gentlemen, es immer wieder versucht wurde.«

Dawn machte eine Zigaretten-Zug-Pause.

»Commissioner, haben Sie noch andere Zweifel an meiner Qualifikation, den Dialog zweier Angetrunkener in Thai zu verstehen und wiedergeben zu können...?«

»Mrs. Wellington«, ließ der Botschafter seine sanfte Stimme vernehmen, »bitte fahren Sie in der Schilderung Ihres Berichtes fort. Setzen Sie sich wieder, Commissioner!«

»Well, ich hatte zwei Dinge festgestellt: Riller mußte Deutscher sein, denn den Titel Reichsmarschall gibt es nur im Deutschen. Dies ist im Thailändischen ein Fremdwort — wie Coca-Cola —, so daß Riller es inmitten seiner Thai-Sätze deutsch aussprechen mußte. Die zweite Feststellung war, daß ich gleichsam als Morgengabe dieses Riller an Rattangassan auserkoren war.«

Dawn griff nach einer neuen Zigarette, der Botschafter schob ihr wortlos sein Tischfeuerzeug hin.

»Als sich die Tischrunde aufzulockern begann, zog ich mich in den Ladies' room zurück, um mein Make-up aufzufrischen. Bald darauf ging im danebenliegenden Men's room die Tür auf, und eine Stimme, die ich schnell als Rattangassans erkannte, redete erregt auf den Deutschen ein: ›Jahrelang hab' ich mich nach einer großen weißen Frau gesehnt! ... Ich wollte sie als Spielzeug haben ... Auf ihr turnen ... Mich mit ihr zeigen! Und jetzt kommt dieser Saway und will sie haben ...‹ — ›Was sagen Sie da, General?‹ fragte der Deutsche. — ›Saway kam eben zu mir und sagte: Er wäre mir sehr zu Dank verpflichtet, wenn ich ihm diese blonde farang abtreten würde! ... Gleich heute will er sie mitnehmen ... Und ich habe noch nicht einmal mit ihr gespielt ...!«

»Ich versteh' das nicht.« Dem Botschafter ging das alles viel zu schnell.

»Well, Exzellenz, jetzt kam Überraschung Nummer drei für mich: Dieser Riller redete Rattangassan zu, mich gleich heute an den Dreisternegeneral Saway abzutreten! Der müßte dann ihn, also Rattangassan, als seinen Nachfolger empfehlen, denn er, gemeint war jetzt der Deutsche, hätte für Saway schon ›das königliche Geschenk‹ bereit.«

»Was ist denn das nun wieder: ›das königliche Geschenk‹?«

»Exzellenz, da ich dies an jenem Abend nicht herausbekam, spielte ich die mir zugedachte Rolle weiter: Ich verließ die Stätte an der Seite von Saway ...«

Wieder sprang der Commissioner auf, seine Stimme zitterte vor Empörung: »Sie, der Kulturattaché der Vereinigten Staaten von Amerika, haben die Nacht ...«

»Commissioner!« Dawn Wellingtons Stimme war so scharf, daß man in der Atempause plötzlich das dezente Sirren der Klimaanlage hörte. »Commissioner, ich habe — und jetzt achten Sie gefälligst genau auf meinen Terminus technicus — *ich habe* Saway *in dem Glauben gelassen*, daß er mit mir eine amüsante Nacht *hätte* verbringen können, *wenn er nicht so betrunken gewesen wäre.* Haben Sie das genau verstanden, Commissioner?«

»Ja, Mrs. Wellington.« Sehr überzeugend klang seine Antwort nicht.

»Dann lassen Sie mich bitte meinen Bericht zu Ende bringen, ohne mich dauernd zu unterbrechen. Heben Sie sich Ihre Fragen für später auf!« Dawn Wellington mixte sich einen neuen Whisky-Soda, zu dem sie viele Eisstücke verwandte. »Ich spielte also weiter mit dem Feuer und traf mich zweimal mit Saway zum Mittagessen im Royal Hotel. Mir wurde klar, daß er mich dort ›vorführte‹: Er war ganz aufgekratzt, er sprudelte vor Charme und lud mich schließlich ein, ein Wochenende auf seiner Yacht zu verbringen.«

Sich über das entsetzte Gesicht des Botschafters, der nur ein schwaches »Ja, aber ...« hervorbrachte, insgeheim amüsierend, fuhr Dawn Wellington fort: »Nein, Exzellenz, es kam wiederum anders! Vorgestern rief mich Saway an: Er war gänzlich verändert, verzweifelt und brach sogar in Tränen aus. Ich versprach ihn zu trösten, und verabredete mich mit ihm in der Bambus-Bar des Oriental. Saway kam in Zivil, er war aschgrau, sein Gesicht eingefallen. Ich will nun die stundenlangen Ausführungen Saways zusammenfassen: 1. Der Deutsche Riller wollte mit den Thais ins Waffengeschäft kommen. Dazu sollte 2. Rillers Freund Rattangassan Chefbeschaffer werden. 3. Saway, der bisherige Chefbeschaffer, wollte einen vierten Stern und Generalstabschef werden. 4. Hierfür brauchte Saway ›ein Geschenk für den König‹. Dieses wiederum hatte 5. der Deutsche Riller besorgt: eine schußsichere Weste.«

»Wie bitte?«

»Exzellenz. Sie wissen sicher, daß König Rama VIII. — der Bruder und Vorgänger des jetzigen Königs — kurz nach der Rückkehr aus seinem Exil unter bis heute ungeklärten Umständen ermordet wurde, was zwei Monate später zum Sturz der Regierung Pridi Phanomyongs führte. Begreiflich, daß der jetzige Premier dem König seit langem rät, sich doch bei öffentlichen Auftritten durch einen Wall lebender Leibwächter schützen zu lassen. König Bhumibol lehnte wie erwartet ab. Sie wissen sicher sehr viel besser als ich, Exzellenz, daß zwischen den Militärs und den zivilen Regierungen permanente Spannung herrscht. Die nutzte nun Saway aus: Bei der näheren Kamarilla des Königs erreichte er schließlich, daß sich der Monarch eine kugelsichere Weste vorführen ließ. Dies geschah vorgestern.

Damit auch für ihn etwas von der königlichen Gunst abfiel, bestand Rattangassan darauf, Saway zu begleiten. Trotz größter Geheimhaltung hatte sich die Sache natürlich herumgesprochen, und so erschienen zu dieser Demonstration noch zahlreiche andere Generäle, teils aus Neugier, teils weil sie eifersüchtig und neidisch Saway die Gunst der Stunde nicht allein überlassen wollten. Der halbe Hofstaat war um den König versammelt, dezente Musik ertönte, Tee und Gebäck wurden gereicht. Auf ein Zeichen brachte ein Adjutant auf einem silbernen Tablett einen reich verzierten Revolver, Saway stülpte die Weste über die Lehne eines königlichen Sessels, Rattangassan nahm nach vielen Verbeugungen mit dem Revolver Aufstellung, zielte und schoß. Um es kurz zu machen: Die Kugel durchdrang nicht nur die dem Revolver zugewandte Westenseite, sondern auch die ganze Sessellehne.«

»Wie konnte das passieren? War das Ganze ein Schwindel?«

»Nein, Exzellenz, es kamen wohl mehrere Faktoren zusammen: Scheinbar bestehen nicht nur zwischen Zivil- und Militärbehörden große Rivalitäten, sondern auch zwischen Militär und Polizei, beziehungsweise zwischen allen dreien. Laut Saway soll ein Polizeigeneral im Vorzimmer die vorgesehene kleine Pistole mit einem schweren Revolver vertauscht und mit Neunmillimeterprojektilen geladen haben, deren vordere Hälfte von einem Kupfermantel überzogen ist, während der hintere Teil aus Blei besteht, also über besonders große Durchschlagskraft verfügt. Die Weste wiederum besteht aus Metallplättchen, die, nach außen zeigend, derart paillettenartig übereinandergelegt sind, daß sie — ich bin kein Experte — die Schußkraft mildern und, indem sie auf der dahinter liegenden Nylonschicht federn, das Durchdringen des Schusses verhindern. Irgend jemand muß die Weste jedoch vorher angehabt und so über den Kopf gezogen haben, daß nunmehr das Nylon nach außen zeigte, so daß die Kugel, dieses mühelos durchdringend, *von der Hinterseite* auf die Metallplättchen traf und diese natürlich ebenso leicht durchschlug wie die Lehne. Die Leibwache nahm Rattangassan umgehend fest — der sich natürlich von dem Deutschen

Riller verraten fühlte. Saway, der vor so vielen Generalskollegen sein Gesicht verloren hatte, wurde degradiert und mit Schimpf und Schande in die tiefste Provinz versetzt. Im Militärbeschaffungsamt wird jetzt ein Run auf die beiden Pfründen einsetzen.«

»Das ist ja eine Katastrophe!« Der Commissioner stöhnte auf.

»Was ist los?« Schweißperlen standen auf der Stirn des Botschafters.

»Rattangassan war einer unserer Informanten!«

»Commissioner, Sie werden sicher einen neuen kaufen können«, meinte der Botschafter geringschätzig.

Dawn Wellington schloß mit einem an ihrem Armband hängenden Schlüssel ihren kleinen Aktenkoffer auf. »Exzellenz, hierin sind die wichtigsten Fakten noch einmal zusammengefaßt.« Dawn Wellington überreichte dem Botschafter ihren schriftlichen Bericht.

»Ich danke Ihnen, Mrs. Wellington. Sie haben den Vereinigten Staaten einen großen Dienst erwiesen. Ich werde dieses Exemplar gleich morgen durch Kurier nach Washington schicken. Commissioner, haben Sie noch Fragen an Mrs. Wellington?«

»Ja, Exzellenz.«

»Bitte.«

»Wären Sie bereit, an Saway weiter zu arbeiten?«

»Commissioner, ich bin keine Schnüfflerin, sondern Philologin und habe mit einer Arbeit über die austronenische Wanderbewegung promoviert. Unter den gegebenen Umständen könnte ich mir nicht vorstellen, Ihr Untergebener zu sein. Eher schon Ihr Vorgesetzter. Aber das möchte ich Ihnen nicht wünschen. Persönlich empfehle ich Ihnen das Royal Hotel als ergiebige Informationsquelle — aber dazu müßten Sie natürlich die Landessprache verstehen. Letzte Frage.«

»Wie viele Exemplare existieren von diesem Bericht? Nur das für den Botschafter?«

»Commissioner, für wie naiv halten Sie mich? Selbstverständlich behalte ich eine Kopie davon.«

»Aber wenn man die bei Ihnen findet ...!«

»Wie bitte?«

»Ich meine ... Sie könnten Ihre Aktentasche verlegen ...

oder in Ihrem Auto liegenlassen! Außerdem könnten Sie vergessen, Ihren Schreibtisch abzuschließen . . .«

»Commissioner, jetzt *unterschätzen* Sie mich!« Dawns Stimme bekam wieder einen metallenen, um nicht zu sagen: messerscharfen Klang. »Sollte man eine Kopie *finden*, liest mein Exmann, Charles R. Wellington III., seines Zeichens Abgeordneter, die zweite Kopie meines Berichts — die bereits zu ihm unterwegs ist — im Kongreß vor. Und zwar laut. Um anschließend ebenso unmißverständlich nach der Qualifikation der ins Ausland beorderten Nachrichtenbeschaffungschefs zu fragen. Im übrigen empfehle ich Ihnen das neueste Buch des englischen Schriftstellers Graham Greene, *The Quiet American*. Ist gerade in den Staaten als Vorabdruck erschienen. Sehr interessante Lektüre. Im nachhinein kommt's mir so vor, als ob der Sie gekannt hätte, Commissioner! Exzellenz.«

»Auf Wiedersehn, Mrs. Wellington.« Der Botschafter beeilte sich, vor der Dame an der Tür zu sein.

Als die beiden Herren allein waren, entstand eine Pause, während der man wieder einmal die Klimaanlage laufen hörte.

»Exzellenz, von dem Revirement im Beschaffungsamt weiß ich nichts. Ich muß das zunächst mal alles nachprüfen, ob das auch stimmt.«

»Dabei werden Sie sich schwertun, Commissioner. Die Thais würden doch vor aller Welt ihr Gesicht verlieren, wenn der Vorfall mit der kugelsicheren Weste jemals an die Öffentlichkeit dränge.«

»Könnte ich trotzdem für ›die Firma‹ eine Abschrift haben?«

»Selbstverständlich, Commissioner.«

»Außerdem halte ich es für geraten, diesen Deutschen, der sich so ungezwungen in thailändischen Militärkreisen bewegt, zu observieren. Für alle Fälle.«

»Tun Sie das, Commissioner. Vielleicht kann der uns mal nützlich werden.«

Seitdem gab es in Bangkok eine US-Akte über Kurt Riller.

*

Der Ostersonntag des Jahres 1956 war drückend schwül, Saigon ächzte unter der frühsommerlichen, feuchten Hitze. Wer konnte, nutzte die Feiertage, um ans Meer zu fahren. Die »Stallwachen« in Botschaften und Stäben glichen mehr Strafzuweisungen denn ernsthaften Bereitschaftsdiensten.

Der junge Wehrpflichtige, der im französischen Oberkommando dem Funkraum zugeteilt worden war, hatte sich reichlich mit Bier eingedeckt, einen Tisch unter den in der Mitte des Raumes träge rotierenden Ventilator gezerrt, seine Stiefel ausgezogen, einen Stoß Zeitungen und sein Käppi unter den Kopf geklemmt und sich entspannt. Als das Gerät zu ticken begann, dachte er: Na, da will ein ganz Eifriger in Paris schnell noch was loswerden — aber hier ist schon Ostern. Unmittelbar darauf schlief er ein.

Als er den Text am Spätnachmittag dechiffriert hatte, starrte der junge Mann auf den Zettel in seiner Hand:

> ... ihr hundekerle helft uns doch und werft doch wenigstens munition am fallschirm ab damit wir kaempfend sterben koennen statt wie die tiere abgeschlachtet zu werden ...

Der Funkspruch stammte nicht aus Paris, sondern von einem verzweifelten G.C.M.A.-Kämpfer aus dem tiefen Dschungel Nordvietnams.

Zum selben Zeitpunkt trieb ein Verhör-»Spezialist« der 412. Nachrichtenabteilung der Viet-Minh-Streitkräfte seinem Gefangenen Alfons Doberer den ersten Bambussplitter unter den Daumennagel.

*

Unter den »ausländischen Hilfskräften« im SEATO-Hauptquartier war Gerald Gäusle der einzige Europäer. Sein direkter Vorgesetzter, der US-Corporal Dean Cooper, froh über einen Weißen, hatte weder nach Papieren gefragt noch woher Gäusle kam, sondern nur: »Können Sie eine Putzbrigade von einhundert Mann kommandieren?«, worauf Gerald Gäusle Haltung annahm, »*of course, sergeant!*« erwiderte — und den Job bekam.

Einen Monat lang putzte seine Schicht von Mitternacht bis acht Uhr früh, den nächsten Monat von sechzehn Uhr bis Mitternacht. Gäusle überwachte das Materialfassen, kontrollierte die getane Arbeit und verhinderte, so gut er konnte, Diebstähle. Nach vier Stunden Arbeit gab's eine halbe Stunde Pause, wozu sich die meisten im Hintergrund des Geländes unter schattenspendenden Bäumen niederließen, um aus ihren mitgebrachten Henkeltöpfen eine dünne Reissuppe zu schlürfen oder, so sie sehr arm waren, »weißen Tee«: warmes Wasser. Danach kam stets »der Augenblick, an dem die Seele zu Gott sprechen möchte«: Es begann ein Gerülpse aller mit einer Freude und Lautstärke, daß jedesmal ein paar fliegende Hunde aufgeschreckt wurden.

Gäusle gefielen sein Job und das Leben im »Dorf der Oliven«, wie die Landeshauptstadt von ihren einheimischen Bewohnern mitunter genannt wurde, obgleich er hier nicht ewig bleiben wollte. Er betrachtete Thailand keineswegs als End-, sondern nur als Zwischenstation seines Lebens. Ihn zog's in den ferneren Osten, nach Japan, Korea, China oder in den Schmelztiegel aller Rassen, Religionen, Kulturen und Geschäfte, nach Hongkong. Und so nahm er es als Wink des Schicksals, daß der Inhaber seiner bescheidenen Pension, in der er gelandet, kein Thai, sondern ein vor Mao Tse-tungs Volksbefreiungsarmee geflohener, kantonesisch sprechender Chinese und seine Frau, eine ehemalige Lehrerin, waren. Weshalb Gäusle neben seinem wöchentlichen Logisgeld täglich noch zwei Bath extra für eine Stunde Chinesischunterricht bezahlte.

Vor einiger Zeit hatte er eine junge Thailänderin kennengelernt, die auch bei den internationalen Streitkräften arbeitete. Sie stammte aus dem gehobenen Mittelstand, ihre Eltern hatten sie — zu jener Zeit fast revolutionär — auf die höhere Schule geschickt, so daß sie dank ihrer Fremdsprachenkenntnisse momentan mehr verdiente als Gäusle in seiner Funktion als »Putzkolonnengeneral«. Ihre Beziehung zueinander entwickelten sich langsam, aber stetig, wenn auch nicht ohne Schwierigkeiten, denn oftmals glaubte »Sirikit«, wie Gerald Gäusle seine Auserwählte ob ihrer Ähnlichkeit mit des Landes schöner Königin nannte, die Anfeindungen und zugezischten Beleidigungen ihrer Landsleute nicht mehr ertragen zu können. Dann nahm Gerald Gäusle seine Angebetete in die Arme und versuchte, sie zu trösten, indem er in seinen englischen Wortschatz immer wieder *mal pen arai** und *di mak*** einfügte, zwei der wenigen

* Macht nichts!

** Ich mag dich sehr!

Brocken, die er in Thai-Sprache verstand. Dann war alles wieder gut, und sie bummelten durch den Lumpini-Park, setzten sich in eine der vielen Freiluftküchen und bestellten *tom jam kung*, jene Langustensuppe mit Zitrone und Chili, »die dreimal brennt«. Und jede Woche besuchten sie die viergesichtige Liebesgöttin unter dem goldenen Baldachin in der Ploenchit Road, um Blumenkränze und Weihrauch, vierfach aufgeteilt, für die Haltbarkeit ihrer Liebe zu opfern.

Wenn sie gemeinsam eine Nacht in Gäusles Pension verbracht hatten, machte die Wirtin, seine Chinesischlehrerin, am Morgen danach immer ein Riesengeschrei und führte einen wahren Veitstanz auf, von wegen »der Moral ihres nun befleckten Hauses und des damit verbundenen verlorenen Gesichts«. Es lief immer darauf hinaus, daß »die Hausgötter erst wieder versöhnt waren, wenn sie erführen, daß man den doppelten Übernachtungspreis bezahlt hätte . . .« Nachdem die Alte dies fünfmal praktiziert hatte, sagte Gerald Gäusle nach einer Chinesischlektion: »Vielen Dank, Madame, daß Sie die große Güte hatten, mir von Ihrem geschätzten Wissen soviel abzugeben. Heute nacht brauche ich wieder Doppelt-Mensch-Zimmer«, und legte den erforderlichen Betrag auf den Tisch. Und diesmal lächelte seine Lehrerin wie ein weiblicher Buddha: »Sie fangen allmählich an, chinesisches Denken zu verstehen.«

Trotzdem bat er Sirikit, ihm einen Text ins Thailändische zu übersetzen, den er an die Pinnwand der Betriebskantine heften wollte »Kleine Wohnung für junges Ehepaar gesucht. Angebote erbittet Vormann Gerald Gäusle, Reinigungsabteilung«.

»Was soll das?« fragte »Sirikit«, während sie gleichzeitig einen roten Kopf bekam.

»Na ja, abgesehen davon, daß mir die Raffgier der Chinesen auf die Nerven geht, kann ich nicht ewig in einer Pension wohnen, wo es jedesmal, wenn wir ›Kleider nur aus Wind und Himmel tragen‹, ein großes Geschrei gibt.«

»Das mein' ich nicht.«

»Was meinst du dann?«

»Was soll das hier?« Sirikit deutete auf das Wort *junges Ehepaar.* »Wer ist das?«

»Na ja, wenn wir eine Wohnung finden, können wir doch da nicht so einfach einziehen. Eine Thaifrau und ein farang, das allein ist doch für die Leute schon schlimm genug. Aber unverheiratet werden sie uns doch gar nicht erst über die Schwelle lassen. Und dann dein Vater: Glaubst du, der läßt dich von zu Hause weggehen, bloß weil du mit einem farang zusammenleben möchtest? Du bringst doch Schande über ihn und seine ganze Familie. Da ist es doch das mindeste, daß ich hingehe und frage, ob ich dich heiraten darf . . .«

Sirikit lachte lauthals: »Was willst du tun?«

». . . Na ja . . .«

»Es wird Zeit, daß du deine chinesischen Sprachstudien aufgibst, um die thailändische Sprache, unsere Sitten und Gewohnheiten zu lernen. Du willst mich heiraten . . .?«

»Na ja . . . ich dachte: . . . ja.«

»Weißt du, was da auf dich zukommt? ›Lebenslänglicher Ruin‹!«

»Wie bitte?« Gerald Gäusle wurde sichtlich blasser.

»Was weißt du von Thailand? Nichts! Also laß dir was über eine thailändische Hochzeit erzählen: Zuerst einmal mußt du meinen Eltern Geschenke machen; je teurer sie sind, um so mehr steige ich im Wert. Danach ›bekommt‹ meine Schwester ebenfalls zumindest ein schönes Geschenk; dann ›verlangen‹ die Verwandten natürlich gleichfalls entsprechende Geschenke: Mein Vater hat drei Brüder und zwei Schwestern, meine Mutter vier Brüder und eine Schwester; von ihnen habe ich bis jetzt dreiundzwanzig Vettern und Basen, sieben davon sind schon verheiratet. Diese alle gelten als die engere Verwandtschaft.«

Gerald Gäusle stöhnte leicht auf.

»Am Tag der Hochzeit erwarten meine Eltern — nach thailändischem Brauch — natürlich etwas Besonderes, das den Verlust ihres ›Goldstücks‹ aufwiegt: einen Eisschrank, einen Fernsehapparat oder ein Auto. Für unseren gemeinsamen Hausstand müßtest du mindestens zehn Tischtücher und zehn seidene Bettbezüge anschaffen und Möbel mit mindestens sechsunddreißig Füßen . . .«

»Wie bitte?«

»Geteilt durch vier, ergibt dies neun neue Möbelstücke, damit dies ›guter Stil‹ ist. Erklären die Astrologen nichts Gegenteiliges, wird die Hochzeit auf das Frühlingsfest gelegt, da die Chinesen dann ohne Hemmungen drei Tage feiern können . . .«

»Moment mal, was hat das mit Chinesen zu tun? Du bist doch Thailänderin!«

»Aber ich habe dir erzählt, daß mein Vater und sein Bruder bei ›Mister Big‹ arbeiten; das ist jener Schwager, der ihre ältere Schwester geheiratet hat. Er ist ein sehr einflußreicher Chinese, der natürlich mit seiner Sippe ebenfalls an unserer Hochzeit teilnehmen würde, und da die Chinesen, wie du vielleicht schon weißt, dreihundertvierundsechzig Tage im Jahr arbeiten, legen sie solche Feiern traditionell gerne auf das Frühlingsfest, weil es im kaiserlichen China dafür extra drei Tage freigab. Und dann wird eben drei Tage lang Hochzeit gefeiert, gelacht, getanzt, gegessen und vor allem: getrunken, und das alles nicht zu knapp! Natürlich nehmen an so einer Hochzeit auch die etwas entfernteren Verwandten und deren Kinder teil — ganz einfach nach dem Motto, das übrigens auch bei Beerdigungen gilt: Je mehr Gäste, desto mehr Gesicht —, so daß etwa zwanzig bis dreißig ›Tische‹ zusammenkommen würden. Auf jedem Tisch liegen dann zehn Gedecke, und es gibt zehn Gänge, weil die Zahl Zehn für ›Vollkommenheit‹ steht. Das wären bei einem dreitägigen Hochzeitsfest weit mehr als eintausend Essen — mit den entsprechenden Getränken. Du siehst, ich habe recht: Du wärst — auf Jahre hinaus — ›lebenslänglich ruiniert‹.«

»Aber als du auf die Welt kamst, herrschte Krieg, rechne, daß deine Eltern ein Jahr zuvor geheiratet haben, dann war damals auch schon Krieg; die Japaner saßen in Bangkok. Lebensmittel waren knapp, das Handelshaus deines chinesischen Onkels wahrscheinlich geschlossen. Du kannst mir doch nicht erzählen, daß deine Eltern in dieser Zeit eine solche Hochzeit feierten — nur um ihr Gesicht ... Ich meine, es gab doch einfach nicht soviel Essen, keine neuen Möbel ...«

»Natürlich fiel die Hochzeit meiner Eltern bescheidener aus. Trotzdem hatten die älteren Brüder und Schwestern meines Vaters sich — für die damaligen Verhältnisse — hoch verschuldet — damit mein Vater eine Hochzeit mit gutem Gesicht feiern konnte.«

»Und warum kann bei uns nicht auch alles ein paar Nummern kleiner ausfallen?«

»Mein Vater ist Thai, und er hat eine Thai geheiratet. Aber du bist Ausländer. Und von Ausländern, die ihr Land verlassen und bis hierher nach Thailand reisen, nimmt man von vornherein an, daß sie reich sind. Nicht ich, nicht meine Eltern, aber der chinesische Teil unserer Familie.«

»Sirikit« merkte, wie blaß ihr Geliebter geworden war; sie legte einen Arm um seine Schulter und beschnupperte sein Gesicht nach thailändischer Sitte.

»Dji-Dji«, so nannte Sirikit ihren Liebsten nach der englischen Aussprache seiner Initialien G. G., da sie Gerald und Gäusle (noch) nicht richtig aussprechen konnte. »Mein lieber Dji-Dji, du brauchst mich wirklich nicht zu heiraten. Das gibt's schon seit Jahrhunderten, daß Thaifrauen mit Männern zusammenleben, ohne verheiratet zu sein. Und wenn einer von beiden keine Lust mehr hat, verläßt er seinen Partner einfach. Auch, wenn die Frau schon Kinder hat. Ich komme mit dir in eine neue Wohnung, die nur uns gehört.«

»Aber dein Vater!?«

»Mein Vater ist ein moderner, liberal eingestellter Mensch. Ich werde ihm sagen, daß ich mit einem Mann zusammenleben will. Er wird das verstehen.«

»Aber er will mich doch sicher vorher kennenlernen?«

»Normalerweise, ja. Aber ... überlaß das ruhig mir.« Eine Woche später kam Gerald Gäusles thailändischer Stellvertreter und erklärte, daß der Bruder seines Schwagers eine kleine Doppelhaushälfte wüßte, »in der genug Platz wäre, um viele Kinder großzuziehen«.

Bei der Housewarming-Party, zu der viele Freunde, Nachbarn und Kollegen gekommen waren, fiel dann das Wort, das Gäusle elektrisierte: »... Bei meinem Vetter wohnt ein großer farang in einem hinteren Zimmer ...« Der Mann sprach leidlich Englisch, den Rest dolmetschte Sirikit: »... Der farang wohnt da schon eine ganze Weile ... Er trägt immer Thaikleidung ... und spricht auch schon ganz gut Thai, ich hab' mich ein paarmal mir ihm unterhalten ...«

Gäusle ließ sich genau beschreiben, wo und wie das Haus lag — »... in Latphao ... im Nordosten von Bangkok ... hinter dem Haus fließt ein Klong ...« Sirikit fragte: »Kennst du den farang von früher, Dji-Dji?«

»Könnte sein«, murmelte Gerald.

Da G. G. schlank und nur mittelgroß war, fiel den Anwohnern der kleinen, vom Stadtzentrum weit entfernten Soi Santi Suk jener blinde Landsmann nicht weiter auf, der sich durch ihre stille, holprige Gasse tastete, unter einer Palme etwas Schatten spürte und sich alsbald zum Schlafen niederließ. Gäusle, dessen Gesicht, Hals, Hände und Füße dunkel geschminkt waren, hatte seine Lage so gewählt und seinen Strohhut dermaßen präpariert, daß er das Haus, in dem der »Killer« wohnen sollte, aus einiger Entfernung genau beobachten konnte. Es stand auf acht etwa einen halben Meter hohen Backsteinsäulen. Die Wände waren aus dunklem Holz, auf der sie umgebenden Veranda spielte sich vor allem das Leben der drei kleinen Kinder ab. Wie Gäusle am Ton eines im Inneren heruntergefallenen Gegenstands feststellte, hatte das Haus einen Boden aus Backsteinen oder Zement. Die ganze Wohnfläche mochte vierzig Quadratmeter nicht überschreiten, die Küche befand sich offensichtlich im der Straße abgewandten Teil. Dort hinten mußte auch, durch eine Wand abgeteilt, Rillers Unterkunft liegen.

Und Gerald Gäusle kombinierte: Daß der »Killer« bei einer thailändischen Familie lebte, in einem Quartier hauste, das »fließend Wasser hinter dem Haus« bot, mußte verschiedene Gründe haben: 1. Er versteckte sich. Vor den Franzosen, die sicher offiziell nach dem »Killer« fahndeten. Erst wenn über dieser Erfolglosigkeit Zeit vergangen war, schlief die Sache ein, konnte sich die Ratte aus ihrem Loch wagen. 2. Er verbarg sich vor der Legion: Vielleicht gab es da ein paar Desperados, die in einem privaten oder halboffiziellen carte-blanche-Unternehmen versuchen würden, Millionäre zu werden. Blieb aber unwahrscheinlich: Das hätten die längst unternommen, und darüber hätten die thailändischen Zeitungen dann bestimmt ausführlich berichtet. Blieben 3. diejenigen, die »aktiv« um die über fünfzig Millionen Piaster wußten: de Castries und sein Stab waren in Gefangenschaft geraten und hatten jetzt andere Sorgen; der Kommandeur von Vientiane, ein General und sein Adjutant, würden kaum ihre Karrieren und Pensionen aufs Spiel setzen, um einer ominösen Blechkiste nachzujagen, von der sie nicht einmal wußten, wer sie überhaupt gestohlen hatte. Blieben wiederum, da »Spaghetti«, der Russe Leonid und dieser Deutsche Hartmann gefallen waren, nur Alfons Doberer und er. Doberer kam eigentlich nicht in Frage: Der entdeckte doch in Vientiane eine alte europäische Liebe und blieb bei ihr, um seine Entlassung aus der Legion zu betreiben. Und Gerald Gäusle fiel es wie Schuppen von den Augen: Kurt Riller, wegen Kameradenmordes allgemein der »Killer« genannt, versteckte sich vor ihm, seinem ehemaligen Unterfeldwebel und Raid-Führer! Aber warum *versteckte* er sich nach all jener Zeit immer noch? Des langen Grübelns Lösung konnte nur lauten: Der »Killer« saß immer noch auf seinem Nibelungenschatz!

Und Gerald Gäusle überlegte weiter: Über fünfzig Millionen Piaster verwahrte man vor Ungeziefer, Ratten, Feuchtigkeit, Schimmel und Feuer an besten in einer wasserdichten Aluminiumkiste. Und diese stand sicher nicht im Haus herum: Die Neugier der Thais und ihre Versuchung wären zu groß gewesen. Wenn er, Gäusle, davon ausging, daß der »Killer«, sei es, um eine Handvoll Scheine zum horrend schlechten Schwarzmarktkurs zu entnehmen oder um den Zustand des Geldes zu kontrollieren, in Abständen an sein Vermögen mußte, konnte er zweifelsohne nicht jedesmal danach graben. Nein, die Original-Aluminiumkiste — sie hatten sie ja seinerzeit auch durch verschiedene Flüsse schleppen müssen — war wasserdicht und befand sich folglich im Wasser.

Gerald Gäusles Gedanken wurden durch das Tuckern eines schmalen, langen Bootes unterbrochen, das immer leiser und langsamer wurde, je näher es kam. G. G. fingerte seinen Feldstecher unter seinem Hemd hervor und richtete ihn auf die Bootsinsassen: Am Heckmotor saß ein etwa Vierzehnjähriger. Dieser lenkte das Canoe nach den Befehlen eines im Bug sitzenden Mannes. Und Gerald Gäusle konnte deutlich das unter einem einheimischen Strohhut verborgene Gesicht sehen. Es war ein Weißer; es gab gar keine Zweifel: Es war Kurt Riller, der »Killer«! Als er auf die der Veranda vorgelagerten Waschpier sprang, konnte Gäusle den ehemaligen Kameraden mit seinem Glas verfolgen, bis er im hinteren Teil des Hauses verschwunden war.

Wäre es der heimkommende Vater der auf der vorderen Verandaseite spielenden Kinder gewesen, hätte dieser seine Liebsten begrüßt, hätten sich die Kinder mit großem Geschnatter auf ihn gestürzt. Aber nichts dergleichen tat sich: Der Untermieter war angekommen und hatte sich sogleich in sein Quartier zurückgezogen.

*

Die nordvietnamesische Volksarmee-Wochenzeitschrift *Quan Doi Nhan-Dan* berichtete in ihrer Ausgabe vom 3. September 1957, daß die Streitkräfte von Juli 1954 bis April 1956 im Bergland ostwärts des Roten Flusses trotz großer Schwierigkeiten und in harten Kämpfen 183 feindliche Soldaten getötet und 300 gefangengenommen hatten. Dies wiederum habe 4336 Eingeborene bewogen, sich zu ergeben. Dabei seien 3796 Waffen erbeutet worden.

An dem Tag war Alfons Doberer nur mehr ein wandelndes Skelett.

*

Daß Bangkok alljährlich von ausgedehnten Überschwemmungen heimgesucht wird, liegt primär an der radikalen, über Jahrhunderte betriebenen Abholzung des Zentrallandes, das den Regen nicht halten kann, so daß »der Fluß der Könige« in der Regenzeit zu schnell zu viel Wasser aufnimmt, das er nicht mehr los wird, da er gleichzeitig im Golf von Siam auf Hochwasser stößt: Die ohnehin dürftige, knapp unter der Oberfläche liegende Kanalisation quillt über und setzt ganze Stadtviertel unter stinkendes, fauliges Brackwasser. Zu den alten Zeiten zurückzukehren, in denen die Einheimischen die nahende Flut mit »Wasserfesten« beschworen, verspricht ebensowenig Besserung wie die hilflosen Maßnahmen der Stadtverwaltung, die die Wassermassen einfach von einem Viertel ins andere pumpen läßt. Seit Jahrzehnten.

Auch im SEATO-Hauptquartier sprudelten Kanaldeckel und Gullys wie junge Quellen, drückte der aufsteigende Wasserspiegel in den Aborten Kot und Urin aus den Becken über die Gänge. Aus Guam, dem nächsten großen US-Stützpunkt, wurden Pumpen, Flaschenzüge, Winden, Unterwasserlampen, Kabel und anderes Gerät herbeigeflogen, doch welcher Stratege, Verwaltungs- oder Wachsoldat traute sich in den brodelnden dunklen Orkus hinabzusteigen, zu den überhandnehmenden Ratten, Schlangen und Skorpionen?

Gerald Gäusle begrüßte den Regen als wahres Gottesgeschenk und bot sich freiwillig an: In Tag- und Nachtarbeit installierte er mit Hilfe eines halben Dutzend Prämienversessenen an den entscheidenden Stellen starke Pumpen, was ihm als ehemaligem Pionieroffiziersschüler der großdeutschen Wehrmacht nicht schwerfiel. Seine Prämie bestand hauptsächlich aus der Weigerung des Magazinsergeanten, einen so stinkenden Taucheranzug wieder zurückzunehmen, so daß sich Gäusle zusammen mit dem Werkzeug, das er während seiner Kanalarbeit systematisch »verloren« hatte, an den gefährlicheren Teil seiner Schatzsuche machen konnte:

Er setzte den Motor eines losgerissenen, herrenlosen Ruderbootes wieder instand und kaufte bei einem Fischer ein kleines, jedoch starkes Schleppnetz. Dann begann G. G. neue Überlegungen anzustellen.

La caisse befand sich im Wasser. Daß sie durch das Hochwasser nicht zu Schaden gekommen war, dafür würde der »Killer« wohl gesorgt haben. Aber wo mochte er sie untergebracht, wo sie verborgen halten? An irgendeiner markanten Stelle im Golf von Siam? Unwahrscheinlich, denn die Gefahr der zufälligen Entdeckung war ebensogroß wie die Unberechenbarkeit der Natur: Da gab es ständig wechselnde Strömungen, riesige Flutwellen, den starken Sog der Ebbe und nicht selten Seebeben. Also lag die Kiste in der Nähe von Rillers Unterkunft, markiert durch ein unauffälliges Zeichen, das der »Killer« von seinem Fenster aus sehen konnte.

In dem kleinen Klong vertäute Gäusle seinen Kahn zwischen unter Wasser stehenden Bananenstauden und beobachtete diesmal — wieder als einfacher Thai gekleidet — die Rückseite der Rillerschen Behausung. Am dritten Tag hatte er Glück und sah, wie derselbe Vierzehnjährige, den er schon einmal beobachtet hatte, mit seinem Canoe vorfuhr. Kurze Zeit später betrat der »Killer« seine Veranda und sah sich sorgfältig nach links und rechts um, ehe er sich in das kleine Boot setzte, das sofort mit hoher Geschwindigkeit davonbrauste. Gäusle wartete noch eine Weile in seinem Versteck, ehe er lautlos auf Rillers Unterkunft zuglitt.

Bestimmt wird er seine Kemenate gesichert haben, überlegte Gäusle, als er auch schon den auf der Veranda dünn verstreut liegenden Sand bemerkte. »Schlau gedacht«, sprach Gäusle halblaut vor sich hin: »Sieht zwar wie zufällig hingeweht aus, enthält aber bestimmt von irgendeiner Seite gesehen ein Muster, dessen Zerstörung sofort ungebetenen Besuch signalisiert; und nachts knirscht der Sand unter dem Fuß jedes Noch-so-vorsichtig-Auftretenden.« Ergo beschloß Gäusle die Veranda gar nicht erst zu betreten; er band sein Boot an einen Pfosten und beobachtete das gesamte Ufer Meter um Meter durch seinen Feldstecher.

Wird er von der Wasserseite her angegriffen, sinnierte Gerald Gäusle, setzt Riller sich wahrscheinlich mit einer Pistole oder MP zur Wehr: In ihren Booten Sitzende oder die Hühnerleiter zur Veranda Erklimmende geben relativ unbewegliche Ziele ab. Handgranaten wird kein carte-blanche-Unternehmen werfen, denn man braucht den »Killer« lebend, um an das Geld zu kommen. Asiaten würden, wie der Fall von Singapur gezeigt hat, auch nicht vom Wasser her angreifen, sondern sich von der Straßenseite, durch die Wohnung der Thaifamilie oder/und gleichzeitig auf der das Haus umgebenden Veranda nähern. Geschähe dies bei Nacht, würde der »Killer« durch das Fenster in den Klong hechten, dessen schwarzbraune Brühe ihn selbst bei Tag schnell seinen Verfolgern entzog. Wie also müßte ein intelligenter Angreifer vorsorgen? Er müßte *vorher* flußabwärts den ganzen Klong mit Netzen absperren.

»Das Wild« war aber auch intelligent. Sehr sogar und dazu noch dschungelkampferfahren. Sicher hatte der »Killer« sämtliche Möglichkeiten durchdacht. Welcher Ausweg blieb ihm? Er müßte unter Wasser klongaufwärts schwimmen, wo ihm bereits nach dreißig Metern überhängendes Gestrüpp Schutz bot. Dort konnte er verharren und abwarten, bis sich die Lage wieder geklärt hat. Und da dieser Teil des Klong unbewohnt war, befand sich *la caisse* bestimmt klongaufwärts! Doch so intensiv Gäusle das Ufer mit seinem Glas auch absuchte, er konnte nichts entdecken, was ihn zum Versteck geführt hätte.

Gerald Gäusle blieb gar nichts anderes übrig: Er mußte in den schmutzigen, von Lehm und Dreck aufgewühlten Klong steigen, um ihn, ungeachtet der damit verbundenen Gefahren, Meter für Meter abzutasten.

Oberhalb von Rillers Sichtweite verankerte er sein Boot unter einem Gebüsch, dann zwängte er sich in seinen Taucheranzug, schnallte die »organisierten« Sauerstoffflaschen auf den Rücken, klemmte eine starke Kanalarbeiterlampe auf seinem Kopf fest, nahm ein großes Messer in die Rechte und ließ sich in den Klong gleiten, der trotz des langsam abnehmenden Hochwassers immer noch drei Meter tief blieb. In dem schlammigen Grund brodelte und gärte es fortwährend; an der Wasseroberfläche bildeten sich ständig kleine Wirbel; außerdem führte der Klong allerlei Unrat, Tierkadaver, Holz und ganze Grasinseln mit sich.

Da unten aber ist's fürchterlich,
Und der Mensch versuche die Götter nicht
Und begehre nimmer und nimmer zu schauen,
Was sie gnädig verdecken mit Nacht und Grauen.

Gäusle wußte auch nicht, wieso ihm plötzlich Schillers Ballade von dem nach des Königs Becher tauchenden Jüngling einfiel; allerdings ähnelte Schillers Beschreibung der hiesigen sehr!

Er kam nur langsam voran: Eisenstücke, Gesteinsbrocken, Wurzelgeflechte und Schlingpflanzen verwehrten oftmals das Vorwärtskommen; ein paarmal hieb Gäusle nach einem Ast, der sich als meterlange Schlange erwies, schließlich entpuppte sich der erste, schwere, metallene Gegenstand, den er mit seinem Messer unter einer Schlammwolke hervorholte, als japanischer Blindgänger.

Denn unter mir lag's noch bergetief
In purpurner Finsternis da.
Und ob's hier dem Ohre gleich ewig schlief,
Das Auge mit Schaudern hinuntersah,
Wie's von Salamandern und Molchen und Drachen
Sich regt in dem furchtbaren Höllenrachen.

Dante war auch nie in der Hölle und hat sie hervorragend beschrieben, sinnierte Gäusle, ehe er sich auf das linke Ufer konzentrierte — und da war ihm nach stundenlanger Suche das Glück hold:

Er befand sich in einem großen, käfigartigen Wurzelgeflecht, als sein Messer durch den Schlamm plötzlich auf etwas Hartes stieß. Vorsichtig ertastete Gäusle eine große Fläche, dann eine rechteckige Kante. War dies *la caisse*, galt es jetzt allergrößte Vorsicht walten zu lassen: Zweifelsohne hatte der »Killer« den Ort mit Sprengstoff gesichert. Jede Liane, jede noch so kleine Wurzel konnte ein Kontaktauslöser sein — die Viet Minh waren ja sehr gute Lehrmeister gewesen. Zum Glück war die Strömung an dieser Stelle nur minimal, so daß Gäusle sich relativ einfach in zeitlupenartigen Bewegungen und vorsichtigen Windungen aus diesem Wurzelkäfig zurückziehen konnte. Ebenso vorsichtig tauchte Gäusle auf, um sich am Ufer die Stelle zu merken: Direkt über der Fundstelle stand eine stattlich ausladende Palme, deren unterste Wedel zum Teil vertrocknet und geknickt ins Wasser hingen, wo sie wie Rechen wirkten, in denen sich zahlreiche Abfälle verfangen hatten.

Als erstes unterzog er die Palme einer gründlichen Untersuchung: Nach einer Viertelstunde entdeckte er in fünf Meter Höhe einen wie von ungefähr zur Seite ragenden, abgestorbenen Wedel. Das war's: Während absterbende Äste bei Palmen nach unten sinken, hatte dieser seine ursprüngliche Haltung beibehalten! Gerald Gäusle entdeckte die dünne Liane, die den Wedel hielt und nach unten führte. Wer also die schwere Kiste aus ihrer Lage veränderte, zog unwillkürlich an der Liane, so daß der Wedel nach unten fallen mußte: Riller konnte sich somit aus sicherer Entfernung mit einem kurzen Blick von der Unversehrtheit seines Verstecks überzeugen.

Nachdem Gäusle diesen Auslöser am Stamm der Palme arretiert hatte, untersuchte er mit äußerster Vorsicht den angesammelten Unrat zwischen den auf das Wasser herunterhängenden Palmwedeln: Eine verbeulte Schuhcremeschachtel entpuppte sich als Splitterbombe, eine Unterwasserliane sollte als Auslöser für eine Eierhandgranate dienen, und wäre jemand in die Zacken der in den Grund gerammten Bambushölzer getreten, hätte er durchlöcherte Füße gehabt und gleichzeitig einen Schlag auf den Kopf bekommen.

Schwarz wimmelten da, in grausem Gemisch,
Zu scheußlichen Klumpen verballt,
Der stachlige Rochen, der Klippenfisch,
Des Hammers greuliche Ungestalt.

Wahrscheinlich kam Gäusles Manie, in Sprichwörtern zu denken und zu sprechen, daher, daß er schon als Kind gerne Gedichte las und auswendig lernte. Und immer, wenn er sich besonders konzentrieren mußte, selbst in den mörderischsten Gefechten der Legion, fiel ihm irgendein Gedicht ein, das, wenn auch manchmal nur entfernt, seine momentane Tätigkeit tangierte.

Nachdem die Oberfläche »sauber« war, installierte Gäusle zwei starke, batteriebetriebene Unterwasserscheinwerfer, die er sich bei seiner Kanalarbeit »ausgeliehen« hatte, in sicherer, doch wirksamer Entfernung um sein Objekt, und nach stundenlanger, mühevoller Arbeit, die ihm noch manches Gedicht durchs Gehirn, aber auch ebenso viele Schauer über den Rücken gejagt hatte, konnte Gerald Gäusle sicher sein, alle Gefahren beseitigt zu haben: Er legte sein mitgebrachtes Fischernetz sorgfältig um die Kiste, schwamm zu seinem Boot zurück, warf den Motor an und begann vorsichtig das Netz aus dem Wurzelgeflecht herauszuziehen.

Anschließend vertäute er Netz und *la caisse* erst mal in seinem Versteck und ließ sich mit seinem Boot abwärts zu Rillers Unterkunft treiben. Denn jetzt begann der zweite Teil seines gefährlichen Unternehmens: Er mußte seinen Rückzug decken und gleichzeitig eine falsche Fährte legen. Dreißig Meter vor Rillers Anlegestelle band Gäusle das Boot fest und wartete auf die in Südostasien rasch eintretende Dämmerung.

In den weiter entfernten Holzhäusern wurden Karbidlampen angezündet, deren gleißendes Licht auf Moskitos so einladend wirkt, doch in Rillers Hütte blieb es, vorne wie hinten, dunkel. Gäusle entsicherte seine Pistole und hielt sie zwischen den Zähnen fest, ehe er, um das Muster des Sandes, der auf der Veranda lag, nicht zu zerstören, sein Gewicht auf sechs Finger und die zwei großen Zehen verteilend, unter Rillers Fenster schlich. Dort lauschte er. Doch außer den lebhaften Geräuschen der dunkler werdenden Nacht vernahm er nichts. Die letzten Lichtquellen der Dämmerung nutzend, hielt er einen Stab ans Fenster, an dem er einen selbstgebastelten, abgewinkelten Spiegel befestigt hatte: Rillers Raum war leer. Er warf den Spiegel ins Wasser, nahm seine Pistole in die Rechte und schloß mit einem Dietrich die Tür auf. Innen verharrte er einige Sekunden — doch in dem Holzhaus blieb weiterhin alles still. Mit der Linken fingerte er aus einer auf den Rücken gebundenen Leinentasche eine Taschenlampe, um den Raum kurz auszuleuchten. Viel nannte der »Killer« nicht sein eigen: Ein einfacher Tisch, ein Holzstuhl, ein Schrank, mehr Mobiliar gab's hier nicht; das Bett bestand aus einer unter dem Fenster liegenden Matratze. Aber: Der ganze, aus Kacheln bestehende Fußboden war mit Sand bestreut. Es würde laut knirschen, beträte jemand, während Riller schlief, die kleine Kammer. »Das hilft dir jetzt auch nichts mehr«, murmelte Gäusle und ging ans Werk:

Aus seiner Thermosflasche goß er eine klare Flüssigkeit in eine mitgebrachte flache Eisenschüssel, holte einen Pinsel aus der Tasche und bestrich den Steinboden im Zentrum des Raumes mit dieser Flüssigkeit, die sofort antrocknete und danach unsichtbar blieb. Als Gerald Gäusle damit fertig war, sagte er in die Dunkelheit des ungemütlich-leeren Zimmers hinein: »Weißt du ›Killer‹, du Kameradenmörder du, *das* haben wir bei Adolf nicht gelernt und auch nicht bei den Franzosen. Das ist etwas ganz Neues, an das du denken wirst, solange du noch zu leben hast!« Dann trat Gäusle wieder in die Dunkelheit hinaus und verschloß die Tür mit seinem Dietrich zweimal.

Das Netz mit der schweren Kiste einfach hinter sich herzuschleppen, durfte Gäusle nicht wagen: Es konnte irgendwo festhaken und reißen — und dann wären alle Mühen und Gefahren umsonst gewesen. Deshalb installierte er anderntags in seinem Versteck an einem Ast eine Winde und zog die schwere Kiste daran an Bord, wo er sie schnell mit großen Bananenblättern bedeckte. Das Netz zerhackte er mit seinem Buschmesser und warf es in den Klong, ehe er fröhlich pfeifend den Chao Phraya abwärts schipperte, wobei ein starker, aus dem Landesinneren wehender Wind sowohl seine Fahrt als auch den allmählichen Abfluß des Hochwassers begünstigte.

Fast zur gleichen Zeit betrat Kurt Riller sein Quartier durch die Wohnung seiner thailändischen Vermieter. Nachdem er die Zimmertür wieder abgeschlossen hatte, setzte er seinen Fuß auf die erste der präparierten Fliesen und stand im nächsten Augenblick in Flammen. Wild um sich schlagend, tappte er in Richtung auf die zum Klong führende Verandatür, wobei immer mehr des von Gerald Gäusle verteilten Napalms an ihm hochleckte. Die unerträgliche, sengende Hitze trieb ihn ins Freie, doch die Tür war verschlossen. Im allerletzten Augenblick gelang es ihm, sie zu öffnen, dann brach er ohnmächtig auf der Veranda zusammen und fiel als brennende, weithin leuchtende Fackel ins Wasser.

Der Sog des sich entleerenden Klongs trieb Kurt Riller ab. Und niemand würde ihn retten, denn nach thailändischem Brauch muß der Retter eines Ertrinkenden dessen (neue) Vaterstelle annehmen und sein Opfer anschließend lebenslänglich versorgen.

*

Am liebsten wäre Gerald Gäusle in seiner Uniform aufgetreten, aber da er keiner Mission angehörte und Thailand kein französisches Mandatsgebiet war, trug er Zivil — mit dem Effekt, daß ihn der französische Militärattaché anschnauzte: »Eine so hanebüchene Räuberpistole ist mir in meinem ganzen Leben noch nicht zu Ohren gekommen! Diese Chose ist ja noch phantastischer als Tausendundeine Nacht! Sie spielen sich hier als Retter Frankreichs auf! Was glauben Sie denn, wie die Grande Armee mit dem ihr anvertrauten Gut umgeht ...«

»Sie ließ es in Sicherheit bringen. Durch Freiwillige, die ich führte«, unterbrach Gerald Gäusle.

»Und warum sollte *la caisse* nicht in Luang Prabang oder Vientiane geblieben sein, um von dort ordnungsgemäß der Militärverwaltung in Saigon zugeführt zu werden? He? Warum nicht?!? Können Sie mir dafür einen einzigen logischen Grund nennen?«

»*La caisse* wurde in Vientiane gestohlen. Sie brauchen meine Angaben ja nur nachprüfen zu lassen ...«

»Ich weiß selbst, was ich zu tun oder *nicht zu tun* habe!«

»Wenn Sie die Bestätigung meiner Angaben in Händen haben, stelle ich zwei Forderungen ...«

»Waaaas? Sie wagen dem Vertreter Frankreichs *Bedingungen zu stellen?* Ihre Impertinenz ist bodenlos!«

Gerald Gäusle ging nicht auf den zu laut gewordenen Ton des Franzosen ein: »Ich verlange vom höchsten in Indochina verbliebenen französischen Offizier oder dem französischen Botschafter in Thailand eine Bestätigung, daß ich den Befehl von

General de Castries ausgeführt und *la caisse* ordnungsgemäß einem Vertreter der französischen Regierung übergeben habe.«

»Was wollen Sie mit diesem Wisch?«

»Für mich ist dies mehr als nur ein geschriebenes Stück Papier. Immerhin starben in Ausführung dieses Befehls drei Mann meiner Patrouille.«

»Ist das alles?«

»Von der Summe, die ich Ihnen übergebe, bekomme ich zehn Prozent Finderlohn. Quasi als meine ›Bergungskosten‹.«

»Ach, sonst noch was!? Und diesen ›Finderlohn‹ wollen Sie am liebsten gleich jetzt a conto mitnehmen, was? Wieviel darf's denn sein? Sie sind tatsächlich wahnsinnig!« Die Stimme des Franzosen überschlug sich, Schaum trat auf seine Lippen.

»Nein, Monsieur, das bin ich nicht. Und wieviel das sein wird, stellt sich erst heraus, wenn ich *la caisse* hierhergebracht habe und wir beide gemeinsam zählen. Ich weiß nämlich nicht, mit wieviel sich der Dieb inzwischen selbst bedient hat. Heute in vier Wochen komme ich wieder her. Au revoir, Monsieur.«

»Und was gedenken Sie mit dem ›Finderlohn‹ zu machen? Wollen Sie dafür französische Staatspapiere kaufen?«

»Nein.« Gerald Gäusle hielt an der Tür noch einmal inne. »Ich will heiraten. Und zwar chinesisch.«

»Waaaaaas wolleeeeen Sieeeee......?«

Aber da saß der Franzose schon wieder allein in seinem Büro.

*

»Sie bleiben also dabei, dieser Anschlag war eine persönliche Rache an Ihnen?« Der thailändische Polizeioffizier sprach akzentfrei Deutsch.

Der von Kopf bis Fuß dick einbandagierte Kurt Riller hatte Mühe, den deutschen Diplomaten anzusehen: »Ja.«

»In welchen Kreisen muß die Polizei die Gangster suchen? Bei den Chinesen? Korsen? Thai?«

»Das ist eine persönliche Sache... Ich war mal bei der französischen Fremdenlegion...«

»Wer sind die Leute? Beschreiben Sie sie!«

Kurt Riller stöhnte nur auf.

»Sie können jetzt noch nicht sprechen, aber vielleicht nachdenken. Überdenken Sie also Ihre Lage, und nennen Sie uns die

Namen der Leute. Und eine Beschreibung brauchen wir auch. Wir können nicht zulassen, daß Ausländer ihre Fehden auf unserem Staatsgebiet austragen und dabei Leben und Eigentum thailändischer Bürger gefährden.«

Der deutsche Diplomat warf einen kurzen Blick durch die vergitterten Fenster: »In einer Woche komme ich wieder. Und dann sagen Sie mir, wer Sie wirklich sind. Der Paß, den die Polizei in Ihrem Zimmer gefunden hat, ist, wie Sie sicher wissen, gefälscht. Gute Besserung.«

Schwer fiel die eiserne Tür der winzigen Zelle des thailändischen Polizeikrankenhauses ins Schloß.

»Was werden Sie mit ihm machen, Captain?«

»Nun, Herr Vizekonsul, erst mal werden wir seine Verbrennungen behandeln. Nebenbei gefragt, übernehmen Sie die Kosten?«

»Wenn sich herausstellt, daß er deutscher Staatsbürger ist, ja.«

»Sobald sein Zustand es erlaubt, überführen wir ihn in das Polizeigefängnis, und da behalten wir ihn so lange, bis er uns sein ganzes Leben wie ein Bilderbuch aufgeblättert hat.«

»Haben Sie schon Erkenntnisse über ihn?«

»Noch nicht. Aber ich vermute, es wäre für ihn besser gewesen, die Touristen hätten ihn am Oriental vorbeitreiben lassen.«

*

»Das kann doch alles nicht wahr sein . . .!?!?« Gerald Gäusle brachte vor Staunen seinen Mund nicht mehr zu.

Nach einer absichtlichen Pause fragte der französische Militärattaché pikiert: »Monsieur, zweifeln Sie an meinen Worten?«

»Nein, nein, Monsieur, ich wollte keinesfalls persönlich werden, sondern nur meiner speziellen Fassungslosigkeit Ausdruck verleihen.«

»Hier: Aus diesem Fernschreiben geht einwandfrei hervor, daß am 12. März 1954 neunundfünfzig Millionen und zweihunderttausend vietnamesische Piaster von Hanoi nach Dien Bien Phu geflogen wurden. Begleitet von einem Beamten vom Secrétariat d'Etat de la Guerre mit dem sinnigen Namen Charles Hugo, um dort zur Auszahlung an die Besatzung der Festung zu kommen.« Der Attaché reichte Gerald Gäusle mit spitzen Fingern ein Fernschreiben über den Tisch.

»Hier sind die originalen Transport- und Transportbegleitscheine, die Major Munieur, Stadtkommandant von Luang Prabang, für drei Mann plus Equipierung unterzeichnet hat. Über den Transportgegenstand selbst konnte Major Munieur nicht mehr befragt werden, da er auf der Heimfahrt nach Europa auf See gestorben ist.« Wieder reichte der Attaché mit spitzen Fingern ein paar Blätter an Gäusle.

»Und hier ist die Bestätigung von Oberst Michel de Coer, dem Vertreter des Militärkommandeurs von Laos, daß er im Juni '54 eine Kiste entgegengenommen hat, die ihm ein aus Dien Bien Phu kommender Unterfeldwebel übergab. Wahrscheinlicher Inhalt: Kriegstagebücher. Die Kiste selbst nahm der Magazin-*sergent* in Empfang. Von dort ist sie ordnungsgemäß abgeholt und nach Saigon verbracht worden, wie die Unterschrift auf dem Magazinschein und die Auskunft der Fluggesellschaft bestätigen. Von einem Diebstahl ist nichts bekannt.«

Diese Papiere hielt der Franzose derart angewidert-spitz zwischen seinen Fingern, daß sie ihm entglitten und Gerald Gäusle sich bücken mußte, wollte er sie lesen; doch er rührte sich nicht. Statt dessen sagte er überaus eindringlich:

»Beim Magazin-*sergent* von Vientiane hat ein *sergent* Kurt Riller unterschrieben, ich weiß! Der hat die Kiste jedoch *nicht nach Saigon, sondern hierher, nach Bangkok* gebracht! ... Und dem hab' ich sie wieder abgenommen!«

»Monsieur, meine Geduld ist nicht unbegrenzt, aber ich fasse noch einmal zusammen: Erstens, für die Militärbehörde wurden die Millionen, von denen Sie phantasieren, nach Dien Bien Phu verbracht und dort ausbezahlt ...«

»... Neeeeiiiin!«

»Ruhe! Unterbrechen Sie mich nicht! Und die ominöse Kiste enthielt Kriegstagebücher und wurde nach Saigon abtransportiert.«

»... Das gibt's doch alles nicht ...!?!«

»Frankreich schuldet Ihnen nichts. Auch keinen Finderlohn für eine dubiose Kiste. Es fehlt nämlich gar keine. Wie nicht anders zu erwarten war.«

Die Papiere lagen noch immer auf dem Boden. Gerald Gäusle erhob sich kopfschüttelnd: »Ich versteh' das alles nicht.«

Der Attaché ärgerte sich: »Sie sind inzwischen höchstwahrscheinlich als kleiner Schreiberling tätig und dabei einer kommunistischen Verleumdung aufgesessen oder werden womöglich direkt von den Feinden Frankreichs bezahlt — und suchen jetzt eine große Story, um die Grande Nation verleumden zu können...« Der Militärattaché, dessen aktive Karriere durch plötzliche Dienstuntauglichkeit jäh unterbrochen worden war, überzog seine Lautstärke wieder beträchtlich.

»Nein, das wollte ich nicht«, erwiderte Gerald Gäusle extrem ruhig und wandte sich zum Gehen.

»Was wollten Sie dann?«

»Ich ... ich wollte nur ehrlich sein.«

Der Attaché verspürte starke Ischiasschmerzen, weshalb es ihm große Mühe bereitete, sich nach den Papieren zu bücken.

8. KAPITEL

ENDSTATIONEN

Amerikas Hauptstadt bietet am Wochenende nur wenig Abwechslung: Die meisten Politiker fliegen freitags in ihre Heimatorte, die höheren Beamten verbringen das Weekend mit ihren Familien auf dem Lande oder an der nahen See. Zurück bleiben die Minderbemittelten, die unteren Chargen der Behörden und das Heer der alleinstehenden Sekretärinnen, die, um dem Schweigen der Einsamkeit, der Tristesse ihrer meist bescheidenen Unterkünfte und der Banalität des Fernsehens zu entgehen, in den Nachmittagsstunden die Cafés und Hotelhallen okkupieren, ehe sie sich später, das unerläßliche Popcorn in Händen, inmitten von Gleichgestellten vor den Kinokassen drängeln.

Eugene Brambaker kannte diesen Ritus inzwischen zur Genüge. Weshalb er beschlossen hatte, dieses Wochenende zwischen Akten, Tabellen, Statistiken, Büchern und Analysen zu verbringen, um noch einmal das Wesentliche seines Prüfungspensums durchzuarbeiten. Am Spätnachmittag des Sonntags ordnete er die verstreut auf seiner Pritsche liegenden Akten und Broschüren zu einem Stoß und verschloß sie zusammen mit seinen Notizen im Spind, ehe er aus einem nahen Automaten eine Cola zog, sich auf dem breiten Sims des Fensters niederließ und seinen Blick über das im goldenen Herbstlicht leuchtende Camp schweifen ließ. Wenn er an die kommende Prüfung dachte, erhöhte sich sein Puls nur unwesentlich: Er war optimal vorbereitet und fühlte sich konditionell topfit.

Seine Schießkünste rangierten seit Beginn seiner Polizeidiensttätigkeit konstant knapp unter der höchstmöglichen Trefferquote; er konnte morsen und chiffrieren; er wußte, wie man Gifte und Drogen analysiert, Sprengkörper fachgerecht anbringt oder entschärft; und wie man sich als V-Mann verhält oder entsprechende Operationen leitet, hatte er bei jenen Sondereinheiten gelernt, die zur Verbrechensbekämpfung in den Großstädten Los Angeles, Miami und New York eingesetzt werden. Die Rechte und Pflichten eines Special Agent und die ihn tangierenden Gesetze konnte Eugene sogar so schnell herunterrasseln, als hätte er hierfür extra einen Schnellsprechkurs absolviert.

Daß seine Prüfung gut ausfallen würde, bezweifelte er nicht; Eugene Brambaker hätte nur jetzt schon gerne gewußt, wie und vor allem wo man ihn hinterher einsetzen würde.

*

Als Kurt Rillers Brandwunden verheilt waren, schob man ihn im berüchtigten Gefängnis in der Mahajai Road kurzerhand in einen mit einheimischen Straftätern bereits überfüllten Raum: Auf einigen Pritschen drängten sich zwei Mann, selbst die Fußbodenplätze nahe der Tür waren nach genauer Hackordnung vergeben. Feindselig sah ihm die Masse entgegen. Einige torkelten betrunken, andere glotzten ihn, offensichtlich mit Rauschgift vollgepumpt, an. Auf dem einzigen freien Platz neben der bestialischen Gestank verbreitenden Latrine hockte sich Riller nieder und brütete über sein Schicksal. Auf einen Zuruf, in einem Dialekt, den Riller nicht verstand, entspannte sich die Haltung der Masse, sie setzte ein freundliches Lächeln auf, das Riller nicht geheuer schien; einige wenige nickten ihm anzüglich zu.

In der folgenden Nacht erlebte Riller seine bisher größte Erniedrigung: Sie kamen auf ihn zu und rissen ihm seine Kleider vom Leib. Sosehr sich der kräftige Exlegionär auch durch Karatehiebe wehrte, sosehr er boxte und mit den Füßen auskeilte: Die Thais waren ihrer zu viele. Unter großem Geschrei zerrten sie ihn bäuchlings auf einen stabilen Tisch und fesselten seine Arme und Beine. Plötzlich wurde es still. Von einem Bett, das breiter als alle anderen war und direkt unter dem Lüftungsschacht stand, erhob sich ein nur mit einem Handtuch bekleideter, am ganzen Körper tätowierter Thai und kam gemessenen Schrittes zu dem Tisch. Er riß Rillers Kopf hoch, sah ihn an und sprach betont langsam: »Der Himmel schickt mir einen weißen Arsch! Das hätt' ich mir nie erträumt! Erst recht nicht hier drin!« Der Thai ließ den Kopf los und ging, mit seiner Rechten über Rillers Schultern, den Rücken und die Taille streichend, an das untere Tischende. Dort begann er mit beiden Händen Rillers Hintern erst zärtlich zu streicheln, dann sanft zu kneten. »Ein weißer Arsch! Ein herrlicher Arsch! Du wirst es schon gemerkt haben: Ich bin hier der Boß. Und deshalb gehörst du heute nacht mir. Mir ganz allein. Morgen nacht wirst du dann die anderen bedienen ...« Wollüstig tätschelte der Thai Rillers Hinterteil. »Und nun verkrampf dich nicht, sonst lass' ich nachhelfen ...« Bei diesen Worten hielt ein grinsender Thai Riller eine Cola-Flasche unter die Augen, dabei eindeutige Bewegungen vollführend.

Unter dem andächtigen Schweigen der Masse vergewaltigte der Boß Riller die ganze Nacht. Nachdem er endgültig von ihm abgelassen hatte, banden seine Helfershelfer Riller los und kippten ihn vom Tisch auf ein bereitgestelltes, schmales Feldbett. Einer hielt einen Krug unter Rillers Nase, dessen Alkoholdunst ihn fast betäubte. Der Thai drängte, und Riller nahm einen tiefen Zug. Das Zeug nahm ihm zunächst den Atem, und Riller schnappte nach Luft wie ein trockengelegter Fisch: Es war »Moonshine«, illegal gebrannter Schnaps aus Ananas, ein richtiges Dschungelgetränk. Der Mißhandelte trank das Gesöff schließlich in vollen Zügen: Es bannte den faulen Geschmack im Mund. Nach kurzer Zeit sank er in die Umnebelung des Vollrausches. Genau das war von seinen Mitgefangenen beabsichtigt, denn als die morgendliche Kontrolle kam, konnten sie auf den schnarchenden farang deuten und *sabaymak mao* versichern: alles in Ordnung.

Kurt Riller schlief lange an jenem Tag: Erst am Nachmittag wachte er auf. Er war in der Legion zum »gelernten Trinker« geworden, aber er konnte sich nicht erinnern, jemals so einen Kater gehabt zu haben: Er fühlte sich teuflisch elend, alle Glieder taten ihm weh, sein Magen revoltierte, sein ausgetrockneter Mund schmeckte faulig, sein Schädel drohte zu platzen. Er lief auf dem geringen freien Platz wie ein Tiger hin und her, er gierte nach sauren Gurken, nach Mixed Pickles, nach einer Riesenbüchse eingelegter Heringe und bekam doch nur einen Becher Kaffee und Wasser.

In der folgenden Nacht geschah, was der tätowierte Boß prophezeit hatte: Die Mitgefangenen, es mochten mehr als zwei Dutzend sein, fielen über Riller her und vergewaltigten ihn.

Als Kurt Riller aus seinem nächsten Vollrausch erwachte, waren ein Tag und zwei Nächte vergangen. Er war mehr tot als lebendig.

Natürlich wußten die Polizeioberen, was einem Europäer blühte, der zu einheimischen Verbrechern gesperrt wurde; es gehörte zu ihrer »gewaltlosen Taktik«, einen farang gesprächig zu machen: Er würde ihnen bereitwilligst alles erzählen, um nur ja nicht wieder »ins Mahajai« zu kommen. Daß Kurt Riller bei seiner Version blieb, der Napalmanschlag sei die persönliche Rache eines Korsen aus der Legion gewesen, machte sie nur um so wütender, als ihre eigenen Recherchen keine Ergebnisse gebracht hatten. Ein Polizeioberst befahl, Riller durch einen »Tigerkäfig« weichzumachen.

Dieser kleine eiserne Verschlag wird in einem Gefängnisraum, der mindestens fünfzig Häftlinge beherbergt, mit einer Kette an die Decke hochgezogen, arretiert und durch ein Schloß gesichert. Hier war Riller zwar von den Nachstellungen der Mithäftlinge sicher, aber dort oben ist die ohnehin schwüle, stickige Luft am wärmsten und am verbrauchtesten. Ein säuerlicher Geruch strapaziert im vorherrschenden penetranten Fäkaliengestank die Nasenschleimhäute aufs äußerste. Dabei revoltiert ständig der Magen, der keinen Inhalt duldet. Der Geschundene muß sich »im eigenen Nest« übergeben, denn spuckte er auf die Mitgefangenen, würden die mit langen Stangen nach ihm stoßen, um seinen Käfig zu wildem Schwingen oder Kreisen zu bringen.

Nach zwei Tagen würgte Riller nur noch Galle hervor. Oftmals glaubte er die Tortur nicht mehr auszuhalten und wollte ein Zeichen geben, damit man ihn runterließ und er der Polizei »die Wahrheit« erzählen könne. Doch im letzten, im allerletzten Moment siegten sein Selbsterhaltungstrieb — zweifelsohne ein Erbe seiner Legionärszeit —, vor allem jedoch die trügerische Hoffnung, daß *la caisse* noch in ihrem Versteck lag.

Währenddessen recherchierten die Polizeibehörden unermüdlich, doch ihre Erkenntnisse blieben gleich Null. Außerdem erwies sich der deutsche Vizekonsul als hartnäckig: Unter Hinweis darauf, daß Riller ja niemand geschädigt hatte, sondern vielmehr selbst als Geschädigter anzusehen sei, erwirkte er seine Entlassung aus der Haft.

Doch so billig wollten die Polizeibehörden Riller nicht davonkommen lassen: »Daß ein ehemaliger Mitlegionär an Ihnen seine persönliche Rache befriedigt hat, weil sie ihm beim Kartenspielen viel Geld abgenommen haben, daran ist nach unseren Erfahrungen kein Wort wahr!« eröffnete der Captain sein »Angebot«. »Es widerspricht jeder Logik! Erstens: Kein Spieler reist Hunderte von Meilen, um einem anderen die Hose anzuzünden. Zweitens: Wer Rache üben will, tut dies Auge in Auge mit einem Messer oder einem Browning und wirksamer als in Ihrem Fall. Drittens: Unsere Untersuchungen haben ergeben, daß das verwandte Napalm im Kleinverfahren hergestellt wurde. Chinesische Feuerwerker kommen hierfür nicht in Frage, die benutzen solches Material nicht; eher ein militärisch ausgebildeter Feuerwerker. Insofern könnte, wir sagen ausdrücklich: *könnte*, an Ihrer Version ein Körnchen Wahrheit sein.

Das wiederum würde bedeuten: Ausländer treiben in Thailand ihr Unwesen. Unsere diesbezüglichen Nachforschungen sind noch nicht abgeschlossen, aber aus humanen Gründen wollen wir Sie, vorläufig und nur auf Widerruf, aus der Untersuchungshaft entlassen — unter bestimmten Auflagen natürlich . . .«

Und Kurt Riller war, um aus seinem Käfig herauszukommen, zu allem bereit: Er meldete sich wöchentlich bei der Polizei, leistete Spitzeldienste und denunzierte jeden und alle. Auf der anderen Seite spielte er »mit seinen guten Beziehungen zu höchsten Polizeistellen« und sank so gleichzeitig zum bestechlichen Handlanger dubioser Geschäftsleute herab.

Eines Tages tauchte in Bangkok ein Offizier der algerischen Befreiungsfront auf und suchte Kontakt zu europäischen Waffenfachleuten. Im Laufe der Zeit hatte es zwar ein halbes Dutzend ehemalige Fremdenlegionäre nach Bangkok verschlagen, doch außer Riller wollte keiner mehr mit Kriegsgerät zu tun haben.

Der Front-de-Libération-Nationale-Gesandte wies eine Vollmacht vor und setzte einen Vertrag auf, der besagte, daß Kurt Riller nach erfolgtem Schußtest und Anlandung des technischen Geräts in Algerien eine Provision von 10000 US-Dollar erhielt, sofern er sich als Berater und Ankäufer für die FLN betätigte. Beigefügt war die Bestätigung einer Bank in Tanger, daß die Summe bereitläge und auf ein bestimmtes Codewort seitens der FLN in jeder gewünschten Form und Währung ausgezahlt würde. Gebraucht wurden: eintausend Maschinenpistolen mit einer Million Schuß, einhundert Granatwerfer plus fünftausend Granaten, fünftausend Handgranaten und Stacheldraht. Die Kaufsumme von einer Million Dollar würde mit Auslaufen des beladenen Schiffes aus einem südostasiatischen Hafen bar bezahlt...

Mit einem bundesrepublikanischen Paß ausgestattet, reiste Kurt Riller nach Saigon und stieg im feudalen Continental Palace Hotel ab, das dem korsischen Unterweltchef Mathieu Franchini gehörte.

Drei Monate später verließ ein kleiner, heruntergekommener »Seelenverkäufer«, den nur noch der Rost zusammenzuhalten schien, den kambodschanischen Hafen Kompong Som. Am Pier standen Kurt Riller, der FLN-Offizier und mehrere Vertreter der Saigoner Mafia. Nachdem der Frachter die internationalen Gewässer erreicht hatte, sprach der FLN-Mann in ein Sprechfunkgerät; wenige Minuten später fuhr eine Limousine vor, aus deren Kofferraum der Algerier einen Seesack hervorzog und den Mafiosi übergab. Nach einem oberflächlichen Blick in den Sack verschwanden die Korsen in einem Cadillac neuester Bauart.

Kurt Riller tippte den Algerier an, deutete auf den am Horizont verschwindenden Frachter und sagte: »Genosse Offizier, der Kapitän hat seine Chartergebühr im voraus bekommen, die Lieferanten gerade eben; das Geschäft ist abgewickelt, und ich habe mehr als nur meine Pflicht und Schuldigkeit getan: Die Waffen stammen aus der neuesten Lieferung, die die USA ihren südvietnamesischen Freunden zur Bekämpfung der Kommunisten zur Verfügung gestellt haben. Die Maschinenpistolen sind noch original fabrikverpackt, auf den Munitionskästen klebt noch die Steuerbanderole der US-Zollbehörden. Sie wissen selbst: Modernere bessere Waffen können Sie nirgends auf der Welt bekommen. Fahren wir also jetzt zum nächsten Postamt, damit Sie an die Bank von Tanger das Codewort durchgeben können und auch ich sofort meine Provision bekomme.«

»Wenn es allein von mir abhinge, gern. Aber Sie kennen doch das Lenin-Wort: ›Vertrauen ist gut, Kontrolle ist besser.‹ Das bedeutet: Das Codewort besteht aus zwei Teilen. Ich kenne nur die erste Silbe, die zweite gibt jene Kommission durch, die ›das Brot‹ in Algerien in Empfang nimmt und ihren Zustand für einwandfrei erklärt — woran wir ja nicht zu zweifeln brauchen. Haben Sie Geduld und vor allem Vertrauen zu uns: Der Kampf um die Befreiung Algeriens wird lang und blutig werden. Das bedeutet: Wir bleiben miteinander im Geschäft. Und wenn man allseits zufrieden ist, woran ich nicht zweifle, werden wir beide den nächsten Kontrakt entsprechend modifizieren.« Damit verabschiedete sich der Algerier.

In einer großangelegten Razzia stießen französische Fremdenlegionäre in der Kasbah von Algier auf einen Befehlsstand der FLN. Bei dem Gefecht wurde auch jener Offizier getötet, der den panamesischen Frachter an einen bestimmten Ort dirigieren sollte, an dem die Ladung gefahrlos gelöscht werden konnte. Der Kapitän kreuzte mit seinem »Seelenverkäufer« eine Woche in den internationalen Gewässern vor der nordafrikanischen Küste, ständig sein Erkennungssignal gebend, ehe er die Ladung ins Meer werfen ließ, um neuer Charter entgegenzudampfen. So wartete der »Militärfachmann« Kurt Riller vergebens auf seine Provision aus Tanger.

In korsischen Kreisen sprach sich Kurt Rillers Name herum, und so geriet er zu einem Free-Lance-Transport-Organisator: Für Judaslohn brachte er ausgemusterte Karabiner zu den Shan-Rebellen nach Burma, schaffte er Tellerminen zu laotischen Partisanen, Chemikalien zu Opiumküchen; er schmuggelte Heroin, entführte mißliebig gewordene Provinzpolitiker oder beseitigte wortbrüchige Geschäftsleute. Kleine Fische, unwesentliche Aufträge, deren Scheitern ihm nicht zum Verhängnis werden konnten, denunzierte Riller an die Polizei und bediente so jahrelang alle Seiten, dabei keineswegs Reichtümer sammelnd, sondern von der Hand in den Mund lebend, bis er chinesische Kreise störte: Diese stellten ihm eine Falle, in die Riller prompt tappte.

Die Situation war überaus ernst, und Riller spürte, wie ihm der kalte Schweiß aus den Poren quoll. Er setzte alles auf eine Karte: »Führt mich zu eurem Boß, ich muß ihm eine wichtige Mitteilung machen.«

»Sollte es etwas geben, das den Boß interessieren könnte, so darfst du dies uns anvertrauen.«

»Meine Mitteilung ist nur für den Boß der Bosse! Eure Gehirne sind zu klein und würden nicht begreifen, was ich sage!«

Ein ob seiner Geschwindigkeit unsichtbarer Karateschlag streckte Riller nieder, aber er hatte richtig kalkuliert: Zwar würden die »kleinen Soldaten« unbarmherzig ausgeschimpft, ja bestraft werden, wäre seine »Mitteilung« keinen Pfifferling wert; andererseits mußten sie noch größere Strafen fürchten, wäre das, was dieser »weiße Teufel mit der langen Nase« dem Boß erzählen wollte, wirklich wichtig. Ihre Furcht obsiegte schließlich in dem langen Palaver, das sie darüber führten; zwei Tage später stand Kurt Riller vor einem Chinesen, der in eine Filmkulisse gepaßt hätte: Rechts und links von ihm saßen zwei riesige, hechelnde Doggen, die sich ganz und gar auf Kurt Riller konzentrierten; zwei bewaffnete Männer bewachten die Tür in einem fensterlosen Raum. »Buddha« gab ein Zeichen, ein Vize-Boß richtete das Wort an Riller:

»Da du, was außer Zweifel steht, das verlängerte Ohr der Polizei bist, würde dir jeder anständige Asiate, der dich in seine Gewalt bekommt, das linke Ohr abschneiden. — Was soll das also für eine wichtige Mitteilung sein, mit der du glaubst, dein Ohr retten zu können?«

»Hohe Herren, Sie wissen, die amerikanischen Soldaten in Viet Nam haben Angst: Über die Hälfte raucht regelmäßig Marihuana, immer mehr greifen bereits zum Pfeifchen. Doch die Kommandanten wehren sich: Regelmäßig werden alle Kasernen durchschnüffelt, die Tore tagelang geschlossen, die ob des Entzugs Kollabierenden aus Viet Nam abgezogen. — Ihr Absatz gerät ins Stocken.«

»Der Buddha« ließ ein unwilliges Grunzen vernehmen, der Vize schrie auf: »Das ist nichts Neues für uns! ... Du stiehlst unsere Zeit! ... Wo ist deine wichtige Mitteilung?« Die Hunde fingen an zu knurren.

Unbeirrt ruhig fuhr Kurt Riller fort: »Soviel ich von Chemie verstehe, ist es relativ einfach, aus Opium Heroin herzustellen. Die hierzu benötigten Chemikalien liefert Ihnen der thailändische Ableger eines deutschen Chemiekonzerns in Bangkok. Die entsprechenden Fachleute finden Sie unter Ihren Landsleuten in Singapur, Macao und Hongkong. Meine Idee und Frage lautet: Warum die Opiumproduktion nicht auf den chinesischen Markt beschränken und sich auf die Produktion von Heroin konzentrieren? Die Vorteile liegen auf der Hand! Es läßt sich in kleinen Labors herstellen, es kann leichter, problemloser transportiert werden, und es ist absolut geruchlos: Kein amerikanischer Offizier kann Heroin in den Räumen seiner Kaserne riechen! Bevor die merken, wie viele ihrer Leute süchtig sind, ist Ihr Markt schon riesengroß. Und er wird noch größer, sich wie ein Flächenbrand auswirken, wenn diese süchtigen GIs in die USA oder nach Deutschland zurücktransportiert werden — und dort weiteren Nachschub brauchen!«

»Der Buddha« ließ ein zufriedenes Grunzen ertönen, der Vize drängte: »Weiter!«

»Es ist alles eine Frage des Vertriebs, und *das* ist meine Idee. Das heißt, in dieser Form stammt sie zugegebenermaßen nicht mal von mir, aber ich weiß, wie man sie organisiert.« Kurt Riller machte eine künstliche Pause, in der er die Spannung seiner Zuhörer spürte. »Wie Sie sicherlich wissen, habe ich auf seiten der Légion Etrangère im ehemaligen Französisch-Indochina gekämpft. Das französische Expeditionskorps war dabei auf einheimische Hilfskräfte angewiesen, auf Köche, Schreiber, Fahrer, Sekretärinnen, Dolmetscher und dergleichen. Ein großer Teil dieser Leute arbeitete nur deshalb bei den Franzosen, um spionieren zu können. Erfuhr nun die Viet Minh, wann ein spezielles Bataillon zum Einsatz kommen sollte, schickten die Viets einige Tage vorher Scharen von Mädchen in die von den Legionären bevorzugten Bars und Bordelle, damit sie den Soldaten, oft um wesentlich geringeren Preis, zu Willen waren. Dabei sollten die Mädchen den Soldaten keineswegs die letzten Lebenstage versüßen, sondern sie im Gegenteil kampfunfähig machen, denn diese Mädchen waren ausnahmslos geschlechtskrank! Die Sanitätsabteilungen blieben stets überfordert, und es rückte von einem Bataillon oftmals nur noch ein halber Zug aus.«

Die Geschichte gefiel »Buddha«, sein gewaltiger Körper bebte vor Vergnügen, auch der Vize nickte zufrieden.

»Zur selben Vertriebsform sollten Sie greifen: Lassen Sie Heroin portionsweise vor den US-Kasernen sowie in den von den GIs frequentierten Bars und Bordellen verkaufen, und Ihr Umsatz wird ins Gigantische steigen! Aber: Setzen Sie hierzu keine Erwachsenen und vor allem keine Männer ein, sondern Mädchen. Und auch keine hübschen und koitablen, sondern kleine Mädchen: Amerikaner haben eine Schwäche für Kinder; außerdem schlüpfen kleine Mädchen am besten durch die Maschen der Razzien, schon weil die Polizei Kinder als ›unbeteiligte Neugierige‹ wegjagt ...«

Dieser Vorschlag, den Kurt Riller aus Angst um sein Ohr gemacht hatte, wurde in die Tat umgesetzt: Buchstäblich über Nacht tauchten im Dezember 1970 in den zahllosen, von amerikanischen Soldaten besuchten Bars und Bordellen sowie direkt vor den Wachen der US-Kasernen — von der »demilitarisierten Zone« im Norden bis zum Mekongdelta im Süden — kleine Mädchen auf, die in Bauchläden abgepackte Heroinportionen in Plastikdöschen feilboten. Straßendiebinnen stopften flanierenden US-Boys in Plastiksäckchen verpackte Portionen in die Taschen; bislang ehrliches, älteres Putzpersonal bei US-Stellen oder -Kasernen verdiente sich ein zusätzliches Taschengeld, indem es täglich »zufälligerweise« etwas Heroin mit sich führte: Die Portionen kosteten zwischen zwei und vier Dollar und waren von noch nie dagewesener Qualität.

Trotz wiederholter, massiver Aufforderung seitens der US-Behörden schritt die vietnamesische Polizei nie gegen den florierenden Straßenhandel ein, denn sehr bald waren die Chinesen, die zuvor die Korsen aus dem Geschäft vertrieben hatten, von vietnamesischen Politikern, Administratoren, Geschäftsleuten, von hohen und höchsten Offizieren der Armee, der Polizei und dem Zoll verdrängt worden.

*

Was der Australier Jerry John Frazier seinem »jungen Freund«, dem jetzt im gefürchteten Zwangslager Lang-Tran in Nord-Tonkin einsitzenden Älfons Doberer, beim nächtlichen Whisky vorausgesagt hatte, war eingetreten: Die USA engagierten sich im ehemaligen Französisch-Indochina immer mehr; sie sandten Menschen, Material und Dollars in ungeheuren Mengen, um in Südostasien ein stabiles, haltbares Bollwerk gegen den Kommunismus zu errichten.

Viele jener jungen Amerikaner, die sich aus idealistischen Motiven für diese Aufgaben meldeten, mußten von vornherein als Dilettanten bezeichnet werden: Beseelt von ihrem Auftrag, blieben sie Amateure, die gar nicht ermessen konnten, welchen Schaden sie »dem Westen« zufügten, indem sie nichts über die wahren Bedürfnisse der Bevölkerung wußten, daher ungewollt Mißwirtschaft förderten, sich in Intrigen einspannen ließen, die sie umgebende Korruption nicht bemerkten und so den Kommunisten die Äcker bestellten.

Nur die wenigen größeren Städte kannten elektrischen Strom, doch mit solchen Einzelheiten belastete sich jener Amerikaner, den Jerry John Frazier bewirtete, nicht: Am Ende eines köstlichen Mahls, das die besten Köche des Lane Xang Hotel in Fraziers imposantem Bungalow zubereitet hatten und bei dem reichlich Alkohol geflossen war, kam »zufällig« eine bildhübsche laotische »Freundin des Hauses« auf einen Night-cup vorbei. Schnell zogen sich die Herren zurück, um »vorher« noch eine — von Frazier vorbereitete — Vereinbarung zu unterschreiben, der zufolge sich Jerry John Frazier verpflichtete, »im Auftrag der US-AID* Güter nach Laos zu transportieren, die der weiteren Entwicklung des Landes im Rahmen des von den US-Behörden erstellten Plans dienten«. Und da die Amerikaner im neuerrichteten Komplex der US-AID in Na-Hai-Do am westlichen Ende der Lane-Xang-Allee unzivilatorisch transpirierten, sah der erste Posten fünfhundert Air-condition-Anlagen zum Stückpreis von fünfhundert Dollar vor, die selbstverständlich durch die Koala Air Line angeschafft und eingeflogen werden sollten.

Mit der Besorgung dieser Geräte zum Preis von höchstens einhundert Dollar pro Stück beauftragte Jerry John Frazier einen Verbindungsmann in Bangkok: Kurt Riller. Dieser traf sich wieder mal mit Master-Sergeant William O. Mockridge, der wiederum in Washington vierhundert Geräte »zur Auswechslung in eigenen und im Rahmen der Amtshilfe in neuerrichteten Räumen der US-AID-Behörden« beantragte und auch fabrikneu verpackt geliefert bekam. Die restlichen hundert Geräte organisierte Kurt Riller bei Secondhand-Händlern in Bangkok und ließ sie reparieren.

Der unerfahrene junge US-AID-Mann bezahlte an Frazier — neben erheblich erhöhten Transportkosten — verabredungsgemäß zweihundertfünfzigtausend US-Dollar. Davon erhielt Riller fünfzigtausend Dollar, von denen er zehntausend an

* US-Amt für internationale Entwicklung

den US-Feldwebel abführen mußte. Jerry John Frazier tauschte seine zweihunderttausend Dollar auf dem laotischen schwarzen Markt gegen Gold und Edelsteine ein, mit denen er persönlich nach Singapur flog, wo sie ihm ein weiteres Vermögen einbrachten.

Nachdem die Amerikaner für ihren Bedarf vierzig Air-Condition-Geräte installierten, verrotteten die restlichen in einem Schuppen, da es in ganz Vientiane nur zwei gelernte Elektriker gab — die jedoch die englischen Installationsbeschreibungen nicht lesen konnten.

Durch solche und ähnliche »Hilfe« hatte sich das Straßenbild Vientianes in kürzester Zeit verändert: Fuhren zum Ende der französischen Ära nur etwa dreihundert Autos und viele von ihnen in nahezu biblischem Alter über die wenigen geteerten Straßenkilometer, so bahnten sich — »eine Viertelmilliarde Dollar später« — tausend Luxusgefährte *made in USA* hupend ihren Weg; in den zahlreichen aus dem Boden geschossenen Nachtclubs, in denen bildhübsche »Hostessen« aus Hongkong Manila, Saigon und Bangkok das Los — und die Taschen — der Gäste zu erleichtern trachteten, kosteten Drinks inzwischen zwei US-Dollar.

Was noch fehlte, war eine typisch amerikanische Einrichtung: TV. Jerry John Frazier schlug »seinem jungen Ami« vor, Fernsehempfänger zu importieren, »das diene der Kultur und Information zugleich«. Diesmal sollten es gleich tausend Geräte sein, die Sergeant Mockridge via Riller lieferte. Der junge US-AID-Mann in Vientiane bezahlte eine halbe Million Dollar in bar an Jerry John Frazier* und merkte erst, nachdem er selbst einen der Apparate in seiner Unterkunft aufgestellt hatte, daß es in Laos gar keinen Fernsehsender gab. Zwei Wochen später waren die restlichen 999 Fernsehempfänger aus einer US-AID-Lagerhalle am Mekongufer verschwunden. Dschunken hatten sie über den Fluß gebracht, wo sie auf einen Lkw-Konvoi verladen wurden, der eine Woche später in Bangkok eintraf.

* In Asien hat man auch heute noch größtenteils kein Vertrauen zu Schecks: Wer hier etwas tätigt, ob er einen Frachter chartert, ein Apartmenthaus baut, eine Fabrik kauft oder was auch immer, erscheint zum Bezahlen mit einem Aktenkoffer voller Banknoten.

Nach Begleichung einiger Verpflichtungen verblieben Kurt Riller achtzigtausend US-Dollar. Er hätte sich in aller Ruhe nach einer sicheren Investitionsmöglichkeit umsehen und fortan ein Leben in asiatischer Beschaulichkeit führen können, doch getreu seinem selbstgewählten Motto: »drei Wochen arbeiten — eine Woche saufen« verhurte, versoff und verspielte er alles in dieser einen Woche. Nach einem riesigen Katzenjammer erkannte Riller, daß er wieder einmal ganz unten angelangt war.

Auch in anderen Garnisonen verschoben US-Sergeants amerikanisches Staatsgut: In Augsburg flogen sieben Sergeant-Majors der 24. Infanteriedivision auf, die jahrelang ihre Garnison monatlich um vierzigtausend Dollar betrogen hatten. Die langwierigen Ermittlungen der Kriminalpolizei der US-Streitkräfte führten über Washington auch zu Master-Sergeant William O. Mockridge, der seine Schiebereien schließlich mit jahrelanger Zwangsarbeit und anschließender unehrenhafter Entlassung aus der Armee büßte.

Dadurch versiegte Rillers »amerikanische Quelle«, und er mußte sich wieder mit Spitzel- und Handlangerdiensten über Wasser halten. Und wiederum fand sein Name Eingang in die Akten von US-Behörden.

*

Es war im wesentlichen den ebenso sachlichen wie alarmierenden Berichten von Dr. Dawn Wellington zuzuschreiben, daß in der amerikanischen Vertretung in Bangkok allmählich ein personelles Revirement stattfand. Nach Ablösung des CIA-Residenten wußte nur noch der Botschafter, daß die hübsche Akademikerin die Landessprache perfekt beherrschte, was diese nicht aus Karrieresucht ausnutzte, sondern weil sie eine aufrechte Patriotin war: Ihrer Meinung nach fügten die im Ausland falsch eingesetzten Zivilisten dem Ansehen der USA genauso großen Schaden zu wie die Militärs mit der My-Lai-Affäre. Da sie die thailändischen Zeitungen lesen konnte, sich Insiderberichte verschaffte und vor allem den Small talk auf den zahlreichen Veranstaltungen verstand, erkannte sie als erste die neue Gefahr, die den USA drohte: Bangkok und die südlichen, am Golf von Siam gelegenen Badeorte dienten immer mehr den in Viet Nam kämpfenden US-Truppen als Erholungscenter, und hier versuchten Kreise, die eindeutig von Saigon gesteuert wurden, nicht nur die süchtigen GIs mit Rauschgift zu versorgen, sondern auch noch gesunde Soldaten in eine Drogenabhängigkeit zu ziehen. Dabei wurden diese Elemente nur deshalb von der thailändischen Polizei bekämpft — weil die höchsten Polizeioffiziere in Bangkok das Rauschgift immer ungenierter in eigene Regie übernahmen.

*

Der oberste Chef der Drug Enforcement Agency (DEA) in Washington ließ es sich nicht nehmen, die erfolgreichen Teilnehmer des jüngsten Lehrgangs für hohe Führungskräfte persönlich zu beglückwünschen. Unter jenen, die seinen letzten Worten lauschten, saß auch Eugene Brambaker, der unter den zehn Besten gelandet war.

»... Sie gehören einer Institution an, die die wenigsten Korruptionsfälle aufweist. Natürlich brannten auch in unserem Job schon Mitarbeiter aus, und auch bei Ihnen wird die Versuchung mitunter groß sein, denn selbst das höchste Gehalt, das der amerikanische Steuerzahler für Sie aufbringt, ist armselig im Vergleich zu jenen Beträgen, die im Rauschgifthandel bezahlt werden. Vergessen Sie dann bitte nicht, daß Sie die beste Ausbildung genossen haben, die die Vereinigten Staaten Ihnen angedeihen lassen konnten.

Sie werden oft auf sich allein gestellt arbeiten müssen: Bleiben Sie cool, beobachten Sie, verfolgen Sie die Wege, soweit Ihnen dies möglich ist, zurück, und handeln Sie, wie Sie dies in den letzten Wochen hier gelernt haben. Und nun wünsche ich Ihnen für Ihre Arbeit viel Glück und Erfolg! Amerika wird es Ihnen danken!«

Eugene Brambaker hatte es geschafft: Im Anschluß an die Feier wurde er zum neuen DEA-Vizechef in Bangkok ernannt, und das bedeutete, daß die Möglichkeit, Karriere in höchsten Staatsämtern zu machen, vor ihm lag!

Und so machte er sich mit wahrem Feuereifer für seinen neuen Job sachkundig. Wochenlang türmten sich die Aktenberge auf seinem Schreibtisch, sie drohten ihn zu erdrücken, aber Eugene Brambaker fraß sich durch. Seine Notizen lasen sich wie ein »Who is who im großen Rauschgifthandel«: Da erschienen königliche Prinzen, Generäle aller Waffengattungen, Polizeichefs, Abgeordnete, diplomatische Vertreter, Minister, ja Staatspräsidenten. Eugene Brambaker war sich darüber im klaren, daß die Namen all dieser aktenkundigen Persönlichkeiten nur die Spitze eines Eisbergs waren, was für Laos, Kambodscha, Viet Nam und Thailand gleichermaßen galt.

Brambaker nahm ein neues Notizbuch und konzentrierte sich auf sein künftiges Einsatzgebiet Thailand und das tangierende Ursprungsland Laos.

1954: Bangkok wird der größte Rauschgift-Umschlagplatz der Welt ...

1955: Thai-General Phaos Nationale Polizeitruppe entpuppt sich als das größte Opium-Transportsyndikat; Phao gebärdet sich als fanatischer Drogenbekämpfer — und läßt wiederholt Waschpulver (anstelle von Rauschgift) verbrennen ...

1958: Eine »Revolutionäre Gruppe« unter Marschall Sarit Thanarat übernimmt nach einem Militärputsch den Opium-Handel, »um ihre Politik damit zu bezahlen«: Jeder einzelne Lkw, jedes verfügbare Auto, jedes Flugzeug wird nach Nordthailand geschickt, um eine Rekordernte einzubringen ...

1959: Das von Marschall Sarit erlassene Gesetz, das den Anbau von Mohn, die Produktion, den Import und Export von Opium oder den Auftrag hierzu mit Gefängnis bestraft, dient in Wirklichkeit dazu, die »freischaffende Konkurrenz« aus dem Geschäft zu ziehen ...

1960: Burma, Laos und Thailand produzieren mit 1400 Tonnen Opium etwa die Hälfte des gesamten illegalen Rauschgifts der Welt. Die internationale Presse berichtet ausführlich, wie die CIA die »antikommunistischen Kräfte« der Region durch die Tolerierung des Opiumanbaus, -transports und -handels bezahlt ...

Eugene Brambaker legte die Notizen beiseite, rieb seine Augen und atmete tief durch. Das konnte doch nicht wahr sein: Eine amerikanische Behörde, die DEA, sollte nunmehr bekämpfen, was eine andere amerikanische Bundesbehörde, die CIA, initiiert hatte!

Und weiter wühlte sich Eugene Brambaker durch seinen Aktenberg.

1968—1970: Im Goldenen Dreieck gibt es jedes Jahr Opium-Rekordernten! Mehr als die Hälfte davon wird in einer durch US-AID-Hilfe errichteten Pepsi-Cola-Fabrik bei Vientiane zu Heroin verarbeitet. Gemanagt wird die Produktion zwar von dem Chinesen Huu Tim Heng, dieser ist jedoch unangreifbar, da der Vorsitzende der Limonadengesellschaft ein Sohn des laotischen Premierministers Ouane Rattikone ist.

Dieser Akte war ein handschriftlicher Vermerk angeheftet:

> »Wie der laotische Generalstabschef dem thailändischen Geschäftsführer an der Botschaft in Vientiane anläßlich eines Empfangs zum thailändischen Nationalfeiertag unter dem Siegel der strengsten Verschwiegenheit erklärte, habe diese Pepsi-Cola-Fabrik noch keine einzige Limonade erzeugt. Vielmehr nutze der chinesische Manager den Deckmantel der Limonadenerzeugung, um ungestört die für deren Herstellung benötigten Chemikalien aus Bangkok herbeischaffen zu können.
>
> Gezeichnet: Dr. Wellington.«

1971: Armee-Mediziner schätzen, daß etwa zwanzig Prozent der in Viet Nam eingesetzten US-Streitkräfte regelmäßig Heroin konsumierten: ein-hun-dert-tau-send Mann!

Ein Zeitungsbericht fiel Eugene Brambaker besonders ins Auge:

1971: »Am 23. April lädt Prinz Sposaisana, von dem der US-Botschafter in Laos sagt, ›er gehöre einer jungen, ehrlichen und dynamischen Generation an‹, die Spitzen der nationalen und internationalen Gesellschaft von Vientiane zu einem Abschiedsempfang ein: Er soll der neue Botschafter in Frankreich werden. Das Überraschende ist weniger die Entdeckung, daß Seine Hoheit seinen eigenen Empfang zu bezahlen ›vergaß‹, als vielmehr das eigenartige Benehmen der jungen Exzellenz auf dem Pariser Flughafen: Wie ein normaler Tourist will der Prinz auf einen großen, fehlenden Koffer warten — der, wie ein Tip verhieß, sechzig Kilo Heroin im Wert von 13,5 Millionen Dollar enthält. Der ehemaligen Kolonialmacht ist ›das Gesicht‹ des laotischen Prinzen egal: Sie schickt ihn wieder nach Hause . . .«

Ein mit Dr. Wellington unterzeichneter, zusätzlicher Vermerk lautete:

»Die Brüskierung des laotischen Königshauses durch französische Behörden ist in den internen Kreisen der laotischen und thailändischen Gesellschaft gesprächsbeherrschend. Wie meine diesbezüglichen Erkundigungen ergaben, wurde das prinzliche Vorhaben vom Meo-General Vang Po finanziert, der als Chef der laotischen Geheimarmee im Dienste der CIA steht. Und raffiniert wurde das Heroin in den Laboratorien von Long Tieng: Dort liegt das Quartier der CIA für geheime Operationen im nördlichen Laos. Das Königshaus hat deshalb keinesfalls soviel ›Gesichtsverlust‹ erlitten, als wünschenswert gewesen wäre.«

Eugene Brambaker verstand die Welt nicht mehr: Was verteidigten die USA eigentlich in jener Region? Hier wurden doch nur Geschäftemacher protektioniert, die mit einer Geschwindigkeit riesige Vermögen zusammenrafften, die den Rockefellers die Schamröte ins Gesicht triebe! Eugene Brambaker, der als »intelligent, temperamentvoll, jedoch vernünftig« beurteilt wurde, kam die Galle hoch: Lasen die Kongreßabgeordneten denn niemals die Memoranden dieses oder dieser Dr. Wellington? Bekam der Präsident solche Akten niemals zu lesen? Der müßte doch sonst zum sofortigen Rückzug aus ganz Südostasien blasen!

Eugene Brambaker warf seinen Kugelschreiber hin und unternahm einen ausgedehnten, forcierten Waldlauf durch die schöne Hügellandschaft Neuenglands. Der Schweiß, das Durchatmen, die frische Luft taten ihm gut; der Sauerstoff pulsierte durch sein Gehirn, das anschließende heiße Bad beruhigte ihn wieder.

Brambaker wandte sich erneut dem Aktenstudium zu. Dabei stieß er wiederum auf einen handschriftlichen Vermerk:

> »... Vereinfacht ausgedrückt: Am Boden der thailändischen Korruptions-Pyramide gibt es eine Armee von Funktionären, die die Nation systematisch ausplündert und Anteile nach oben, an jene Autoritäten weiterreicht, die ein Leben wie Gottkönige führen. Als Beispiel hierfür mag Marschall Sarit dienen: Obwohl er zu Lebzeiten einhundert Mätressen zu versorgen hatte, hinterließ er bei seinem Tode über einhundertfünfzig Millionen Dollar! Umgekehrt funktioniert dieses System, indem Freunde und selbst weit entfernte Verwandte in einflußreichen Stellungen und einträglichen Positionen untergebracht werden. Hohe und höchste Generäle und Politiker bedienen sich stets eines *power-breakers:* Sie selber sitzen in Anti-Korruptions- und -drogenkomitees, wodurch sie Freunde schützen und Konkurrenten vernichten können ...
> gez. Dr. Wellington.«

Eugene Brambaker kam sich bei seinem bevorstehenden Einsatz wie ein klitzekleiner David vor. Aber er verfügte über eine Schleuder, von der nur ganz wenige wußten.

*

Die französische Tageszeitung *Le Figaro* meldet, daß Suzanne Dussard, die Witwe des ehemaligen Résistance-Mitgliedes Philippe Dussard und jetzige Frau des Brigadegenerals Eugène Dussard, der zur Zeit eine Gefängnisstrafe wegen Päderastie verbüßt, in verwirrtem Zustand im Straßburger Botanischen Garten aufgegriffen wurde. Dort hatte sie die Besucher erschreckt, als sie zwischen Palmen und Bananenstauden umherirrend nach ihrem *petit géant* suchte, wobei sie animalische Brunftlaute ausstieß. Madame Dussard wurde in das ehemalige Priesterseminar in Zillisheim bei Mulhouse eingeliefert, das seit kurzem als Nervenheilanstalt dient.

*

Im Bordlautsprecher knackte es: »Meine Damen und Herren, hier spricht Ihr Kapitän. Wir haben soeben unsere Flughöhe von dreißigtausend Fuß erreicht. Unser Kurs ist Südsüdost. Auf unserem Flug nach Bangkok werden wir kurz vor Mitternacht in Kuweit zwischenlanden ...«

Da die Stewardeß gerade vorbeikam, bestellte Eugene Brambaker einen großen Scotch mit Wasser. Dann drehte er sich noch einmal zu den letzten glutrot am Horizont verschwindenden Strahlen des zu Ende gehenden Tages um, ehe er seine Rückenlehne nach hinten stellte und sich entspannte. Als der Whisky kam, nahm er behaglich einen großen Schluck: Brambaker spürte, wie sich sein Magen erwärmte, was ihm wohlig das Blut durch den Körper trieb und seinen Geist beflügelte. Und da ihm in den letzten Tagen ohnehin sentimental zumute gewesen war, gab er sich dieser Stimmung noch etwas hin ...

Er mußte schmunzeln: Der Eugene Brambaker, der jetzt in einem deutschen »Bumsbomber« saß, hatte nichts mehr gemein mit jenem Eugen Brombacher, der im Winter 1945 in einem amerikanischen Jeep hockte und einen US-Militärmantel trug, den er bald darauf in ein Bauernklo stopfte. Auch an Details seiner Gefangennahme erinnerte sich Eugene Brambaker immer noch sehr deutlich: Er platzte damals in eine Feier amerikanischer Soldaten: *Hello boys. Here I am!* Da stand er in seiner deutschen Uniform in jenem Rathauszimmer, und obwohl er keine Waffe bei sich trug, hob ein Amerikaner nach dem anderen die Arme hoch! Es hatte ihn einige Mühe gekostet, den Verdutzten begreiflich zu machen, daß er *ihr* Gefangener sein wollte ...!

Er hatte bewußt kein einziges amerikanisches Uniformteil angehabt: keine Schuhe, keine Unterhosen, nicht einmal die viel wärmeren Socken, kein Taschentuch, keine Zigarette. Trotzdem blieben die Offiziere äußerst mißtrauisch, bohrten immer wieder auf der Kardinalfrage herum »... wie er unbemerkt so weit hinter die amerikanischen Linien gekommen sei ... wenn nicht in amerikanischer Uniform ...!?« Es waren einfache Kompanieführer gewesen, die ihn befragten, und da sie ihrem Prisoner of War nichts Gegenteiliges beweisen konnten, waren sie schließlich gezwungen, seine Version zu akzeptieren: »... Er habe sich absichtlich überrollen lassen, weil er an der Weiterführung dieses verbrecherischen Krieges nicht länger mitschuldig sein wollte ...« Anderntags mußte er sie zu seiner Scheune führen: Neuschnee hatte inzwischen alle Spuren zugedeckt. Die Amis durchsuchten das verlassene Anwesen gründlich: Eugen zeigte ihnen, wo er gelegen, durch welche Ritze er die Gegend beobachtet hatte.

»Warum haben Sie bei der Kälte in der Scheune gelegen und nicht im wärmeren Bauernhaus?« fragte der ranghöchste Offizier.

»Gentlemen, die deutschen Landser sind nach sechs Jahren Krieg wirklich arm dran: Bei einem Gegenstoß wären die natürlich sofort ins Haus gestürzt, auf der Suche nach Wärme und etwas Eßbarem ... Und ich wollte nicht aus einem warmen Bett vor ein deutsches Kriegsgericht gezerrt werden ...«

Daß er den vernehmenden Captain schließlich bat, seinen Onkel in Massachusetts anrufen zu dürfen, brachte ihm einen Fußtritt des hinter ihm stehenden Corporals ein.

Brambaker mußte über seine damalige Naivität nachträglich lachen, was ihm jetzt den erstaunt-fragenden Blick seiner Nachbarin eintrug: Sie mochte Mitte Zwanzig sein, knapp sechs Fuß groß, blond, mit einem schöngeschwungenen Mund und leuchtendblauen Augen, die Eugene an irgendwen erinnerten.

»Na, was amüsiert Sie denn so?« Das Schwäbisch dieses Mädchens klang herzerfrischend.

»Ich mußte gerade an meine erste Abreise aus Deutschland denken. Vor vielen Jahren ...«

»Ach, Sie waret scho' öfter in Asie'?«

»Nein, noch nie.«

Die Stewardeß unterbrach das sich anbahnende Gespräch, indem sie nach den Essenswünschen fragte. Eugene Brambaker wählte Fischpastete und Truthahnsteak, dazu deutsches Bier, das er lieber als das amerikanische mochte.

*

Das erste Stück Truthahn seines Lebens hatte er in einem Gefangenenlager in den Ardennen gegessen. Bei der Essensausgabe lief er fast in einen alten Bekannten hinein: Studienrat Schwankert! Unwillkürlich hatte Eugen Haltung angenommen: »Herr Schwankert, wie kommen *Sie* denn hierher?«

Im Telegrammstil erzählte Schwankert, was ihm seit seiner Versetzung aus Zillisheim widerfahren war, wobei er — wie früher — dramatisch mit dem r rollte: Sein neues Internat, eine Napola, war aufgrund der Kriegsereignisse aufgelöst, die Schüler zur militärischen Ausbildung abkommandiert, Schwankert in seinen Wohnort geschickt worden. Dort hatte man ihm beim Volkssturm eine Schnellausbildung verpaßt, doch schon nach zwei Wochen meldete er sich freiwillig »an die nächste Front«.

»Herr Schwankert, das ist doch nicht möglich!?!«

»Selbstverständlich, mein Junge! Bei der Ausbildung wurde viel zuviel Zeit verschwendet!«

Im Rahmen der Ardennenoffensive saß Schwankert auf einem jener Panzer, die zu weit nach vorne preschten und dort ohne Benzin liegenblieben. Als sich die Amis näherten, hoben alle Aufgesessenen die Arme hoch. Als Schwankert jedoch seine Waffe entsichern und anlegen wollte, wurde er von seinem Hintermann einfach vom Panzer in den Schnee runtergestoßen.

»Ich bin für eine Flucht zu alt. Außerdem kann ich hier weiter für den Endsieg wirken. Aber du ...«

»Herr Schwankert, *was* wollen Sie?«

»Ich bleibe hierrr, im Rrrücken des Feindes, aberrr du, Eugen Brrrombacherrr, du brrrichst hierrr so schnell wie möglich aus und stellst dich dem Führrrerrr wiederrr zurrr Verrrfügung! Derrr Führrrerrr errrwarrrtet das von derrr deutschen Jugend ...!«

»Ich soll Hitlers Leben verlängern helfen? Was habe ich denn ›von diesem Führer‹ zu erwarten, der den väterlichen Betrieb ohne Grund einem ›Goldfasan‹ zuschob, der meine Großeltern nach Auschwitz abtransportieren und meinen Vater als ›Volksschädling und Saboteur‹ hinrichten ließ? Mein Großvater hat sich 1871 für Preußen, mein Vater vier Jahre lang für denselben Kaiser wie Hitler geschlagen: Dafür bekam er immerhin das EK I — das ja auch Hitler niemals abzulegen pflegt! Was also, Herr Schwankert, habe *ich* von diesem Führer *noch* zu erwarten?!?«

»Das wußte ich ja gar nicht! Warum hat man denn deine Großeltern abgeholt, Brombacher? Und dein Vater ...?«

»Der für Preußen kämpfende Großvater war Jude. Mein Vater, der Weltkrieg-I-Oberleutnant, immerhin *noch ein halber* ...«

»Ja, aber ... dann bist du ja ...«

»Ja, Herr Schwankert: Sie haben die ganze Zeit einen ›Mischling zweiten Grades‹ aus einer zum Schluß nicht mehr ›privilegierten Mischehe‹ unterrichtet!«

Das war für Schwankert schlimmer als die ganze deutsche Tragödie gewesen.

In dem Kriegsgefangenenlager, in das ihn die Amis Anfang Februar '45 steckten, war es Brombacher relativ gutgegangen: Er arbeitete als Schreiber und Hilfskraft in der Postabteilung. Alsbald avancierte er zum inoffiziellen Lagerdolmetscher.

Jeden Kriegsgefangenen beschäftigt, nachdem die akute Lebensgefahr vorbei ist, die Frage: Was wird denn jetzt werden? Die Masse versteht darunter zweifellos naheliegende Dinge wie »überleben«, »entlassen werden«, »zu den Angehörigen, nach Hause kommen«. Eugen Brombacher war einer der ganz wenigen, die so weit wie möglich von Deutschland weg wollten: Er nannte keine »Heimat«, kein Zuhause und keine Familienangehörigen mehr sein eigen.

Er selbst mußte in der ersten Septemberwoche 1945 dem versammelten Lager den Entscheid des US-Kriegsministeriums übersetzen. Nach einigen Absätzen voller Daten und nichtssagenden Paragraphen in umständlicher Amtssprache kam er zum Wesentlichen: Sie »würden den Verbündeten der USA übergeben werden, um als Arbeitskräfte beim Wiederaufbau eingesetzt zu werden«. Er erinnerte sich noch deutlich des allgemeinen Aufstöhnens. Während einige ängstlich nachfragten, ob Rußland in dem Schreiben auch erwähnt sei, kam bei anderen Hochmut auf: Sie murrten laut darüber, daß sie nichts als Arbeitssklaven seien ... Ersatz für die Negersklaven ... daß die USA offiziell Sklavenhandel betrieben und ähnliches.

Nachdem die Bewacher mit hölzernen Schlagstöcken die Ruhe wiederhergestellt hatten, trat Eugen erneut ans Mikrofon, doch als er den letzten Absatz übersetzte, bekam er weiche Knie: »Nach Beendigung des Arbeitseinsatzes in Großbritannien und Frankreich werden die Kriegsgefangenen direkt in ihre deutschen Heimatstädte gebracht.« Mit Mühe und unter Aufbringung aller Konzentration hatte er diesen Abschnitt zu Ende gebracht und war dann wie betäubt auf einem Stuhl zusammengesunken. Im Kasino hing eine Karte, auf der früher der tägliche Frontverlauf und jetzt die endgültigen Grenzen der alliierten Besatzungszonen eingezeichnet waren: Altenburg in Thüringen war zwar von den Amerikanern erobert, inzwischen jedoch den Russen überlassen worden: Er, Eugen Brombacher, würde am Ende an die Russen ausgeliefert werden — eher wollte er sterben!

Einen Tag bevor das Lager an die Franzosen übergeben werden sollte, damit seine Insassen im Auftrag der Sieger wiederaufbauten, was die Verlierer im Glauben an einen Sieg zuvor zerstören mußten, wurde Eugen Brombacher zum Kommandanten befohlen: »Ich habe hier Ihre Anforderung durch das US-Office of War Information aus Versailles. — Können Sie sich vorstellen, was die von Ihnen wollen?«

Eugen hatte sich vor geraumer Zeit eine Postkarte besorgt, wie sie die US-Feldpost verwandte, und seine Zeilen so unverfänglich wie möglich abgefaßt: »Lieber Onkel Clyde, endlich habe ich wieder Gelegenheit, Dir zu schreiben. Ich bin ins Lager XYZ — die Codierung hatte er mittlerweile vergessen — ›abkommandiert‹. Unser Chef, Major Mathew H. Morrow, wurde mehrfach ausgezeichnet. Er ist ein guter Offizier, der noch eine große Karriere vor sich hat. Die bretonische Landschaft ist sehr schön, das Klima rauh, aber sonst geht's mir gut. In der Hoffnung, bald von Dir zu hören, bin ich Dein Dich herzlichst grüßender Neffe Chubby.« An dem Wort Chubby, so schloß Eugen richtig, würde der Harvardprofessor den wahren Absender erkennen.

*

»Schmeckt's Ihne net?«

»Wie bitte?« Eugene Brambaker fuhr hoch. »Was haben Sie gesagt?«

»Ha, Sie habe ja faschd nix g'gesse. Isch Ihne schlecht?«

»Nein, nein. Mir geht's gut. Ich hab' wohl nur keinen Appetit.«

»Habe Sie Reisefieber?«

»Ja, wohl auch ein bißchen.« Er war auf seinen neuen Job wirklich sehr gespannt.

»Ich auch. Ich hab' die letzten drei Nächte net schlafe könne. Vor lauter Aufregung. Ich bin so gspannt, wie des in Asie' wohl sein wird!«

»Wo fliegen Sie denn hin?«

»Von Bangkok geht's weiter nach Viet Nam.«

»Was macht so eine hübsche Frau wie Sie jetzt in Viet Nam? Dort herrscht doch Krieg!«

»Drum geh' ich ja hin.«

»Wie bitte?«

»Mei' Mutter war scho' Krankenschwester und hat immer gern g'holfe, und da bin ich's auch g'worde. Wisse' Sie, der Malteser Hilfsdienst arbeitet in vietnamesische' Krankenhäuser, und da hab' ich mich freiwillig g'meldet.«

Eugene erinnerte sich, davon gelesen zu haben, daß die Regierung der Bundesrepublik Deutschland in Viet Nam Verwundete betreute, ohne nach ihrer Weltanschauung zu fragen.

»Ich freu' mich scho sehr.«

Eugene hatte in seinem Essen wirklich mehr herumgestochert als daran genippt. Der gerade vorbeikommenden Stewardeß hielt er sein Tablett hin und bestellte eine halbe Flasche Champagner.

»Würden Sie mir die Freude machen«, wandte er sich wieder an seine Nachbarin, »mit mir ›auf unser asiatisches Abenteuer‹ anzustoßen?«

»Ja, gern. Wenn Sie mich bloß vorher amol kurz entschuldige täte.«

*

Onkel Clyde und Tante Helen hatten Eugen Brombacher, sobald dies möglich war, in die Staaten geholt und, selbst kinderlos, wie ihr eigenes Kind aufgenommen. Neben einer exzellenten Ausbildung bekam er eine optimale ärztliche Behandlung, die seine Schilddrüsenüberfunktion alsbald beseitigte: Ein genau ausgetüfteltes Bewegungsprogramm ließ Eugen auf der Universität sogar zu einem gefragten Mitglied der Basketballmannschaft werden. Nachdem er seine Examina bravourös abgelegt und die notwendigen Jahre im Lande verbracht hatte, stand einer Naturalisierung nichts mehr im Wege. Weil nur die wenigsten Amerikaner seinen urdeutschen Namen aussprechen konnten, nahm er ein mit der Naturalisierung verbundenes Recht in Anspruch, und so wurde aus dem ehemaligen deutschen Kriegsfreiwilligen Eugen Brombacher schließlich Eugene Brambaker, der USA-DEA-Special-Agent.

Im Rahmen der »Vietnamisierung« zogen die USA ab 1973 allmählich ihre Streitkräfte aus Südostasien zurück: Die Wehrpflichtigen wurden in die USA, die Berufssoldaten nach Korea, Japan oder nach Deutschland verlegt. Bangkok galt unter deutschen Männern inzwischen immer mehr als erotische Freihandelszone, die zierlichen Thailänderinnen als willfähriges Freiwild. Daß sich die männlichen Touristen durchweg wie sexuelle Umweltverschmutzer aufführten, hätte niemand gekümmert, aber Ermittlungen hatten ergeben, daß Dealer immer häufiger Touristen zum Rauschgifttransport mißbrauchten: In Deutschland traten dann Kontaktmänner in Aktion, die das Heroin in den von US-Soldaten bevorzugten Bars verkauften — ganz nach in Asien bewährtem Muster.

Im Gegensatz zu den meisten seiner Drogenfahnderkollegen hatte Brambaker es abgelehnt, mit einem jener Jets zum Einsatzort zu fliegen, die von der US-Regierung gechartert wurden und nur aus »1. Klasse« bestanden. Er befolgte eine, leider nur wenig beachtete Broschüre, in der es hieß: »Keine Cowboyhüte! Nichts, was amerikanisch aussieht: Selbst die Heeresleitung erlaubt wieder etwas längere Haare. Vermeiden Sie VIP-Behandlung. Fliegen Sie in der Touristenklasse. Benutzen Sie ausländische Gesellschaften und unauffällige Koffer. Wählen Sie einen Fensterplatz. Terroristen bewegen sich in den Gängen. Am Fenster haben Sie größere Chancen, daß sich die Terroristen erst mit anderen Leuten beschäftigen, bevor sie zu Ihnen durchkommen. So verbleibt Ihnen etwas Zeit, um Ihr weiteres Verhalten, ja um eventuelle Gegenmaßnahmen Ihrerseits zu überlegen.«

Deshalb saß Eugene Brambaker jetzt inmitten einer Horde dem Bier kräftig zusprechender, ob der Ihnen bevorstehenden erotischen Großtaten erregt schwatzender, heftig schwitzender Teutonen.

»Ehe ich mit Ihnen anstoße, möchte ich mich aber gern vorstellen: Mein Name ist Eugene Brambaker.«

»Und ich heiß' Gisela Fuhrmann.«

Bei der Zwischenlandung in Kuweit schlenderten sie durch die Ladenstraßen dieses großen Flughafens, betrachteten die glitzernden Auslagen und lauschten den verführerischen Anpreisungen der arabischen Händler.

»Wenn man dene glaubt, dann isch's nirgends so billig auf der

Welt wie bei dene. Aber wenn man auf den nächsten Flughafen kommt, wird's dort scho wieder billiger.«

»Ich dachte, Sie waren noch nie in Asien. Woher wissen Sie das?«

»Ich bin aus dem Schwarzwald nie rauskomme, aber das hat unser Chef g'sagt, wie er uns verabschiedet hat: ›Viel Geld werdet ihr auch in Viet Nam nicht verdienen.‹ Also heißt's: zuerscht prüfe und die Preise vergleiche. Man braucht oft bloß ums Eck zu gehen, da kann's scho viel billiger sei.«

In einem unbemerkten Augenblick erstand Eugene einen grünen Skarabäus und ließ ihn in seiner Tasche verschwinden.

Als die Maschine über dem Persischen Golf dahinzog, bat Eugene wieder um ein Bier. Und während seine blonde Nachbarin immer ruhiger atmete und schließlich schlief, beschäftigte sich Eugene noch mal mit seiner Vergangenheit:

Über seine Studienwünsche hatte sich Onkel Clyde gewundert: »Daß du dir Volkswirtschaft ausgesucht hast, verstehe ich sehr gut; unsere Zeit braucht gute Ökonomen. Aber was willst du mit Sinologie? Ich sehe da nicht den geringsten Zusammenhang.«

»Weißt du, Onkel Clyde, bisher habe ich eigentlich immer nur getan, was opportun, was ›normal‹ war, in ein gängiges Schema paßte, das nicht aus dem Rahmen fiel und womit man nicht auffiel. Chinesisch nicht nur zu sprechen, sondern auch chinesisch ›denken‹ zu können, stelle ich mir phantastisch vor: Es ist ein altes Kulturvolk, das jetzt völlig neue Wege geht. Das Denken dieses größten Volkes auf Erden, das interessiert mich, die Mentalität, das Wesen — die Sprachschranken zwischen denen und uns überbrücken zu können, das muß was Wunderbares sein! Und wer weiß: Vielleicht kommen wir einmal in die Lage, dem chinesischen Volk zu helfen. Ökonomisch, mein' ich jetzt.«

Nachdem er in den Staatsdienst eingetreten und sich für den Einsatz bei der Drogenbekämpfung entschlossen hatte, war ihm ein merkwürdiger Bericht in die Hände gefallen. Darin tat ein ehemaliger Special Agent seine Erfahrungen kund:

»... Es gibt einen ebenso einfachen wie realen Grund, warum unsere Arbeit häufig so wirkungslos bleibt: Die ausländischen Regierungen selbst bestehen darauf, daß keine prädestinierten, tüchtigen, vor allem keine sprachkundigen Spezialisten eingesetzt werden! Denn diese würden die Tricks, die Raffgier und Intrigen schnell durchschauen, die die Eingeborenen aller Klassen und Rassen Unerfahrenen gegenüber gefahrlos anwenden können ...

Während des Zweiten Weltkrieges wurde der nationalchinesischen Regierung ein amerikanischer Verbindungsstab attachiert. Eines Tages eröffnete ein hoher chinesischer Offizier dem US-Kommandeur, daß China nunmehr einen Status der Unabhängigkeit erreicht hätte, der es nicht mehr erlaube, die Ratschläge und Zurechtweisungen durch sogenannte *old China hands** hinzunehmen, da sie inzwischen als Demütigungen, ja Beleidigungen aufgefaßt werden müßten. Daher, so forderte der Chinese, sollten künftig nur noch junge, vor allem nicht chinesischsprechende Leute delegiert werden. Der amerikanische Kommandeur akzeptierte damals diese ›Argumente der Würde und des Gesichts‹ und schickte sämtliche China-Experten nach Hause! An ihre Stelle traten junge Amerikaner, die von China und seiner Bevölkerung nicht das Geringste wußten. Jedem von ihnen wurde ein offizieller Dolmetscher zur Seite gestellt. Diese waren, wie sich später erwies, ausnahmslos Mitglieder von Tschiang Kai-scheks gut ausgebildeter Geheimpolizei.

Mit dieser Akte in der Hand ließ sich Eugen Brambaker bei seinem Vorgesetzten melden und bat, nachdem er erfahren hatte, wo er eingesetzt werden sollte, darum, die Landessprache studieren zu dürfen.

»Sie wollen auch noch Thailändisch lernen?«

Eugene überreichte den Artikel: »Aus diesem Grund, Sir.«

Der Commissioner überflog die Sache. »Na, Sie können doch schon ausgezeichnet Chinesisch. Das kam der Agency bei ihren Großstadteinsätzen ja auch sehr zustatten. Und Chinesisch reicht auch für Südostasien. Das Geschäft wird dort ohnehin von Chinesen beherrscht. Wenn Sie die verstehen, ohne daß die das wissen, dann wird die Agency zweifellos auch dort schöne Erfolge aufweisen, Brambaker. Wozu also noch Thailändisch auf des Steuerzahlers Kosten lernen? Das brauchen Sie doch gar nicht.«

* Experten, die Chinesisch in Schrift und Sprache beherrschen und chinesische Gedankengänge verstehen.

»Sir, wie Sie bin ich überzeugt, daß die großen Tycoons Chinesen sind und von Singapur und Hongkong aus die Fäden ziehen. Aber die Drecksarbeit in Bangkok besorgen doch die hochgestellten Thais. Und ich möchte gerne wissen, was sich hinter dem weltberühmten Lächeln verbirgt, wenn sie in meiner Gegenwart tuscheln.«

»Ich weiß gar nicht, ob es überhaupt Sprachkurse in thailändisch gibt.«

»Sir, wir unterhalten diplomatische Beziehungen mit Thailand. Wir haben Tausende von amerikanischen Fliegersoldaten dort stationiert, die Küsten dienen unseren Boys als Recreation areas. Da besteht doch eine dringende Notwendigkeit, daß es Amerikaner gibt, die die Landessprache beherrschen.«

»Wieso? Die Weltsprache ist und bleibt Englisch . . .«

Dieses verfluchte Festhalten an einmal gemachten Fehlern! Dieses sture Beharren auf einer »Weltsprache«, die gefälligst alle zu verstehen hatten! Wann endlich würde »Der häßliche Amerikaner« zur Pflichtlektüre auf den amerikanischen Universitäten eingeführt werden!?! Eugene Brambaker hätte sich die Haare raufen können.

Onkel Clyde besorgte einen Lehrer — und Eugene blieb der einzige Kursteilnehmer.

»Auch gut«, resümierte er. So weiß es auch kein anderer Agent, und ich erfahre von den Thais am schnellsten, wenn einer von uns »ausbrennen« sollte . . .

Als sie sich in Bangkok voneinander verabschiedeten, verspürte Eugene Brambaker ein ganz merkwürdiges Gefühl in seiner Herzgegend: Er hätte »ihre Plauderei in den entgegenkommenden Morgen« noch liebend gerne fortgesetzt, denn Gisela Fuhrmann mit diesen merkwürdig »bekannten« Augen entpuppte sich immer mehr als ein besonders liebenswertes Geschöpf. Aber leider blieb ihnen nur eine Stunde vergönnt, bis der Anschlußflug nach Saigon aufgerufen wurde.

Etwas gehemmt drückte er der blonden Schwäbin, die er längst insgeheim zu »seinem Rauschgoldengel« erkoren hatte, den Skarabäus in die Hand: »Dieser ägyptische Sonnengott soll Ihnen Glück bringen! Auf Wiedersehen, Fräulein Gisela.«

Sie wurde über und über rot.

»Oh, oh, vielen, vielen Dank. Und ebenfalls alles, alles Gute!«

Jetzt kam sich Eugene Brambaker wieder so verlassen vor wie seinerzeit in jener Vorarlberger Scheune.

*

Skeptisch musterte der Mann in dem kleinen Konsulat, das die Bundesrepublik Deutschland in Zagreb unterhält, sein Gegenüber: Die Frau mochte um die Sechzig sein, sie sah grau aus, hatte harte, herbe Gesichtszüge, der Mund zog sich schmallippig und verkniffen wie ein Hufeisen nach unten.

»Sie beantragen einen Paß der Bundesrepublik Deutschland?« Das Mißtrauen des Beamten war unüberhörbar.

»Ja, nach Ihren Gesetzen habe ich ein Anrecht darauf.«

»Und Sie sind nicht jugoslawische Staatsbürgerin?«

»Sehe ich so aus?«

Der Beamte zuckte mit den Schultern und ließ seinen Blick über den uneleganten Mantel zu den klobigen Schuhen gleiten.

»Ich sagte es bereits: Mein Name ist Hermine Oehmi, ich wohne in Leipzig. Nach Ihren Gesetzen bin ich Deutsche und kann einen Paß beanspruchen. Ich will nämlich wieder nach Niedersachsen ziehen.« Damit legte sie ihren Personal- und einen Parteiausweis der SED auf den Schreibtisch.

Nach kurzem Blick in die Papiere sagte der Beamte: »Warten Sie hier, ich werde mit dem Konsul sprechen.«

Zwei Tage später berichteten westdeutsche Zeitungen über die Flucht der SED-Volkskammerabgeordneten und hohen Parteifunktionärin in den Westen. Mit den veröffentlichten Kurzbiographien brachten sie freilich einen Stein ins Rollen, mit dem Hermine Oehmi/Riller nicht gerechnet hatte.

*

Die Five Star Bar in Bangkok galt bei schwarzen Amerikanern als beliebter Treffpunkt. In ihrem schummrigen Licht warb Kurt Riller in die Staaten zurückkehrende GIs direkt als Kuriere oder Dealer an:

». . . Du brauchst doch selbst gar kein *scag** zu nehmen! Aber überleg doch mal, wie schnell du *einhunderttausend bucks*** für

* Slang für Heroin
** Slang für US-Dollars

ein Haus, für eine Yacht oder eine Tankstelle in Kalifornien zusammenhast! Und wenn du dir als simpler Kurier für andere zu schade bist, dann rechne doch mal: Hier kostet dich ein *jug** ganze zwei *smazzolas*** — aber in den Staaten kannst du *mit derselben Menge; mit der gleichen Portion*, wenn du sie nur ein bißchen streckst, *einhundert green-backs*** machen . . .«

Mit dem Barmanager, einem Ex-GI namens William Henry Jackson, kam es über eine Provisionsabrechnung zum Streit: Am Ende einer Schlägerei, an der sich nicht nur zechende Amerikaner, sondern auch thailändische Kellner und Köche, ja selbst die zierlichen Vertreterinnen des Leihkörper-Gewerbes mit Handtaschen und schrillem Geschrei beteiligten, wachte Kurt Riller mit zwei gebrochenen Rippen, unzähligen Blutergüssen und eingeschlagenem Nasenbein buchstäblich in der Gosse der Patpong Road auf.

Fälschlicherweise wurde er in der Tageszeitung *The Nation* als »unbekannter, an der Auseinandersetzung um ein Mädchen beteiligter Amerikaner« bezeichnet, doch der DEA Special Agent Eugene Brambaker starrte lange auf das Bild: Ihm kam dieses Gesicht bekannt vor. Sehr sogar. Besonders die Augenpartie ging ihm nicht aus dem Sinn. Brambaker steckte die Zeitung in die Jackentasche, um sie auf seine erste Führung mitzunehmen.

»Der Vat Po, auch Vat Phra Jetubon genannt, ist als ›Tempel des ruhenden Buddha‹ die älteste und größte Tempelanlage Bangkoks. Im 16. Jahrhundert als Vat Potharan gegründet, ist sein heutiges Erscheinungsbild weitgehend durch Ergänzungen geprägt«, ratterte die Fremdenführerin lustlos herunter, »die König Rama I. 1783 begann und König Rama III. durch den Bau einer Kapelle für die Figur des Ruhenden Buddha 1832 fortsetzte . . .«

Einer der deutschen Touristen suchte für seine Kamera offenbar immer einen attraktiven Blickwinkel und war, mehr durch seinen Sucher blickend als der Fremdenführerin zuhörend, etwas zurückgeblieben. Zu allem Unglück mußte er, gerade als die Gruppe hinter der nächsten Biegung verschwand, auch noch seinen Film wechseln. Die einzige Sitzgelegenheit bot ein kleiner Marmorvorsprung, auf dem schon ein in seinen *All Asia Guide* ver-

* Slang für Heroin
** Slang für US-Dollars

tiefter Tourist in buntem Hawaiihemd saß, der kurz aufblickte und bereitwillig ein Stück zur Seite rückte.

»Hi.« — »Hi«, begann die halblaut geführte Unterhaltung. Während der deutsche Tourist sich voll auf das Auswechseln seines Films zu konzentrieren schien, übernahm der Hawaiitourist unauffällig die Sicherung.

»Nun, was hast du für mich?« begann der »deutsche Tourist« Eugene Brambaker.

»In deinem Hotel ist es wahrscheinlich der zweite Manager: Er teilt nicht nur die sechs Barkeeper so ein, daß seine Leute immer in derselben Schicht zusammen arbeiten, er rekrutiert die Kuriere auch persönlich.«

»Wie geht er vor?«

»Wie viele kleine Thais scheint er eine Vorliebe für Walküren zu haben: Er macht sich an sie ran, spielt ihnen die große Liebe vor, bumst mit ihnen und bittet sie, ›einem in Deutschland an Heimweh leidenden Freund‹ etwas mitzubringen. Der Vorteil dieser dicken Weiber ist, daß sie ob der Hitze weite Walla-Walla-Kleider bevorzugen — unter denen sich am besten etwas unterbringen läßt.«

»Ist ja ein Herzchen«, pflichtete Eugene Brambaker seinem Kollegen bei.

»Hier ist ein Schnappschuß von diesem Kerl. Eruiere, mit wem er zu flirten anfängt. Behalt das Gepäck im Auge, und gib eine Beschreibung der entsprechenden Koffer nebst Besitzer durch. Mach dich an die Telefonistin ran, damit sie dir die Nummern durchgibt, die der Manager nach Abreise der Gruppe vermutlich anruft . . .«

»Ich soll . . .?«

»Haben sie dir Anfänger in der 57. Straße* nicht erklärt, daß ein Job im Untergrund ebenso klinisch rein ist wie der eines Kloakenreinigers, eines Leichenbalsamierers, Abdeckers oder Müllsortierers?«

»Doch —«

»Na also! Der Dealer bumst Unschuldige, um sie zu Kurieren oder gar zu Opfern zu machen. Da kannst du doch ruhigen Gewissens die Braut des Dealers poussieren, um von ihr seine Hin-

* In der 57. Straße in New York liegt das DEA-Hauptquartier.

termänner zu erfahren. Oder kommt dir dein Job auf einmal ›unmoralisch‹ vor?«

»Nein, natürlich nicht«, gab Eugene Brambaker klein bei.

»Na also! Hast du auf dem Film schon welche drauf?«

»Ja. Die ganze Gruppe: zweiundzwanzig Personen.«

Unauffällig steckte der Hawaiitourist den belichteten Film ein. »Noch was?«

»Ja: Ich lass' dir *The Nation* hier. Die bringen einen Bericht über eine Schlägerei in der Five Star Bar. Ich hab' ein Foto angekreuzt: Da liegt ein Weißer im Straßendreck, der mir irgendwie bekannt vorkommt. Vielleicht bin ich dem bei meinen Einsätzen in New York schon mal begegnet. Schaue doch bitte mal nach, ob über den Mann was vorliegt.«

»Wird gemacht. Halt die Augen auf!«

Der deutsche Tourist prüfte ein letztes Mal, ob der neue Film auch richtig im Apparat lag, dann erhob er sich und eilte seiner Gruppe nach.

*

Kurt Rillers Versuch, ins Touristengeschäft einzusteigen, mißlang kläglich: Er eröffnete eine eigene »Bar mit Nebenräumen«. Doch das »Ritual« rieb ihn auf: Nach jeder Razzia — und die einheimischen Zuhälter sorgten dafür, daß nahezu jede Nacht eine bei ihm stattfand — mußte er seine Mädchen gegen Kaution wieder auslösen. Das brachte erst Ärger mit den Touristen ein, dann blieben auch die Mädchen weg: Sie wurden es leid, die niederen Polizeichargen, die von den »Kautionen« nichts abbekamen, immer wieder gratis zu befriedigen, »damit sie nicht eingesperrt würden«.

Danach lungerte Riller »zufälligerweise« immer dann in den Hotelhallen oder Bars herum, wenn eine Gruppe deutscher Touristen ankam: Bei den »Neckermännern« verdingte Riller sich als Ortskundiger (um bei den Massagesalons eine bescheidene Provision zu kassieren) und zog Präservative aus der Tasche: »Original ›Made in France‹!«

»Braucht man die denn hier überhaupt?«

»Thailand ist fortschrittlich: Die Zeiten, in denen die Thaiboxer Hanfstricke um ihre Fäuste wickelten, in denen gemahlene Glassplitter steckten, sind vorbei, und geschlechtskranke

Mädchen erkennt man auch nicht mehr an ihren Tätowierungen.«

»Ja, aber ...«

»... und die asiatischen Präservative sind für uns Europäer zu klein ...«

Das Geschäft florierte nicht, und Kurt Riller mußte sich wieder mal was Neues einfallen lassen. Und er hatte alsbald eine Idee: Er würde »in Kommission« arbeiten!

*

Eugene Brambaker spielte nun schon einige Monate in den verschiedensten Hotels von Bangkok den Touristen, und die Agency konnte mit seinem Einsatz zufrieden sein: Die demonstrierte Harmlosigkeit, sein Instinkt sowie eine scharfe Beobachtungs- und Kombinationsgabe im Verein mit den Sprachkenntnissen hatten bewirkt, daß nicht nur zahlreiche kleine Händler, sondern auch einige größere Fische ins Netz der amerikanisch-thailändischen Drogenbekämpfung gegangen waren. Manchmal kam sich Eugene Brambaker allerdings wie beim Kampf mit der Hydra vor: Kurze Zeit, nachdem ein Hotel als clean gelten konnte, tauchte ein neuer Dealer auf.

Donnerstagvormittags veranstaltet die Museumsgesellschaft kostenlose Führungen in deutscher Sprache durch das thailändische Nationalmuseum. Einem der Teilnehmer mußte wohl das scharfe einheimische Essen auf den Magen geschlagen sein, denn er verschwand alsbald auf einer etwas abseits gelegenen Toilette, wo bereits ein anderer »Tourist« auf ihn wartete.

»... Also, ich sitz' mit der Gruppe im Speisesaal auf einem Platz, von dem aus ich nicht die schönen Tänzerinnen, sondern die Halle überblicken kann. Plötzlich kommt ein großer Weißer, der nicht zu unserer Gruppe gehört. Er blickt sich um, geht zum Zeitungsstand und unterhält sich längere Zeit mit dem Verkäufer. Irgend etwas, ohne daß ich zunächst sagen konnte, was es war, gefiel mir nicht. Außerdem kam es mir so vor, als ob ich den Mann schon mal gesehen hätte. Der Mann ging zum Fahrstuhl. Als ich in die Halle kam, konnte ich gerade noch sehen, wie der Fahrstuhlanzeiger beim sechsten Stock stehenblieb. Ich also die Treppen hoch ...« Eugene Brambaker hielt lauschend inne, aber niemand kam. Er fuhr fort: »Um Diebstähle möglichst auszuschließen, hat dieses Hotelmanagement angeordnet, daß bei Abreisen jeweils zwei Pagen in die Zimmer gehen, die Gepäckstücke rausholen und auf dem Gang neben der Tür aufstellen. Die Tür bleibt anschließend offen. Wenn sämtliche Gepäckstücke einer Gruppe im Gang stehen, werden sie gezählt, danach kommen zwei andere Pagen mit Handkarren, um die Koffer zu verladen und nach unten zu bringen. Dieser Weiße, so konnte ich beobachten, tat zunächst so, als ob er sich im Flur oder Stockwerk geirrt hätte, was er ausnutzte, um die Koffer blitzschnell zu inspizieren: Er peilte einen an, dessen Schloß offensichtlich kaputt war oder nicht viel Widerstand zu leisten versprach. Dann inszenierte er eine zweite Runde, bei der er auf deutsch laut sagte: ›... Na, da war's hier doch richtig!‹ Damit griff er den ins Visier genommenen Koffer und sagte zu dem Pagen: ›Ich muß noch mal an meinen Koffer!‹ Damit verschwand er im Bad des zum Koffer gehörenden Zimmers. Die Badezimmertür schloß er von innen ab, und bevor er wieder rauskam, betätigte er die Wasserspülung. Natürlich wagten die kleinen Thaiboys bei einem großen farang keinen Widerspruch: Sie lächelten und achteten nur darauf, daß die Zahl der Gepäckstücke stimmte.

Drei Dinge habe ich in diesem Zusammenhang noch feststellen können: Traf die Gruppe zum Heimflug auf Don Muang* ein, hatte der Mann bereits einen Beobachtungsposten bezogen, von dem aus er sehen konnte, wer zu ›seinem‹ Koffer gehörte und ob das Rauschgift bei einer Stichprobe gefunden wurde. Danach ging er zum Postamt und telefonierte. Höchstwahrscheinlich, um die Beschreibung der Person und deren Anschrift durchzugeben — die ja auf jedem deutschen Kofferanhänger steht. Das dritte ist: Dieser Weiße spricht perfekt thailändisch und bekommt von dem Zeitungsverkäufer die Information, wann eine deutsche Reisegruppe abfliegt.«

»Das würde erklären, warum im letzten Monat auf dem Rhein-Main-Flughafen in Frankfurt zwei Mädchen mit je einem Kilo Heroin im Gepäck gefaßt wurden: Die beiden haben Stein und Bein geschworen, sich niemals von der Reisegruppe entfernt, niemals eine Disco besucht und auch keinen Thai ken-

* internationaler Flughafen von Bangkok

nengelernt zu haben, der sie gebeten haben könnte ... Außerdem waren die beiden unattraktive, schüchterne, völlig verklemmte sogenannte späte Mädchen. Ich werde Frankfurt anrufen und fragen, in welchen Hotels die Gruppe überall abgestiegen war.« Der Commissioner fügte nach einer Zäsur hinzu: »Konntest du über den Mann noch Näheres in Erfahrung bringen?«

»Als ich vor einem halben Jahr zum ersten Mal hier ankam, fiel mir in der Zeitung das Bild eines Weißen auf, der in eine Schlägerei verwickelt war, und da er mir irgendwie bekannt vorkam, besorgte mir O'Higgins seine Akte. Dies ist derselbe Mann; er ist Deutscher, heißt Kurt Riller, treibt sich bereits seit Jahren in Thailand herum und ist schon verschiedentlich in Erscheinung getreten. Da er für die Thais auch noch den Zuträger spielt, kann man ihn getrost als verkrachte Existenz bezeichnen. Er handelt mit allem, was ihm in die Hände kommt: Erst wollte er dem König eine kugelsichere Weste schenken, inzwischen ist er über Waffen beim Heroin angelangt.«

»Was wollte der dem König schenken?«

»Lassen Sie sich seine Akte geben, Chef.«

»Mach' ich. Dann übernehmen wir ihn.«

»Ich hab' da so eine Idee.«

»Schieß los!«

»Das Odeon Hotel scheint zu Rillers Revier zu gehören. Vom Portier weiß ich, daß in zwei Wochen wieder eine Reisegruppe aus Deutschland erwartet wird. Mit der könnte ich doch wieder ›einreisen‹ und gebe mich Riller als häufig nach Bangkok kommender alter Bekannter zu erkennen: Deutsche, die zusammen die Schulbank drückten, haben meist auch ein halbes Leben später sofort wieder Vertrauen zueinander. Und nach Lage seiner Akten und finanziellen Situation wird er mir sicher eine Offerte machen.«

»Wieso bist du mit dem in dieselbe Schule gegangen? Hast du nicht gesagt, er wäre ein Kraut?«

»Könnten Sie sich vielleicht angewöhnen, die Leute nicht als ›Kraut‹, sondern als Deutsche zu bezeichnen?«

»Warum denn das?«

»Ich war nämlich auch mal ein ›Kraut‹!«

*

Nach einiger Überlegung lehnte Bangkoks DEA-Chef Brambakers Demaskierung ab: »Daß dieser Riller Unschuldige in Gefahr bringt, wissen wir jetzt. Das soll er weiter machen; bis wir wissen, wen er anruft, vor allem jedoch: von wem er das Heroin bekommt! Beziehungsweise: in wessen Auftrag. Klar?«

Die Runde der versammelten Fahnder nickte zustimmend.

»O'Higgins: Du organisierst die Sache mit dem Flughafenpostamt: Beim nächsten entsprechenden Gruppenabflug sind alle Zellen besetzt — bis auf zwei. Die erstbeste ist ›kaputt‹, damit er nicht mißtrauisch wird; die zweitbeste präparierst du! Wir brauchen neben der Nummer das Gespräch auf Band, damit wir einen Beweis in die Hand kriegen und das Idiom der Verständigung kennenlernen. Klar?«

»Klar.«

»Martin: Teil deine Gruppe so ein, daß ihr den Kraut permanent im Auge habt! Aber: Beides geschieht ohne Zuhilfeziehung unserer thailändischen Kollegen! Wir müssen erst wissen, wer Rillers direkter Auftraggeber ist: Chinesen, Polizei oder Armee! Erst dann schalten wir die entsprechenden Thais ein und spielen nach unserem bewährten Muster die einen gegen die anderen Konkurrenten aus.«

»Gibt es denn einen Hinweis?«

»Ich will es mal so formulieren: Als Ministerpräsident Thanon Kittikachorn letztes Jahr außer Landes gehen mußte, übernahmen vier Armeegeneräle seinen Anteil am Heroingeschäft. Einer von ihnen investiert seine Gewinne immer noch in eine Hotelkette, als deren Kronjuwel jenes Hotel gilt, in dem Brambaker ›unseren Kunden‹ aufgestöbert hat. Doch jede weitere Vermutung oder Schlußfolgerung wäre, obwohl wir wissen, daß dieser Deutsche schon länger in einheimischen Offizierskreisen verkehrt, verfrüht, solange wir keine Beweise beibringen können. Klar?«

»Alles klar!« nickte die Runde.

»Maggie, du führst genau Buch, in welchem Hotel Brambaker wie oft und mit welcher Fluggesellschaft schon abgestiegen ist?«

»Natürlich, Chef.«

»Wievielen Leuten ist er schon mehrmals begegnet?«

»Drei Frauen, fünf Männern; alles Singles. Die Beschreibungen und Adressen hab' ich weitergegeben.«

»Danke. Nächster Punkt: Die Vertragshotels der Fluggesellschaften. Charly, bitte . . .«

Rillers Überwachung erwies sich als schwierig, da er sich äußerst vorsichtig verhielt, nach wie vor als Polizeispitzel arbeitete und auch anderweitig »Kontrakte erfüllte«, wobei er oft wochenlang spurlos verschwunden blieb.

Der Standard jener Hotels, in denen Brambaker absteigen mußte, wurde immer einfacher: Inzwischen kamen Hippies aus aller Welt mit dem erklärten Ziel nach Thailand, sich hier einige Zeit mit Rauschgift richtiggehend vollzupumpen und mit Schmuggel ihren nächsten Trip zu finanzieren. Als vorzügliche Kontaktmöglichkeiten für Reisende, Dealer und Huren erwiesen sich neben den Hotelhallen die Swimmingpools, die Coffee-shops und Bars.

Eugene Brambaker saß auf einem Hocker und trank sein Bier gleich aus der Büchse. Ansonsten war die Bar ob des frühen Abends noch leer, es hatten sich noch nicht einmal Mädchen eingefunden. Gelangweilt putzten zwei Barkeeper zum soundsovielten Mal ihre Gläser, sich halblaut unterhaltend. Ebenso gelangweilt überflog Eugene Brambaker ein in Bangkok erhältliches deutsches Massenblatt, bis ihn ein Name elektrisierte, der dazugehörende Bericht faszinierte:

> »Hermine Riller, die unter ihrem Mädchennamen Oehmi Mitglied der DDR-Volkskammer war, wurde gestern vom Vorwurf des Totschlags freigesprochen. Wie berichtet, hatte die Staatsanwaltschaft Hermine Riller/Oehmi der Ermordung zweier englischer Flieger im August 1943 angeklagt. Im Laufe der dreitägigen Verhandlung konnte ihr, obwohl als Tatzeuge ein Berliner Textilfabrikant gegen sie aussagte, nicht zweifelsfrei nachgewiesen werden, daß sie sich von den unbewaffneten Piloten nicht bedroht gefühlt und folglich in vermeintlicher Notwehr geschossen hatte. Wie Frau Riller/Oehmi ausführte, betrachtete sie sich vielmehr selbst als Kriegsopfer. Erst sei ihr über alles geliebter Sohn aus dem Krieg nicht mehr zurückgekommen, dann ihr Mann von den Russen erschossen worden. Auf die Bemerkung eines Reporters, daß sie im östlichen Teil Deutschlands ja doch ein Leben in allem nur erdenklichem, normalen Bürgern nicht zu-

gänglichem Luxus geführt habe, entgegnete sie, Volkskammerabgeordnete sei sie nur aus Tarnungsgründen geworden. Sie wolle die Bundesrepublik jetzt auf Zahlung einer Kriegsopferrente verklagen.«

Eugene Brambaker ließ die Zeitung sinken: Soviel Frechheit und so viele Zufälle gibt's doch gar nicht, dachte er. — Während ich den »über alles geliebten Sohn« hier als Rauschgifthändler jage, verlangt dessen Alte eine Hinterbliebenenrente! Und ich wette: Die kriegt diese tapfere Frau eines Nazibonzen auch bestimmt, da sie ja »im Kampf um Deutschland« zwei wehrlose »Feinde« erschossen hat. Und was habe ich für den Tod meiner Eltern und Großeltern, für die Konfiszierung des elterlichen Betriebs bekommen? *Nichts!* — »Deine Eltern sind in einer besseren Welt. Und du inzwischen auch. Also laß das Andenken an sie ruhen. Verzichte und lerne dadurch zu vergessen . . .« hatte Onkel Clyde gesagt. Und er hatte recht behalten. Aber diese dreimal verfluchten Rillers: Diese Fanatikerin produzierte einst sinnlose Kriegs- und ihr hoffnungsvoller Sprößling jetzt Rauschgiftopfer . . .

Eugene Brambaker merkte, daß er noch immer kein hundertprozentiger Amerikaner war, daß er immer noch »deutsch« dachte und sich für »die alte Heimat« interessierte — was zweifelsohne dadurch mit beeinflußt wurde, daß er hier in Asien als tumber teutscher Tor agierte.

Ein in die Bar stürmender Schwarm fröhlicher junger Europäer riß Eugene aus seine Gedanken. Er musterte die Gruppe nur flüchtig. bis ihn ein Augenpaar festnagelte. Erst auf den zweiten Blick gewahrte er das goldblonde Haar: Das war »sein Rauschgoldengel«, der da so herzerfrischend lachte! Und ganz plötzlich spürte Eugene Brambaker sein Herz im Halse schlagen.

Es dauerte eine Weile, bis er soweit Mut gefaßt hatte, daß er auf sie zugehen konnte: »Fräulein Gisela —«

»Ja, bitte —«

Sie blickte auf, und Eugene sah, wie die Welle der Erkenntnis allmählich ihre Züge erfaßte. Doch bei ihr bedurfte es keiner Schrecksekunde: Spontan sprang sie auf, stürzte auf Eugene zu und fiel ihm um den Hals:

»Eugen ... Mensch, Kerle! ... Daß ich dich au' wieder seh' ...!« Eugene wußte gar nicht, wie ihm geschah. »Ach, Eugen«, wiederholte si, »isch ... des a Freud ...!« — Eugene konnte nur ein tonloses »ja« hervorbringen. — »Ja, so ein Zufall, daß wir uns in Bangkok wiedersehen!«

Nachdem Gisela Fuhrmann »ihre Flugzeugbekanntschaft« vorgestellt hatte, zogen sich beide zum Plausch in eine Ecke zurück. Später aßen sie bei einem Chinesen eine knusprige Pekingente (»die beste von ganz Bangkok«), ehe Eugene »seinen Rauschgoldengel« noch in eine der zahlreichen neuen Diskotheken in der Patpong Road führte.

Der Morgen dämmerte rasch herauf, und ebensoschnell nahm der Verkehr zu, als sie eine der wenigen *samlors* anhielten, die noch durch eine Fahrradkette angetrieben wurden. Der halbnackte Mann legte sich mächtig in die Pedale, so daß die Adern an seinen Beinen und am Hals heraustraten.

»Also mir würd's angst und bang werden, wenn ich mit so einer Karre durch *diesen* Verkehr müßt'!«

»Ein gewisser Fatalismus läßt sie — fast motorisch — immer weitertreten«, antwortete Eugene lächelnd.

»Dabei bewegt der sich ja mit traumwandlerischer Sicherheit durch die ganzen Autos ...«

»Halb im Traum stimmt meistens.«

»Wie bitte?« Gisela Fuhrmann glaubte nicht richtig verstanden zu haben.

»Ob jemand früher eine Rikscha zog, sich jetzt mit dem Fahrrad abstrampelt oder ein Motor*samlor* kaufen wird — Reichtümer sammelt er keine dabei. Im Gegenteil: Wenn der auch noch Familie hat, was meist der Fall ist, reicht's bei denen kaum noch fürs eigene Essen. Da werden dann die letzten Bath für Opium ausgegeben: Dies hilft über den Hunger hinweg, läßt die Trostlosigkeit des jämmerlichen Daseins vergessen und gibt wieder Kraft für die nächsten mageren Fuhren.«

»Du meinst: Der Fahrer ist jetzt voll Opium?«

»Nein, unserer spritzt.«

»Woher willst du das wissen?«

»Das ist nicht mehr ganz neu: Damit die Einstichlöcher nicht entdeckt werden, lassen sich die Leute vom Hals abwärts tätowieren. Und unseren ziert schon die halbe thailändische Mythologie.«

»Woher weißt du das alles?«

»Über die Mythologie?«

»Nein, das mit dem Spritzen und Tätowieren!«

»Wenn man öfter nach Bangkok kommt«, erwiderte Eugene ohne Zögern, »dann lernt man die Verhältnisse recht schnell kennen.«

Eugene Brambaker hatte Glück gehabt: Außer einem flüchtigen »Ja, was machen Sie denn scho' wieder in Bangkok?« auf das er ein rasches »geschäftlich« antwortete, hatte Gisela Fuhrmann nicht weiter nachgefragt. Vielmehr liefen ihr Herz und Mund über, indem sie den ganzen Abend von ihren Erlebnissen aus den vietnamesischen Lazaretten erzählte. Das Maß an zerfetzten Extremitäten, verbrannten Leibern, entstellten Gesichtern bei alten Männern, wehrlosen Frauen und unschuldigen Kindern lastete schwer auf ihrer reinen Seele. So war sie überaus dankbar und erleichtert, einen so geduldigen, liebenswerten Zuhörer gefunden zu haben.

»Ich hab' jetzt fünf Wochen Ferien, Eugen!« sagte sie strahlend zum Abschluß. »Und dies war ein wunderschöner Urlaubsbeginn! Wir sehen uns genau in vier Woche' wieder in diesem Hotel!« Noch einmal flog sie ihm um den Hals und bedeckte sein Gesicht mit wilden Küssen der seelischen Erleichterung. Eugene Brambaker war darüber so überrascht, daß er vergaß, nach ihrer Urlaubsadresse oder Telefonnummer zu fragen. Dabei hätte ihn der Name ihres Hotels sicherlich aufhorchen lassen.

*

Über dieses erste Zusammentreffen »nach den Ferien« berichtete Eugene Brambaker heim nächsten wöchentlichen DEA-Meeting: »Auf den ersten Blick war ich nur überrascht, daß sie nicht mehr so appetitlich, sondern leicht verwahrlost aussah, aber ich dachte nur: Wer vier Wochen ausschließlich am Strand verbracht hat, der liebt's halt leicht und leger. Ich wunderte mich auch nur kurz, daß sie ausgerechnet im Urlaub hager geworden war und trotz der Hitze ein Kleid mit langen Ärmeln trug, dachte mir jedoch noch nichts dabei. Stutzig wurde ich erst dadurch, daß sie die ganze Zeit so unruhig war, ihre Bewegungen hektisch, ja fahrig ausfielen: Sie erzählte sprunghaft, völlig durcheinander und ohne inneren Zusammenhang, wobei sie häufig auf die Toilette rannte. Als sie nach einiger Zeit auch noch Schweißausbrüche bekam und zu zittern anfing, wußte ich Bescheid. Ich sagte: Bleib hier, ich komm' gleich wieder und rannte hinauf in ihr Zimmer. Da lag ihre Freundin und schluchzte hemmungslos; ihre Armbeugen wiesen zahlreiche Einstiche auf . . .«

»Soviel zu den äußeren Anzeichen. Haben Sie aus den beiden Mädchen Näheres herausbekommen, Eugene?«

»Zusammenfassend läßt sich sagen: Diese Gruppe gehört zu jenem Sanitäts- und Ärztekorps, das die Bundesrepublik Deutschland im Rahmen ihrer humanitären Hilfe nach Viet Nam schickt und das auf einem vor Da Nhang liegenden Lazarettschiff Kranke und Verwundete behandelt, ohne nach ihrer Weltanschauung zu fragen. Die beiden Mädchen wurden niemals in amerikanischen Lazaretten eingesetzt, was bedeutet: Keine kam schon in Viet Nam mit Rauschgift in Berührung.«

»Klar. Weiter!« befahl der DEA-Chef.

»Die Gruppe kam in Bangkok an und verteilte sich danach: Einige flogen weiter zum Baden, andere machten in Kultur; diese beiden wollten ausspannen und fuhren mit der Bahn in den äußersten Süden, nach Songkhla. Commissioner, ich muß hier einfügen, daß die beiden charakterlich einwandfrei, durch ihre Erlebnisse in Viet Nam jedoch psychisch labil und seelisch angeknackst sind. Hinzu kam bei der Freundin noch Liebeskummer . . .«

»Jaja«, unterbrach der Commissioner, »einen Grund gibt's immer! Weiter!«

»Um dieses ganze Elend, das vietnamesische und das eigene, zu ertragen, hatten sie sich in ihrer letzten Einsatzzeit leicht morphinhaltige Mittel gespritzt. Obwohl sie als Krankenschwestern um die Gefahr wußten, nahmen sie sie auf sich, als das ihnen kleiner erscheinende Übel und mit dem festen Vorsatz, sich sofort nach ihrer Rückkehr in Deutschland einer Entwöhnungstherapie zu unterziehen. In Songkhla ging ihnen das Morphium aus, und sie hatten auch keine Möglichkeit, sich welches zu besorgen . . .«

»Wie's weitergeht, kann sich jeder vorstellen.«

»Jedenfalls tauchte in dem Hotel ein Landsmann auf, der die

Rolle des väterlichen Freundes spielte, ihnen zuhörte, ebensolchen Abscheu vor den Grausamkeiten des Krieges wie sie empfand; der von eigenen schrecklichen Erlebnissen erzählte, für die seelische Verfassung der beiden Verständnis zeigte und wie sie ›vom Heimweh geplagt‹ wurde, das die Deutschen ja sogar überfällt, wenn sie unter wehenden Palmen liegend, den klaren Sternenhimmel betrachten und ihnen das Meeresrauschen wie Beethoven erklingt.«

»Eugene, Sie werden ja richtig poetisch«, warf der Chef lächelnd ein.

»War nicht meine Absicht, Sir. Ich meine nur, dieser väterliche Freund hatte die psychische Situation genau richtig eingeschätzt, denn nach einigen exotischen Drinks schenkte er den beiden eine asiatische Beruhigungsmedizin, die ihnen über ihre Pein hinweghelfen würde ...«

»Waaas? Die beiden sind *Krankenschwestern* und lassen sich von einem Unbekannten etwas Unbekanntes andrehen?« unterbrach der Commissioner polternd.

»Sir, nach dem stundenlangen Gespräch unter Palmen, nach einigen Drinks war ihnen der Unbekannte nicht mehr ›fremd‹! Sie hatten dabei eine ungewohnte Menge Alkohol getrunken und standen unter seelischem Streß! In ihrem Kontaktbezug zu anderen Menschen waren sie irritiert, verunsichert. Der Mann gebrauchte ständig den Ausdruck *meditative Ruhe* und sie hatten durch ihn die Chance, ihre Unrast, ihre seelische Not und das Wissen, daß sie vor dem Grauen des Krieges nicht einfach davonlaufen konnten, zu betäuben, und das Leben, den Strand, die Palmen, unter denen sie lagen, wieder durch eine rosarote Brille sehen zu können ...«

»Schon gut, schon gut, Eugene. Ich verstehe ja.«

»Um es kurz zu machen, Sir: Er erreichte, daß sie süchtig wurden.«

Auf einmal herrschte unheilschwangere Stille in dem Konferenzraum. Irgendein Feuerzeug klickte.

»Sir, das Odeon in Bangkok und dieses Strandhotel in Songkhla gehören ›unserem General‹! Und nach den Beschreibungen der beiden Mädchen kann dieser väterliche Freund eigentlich nur jener alte Kunde sein, der schon wie ein Geisterreiter durch unsere Akten galoppiert: der Deutsche Kurt Riller! Bitte:

Ich brauch' noch das neueste Foto von ihm, um es den beiden Krankenschwestern vorzulegen, aber ich bin überzeugt, sie identifizieren ihn. Und dann haben wir genug Beweise. Sir: Der Mann muß aus dem Verkehr gezogen werden! In den thailändischen Gefängnissen hat bisher noch jeder Weiße wie eine chinesische Nachtigall gesungen!«

»Klar, Eugene: Jetzt handeln wir!«

»Commissioner«, wandte O'Higgins ein, »diesen Deutschen der thailändischen Justiz zu überantworten ist eine zweischneidige Sache: Obwohl er die Gefängnisverhältnisse kennt und weiß, was ihm dort bevorsteht, bezweifle ich, daß er seinen wahren Auftraggeber, von dem wir vermuten, daß er ›unser General‹ ist, decouvriert: Im Gegenteil, von diesem wird er Schutz und Komfort fordern, ›um nicht aussagen zu müssen‹. Und dann verläuft die Chose schließlich im Sande. Wie gehabt.«

»Was schlägst du vor, O'Higgins?« fragte der Commissioner.

»Ich hab' da so eine Idee, wie uns jemand helfen könnte, Sir.«

»Nun mach's nicht so spannend!«

»Wir spielen die chinesische Karte, und ich denke dabei an Dicke Ente.«

»Du willst den ›Kraut‹ der ›chinesischen Vernehmung‹ unterziehen lassen?« fragte ein Fahnder.

»Brauchst du 'n Taschentuch für deine Tränen?«

»Quatsch.«

»Also: Aus den vorliegenden Anhaltspunkten läßt sich schließen, daß wir es in diesem Falle mit einer reinen Thai-Connection zu tun haben. Deshalb wird dieser Kraut auch nur den Chinesen erzählen, wer seine thailändischen Auftraggeber sind. Und da die Chinesen Mittel und Wege kennen, um alles zu erfahren, schlage ich vor, Dicke Ente freie Hand zu geben.«

»Einverstanden, O'Higgins!« knurrte der Chef und wandte sich dem nächsten Akt zu.

*

Sooft es ihm möglich war, fuhr Eugene Brambaker hinaus ins Kloster Tham Krabok bei Saraburi. Was er dort erlebte, tat ihm jedesmal in der Seele weh, aber es galt als die beste und schnellste Methode, einen Menschen zu entgiften. Thais brachten hier ihre Angehörigen hin. Behörden überstellten Rauschgiftsüchtige den Mönchen.

Rings um die Stupa des Vat Tham Krabok stehen stabile Holzverschläge, aus denen Schreie dringen: schrille, durchdringende, drohende, alles und alle beschimpfende, fluchende, verzweifelte, bittende und schwach wimmernde. Sie schallen hinauf zur Spitze des hellen Chedi, der mit seinen zarten, vom Wind bewegten Glöckchen antwortet. Auf den fest montierten Pritschen liegen Bastmatten, ein Holzkübel dient zur Aufnahme der Notdurft, sonst sind die vier Quadratmeter großen Verschläge leer. Das Holz ist hart und faserig; an jenen Stellen, auf die die dem Entzug Unterworfenen stundenlang trommeln, glänzt es matt.

Im Zentrum der Verschläge betreiben die Mönche eine wahre Hexenküche: Über einem offenen Feuer hängt an einer Stange ein großer, etwa fünfzig Liter fassender eiserner Kübel, in dem eine graubraune tiefdunkle Flüssigkeit stundenlang vor sich hin kocht, ein Sud aus Pflanzen und Wurzeln, die nach altem Rezept und genau festgelegter Reihenfolge zugegeben und mit paddelartigen Hölzern umgerührt werden.

Wenn ein heller, lange nachschwingender Gong ertönt, füllen die Mönche zahlreiche Holzgefäße mit dem Sud und stellen sie zum Abkühlen bereit. Beißender Geruch breitet sich aus. Ist der große Topf leer, löschen die Mönche das Feuer. Der älteste von ihnen prüft von Zeit zu Zeit mit seinem Finger die Temperatur der Brühe. Nach einer halben Stunde ist es soweit: Je drei Mönche verschwinden in einem Verschlag. Und in der Zelle steigert sich das Gewimmer, das Gefluche, das Gestöhn und Geschrei zu tierischem Gebrüll. Zwei Mönche halten den Süchtigen, der inzwischen zum Tobsüchtigen geworden ist, fest, der dritte zwingt den Süchtigen, den gallebitteren Sud zu trinken. Dieser wehrt sich, schlägt, beißt, spuckt. Doch die Kraft und Willensstärke der Mönche obsiegen: Die Geräusche werden zum Knurren, zum Gurgeln, Husten und Röcheln. Bald herrscht Stille, doch sie ist trügerisch. Nach einer Weile explodieren die geschundenen Leiber: Aus allen menschlichen Öffnungen quillt, drängt, bricht, knallt es hervor. Variationen von Geräuschen und Eruptionen ertönen, als balge sich eine Horde brünftiger, schmatzender, furzender Eber. Die Modulation der Qual dauert, bis die Körper völlig leer sind, die Kräfte nachlassen, bis aus den Leibern nur noch dünne, glucksende Rinnsale tröpfeln; bis sogar diese versiegen und nur noch leeres, gallebitteres Würgen die Süchtigen quält.

Für die Mönche des Vat Tham Krabok ist der Exorzismus des Rauschgifts ein heiliger Auftrag: ihre Berufung.

Es bedurfte einer Sondergenehmigung des Somdet Phrasasangkharsat, des obersten Patriarchen der Mönchsgemeinschaft, zwei Europäerinnen einzuliefern, und die zeitweilige Anwesenheit Eugene Brambakers gab den beiden Mädchen Kraft und Vertrauen.

Daß es mit dem Entzug allein nicht getan war, wußte Eugene, und er war nur zu gerne bereit, auch fürderhin seine hilfreiche Hand zu reichen.

*

Jener Chinese, den die DEA-Agenten als »dicke Ente« bezeichneten, wurde von Asiaten respektvoll »Mister Big« tituliert, da er als einer der größten Drogenfinanziers in Südostasien galt: Da gab es nur wenig Bewegungen auf dem Markt, in denen »nicht ein paar Dollars von ihm« steckten, von denen er »nicht ein paar Prozente« kassierte. An ihn war vor einiger Zeit ein Chinese aus Cholon, der Schwesterstadt Saigons, herangetreten: Mister Tran Minh, ein honoriger Fabrikant von Plastik-Kinderspielzeug, war es leid, die immer höher werdenden »Transportgebühren« der vietnamesischen Armeegenerale zu bezahlen. Deshalb suchte er einen neuen Lieferanten: Hoch erfreut über die neue Verbindung, kamen der vietnamesische und der thailändische Chinese alsbald zu einer Vereinbarung.

Da Mister Big jedoch ein vorsichtiger Mann war, bediente er sich am riskantesten Punkt, bei der Übernahme der Ware, eines weißen Verbindungsmannes, den die andere Seite für naiv halten würde, von dem Mister Big jedoch wußte, daß er sowohl Vietnamesisch wie auch Thailändisch verstand und so am schnellsten eine Falle wittern konnte.

Eines Tages näherte sich der winzigen vietnamesischen Insel Puolo Dama im Golf von Siam ein thailändisches Fischerboot. Erwartet wurde es von dem thailändisch-vietnamesischen Verbindungsmann Kurt Riller, der ebenfalls ein Fischerboot steuerte. Und wie zwei Berufsfischer auf routinemäßiger Fangfahrt fuhren sie erst eine Stunde in größerer Distanz nebeneinanderher, mit ihren Gläsern fleißig den Horizont absuchend. Nachdem die Fracht, zweihundert Kilo Opium, auf hoher See schließlich ungestört umgeladen worden war, tuckerte Riller, um auf den Radarschirmen keine Aufmerksamkeit zu erregen, langsam nach Rach Gia. Dort ließ der Beauftragte des vietnamesischen Spielzeugfabrikanten das Opium auf einen Fluß-Sampam umladen, um es unter Kokosnüssen versteckt auf den weitverzweigten Kanälen und Flußarmen des Mekong nach Saigon zu transportieren. Am Anlegeplatz im siebten Distrikt von Cholon übernahm ein Minibusfahrer das Gut und brachte es in Tran Minhs Plastikfabrik, von wo es an die einzelnen Opiumhöhlen von Saigon und Cholon verteilt wurde. Die Abwicklung hatte funktioniert, der Handel blühte; beide Seiten waren über die neue Geschäftsbeziehung zufrieden.

Bald darauf beschloß Tran Minh in das »GI-Geschäft« einzusteigen und orderte bei der dritten Lieferung neben den üblichen zweihundert Kilo Opium zusätzlich zehn Kilo U-O Globe Brand Heroin. Da auch diesmal alles klappte, verdoppelte der Vietnamese! Sein vierter Auftrag lautete über vierhundert Kilo Opium und sechzig Kilo Heroin: Letzteres allein hatte einen Wert von 720 000 US-Dollar — und wurde zu einer unwiderstehlichen Versuchung für den Verbindungsmann.

Des hohen Werts dieser Ladung wegen wurde diesmal ein Übergabeort bei den Hon-Panjang-Inseln, weit draußen im Golf von Siam, vereinbart. Doch statt nach der Übernahme im normalen Fischerboottempo nach Rach Gia zu schippern, fuhr Kurt Riller, kaum außer Sichtweite, mit Höchstgeschwindigkeit weiter nördlich zur Phu-Quoc-Insel, wo er das Opium verbrannte und das Heroin im dichten Dschungel versteckte. In Rach Gia angekommen, erklärte er Tran Minhs Kontaktmann, vietnamesische Marine habe die Ladung konfisziert, was, da dies absolut möglich war, der Kontaktmann sogleich nach Cholon weitergab. Nachdem sich Tran Minh bereit erklärt hatte, die Hälfte der Ladung für 25 000 Dollar von der Marine auszulösen, eilte Riller wieder zur Phu-Quoc-Insel, holte die Hälfte der Beute aus dem Versteck und übergab sie in Rach Gia dem vietnamesischen Verbindungsmann. Wieder wurde die Konterbande auf den Fluß-Sampan umgeladen und nach Cholon geschickt. Doch schon nach zehn Meilen überfielen drei Unteroffiziere der vietnamesischen Armee den Sampan. Diesmal in Wirklichkeit.

Nunmehr fünfundzwanzigtausend Dollar ärmer, informierte Tran Minh Mister Big, daß er zweimal ausgeraubt worden war und die Ware nicht bezahlen würde. Der Bangkoker Finanzier vermutete sofort, daß er hintergangen werden sollte, und beschloß, der Sache nachzugehen. Für ihn war es nur eine Frage der Zeit, bis er die wahren Hintergründe aufgedeckt hatte — und Zeit spielt für einen Chinesen meist keine Rolle.

Diesmal saß Mister Big hinter einem Trickspiegel und hörte durch die Gegensprechanlage, wie sein Dritter Neffe den Deutschen nebenan befragte: Bis ins Detail genau beschrieb Kurt Riller die angebliche Beschlagnahme durch die Vietnamesen, die Gesichter der Matrosen, ihre Uniformen, Dienstgrade, Auszeichnungen und Bewaffnung — doch die Miene des Chinesen drückte unverhohlene Skepsis aus.

»Geehrter Herr, mein Leben verdanke ich nur der Idee, daß ich sofort auf das Funksprechgerät wies und sagte, ich hätte schon vor langer Zeit gemeldet, daß sich mir ein Boot der vietnamesischen Küstenwache näherte, und die genaue Schiffsbezeichnung und die Registriernummer durchgegeben.« Kurt Riller versuchte überzeugend zu wirken.

»Und warum hast du stinkendes Aas das nicht wirklich gemacht?«

»Ich habe die Viets nicht gesehen: Sie pirschten sich genau aus der achtern aufgehenden Sonne heran. Und als sie merkten, daß sie entdeckt wurden, schossen sie sofort.«

»Wir werden die Einschläge zählen.«

»Die Viets werden natürlich, um keine Spuren zu hinterlassen, zunächst einmal in die Luft geschossen haben. Aber das wußte ich natürlich nicht; ich warf mich sofort zu Boden. Dann kam über Megaphon der Befehl, sofort zu stoppen.«

»In welcher Sprache?«

»Erst in Vietnamesisch, dann in Thai.«

»Du Idiot!«

»Geehrter Herr, ich fuhr ein thailändisch registriertes Boot, ich war wie ein Thai angezogen ... ich sah aus wie ein Thai!«

»Warum hast du den Überfall nicht sofort an uns durchgegeben?«

»Davon abgesehen, geehrter Herr, daß Sie persönlich für den gesamten Ablauf der Operation absolute Funkstille befahlen, können Sie sich davon überzeugen, daß das Gerät kaputt ist: Kaum waren die Viets an Bord, schlugen sie mit einer Axt auf das Funksprechgerät ein.«

»Du lügst! Du schleimiger Kaukasier lügst! Deine ganze Geschichte ist erstunken und erlogen! Sie stimmt vorne und hinten nicht! Sie ist ein Märchen für schwatzhafte alte Weiber!« Der Chinese wurde so rasend, weil er diesen weißen Teufel nicht widerlegen, ihm noch nicht das Gegenteil beweisen konnte. »Weiter!«

»Geehrter Herr, nachdem sie die Ladung kassiert hatten, wollten sie mich fesseln und mit dem Boot versenken! Erst nach langen Verhandlungen konnte ich sie endlich davon abhalten. Und es war mein in der Not geborener Vorschlag, Mister Tran Minh zu fragen, ob er nicht wenigstens einen Teil der Ladung auslösen wolle.« Riller spürte, wie sich die Schweißperlen nicht mehr zurückhalten ließen und über sein Gesicht rannen.

»Weiter!«

»Nachdem ich die fünfundzwanzigtausend Dollar vorgezählt hatte, übergaben sie mir die Hälfte des Heroins.«

»Was geschah mit dem Opium?«

»Das behielten sie.«

»Weiter!«

»Ich saß mit Mister Tran Minhs Kontaktmann in einer Suppenküche am Hafen, als der Sampanführer zurückkam und berichtete, daß ihn drei vietnamesische Unteroffiziere überfallen und ausgeraubt hätten. Sicherlich, geehrter Herr, steckten die mit den Matrosen unter einer Decke.«

Riller beschrieb dabei jenes Küstenboot, das am selben Tag in einer spektakulären Aktion vom kommunistischen Vietcong in der Nähe von Rach Gia angegriffen wurde. Den Bericht darüber hatte er vietnamesischen Zeitungen entnommen und die Uhrzeiten etwas zu seinen Gunsten verändert. Dies rettete ihm zwar im Moment noch Kopf und Kragen, aber Riller spürte: Die Chinesen glaubten ihm kein Wort und würden eigene Nachforschungen anstellen. Und wie schon so oft dünkte sich Riller schlauer als die anderen gewesen zu sein. Wieder und wieder fuhr seine Hand ans linke Ohrläppchen, um es zu kneten, obwohl es längst unappetitlich deformiert aussah.

»Mister Big, hochverehrter Erster Onkel, ich bedaure, so unfähig zu sein und Ihnen kein besseres Ergebnis bringen zu können«, entschuldigte sich der Vernehmer später mit einer tiefen Verbeugung vor seinem Chef.

»Laß nur, Nummer drei, es gibt keine schlechten Fragen — nur schlechte Antworten. Und die richtigen Antworten werden wir noch bekommen.«

»Mister Big, ich würde vorschlagen, unseren Sechsten Vetter, den Spezialisten aus Malaysia, nach Bangkok einzuladen, um ihm die Kostbarkeiten dieser Stadt vorzuführen.«

»Eine gute Idee, Nummer drei! Um so mehr, als mich gestern ein Ersuchen unserer amerikanischen Geschäftsfreunde erreichte, das dieselbe Person betrifft.«

»Diese Barbaren wollen, daß wir den weißen Teufel für sie verhören?«

»Sie wollen nur ein paar Auskünfte von uns über ihn haben.«

»Was soll jetzt mit dieser Langnase geschehen?«

»Freilassen und *nicht* beobachten! Nur wenn er sich völlig sicher fühlt, fängt er an, das Heroin, so er es hat, zu verkaufen. Und das erfahren wir dann sehr schnell.«

»Eine sehr weise Entscheidung, Erster Onkel!«

»Außerdem schickst du die ›Blindschleiche‹ los: Er soll alles nachkontrollieren! Er soll mit dem thailändischen Zubringer sprechen, dasselbe Boot nehmen und die verbrauchte Treibstoffmenge, die Fahrzeiten, die Strömungen vergleichen; er soll am selben Treffpunkt das Umladen simulieren, die weiteren Fahrzeiten kontrollieren; er soll in Rach Gia mit Mister Tran Minhs Mann sprechen und mit jenem Suppenkoch, bei dem sie angeblich aßen; er soll den Sampanfahrer unter Druck setzen und diese drei Unteroffiziere ausfindig machen; ebenso natürlich dieses Küstenwachschiff — kurz: Er soll alles und jedes noch so kleine Detail nachkontrollieren! Und vor allen Dingen:

mit dem Entfernungsmesser und einer Stoppuhr alles genauestens nachrechnen! Mir geht da was im Kopf herum.«

»Sehr gut, Mister Big.«

»Und dann denk mal scharf nach: Wenn du als farang eine größere Summe ›parken‹ wolltest, an wen würdest du dich wohl wenden?«

»An die Filiale einer Bank aus der Schweiz, aus Singapur oder Hongkong. Und ich würde einen anderen Namen wählen.«

»Sehr gut, Nummer drei! Laß also von diesem Gangster heimlich ein Foto machen und vervielfältige es, damit jeder Kassierer von Bangkok, Saigon, Singapur oder Hongkong, der auf unserer Liste steht, eines in seiner Schublade hat. Und füge dem noch eine gute Beschreibung hinzu.«

Es dauerte länger als vermutet, ehe ein Bankangestellter aus Singapur meldete, daß ein Europäer, auf den Bild und Beschreibung zutrafen, ein Konto eröffnet und fünfundzwanzigtausend US-Dollar einbezahlt hatte.

*

Obwohl es auf Mitternacht ging, stand um den runden Tresen ein dichter Kranz jener fröhlich lärmenden Deutschen, die ständig in Bangkok lebten. Am Nachmittag hatten sie ein Fußballspiel gegen eine Auswahl der englischen Kolonie verloren und diskutierten dies noch immer ausgiebig. Die weiter entfernt über den einzelnen Tischen hängenden Lampen brannten längst nicht mehr, so daß ein gemütliches Halbdunkel herrschte, das die glühenden, vom Alkohol geröteten oder von der Sonne verbrannten Gesichter in angenehm weichmachendes Licht tauchte.

Nach kurzer Zeit gewöhnte sich Eugene Brambaker an den Lärm, den Rauch und die Dunkelheit. Er stand in der dritten Reihe, hatte gerade seinen ersten tiefen Zug genommen und fing gewohnheitsmäßig an, seine Umgebung zu mustern. Dabei stieß er auf der gegenüberliegenden Tresenseite auf jene Augenpartie, die ihn schon lange beschäftigte: In dem rauchigen Dunkel stand Kurt Riller und schwadronierte.

Eugene durchfuhr es wie ein Blitz: Riller wurde von allen DEA-Agenten Südostasiens fieberhaft gesucht! Selbst die

CIA-Leute trugen, im Zuge der Amtshilfe, ein Bild Rillers in ihrer Tasche. Und dieser Verbrecher stand ganz einfach im »Edelweiß« und schüttete ein Bier nach dem anderen in sich hinein!

Als würde er von ihm magisch angezogen, musterte Eugene Brambaker seinen ehemaligen Schulkameraden immer wieder: Diese Augenpartie und dieser Stirnansatz kamen ihm so bekannt vor; beides hatte er schon mal gesehen! Natürlich an Riller. Aber auch an einer anderen Person! Und jedesmal faszinierte sie ihn! Eugene Brambaker trank sein Bier in immer hastigeren Schlucken, zermarterte sein Hirn immer hektischer: Wo ... bei wem ... wann ... bei welcher Gelegenheit?

Obwohl Rillers Gesicht die Farbe einer gut abgehangenen Rinderseite hatte, besaß er eine gewisse Ähnlichkeit, so stellte Eugene Brambaker allmählich fest — eine ziemlich große sogar — mit »seinem Rauschgoldengel«: die Kopfform, die Haarfarbe, die ganze Körpergröße, die Statur, die Haltung, ja selbst bestimmte Bewegungen waren sich außerordentlich ähnlich — als ob die miteinander verwandt wären. *Aber die Augenpartien waren absolut identisch!* Als ob sie Geschwister seien. Oder ob des Altersunterschiedes *Vater* und *Tochter!* Konnte das möglich sein?

Ein höhnisches Auflachen von der anderen Thekenseite unterbrach das Knäuel von Eugenes Gedanken. Rillers Observierung gehörte nicht zu seinen Aufgaben, aber sooft er die allmählich weniger werdenden Gäste auch musterte, Eugene Brambaker konnte keinen DEA-Kollegen ausmachen. Irgend jemand mußte Riller aber doch gefolgt sein, ihn unter Beobachtung haben! Möglich natürlich, daß der Schatten draußen im Auto saß. Auf jeden Fall wollte er die Zentrale verständigen: Brambaker zwängte sich in die kleine Telefonzelle und ließ sich mit dem Diensthabenden verbinden. Nachdem letzterer Brambakers Information bestätigt hatte, hängte Eugene ein und ging schnell aufs WC.

Als er wieder in die Bar zurückkam, konnte er Kurt Riller nicht mehr entdecken.

*

Weil das WC verschlossen war, stieß Kurt Riller die Tür direkt daneben auf und stolperte durch den Hinterausgang ins Freie. Die ihm entgegenschlagende Hitze und der vorausgegangene Bierkonsum ließen ihn schwanken; er steuerte die nächste Palme an, um unter mächtigem Gestöhn seine Blase zu entleeren. Gleichzeitig fingerte er in den Tiefen sämtlicher Taschen nach dem Schlüsselbund.

In seinem Suff merkte er nicht, daß die Tür des alten Mazda bereits aufgeschlossen war. Der nicht sofort funktionierende Anlasser entlockte ihm einen Schwall abscheulicher Flüche. Als Riller endlich zum Parkplatzausgang rollte, spürte er den harten, unmißverständlichen Stahl einer Pistolenmündung an seinem Hinterkopf.

»Draußen fährst du gleich links, setzt dich hinter den blauen Toyota! Und versuch keine Dummheiten, sonst blas' ich dir dein Kleinhirn zum Fenster raus!« Obwohl er sehr leise und höflich sprach, hatte der Mann nichts Warmherziges an sich. »Hast du verstanden?«

Noch ehe Kurt Riller zu einer wie auch immer gearteten Reaktion fähig war, glitt ein zweiter Asiate durch die Beifahrertür und drückte Schäfer lächelnd, jedoch ohne Umschweife, eine Messerspitze in die Herzgegend. Auf der nicht sehr belebten, nur matt erleuchteten Nebenstraße zwängten zwei große Toyotas Rillers Mazda derart ein, daß ein Fluchtversuch illusorisch blieb.

*

Des Königs Geburtstag Anfang Dezember ist einer der wenigen Feiertage Thailands, an dem die Arbeit im ganzen Land ruht. Trotzdem fuhr ein einzelnes Boot in den frühesten Morgenstunden dieses Tages mit hoher Geschwindigkeit durch den Golf von Siam. Erst nachdem die Küste schon eine Stunde lang außer Sicht war, schaltete der Maschinist auf Leerlauf; das Boot lief allmählich aus und dümpelte in der sanften Dünung. Es war eine jener für den Fang pazifischer Großfische spezialisierten Dschunken, die ihre Köder an zwei langen, über seitlich montierte stabile Ausleger laufenden Leinen hinter sich herziehen. Doch dieses Boot hatte nur einen Ausleger angebracht, und an diesem hing auch kein Fisch, sondern ein Weißer, der jetzt an Bord gezogen wurde, wo er mehr tot als lebendig in sich zusammenfiel.

»Bringt ihm Kaffee, damit er wieder zu sich kommt.« Lange hatte Mister Big mit dem Sechsten Vetter in Kota Kinabula telefoniert und seine »Einladung« erläutert. Dieser jüngere Verwandte, ein im Edelholzgroßhandel beschäftigter Biedermann, galt als Fachmann für Befragungen. Nachdem er die Delikatesse seiner Aufgabe erfaßt hatte, wählte er unter den vielen ihm zur Verfügung stehenden Möglichkeiten eine, die besonderes Fingerspitzengefühl erforderte, und kam mit eigenem Schiff und erprobter Mannschaft aus Borneo angefahren.

Während sich jetzt ein Mann der Besatzung mit entsicherter Maschinenpistole vor dem Europäer hinhockte und ihn nicht mehr aus den Augen ließ, kam ein anderer mit einem Becher Kaffee, den er, da Kurt Rillers Hände gefesselt blieben, an seinen Mund setzte. In langen, langsamen Zügen trank Riller das heiße und starke Gebräu und spürte, wie es ihm wohltat.

Der Sechste Vetter hatte Riller erst mal hinter sich hergezogen: Während er selbst dabei demonstratives Desinteresse bekundete, achtete einer seiner Leute genau darauf, daß der Gefesselte nicht zuviel Wasser schluckte und genügend Gelegenheit bekam, seine Lungen wieder frei zu husten. Diese Prozedur brach die Widerstandskraft des Delinquenten, indem sie ihn zunächst einmal physisch erschöpfte. Der starke Kaffee belebte Geist und Körper wieder, er ließ Hoffnung aufsteigen, aber auch Bereitschaft zur Zusammenarbeit keimen. Jetzt lag Kurt Riller in der aufgehenden, rasch heißer werdenden Sonne auf den harten Schiffsplanken, ohne daß sich jemand um ihn scherte.

Es war einfach noch zu früh am Tage, als daß der Sechste Vetter die hohen Herrschaften in Bangkok schon belästigen durfte, weshalb er sich unter einem Sonnensegel auf seinem Decksstuhl niederließ, eine Zigarette anzündete und sich einem kostbaren Buch mit erotischen Geschichten aus dem alten China widmete, das ihm der große Onkel zu seiner Ankunft in Thailand geschenkt hatte.

Punkt acht Uhr klappte der Sechste Vetter das illustrierte Buch zusammen, nahm aus einem Kuvert ein paar geflochtene, äußerst stabile Seidenschnüre und erhob sich. Ein Kopfnicken genügte: Die Mannschaft stürzte sich auf Kurt Riller, riß ihm die Kleider vom Leib und fesselte ihn mit den Seidenschnüren an den Hand- und Fußgelenken. Der Steuermann bediente einen kleinen Kran, klinkte an dessen Karabinerhaken die Fesseln ein, dann wurde Kurt Riller hochgezogen und aufs Meer geschwenkt, wo er in zwei Meter Höhe wie ein oben zusammengezogenes U, wie eine umgekehrte »Affenschaukel«, mit dem Bauch nach unten hing.

Der Sechste Vetter bat um eine Tasse Tee und zündete eine neue Zigarette an. Seine Untergebenen brachten ein Richtmikrofon an der Reling an.

Währenddessen betätigte der Sechste Vetter den Knopf einer Gegensprechanlage: »Sehr ehrenwerter Herr Großer Onkel, soll ich jetzt beginnen?«

In seinem Büro gab Mister Big ein Zeichen: Der Dritte Neffe setzte ein Tonbandgerät in Gang und sprach in sein Mikrofon: »Wir sind bereit und hören.«

Kurt Rillers vom Alkohol zu zweieinhalb Zentnern aufgedunsener Leib hing schwer an den Fesseln. Er stöhnte laut.

»Wolltest du gerade etwas sagen?« fragte der Sechste Vetter.

»Ich kenne euch nicht. Ich weiß doch gar nicht, was du wissen willst«, brachte Kurt Riller hervor.

»Dann erzähl einfach ein bißchen von dir«, sagte der Sechste Vetter geringschätzig und gab seinen Leuten zwei Zeichen: Der Steuermann setzte mit langsamer Fahrt voraus zu einem Kreis mit meilenweitem Durchmesser an; ein Matrose drehte kurz an dem Zahnrad, und das Drahtseil mit Kurt Riller neigte sich genau einen Zentimeter tiefer: Diese Prozedur wiederholte der Mann zu jeder vollen Minute. Kurt Riller konnte sich ausrechnen, wie die Sache weiter ablaufen würde; der Eröffnungszug lag an ihm:

»Ich mache dir einen Vorschlag: Ich hab' auf einer Bank in Singapur zehntausend Dollar. Das ist alles, was ich besitze. Die sollst du haben, wenn du mich freiläßt. Du kannst deinem Boß dann sagen, ich sei bei einem Fluchtversuch ertrunken.«

»Die Bank, von der du so geheimnisvoll sprichst, ist die Filiale einer Schweizer Bank aus Zürich, die Kontonummer ist mit der Nummer deines deutschen Militär-Ringes identisch und die Initialen H. H. sollen wahrscheinlich zu dem Code ›Heinrich Himmler‹ führen. Außerdem weist dein Konto nicht zehntausend Dollar auf, sondern fünfundzwanzigtausend, die du genau vor vier Wochen einbezahlt hast. Wo hast du die fünfundzwanzigtausend Dollar her?«

Doch Kurt Riller antwortete nur mit Flüchen.

»Nun, wir Chinesen haben Zeit. Viel Zeit.« Während ein satanisches Lächeln um seine Züge spielte, griff der Chinese wieder zu seinem erotischen Buch.

Präzise wie ein Computer näherte sich Riller pro Minute einen Zentimeter dem Meeresspiegel. Wie nebenbei fragte der Chinese von Zeit zu Zeit nach der Herkunft jener Dollars, doch als Antwort erhielt er außer Flüchen und Beschimpfungen nur neue, lächerliche Bestechungs- und Kooperationsangebote.

Kurt Riller war zwar psychisch verkommen, aber er hielt noch etwas aus. Er hoffte, sich unter Wasser unbemerkt seiner Fesseln entledigen zu können, dann im von oben uneinsehbaren Winkel des überstehenden Hecks die Steuerachse zu fassen und sich so unentdeckt wieder nach Bangkok zurückziehen zu lassen. Dort wollte er diesem gelben Pack schon zeigen, daß man einen ehemaligen Fremdenlegionär nicht gegen seinen Willen badete.

Doch dem malaiischen Chinesen ging nicht umsonst der Ruf eines Spezialisten voraus. Er wußte genau, was seine »Kunden« dachten, worauf sie hofften, womit sie rechneten. Als Riller noch genau zehn Zentimeter über dem Wasser hing, sagte er beiläufig: »Wenn gleich der erste Hai deinen Bauch aufreißt und der nächste nach deinem lächerlichen Familienjuwelen schnappt, werden deine Schreie die Mannschaft keineswegs erweichen. Das sind lauter Moslems aus Borneo, die, ohne zu fragen, ausführen, was ihnen befohlen wird. Ein weißes Menschenleben bedeutet ihnen überhaupt nichts. Deshalb frage ich noch einmal: Wo hast du diese fünfundzwanzigtausend Dollar her?«

»Das ... das sind meine Ersparnisse aus der Legion.«

»Warst du General?«

Der Chinese nickte mit dem Kopf: Die Dschunke änderte den Kurs und zog ihre Kreise spiralenförmig immer enger; ein Besatzungsmitglied warf in unregelmäßigen Abständen am Bug rohe Fleischabfälle ins Meer, während Riller immer tiefer sackte.

Minuten später waren die Haie da. Noch hatten sie es nicht nötig, nach der Beute oberhalb des Wassers zu schnappen, aber

Riller, dessen Kreuz bereits wahnsinnig schmerzte, konnte seine Frist abschätzen, zumal dieser Eingeborene ihn mit dem Blut, das sich am Boden des Plastikeimers gesammelt hatte, übergoß.

Nachdem der erste Hai mit seiner großen, scharfen Rückenflosse Rillers Bauch geritzt hatte und ein zweiter zuzuschnappen versuchte, ertönte der erwartete Schrei: »Hört auf, ich sag's euch!«

Der Sechste Vetter tat einen langen Zug an seiner Zigarette, hielt den Rauch genüßlich in seiner Lunge und ließ ihn nur ganz langsam entweichen.

»Hörst du nicht!? Ich sag's dir!«

»Ich höre nur, daß du um dein Leben winselst, aber ich habe noch nicht vernommen, wo du die fünfundzwanzigtausend Dollar her hast.«

»Holt mich an Bord, dann sag' ich's dir!«

»Woher hast du sie?«

Riller lebte lange genug in Asien, um zu wissen, daß der Chinese in dieser Phase nicht nachgeben würde. Nachdem er sich einem zuschnappenden Hai nur durch verzweifeltes Aufbäumen entziehen konnte, preßte er hervor: »Ich hab' sie von Tran Minh.«

Der Sechste Vetter gab einen Wink; seine Helfer hievten das Opfer gerade so weit hoch, daß er für die Haie unerreichbar blieb, und drehten Riller so, daß er genau in das Richtmikrofon sprechen mußte.

»Und nun erzähle uns mal!«

Kurt Riller, voll Wut, voll falscher Hoffnung und immer noch trotzig, gab zu, die fünfundzwanzigtausend Dollar unterschlagen zu haben.

»Und was ist mit den anderen dreißig Kilo Heroin und den vierhundert Kilo Opium? Wo sind die geblieben?«

»Die sind mit dem vietnamesischen Küstenwachschiff untergegangen, als es von den Vietcong versenkt wurde.«

In dem mit der Gegensprechanlage verbundenen Bordlautsprecher knackte es: »Du stinkender Dschungelaffe, erkennst du meine Stimme?« ließ sich der Dritte Neffe vernehmen. »Weißt du, wer mit dir spricht?«

»Ja, geehrter Herr, Sie sind es.«

»Dann weißt du auch, daß du mich nicht anlügen kannst, du räudiger Teufel! Das Küstenwachboot, das du beschrieben hast, wurde von den Vietcong zwar angegriffen, aber nicht versenkt. Und wie die Verwundeten aussagten, fuhr es an jenem Tag nur Kanalpatrouille! Es war überhaupt nicht im Golf gewesen und konnte folglich gar nichts von dir konfisziert haben. Wo ist das Opium, und wo sind die restlichen dreißig Kilo Heroin?«

»Ich ... ich ... ich hab' kein Heroin! Und auch kein Opium, geehrter Herr!«

»Das glaub' ich dir sogar. Aber wo ist es versteckt? Wem hast du es verkauft?«

Die Antwort dauerte dem Sechsten Vetter zu lange: Auf ein Zeichen schnellte einer seiner Leute vor, zog Riller an den Haaren näher heran und schlug ihm mit einem gespleißten Bambusstock ins Gesicht. Riller schrie auf. Er kannte diese Behandlung aus eigener Anwendung: Der Schlag tat weh, die Wunden bluteten sofort stark — die Haie peitschten wie wahnsinnig geworden die Oberfläche.

Aus dem Bordlautsprecher kam wieder die Stimme des Dritten Neffen, sie berichtete von den Nachforschungen, und da diese im wesentlichen Rillers Vorgehen bestätigten, schien selbst diesem hartgesottenen Menschen weiteres Leugnen zwecklos, weshalb er blitzschnell überlegte, zu welchem Deal der Chinese wohl bereit wäre. Seine Überlegungen wurden jedoch von jenem Malaien unterbrochen, der sich zu einem neuen Schlag in Positur stellte. Deshalb rief Riller schnell: »Das Opium habe ich auf Phu Quoc verbrannt. Und das Heroin habe ich Oberst Pramual Vangibandhu gegeben!«

»Oberst Pramual Vangibandhu von der Thailändischen Zentralen Drogenbekämpfungsbehörde? Warum?«

»Pramual Vangibandhu ist der Powerbreaker von General Vithum Rattangassan: Er organisiert den Heroinnachschub für die Hotelkette des Generals.«

»Ausgerechnet der oberste Chef der zentralen Drogenbekämpfung!? Du lügst doch, du fauliger Wurm! Du glaubst, auf diese Weise deine Haut zu retten, wenn du uns solche phantastischen Märchen auftischst! Du lügst! Du machst dein Los nur noch schlimmer!«

»Geehrter Herr! Geehrter Herr, ich lüge nicht!« Das Sprechen fiel Riller jetzt vor Schmerz und Schwäche immer schwerer. »Bitte, überlegen Sie doch selbst: Der Oberst bezieht ein monatliches Gehalt von umgerechnet zweihundertfünfzig Dollar, aber sehen Sie sich doch mal seine Luxusvilla an; die ist einhunderttausend Dollar wert, und auf seinem Bankkonto stehen fünfhunderttausend Dollar! Was glauben Sie, woher das kommt? Nur von seinem Polizeigehalt . . .?«

Mister Big stöhnte hinter seinem massiven Schreibtisch auf: »Dieser weiße Teufel arbeitet mit unserem ärgsten Widersacher zusammen!«

»Was hat Vangibandhu dir bezahlt!«

»Er hat mir fünfzigtausend Dollar bezahlt.«

»Wo sind die?«

»In meiner Wohnung.«

»Wo?«

»In der Tiefkühltruhe.«

»In welchem Paket?«

»In keinem. Ich habe die Truhe vereisen lassen. Ihr müßt es aufhacken, unter dem Eis ist das Geld verteilt.«

»Unter dem Eis der Tiefkühltruhe, sagst du?«

»Ja, verdammt! Ja! Holt mich an Bord! Schnell!«

Doch das Gegenteil geschah: Fast irre vor Schmerz und Angst, seine schreckgeweiteten Augen drohten fast aus ihren Höhlen zu fallen, senkte sich Riller wieder pro Minute einen Zentimeter den gefräßigen Bestien entgegen. Jetzt verspürte Kurt Riller, der schneidige Exhitlerjungenführer, der furchtlose Ex-SS-Unterscharführer, der elitäre Exfremdenlegionär, der zum leidenschaftlichen Spieler und kaltblütigen Kameradenmörder geworden war, der keinerlei Skrupel empfand, sein täglich Brot als Denunziant verschiedenster Interessengruppen, als »Dienstleistungs-Killer«, ja als schäbiger, mieser Rauschgifthändler zu »verdienen«, der es bewußt in Kauf nahm, Unschuldige als Herointransporteure zu mißbrauchen und dadurch zu gefährden, ja: der seine eigene Tochter — zugegeben: ohne zu wissen, daß eine solche überhaupt existierte — heroinsüchtig gemacht hatte — dieser Kurt Riller verspürte zum ersten Mal nackte, echte große, unsagbare Angst um sein nutzloses, verpfuschtes kriminelles Leben. Und diese Todesangst bewirkte, daß er — fast zum ersten Mal — etwas wirklich Gutes tat: Er sagte die Wahrheit, und es klang wie eine Beichte, indem er den von der DEA an Mister Big übermittelten Fragenkatalog nach bestem Wissen und Gewissen beantwortete, die Personen und Methoden aller am thailändischen Rauschgifthandel Beteiligten offenbarte, wobei Fakten zutage kamen, die ein gründliches Ausräuchern dieses Nestes von Korruption, Trug und Verbrechen versprachen.

Doch als auch dies das Zahnrad des Malaien nicht stoppte, sprudelte die Todesangst aus Riller alles heraus: Nicht um eine Lebensbeichte abzulegen, sondern in der trügerischen Hoffnung, daß eine Vielzahl jetzt von ihm zugegebener Schandtaten sein Leben »zum Zwecke neuer Ermittlungen« verlängern könnten, schilderte er all seine Untaten und Verbrechen, angefangen vom Diebstahl der Divisionskasse bis zur letzten, ungerechtfertigten Denunziation. Dabei kamen Vorgänge zutage, die bislang unentdeckt geblieben oder längst vergessen waren. Und das Tonbandgerät im Büro von Mister Big zeichnete jedes Wort auf...

Auf dem Schreibtisch des Dritten Neffen leuchtete die grüne Telefonlampe; der Chinese hob ab: »Ja.«

»Hier sind Lou und Chen. Wir haben Geld in der Gefriertruhe gefunden. Es müssen ungefähr fünfzigtausend Dollar sein.«

»Sehr gut! Seht euch gründlich um. Aber: Wenn ihr was findet, laßt alles so, wie es ist! Faßt nichts an! Für unsere amerikanischen Freunde brauchen wir Beweise, damit wir die thailändische Konkurrenz loswerden!«

Der Dritte Neffe legte wieder auf und wandte sich neuerlich seinem Sechsten Vetter zu: »Laß diese weiße Drachenbrut zu den gelben Quellen gehen«,* ehe er das Tonbandgerät wieder einschaltete.

Riller wurde eingeholt und lag zitternd, wie ein nasser Sack voll Elend auf den Planken. Und er heulte, hatte sich doch seine Todesangst inzwischen in Scham und Selbstmitleid gewandelt. Ein Malaie löste seine Fußfesseln, die anderen richteten Riller auf und hängten seine Handgelenke derart in den Kranhaken ein, daß er auf seinen wackeligen Beinen mühsam stehen konnte.

Der Sechste Vetter wandte sich an Kurt Riller: »Wer mit den Söhnen des Himmels Handel treiben will, muß dabei zu al-

* »Die gelben Quellen« sind das Land des Todes.

lererst ehrlich sein. Andernfalls wird man bestraft. Siehst du das ein?«

»Ja, geehrter Herr, ich sehe das ein. Aber bitte: Seid gnädig zu mir!«

»Dafür, daß du unser Eigentum an unsere Geschäftsfeinde verkauft hast, wirst du sterben. Aber weil du zum Schluß doch noch ehrlich warst, werden wir gnädig mit dir sein: Du darfst aufrecht sterben wie ein Mann! Aufrecht, wie ein tapferer Chinese.«

Und noch ehe Kurt Riller die volle Bedeutung dieser Worte erfaßt hatte, packte ihn der Kran mit einem Ruck an den nach hinten gefesselten Handgelenken, riß ihn nach oben und schwenkte ihn aufs Meer: Pro Minute würde er wieder einen Zentimeter sinken. Den Haien entgegen.

Der Sechste Vetter ließ eine neue Tasse Tee bringen, zündete eine Zigarette an und beschäftigte sich wieder angelegentlich mit seinen erotischen Geschichten. Die Besatzung brachte mit asiatischem Gleichmut Angeln aus, um bei dem zu erwartenden Andrang eigene Beute für den heimischen Kochtopf zu fangen. Keinen kümmerten die Flüche, Verwünschungen und Schreie des zum Tode Verurteilten, bis diesen die erlösende Ohnmacht der Ewigkeit erfaßte.

Das war das Ende des Exlegionärs Kurt Riller.

*

Auf dem Weg zur Weihnachtsfeier, auf der auch Brambakers Beförderung zum DEA-Chef in Hongkong begossen werden sollte, meinte Eugene kopfschüttelnd zum Chef der DEA-Bangkok: »Schleierhaft bleibt mir ja, wie dieser Rattangassan so schnell wieder hochkommen konnte. Der war doch nach dem ›königlichen Geschenk‹ erledigt, am Boden zerstört.«

»Lieber Eugene, in Asien gilt: Je öfter du eine Sache erzählst, um so wahrer wird sie! Da Rattangassan den Polizeigeneral, der die Pistole im Vorzimmer des Königs vertauscht hatte, nicht belangen konnte, schob er aus der Wüste, in die man ihn geschickt hatte, alles diesem ›Kraut‹ in die Schuhe. Dadurch gewann er langsam wieder Gesicht, durfte seine Jacke mit einem Generalsstern auf unwichtigem Posten weitertragen und zu einträglichen Geschäften nutzen: Oberst Vangibandhu, sein Schwiegersohn ›der Drogenbekämpfer‹, diente ihm als Organisator und perfekte Tarnung zugleich. Jetzt ist der General auch nur deshalb endgültig erledigt, weil er so dämlich war, zweimal hochzugehen. Die Anklage gegen den Oberst auf Vernachlässigung seiner Dienstpflichten, Urkundenfälschung und Mißbrauch seiner Position zu persönlicher Bereicherung klingt zwar schwerwiegend und wäre nach unseren Maßstäben ›vernichtend‹, aber das ist hier ebensowenig unehrenhaft wie die Entgegennahme von Bestechungsgeldern durch Rauschgifthändler. Übers Jahr wird er sicher wieder in den Polizeidienst aufgenommen werden.«

»Man kommt sich manchmal vor wie Tom Mix im Kampf gegen die Windmühlen«, warf ein Fahnder ein.

»Das war Don Quichotte«, verbesserte Eugene Brambaker so dezent wie möglich.

»Den Kollegen kenn' ich nicht«, antwortete jemand.

»Schrecklich, diese Schreie am Ende des Tonbandes. Die gehen einem durch Mark und Bein.« O'Higgins, beileibe keine zartbesaitete Natur, fröstelte.

»Na, dann fahr mal raus ins Kloster Tham Krabok bei Saraburi und hör dir die Schreie derjenigen an, die eine gewaltsame Entziehungskur durchmachen. Diese Schreie gehen dir auch durch Mark und Bein und klingen noch lange nach!«

»Sicher ... aber die sind nicht so endgültig.«

»Übrigens«, wandte sich ein Kollege an Eugene Brambaker, »was ist denn mit diesen beiden deutschen Krankenschwestern, die dir so am Herzen lagen: Sind die clean, sind die endgültig kuriert?«

»Da die Abhängigkeit zum Glück erst kurze Zeit bestanden hatte, sind sie endgültig runter vom Rauschgift. Sie machen im Moment eine Nach-Kur in Deutschland.« Eugene legte eine kleine Pause ein, um sich die Aufmerksamkeit aller zu sichern. »Übrigens möchte ich euch alle einladen: Wenn ich Ende Februar meinen Ausstand gebe, feier' ich gleichzeitig meine Verlobung mit Dr. Dawn Wellington, unserem Kulturattaché. Sie wird mich zu meinem neuen Job in Hongkong begleiten.«

»Wieso die? Woher kennst du die denn?«

»Ja, das ist eine Überraschung. Das erklär' ich euch ...«

»Na endlich mal eine gute Nachricht«, rief Bangkoks DEA-Chef, und alle fielen in das laute Hallo und gratulierende Händeschütteln ein.

*

In der französischen Oper in Hanoi lauschte einst die geistige Elite der französischen Kolonialarmee, der Verwaltung, der Banken- und Geschäftswelt andächtig den Schauspielern der Comédie Française, spendete sie den Versen Verlaines und der *Libertinage* Marivaux' Beifall.

Zwanzig Jahre nach dem Abzug der Kolonialarmee befand sich das Haus in einem bejammernswerten Zustand: Der rote Samtbezug der Bänke war zerfetzt, Spiralfedern drängten aus den Sitzen; an den Wänden haftete fast kein Verputz mehr; in den Kronleuchtern brannten kaum mehr Birnen als eine europäische Notbeleuchtung vorschreibt. Die Zahl 1911 über dem Bühnenportal ließ sich mehr erahnen als erkennen: Es war das Jahr der Einweihung, als der Generalgouverneur von Tonkin den indochinesischen Völkern ein Denkmal gallischer Kultur bescherte.

Ungeachtet dieses Zustandes, in dem das Theater sich jetzt befand, lauschte an diesem Weihnachten die Prominenz aus kommunistischer Partei und Regierung der Uraufführung von Beethovens Oper *Fidelio* in vietnamesischer Sprache. Die Inszenierung und musikalische Einstudierung hatten Freunde aus dem sozialistischen Bruderstaat, der Deutschen Demokratischen Republik, übernommen. Die Partie des im Kerker schmachtenden Florestan sang Huynh Van Huon.

Zur selben Zeit vegetierte in einem nordvietnamesischen geheimen Sonderlager Alfons Doberer vor sich hin: Wenn frühmorgens der Riegel zurückgeschoben wurde, dauerte es unendlich lange, bis sich das mit lederner Haut überzogene Skelett vollständig aufgerappelt hatte. Aus glanzlosen Augen stierte Doberer seinen Wärter erst eine Weile an, ehe er ihn mit dem seit Jahren gleichen Satz begrüßte: »Herr Schwankert, ich melde die O zwei mit sechzehn Mann zum Unterricht angetreten.«

Bevor der Riegel nach einem harten Tag der Fron wieder geschlossen wurde, verabschiedete Alfons Doberer seinen Peiniger stets mit dem Satz: »6. September 1914: Beginn der Schlacht an den Masurischen Seen.«